落地轉譯

臺灣外文研究的百年軌跡

王智明 著

目次

第二部分　冷戰分斷：（新）人文主義的流轉

第三部分　理論年代：外文研究與後冷戰形構

圖目次

表目次

緒論

文化邊界上的知識生產
外文研究與殖民現代性

　　想要學好一國的文學，非誦讀該國文學傳統裏的經典之作不可；甚至我
們認為，想要學好一國的語言，也必須誦讀該國文學傳統裏的經典之作。
文學和語言是累積的傳統，一點一滴匯集成川；文學和語言只有演進，沒
有突變──此文學和語言不同於自然科學之所在。職是之故，大學英國語
文學系所有學生，無論志在文學研究，語言實用，或語文教學，都必須學
習「深奧的古典英文」。惟有扎根於古典，始能開花於現代；惟有浸淫於
經典文學的文字技巧，始能在使用和翻譯當代語言的時候左右逢源，瀟洒
自如。

──楊牧（1977: 159）

　　1976年4月16日，《中國時報》發表了一篇社論，題為〈論革新英文系與
文藝教育──增益精神建設投資的先聲〉。[1]該文批評外文系課程的編排「每
每與時代的需要與氣氛絕緣」，應該加重現代英文的比重，以培養口譯與導遊
人才以及中學師資為要，而不必學習「深奧的古典英文」。已故詩人，也是外
文學者的楊牧為此寫了一篇短文回應，於5月2日的《聯合報》上發表，題目就
叫〈外文系是幹甚麼的？〉，後來收錄在《柏克萊精神》這本書裡。[2]楊牧指

1　本章前身，〈文化邊界上的知識生產：「外文學門」歷史化初探〉，2012年於《中外文學》
　　出版時，將這篇社論誤植為在《中央日報》上發表。查證不實，甚為汗顏，特此更正。
2　楊牧，本名王靖獻，是著名的詩人和散文家，也是外文學人和譯者。大學時，他念的是歷

出，今天外文系在實際教學和研究上以英文為主，其來有自，並未與時代脫節，而且強制學生修習中國文學史，加強現代青年的國文知識，更是「從未曾有的積極措施」。外文系不是「就業英語的補習班」，也不是「訓練高級導遊，供你『用者稱便』的地方」，因為外文系的目的在於培養「一流的翻譯人才」，能夠溝通中外思想的優異學者和譯者，承擔在「學術文化上評介和傳承的任務」以及「興滅繼絕的使命」（1977: 160）。

面對實用主義的批評，楊牧人文主義式的辯護凸顯了幾個外文系的重要命題以及至今不斷的辯論：為什麼外文系在教學與研究上會以英文為主，歷史緣由何在？外國文學研究（以下簡稱「外文研究」）所要評介的對象與目的是什麼？語言、文學，孰輕孰重？翻譯、研究或創作，哪個才是其興滅繼絕的使命？[3]溝通中外的歷史條件與可能性是什麼？「外國」文學的範疇怎麼界定，我們又該如何理解它的思想內涵與歷史形貌？究竟「外文研究」這門學科是怎麼發展起來的？它生產了什麼樣的知識，又承擔著什麼樣的使命？

一同收錄在《柏克萊精神》裡的，是楊牧原先發表於《中國論壇》上的另一篇文章：〈人文教育即大學教育〉。在這篇文章中，楊牧強調現代大學雖然

史，因志趣不合，而轉讀外文，在大學時代閱讀了大量的英國浪漫主義文學；畢業後，赴美國愛荷華大學參加安格爾及其妻聶華苓等創辦的「國際寫作計畫」創作班，獲得藝術碩士學位。之後再赴加州大學柏克萊分校攻讀比較文學，師從陳世驤，博士論文研究《詩經》。

3　關於外文系的定位，始終有不同的想像。除了內部有語言與文學的分隔外，自從「應用外語系」出現後，從教育部的角度來看，學習外文更多了應用與學術的差別。但從廖朝陽所寫的〈文學二（外文）學門調查計畫成果報告〉來看，外文學門的自我定位始終是文學研究的先鋒，藉著引進與發明觀念，為文學研究的更新創造條件。外文系包含不同語種的國家文學，如英語、日語、德語、法語、俄語等；從議題切入，外文學門包含英美文學、第二外語文學、女性主義、文化研究、比較文學、文學理論、世界文學、生態論述、媒介科技理論等不同的議題和範疇。蔡振興亦指出，外文學門的熱門及前瞻議題含括全球視域下的中世紀、物件研究、情感與生態研究與全球環境的連動等相關研究成果；亦有身體與主體與權力關係、媒介科技與文學研究的影響、亞美世界觀等相關題目（2016: 5）。這些多元的主題與範式反映了外文研究的多元性，也可視為外文學門積極重新定義自身的嘗試，從外國文學研究過渡到跨領域的人文學術訓練，以重新組構當代人文研究的內涵。但同時，實用主義亦衝擊著外文研究這樣的自我定位。根據潘乃欣（2019）的報導，教育部發現，臺灣大專院校外語類學生人數高峰是95學年的8.2萬人，占全體學生人數比重6.2%；到了107學年只剩6.6萬人，占全體學生人數比重5.3%。人數下滑凸顯的不只是招生問題，亦某種程度反映了社會對外文人才的想像和期待。

分科細密繁複，但是人文教育實為根本，因為西方人文教育的基礎即是對人文主義的貫徹與發揚；這個西方傳統中最為輝煌的人文精神就「相當於儒家之所謂文學，包括我們今天所認識的文學（literature），卻又超越了文學，強調其外發的力量，所以也不是孤立的學業而已」（1976: 163）；是故「我們在倡議『文化復興』的時候，應該對於傳統文史哲的教育加以激勵，不可以任其荒蕪，更不可橫加打擊」（1976: 167）。楊牧將西方的「人文」等同於傳統的文史哲教育，強調一種貫通中外的思維以及「士以弘毅」的態度，以抵抗社會發展過度傾向技術與功利的現象，尤其當政府推動中華文化復興運動、對抗大陸「文革」之際，他更主張多以鼓勵，少予打擊。楊牧的辯護顯現人文學科的發展一直面對著來自於實用主義的挑戰，也突出文學研究與教育的目的，絕不止於內心的修養與知識的精進，而在於「弘毅」的展望，既要「負有興滅繼絕的道德使命」，又要具備「從古典中毅然走出，面對現實，不惜為降魔驅邪而戰鬥」的知識勇氣（1976: 164）。

楊牧的主張不為外文學者獨有，也因此討論外文研究的發展，其意義也不僅止於外文系的師生而已，而是關於語言政策與人文研究的總體衡平與反省。[4]但是，貫穿楊牧思考的自由人文主義（liberal humanism）正是民國以來外文研究發展的思想底色，亦是在政治動盪與思想解放的百年歷程中，外文學者與外文研究賴以維繫的核心價值。《落地轉譯：臺灣外文研究的百年軌跡》嘗試的，正是要回到百年的發展過程中，去檢視與分析隨著西方文學知識的引進、翻譯、探討與建制化，外文研究究竟如何生長、發展、流轉與變異，並在回顧當中，重新測定自身的價值與意義。換言之，本書的核心關懷是：西洋文學與思想究竟如何在落地轉譯的跨國行旅中成為我們的外文研究？這個歷史過程有何特殊的軌跡，它與當前臺灣人文的發展又有怎麼樣的關聯？

「外文學門」是國科會（現為科技部）自1970年代起，在學科架構調整的過程中逐步確立的一個學門分類，百年前並不存在。[5]但是作為知識生產的形

4　尤其在「雙語教育」將成為國策的此時，外文系肩負英語訓練，而非人文研究的印象再次被強化，這也預示了一個可能發生的場景：當外文系不再需要承擔英語教學的任務時，它該如何定位自身的教研任務？這個問題，筆者無法在此充分回答，但它確實是外文系無可迴避的挑戰。

5　目前筆者未能找到可以說明科技部學門規劃始末的文獻或檔案，僅能從國科會組織章程的變

式，它卻有一段不短的歷史可尋，上可溯及清末西式學堂與現代大學的建立、五四新文學運動和臺北帝國大學時期的西洋文學講座，並銜接上1949年後渡臺大陸籍學者的學術奠基工程，直至1970年代以降臺灣比較文學的發展以及解嚴前後西方理論在地操演所帶來的變貌。然而，書寫外文學門的百年發展並不容易，這不僅是因為既成的歷史研究十分有限，更是因為特定的歷史與文化脈絡使「臺灣」「外文研究」的實踐總在不同的知識譜系間擺盪，不易收攏。[6]理想上，外文研究的範疇應當涵納所有非本國的文學與文化，但真實狀況卻是「西方」文學與文化統攝了我們的外文想像；即令舊俄文學（如普希金、托爾斯泰與契訶夫等）曾是好幾代外文學人與知識青年的重要養分，但自二戰結束以來，英美文學才是臺灣外文學門的主流，輔以法、德、西等國的語言訓練與有限的文學引介；北歐、東歐、非洲以及阿拉伯世界的文學甚少出現，非西方語文（除了日文、韓文之外）更絕少出現在外文學門的視野裡。[7]同時，文學與文化研究需要語言訓練為基礎，這使得語言學和外語教學自然而然地成為外

化進行推測。筆者查詢立法院法律系統發現，「行政院國家科學委員會組織條例」在民國61年1月11日通過；該條例的第二條明列該會職掌，共十項，但其中並沒有明定學科分類與學門規劃，只說「設六組，分掌前條所列事項，並得分科辦事」。依「立法院議案關係文書院總第893號，政府提案2057號」的說明，這六組為自然科學及數學、工程及應用科學、生物及醫農學、人文及社會科學、科學教育及國際科學發展合作。立法院民國71年4月20日通過的組織條例，大幅修改了第二條的內容，將職掌的說明改為處室的設置，構成我們今日熟悉的學科分類的架構：自然科學、工程技術、生物科學、人文及社會科學，以及科學教育。這個架構一直沿用至今（惟科技部架構下，科學教育被併入人文司）。就此，我們大致可以推斷，現今學門分類的架構大概是在1970年代開始醞釀，至1980年代初確定和推行。

6 就筆者所見，外文學者中最接近建制史研究的是陳長房（1999）與單德興（2002）的文章。張靜二主編的研究書目（2004）與研究資料叢編索引（2007），雖然在內容上鉅細靡遺，但是對外文學門的建制史並沒有具體的闡述。相較而言，歷史學者蔡明純（2006; 2011）對外文學門最早的學科建設過程則有較豐富的描述。

7 在國科會（現為科技部）的學門分類裡，外文學門（即文學二）共包括了日、韓、俄、德、法、西、英、美等八國文學，另加上西洋古典文學、文學文化理論以及經典譯注三項。語言學與外語教學另屬一類，不列入外文學門的範疇。文學一則包括了中文、臺文與原住民文學。近年來，在韓國流行文化以及「新南向」政策的帶動下，在大學裡，韓語與東南亞語言有越來越多的學生選修，文學上也開始有較多的引介和譯本。東歐文學（如捷克的米蘭・昆德拉），在冷戰結束後，有較多的譯介和研究，但是當代俄國文學、非洲文學、阿拉伯文學的引介仍然十分有限。

文學門的重要元素，並且逐漸發展出各自的專業想像與學術領域。[8]這樣一來，「外文系」一詞所統轄的往往不只是本國文學（不論是中文、臺文或是原住民文學）之外的廣大世界，更是一個不同專業（外語教學、語言學、翻譯訓練、文學研究、文化研究、區域研究等）並置與競逐的學術機構與學科想像。當然，全球貿易與實用思維將英文視為「工具」，而不在乎其內涵的想法，也有不少的影響，並逐漸推動外文系往「應用外文」發展。這樣的多樣性一方面成就了外文系在思想訓練與教學內涵上的豐富性，但另一方面，不同的學科要求與教學理性也在學門內部與系所建制上形成張力，在拉扯中形塑著外文學門的百年風貌。

　　然而，外文系究竟從何而來？不同的學科範疇與專業要求又如何進入並形成了外文系的建制與想像？百年前的外文系就是今天的樣貌嗎？百年來有什麼改變與創新呢？日據時期臺北帝國大學文政學部下的西洋文學講座呈現了什麼狀態、留下了哪些影響？它與之後的外文系又有什麼差別？外文研究究竟所為何事，任務何在？它是文學研究、語文研究，還是區域研究？它的目的是認識與翻譯西方，還是批判與改造自身？百年來不同的思想與時勢又如何影響外文學門的發展？百年後回首前塵，我們又當如何理解外文研究在華文與華人思想史上的知識狀態與文化位置，並且在全球化與本土化的張力中展望將來？

　　本書將外文學門的知識實踐座落在百年來學術建制與文化思想的浪潮中回顧，試圖指出：當代意義的外文研究，其源起與19世紀中葉以降殖民主義脈絡下的西學東漸密不可分；它不只標示著近代中國文學觀念的轉變（文學至此有新舊之分、中西之別）以及殖民現代性的到來，更承載了「溝通中外、再建文明」的使命。外文研究的發展代表了現代中國知識分子企圖以文學思想的譯介來適應與超克殖民現代性的努力。陳長房在題為〈外國文學學門未來整合與發展〉的調查報告中曾指出，外文學門的任務在於「融鑄西方文學理論，並針對中國文學或臺灣文學與文化，進行比較和詮釋性的研究工作，俾使本土文學文化能展現新的生機和意涵」（1999: 428）。何春蕤（1998）亦看到外文研究處在臺灣國際化與本土化的中介位置，不僅對內面對引介、翻譯國外學術成果

8　在科技部的學科分類中，英語教學屬於語言學的次門類（下轄英語教學研究、英語能力研究與英語教學應用三個分項），語言學則同時涵蓋從古到今，從西到東的各種語言和方言。

的要求，對外亦承擔與國際交流、對話的責任。面對夾纏在中外之界的外文研究，劉紀蕙（2000a）如此質問：「我們所承接的文化知識體系與我們對話的對象在何處？我們所回應的問題是什麼？面對學術規範與西方觀點，我們要如何以創造性的思考發展本地的學術對話」？單德興亦追問：「在臺灣發展英美文學到底是怎麼一回事？其歷史、文化脈絡如何？有什麼理論及方法學上的意義？從相對於國際學術主流的邊緣位置出發，我們如何能以有限的資源來有效介入？到底有哪些稱得上是『我們的』立場、觀點、甚至特色與創見」（2002: 204）？這些當代學者對外文研究自身定位的叩問與反思，顯示外文研究，不論過去或現在，始終建立在國家內部思想發展的邊界上，甚或，其歷史即源於文化與語言邊境上的思想碰撞。這些問題也是本書的關切，但其解答方法必須來自於歷史，來自於對「我們」自身歷史形成的深入理解與深刻反省。因此，與其就字義而將外文研究定位為一門研究外國文學與文化的學問，不如將之理解為一個文化、語言與思想的邊境，一種不斷跨界迻譯、比較批判，尋求文明改造的知識實踐。

在這個意義上，我們應該賦予外文學門之「外」一個動態的理解：它不僅僅是對應本土文化的移動邊境，更是對於中外之別的認識與轉化，是進入與引介現代性的自我翻譯與超越，亦是對現代性本身的重述與改寫。同時，外國文學一詞的重點在於「文學」更甚於「外國」，因為外國不過是相對於本國的參照與借道，廣義的文學創造和文化改造才是其課題與任務。因此，外文研究並不是一個「外國的」學術空間與知識體系。恰恰相反，它的起點乃是文化主體向外探求的思想驅力，是在突破夷夏之防後的文化翻轉與思想改造。[9]雖然國共內戰延宕了（從大陸的角度或可說是以另外一種方式展開了）現代中國文化轉型的進程，但新文化運動以降大量引進的西方文藝，對傳統文化造成劇烈衝擊，使得西方思潮與文藝理論逐漸融入現代文學創作與批評的生產，乃是不爭的事實。1949年後，渡臺學者亦在融合中西文化的努力上延續五四精神，並在

9　雖然一般的觀點（包括本書）都是把臺灣外文系和英美的英文系連接比較，但就知識體系形成的邏輯而言，臺灣外文系所當對照的應該是英美的東亞研究。雖然在教學與課程設計上，臺灣的外文系至今仍奉英美為圭臬，但在實質的知識生產上，其實與西方的東亞研究有相當的連結。

1960與1970年代的現代主義與鄉土文學實踐中開花結果。[10]1980年代以來，文學理論、文化研究與族裔文學的開展，展現了橫向移植與縱向繼承的衝突與拉扯，也日益突出今日臺灣外文想像的特色與局限。

　　本章開頭引用楊牧的文字恰恰體現了這段歷史錯綜複雜，卻又合情合理。這既是中外思潮跨地流轉的過程，即薩依德（Edward Said）所謂的「理論行旅」（traveling theory），也是現代臺灣歷史——經移民、殖民、冷戰而解嚴——不斷發展的理路。因此，若是少了這條橫跨東西、貫穿兩岸的辯證軸線，我們將無從理解外文研究百年來的多元變貌，以及它在現代思想與知識實踐上的深刻意義。是以，本書以「落地轉譯」為題，就是想要強調，外文研究作為文化邊境上的知識實踐，既要與西方接軌，更要經過翻譯、研究與批評，消化西方的知識，使之落地，進入在地的文化脈絡。就像薩依德強調的，想法與理論的移動豐富了文化與智性的生活，不論其採用的形式是「被認知或無意識的影響、創意的借用，或是原封不動的挪用」（1983: 226）。從一端到另一端，理論在行旅中不會毫無變化，而是在不同脈絡的遭逢中，被接納、抗拒、挪用、轉化，乃至獲得新生。因此，作為一種理論行旅的在地版本，外文研究本身即是一個重新表述（re-articulation）的過程，它既是西方思想的行旅，也是本土文化的再造。因為時空變化，在被迫「番易」與主動「翻譯」之間產生的矛盾與掙扎，便構成了外文研究發展的歷史軌跡；這亦是其定位與價值之所依。

　　「落地轉譯」借用了英國文化研究學者霍爾（Stuart Hall）所謂「接合／表述」（articulation）的概念，強調脈絡化研究對象的方式本身就具有接合不同想像與問題意識的可能（Slack, 1996），並且強調地緣政治與文化情境的差異，使得表述必須「落地」，接合需要「轉譯」。也就是說，臺灣的外文研究本身隱含至少兩個層次的接合與表述——首先是在翻譯層次上對西方思想與文化的引述與再次表述（是為「轉譯」），其次是在實踐層次上將西方的思想與文化向自身歷史與文化情境的引介與接合（此即「落地」）。強調接合與表述的過程，一方面是對引介脈絡的重視，另一方面是要強調外文研究乃是中西思想交流的接合之處。就此意義而言，外文研究進出中外、又中又外（或是不中

10　關於現代主義文學與鄉土文學和五四的關聯，見Chang, 1993。

不外）的邊境狀態很接近美國文化研究學者葛羅斯堡（Lawrence Grossberg）對於「關鍵接合點」（critical conjuncture）的思考，因為「接合點即是生產特定問題意識（或一整套問題意識）的積累／凝縮（accumulation/condensation）」，而「接合點分析」（conjunctural analysis）「聚焦在作為一種複雜表述的集體或總體的社會形構」，「重視改變中的力量形構」，並且「強調一個領域只能生產暫時的穩定性，因為任一領域總是在多元決定的狀態中不斷重組」（2010: 41）。由於接合點本身並不穩定，它會因為社會形構的變化而變動，也因此接合點的意義不在於自身，而在與它與總體社會形構之間的交織與互動。本書認為，外文研究恰恰是這樣的一個關鍵接合點，因為它一方面是順應殖民／現代性下的產物，另一方面又在「落地轉譯」的實踐中提出了超克現代、再造文明的命題——「落地」突出了跨地的事實與在地的應對，「轉譯」則包含了番易與格義的雙重層次。同時，這個命題在不同時點的發展也反映了現代以來，臺灣介於中國、日本與美國之間，總體社會結構的變化；這也就使得其發展並不僅僅是依循著不變的學術傳承，從一而終，而是在不同時空的力場作用下刻劃著或交疊或逸離的不同軌跡。

在臺灣人文學科發展的歷史長河中，「落地轉譯」是十分常見的狀況，它也是現代學科建構自身的必由之徑。[11]對以研究西方為職志的外文學者來說，這更是核心的挑戰與任務，因為它牽涉到如何將西方的思想與文化轉介至中國或臺灣的語境裡，更深刻涉及了主體性與存在感的危機與想像。簡單說，如果外文研究不過是引介西方的橋梁（做翻譯），那它該如何表述學術研究要求的原創性，並將自身的知識實踐接合到臺灣社會？如果外文研究的作用不僅止於翻譯，而在於改造本土文化與學術傳統，那麼外文研究的獨特性何在，它與其

---

11 在人類學、社會學、歷史學、政治學，「落地轉譯」的現象亦很普遍，見劉龍心，2002；孫宏雲，2005；姚純安，2006；劉瑞寬，2008。社會學、人類學與歷史學等領域，尤其重視多元現代性的討論，認為第三世界的現代性是在西方現代文明抵達時交互生產的結果，並在進入地方脈絡後產生了新的創生，見湯志傑，2019。日裔人類學者桑山敬己（2019: 3），在回顧日本本土人類學的發展時，更指出西方知識上的偏見強化了落地轉譯的現象，尤其反映在西方學者進行抽象理論，非西方學者提供本土知識這樣的勞動分工上，致使日本的人類學研究要不備受國際學界冷待，要不以一種東方主義的形式呈現。與外文研究最主要的差別在於，其他學科一旦引入，開始落地建設之後，即進入本土化的過程，但外文研究一直在本土化與追隨西方之間擺盪。

他學科又如何有所區辨？如果外文研究的工作——尤其在全球化的語境中——旨在介入西方的知識與學術生產，那麼它的主體性與存在感又將立基於何處、以什麼語言表現，又是否需要一個民族身分？自外文研究浮現之初，這些問題就困擾著外文學者，直至今日，但這些根本性的問題至今依然推動著外文研究的發展與辯論。美國學者葛雷夫（Gerald Graff）就指出，學院裡的文學研究得要面對的，其實「並不是一套內在邏輯緊密而一致的文化傳統，而是至今未能解決、未受注意，並被視為文學教育正常領域之外的一系列矛盾」（1987: 15）。百年以來，外文研究如何「落地轉譯」，表述自身、接合西方與在地，正是本書所要思考與闡述的重點。[12]

從建制史到思想史：方法與材料

　　雖然有了「落地轉譯」這麼一個文化研究式的方法論，以貫穿百年外文研究的發展，但如何選取研究材料、確立研究對象以及錨定研究方向，仍是莫大的挑戰。這包括了要以學科與機構，還是以學人與思潮為主軸的選擇，以及如何定位外文研究知識生產的挑戰。以學科與機構為焦點，意味著將外文研究的發展定位在體制性的變化當中，關注學科建制（包括機構設置、課程安排、體制要求）的啟動與轉變；這就包括了外國文學這個科目的出現、教育與科研體制對外文教學與研究的想像和要求、具體系所的教學方針與課程安排，乃至教材的決定與使用等問題。然而，如果建制史的紀錄僅僅是史料的堆疊與羅列，將學科的發展與社會分離開來，而缺乏對於歷史脈絡的理解——包括整體社會、政治與文化的氛圍、促成該學科建制的思潮與人事，及其教學與知識生產所造成的影響等，那麼我們對於該學科發展的認識將只是片面而零碎的，既無

12　臺灣英美文學建制研究的先鋒單德興（2009: 26）在翻譯研究中提倡的「雙重脈絡化」一詞，與本書「落地轉譯」的想法，亦有相通之處。他強調的是譯者的角色與職責，「不僅要在原作的文化與歷史脈絡中理解原作，也要同時引介其脈絡，以期更周全地認知與引介脈絡中的文本以及文本所具現的脈絡」（2014: 209）。本書強調的則是外文研究的發展，一方面需要對其進行「雙重脈絡化」，同時也要理解西方思想引進後，在中文世界並非原封不動，而是另有來生。對脈絡的重視，也是文化研究方法論的重要環節，見Grossberg, 2010。

法深入理解該學科出現的歷史語境與文化意義，更無法檢視其知識生產之於在地，乃至於西方知識脈絡的對應關係。若以學人和思潮為主軸，則將外文研究預設為一種獨特的思潮，並將其影響歸諸於外文知識與訓練。雖然學科訓練必然對學者的思維造成影響，但是一方面外文學者的知識實踐往往不限於外文一端，而是透過翻譯、創作與研究廣泛地涉入了本土文化領域，另一方面僅視之為某種思潮與時代的印記（例如現代主義和冷戰），亦將忽略學科體制的跨時發展——尤其在當代——如何對學人及其知識生產形成制約或解放。這也就牽涉到如何定義外文研究知識生產的巨大課題：授課講義、教科書、翻譯作品，乃至於創作，能算數嗎？還是只有以外文發表的研究論文才算呢？對那些穿梭於不同學科場域的學者們，如清末的辜鴻銘、民初的徐志摩、周作人、吳宓、朱光潛，或是冷戰時期的夏濟安、夏志清兄弟、顏元叔、侯健和余光中，甚或是解嚴後引進文學理論、族裔文學和文化研究的諸多學者們，如果他們的作用與效果都不僅限於外文學門，我們該如何將他們歸諸外文研究，理解其知識生產的動力和趨向呢？尤其討論學人與思潮是否重要，有多重要這個問題，若少了學科建制發展這條線索，亦容易引發失之個人偏見、掛一漏萬的風險。因此，本書面對的挑戰不僅限於「哪些稱得上是『我們的』」外文研究這樣的問題，更在於如何理解所謂的「立場、觀點，甚至是特色與創見」（單德興，2002: 204）到底從何而來，怎樣發揮，又如何在歷史變化中展現外文之「外」的獨特性格？

　　為了解決這個難題，本書採取了「歷史化」的作法，將研究的重點擺在歷史脈絡的重建以及跨越時空的思想聯繫和變化，以追索學科發展的軌跡。本書擷選重要的變化與論辯，以突出形塑外文研究的體制性力量；同時，透過幾個重要的案例——奠基學人、重要機構、關鍵論辯與新興領域——進行分析，以試圖掌握外文研究知識生產與時代、社會與西方學術的互動和辯證。換言之，本書是以在地主義的立場來看待歷史的發展，但同時也藉由思想的流轉與變化，對這個在地主義的歷史進行反省——不僅進行思想史與社會史的探索與重建，更希望透過全球史的視角來思考外文研究，由西方、日本、中國而臺灣的變化軌跡。

　　在進一步討論前，或許應該先說明本書所涉及的幾個思考場域——建制史、學術史、思想史、社會史與全球史——以及它們各自在本書裡代表的意

義。單德興在〈建制化：初論英美文學研究在臺灣〉這篇重要的文章中，引用
美國學者阿帖里（Charles Alteri）的說法討論建制及文學典律的形成：「我們
必須認知建制作為組成、結構的一般角色，具有許多的層級，能夠引導、組織
權力來促成某些形式的活動」，以強調「建制涉及組織、結構，具有多重交涉
的層級，能夠運作權力、甚至樹立權威，促成特定形式的活動（反之則壓抑、
排除或不執行其他形式的活動）」（2002: 204）。這表示「建制」指的不只
是系所，更是結構、支撐和延展外文系這個教研單位所有的相應組織（包括各
類學會、文學院、大學和科技部等）、論述（外文研究的定義與邊界）以及以
之為名生產出來的各種知識形式和活動。單德興特別強調「典律與教科書」、
「批評與理論」、「學會與期刊」三個方面，並以英語和比較文學為定位，來
理解臺灣英美文學研究的建制發展。這樣的思考從既有的體制結構來認定學科
存在的樣態，故而暗示了建制史具有某種實證的取向——即存在的即是合理
的。然而，實證取向雖然提供理解外文研究的最大邊界，卻無法有效說明其知
識生產之意義，以及社會、政治與歷史脈絡（例如文學思潮、冷戰結構以及臺
灣獨特的社會組成）對學科發展的衝擊。單德興提到，自1960年代中期臺大外
文系採用《諾頓英國文學選集》（*Norton Anthology of English Literature*）為教
材後，《諾頓文選》便所向披靡，成為全國各大外文系的教材，四十年如一
日，[13]但同時外文系的知識生產則從新批評、文學理論而文化研究，翻了數
翻；而且對新批評的引介本身亦是「很去脈絡化，去歷史化，總之很新批評式
的引介」（2002: 219）；至於學會與期刊則有多頭馬車，同批駕駛的嫌疑，
導致「『市場區隔』不明確」，既浪費資源，也有礙學術的多元發展（2002:
223）。換句話說，即使「存在即合理」，但是否必要與正確，就不是建制史
所能處理的範疇，而需要學術史的眼光來判斷。

　　梁啟超在《中國近三百年學術史》這部中國學術史的奠基之作中強調，撰
著學術史有四個必要的條件：「第一，敘一個時代的學術，須把那時代重要各
學派全數網羅，不可以愛憎為去取。第二，敘某家學說，須將其特點提挈出

13　《諾頓文選》引進後，不只英國文學，各大外文系的美國文學以及西洋文學概論也都採用
　　《諾頓文選》作為教材，乃至成為外文系學生的一種象徵。當然，《諾頓文學》本身也經歷
　　了數個版本的變化，而非一成不變。

來，令讀者有很明晰的觀念。第三，要忠實傳寫各家真相，勿以主觀上下其手。第四，要把各人的時代和他一生經歷大概敘述，看出那人的全人格」（2016: 63）。同時，在整理與評價學術發展的趨向之餘，梁啟超更關心如何在政治的影響中理解學術的發展以及思潮與時代的對應關係。也就是說，相對於建制史重視體制結構的建立與承續，學術史更在乎學科生發與演變的歷史，並在過程中總結學科的成果、貢獻、誤失和未竟之業。因此，它是對既有學術成績的盤點與反省，以推動學科的進一步發展。史學家葛兆光對學術史的任務亦有如下的總結：

> 第一，學術史要說明今天我們從事的「現代學術」是怎樣從「傳統學術」中轉型而來的？也就是說，學術轉型是一個重點。第二，學術史要指出這一學術轉型的背景和動力是什麼？是域外刺激，是學術制度變化，是新資料新方法的推動，還是政治情勢、國家危機或國際環境的作用？第三，學術史還要說清楚一個時代學術研究的趨向、理論和方法，什麼是重要的，什麼是改變的，什麼是顯著的主流，什麼是被壓抑的潛流？只有這樣，學術史才能夠給今天的學者指明，過去如何變成現在，現在又應當如何變成未來。（葛兆光，2016: iv-v）

易言之，學科的生發與演變固然是學術史的重心，但學科發展無法脫離時代、政治、社會、文化與思想，而是與之交錯和纏結。正因為如此，學術史研究從來就不僅僅是學術而已。研究美國文學建制史的蔬威（David R. Shumway）就指出，「在任何意義上，美國文學都不是一個獨立被研究的課題，其身分〔之建立〕有賴於研究它的機構」（1994: 2）；是故，我們需要一種關於文學的歷史，一種「能夠直面，而不是邊緣化學科知識生產的建制過程與文化脈絡」、可以置疑研究對象的「自然性」（naturalness），並且評估該學科實踐成效的歷史；也就是說，我們應該試圖理解的是：「學科建制的歷史如何形塑了學科本身」（1994: 5）。在《作為學科的文學史》中，陳平原也強調，現代化之後，文學教育的重心「由技能訓練的『詞章之學』，轉為知識積累的『文學史』」，因此我們對「文學史」的考察必須從課程設置、著述體例、知識體系與意識形態等四個方面來進行，「四者之間互相糾葛，牽一髮而動全

身」；文學史的發展不僅來自於文學本身，而是處於「思想史、學術史與教育史的夾縫中」，因此我們對文學史的研究也必須「從學科入手，兼及學問體系、學術潮流、學人性格與學科建設」（2011: 2）。

在這個意義上，建制史、學術史與思想史亦有交錯，因為學術並非僅憑一人之智即可成家立派，也不是光靠體制的推動即有所成，而是在人與社會的互動中產生、累積與變化。美國思想史家史華慈（Benjamin Schwarz）便認為思想史的中心課題就是人對環境的反應。他寫道：

> 在英文裡，「思想史」（intellectual history）這個詞是最不幸的，因為它似乎暗示我們只關心最嚴格意義上的智識（intellect），因此似乎也暗示我們只在乎那些被稱為知識分子的人的歷史。就我在此的定義而言，思想史包括了有意識的生活——思想的生活、情緒、想像力以及各種的感性——的總體，而且不僅僅是在概念性的層次。此外，我們關注的絕不是自成領域的思想生活——即所謂的「觀念史」（history of ideas）——而是人類意識與我們身在其中的歷史處境之間的對應。（Schwartz, 1996: 36-37）

臺灣思想史學者黃俊傑在〈思想史方法論的兩個側面〉中詳細分梳了「觀念史」與「思想史」在核心關懷與研究取徑上的差異，以及兩者各自的限制：前者關心思想演變的內在理路，後者更在乎思想與社會的互動關係。因此，與其擇一為之並為之辯護，他認為更好的研究方法應是「兩者兼顧」（1977: 380），既從內在理路去理解思想的演變，又從社會脈絡中去考掘思想的作用與效果，及其對思想的限制與轉轍。戴景賢更提出學術史、思想史與社會史三者之間「存在不可忽略之關聯性」，因為儘管三者的論域與脈絡各有分野，思想與觀念的發展亦有內在於社會「不可剝奪之『客觀性』」，所以研究的重點應該放在學術、思想與社會發展之間的相互影響，尤其是「互動方式」的形成，以及各種作用產生之界域與類型的判別（2013: 102-103）。

對於外文研究這個來自域外，並一直保持域外特質的學術領域而言，觸動其發展的環境不僅是本地的，更是外國的，這也是外文研究向來被視為中外交流史有機部分的理由。但是，若是我們認真看待外文研究的歷史演變，我們就

會發現中外交流史內在的二元論視野忽略了外文研究「既中且外，非中非外」的事實，因為被交流進來的西方文學與思想，一方面被吸納進本地的知識體系當中，成為學術建制的一部分，另一方面在國際學術分工體系當中，它又直接面向國際學術社群，作為本地觀點的「代表」，參與全球人文知識的發展。在這個意義上，外文系既是西方人文知識全球霸權的華文節點，又是現代華人知識體系當中的外語介面。[14]如果將西方的英文系視為帝國霸權的全球知識結構，那麼外文系既是帝國霸權的派生物，也是介入與抵抗帝國霸權的核心現場；透過對在地本土知識的翻譯與轉介，它同時也介入了全球人文總體知識的構成，即令它與本土知識保持著緊張關係。因此，與其視之為交流的結果，而孤立對待，我們更應該將外文研究放在中外人文思潮的纏結與同構中來理解，強調其發展本身即是回應、適應與反應的交織過程，看到外文研究不只是引介西方，同時也建構西方和在地人文；它是華文世界的外語介面，也是全球人文的華語組成。換句話說，除了在境內的思想、學術與社會等互動脈絡中考察其生成和演變，我們也應該在全球史的尺度中來考慮外文研究在臺灣發展的意義。[15]

1920年代，外文研究建制化之初，當時的外文學者（如胡適、梅光迪與吳宓）儘管立場不同，[16]但都是現代中國文學的啟動者，他們的書寫與思想亦暗

---

14 當然這裡預設的是其他的人文學科，相較而言，比較不在國際學術場域中操作，或是說主要仍仰賴在地語言為介面。這只是結構性的比較，而非實證性的觀察。

15 與其將全球史視為一個獨特的領域，本書更願意採用德國史學家康拉德（Sebastian Conrad）的觀點，將之視為一種視角和研究方法，目的是為了超越中西交流史那種二元對立的觀點，以突出「全球／在地」的交流與纏結對於外文研究的形塑作用。比方說，「在越南讀馬克思」之所以是一個有意思的全球史命題，並不是因為馬克思是全球的，而越南是其全球性的例證，而是因為越南社會變遷所創造出的情勢，使得「在越南讀馬克思」這件事產生了政治上的意義，同時，越南學者對馬克思的翻譯、徵引，乃至於挪用，亦受這些情勢的影響。這就意味「交流」不只是人員、思想或文本的流動，而牽涉其與在地社會、政治與文化轉變的糾纏。這個糾纏的結果反過來也會影響到我們對全球文本的認識（康拉德，2016: 104）。如康拉德所述，「在全球史學者為自己制定的任務中最根本，也最有成效的一項，就是以地方的語法與由來已久的背景環境為框架，深入了解全球結構、制度與思想的『轉化』、挪用與調整，以及這些環境背景如何反過來受到重整——而這正是全球交流的結果」（2016: 168）。這正是本書採用的觀點。

16 雖然胡適在中國哲學史與白話文運動的地位牢不可撼，他1917年回國後的第一份工作卻是北

含對帝國戰爭與西方人文精神衰微的回應。日本殖民時期，臺北帝國大學裡的外文學者（如島田謹二、矢野峰人）則在比較文學的視野中探索臺灣的文藝風貌，以思考日本殖民主義的社會與文化基礎。冷戰時期，外文學者的影響力不僅一定程度超越慎守訓詁傳統的中文系學者，他們所引進的西方知識更是強而有力的理論工具，成為中文學術現代化與規範化的準繩；同時，他們也介入了當時的社會與文化動態——包括現代主義思潮、鄉土文學論戰、文化復興運動——乃至在解嚴後借「理論」之名形塑了當前臺灣的自我意識與主導話語。尤其1980年代後西方理論的引進，更反映了後冷戰時期臺灣外文學界如何跟進西方六八學運後的思想大潮——從女性主義、性別研究，到後現代、後殖民等左翼批判理論以及族裔文學與文化研究，不一而足——也展現了解嚴後外文學者轉譯西方理論，使之落地本土的努力與情懷。在這個意義上，外文研究的發展與轉化不僅具有思想史的意義，它與臺灣社會以及西方人文的互動與辯證，亦是中外交流史、社會史、文化史與思想史的重要課題。因此，本書在取材上，一方面以建制史的資料為基礎，從學科建制、課程設置、知識產出等方面，爬梳外文研究這個學科的誕生、發展與變化；另一方面，也擷選重要的學者、論辯與思潮作為研究案例，深入學者們的論著，描繪其思想動態，以分析學術、思想與社會的互動，視其發展與變化為跨地論辯與全球交流的持續過程。儘管就選材而言，本書或許難脫任意和武斷的批評，但其目的不在於將所選所述絕對化或神聖化，而是希望在建制史與學術史的介面上，重新挖掘與詮釋被遺忘或排除，乃至已經被經典化的論辯、人物和事件，重新探索它們與西方文學、殖民經驗以及臺灣歷史、社會與思想的關聯，以期在全球史的尺度上，標誌外文研究的時代意義，並在前輩學人的肩膀上，瞻望未來。

大英文系的教授兼系主任；梅光迪和吳宓都反對胡適推動白話文運動，但他倆哈佛畢業後，也都在東南大學外文系任教；吳宓後來更轉至清華外文系，成為民初外文研究最重要的舵手，即令他最大的成就之一是擔任《學衡》的編輯。梅光迪離開中國後，則回到哈佛教授中國文學。關於這三人與外文研究的關係，見第一章。

「文學」與殖民現代性：理論

現代性不是物而是關係，進入關係即是現代的最終標誌。

——Arif Dirlik (2003：279)

現代文學是日本在蛻變為帝國主義的時候，從失敗的自由民權派人士那裡產生出來的，因此是排除了政治性現實的內面的文學。另外，近些年我發覺，這一時期同樣也是「中國現代文學的起源」。

——柄谷行人（2016: 7）

無庸諱言，外文研究的誕生與西方殖民的歷史脫不了關係，而且正是在西方炮艦外交的威脅下，外文研究才在西學東漸的風潮中展露其面貌和意義。和徐中約、丁韙良合作翻譯萬國公法相同，外文研究的出現也標誌著國際現代體系的到來與確立，中國與臺灣無法置身其外。1928年臺北帝國大學設立後，臺灣外文研究與本土文學的發展，即令為時不長，也與日本殖民脈絡密切相關。外文研究對自身主體性的不確定感——即西方究竟是外文研究的對象，或是方法？外文研究與本國文化又有什麼關係？——亦與此相關。從思想史的角度觀之，外文研究和現代中國文學或是日據時期的臺灣文學一樣，都是西學東漸下的產物，其正當性來自於西方（或自認屬於西方的日本）作為現代性模板這一事實以及民族主義的需要，因此它也是現代意義上（即經過西方文學轉化過）的「文學」的必要介面。不同的是，現代文學仰賴創作而生，而外文研究則以引介和批評為尚；作為貫通西方思想的門道，它必須從歷史入手理解文學，又必須借道文學認識西方。因此，外文研究其實處於現代文學的內面，是支撐與滋養現代文學的養分，即令在知識結構上，它被放在一個外部的位置上。因此，外文研究更像是一個現代文學的裝置，一方面明確了現代文學的「現代性」（與古典文論不同），另一方面又為其錨定邊界（以白話中文或現代日語為主）；更重要的是，以對西方的認識為基礎，它從根本上更新與確立了文學的意義。

不少學者討論過現代意義上的「文學」與傳統意義上的文學並不相同。陳

平原指出，在中國傳統裡，文學指的就是廣義的「文化教育」與「人文修養」（2009: 109-110），那是對儒家道統的繼承與內化，而非西方為了中產階級閑暇愉悅而生產的創造性虛構。[17]胡志德（Theodore Huters）也發現，中國傳統文人對文學的理解，往往與文風和經典的意義相關，因而與西方視之為「美文」（*belles lettres*）和創作，強調其「自主性，不受教化目的與政府要求所強制」（1987: 96）的認識大異其趣。袁進認為，現代意義上的「文學」由西方傳教士所引進，並經由梁啟超、魯迅、胡適等一代文人，透過白話文運動的推進而逐漸確立下來，從美學與人生的向度來肯定「文學」的獨特性與價值；自此，將一切文字著述歸諸文學的傳統觀念解體，文學改為「專屬於表現人生情感的虛構想像作品，從而也成為獨立的人文學科」（2010: 10）。這一發展與近代個體的解放及現代學科的細緻化相關；文學，從作為人之修養的道學，至此轉變為描摹與細究人——尤其是其內心世界——的技術和知識，「這樣，文學也就由『道』轉向了『人』」（袁進，2010: 10）。難怪，五四以降總是文學與人生並論，周作人提出的「人的文學」尤為代表。[18]

同時，這個大寫的「文學」——和「國家」、「文化」、「傳統」一樣——也是由基督教傳教士的翻譯與和式漢文雙程衍異而來的概念。[19]劉禾便指出，這些借詞「不只是對都會歐洲理論的翻譯，更重要的，它們是被中介的表達形式，承載著〔西化知識分子〕整體化的西方經驗」（1999: 184）。因此，現代意義的「文學」在20世紀初透過白話文運動被建構的時候，就已經承擔了在世界文學共和國中再現民族的任務；外國文學或世界文學不是現代中國文學的對立面，而是其存在的條件。大量譯介的外國文學將中國文學從自身的邊陲性與優越性中，推入一個由「殖民／現代世界體系」（colonial/modern

---

17　不過，陳平原這一說法，並不十分準確，因為西方現代文學（以浪漫主義為典範）的出現，除了工業革命的影響與消費社會的興起外，亦有瞻望古典的成分。關於西方現代文學的源起，見Watt, 1987; Coates and White, 1970: 52-79；對此起源之批評，見Azim, 1993。

18　周作人在〈人的文學〉中寫道：「用這人道主義為本，對於人生諸問題，加以記錄研究的文字，便謂之人的文學。其中又可以分作兩項：（一）是正面的，寫這理想生活，或人間上達的可能性；（二）是側面的，寫人的平常生活，或非人的生活，都很可以供研究之用」（1918: 578-579）。

19　關於英文literature一詞如何譯入中文和日文的過程，可參考劉禾，1999；鈴木貞美，2011: 101-113；蔡祝青，2012。

world system）所定義的全球關係當中。如劉禾所述：「世界文學這個詞的翻譯，就預設了如何在現代國際社群中解釋與正當化中國的巨大任務〔……〕五四作家轉向歐洲文學時，大多帶著學習如何產造一個值得被世界文學所接受，並被西方所重視的民族經典的意向」（1999: 188）。鈴木貞美則強調，日本文學的開端來自於對日本文學衰落的感嘆（2011: 114），而這個感嘆恰恰來自於對西方文學定義的接受；自此日本文學走入了現代，日本文學史也開始萌芽（2011: 119-123）。這約莫也是詹明信（Fredric Jameson）視第三世界文學為國族寓言的意思，只不過詹明信更強調的是作為形式（或是日本批評家柄谷行人所說的「裝置」），而非作為內容的國族寓言，因為唯有取得國族的身分，文學始能進入世界的大門；唯有在西方的文學框架中，日本文學或中國文學才獲得了現代國族文學（national literature）的資格。[20]換句話說，當現代意義的「文學」抵達中國的時候，它就成為一種「認識性裝置」（柄谷，2003: 12）：在西方經典與炮艦中現身的現代文學自此置換了此前存在於本土的文學觀念。[21]法國哲學家洪席耶（Jacques Rancière）也抱持類似的理解。他指出，1800年斯戴爾夫人（Germaine de Staël）《文學論》（De la littérature）的出版，標誌了現代文學觀念的轉變，文學成為「一種新的書寫體制，以及另一種連繫政治的方法，其原則是：書寫不再將某人的意志強加於另一人之上，如同演說家、傳教士或將軍那樣。它展示與解讀事物狀態的徵候。它揭示歷史的符號，像地質學家那樣深入演說家與政治家底下的縫隙與層次——那些構成了其基礎的縫隙與層次」（2010: 161-162）。「文學」自此不再只是傳統與經典、或只是想像性的創造，而是一種全新的、現代的感知配置與認識裝置。

柄谷行人將現代文學視為認識性裝置的考察尤其值得借鏡。在《日本現代

20　1986年詹明信在《社會文本》（Social Text）上發表了〈多國資本主義時代的第三世界文學〉（"Third World Literature in the Era of Multinational Capitalism"）這篇文章，以解釋第三世界文學與資本主義的共謀關係。然而他將第三世界文學視為「國族寓言」這一觀點卻導致相當多的批評。相關批評的整理，見Qin Wang, 2013。

21　事實上，英國文學批評家伊戈頓也提到，在19世紀以前，英國人對現代意義的文學觀一樣感到陌生，因為在那之前，文學並不等同於「創意」和「想像」，而是「有價值的書寫：哲學、歷史、文論、信件與詩」（Eagleton, 1983: 15）。他坦言：「就我們所繼承的字的意義而言，文學就是一個意識形態」（1983: 19）。柄谷行人也注意到，文學的「顛倒」不只存在於東方，更要到西方去溯源（2003: 13）。

文學的起源》裡，他將現代文學的出現解釋為一種現代性的徵候，而這個徵候
仰賴兩個發現來運作，一是「風景」，二是「內面」；前者與再現對象的選擇
框架和視角相關，後者則與再現的制度性和物質性連動。他首先從夏目漱石的
《文學論》當中提出了「文學為何物」的問題，強調漱石當時在英國所學習與
接收到的「文學」並非是一個普遍的概念，而是與日本漢文學相對立的一個觀
念，可是這個以英國文學為基礎的「文學」後來卻被確立為一種普遍的概念，
從而掩蓋了自身的歷史性。是以，柄谷行人將漱石學習英國文學後所產生的
「被英國文學所欺而生不安之感念」，理解為日本進入與適應現代過程中的掙
扎時刻，以突出現代文學概念本身的歷史基礎與意識形態特色。柄谷強調，漱
石所說的「漢文學」，恰似被稱之為「山水畫」的日本繪畫，因為「所謂山水
畫乃是由風景畫的存在而得以存在的」（2003: 8）。他引用宇佐美圭司對山
水畫的討論指出：「山水畫這一名稱並不存在於這裡展示的繪畫所實際描述的
時代裡，在那個時代人們稱之為四季繪或月并」，它其實「是由指導過明治日
本現代化的芬尼羅莎（Ernest Fenollosa）命名，並放在繪畫表現的範疇中給予
一席之地的。因此可以說山水畫這一命名本身，乃是由於西洋現代意識與日本
文化之間的乖離而出現的」（2003: 9）。[22]換句話說，若沒有西方風景畫這個
認識性裝置的介入，現代意義上──即作為風景，而非民俗──的日本山水畫
是不存在的。是故，

> 「風景之發現」並不是存在於由過去至現在的直線性歷史之中，而是存
> 在於某種扭曲的、顛倒了的時間性中。已經習慣了風景者看不到這種扭
> 曲。漱石的懷疑正是由此開始，「有被英國文學所欺而生不安之感念」既
> 〔即〕是生存於此種「風景」裡的不安。〔……〕正如國學家想像漢文學
> 以前的日本文學時，是因為有了漢文學的意識才要這樣做的一樣，談論
> 「風景」以前的風景時，乃是在通過已有的「風景」概念來觀察的。比

22　芬尼羅莎（1853-1908）是專研日本藝術的美國學者和收藏家。他曾在東京帝國大學（今日東
　　京大學的前身）教授哲學與政治經濟學；在那裡，他結識了或許是生涯最重要的合作夥伴：
　　岡倉天心。離開東京帝大後，他協助創立了東京美術學校以及東京博物館，並與日本畫家狩
　　野芳崖和橋本雅邦合作，建立了日本的「風景畫」。返美後，他在波士頓美術館工作，替該
　　館的東方部門建立相當豐富的日本藝術收藏。

如，我們應該意識到：在質問山水畫為何物時，這個質問已是基於顛倒的
關係之上了。（柄谷，2003: 10）

因此，所謂「風景」其實是一種內化了的殖民主義與民族主義視角，透過它，
日本學會從西方的眼中觀看日本的「風景」，並以之為代表「日本」的風景。
若是遍尋不到，那就發明之——現代文學於焉興之。是以，風景的發現也是一
種發明和創造，其核心現場就是「言文一致」運動。

　　柄谷強調，言文一致運動的本質並不是廢除漢字這樣看似革命性的行動，
而是「『文』（漢字）的優越地位遭到了根本的顛覆，而且是在聲音文字優越
的思想指導下被顛覆的」（2003: 41）。他從改良戲劇的例子中去說明言文一
致的意義，並引用伊藤整對當時新派演員和劇作家市川團十郎的描述：市川
「當時被嘲諷為不入流的演員，因為他的演技太新潮了。他拋棄古典誇張的科
白，活用日常會話的形式，比起大幅度轉動身體之豔麗演技，他更苦心摸索把
神情印象傳達給觀眾的表現手法」（2003: 45）；自此，歌舞伎演員不再以濃
妝來勾勒角色的臉譜，而要拿掉臉譜的假面以「素顏」示人。換言之，這是要
求戲劇創作從經典化，以至於僵化的文字規範轉向生活化的語言實踐，以對人
生進行一種寫實的模仿。這與胡適在〈文學改良芻議〉中，主張白話文創作理
應服膺八項條件——「須言之有物」、「不摹倣古人」、「須講求文法」、
「不作無病之呻吟」、「務去爛調套語」、「不用典」、「不講對仗」、「不
避俗字俗語」——以求達意表情的想法如出一轍。[23]同時，柄谷強調，寫實性
的素顏所企圖展現的正是他稱之為「內面」的東西，即隱藏在素顏背後，我們

---

23 關於言文一致有兩點值得強調：一是西方文字聲音主義的影響，二是戲劇改良的借鏡。在帝
　國主義的背景下，言文一致主張仿效西方，欲將象形文字改為拼音文字，以利教育推廣、改
　善民智，是以後來有了更為基進的中文拉丁化和世界語運動。同時，言文一致的想像促使學
　者重視和重新檢視俗民文學與白話表達，而戲劇就是最重要的現場。因此，市川的「新潮」
　是相對於日本傳統戲劇而言，其源頭正是西方戲劇。同樣的，中國的話劇亦是相對於傳統戲
　劇而發展出來的西化現代戲劇。從傳統戲曲的探究和整理，到新式話劇的興起和發展，恰恰
　是在言文一致運動思想指導下的結果。關於胡適對白話的看法，及其與戲劇的關係，見林毓
　凱，2018。倪偉則將中國的言文一致運動推前至清末的切音字、廢除漢字論、白話報和演說
　文等改革主張，批評這些主張未能切實建構起白話使用者的主體性，而要到五四的新文學時
　代，白話文才真正承擔起了它的歷史使命（2019: 77-99）。

或許可以稱之為「意義」的東西。他寫道：

> 「內面」並不是從一開始就存在著的。它不過是在符號論式的裝置之顛倒中最終出現的。可是，「內面」一旦出現，素顏恐怕就要成為「表現」這個「內面」的東西了。演技的意義在這裡被反轉過來，市川團十郎當時被稱為不入流的演員具有象徵意義。這與二葉亭四迷「寫不好文章」而開始了「言文一致」體的寫作有相似之處。以前的觀眾在演員的「人形」式的身體姿態中，在「假面」化的臉面上，換句話說在作為形象的臉面裡感受到了活生生的意義。可是，現在則必須於無所不在的身影姿態和面孔的「背後」尋找其意義（所指）。（柄谷，2003: 47）

簡言之，言文一致的預設其實就是寫實主義，而寫實的極致就是人的「內面」，即人的心理或是話語底層的所指。對內面的追求，使人成為了現代意義下的「風景」，而言文一致中的「文」則是表現這道風景的物質性媒介。同時，被預設為透明的、純媒介性的「文」既表達了人，也以人的主體性為依歸，於是具有內面、主體的「人」就成為一種制度性的存在。這樣的「人」既是「文」（白話書寫）的起點，也是終點，並且成為一種表達或話語的建構。所以，柄谷寫道：「『現代的自我』只有通過某種物質性或可以稱為『制度』性的東西其存在才是可能的。就是說，與制度相對抗的『內面』之制度性乃是問題的所在」（2003: 52）。風景與內面的發現與制度化，因此，恰恰是現代性中的「文學的政治」，而且這個政治是在對殖民／現代體系的接受與傳統的顛倒上建立起來的。

柄谷的討論一方面提示了「現代文學」與「殖民／現代性」的關聯，即後殖民思想家米諾羅（Walter Mignolo）所強調，殖民性是現代性的「陰暗面」（dark side），是「其構成，而非其派生物」（2001: 22, 26）的觀點。對出身於阿根廷的米諾羅來說，拉丁美洲是在西歐殖民體系當中進入現代；拉美現代性或許有自身的內在動力，也與其他地方的形構不同，但它內在於西方權力的殖民性當中這點是無庸置疑的。後殖民評論家德里克（Arif Dirlik）也認為，今日學院裡流行的另類現代性或多元現代性之類的講法，若以史實觀之，事實上唯有在全球化資本主義所形塑的共同現代性這個預設上才能成立的（2003:

275）。在這個觀點下，全球化是將世界各個角落帶入複雜殖民關係中的歷史過程。這也是為什麼米諾羅及德里克等後殖民批評家主張從「殖民／現代世界體系」的形成來理解（全球）現代性的意義。二方面，「現代文學」本身即是民族國家知識生產的機制，兩者不可分離。作為一種認識性裝置，它發明了「文學」，也打造了「國族」，並且成為殖民／現代世界體系中不可分割的一環。我們或許無力扭轉這個顛倒，因為我們已經深深嵌入這個殖民／現代／國族想像的風景當中。誠如米諾羅所言，我們的挑戰不是要「在現有的學科結構當中找到新的模式」，而是要批判地檢視「知識生產的結構以及學術的文化」（1999: 1）。更精確地說，在建構新的知識範式前，我們首先必須認識與反思既存知識範式本身的歷史性，以及隱身其中的殖民性和地緣政治。

在這裡，我們可以發現，外文研究其實正是在現代性與殖民性之間、在世界文學與國族文學之間，乃至在本土與離散之間不斷摸索自身發展的軌跡和定位。一方面，它與作為國族文學的現代中國文學和臺灣文學共生，另一方面又在接引現代的過程中，處於西方文學與歷史的陰影之中。作為學習西方的跳板，它不僅在實務上面臨著「以史入文」和「以文為史」的矛盾，又往往在再現西方的同時落入西方主義與自我東方化的陷阱；[24]也因此，從柄谷的角度來說，世界文學或比較文學想像其實也是一種資本主義的交換體系：學習外文、認識西方，正是為了進入這個交換關係，企圖轉換和改造。但究竟誰改造了誰，又交換了什麼，仍是未定之數。[25]在這個意義上，殖民／現代性想像當中的權力關係並不是單向的宰制，而是以現代之名進行互動、交流與交換的鬥爭。尤其重要的是，這個鬥爭不僅在東方的殖民現場中發生，它的啟動亦源於西方自身的現代性改造。在西方從帝國轉向民族國家的後殖民變造中，在從古典往現代的思想過渡當中，現代文學浮現為一關鍵的知識場域，既連接傳統與現代，也區

---

24 這點在第一章和第三章會有較深入的討論。

25 柄谷行人的《日本現代文學的起源》雖然是以學科的思考為基盤，但更直指支撐現代文學的民族主義，以及與之共謀的資本與帝國。在該書的〈中文版作者序〉裡，柄谷就指出，「資產階級革命之後的國家乃是由資本制市場經濟、國家和民族以三位一體的形式綜合而成的」，是故我們對於民族主義的批評必須「走出資本制＝民族＝國家三位一體之圓環」（2003: 5）。

隔自我與他者。因此，在追索外文研究在臺灣的發展軌跡之前，我們應該對西方現代文學的建制歷史進行初步的考察與探索。

「文學」與殖民現代性：歷史

　　文學建制，內蘊於更寬廣的意識形態結構裡，折射、凝結或精煉社會與意識形態的傾向，延展歷史的過程。

——Kumkum Sangari (1994: 115)

　　1899年夏目漱石前往倫敦留學，當時作為學科的「英國文學」大概只有不到百年的發展，而作為建制的「英國語言和文學系」在牛津大學甫才成立5年，那時的牛津英文系連自己的圖書館都沒有，只有一位講座教授，在1897-1906草創的前10年間，每年修業學生不超過30人，其中絕大多數是女性。[26]而漱石就讀的大學學院（University College, London）最初稱為倫敦大學，成立於1826年，和晚它3年才成立的國王學院（King's College, London），才是最早開始教授英國文學的「高等學府」。[27]從今天回望，這似乎是不可思議的過去，但這是歷史的事實。

　　當然，我們不能以現在的學術標準去理解當時的「高等學府」。根據帕默（D. J. Palmer）的記述，當時的學院頂多是不負擔教學任務的考試機關，其存在只是為了提供證明、證書和學位；在1836年以前，這些學院甚至不提供學

26　當時的講座教授（Professorship of English, the Anglo Saxon Chair）是兩度擔任此職（1849-1854; 1876-1903）的歷史語言學家爾利（John Earle）。他的繼任者是英國文學史上大名鼎鼎的萊利爵士。

27　1836年，這兩所學院又合併為倫敦大學（University of London）。不同於牛津和劍橋，倫敦大學是英國第一所不以宗教資格作為入學要求的世俗性大學。作家狄更斯（Charles Dickens）辦的雜誌《一年到頭》（*All the Year Round*）在1858年稱倫敦大學為「人民的大學」。它也是英國第一所招收女性就讀的大學。1898年開始的教育改革以及1900年新的聯邦制度通過後，倫敦市內的諸多學院陸續加入倫敦大學系統，至今形成龐大的規模。不過，儘管倫敦大學下轄不同學院，在招生、財務，乃至學位頒與上，各個學院仍是獨立分治的。

位；就讀的學生多在16-18歲之間，畢業後要不從商，要不轉向牛津和劍橋深造。新興學院之所以出現，是因為當時正努力向外拓殖的英國政府發現，強調修辭、邏輯與文法的古典教育雖然重要，卻不實用；面對廣大中產階級的興起以及工人階級的出現，高等教育不只需要與宗教脫鉤，更必須配合社會的需要，提供「有用的知識」。的確，拉丁文與希臘文雖然典雅，卻不是傳遞有用知識、培養人才最有效的工具，因為語言只是工具，重要的是內容。是故，不僅16世紀宗教改革後，英國各地陸續出現反對教會把持教育、由私人經營的「異議書院」（dissenting academies），以英文為授課語言和內容，以傳遞實用知識；18世紀末的「成人學校」運動以及因而興起的工人學校，也成為英國語言與文學研究發展的溫床；女子教育的出現，尤其以英國文學為重要的媒介，這使得女性成為修習英國文學的主力。[28]然而，19世紀以前，從文法學校到大學的正規教育，都以拉丁文和希臘文為主；即令英文與英國文學，因其實用價值逐漸獲得重視，但作為一個獨立學科，它一直是以古典學（Classics）為模板，亦步亦趨，以確保自身的學科價值，又與之區辨，試圖別開蹊徑。同時，從德國移植而來、強勢發展的語文學（Philology）[29]強化了英語研究的科學性。它提供了一套方法論，將語言的研究與民族歷史結合，從而確立英文研究（English Studies）的學術任務。建制史學者廓爾特（Franklin E. Court）就指出，

> 到了1850年代，英國文學研究開始代表「文化」，這正是西方文明的意識形態，作為一種積累的，但必然的種族記憶遺產，開始被建構的時候。語文學開始尋找這種原創的文化形式和原始的意識結構，而文學即是其反映；同時，教授與學生也被期待要透過研究原始的語言建構來找到這樣的意識結構。（1992: 78）

28　帕默就指出，牛津英國語文學系成立的前10年（1897-1906），修習的學生大多為女性（Palmer, 1965: 116）；在女子教育興起的19世紀中葉，英國文學也被認為是較適合女性修習的學科（Palmer, 1965: 38）。

29　「Philology」是19世紀興起的一門學問，主要是以比較的方法研究語言的歷史變化，例如母音的跨時演變或是德文和英文發音與字構的區別和變化，它與後來的語言學（linguistics）一門相繼，故譯為「語文學」，略作區辨。關於語文學對英文研究的影響，見Gupta, 2015。

簡單地說，語文學作為一種學術範式，雖然表面上看起來與文學研究格格不入，但最終仍在語言與民族、文化乃至於西方文明的接合上，為現代文學的研究提供了正當性基礎。英文教育（English education）不再只是為了識字，而是為了保存文化。葛雷夫與華納（Michael Warner）亦強調，雖然語文學研究的重點是語言——如母音的變化——但它往往仰賴文學作品的文字作為例證（1989: 4-5）。這意味著，在學術現代化和專業化的過程中，文學一開始是作為語言研究的對象而存在的，但它最終卻在民族文化的想像中，和語言研究分途，自成領域，儘管當今不少學院裡，語言學家和文學研究者仍同處一系。[30]

　　但是，真正賦予英文研究現代意義的是19世紀的帝國民族主義，透過浪漫主義重新發明的文學想像。帕默指出，皇后學院英國文學教授金斯利（Charles Kingsley）在其講座中指出的文學乃「民族自傳」這樣觀點影響深遠，因為此一認識不僅意味英國文學，像古典文學一樣，可以肩負教化百姓的任務，它更可以憑著與過去的連繫，成為今日的借鑑；同時，浪漫主義的文學觀將文學重新塑造為一種「感覺的文化」（culture of feelings），以克服工業革命所帶來的衝擊：文化生活的貧瘠、人民與傳統的疏離等（Palmer, 1965: 39）。1922年，在牛津大學莫頓學院英國文學教授的就職演說上，葛登（George Gordon）指出，在戰後頹唐的狀況下，英國文學必須負擔起三重的任務：「繼續提供愉悅，指導智性，但最重要是拯救我們的靈魂與療癒國家」（引自Eagleton, 1983: 21）。英國的馬克思主義文學批評家伊戈頓（Terry Eagleton）也認為，當代文學觀念興起於浪漫時期；它不僅具有「控制與整合勞動階級」的政治作用（1983: 21），亦隨著帝國戰爭與民族主義抵達高峰，成為主導性意識形態的一部分；更重要的，它提供一個向「人類處境提出根本質問的場域」（1983: 27）。作為維繫傳統與現代、國族與人民之間的關鍵紐帶，文學不只傳遞過去的經驗，自身更成為經驗的場域，揉合歷史性、現代性與民族獨特性於一身。因此，文學研究自然會產生一個歷史化的走向，希望在文學中找到現代生活與國族歷史的連結。據此觀點，澳洲學者里德（Ian Reid）就認為，浪漫派詩人華茲華斯（William Wordsworth）對於英國文學研究建制的影響力要比阿諾德（Matthew Arnold）、柯律芝（Samuel Taylor Coleridge）和莎

30　關於這個矛盾，第一章會有進一步的討論。

士比亞更大，因為他強調的自然、想像、精神、自我和創造力等觀念，更能夠
表述英國文學的民族特性，賦予文學實用的價值。里德寫道：

> 許多地方〔英文系的〕學術實踐依然保有以下的特色：文學（「想
> 像」）的書寫是英文研究的主要內容，而特定文類（尤其是詩）具有特殊
> 的地位；文化傳統，從民族與歷史觀之，是教學的重點；作家個人的特質
> 也是重要的旨趣，因為文本是自我獨特的表述；因此，讀者個人對文本的
> 回應是合適的教學重點，因為它被認為體現了個人知識、經驗、感覺、想
> 法、心靈成長以及倫理監控內在技巧的成果。就許多例子來看，這些預設
> 都是由獨特的華茲華斯性格所定調的。（2004: 214）

毫無疑問的，里德所列舉的諸般特色正是現代文學研究的基本預設。英國文學
的發展不只服膺大英帝國主義的需求，更是對其正當性與民族光榮的表述。再
一次伊戈頓對此有獨到的見解。他認為，文學是一種當代社會力量的意識形
態，它指向了中產階級的興起，以及帝國擴張之際的維多利亞英國，如何重新
定位自身的使命。他語帶嘲諷地寫道：

> 文學會在大眾的心裡操演多元思想與感受的習慣，說服他們去認識到，
> 除了自身的觀點外，還有其他──即主人的──觀點存在。它會把布爾喬
> 亞文明的道德寶藏傳給他們，令他們對中產階級的成就油然生起尊敬之
> 心；而且，因為閱讀基本上是孤獨與沉思的活動，它會抑制他們心中想要
> 進行集體政治行動的衝動（Eagleton, 1983: 22）。

雖然伊戈頓在文中並沒有申論殖民的脈絡，他還是指出了文學鞏固了英國
的民族認同，使得大英帝國的海外侍從得以抱持文化優越的心態面對廣大的被
殖民者（Eagleton, 1983: 25）。印度學者的相關研究也記錄了英國語言與文學
教育如何服務大英帝國。桑加莉（Kumkum Sangari）就寫道，英國統治者想
將英國文學「從模倣古典學的位置提升，使自身成為一種古典，變成現代印度
人尊崇古典的符號，就好像拉丁文和希臘文在16世紀的地位一樣」（1994:
76）。薩依德的學生，薇絲瓦納珊（Gauri Viswanathan）更指出，「在英國文

學於母國完成學科建制之前，它就是殖民地印度教程中的一個科目」（1989: 3）；東印度公司1813年的憲章法案（Charter Act）標示了英國文學教育在印度的起點（1989: 23），其目的，如麥考萊男爵（Thomas B. Macaulay）於1835年〈關於教育的會議紀錄〉（"Minute on Education"）上所寫的，就是「要去形成一個階級，可以在我們和我們治理的百萬人民之間擔任翻譯，去造化一群在血液和膚色上是印度人，但是在品味、意見、道德和智性上是英國人的人。我們可以任這一群人去改善當地的語言，以借自西方的科學名詞去豐富這些語言，並讓它們逐漸成為向廣大人民傳遞知識的合適工作」（引自Chandra, 2012: 9）。換言之，是因為殖民治理所需，才使得英國的語言與文學成為帝國的語言和文學，間接促成其在母國的發展。[31]里德亦不諱言，華茲華斯是「帝國的詩人」，在詩作當中召喚愛國的熱情，以及讀者和土地的連結，即令在熱帶殖民地，英國的水仙花往往無處可尋（2004: 134-136）。[32]這或許是令漱石感到不安的另一個理由。

　　誠然，是帝國與市場的力量推動了英文研究的全球發展。1855年，在麥考萊男爵和喬伊特（Benjamin Jowett）等教育家的推動下，東印度公司民政服務部要求應徵者必須通過考試，其中英文被賦予相當的權重，以測試應徵者對英國歷史與組成的了解，並要求他們展現對英國詩人、智慧與哲學家的認識（Palmer, 1965: 46）。這項政策對民間造成相當影響，不只反映在公立學校的教學方針上，也在1858年牛津和劍橋的地方招生考試以及1859年倫敦大學首度舉行的英文學士測驗中確立。儘管這個時候的英國文學教育仍傾向事實的記誦，少有分析，[33]但這些舉措逐步為英國文學創造了市場：書店開始出版相關

31　英國文學與帝國關係最密切、感受最深刻的還是印度，因為在印度，英語不只是殖民的，也是現代的語言；它是帝國的、異國的，也是自己的語言。英國文學不僅象徵殖民權力與帝國文化，亦是重建印度本土文化的範本。關於英國文學與語言教育在印度的起源與發展，見Visawanathan, 1989; Joshi, 1994; Dash, 2009; Mukherjee, 2009; Chandra, 2012; Gupta, 2015。

32　出生於英屬馬來亞的亞裔美國詩人林玉玲（Shirley Lim）曾提到，閱讀華茲華斯的詩作讓她在熱帶的麻六甲遍尋水仙（daffodil）而不著，卻忽視了就在身邊、屬於熱帶的朱槿（hibiscus），見Pennycook, 2017: 276。

33　比方說，當年的試題大多類似下列問題：簡述伊莉莎白時代戲劇Gorboduc的情節；英國第一部喜劇作品*Gammer Gurton's Needle*是誰寫的，創作於何時？請簡述其情節；提供至1603年止莎翁生平的主要事實等（Palmer, 1965: 47）。就筆者的經驗而言，這類考題對臺灣許多外文

書籍作為應試者的教材，學者也開始考證的工作，以提供更翔實而完整的讀本。哈蒙德（Mary Hammond）的研究便發現，1880-1914年間，英國的圖書館運動、火車站的書肆（例如至今仍然可見的W. H. Smith書店）、大學出版社以及婦女閱讀人口的增加，都為英國文學的普及創造了龐大的能量。伊戈頓更將期刊、咖啡館、社會與藝術評論、牧師佈道、古典文學的翻譯以及行為和道德指南等，都視為文學意識形態建制的一部分（Eagleton, 1983: 15）。同時，課程改革亦有所推進，尤其是從工人學院發展出來，針對校外生的延伸和函授課程取得了很大的進展，這都說明了英文研究得以在1870年代遍地開花，蔚為風潮的條件。到了1880年代，英國語言和文學不再只是邊緣性、功能性的知識，而開始具備學科的架勢。這使得牛津、劍橋等傳統名校也不得不調整自身的學科結構——例如，劍橋在1878年設置的中古與現代文學學士學位（Tripos）中就納入英國文學，而牛津則在1894年成立英文學院（School of English）——來面對與接納這門新興學科，予以更為豐厚和堅實的學術基礎。

　　但是英文研究真正的發展要到20世紀以後：在牛津，萊利爵士（Walter Raleigh）於1903年接任英國文學講座教授後，大舉興革，一方面將文學研究與語文研究分途，使得修習的學生可以更為專精，另一方面和其他學者合作，強調語言學與歷史學對於英國語言與文學的研究有不可分割的重要性，從而確認「以史入文」和「以文為史」的研究路線。同時，透過向學生收取學費，成立基金，他不僅向牛津爭取到更多的財務挹注，擴充師資，也有餘裕成立圖書館，充實設備，為英國語言和文學成為現代學科奠定了良好的基礎。自此，教學目的不再只是為了滿足學生學習的需要，更要專注於學者的養成與學科的發展，在經歷了1920-1970年代葛雷夫所謂「學者」（scholar）與「批評家」（critic）兩種範式的針鋒相對之後，「學者」勝出，學院裡的文學批評也進入「專業化」的時代。[34]劍橋的發展雖然晚於牛津，卻找到不同的側重點。帕

系的學生並不陌生。

34　在美國，葛雷夫就認為，文學研究的進展，在1920-1970年代，核心的動力就是圍繞著專業化的辯論：不論是古典學與現代語文的鬥爭、專門研究與一般學養的矛盾、學者與批評家的區別，還是新人文主義與新批評、學院批評與文化批評等種種的區辨，乃至於批評與理論的分家，說到底都是專業化發展的必然結果（Graff, 1987: 14）。諾斯（Joseph North）更強調，從今天回看，葛雷夫討論的1920-1970年代學者與批評家之爭，最終是學者勝出了，結果卻導

默認為，劍橋在1917年後確立了「人生、文學與思想」這個方向，不僅在教學和研究上讓文學與語言分途，更有想要以英國文學取代古典學，成為一般人文訓練基礎的企圖。1920年代出現的劍橋學派，以瑞恰慈（I. A. Richards）高舉的「實用批評」以及他的學生，曾經任教西南聯大燕卜蓀（William Empson）為代表，更凸顯了劍橋學派在研究取向上更接近哲學與社會的事實，較之牛津強調歷史和語言，有了不同的側重（Palmer, 1965: 153）。事實上，恰恰是劍橋學派和瑞恰慈的「實用批評」以及之後橫跨大西洋發展起來的「新批評」（New Criticism）對中國和臺灣的外文研究在二戰前後的發展起到了最為深遠的影響。[35]

　　在美國，英文系的發展也得從現代語言與古典研究分家開始說起。在哈佛，1868年，英文才首度被認可為一個學科領域（Grandgent, 1930: 67），其發展與現代語言（主要是法文、德文與西班牙文）和古典語言（即希臘文與拉丁文）的分家同步。1877年，哈佛的課程目錄上明列英文、德文、法文、義大利文和西班牙文為入學考試科目，在這之前入學考試只考希臘文和拉丁文。1878年哈佛設置了「現代語文」（後稱之為「現代文學」）的榮譽學士學位，修讀者必須熟稔法文和德文，並且英文、法文和德文的課程得各修讀兩門通過，同時選擇一位作家作為研究對象並通過考試，才能獲得學位。4年後，哈佛才成立英文的榮譽學士學位，修讀者必須通過6個科目的考試，其中一項是作文（Grandgent, 1930: 72）。1891年，哈佛將原先分立的系所納入學院（division）統理，並由柴爾德（Francis James Child）擔任院長，希爾（Adams Sherman Hill）任英文系主任。[36]雖然語文學、文學和作文是哈佛英文

致了文化分析取代了文化介入，成為批評工作的核心。批評事業，在專家之學的光環中，退守學院，因而失去改變社會的號召力（2017: 17）。

35　趙毅衡指出，「瑞恰慈數次留在中國執教，對中國情有獨鍾；燕卜蓀在西南聯大與中國師生共同堅持抗戰，戎馬倥傯中，靠記憶背出莎劇，作為英語系教材，成為中國教育史上的一則傳奇」（2009: 2）。1950、1960年代，夏志清、顏元叔等赴美求學時，與新批評家，如布魯克斯（Cleanth Brooks）亦多所交往。他們引介與應用的新批評，更在臺灣蔚為風潮，直至1980年代。

36　柴爾德（1825-1896）是美國學者、教育家和民俗學者。他最有名的著作是英格蘭和蘇格蘭的民謠選輯，一般又稱「柴爾德民謠」。在哈佛英文系創建之前，他是修辭與演講的講座教授，並於1876年成為哈佛第一位英文教授。希爾（1833-1910）是美國記者與修辭學者。他繼

系表列的主要教學任務，文學仍是主要關懷，教授作文的老師亦以文學專業為主；除了前述兩位外，還有研究美國文學、莎士比亞和歐洲文學傳統的溫德爾（Barrett Wendell）、哈佛學院首任的學生事務部主任（Dean of Men）、研究北美清教徒歷史的布里格斯（LeBaron Russell Briggs）、教授美國文學的培瑞（Bliss Perry）等學者。到了1929年，哈佛的英文系已經能夠開出23門全學分和60門半學分的課程，包括「英國文學歷史與發展概要」、「英國文學歷史與知識背景」、「英文聖經」、「美國文學」、「當代文學」以及「英國文學史」等重量級課程（Grandgent, 1930: 81）。

也是在1891年，美國比較文學的奠基者馬許（Arthur Richmond Marsh）加入哈佛，擔任比較文學助理教授，開設「歐洲古典研究史」和「中世紀比較歐洲文學」兩門課。此時比較文學尚未成系，因為馬許認為比較文學只是方法，而不是研究主題。直到其他學者，尤其是索菲德（William Henry Schofield）和白璧德（Irving Babbitt）陸續加入後，才開啟了哈佛的比較文學時代，吸引了一批中國學生——包括梅光迪、吳宓、湯用彤、梁實秋等人——前往就讀。這些師從白璧德，心向比較文學的中國學者，回國後在東南大學和清華大學，為中國的外國文學與比較文學研究奠定了基礎，並且圍繞著《學衡》雜誌形成了一個與新文化運動打對台的人文主義學派。尤其吳宓、梁實秋、朱光潛等一代五四學人，透過撰述、翻譯與教學，構築了二戰以前外文研究的根本框架；1949年之後，雖然吳宓、朱光潛等人留在大陸，五四一代的渡臺學者——如梁實秋、英千里、夏濟安等人——及他們的弟子，仍是模塑戰後臺灣外文研究的重要推手。

透過這些歷史回溯，我們可以看到源於西方的外文研究如何「落地轉譯」：一方面浪漫主義文學觀的傳布，本身即暗含了英國對殖民擴張的現代回應，這樣的文學觀以其現代性遮蔽了殖民脈絡，並隨著帝國擴張成為全球普世人文的核心組成，直到後殖民理論——特別是薩依德的《東方主義》（*Orientalism*）與《文化與帝國主義》（*Culture and Imperialism*）——提出對西方中心論的批評以及去西方化的主張後，才掀起一波典範轉移，將殖民歷史與影響重新移回現代（和）文學的前景，至今未歇。美國學者克里力（Joe

---

柴爾德，接任哈佛的修辭學教授，並負責大一作文的課程改革。

Cleary）就指出，二戰後英美帝國勢力消長，但英語優勢和英文系在大學裡地位不減反升；尤其美國獨霸後，培養了許多來自第三世界的知識分子，不僅促成了「全球英語」（global English）的出現，更使英文系在非西方世界獲得重視的程度更勝於本土人文，這也成為當前英美英文系危機的歷史根源（2021: 143-144）。另一方面，透過留學，外文學人雖然幾乎同步見證了西方文學研究的發展，乃至對西方人文精神的衰頹有親身的體會，但是在國家積弱、民族情緒高漲的本土情境中，他們主要的關切其實不在西方，而在腳下的土地與自身繼承的傳統如何更新、面對現代的挑戰。在這個意義上，外文研究一方面促成了「西方主義」（Occidentalism）[37]在亞洲的發展（因為西方即現代、現代即進步、進步需國族這樣的思路），另一方面又成為本土化的先鋒，以西方的眼光構築自身，而陷入了自我東方化的漩渦，乃至在與離散社群的連繫與鏡像中，陷入全球文明階序的矛盾裡。連繫起自我東方化與西方主義的是殖民／現代世界體系的桎梏，這也是外文研究，在回顧與展望之間首先必須面對與反思的前提。

三源匯流：外文研究的百年軌跡

> 文學不過是人之活動的一種發露，而此發露不能單獨取自由的途徑，事實上其勢力及於別種活動之上，同時又受別種活動的影響。因此，欲論某件文學的暗示之原因結果時，僅置文學的潮流於眼中，而置別種活動於不顧，便難為完全的研究了。自這點所看的文學，是社會現象之一，故始與旁的社會現象關聯，盡明其自動、反動，始能知之。因此，一切歷史家，同時非為文學史家不可，而一切文學史家，也非為一般歷史家不可。
>
> ——夏目漱石（1931: 377）

---

37 西方主義，作為東方主義的反面，指的是東方人如何構築一個想像的西方。相關討論與應用，可參考Carrier, 1995; Chen, 1995; Corinil, 1996; Ashika, 2003; Buruma and Margalit, 2005; Venn, 2000以及王銘銘，2007。

　　本書將從清末「西學東漸」的歷史開始，去勾勒外文研究的真實狀況與變化軌跡。這包括了西學中譯的實踐、同文館的建制、傳教士與教會學校的貢獻，乃至外文研究作為一個學科與機構建制的出現，以及清末民初種種引介外國文學、建立現代中國文學的嘗試。由此出發，是因為臺灣現代學術體制的建立，與國府遷臺的歷史事實有著因果關係。沒有1945年的光復與1949年後的國府遷臺，臺灣戰後人文學科的發展必然不是今天的樣子；同樣的，沒有戰前大陸學人在思想與文化積累所形成的學術規模，戰後臺灣的外文研究也是無以想像的。然而，由於臺灣獨特的歷史際遇，戰前臺灣的外文研究亦有日本的影子，只是隨著日本戰敗與撤離而逐漸消聲匿跡。如何重新理解日據時期臺灣外文研究的狀況，及其與戰後臺灣學術傳統的相接與斷裂，當是理解臺灣歷史以及外文研究的殖民現代性的重要側面。同時戰後臺灣在社會與文化上的深遠轉變，尤其在冷戰結構之下，向西方——主要是美國——引介知識與生產學術的方式，亦形塑了戰後人文學科的發展，乃至在冷戰終結之後，仍然餘音不絕，成為批判學術無法迴避的問題意識與情感結構。是故，我們必須從西方、中國大陸和日本三個源頭入手，去梳理百年來臺灣外文研究發展的軌跡。

　　這個想法受到楊儒賓老師的啟發。在《一九四九禮讚》，他提出了「雙源匯流」的說法，來解釋1949年給戰後臺灣學術帶來的分裂與編成。他認為，百年來，臺灣的人文學術經歷了「中日雙源頭—雙源匯流—在地轉化的三階段發展」，並以「一九一一、一九四九與一九八七三條年線作為功能性的區隔」（2015: 122）。所以，要理解臺灣人文學科的發展，我們不能獨厚戰後的成果而忽略日本的影響，因為二次大戰前中、日兩國的知識成果為臺灣戰後人文學科的發展奠定了基礎；國府遷臺所帶來的學術建制與知識規模尤其深刻影響了臺灣的人文學術，是「在『納中國於台灣』此一格局下，台灣的人文學術環境才有機會發生急遽的變化」，尤其文化財的引入、學術人才的加入和學術機構的大量增生，為1949年之後的臺灣人文學術增加了寶貴而獨特的資源（2015: 111-112）。他強調，「中華民國－台灣一體化使得台灣的人文研究第一次明顯地有主體性的地位，這個主體性自然是在台灣成長起來的，但它卻是由一九四九的三大因素灌溉進來的，爾後又在與『中華人民共和國』的紛爭中提供了一種另類華文文化的對照組」（2014: 116）。特別是解嚴後，本土化、兩岸化與國際化的發展亦對臺灣的學術定位造成衝擊，使得在地發聲成為解嚴

後臺灣學術的明顯特徵，既對雙源的作用有所呼應，亦與具有區域特殊性的東亞論述有所扣連（2015: 136-137）。

對照戰後臺灣的政治與文化發展，臺灣外文學門之「外」與自身被殖民的經驗就形成了寓意豐富的對照，這也使得戰後臺灣外文研究的發展，必然折射了臺灣政治與文化的主體性想像，並在知識與思想的層次上，介入了戰後臺灣的認同與主體政治，而成為一道獨特的思想風景。其中，冷戰在地緣政治與意識形態上的效應，成為限縮外文研究（以及更廣泛的人文學科）的隱形框架：從新批評、現代詩、現代主義，乃至神話批評，外文研究的種種範式處處可見冷戰的痕跡。雖然東亞的冷戰效應，並未自1989年與蘇聯及東歐共產政權的垮台一同消失，但是，1980年代以降各種理論的奔放與流傳，或許可以視為韓裔人類學家權憲益（2006）所謂「冷戰崩解」（Cold War decomposition）的徵候，反映了一種從知識上瓦解冷戰結構的欲望（陳光興，2006a），因而迎來了各種各樣的西方左翼理論（從後現代到後殖民而全球化），企圖藉著「落地轉譯」西方知識來達到改造自身社會的目的。在這個意義上，形塑戰後臺灣外文研究的力量不只來自於中國大陸與日本兩個源頭，更直接來自於西方，尤其冷戰以來，大量留學生歸國任教，乃至進入政府部門工作，這才是引進西潮、模塑臺灣外文研究最為根本的力量。因此，如何看待西方文學與思想在臺灣這塊土地上的流轉及效應，乃是這本書最根本的關懷；但同時，這種在地主義的歷史觀並非理所當然，它也必須被歷史地看待與反省。

是故，在研究方法上，本書對歷史材料（例如清末民初，與外國文學課程與學門設置相關的奏折、行政命令、教育規範，乃至系所的課程、師資、教材；在報紙和刊物上與外文研究相關的辯論；學生的論文以及學者的論著，乃至學科的建制敘事）進行梳理與解釋，同時也試圖重建相關討論的歷史脈絡：殖民現代性、冷戰歷史與政治以及全球化的影響，都是本書歷史化外文研究發展的論述架構。而所謂的「歷史化」，在精神上，服膺文化研究將問題脈絡化的要求，並且採取法國年鑑學派重視「長期發展」（longue durée）的主張，將研究問題放置在較為巨觀的歷史進程中，強調一種互動而整全的歷史過程以及知識生產的政治性與社會性。雖然從表面上看，外文研究有很明確的指涉對象，但其知識實踐的歷史實況無疑溢出了學門的想像，並涉入其他的領域，例如現代中國文學、民族認同與政治、臺灣文學，乃至於亞洲歷史與兩岸情勢。

在這個意義上，「歷史化」本身也是一種跨領域的研究取徑，目的在於為紛雜多變的知識實踐提供一套解釋的邏輯，並據以提出對學科發展走向的評價與省思。此外，由於學門建制史的資料零散不全，許多的歷史文件不復可得，外文學人對自身系所教學與課程的經驗與反省也不多見，因此，本計畫也部分仰賴口述訪談，以記錄行將消失的歷史，並且以外文學人的個人經驗，作為理解與反思外文研究的素材。因此，各種的追思文集、回憶錄、自傳書寫，乃至散文創作，都是關鍵的線索。

　　結構上，在緒論之後，本書分為三個部分進行敘述與討論。第一部分「外國文學的移入與轉化」，包括兩章：第一章討論從清末同文館至民初大學外文系的建制歷史，以及西方文學中譯的作用，並以吳宓的藏書以及民初學人的西方文學研究為例證，來說明民初外文研究的大致樣貌與重要辯論。第二章聚焦在臺北帝國大學時代的西洋文學講座，梳理當時的高教建制與學生刊物、臺北帝大英文科學生的畢業論文，以及島田謹二的外地文學論，去思考英國文學與比較文學作為建構和想像臺灣及其文學的基礎，以說明西方文學研究如何作為「比較的幽靈」，介入了臺灣文學史，乃至民族想像之中。第二部分「冷戰分斷：（新）人文主義的流轉」，共分三章，大致涵蓋1949-1987年臺灣外文研究的發展。除了對學科建制加以介紹外，第三至五章主要以個案研究的方式，分別聚焦在夏濟安、侯健和顏元叔三位重要的學者，來討論（新）人文主義的思潮如何在冷戰結構中，透過外文研究發展和擴散，又如何在1980年代漸漸式微。第三部分「理論年代：外文研究與後冷戰形構」，含括三章，分別討論1980年代後臺灣外文學界較為重要的幾個發展：第六章「創造『主體性』」討論後結構思潮與文學理論的引介與落地，尤其是源於精神分析的理論思考如何引發了關於臺灣主體性的辯論，乃至演變成發展臺灣理論的期待和焦慮；第七章「重新表述與接合」介紹文化研究在臺灣的興起，以思考西方理論、社會變遷（特別是弱勢社群的浮現）以及「情感」如何在外文研究中作用，鬆動與推進外文研究的邊界；第八章「外文之『外』」則處理臺灣至今方興未艾的族裔文學研究，尤其是亞裔與非裔美國文學以及所謂的「新英文文學」，如何從面對他者的倫理問題出發，思考族裔研究在外文學門中發展的歷史與意義，挑戰自由人文主義的局限，重構外文之「外」的想像。最後一章「結語：讀外文系的人」，則從比較個人與感性的角度總結全書的討論，補充歷史敘述的不足，

並向林文月先生致敬，因為她那篇名文〈讀中文系的人〉，其觸發點恰恰是一位外文系學生的提問。附錄收錄了2000-2020間的外文學門族裔研究相關之碩博士論文清單，記錄學門晚近發展的一個側面。

　　必須說明的是，雖然本書的主題是「外文研究」，但討論的對象主要集中在臺大外文系的課程與師資。這是因為臺大外文系在戰後，不論是課程設置、文學運動，還是社會介入或學術創新，都是關鍵的陣地；在建制上，它也最具規模，並透過師資的移動與活動，深刻影響著臺灣各大外文系的教研發展。當然，這也成為本書最大的局限，未能充份觀照到其他語種和領域的發展與變化。因此，《落地轉譯》討論的不只是生硬呆板的「建制史」和「學科史」，同時也是外文學人的「思想軌跡」與「生命書寫」。但是臺大外文系並非一成不變和鐵板一塊，其學術傳統也不是自古皆然，而是在多重歷史因緣中的匯流、斷流、分流與逆流；由此，我們得以看到由西而東、經民初、日殖、冷戰至今的外文研究，總是在延續中有斷裂、在傳承中有異變。以臺大外文系為經緯不是為了「代言」或「壟斷」臺灣外文研究的全貌，而是以之為關鍵接合點，展開分析和批評。因此，雖然本書討論外文研究發展的百年歷程，但它更想藉著強調「思想軌跡」與「生命書寫」轉向一種「系譜」（genealogy）的思考，來鬆動「百年史」之類的源起敘事，以突出不同時代狀況對外文研究的影響。

　　在〈尼采、系譜、歷史〉中，傅柯（Michel Foucault）提到，系譜並不反對歷史，但拒絕「表達理念與不確定目的的後設歷史操作」，更反對「『源起』的追索」（1977a: 140）。他認為，追索系譜的目的是要鬆動源起的敘事，反思遺留（*herkunft*/descent）的意義，以揭露權力對歷史與真理的操弄，重建我們對歷史真實的認識。他寫道：

> 系譜並不假裝要回到過去，去復原那在遺忘物件的流散之外未曾破損的連續性；它的責任不是要展示過去仍積極地存在於當下，並藉著將所有的變動放入一個預先決定的形式裡，秘密地發揮作用。系譜與物種的演化並不相同，也無意圖繪人類的命運。相反的，它追隨遺留複雜的發展，將發生過的事件放入適當的流散之中；這是為了辨識意外，微小的偏移——或相反的，完全的翻轉——那些催生了持續存在並對我們有所價值的錯誤、

誤判和失算；這是為了發現真理或本體〔being〕並不存在於我們所知或所是的根底，而在於意外的外部性。這無疑是為什麼每一個道德的源起，自它不再虔誠的那刻起就具有批判的價值，而這是遺留永遠做不到的事。（1977a: 146）

傅柯強調，遺留或遺產，不是一種繼承與所有，而是「由錯誤、縫隙和異質層構成的不穩定集結，它會從內、從下威脅脆弱的繼承者」（1977: 146）；同樣的，「興起」（entstehung/emergence）也不是歷史發展的最終形式，而是一種偏移或裂變。因此，系譜這個概念想要突出的不是有始有終的，具有延續性與目的性的敘事，而是要指認各種各樣的「臣屬系統」（systems of subjection）：那「不是意義的預期力量，而是宰制的危險遊戲」（1977a: 148）。[38]

不過，本書並沒有像傅柯在《規訓與懲罰》裡那樣展開一種全然系譜式的考掘；相反的，溯源的衝動處處可見，那是因為外文研究至今仍沒有一部完整的歷史，有的只是異質而不完整的檔案、豐富但不確定的記憶，以及零星散落的紀錄和說法。非但外文研究的建制源起——不論在英國、日本、大陸或臺灣——本就與殖民歷史相嵌，而不純粹；比較文學的想像亦總是東西糅雜，彼我難分；理論、文化研究與族裔文學的發展更充滿了鏡像的折射，跨界糾結。因此，外文研究或許也是傅柯所說的，由意外、錯誤、縫隙和異質構成的不穩定集結，在這個變動劇烈的當下，也不一定具備道德的優位性或正當性。但作為一份遺留和遺產，它們具有批判的價值，既會從思想的內部和歷史的底層威脅意外的繼承者，亦可能因時代的變動而瓦解和佚失，隱沒在下一個歷史地層之中被遺忘。正是在這個意義上，本書藉著副標題裡的「軌跡」一詞，強調外文研究移動的路徑，可辨的發展，而不是朝向某個目標的演化，關鍵是牽引軌跡的力量以及內在生發的動力。是故，軌跡也是一種系譜敘事的標記，在抗拒整全的歷史解釋的同時，辨識歷史變化的過程並予以詮釋，在飄移、反覆，甚

---

38 傅柯的系譜概念取自於尼采，與中世紀的系譜觀大相逕庭，見Spiegel, 2001。系譜概念貫穿傅柯的著作，在1976年的演講集《社會必須被保衛》中有進一步的闡釋，並在後期作品，如《規訓與懲罰》和《知識／權力》中有所體現。見Foucault, 1977b; 1980; 2003。

或矛盾糾葛的軌跡中去說明源起的意外與不純粹、影響路徑發展的多元角力，以及殖民現代性的內在衝突。作為歷史紀錄的一種，軌跡承認歷史有其承續與延異；唯有如此，任何關於斷裂和異變的宣稱才不是任意妄為的權力意志使然，才不是某種開天闢地，自古始之的神話，才可以在歷史中被充分解釋、反駁、解構與重述。這也是為什麼本書從殖民現代性的角度切入，著重外文研究在各個歷史時期的變化和發展，如何受到政治的影響，以勾勒學術與社會的互動，而不只是追蹤學科自身跨越時地的延續，儘管某種學術傳承與人文關懷仍然清晰可辨。

　　聚焦戰後臺灣外文研究的思想進程，如何介入冷戰與內戰的雙戰構造，又如何透過「西方理論」與臺灣社會的政治轉型進行互動，本書也希望在學院建制與社會文化的連動中，考察外文研究如何思考與想像西方，從而展開一個植基於在地歷史，卻具跨國視角的文化批判。這個文化批判計畫始於對自身歷史的同情理解，並以學院與社會的連動為進路，展開何謂西方與如何反思西方的思索，因為自西學東漸以來，不論大陸或臺灣，在學術、文化乃至於社會想像上，無不以西方為依歸。然而，我們鮮少深入思考西方的意義，尤其是深藏於我們自身文化中的西方主義以及自我東方化的衝動，如何在方方面面主導了我們對學術與社會的認識。因此，批判地展開我們對「西方理論」或「歐美研究」的認識，超克內在的西方主義，當是外文研究百年思索重要而深刻的任務。在這個意義上，本書所面對的不僅是臺灣的外文學門與研究社群，也面向華人世界與西方更廣泛的人文學科，希望在追索學科建制與思想軌跡的同時，也對知識生產結構中的殖民／現代性展開反省，推動殖民之後的人文想像。

　　具體而言，外文學門歷史化的探究其實是一種歷史意識的鋪墊，是追逐西方諸神百年後的一次回歸。它要求我們認真看待前輩們走過的路，嚴肅對待他們的思考與心情，批判性地總結他們的經驗與方法，以走出一條屬於我們的路。唯有透過這樣的嘗試，我們才可以暫時脫離西方學術觀點與術語的夾纏，回歸在地的文化與思想脈絡，清理過去紛雜、甚或凌亂的足跡。同時，建制史研究的困難除了凸顯學門歷史紀錄的匱乏與重要外，也提醒著我們重新思索學科的意義。學科究竟是一個規範性範疇還是經驗性範疇？我們應該如何面對學科專業化之前的跨學科知識生產，並將之轉化與吸納為學門發展的養分？在這麼一個「以外為尊」的學門裡，我們可不可以鼓勵後繼者去檢討和反省這條學

術路線，接納他們「既中且外、東西不分」的學術實驗？最重要的，回顧百年思潮起伏，我們是否可以走出、甚或擱置師輩的權威和包袱，批判地認識與繼承他們的成就、困惑與失措。我相信，這樣的破立之舉才是思考百年人文發展最重要的使命。

從文學翻譯，經比較文學，再到文學理論、文化研究與族裔文學，外文學門走過百年洪潮，總是在複雜的政治情勢中曲折前進，在中外文化的疆界上持續溝通、轉譯與比較的工作，以打通學科邊界、重塑知識主體，再造人（與）文的意義與形象。尋思百年，外文研究仍有許多未竟之功，但是走過歷史的荊棘漫漫，我們至少可以看見它存在的條件與價值，在溝通中外、重建文明的道路上不斷挺進，興滅繼絕，改造自身。

第一部分

「外國文學」的
移入與轉化

前言

「外國文學」四個字看起來理所當然，其實曖昧不清。所謂外國文學，當然是相對於本國而言，是以外國文學可以是西方的、日本的、非洲的、任何一個來自本國空間之外的文學，但文學的跨國流轉與歷史演化並非理所當然地清楚與明確，或是來源純粹，就像是「本國的」標籤也未必總能找到和想像相符的實指。透過翻譯、引介，甚至是挪用與假借，「外國」文學其實是在被指涉為他者的同時，滲入了本國的空間，成為本國文學發展的靈感、模範和啟蒙，也成為了我們藉以界定自身的幽靈。是故，外國文學的故事，其實也是關於「我們」的故事。

更重要的，外國文學的移入創發了「外國文學研究」這個新生的人文領域。表面上，它與本國文學研究相對，但實際上又摻和其中，彼此闡發，乃至互為表裡。對外國文學的思考及研究，於是就在西學東漸的過程中成為現代學術體制的一部分，具體而微地進入了從譯作到著述、從研究到教學、從科目到建制這樣的體制性發展。本書所著眼的建制史研究，恰恰是在外國文學移入後所發生的體制性轉化，這包括了老師與學生的互動與流動，學科領域的建設與變化，留學與殖民的影響，以及在地與跨國文學場域在特定歷史時空下的發展與轉變。這些因素不只結構了外文研究這個領域的形成，更或深或淺地影響了我們對文學及文學研究本身的認識。臺灣的「外文研究」這門學科，從何而來，所為何事，又是怎麼演化成為今天的樣子，是以下兩章的重點。

在以下的章節中，我們將先回顧外文研究在清末民初的建制過程，因為民國初年外文研究的發展（包括著述與課程），對戰後臺灣的外文學界有著決定性的影響。同時，有鑒於臺灣在1895年後割讓給日本，成為殖民地的歷史特殊性，在日本發展出來的「英文學」對當年的臺灣學子（但不限於臺籍），尤其是當時的臺灣文壇與學術社群，亦有深刻的影響。這個從中國大陸與日本轉介

而來的西方，是臺灣外文研究的起點。作為學術史的側面，建制史的研究不只追問學術本身如何發展與演變，更對體制性的變化及從中演化出來的思想，保持好奇。回到中國大陸和日本這兩個源頭去理解外文研究的建制過程，同時也意味著誠實面對臺灣歷史的態度。歷史，尤其在歷史中長成的文化，並不會像政權更迭那樣地截然斷裂，乃至今是昨非；相反的，固然政權更迭造成的影響清晰可見，但包括學科本身的文化與歷史總是在斷裂處有所連繫，在延續中有所歧出。如何掌握、理解與分析這些歷史與文化的藕斷絲連、接枝再生，以作為今日與未來學術發展的借鏡，是本書的挑戰，也是以下兩章的用心所在。

第一章

西學東漸
外文研究的源起與建制

西洋文學的介紹入中國，遠在新文學運動興起以前，在清末民初時代已有顯著的、雖是零星的成績；至於它的正式的系統的研究，卻還是近數十年來的事情。

——柳無忌（1978: 1）

胡適在《四十自述》這本「給史家作材料，給文學開生路」的自傳裡，將自己的童年生活、求學歷程乃至於文學革命的開端，做了一番生動的說明，其中的許多篇章，如談及母親對他的照顧以及他自己如何變成無神論者的段落，對中年以上的臺灣讀者來說，可能還是耳熟能詳。然而，書中提及的幾個細節，卻是在其哲學、史學與文學革命成就之外，一般甚少注意的。比方說，開始讀書後，除了《水滸》、《聊齋》、《紅樓夢》這些舊式小說外，胡適也能讀到《經國美談》這類由日本人翻譯，講希臘愛國志士的外國小說。胡適1904年（15歲）初到上海就讀梅溪學堂時，就開始修習英文，用的課本是《華英初階》，[1]而且當時他的英文成績還好過國文；隔年，轉到澄衷學堂後，他閱讀

1　根據中國大陸人民教育出版社英語室（2013）的說明，《華英初階》出版於1898年，是上海商務印書館出版的第一部英語教科書，也是商務出版的第一本書。時值維新，提倡新學、學習西學與英語的人與日俱增，但苦於教材難覓。商務創辦人夏瑞芳敏銳地察覺到其中的商機，便選取教會學校用的英國人為印度小學生編的課本，並請翻譯家謝洪賚逐課翻譯成文言，再加上白話注釋後，用中英兩種文字排版印刷，定名為《華英初階》（*English and Chinese Primer*），共6冊，出版後大受歡迎。之後商務又請謝洪賚把高一級的課本以相同的

了嚴復翻譯的《天演論》，深受「物競天擇、適者生存」觀念的震撼而選擇了「適之」為字。更有趣的，是他1906年轉念中國公學後，雖然仍在學英文，但他最佩服的卻是當時能作中國詩詞的英文教員，其中一位名為姚康侯的先生還是辜鴻銘的弟子，拿辜鴻銘譯的《論語》為範本，教他們中英翻譯。[2]爾後被聘為中國新公學的英文教員時，胡適回憶道：

> 我在中國公學兩年，受姚康侯和王雲五兩先生影響很大，他們都最注重文法上的分析，所以我那時雖不大能說英國話，卻喜歡分析文法的結構，尤其喜歡拿中國文法來做比較。現在做了英文教師，我更不能不把字字句句的文法弄得清楚。所以這一年之中，我雖沒有多讀英國文學書，卻在文法方面得著很好的練習。（2015: 94）

雖說對於曾為庚款留學生、在美國康乃爾大學和哥倫比亞大學求學的胡適來說，英文不錯，不過是基本能力，不足為奇，但這些細節具體而微地呈現了民國初年英文研究與教學的概況：雖然文法與翻譯是根本，但尚未邁出國門的青年胡適已經開始涉獵經日本翻譯的西洋文學。如江勇振所述，這個時候在上海的青年胡適，還懷抱著留學西洋、研究文學的夢想，想攻考庚款留學，成為「外國狀元」（2011: 22）；同時，他也在自己編輯的《競業旬報》上發表了他的第一部白話章回小說〈真如島〉，宣揚自己的無神論（2011: 95），而他們的英文教員大多是教會學校或上海聖約翰大學的畢業生。這些細節側面描繪了當時的上海，雖然以英文為時尚，但各方思潮與民族情緒已然湧動的時代氛

形式翻譯出版，名為《華英進階》。這兩部教材出版後，成為英語學習者的首選，暢銷多年。周作人在〈我的雜學〉中，亦提及自己在江南水師學堂求學時，英文課用的也是《華英初階》與《華英進階》，輔以《華英字典》為參考（2018: 105）。關於清末英語讀本的相關討論，見鄒振環，2003。

2　辜鴻銘（1857-1928），生於今馬來西亞檳城。年僅13歲時，他就被家裡送到西方求學，先至德國習科學、再到蘇格蘭的愛丁堡大學學文學，師承卡萊爾（Thomas Carlyle）。畢業後，他來到中國，長期擔任張之洞幕府的洋文案；清末曾官拜外務部郎中、擢左丞。民國初年任北京大學英文系教授，教授英國文學與英詩。他的獨特之處在於其深刻的西方經驗以及對中國傳統文化精神的支持。在他以英文著作的《中國人的精神》一書中，他大力維護君主制與納妾，因而被譏為前朝遺老，大逆維新西化之道。見李玉剛，2002；黃興濤，1995。

圍。

　　尤其重要的是，在附錄〈逼上梁山：文學革命的開始〉這篇文章裡，胡適把文學革命的起因歸諸於鍾文鰲這個不通漢文，卻在清華學生監督處做書記，時不時寄發「廢除漢字，取用字母」傳單的「怪人」（2015: 111），因為正是鍾文鰲的刺激使他開始思考中國文字改革的問題。[3]胡適寫道，他當時在日記裡記下自己關於中國採行拼音文字的四點看法，「都是從我早年的經驗裡得來的」，其中講求字源、文法與標點符號的想法，尤其是「學外國文得來的教訓」（2015: 116）。換句話說，文學革命首先是文字、語言革命，是在追求言文一致，以西方經驗為摹本的前提下，所衍生和展開的探索。如胡適所說：

　　　　歷史上的「文學革命」全是文學工具的革命。叔永諸人全不知道工具的重要，所以說「徒於文字形式上討論，無當也」。他們忘了歐洲近代文學史的大教訓！若沒有各國的活語言作新工具，若近代歐洲文化都還須用那已死的拉丁文作工具，歐洲近代文學的勃興是可能的嗎？歐洲各國的文學革命只是文學工具的革命。中國文學史上幾番革命也都是文學工具的革命。這是我的新覺悟。（2015: 121）

胡適所謂的「文學工具」即是語言。雖然他最終沒有往漢字拉丁化的方向前進，但「白話」文學的想像確實推動了一場波瀾壯闊、影響深遠的革命，而這一切的起點並不只是西方表面上的船堅炮利，而是西方語言成為中國知識分子理解以及想像現代與文學的雙語原點。

　　林毓凱整理了胡適在澄衷學堂的課表，強調胡適的雙語閱讀與寫作有紮實的基礎，而他在康乃爾大學廣泛涉獵的西洋文學經典更是關鍵，為其白話文學論奠定了一個現實主義的核心；因此白話與文言並非截然對立，而是為了表情

3　不過，江勇振認為，把鍾文鰲的中文拉丁化傳單歸諸為胡適倡導文學革命的靈感，是胡適的誤導，因為兩者的關係其實「微乎其微」（2011: 288）。江勇振的論據來自兩方面：一是〈逼上梁山〉一文的脫稿日期，另一是胡適本人對中文拉丁化這個議題的看法後來有了轉變。不論真相如何，胡適把上海聖約翰大學畢業、任職留學監督處英文秘書，卻又「不通漢文」的鍾文鰲當成文學革命的起點，或許更大程度反映的是英文對胡適本人的影響，以及他自己面對「全盤西化」的矛盾心情。

達意、反映現實的一種語言「性質」或「元素」（2018: 291）。加拿大學者傅雲博（Daniel Fried）指出，胡適的新詩創作（如《嘗試集》）只是在語言的表達上展現新意，在骨子裡，他的詩學靈感還是來自於傳統的英詩，即他在康乃爾和哥倫比亞留學時所讀的伊莉沙白詩人、浪漫主義詩人和維多利亞詩人（2006: 372）。[4]傅雲博寫道，胡適的創作靈感與當時的歐洲與美國文學（如意象派）關係不大，而與華茲華斯更有關係；他是「透過翻譯英詩，特別是19世紀的英詩，才首度獲得在古典的詩詞傳統之外，創作中文詩的經驗」（2006: 373, 375）。因此，江勇振也特別強調：「白話文學革命的歷史跟胡適個人的文學教育過程是不可分割的。沒有胡適在康乃爾大學所受的英國文學教育，也就不會有白話文學革命。[5]胡適所提倡的詩國革命絕對不是逼上梁山，而是經由他自己實地實驗——包括英詩的寫作——以後所取得的經驗、心得與信念的發揮」（2011: 615）。

如果說20世紀初中國文學革命得以展開的前提要件，正是西方文字與文學對於新青年們的召喚與啟迪，那麼外國語言與文學就不是現代中國語言和文學的對立面，而是其內在構造的一部分，是現代中國文學風景的內面。胡適的故事之所以值得挖掘，不僅僅是因為他是文學革命的旗手與現代中國學術的一代宗師，更是因為旗手與宗師的名號，在某個意義上，遮蔽了他自身知識構成的多元性和複雜性，尤其是外國語言與文學曾在其中扮演的巨大作用。這樣的遮蔽使得我們無法將現代中國文學的發展與外文研究的建制過程有機地聯繫起來，看到兩方分途與共濟的變化。在這個意義上，對於胡適，我們或許不該忘記，他1917年回國後的第一份工作，恰恰是北大文科英文門的教授兼教授會主任；他既在哲學門開設「歐美最近哲學之趨勢」和「中國名學鉤沉」，也在英文門和國文門教授「高級修辭學」與「小說」（見江勇振，2013: 54）。這麼說，並不是要否認胡適學術的獨特性與貢獻，將其思想洞見與文學實踐歸諸於

4　綜觀胡適當年交往甚密的新月派詩人，如徐志摩，這個發現或許並不那麼意外。

5　胡適獲得庚子賠款的留學獎學金，在1910-1915年前往康乃爾大學，修習三個領域的課程：哲學、英國文學及政治經濟學。其中康乃爾的英國文學教育是他日後提倡的白話文學革命的重要養分。他在此時大量研讀19世紀維多利亞時期的詩作，並開始創作，包含寫作和翻譯英詩，並且挪用英詩體例與格律來寫中文詩。江勇振認為，習作英詩的過程揭示了胡適受到更多英國傳統抒情格律而非美國現代派詩作的影響（2011: 584-591）。

對西方傳統的模仿與搬弄，而是希望透過他這麼一個鮮明的例子指向單一學科視角的陰翳之處，從而對外文研究的建制歷史展開細緻而深入的討論，說明一個學科的成長與變化如何與時代發生關係，西方又如何借道語言與文學——而不只是船堅炮利——深入東方，成為亞洲現代性的核心組成。

　　因此，本章將從中國第一所現代大學——京師大學堂——的建立講起，爬梳從清末學堂章程到民初大學規程的具體變化，輔以中、外文系是否合併、語言、文學應否分家的相關討論，以描述外國文學如何在殖民／現代的脈絡中浮現，並且在民初大學的建制發展中，逐漸成為一個學科領域。同時，本章也將討論當時的文學翻譯與創作活動，尤其是外文學人的種種成績——包括開設的課程、翻譯、藏書、撰寫的教材和創作的實驗等——來勾勒外國文學進入中國的過程。最後，本章以吳宓先生的藏書為例，說明外文研究如何在中國語境中落地且轉譯為一種「感性知識」與「人文素養」，體現出一種自由普世的精神以及人文國際的想像。

機構的建立：從教會學校、同文館到京師大學堂

　　本館創設之主要目標是訓練青年成為公務員，尤其著重國際上交涉的工作人員。本館最初的提議設立，肇自英國的條約，這條約包含有一條款，規定致送中國的英國文書，將於三年期間暫由中文譯本配送，在此期限內，清廷是準備長時培養一批能幹的翻譯人員。為著應付這種職責，1862年遂開設英文班，翌年復開設法文班與俄文班。

——丁韙良（1981: 87）

　　從胡適的例子可以清楚看到，現代外文研究的發展必須追溯到19世紀末的西學東漸，從外語學習、文學翻譯以及新文學實驗等三個面向加以考察。在這個過程當中，教會學校、同文館與京師大學堂是核心的機構，因為它們在中國打開了一條通往西學的路徑，為外文研究與現代中國學術的建立啟發興趣、培養人才、扎下基礎。

　　自19世紀起，西方傳教士就在中國沿海各地設立學校，教授西方語文與現代知識，以利傳教。例如，《西學東漸記》的作者容閎，在澳門就讀的馬禮遜學校（Morrison School）早在1839年即已創設，教授初等算術、地理及英文；倫敦傳道會原設於麻六甲的英華書院（Anglo-Chinese College）亦於1843年遷至香港（至今仍在，是香港現存歷史最悠久的一所學校）。在上海，耶穌會創辦了徐匯公學（1849）和聖方濟學堂（1874）、長老會創辦了清心書院（1860），而美國聖公會則設立了培雅學堂（1865）與度思學堂（1866），並在美國聖公會中國佈道區第三任主教施約瑟（Samuel Isaac Joseph Schereschewsky）的推動下，於1879年合併為聖約翰書院。雖然施約瑟是創辦人及校長，但華人牧師顏永京才是聖約翰主要的管理者與締造者。他以母校肯揚學院（Kenyon College）[6]為範本打造聖約翰。1888年牧師卜舫濟（Francis Lister Hawks Pott）受命為聖約翰校長後，開始一系列改革，逐漸將書院改造為大學，並於1906年在美國首府華盛頓正式註冊，設置文、理、醫、神四科，授予畢業生「美國大學畢業同等之學位」。不過，早在1881年聖約翰書院就在廣東商人的推動下設立了英文系（English Department），教授英語與西學，而廣受好評；畢業生亦因其優異的英文能力，在海關、電報、洋行和銀行等行業獲得職位，更使得聖約翰聲名遠播（見Xu, 2009: 109-110）。[7]此外，還有馬相伯1903年成立的震旦學院，雖然也有教會背景，宗旨卻與一般教會學院大不相同，影響尤其深遠，後來的復旦公學、復旦大學和輔仁大學都得回溯至此（見蔡祝青，2014）。

　　尤其，在民國初年國立大學設立外文系之前，聖約翰就開始教授西方文學的課程。根據熊月之和周武編寫的《聖約翰大學史》，1909年聖約翰大學西學

6　肯揚學院成立於1824年，是美國俄亥俄州歷史最悠久的私立學院。1939年美國新批評家蘭蓀（John Crowe Ransom）在此創立了《肯揚評論》（*Kenyon Review*），為英文學界所看重。

7　值得提出的是，施約瑟一開始希望以中文為教學的語言，但最終放棄了這個構想，因為許多聖約翰的早期學生來自江蘇，只能說吳語。中國方言的多樣性顯然為教會學校造成了教學的困難，這也使得英文成為更有效的媒介。這點與印度的狀況類似。同時，隨著洋行與現代商業的展開，英語的市場需求大增，英文轉而成為重要的文化資本，直到辛亥革命後，民族主義風潮的興起，才展開了視英文為文化侵略的反思。這也是胡適對當時的英文教員能作中國詩詞感到佩服的原因。關於聖約翰的歷史，見Lambert, 1955；熊月之、周武，2006。

齋的文科教程就開始教授西方文學，包括泰西上古文學史、泰西文學史、西國名劇等課程，這時牛津大學的英文系才成立不過15年，哈佛大學的英文系也才開辦18年。1911年辛亥革命，聖約翰大學刪除了泰西上古文學史，但增加了泰西名人小說與詩集兩門課程，顯示出「為了順應中國從帝國到民國的劃時代巨變」，採取「厚今薄古，注重西方國家社會改革歷史與經驗的思維理路，以及從經典作品轉向平民化藝術樣式的文學眼光」（2006: 88, 90）。到了1918年，聖約翰大學的文學部已經可以開出英文小說、英文論說、美國文學、英文詩歌、英文文學史、英文散體文、莎士比亞劇本、彌爾頓詩集，以利沙伯（伊莉莎白）時之戲劇以及新文學發達史等文學課程，其中最後三門還是為大學院生（即今研究生）所開設的課程（2006: 99），顯見學科之規模與師資之充足。

聖約翰之所以重視英文，是因為校長卜舫濟相信英語乃是「傳播新教育之利器」。他引用歐洲文藝復興與日本明治維新為例，強調英語是輸入西方思想的媒介；他更主張華人研習英文，不僅「有如西人研究希臘拉丁文，可以增進智慧」、「鏟除華人排外之成見」、「增進東西間之情感」以及「擴張國際貿易」，還可以「使華人明瞭基督教事業，培養人才，為社會服務」的用心（引自熊月之、周武，2006: 10-11）。基於這樣的教育理念及其和美國的關係，聖約翰在民國初年培養了許多非常優秀的畢業生，如顧維鈞、宋子文、嚴家淦、林語堂、張伯苓等人，而他們也都憑著優秀的英文和西方文學的滋養，在民初的商界、學界、政界找到一席之地；甚至更因為不少聖約翰的畢業生到1909年成立的清華學堂任教，而有了將清華視為「聖約翰的殖民地」這樣的玩笑（Xu, 2009: 118）。同時代的教會學校——如同在上海的浸會大學堂（後來的滬江大學）與震旦學院（震旦大學）；在北京的匯文大學、華北協和女子大學以及通州協和大學（後來合併成立燕京大學）、輔仁社（輔仁大學前身）；在南京的宏育書院（後來的金陵大學）；在蘇州的東吳大學堂（東吳大學前身）等——雖然成立較晚，也扮演著類似的功能，在國立大學完成現代化之前，為中國培養西學和雙語人才。[8]

不過，中國的西學與雙語人才，並不只仰賴教會學院的培養；中國現代大

8　關於民初的教會大學及其影響，見Crabtree, 1969; Bays and Widner, 2009。

學的發展可以說是與教會大學同步成長。就在培雅學堂設立前3年，清廷為了
應付鴉片戰爭後越來越多涉外事務的需要，終於在1862年於北京設立了同文
館，以培養翻譯人才，協助洋務。上海和廣州亦隨後設立了廣方言館和同文
館。京師同文館聘請了英國人包爾騰（John Shaw Burdon）為英文教習，但沒
多久即改聘曾任江南製造局翻譯的傅蘭雅（John Fryer）接任。1865年，傅蘭
雅改任上海英華學堂校長後，同文館才在英國和美國駐華公使的協助下，找到
美國長老教會的傳教士丁韙良（William Alexander Parsons Martin）擔任總教
習。[9]開辦之初，京師同文館即設有英文、法文和俄文三館，並逐步加入西學
課程；光緒年間配合洋務運動加以整頓，同文館於1872年增設德文館，再於
1895年增設日文館，亦在邊疆地區增設俄文館與西學堂，間接反映了清末國
際事務的紛雜與變化，也為清廷培養了一批真正懂外語的外交人才和譯者。[10]
京師同文館的入館學生除了學習西文與西學之外，亦和老師一起從事西書翻
譯，其中以丁韙良所譯之《萬國公法》影響最為深遠。[11]至光緒末年，同文館
譯著和出版的圖書達35種，其中語文類有4種，以汪鳳藻譯的《英文舉隅》最
為有名。[12]因此，除了教會學校，同文館是中國最早進行外語教學、培養譯才

9　關於丁韙良的生平，見傅德元，2013: 53-113。關於同文館教習延聘的詳細經過，見王宏志，
　　2010: 95-115。

10　1887年，清巡撫劉銘傳亦在台北創設西學堂，旨在培養買辦及西學人才。該學堂延聘丹麥人
　　轄臣治（Hating）、英國人布茂林（Pumonlin）為教師，教授英文、法文、史地、理化等科
　　目。不過，西學堂很快就因為經費不足而停辦。除了北京、上海、廣州的同文館和廣方言館
　　外，清廷依地方不同的需要，亦在廣州設實學館，致力西學，以補方言館之不足，並在新疆
　　設俄文學館、琿春設俄文書院、黑龍江設俄文學堂、吉林設外國語學堂，以因應官方文書翻
　　譯與邊防的需要。見孫子和，1977: 462-486。

11　關於丁韙良翻譯《萬國公法》的過程及影響，見Lydia Liu, 1999; 2004；傅德元，2013。

12　根據蘇精（1985: 159-161）的整理，京師同文館出版之譯著中，絕大多數是法學、科學以及
　　政治經濟學的相關書籍，語文類只有《英文舉隅》、《漢法字彙》、《法國話規》、《法國
　　話料》等4本。鄒振環的研究則指出，《英文舉隅》是美國學者喀爾（Simon Kerl）所著之
　　《英文文法》（English Grammar）的第21次刊本，並早為中國的西學學者所重視。他認為
　　「《英文舉隅》是京師同文館編刊的外語教科書中最引人注目，也是最具特色者」（2009:
　　258）。不過，王宏志則認為，同文館最重要的成果當屬國際律法，尤其是《萬國公法》、
　　《公法便覽》與《公法會通》等書的翻譯，因為就其設立的緣由與發展，同文館與外交所需
　　密切相關，應對國際事務是其目的，外國語言只是基礎，科學富強則是附加的期待（2010:
　　63）。

與使才的機構，成效卓著。[13]

即令如此，面對突如其來的甲午戰敗，清廷不得不檢討鴉片戰爭以來洋務運動的具體成效，而逐漸理解「中學為體、西學為用」的策略恐怕不足以應對蜂擁而至的內外壓力，中國的教育體制必須全面更新，培養現代人才，才能夠面對新的時局與變局。於是，1898年梁啟超草擬了《籌議京師大學堂章程》，規劃了「溥通學」與「專門學」兩類，前者包括經學、理學、中外掌故、諸子學、逐級算學、初級格致學、初級政治學、初級地理學、文學、體操，再加上英、法、俄、德、日等五國語言文字，共15科；後者則包括高等算學、高等格致學、高等政治學、高等地理學、農學、礦學、工程學、商學、兵學、衛生學等實用課程。在此基礎上，1902年清廷頒布《欽定學堂章程》，將中國教育體制重新規劃為政治、文學、格致、農業、工藝、商務與醫術等七科。兩年後再頒布《奏定學堂章程》，將同文館改為譯學館，附屬於京師大學堂，至此同文館完成了培養譯才、引介西學的階段性任務，走入歷史。[14]1905年，清廷詔停科舉、設立學部，斷絕了千年以來儒士科考晉升公職的門路，同時訂定《留學生考試章程》，推動大批學子自費留洋，使得現代西式教育成為培養人才的正式渠道。[15]換句話說，京師大學堂的設立並不是同文館的延伸，而是中國學制現代化的先聲。[16]劉青峰與金觀濤指出，現代人文學科的建立大致經歷了三個

13　見鄒振環，2009: 267-268。王宏志指出，除了北京同文館和各地的廣方言館外，清末尚有其他從事翻譯、培養譯才的單位，如江南製造局附設的翻譯館、強學會附設的強學書局、羅振玉和徐樹蘭創辦的農務公會等（2010: 193）。孫子和認為，就譯作與發行數量而言，同文館的成績顯然不如江南製造局，但由於同文館的出版讀物直接分發政府機構參考閱讀，對現代思想在中國之傳播，卻有很大的貢獻（1977: 273-274）。

14　蘇精指出，雖然1902年頒布的《欽定學堂章程》即已規劃同文館併入京師大學堂，「於預備與速成兩科中，設英法俄德日五國語言文字專科」（1985: 18-19），自此不再歸總理衙門（外務部）管理，改由管學大臣負責監督。但歸併並未立即執行，而要到1904年的《奏定學堂章程》始才實施。

15　實藤惠秀指出，1896年清廷才首度派遣13名學生留日，但1906年留日學生即激增至8,000名；這個變化除了有留學政策出台的推波助瀾外，主要還是受到廢除科舉制度的影響（2012: 28）。

16　此處敘述整理自孫子和，1977；蘇精，1985；陳向陽，2004。有趣的是，同文館的成立並非史無前例。事實上，它的前身是明代即已設立的「四夷館」（1407），清朝初年改名為「四譯館」（1644），隸屬於翰林院，共設西番、回回、西天、百夷、高昌、緬甸、八百、暹羅

階段：從1842到1895年是西學被納入儒學經世致用的時期，與實用相關的地理學與語文學最先向現代學術轉型；從1895 年到民國建立則是中西學術分立的二元格局，透過廢除科舉與新式教育的建立，歷史與文學才開始向現代學術轉化，而京師大學堂的設立正是最關鍵的體制性建設；五四運動後，在全盤西化、重估傳統的風潮中，儒學最終走下傳統學術的冠冕地位，成為哲學研究的對象，而完成了現代人文學科的建立（2011: 3-4）。也就是說，雖然清末西式學堂裡的西學教育不能等同於今天的外文教育，但倘若沒有清末西學的奠基與啟發，很難想像「外國文學」能夠成為一門學科，遑論現代人文學科的發展；同時，外國文學研究的發展不只反映自身學術理路的變化，也與現代人文學科的整體發展同構。

　　雖然外國語言與文學在19世紀末已透過教會學校與翻譯進入中國，但作為現代意義的「文學」專業的一部分，它要遲至1902 年張百熙所擬的《欽定學堂章程》才首度出現。[17]這個章程是為了因應「千年未有之變局」而生的，旨在參考歐西列強的教育制度，從上到下，重新規劃中國的教育體制。京師大學堂課程的釐定是這次學制改革中最核心的部分，亦是中國學術體制與學科想像現代化的起點。在張百熙的規劃裡，京師大學堂大體按照現代學科的分類，分為政治、文學、格致、農業、工藝、商務與醫術等七科。「政治」包括政治與法律；「格致」包括天文、地質、算學、化學、物理、動植物學等現代科學專業；「農業」含農藝、農業化學、林學與獸醫學；「工藝」則包括土木、機器、造船、兵器、電氣、建築、應用化學、探礦、冶金等學問；「商務」包括

等八館，一面職司翻譯表章紹論，一面教習上述各國語文。乾隆年間，八館整併為西域、百夷兩館，並納入禮部會同館，負責接待外國貢使。此外，為因應中俄之間的交往與協商，康熙年間還成立了俄羅斯館，其章程為後來的同文館模仿引用。四譯館與俄羅斯館到了清末雖然早已失去功效，他們所擔負的任務與功能與同文館亦不相同。但對照來看，四譯館和俄羅斯館保留了另一種的外文想像，凸顯外文研究的興起與殖民現代性的到來密不可分。關於四譯館的討論，見蘇精，1985: 5-10。關於同文館的相關研究，可參考王宏志所列書目（2010: 82n1）。

17 必須說明的是，在《欽定學堂章程》前，還有一份由梁啟超草擬的《籌議京師大學堂章程》。雖然梁擬之章程亦將英、法、俄、德、日五國語言文字學列入課程規劃中，但他僅僅將之放在「溥通學」的層次上考慮。相較之下，雖然《欽定學堂章程》所列亦是「外國語言文字學」，但已然將之放在「文學科」的專業想像之下。

簿計、產業製造、商業語言、商法、商業史、商業地理；「醫術」則包括醫學與藥學兩種（左玉河，2004: 187）。

　　文學一科下轄七門，分別為經學、史學、理學、諸子學、掌故學、詞章學，以及外國語言文字學。[18]這是外國語文第一次以相當於經學、史學、理學等傳統上備受尊崇的學問這樣的地位，被納入中國的知識想像裡。這顯示外國語文從一開始就被認定為現代人文學科的一環，是現代知識分子必備的文化涵養。尤其重要的是，學堂章程體現了「專門學」的思路，亦即每一門類的知識皆是「專門之學」，必須透過一定的課程安排與學習才能有所掌握，而且不同分科，各有專攻、彼此平等，這不只打破了（傳統）中學與（現代）西學的粗略區分，也將中學納入現代學科中轉化。就文學科而言，外國語言文字學既是與其他門類相當的知識類別，也是現代文學研究的基礎之一。

　　在1904年的《奏定學堂章程》中，文學科有了進一步的變化：經學從文學科中獨立出來，成為經學科，並在往後朝向現代意義的哲學轉化。文學科則中西兼蓄，且文、史、地並存；它含括了中國史學門、萬國史學門、中外地理學門、中國文學門，再加上英國、法國、俄國、德國與日本等國文學，一共九門。自此，外國文學「正式列入學術分科的系統」（蔡明純，2006: 237），現代意義的中國文學研究亦由此開始。蔡明純認為，就課程設置來看，中國文學門堪稱具有「專業規模」，相較之下，外國文學各門只有英國文學門「稍具雛形」（2006: 238）：除了語文的必修主課外，學生亦要修讀英國近世文學史、英國史、拉丁語、聲音學、教育學和中國文學等補助課程。修讀其他語種的學生，除主修語言不同外，也要修讀這些補助課。[19]從這兩個章程來看，雖然傳統學術仍被大量保留下來，足見妥協的斧鑿，但是章程的設計與修正，清

18　經學、史學、理學、諸子學、掌故學、詞章學都是中國傳統學術的門類：「經學」是對儒家經典（尤其是《易》、《詩》、《書》、《禮》、《樂》、《春秋》等六部經典）的研究；「史學」是對中國歷朝歷史的研究；「理學」是對宋代以後的新儒學的研究；「諸子學」則是對先秦諸子百家學問的探討；「掌故學」是對史學之外史料之研究；而「詞章學」則是對於文字聲韻的研究。這些門類反映的是清代學術建制下的知識分類。關於傳統學術的分類與演進，見左玉河，2004。其對「中國文學」學門發展的影響，見陳平原，2000; 2016。

19　見璩鑫圭、唐良炎，2007: 245, 357。關於中國近代學術體制的建立與專業分科的意義，見左玉河，2004; 2008。

楚呈現了從文史哲不分的傳統通人之學朝向西方近代專門之學的轉變。或許這些學科的設置，從我們現在的習慣看來，武斷而任意，但它具體反映了知識典範轉移的過程：不只是傳統經學要逐步轉變為現代的文學、史學和哲學，文學本身也要從個人的興趣和修身的涵養，轉化為一種「專業」，並在中西知識融合的過程中，慢慢拉扯出彼此的邊界與範疇。如左玉河所言，這個從「四部之學」（經、史、子、集）轉向「七科之學」（文、理、法、商、醫、農、工）的變化正是中國學術現代化的重要標誌（2004: 2）。

　　然而，在京師大學堂邁向正軌之前，清帝即已遜位，傳統學術的經典位置亦不復穩固。民國成立後，教育部公布《大學令》，重新組織學術與教育體制，明確規定「大學以教授高深學術，養成碩學閎材，應國家需要為宗旨」，分為文、理、法、商、醫、農、工等七科，並以文、理兩科為主；同時，「為研究學術之蘊奧，設大學院」（即今之研究所）。1913 年公布《大學規程》，文科下轄四門：哲學、文學、歷史與地理。其中，哲學分為中國哲學與西洋哲學兩類；歷史有中國史、東洋史及西洋史學的區別；地理亦有中外之別；文學則包括國文學、梵文學、英文學、法文學、德文學、俄文學、義大利文學、言語學等八類。各個類別下，同時也規定了應該修習的課程（見表一）。

　　在這份表單中，我們可以看到幾個特色：第一，哲學概論是所有文科都要修習的科目；第二，國文學門也要修習希臘羅馬文學史、近世歐洲文學史、言語學概論、哲學概論、美學概論、倫理學概論、世界史；第三，英、法、德、俄、義五門，除了該國文學、文學史與歷史有所不同外，都要修習文學概論、中國文學史、希臘文學史、羅馬文學史、近世歐洲文學史、言語學概論、哲學概論、美學概論；第四，即令是言語學類也要修習史學概論、文學概論、哲學概論、美學概論；第五，梵文學類有清楚的哲學取向，並且涵蓋了宗教與倫理兩個面向，而言語學則納入了希臘語學、拉丁語學、西洋近世語概論和東洋近世語概論，一方面從希臘羅馬的源頭理解西方語言，另一方面把西洋和東洋近世語並列，從而構成世界語言的整體。

　　我們可以說，在這部《大學規程》裡，文學、史學、哲學、美學和言語學構成了文科的基本科目；同時，雖然保留了中西之別，但它不再是「中學為體、西學為用」的思路，而是反映了一種世界總體的思維。把民國《大學規

程》裡的文學想像（如表1）和清朝學堂章程反映出的有關理解做對比，以下諸點非常值得注意：一、它明白語文教學和文學不同，必須分科設置教授；二、文學雖然有民族差異，必須分而專修，但分治而共濟、形成世界文學的總體；三、它剔除了《奏定學堂章程》中原有的日本文學，從而突出了外國文學的「西方性」，但又納入了梵文學，為文學門拓增（或保留）另一條重要的文化和知識系譜。最後，課程設計突出了歷史的重要，以及「以史入文」的研究與教學路徑。認識外國文學必須建立在認識西方歷史的基礎上，向上擷取希臘羅馬的古典精神，從旁認識西方各國文學，同時不忘中國文學的根本。

表1：1913年教育部大學規程中的文學門分類與授課內容

國文學類	文學研究法、說文解字及音韻學、爾雅學、詞章學、中國文學史、中國史、希臘羅馬文學史、近世歐洲文學史、言語學概論、哲學概論、美學概論、倫理學概論、世界史
梵文學類	梵語及梵文字、印度哲學、宗教學、因明學、中國哲學概論、西洋哲學概論、文學概論、言語學概論、倫理學概論、中國文學史
英文學類	英國文學、英國文學史、英國史、文學概論、中國文學史、希臘文學史、羅馬文學史、近世歐洲文學史、言語學概論、哲學概論、美學概論
法文學類	法國文學、法國文學史、法國史、文學概論、中國文學史、希臘文學史、羅馬文學史、近世歐洲文學史、言語學概論、哲學概論、美學概論
德文學類	德國文學、德國文學史、德國史、文學概論、中國文學史、希臘文學史、羅馬文學史、近世歐洲文學史、言語學概論、哲學概論、美學概論
俄文學類	俄國文學、俄國文學史、俄國史、文學概論、中國文學史、希臘文學史、羅馬文學史、近世歐洲文學史、言語學概論、哲學概論、美學概論
義大利文學類	義大利文學、義大利文學史、義大利史、文學概論、中國文學史、希臘文學史、羅馬文學史、近世歐洲文學史、言語學概論、哲學概論、美學概論

言語學類	國語學、人類學、音聲學、社會學原理、史學概論、文學概論、哲學概論、美學概論、希臘語學、拉丁語學、西洋近世語概論、東洋近世語概論

（引自壕鑫圭、唐良焱，2007: 710）

　　中國大陸的教育學者斯日古楞亦指出，民初的《大學規程》與清末的《奏定學堂章程》，在學科規定上最大的不同，就「在於人們對傳統學科的態度轉型」：若說前者秉持「中體西用」的思想，企圖保留「四部之學」，那麼後者則是以「西學改造中學，學科規定沿著西方學科的套路在發展，大學學科的正當性基本以近代學科分類為標準」（2016: 131）。簡單地說，1913年《大學規程》所設下的結構與設置，雖然在大陸因為1952年的院系調整而有很大的變革，[20]但在臺灣卻成為往後人文學科和外文研究百年發展的建制基礎。以下，我們將細緻考慮民初國立大學外文系的課程設置，以追索其發展與變化。

民初大學外文系的發展與變化

　　在民國成立前，聖約翰大學西學齋文科裡的歷史與文學課程，都是以西方各大新興強國為主體來講述，其目的在於傳播新教育、鏟除華人排外之成見，以及增進東西雙方的感情。同時，在中西學分齋講授的原則下，研習西學的學生不用修習中國文學。聖約翰如此強調英文教育，以致日後林語堂抱怨：他要到30歲以後才知道孟姜女哭倒長城的故事；作家茅盾也批評自己中學的英文老師，雖是聖約翰的畢業生，卻認不得英文教材裡的幾個中文字（見Xu, 111-112）。可是到了1917年，聖約翰將原屬文科的外國語言和文學拆成「近世方言部」與「英文文學部」兩部，前者納入中國文學，專習英文以外的外國語文，後者則教授英文文學課程，包括「英文小說」、「美國文學、「英文詩

---

20 中共建政後，依循蘇聯的分科模式，對民國留下來的高等院校進行一系列的整合與重組，包括大學的合併（如北大、南開的教育系併入北京師範大學）與拆立（清華、北大、華北大學三校的農學院合併成立北京農業大學），也包括在系所層次上的變化（如清華大學外語系改為俄語系）。

歌」、「英文文學史」、「英文散文體」、「莎士比亞劇本」、「彌爾頓詩集」與「新文學發達史」等課程；1919年更增加了「19世紀之文學」、「以利沙伯時代之劇本」等大學院（即研究所）課程（見熊月之、周武，2006: 85-180）。進入1920年代，聖約翰逐漸摒棄中西分齋的作法，而改以重建院系結構來進行專業分類，所以到了1930年代，聖約翰大學英文學科已經可以每年開出十幾堂專業課程，而且絕大部分是專業性的文學課程（如表2）。

表2：1934年和1937年聖約翰大學英文學科課程對照表

	1934 學年課程	1937 學年課程
英文學	一年級英文	一年級英文
	歐洲古典文學	歐洲古典文學
	英文讀音	英文基本練習
	英文散文	20世紀散文
	近代英詩選	散文選（19、20世紀散文精選）
	英國文學史	當代英詩選
	現代戲劇	英國文學史
	英文戲劇之進展	戲劇概論
	文學批評	現代戲劇
	美國文學史	英文戲劇之進展
	演講術	小說作法
	高級作文	英文讀音
	莎士比亞研究	文學批評
	彌爾頓研究	美國文學史
	現代小說	演講術
		高級作文
		莎士比亞研究
		彌爾頓研究

（引自熊月之、周武，2006: 152）

　　民國肇建後，京師大學堂更名為北京大學校，嚴復任校長，但不到一年旋即離開，由京師大學堂畢業生胡仁源繼任。雖然1914年即已設立英國文學學門，但要到1917年蔡元培接任校長後，外國文學這個學科才有較大的發展。蔡元培不僅在陳獨秀的推薦下，禮聘胡適擔任英國文學門的教授，成立具有讀書會性質的英文門研究所，亦於1918年增設法國文學與德國文學兩門，隔年再設俄文學門，並從德國聘來歐爾克（Waldemar Oehlke）主持德國文學門。蔡明純指出：「擔任文科學長的陳獨秀，將《新青年》雜誌所提倡的文學革命、介紹外國文學以及獎勵新文學的理念，反映在北大中、外文學門的學科建設上，這對外文學門走向學院化無疑是重要的進展」（2006: 240）。1919年北大「廢門改系」後，胡適於1922-1925年間擔任英文系的系主任，延攬教員、擴充課程，在1922年就能開出現代戲劇名家、散文、英美文學史、近代小說、比較文學史、近代歐洲戲劇、維多利亞文學史、莎士比亞等文學課程，與上述聖約翰大學的課程相比，不遑多讓。蔡明純指出，胡適「以其在北大的行政資歷、權力與學術界的聲望，為英文系爭取到的各種資源，顯然較之法、德與俄國文學系來得多」（2006: 244），[21]而且魯迅、周作人、郁達夫、徐志摩、林語堂等新文學大將陸續任教北大，加上「廢門改系」之後所創造出來的跨學門交流氛圍，「吸引了許多懷抱以寫作憧憬的文藝青年就讀」、「確立了以文藝創作為職志的『作家夢』」（2006: 246），使得外文知識與文藝創作形成一種有機的接合，而不是以學術研究為發展的唯一焦點。這個趨勢也促成了後來中、外文系合併、語言與文學分流的討論（詳下文）。1930年，蔣夢麟出任北大校長，在教研體制改革的大旗下，於1932年將英、法、德三系合併為西洋文學系，後來再改稱外國文學系，下設英、法、德、日四組，仿效清華外文系的做法，「以英文為主體，其餘各國語言文字為輔，但須養成精通數國語言文字能力」。1935年，新制實施，由出身清華、留美歸國的梁實秋擔任外文系主任（見蔡明純，2006: 249）；他也是戰後轉赴臺灣任教前，少數享有盛名的外

21　蔡明純還指出：「1930年代北大外文系的改組，實與留學英美的學人在學術界與教育界成為主流勢力並取得主導權，以及具有文學專業學位並回國擔任大學教職的教員逐漸增多的情況有著密切關聯。英語文學師資的逐步擴充，且具有文學學位的教師比例日增，與法、德等文學師資的日漸萎縮形成明顯對比」（2006: 251）。

文學人。[22]

　　同樣以英語教育著稱全國，因美國退還庚款，為了訓練留美學生而設的清華學堂，前身是1909年9月28日所開辦的遊美肄業館。因此，清華學制雖然參照《奏定學堂章程》與美國學制，卻又有所不同。它採用了「相當於美國六年中學和兩年初級學院的八年一貫制」，好讓「畢業學生能直接插入美國大學二、三年級」（蘇雲峰，1996: 15），清華因而也獲得了「留美預備學校」的稱號，洋化甚深。1910年遊美肄業館更名為清華學堂，民國成立後再改名為清華學校，設高等科四年與本科四年。[23]1925年清華準備改辦為大學，當時清華已設有西洋文學組，下轄英文、法文、德文三門。英文門的學生除了必須擇一修習英語、法語、德語、拉丁文外，還必須修習西洋文學分期研究（包括「古代及中世文學」以及「文藝復興時代文學」）、「語言學」和「大著作家」等課程。課程編制基於兩種原則：「其一則研究西洋文學之全體，一求一貫之博通，其二則專治一國之語言文字及文學，而為局部之深造」（引自齊家瑩，1998: 49-51）。

　　1928年，清華改制升格為國立大學，由羅家倫任校長，西洋文學組改為外國語文系，由倫敦大學畢業的劇作家王文顯為主任，那一年的師資除王文顯外，還包括翟孟生（R. D. Jameson）、溫德（Robert Winter）、艾鍔（Gustave Ecke）、畢蓮（A. M. Bille）、斯密斯（E. K. Smith）、吳可讀（A. L. Pollard-Urguhart）、常安爾夫婦（Tsdarner）、裴魯（Plessen）、楊丙辰、陳福田、何林一、吳宓、錢稻孫、溫源寧等中外學人；[24]文學課程則有「西洋文學概

---

22 不過，根據《梁實秋自傳》推算，梁實秋任北大外文系主任時間應為1934-1937年（1996: 167-170）。1946年，抗戰勝利後，西南聯大各校復員北京，由朱光潛出任外文系主任。1949年中共掌政後，於1952年進行院系調整，將北京大學、清華大學和燕京大學的英語系和外語系合併為北京大學西方語言學系。1999年，英語系同東方學系、西語系和俄語系再合併為北京大學外國語學院。

23 關於改制大學前的清華學制與校風，見蘇雲峰，1996。

24 當時清華文科師資可謂首屈一指，不僅國學研究院裡有陳寅恪、趙元任、李濟等名家坐鎮（梁啟超此時已離開），國文系裡有楊振聲、朱自清、劉文典、錢玄同、俞平伯、沈兼士等名家，歷史系、社會人類學系與哲學系的師資——羅家倫、朱希祖、陳垣、許地山、金岳霖、馮友蘭等——亦是星光熠熠。同時，北大與清華兩校的教授有一「友好制度」，雙方教授可至對方學校兼課（見湯晏，2020: 91）。清華的翟孟生、溫德、吳可讀三人是西方知識

要」、「專集研究」（分詩歌、小說、戲劇與文學批評等四門）、「分期研究」（除中世紀與文藝復興時代外，另增加古代希臘羅馬、18世紀與19世紀），以及「文學專題研究」（如「伊利薩伯時代之抒情詩」、「感情派戲劇」、「心理分析派小說」、「文學中的寫實主義與自然主義」，以及「文學批評論文」等）。這一年度，外文系註冊人數為35人，為文學院各系之冠，中文系次之（齊家瑩，1998: 73）。1929年，清華外文系再增加兩名外籍教師，一是德國學者石坦安（Diether von der Steinen），[25]另一是以實用批評與推動基礎英文（Basic English）運動而聞名於世的瑞恰慈；那年中文系亦增設了「西洋文學概要」、「西洋文學專集研究」、「現代西洋文學」、「當代比較小說」等課程，足見西洋文學影響力的擴大（齊家瑩，1998: 84-85）。1934年清華大學設立文科研究所後，外文系更增加了「比較文學研究」、「莎士比亞研讀」、「文學批評之標準問題」、「法國文學專家」、「但丁」、「源氏物語」、「中西詩之比較」、「伊麗莎白時代散文」、「近代文學專題研究」與「近代中國文學之西洋背景」等研究所課程（引自齊家瑩，1998: 147-148）。

　　1937年抗日戰爭全面爆發後，北大、清華和南開陸續西遷，在昆明合併成立西南聯合大學，將當年平津一帶的外文學人匯聚一處，在戰火風雲中建立起一片學術天地。[26]西南聯大外文系當年的師資陣容包括了葉公超、陳福田、吳宓、柳無忌、錢鍾書等負有盛名的學者，也有外國教師，包括原在清華任教的溫德、吳可讀、英國作家白英（Robert Payne）和學者燕卜蓀等人。吳達元、

分子在中國推行英語教育的先行者。翟孟生，美國人，教授西洋文學，曾出版五冊的《歐洲文學簡史》與《中國民間傳說三講》。溫德，美國人，1923年抵達中國，致力於中國的英語語言與文學教育，與吳宓共同設計的英語教學課程為各大學英文系效法，並與瑞恰慈合作，推廣「基本英語」教學項目，同時參與奧格登（C. K. Ogden）推行的中國正字學會的計畫。艾鍔，德國人，教授過「德國象徵派詩人」與「希臘美術」等課程。畢蓮，美國人，教授過「英文作文」、「高等文字學」。斯密斯，1910年參與清華大學創建的外籍教師，擔任過英語科主任，翟孟生曾稱其為「中國最具經驗的初級英語教師」。吳可讀，蘇格蘭人，也參與瑞恰慈推行的基本英語課程，著有《西洋小說發達史略》。裴魯，德國人，致力於德文教學，並且幫助清華大學與德國的學術交流事宜。

25 石坦安，德國人，在清華教授過「德文」、「希臘文」、「德國抒情詩人」、「浮士德」等課程。

26 關於聯大的成就，見Israel, 1999。

聞家駟教授法語，陳銓則負責德語教學，另外還開設日文和俄文課程。除此之外，還有一批後來成材的學生與教員，包括王佐良、楊周翰、卞之琳、許淵沖、錢學熙以及後來任教於臺大外文系的夏濟安。根據吳學昭的記載，1938-1939學年度開出的課程，除了吳宓上起希臘、下至現代的「歐洲名著選讀」外，尚有錢鍾書講荷馬史詩、莫泮芹講聖經、吳可讀講但丁、陳福田講《十日談》、燕卜蓀講《堂吉訶德》、陳銓講《浮士德》、聞家駟講盧梭的《懺悔錄》、葉公超講《戰爭與和平》等名著專題（2014: 261）。不過，到了1941年戰地服務團成立後，此景不再。[27]

即令如此，西南聯大的外文系教授、學生著述不斷。例如，1946年，任教南開和聯大的柳無忌就將自己文章集結成一冊《西洋文學研究》，由上海的大東書局出版（1978年洪範再版）；吳宓的學生薛誠之於1948年則出版了一本英文詩集，題為《單調集》；該集不僅由吳宓作序，還收錄了溫德、白英、任義克（W. L. Renwick）和羅尹（D. N. Roy）所寫的評論；溫德和白英是聯大教授，任義克是英國德罕大學英文系的系主任，羅尹則是菲律賓大學哲學系的教授。雖說這本詩集傳播有限，但就其編排來看，足見當時外文學人對英詩創作認真對待。[28]不過，1949年，薛誠之還出版過一冊《英文修辭學》，由當時他

27　關於此狀，吳學昭引《吳宓日記》道：「宓痛感聯大外文系成為戰地服務團之附庸。F. T. 及今之莫、毅、詔、嘉，並教員、助教多人，每日8a.m.至4p.m.皆在該團，忙於編印WASC英文日刊；又兼留美預備班教員，得薪俸極多。而在聯大授課草草，課卷不閱，學生不獲接見，系完全廢弛」（2014: 262）。關於聯大外文系當時的學生經驗，見許淵沖，1996。所謂「戰地服務團」指的是美國志願空軍（即陳納德將軍率領的「飛虎隊」）駐防西南後，為協助美軍作戰，需要翻譯，而臨時組織的文職部隊。許淵沖對此有如下記載：「從大理回來，美國志願空軍第一大隊已經到了昆明，援助中國對日作戰，需要大批翻譯：那時的教育部號召全國各大學外文系高年級的男生服役一年，不服役的要開除學籍，服役期滿的可以算大學畢業。於是聯大同學紛紛響應號召；自然，各人的精神境界並不完全相同。有個別同學因為『好男不當兵，好鐵不打釘』的觀念太深，認為給美軍做翻譯有失身分，寧願休學也不自願參軍，這是自然境界；有的同學（如吳瓊）因為生活艱苦，本來已經在圖書館半工半讀，如果參軍既有實踐英語的機會，賺的工資又比大學教授還高，何樂而不為之？這是功利境界；有的同學（如羅宗明）本來已經在英國領事館兼任英文秘書，待遇比軍人還更優厚；但為了國家興亡，匹夫有責，毅然決然放棄高薪，這就是道德境界了」（1996: 116）。F. T.是時為系主任的陳福田。

28　吳宓在東南大學的學生張志超（1936）也出過一本英文詩集《小李和其他詩》。吳宓在該詩集的扉頁上有如下題註：「受詩課而能出詩集者幾人哉」，足見吳宓對這位學生的認可。雖

任教的國立湖北師範學院英語系出版，顯示創作之餘，外文學者仍須在英語教學和文學教育上孜孜不倦。

　　的確，教材的編撰是當時更重要的實踐。1922年在北京教會醫校任教的美國學者祖克（A. E. Zucker）編撰了一套四冊的《西方文學》（*Western Literature*），由上海商務印書館印行，作為中國學生認識與閱讀西洋文學的教材；胡適在其序中特別讚賞這套書為中國學生做出了貢獻，因為它提供了「最佳且最具代表性的文學創作，依照時間順序為其歷史發展的連續過程提供清楚的描繪」（2001: 49）；時任清華的翟孟生亦在1930年出版了一冊《歐洲文學史大綱》（*A Short History of European Literature*），也由上海商務印書館印行，頗受好評。此外，1938年，出生夏威夷、畢業於哈佛大學，時任聯大外文系主任的陳福田編成一冊《大學一年級英文教本》，收錄43篇英文選文，作為大一入學新生的教材。[29]所選文章涉及文學、教育、政治與哲學等範疇，統括小說、散文、論說文和傳記等不同文類，除了西方文豪與哲人（如至今耳熟能詳的賽珍珠、毛姆、梭羅、赫胥黎、羅素、柏克、紐曼等人）的作品外，亦收錄了胡適、林語堂、鄧惜華等中國學者的文章。大陸學者羅選民認為，這本教材有三個值得注意的特色：第一，它扎根於中國社會的土壤之中，透過選文（如賽珍珠和毛姆對中國農民的描寫）企圖喚醒讀者對中國的認識與關心；第二，它立足於教育之上，強調民主、自由等價值實為教育之基礎；第三，它強調經典，傳遞文化記憶（2017: 2-5）。雖然這不過是一本「課本」，或許稱不上什麼學術成就，但這本選輯所具有的經典取向，將西方知識接引轉化為中國學者的基本素養，透露了西南聯大視大學教育為博雅教育的基本態度，而外文學人及外國文學在其中扮演了舉足輕重的角色，也為往後相關教材的編撰訂立了一個以中國為主體的視角。錢鍾書在為其光華大學同事徐燕謀、謝大任和周纘武編輯的《現代英國名家文學》（1947）的序中，就特別強調了此類選輯挑戰傳教士視野的重要性。雖然這些教材並沒有在1949年後兩岸的外文系裡繼續

然這兩本詩集最終乏人問津，但其存在說明了一代外文學人在英文寫作上曾下過不少苦功，他們的視野與成就也沒有因為語言而自我設限。相反地，英文創作很可能是那一代外文學人的自我期許，其意義與重要性不亞於中國新文學的創造。

29　2017年，西南聯大80年週年紀念時，大陸學者羅選民等將該書重新編譯，改題為《西南聯大英文課》重刊。

採用，但其精神仍透過了渡臺的外文學者，如夏濟安等，跨海傳遞，延續了下來，成為戰後臺灣外文系建制中的重要精神指引。

1920、1930年代陸續成立的公私立大學——如復旦大學（1917）、燕京大學（1919）、廈門大學（1923）、中山大學（1924）、光華大學（1925）、東北大學（1925）、武漢大學（1928）、南開大學（1931）——也都成立了外文相關系所，並且設立了諸多文學與戲劇的專題課程：例如，中山大學開設的彌爾頓專題、莎士比亞悲劇；燕京大學開設的聖經文學、希伯來詩意文學；光華大學開設的莎士比亞、文學批評；南開大學開設的蕭伯納、愛爾蘭文學等。蔡明純認為：「各大學外文科系所開列的課程，普遍上都有著重文類、文學流派、名家著作的專題研究傾向，基礎知識性質的文學史或是其他入門課程雖有設置，但相對不受重視」（2011: 24）。因此，1930年代起，在教育部的要求下，大學課程的設置開始注重次序、輕重與先後，入門課（如小說入門、英詩初步）與通論課（如文學史）開始成為大學一、二年級的先導性課程，三、四年級起才修習進階和專門的文學課程（如歐洲戲劇、英美小說等）。

1939年教育部頒布〈文理法農工商各學院分系必選修科目表〉，由武漢大學的朱光潛負責外文系課程標準的草擬，再由樓光來負責修訂（蔡明純，2011: 29），準備實施新的課程標準。1941年朱光潛對這份科目表提出了以下的說明：

> 現行科目表似側重文學類別，如散文、詩歌、小說、戲劇等，均設專目，其目的在奠定語文訓練之基礎，同時略示各類文學之特性與研究門徑。此外復設分期研究，分期文學中仍須講散文、詩歌、小說或戲劇之類，常不免重複，因此頗引少數人之非難。其實分期研究所側重者不在選讀，而在明瞭一時代之特殊精神，特殊供應以及文學趨勢演變之原委，就一時代作一種全盤檢查而獲得一概括之觀念，固為專研某一類作品不同，而實相輔相成。此種訓練為治文學者所不可少。（引自蔡明純，2011: 32）

從以上外文系的課程發展裡，我們不難看到，民國初年的外文系，一方面在教學上採取了「語文並重，循序漸進」的方針，將語言文字訓練課程視為學生研

究文學作品的根本，並將文學課程劃分為入門與進階兩個階段；另一方面，「文言兩分、以史入文」的精神主導了課程的設置，以分期研究來掌握時代之精神與文學演變之原委。蔡明純指出：「這種以文學史、文體類別、文學流派與名家經典來勾勒外國文學知識的概念，也呈現在形構外國文學這門學科的課程分類架構上，此課程架構在1920年代末期以後逐漸成為各校外文系規劃課程的基本原則」（2011: 19）。

的確，從京師大學堂開始，走過內憂外患與新文化運動的衝擊，外國文學的學科建制至此大抵完備。五四新文化運動後，對於貫通中西文化的需求殷切，外文系除了透過教學擴大充實「外」的範疇外，更越發注重比較文學與文學批評的研究和教學，以期培養出能夠溝通中外，再造文明的長才。如蔡明純所言：「以英美語言文學課程為主，兼及其他西方語言訓練的模式，以及注重學科基本知識的課程架構，將西洋文學視為全體之研究，此規制與內涵至少在臺灣現今大學外文系的文學課程架構中，仍是無可取代」（2011: 37）。從今觀古，我們可以清楚看到，這樣的課程設置與規範深刻地影響了臺灣外文學門的想像與發展，也擘劃了往後一世紀外國語文學系和西洋文學系的體制建構。[30]

語文各分、中外合併？：課程設置的爭議

然而，這樣的課程設置，在外文系內外，並非沒有爭議。1935年葉公超就曾經在〈大學應分設語言文字與文學兩系〉這篇文章中抱怨：外文系過度重視文學課程，輕忽語言訓練。他認為，當前語文與文學不分的狀況「很容易產生四種流弊」：

一、能而只能教語言與文字的人往往不甘願擔任這方面的課程；

二、富於文學知識而且能教文學的人未必就能教授語言或文字的課目；

三、把語言文字與文學歸在一系，像現在這樣，非但無形中降低了語言與

---

30 在許淵冲（1996）對西南聯大外語系的回憶中可以清楚看到這個影響。

文字在學術上的地位，而且很容易使系中一般教授以為語文方面的課
程是專為研究文學而設立的；

四、以上所論三種流弊皆由於偏重文學課目而輕視語文課目而產生的，假
設，在現在的組織下，語文占了上風，我想文學知識的教育也必然與
現在語文教育一樣地受摧殘。（引自齊家瑩，1998: 171）

　　葉公超是美國麻薩諸塞州愛默思學院（Amherst College）的畢業生，1926
年回國後，因為在上海暨南大學外文系教英文，而結識了梁實秋、聞一多、胡
適與徐志摩等《新月》派詩人，1929年再轉至清華外文系任教。在愛默思學院
時，葉公超雖然主修歷史與哲學，但也受業於美國詩人佛洛斯特（Robert
Frost），是故在清華和西南聯大期間評詩、寫詩、譯詩皆有成績，更以「堅
守自由純正」之原則，創立與編輯《學文》雜誌（見湯晏，2015: 144）。換
句話說，葉公超雖然最後棄學從政，官拜外交部長及駐美大使，代表中華民國
簽訂《中日和約》（1952）以及《中美共同防禦條約》（1954），但他並非不
懂文學，而是感受到了外文系裡語文教學與文學之間的對立，源於兩者被擺放
的位階不同：恰恰因為語言文字是基礎，所以文學被擢升了位階，又因為創造
新文學在五四之後蔚為風潮，使得語言文字被視為從屬，而無法「平均地、獨
立地發展」。葉公超的提議雖然最終不了了之，但他確實提出了外文系建制以
來長久存在的內部問題，迄今無解。這不僅是語言文學孰輕孰重之論辯，更是
外文系訓練所為何事的核心命題。事實上，這也是外文學人時時得要自我反思
與確立的課題。

　　不過，1931年，時任清華外文系主任的王文顯，對外文系的教育方針就做
出以下的界定：

　　首先，西方國家的文學和語言是緊密相互關聯的。單獨分開學習，必然
產生誤解的危險。其次，中國學生學習西方文學，為的是**了解西方精神**，
而西方精神是一個整體，並不是按國家分開的東西。最後，中國學生學習
西方文學，主要是為了得到啟發（靈感），其次才為獲得知識。對於中國
學生來說，知道多少並不太重要，更重要的是他們受到激勵，以便他們有
能力**創造新的中國文學，使之與當代世界的**文學作品相一致。（引自齊家

瑩，1998: 106-107；粗體字為筆者所加。）

1932年接任王文顯為主任的吳宓，更進一步闡釋：「本系始終認定語言文字與文學，二者互相為用，不可偏廢。故本系編訂課程，於語言文字及文學二者並重。教授各系學生之語言文字，時參以文學教材及文學常識，而教授本系專修文學之學生，亦先使其於語言文字深植基礎」；此外，

> 蓋中國文學與西洋文學關係至密。本系學生畢業後，其任教員，或作高深之專題研究者，固有其人。而若個人目的在於（1）創造中國之新文學，以西洋文學為泉源為圭臬，或（2）編譯書籍，以西洋之文明精神及其文藝思想介紹傳布於中國；又或（3）以西文著述，而傳布中國之文明精神及文藝思想於西洋，則中國文學史學之知識修養均不可不豐厚。故本系注重與中國文學系聯絡共濟。（引自齊家瑩，1998: 116-117）

同年，中文系的劉文典亦強調：

> 我們清華大學的特點，就在學生的外國文程度，比其他的任何學校，都要高些。我們國文系就正是要利用這個特點，來實現我們的理想。因為外國文程度高就可以多讀外國文學作品，看清楚世界文藝的思潮，認識中國文學在世界上地位。把這一點認識清了，自然就會尋出我們所當走的途徑，創造出我們所需要的文學來。（引自齊家瑩，1998: 117-118）

1940年，朱光潛亦在〈文學院〉這篇文章中強調，「欲促進中西文化學術之交流，先務之急在大量的訓練學者精通外國語文」，而且儘管外文系裡對語言、文學之輕重常有爭議，但「外文與中文同理，語言、文學實不可強分。欲精通文學者必精通語言，欲精通語言者亦必多讀文學名著」（33-35）。朱光潛的這個主張，至今已是臺灣外文系文學教師間的共識，只不過如今在外文系，文學研究的動力顯然強過文學創作。

無怪乎1946年詩人聞一多會提出將中國文學系和西洋文學系合併為文學系

的倡議，[31]並且主張將其中關於語言的課程分出，另設語言系。雖然教育部並未同意施行，但1947年朱自清將此意見整理成文，在《國文月刊》第63期（1948年）發表後，還是引起了熱烈的討論。聞一多首先強調，「中西對立，語文不分」是舊學制的特點，但現代大學是根據學科的性質進行分系的，政治系如此、哲學系亦然，唯一例外就是文學語言。「這現象顯然意味著前者（絕大多數系）的分類是正常的，後者（文學語言）是畸形的」（1948: 1）。這個畸形現象之所以存在，聞一多認為，代表了「兩種社會的殘餘意識」：

> 一方面是些以保存國粹為己任的小型國學專修館，集合著一群遺老式的先生和遺少式的學生，抱著發散霉味的經、史、子、集，夢想五千年的古國的光榮。一方面，恕我不客氣，稱它為高等華人養成所，惟一的任務是替帝國主義（尤其是大英帝國主義）承包文化傾銷，因此你也不妨稱他們為文化買辦。他們的利得的來源正是中國的落後性。（1948: 1）

他進一步分析，「文語不分」使得外國文學系變成「譯學館」，只重視語言訓練，再而走向分化；因為重視第二外國語，而使得語言「由附庸蔚為大國」（這個觀察與葉公超正好相反，但放眼今日臺灣似乎仍然言之成理）。同時，因為語言與文學性質不同，前者是科學的一支，而後者屬於藝術的範疇，所以語言獨立成系，一方面可以促進它本身的發展，也可以促進歷史考古學與社會人類學的發展，而且語言學的發展不能只以英語為主，而「要爭取國內少數民族的合作，要領導東方弱小民族的發展，扶助東方殖民地的解放，這責任是在中國人身上，所以應發展東方語言」（1948: 2）。至於文學，「建設本國文學的研究與批評，及創造新中國的文學，是我們的目標；採用舊的，介紹新的，是我們的手段。要批判的接受，有計畫的介紹，要中西兼通」（1948: 2）。

　　姑且不論聞一多的說法帶有左傾氣味，與中共的反帝理解很有呼應，但匯通中西以建設新文學確實是五四運動以來的大方向，他對東方語言研究的強調

31　40多年後，新竹清華大學成立了不分中外的「文學研究所」。可惜這個實驗堅持不到10年，也告失敗。關於清華文學所的討論，見第六章。

也符合學科多元發展的期待,並隱含著去殖民的態度。相較之下,朱自清的意見則是從強化新文學課程這個角度出發,認為新文學作為對中國舊文學的革命,必須要立足在比較的基點上,「纔能夠建立起現代化的標準,進行批判的工作」(1948: 4)。他引述王了一的話說:「如果說新文學的人才可以養成的話,適宜養成這類人才的應該是外國語文系,而不是中國文學系」(1948: 5)。

必須說明的是,聞一多這篇遺作之所以得見天日,是因為1947年《國文月刊》上刊出了幾篇文章,分別由丁易、王了一和李廣田執筆,討論在「大學裡傳授新文學」以及「大學裡教人怎樣創作」的問題。[32]在大學裡新文學的教授以及創作之所以成為問題,是因為中國文學的現代化深受西方的影響,並且在這個階段尚未走出西化的陰影。所以,如何在課程裡調和新舊、中西,又如何在這個調和的過程中重新定義中、外文系的教學目標,是現代文學科系植根於本土社會時不得不面對的根本問題。如何擺放西方,調整自身的目標,於是就成為落地轉譯過程中,無法避免的內在張力。

從上述討論,我們發現作為西方思想與文化落地轉譯接合點的外文系,在這個階段,其重點並不在於積累關於西方的知識,那不過是必要的步驟,而在於學習西方精神並從中獲得啟發,以改造中國文學。換句話說,促進中國文學與文明的現代化才是外文研究的終極目標,而不是蔡明純所說的「將外國文學的建制規劃為能夠全面研究歐美文化與文學的機構」(2006: 257)。在當年這批通達中外的學者的想像裡,外文學者不僅要壯懷創造新文學的抱負,更肩負了溝通中外的任務;他們必須中外兼修,才能將西方思想文化帶入中國,促成文明主體的轉化,進而面向世界,重新闡發中華文明的意義與價值,因為外文研究不是「區域研究」的一部分,而是一種批判性與創造性的轉化工程。

也因此,民初外文學者的知識實踐其實非常多元,並不受限於今天研究的生產形式(參加學術會議、撰寫學術論文)。他們翻譯、編輯、評論、創作,樣樣都來,因為當時的知識生產並沒有像今天這樣清楚的學術規範與學科界線,學者們的「學術」活動也不受學門或院系評鑑要求的掣肘。舉例來說,除了推動新文學運動功不可沒外,胡適的學術事業其實更屬於中國史學與哲學;

---

32 見丁易,1945;李廣田,1946;王了一,1946。

徐志摩、郁達夫等人雖然都在北大英文系任教，但是他們的主要貢獻還是在文學翻譯與創作；吳宓除了主編《學衡》雜誌與引介美國學者白璧德的新人文主義思想之外，亦嘗試書寫希臘文學史，更長年教授翻譯，以舊體詩翻譯英詩。[33]林語堂是中英文寫作大家，中文隨筆外，以流暢的英文向西方介紹中國。梁實秋亦是重要的作者與譯者，除《雅舍小品》膾炙人口外，更以紮實的中文翻譯莎翁巨著。[34]一般雖然不會把魯迅與周作人看作外文學者，他們卻是最早翻譯東歐與日本文學的五四文人，周作人在希臘古典文獻和思想上的經營尤深。[35]王文顯甚至創作了劇本《委曲求全》與《夢裡京華》，在波士頓和北京上演，引起轟動（齊家瑩，1998: 57）；不少清華學子也在他的啟發之下，推動中國現代戲劇的發展，包括李健吾和張駿祥等人，但最有成就的當屬寫出《雷雨》及《日出》的曹禺。更年輕一點的才子錢鍾書更是創作、研究、翻譯三棲，既能寫出《圍城》這樣20世紀中國文學史上的經典小說，也能悠遊於《談藝錄》這樣的比較文學研究，乃至參與《毛澤東選集》的英文翻譯，顯見創造新文學、翻譯中國與外文研究之間具有內在關聯，並且暗含一個「人文國際」（humanist international）的視野。這個視野也將在戰後持續影響著兩岸的外文學人。

　　因此，20世紀上半葉的外文研究基本上沿著雙重的軸線發展：在殖民現代性的制約中翻譯與引介西方的文學與思想，以推進白話文書寫與新文學運動。同時，通過文學刊物的發行與印刷資本主義的發展，五四一代學人打造了現代的文學品味、世界想像與閱讀公眾，並從中發掘改造社會的資源。對他們而言，翻譯、改寫、評論、編輯與創作都是主要的知識生產形式，因為他們的主戰場在中國，希望也在中國。

33　關於學衡派與新人文主義思想，見沈松僑，1983；沈衛威，2007。亦見第五章的討論。

34　當然，翻譯莎劇有成的還有朱生豪和曹禺兩人。

35　周氏兄弟在翻譯文學上的貢獻，見彭明偉，2007。

溝通中外：思想翻譯與新造文學

> 故今日欲舉百廢、新庶政，當以盡譯西國章程之書，為第一義〔……〕
> 苟能廣譯，多多益善也。
>
> ——梁啟超，《變法通議・論譯書》（1897）

　　1898年是中國翻譯史上極為重要的一年。這一年，梁啟超在《清議報》上
發表〈譯印政治小說序〉，鼓吹以小說改造社會，他自己翻譯的日本小說《佳
人奇遇》也於該年出版。小說的翻譯與創作成為清末民初極為重要的文化政治
實踐。同年，嚴復翻譯出了影響現代中國思想深遠的《天演論》。不諳外文的
林紓與友人王壽昌合作，以文言翻譯法國作家小仲馬（Alexandre Dumas fils）
的《帶著茶花的女孩》（*La dame aux Camélias*，後來通譯為《茶花女》），
隔年以《巴黎茶花女遺事》為題在福州出版。[36]10年後，詩人蘇曼殊以古體詩
翻譯拜倫詩作，讓這位浪漫詩人成為現代中國文學裡的一頁西方傳奇（見Leo
Ou-fan Lee, 2002: 181）。自此，西方文學與思潮如江海濤岸，翻撲而來，迎
來了小說翻譯大盛的年代。王宏志便提出，翻譯西方小說意在「以西化
中」——「借助西方文學的權威性來改變中國文學」——乃至提出社會變革的
呼聲（2010: 149），因而也觸發了「以中化西」的嘗試，以中國文學的體例
與思想慣習來刪改，甚至歪譯和改造外國文學，這也就使得晚清的外國文學翻

---

36 不過，在林紓之前已有西洋文學中譯的實踐了。最早被漢譯的英詩是美國詩人朗費羅
（Henry Wadsworth Longfellow）的〈人生頌〉（"Psalm of Life"）。它由英國公使威妥瑪
（Thomas Francis Wade）譯為中文，再由戶部尚書董恂改為七絕，作者名也意譯為「長友」
（見羅選民，2003: 1）。另外，1853 年傳教士即以白話譯出班揚（John Bunyan）的《天路
歷程》；1872年4月起，《申報》亦連載了改寫自《格列佛遊記》中小人國故事的《談瀛小
錄》（見謝天振、查明建，2003: 219-220）。祁壽華（Shouhua Qi）的研究指出，第一部被
翻譯成中文的西方純文學作品是《伊索寓言》；早在1608年，在義大利傳教士利瑪竇口述，
徐光啟筆錄的故事裡，就數度提及了這本書。《伊索寓言》最早的獨立譯本是1625年的《況
義》，由法國耶穌會教士金尼閣（Nicolas Trigault）口述，華人教友張賡筆錄而成，共錄寓
言故事22則（Qi, 2012: 22）。

譯呈現一種引進與改造並存，翻譯與創作同構的現象。[37]翻譯後的西方文學不僅迅速地占據了文學期刊的版面，也滲透進民初的新文學創作，深刻而全面地影響了中國人對文學的理解與世界的想像。[38]

這樣的動力一直延續到民國之後，1920年代迎來了外國文學翻譯與研究的高潮。五四一代作家，不論立場左右，均十分重視外國文學的翻譯。陳獨秀、胡適、魯迅、周作人、沈雁冰（茅盾）、鄭振鐸（西諦）、劉半農、郭沫若、郁達夫、田漢、徐志摩等新文學旗手都是重要的譯者與研究者：陳獨秀與蘇曼殊合作翻譯拜倫、雨果；胡適與羅家倫合譯了挪威劇作家易卜生（Henrik Ibsen）的《娜拉》，又在《新青年》上發表了〈易卜生主義〉（1918）一文，引起廣大迴響。此譯不僅為中國的現代話劇運動揭開序幕，也有助於民初婦女解放運動的發展。胡適對杜威思想的譯介更是1920年代重要的思想事件。魯迅與周作人合作翻譯的《域外小說集》雖然出版在新文學運動之前，但是他們所介紹的俄國、北歐、波蘭等「受壓迫民族的文學」，代表了五四運動裡至為重要的關懷，深刻影響了往後的外國文學翻譯和研究。[39]根據謝天振與查明建的調查，魯迅一生共譯介了俄國、英國、西班牙、荷蘭、奧地利、芬蘭、匈牙利、波蘭、保加利亞、羅馬尼亞、捷克、日本等14個國家、近百位作家的200部作品；在其創作、書信與日記中論及的外國文學作品更多，足見魯迅用功之深、譯介之勤（謝天振、查明建，2003: 82）。[40]周作人在譯介俄國、日本以及其他弱小民族的文學上亦貢獻良多，包括翻譯《天方夜譚》與希臘神話裡的故事，並對日本及歐洲的近現代文學發展做出系統性的介紹。從中西文學的參照對比中，他更提煉出「人的文學」這個理念，期待「讀者眼裏看見了世界的人類，養成人的道德，實現人的生活」（周作人，1983 [1918]: 73）。

自林紓翻譯《茶花女》與《黑奴籲天錄》以來，英、美、法等國文學的翻

---

37 偵探小說在清末民初的譯介與創作即為顯例，見蔡祝青，2016。

38 關於晚清翻譯小說對中國現代文學的影響，見韓南，2010。

39 不過，王宏志指出，不論就翻譯該書的起心動念、周氏兄弟的分工、還是所譯作品的內容而言，《域外小說集》的核心關懷與其說是弱小民族的反抗之聲，還不如說是人道主義思想，以及對文學藝術性的重視（2010: 262-268）。

40 例如在〈摩羅詩力說〉裡，魯迅就引用並討論了尼采、歌德、但丁、果戈里、普希金、卡萊爾、拜倫和莎士比亞等人的文字與思想。

譯就開始被大量引進。不僅狄佛（Daniel Defoe）、史威夫特（Jonathan Swift）、菲爾汀（Henry Fielding）、奧斯汀（Jane Austen）、薩克雷（William Thackeray）、狄更斯（Charles Dickens）等英國文學經典作家的作品紛紛被譯成中文，連當時才冒出不久的康拉德（Joseph Conrad）、喬伊斯（James Joyce）、哈代（Thomas Hardy）、吳爾芙（Virginia Woolf）、勞倫斯（D. H. Lawrence）等現代主義大家也陸續被引介、閱讀與討論。較早譯介哈代詩歌與喬伊斯詩作的是徐志摩，吳宓譯過薩克雷的《名利場》，郁達夫則發表文章討論過勞倫斯備受爭議的名著《查泰萊夫人的情人》，並將之與《金瓶梅》比較。英國的浪漫詩人更是五四作家關注的焦點：1923年《創造》季刊推出了「雪萊紀念號」，除了評介文章外，還有郭沫若與成仿吾翻譯的雪萊詩作8首，其中包括〈西風頌〉與〈雲鳥曲〉等名篇。1924年拜倫逝世百年，《小說月報》隆重推出了「拜倫專輯」，以紀念與宣揚這位詩人的反抗精神。濟慈詩作的翻譯與討論亦在《小說月報》與其他文學期刊上刊載。值得一提的還有羅塞蒂（Christina Rossetti）、豪斯曼（A. E. Houseman）、葉慈（W. B. Yeats）、艾略特（T. S. Eliot）與奧登（W. H. Auden）等人的作品，因為這些作家（除了羅塞蒂以外）大致都與五四學人同代，足見當時學者譯介之勤，興趣之深。他們作品的翻譯與研究都出現在1920、1930年代：吳宓與徐志摩都譯過羅塞蒂；聞一多譯介了豪斯曼的詩；茅盾、鄭振鐸與朱光潛分別翻譯與討論過葉慈；葉公超則對T. S.艾略特的作品用力甚深。雖然《荒原》是他的學生趙蘿蕤翻譯的，譯本的序言卻是葉公超寫的。1938年，奧登翩然訪華，推動了中國讀者對他的興趣，英國學者燕卜蓀在西南聯大的「現代英詩」課上講授奧登的詩作，更直接推動了他作品的譯介，時在西南聯大外文系就讀的楊周翰、王佐良與任教的卞之琳等人是主要的譯介者（李洪華，2008: 98-100）。當然，不能不提莎劇的翻譯與改寫，因為莎士比亞是20世紀上半葉中國文學界譯介最多的外國作家，其作品到現在仍不斷地被改編、討論與演出。[41]

　　此外，還有俄國文學的翻譯與介紹：田漢、沈雁冰、鄭振鐸、張聞天、胡愈之、王統照、郭紹虞、沈澤民、耿濟之等人都是重要的譯介者；鄭振鐸寫過

---

[41] 在中國現代文學翻譯史上，共有20多人參與了莎士比亞作品的翻譯，其中最有名的是梁實秋與朱生豪的譯本。關於莎劇百年以來在中文世界的改編與演出，可參考Huang, 2009。

一本《俄國文學史略》（1924）、蔣光慈還編寫過一部《俄羅斯文學》（1927），該書分上下兩卷（下卷根據瞿秋白的《俄國文學史》刪改而成），既介紹俄國文學發展的源流，也引介無產階級革命的思想。1930-1940年代於是迎來了一波譯介俄蘇文學與思想的大潮，成為現代中國文學的重要養分（見陳眾議，2011: 23-86）。

美國文學亦受到了相當重視與譯介：林紓譯過爾文（Washington Irving）的短篇故事10篇；周作人曾翻譯愛倫‧坡（Edgar Allen Poe）的作品，收在《域外小說集》裡；馬克‧吐溫（Mark Twain）的作品則由吳檮翻譯為中文；田漢在1919年發表〈平民詩人惠特曼的百年祭〉並摘譯了惠特曼（Walt Wiltman）的《草葉集》，首度向中文讀者介紹這位美國平民詩人。1913-1914年，吳宓便以〈滄桑豔傳奇〉為題，在北京清華學校達德學會出版的《益智雜誌》上，以詞之格律翻譯了美國「爐邊詩人」朗費羅（Henry Wadsworth Longfellow）的敘事長詩《伊梵潔玲》（*Evangeline*）。吳宓認為此詩之結構與用意類似清初傳奇《桃花扇》，故以章回分段，陸續譯出。雖然最終未能譯全，但吳宓且譯且寫，確是創舉。後來浦薛鳳亦將此詩譯為文言小說，題為《紅豆怨史》，在《小說月報》上登載。1920年代，吳宓主編的《學衡》雜誌大量譯介了美國學者白璧德的作品與思想，並且編輯成書，跨海繼承了新人文主義的香火，與胡適領軍的新文化運動相抗衡。

傑克‧倫敦（Jack London）、辛克萊（John Sinclair）、奧尼爾（Eugene O'Neil）、賽珍珠（Pearl Buck）等作家亦在此時被引介進來。1932年，美國黑人詩人休斯（Langston Hughes）出訪蘇聯後轉訪中國，引發中國學者的關注與討論。隔年，楊昌溪的《黑人文學》問世，是中文世界第一本介紹美國黑人文學的專著（見謝天振、查明建，2003: 259-269）。楊著篇幅雖短，但涉及19世紀末、20世紀初黑人詩歌、小說與戲劇不少作品，包括愛德華茲（Harry Stiwell Edwards）和突平（Edna Turpin）的短篇小說以及休斯的詩作，也從解放自我、重建家園，反抗種族歧視與殖民主義的視角予以解說，對族裔文學研究而言，實有開創之功，但楊昌溪的名字和貢獻，知道的人並不多。[42]1949

---

42 事實上，楊昌溪在1931年即出版過一篇內容大致相當，但篇幅較短的文章，〈黑人文學中民族意識之表現〉，文中並附有一註，提及「友人周起應已譯有卡爾佛吞所著之〈黑人文學之

年，國共內戰正酣之際，中國與美國還合作編譯了一套美國文學叢書，共20卷。這是第一套比較完整、系統性地介紹美國文學的叢書。但是，內戰的紛亂與冷戰的快速降臨使得這套叢書在當時未能發揮應有的功能。

法語文學、德語文學以及西班牙語文學都在20世紀初期進入中國。雨果的詩歌、莫里哀的戲劇、象徵派的詩作與理論，以及莫泊桑、福樓拜與左拉等寫實主義和自然主義作家都在1920年代受到高度重視並產生影響。《小說月報》在1922年就出版過「法國文學專號」，介紹莫泊桑、法朗士（Anatole France）等人的作品；在1924年又出版了「法國文學研究專號」，企圖對法國文學的發展做全面性的引介。《少年中國》亦從1920年開始，譯介馬拉美（Stéphane Mallarmé）、維爾蘭（Paul Verlaine）、波特萊爾（Charles Baudelaire）等法國象徵派詩人，為中國詩人（如李金發、邵洵美、戴望舒等人）的象徵派美學打下重要的基礎。曾任《申報》特約撰述、戰後來臺的黎烈文，即是重要的法國文學譯者與學者。他譯過的19世紀法國作家包括莫泊桑、羅逖（Pierre Loti）、梅里美（Prosper Merimee）、紀德和斯湯達爾等人，後來亦在臺灣出版過《法國文學巡禮》與《法國短篇小說選》等書。

最早引用德語作家的中國學者是辜鴻銘，他在英文著作《尊王篇》（*Papers from a Viceroy's Yamen*）裡，或以德文、或用英譯引用歌德與海涅（Christian Johann Heinrich Heine）的詩文。20世紀初期，魯迅、茅盾、郭沫若都譯過尼采《查拉圖斯特拉如是說》的幾個章節；郭沫若還譯過歌德的《浮士德》與《少年維特的煩惱》。之後鄭振鐸也譯介過不少德語作品，如1925年上海商務印書館出版的《萊辛寓言》，並於1921年在《小說月報》裡設置「德國文學研究專欄」，發表評介德國表現主義文學的文章。

在西語文學方面，除了林紓在1922年翻譯《唐吉軻德》，改題為《魔俠傳》之外，最早致力於西語文學中譯的學者還是周作人、魯迅和茅盾等五四左翼作家。他們在《小說月報》和《新青年》陸續介紹了巴羅哈（Pío Baroja y Nessi）、伊巴涅茲（Vicente Blasco Ibáñez）、烏納穆諾（Miguel de

---

成長〉〔The Growth of Negro Literature〕一文和淮提的〈燧石中的火光〉交小說月報發表」（楊昌溪，2014: 88），顯見此時中國知識界對黑人文學已有相當的關注。楊昌溪的孫女楊筱堃和韓晗合編的《楊昌溪文存》亦收錄了這篇文章和前述的《黑人文學》。不過，收錄文章沒有校對，英文部分錯漏很多。

Unamuno）等近代西班牙作家；南國社亦在1930年演出《卡門》，並在其刊物《南國月刊》上介紹該劇與西班牙革命運動的關係。[43]但最早公開發表伊巴涅滋譯作的是曾經流亡巴黎的胡愈之，1920年他從英文，而非西文，轉譯〈海上〉（"En el Mar"），發表在《東方雜誌》上；後來戴望舒、周作人、葉靈鳳、杜衡等人亦譯過他的作品。據滕威的統計，1920到1948年間，在中國的報紙雜誌上發表過的相關文章大約13 篇、譯文27種（2019: 170）。不過，其他地區的西語文學，包括拉美地區的作品，則要等到1950年代以後才陸續被中文世界所閱讀與研究。

　　此外，泰戈爾1924年訪華，引起中國文藝與思想界的左右爭辯，一邊（如徐志摩、梁啟超與鄭振鐸）尊其為名揚世界的東方思想家，大表歡迎與敬重；另一邊（如魯迅、郭沫若、陳獨秀）則冷漠以待，嘲諷泰氏詩作故弄東方玄虛，抨擊其和平主義的思想缺乏現代與反抗意識，只會使得東方繼續臣服於西方的霸道威勢之下。[44]儘管爭議不休，泰氏訪華實際推動了中印文學與思想的交流，為中國引入現代亞洲文學的視野，也敦促我們進一步思考20世紀初期中國文藝與思想界引介「外國」文學的意義與翻譯的政治。[45]除此之外，值得一提的還有周作人和魯迅合作翻譯的《現代日本小說集》（1923年上海商務印書館發行），其中包括了國木田獨步、夏目漱石、森鷗外、武者小路實篤、志賀直哉、菊池寬、芥川龍之芥、佐藤春夫等重要作家的作品。[46]

　　除了文學翻譯之外，20世紀初期亦出現了外國文學研究的專著，例如周作人的《歐洲文學史》（1922）、謝六逸的《西洋小說發達史》（1924）與《日本文學史》（1929）、金東雷的《英國文學史》（1937）、宗白華的《歌德研

43　南國社，全名南國電影劇社，為田漢與唐槐秋於1926 年在上海創辦的影劇演出團體，從事話劇演出與電影拍攝。《南國月刊》於1929 年創刊，主編為田漢。

44　關於泰戈爾訪華的意義與爭議，見孫宜學，2009，王邦維、譚中，2011; Charterjee, 2011a。最早中譯的泰戈爾作品，是陳獨秀1915年在《新青年》上發表的〈贊歌〉。

45　下一次大規模的中印交流是以思想藝術為媒介的「西天中土」計畫。西天中土計畫為中國美術學院的展示文化中心於2003年發起一系列相關的藝術與學術交流活動（之後出版了《地之緣：亞洲當代藝術的遷徙與地緣政治》一書），且在2008年廣州三年展《與後殖民說再見》中，開啟一系列中國關於西方疆域的探索，其目的為轉變當前亞洲面向歐美的知識狀況，將目光轉向同為亞洲大國的印度。中印兩國的學術界與藝術界在此計畫中建立起直接的交流。

46　相關研究與進一步的資料匯編，見孫立春，2010a; 2010b；賈植芳、陳思和，2004。

究》（1932）、朱光潛的《文藝心理學》（1936）、李田意的《哈代評傳》
（1938）、吳達元的《法國文學史》（1946）、馮至的《歌德論述》（1948）
等，足見五四以降中國學者在西洋文學與思想研究上的扎根與墾拓，逐漸成
熟。此外，許地山（1930）與柳無忌（1945）還分別寫過一本《印度文學》。
1935年，鄭振鐸在上海生活書店主持了《世界文庫》叢書的出版計畫，網羅
了當時文化界的知名作家與譯者，大規模且有系統地介紹與出版中外文學名
著，以開拓當時的文學視野，積累中文的古典文庫。鄭振鐸在《世界文庫》發
刊緣起中寫道：「我們將從埃及、希伯來、印度和中國的古代名著開始……一
切古代的經典和史詩民歌，都將以同等的注意……我們對於希臘羅馬的古典著
作，尤將特別地加以重視……這樣，將形成一個比較像樣子的古典文庫」（引
自謝天振、查明建，2003: 107-108）。

　　值得注意的是，五四一代的翻譯與著作不只是為了認識西方思潮、引進不
同的文學品味而已，它同時也是不同文學觀點的攻防與爭辯。到了1930年代，
文學界最重要的討論已不是新舊文學孰輕孰重的問題，而是文學的本質與作
用。[47]也因此，西方文學——尤其是文藝思想的譯介與討論——其實也是五四
知識分子對文學與時代關係的進一步思考。例如，學衡派引介新人文主義的宗
旨，除了強調要「昌明國粹、融化新知」之外，更提出「以中正之眼光，行批
評之職事」，藉以更正文藝界浪漫偏激的傾向，進而落實「無偏無黨，不激不
隨」的立場（引自沈衛威，2007: 97）。梁實秋在〈現代中國文學之浪漫的趨
勢〉中就曾批評，「浪漫主義者把文學當做生活的逋逃藪」，鼓吹的是「逃避
人生」的文學觀；相對地，他所堅持的是理性與古典的精神，相信「憑理性的
力量，經過現實的生活以達於理想」（1926: 143）。在〈現代文學的任務〉
裡，他更直陳中國文學最應改革的是文學思想，亦即文學是什麼，文學的任務
又是什麼等問題。他相信「文學的精髓在於其對於人性之描寫」，而文學的任
務是在「森羅萬象的生活狀況中去尋索其潛在的人性的動因」；他強調「文學
不能救國。更不能禦侮，惟健全的文學能陶冶健全的性格，使人養成正視生活
之態度，使人對人之間得同情諒解之聯繫」（1934: 148）。這樣的觀點與堅
持階級立場與革命精神的左翼文學大相逕庭，而引來魯迅的攻訐，質疑梁實秋

47　關於從文學革命到革命文學的變化，見程凱，2014。

古典主義的人性論與階級性。[48]曾經與魯迅友好的林語堂，亦在《語絲》第54期（1925）提出類似的主張，期待國內的文論與政論能夠奉行「費厄潑賴」（fair play）的精神，以彰顯言論自由之重要，也同樣受到魯迅應該「痛打落水狗」的批評（錢璟橋，2018: 87-92）。朱光潛在1937年創辦《文學雜誌》時，意有所指地在發刊辭中指出，「為文藝而文藝」或是「以文載道」的主張都是偏狹的：

> 我們不妨讓許多不同的學派思想同時醞釀，騷動，生展，甚至於衝突鬥爭。我們用不著喊「剷除」或是「打倒」，沒有根的學說不打終會自倒；有根的學說，你喊「倒」也是徒然。我們也用不著空談什麼「聯合戰線」，衝突鬥爭是思想生發所必需的刺激劑。（1937: 8）

他進一步闡述了自由主義的文學立場：即「英國學者安諾德所說的廣義的批評，就是『自由運用心智於各科學門』，『無所為而為地研究和傳播世間最好的知識與思想』，『造成新鮮自由的思想潮流，以洗清我們的成見積習』」（1937: 9）。

在這些論辯的簡短引述裡，我們可以看到，在五四以降幾波對立的文學風潮中，透過譯介思想、編寫刊物、安排教程，五四以降的外文學人（吳宓、梁實秋、林語堂、朱光潛等）逐漸展現出一種「自由普世」（liberal cosmopolitanism）的立場，並展現了一種以跨文化為基礎，想像中國現代性的可能。[49]在此，文學顯然承載了太多文學之外的期待和要求，一方面希望創造出符合時代的新文學，好讓老大中國得以新的面目普現於世，另一方面又期待文學維繫一個中立而自由的空間，既要不受政治的左右，更要能挽狂瀾於既倒。國共分裂後，左右對立的政治以及對日抗戰的迫切，明顯擠壓了文學得以施為與自存的空間，使之在當年的革命話語中載浮載沉，一度繽紛的文學風景在1930年代顯得紛亂，到了1940、1950年代更形緊縮，難以施為，乃至因為兩岸分斷的確立，最終被迫各自切離與定性。但是，「五四」自由開放的精神遺

48　關於魯迅與梁實秋兩人的論戰，見白立平，2009；高旭東，2004: 44-70。

49　見Qian, 2011。

產（尤其是對人文精神與文學批評的重視）仍然透過師承渡海來臺，在孤島上花開並蒂。[50]

　　這些著作與翻譯呈現了20世紀初期外國文學研究的成績與風貌。我們不只可以從中窺見外國文學翻譯與現代文學創作之間綿密互持的關係，更可以感受到20世紀初外文學者上下四方求索思想與文藝的氣魄與眼界。這些大量的翻譯與著作不僅為現代中國文學的發展奠定基礎，也是外文研究百年思索的重要起點。尤其值得深思的，是他們古典與現代兼容、強權與弱勢並蓄的世界文學視野，形成了外國文學研究的比較方法與批判精神，也突出了文學之於社會與政治的思想連繫。透過翻譯、轉借、比較與批評，外文研究企圖界定文學的意義與價值，重新打造一個現代的華夏文明主體，即令這至今仍是一個分裂的主體。

自由普世：吳宓藏書中的人文國際主義

> 　　重溫舊世界——那是收藏家在收藏新事物時最深的渴望，那也是為什麼收藏舊書的人，要比那些收購奢侈版本的人，更接近收藏的本源的理由。書是怎麼穿越了合集的門檻而成為了收藏家的財產的呢？
>
> ——Walter Benjamin (1968: 61)

> 　　是書的次序決定了事物的秩序嗎？藏書的行動如何編碼個人的歷史與時間呢？
>
> ——Homi Bhabha (1995: 5)

　　透過上述的爬梳，我們大致可以看到外國文學研究在20世紀前半葉發展的輪廓，如何透過學術體制的打造、歸國學人的參與以及外國文學與思想的譯介，而逐步形成了一個華文知識場域，從而確立了一種自由普世的思想底色，

50　雖然朱光潛1949年後留在大陸，他所揭櫫的自由主義人文精神卻由夏濟安、顏元叔等人所繼承，見第三、五章。

藉著中西文明的接合，促成「人文國際主義」（humanist internationalism）的揚升。這裡所謂的「人文國際主義」指的是白璧德新人文主義中的想像，亦即相信中西文明是共通的，而且可以透過溝通中西的行動，逐漸打造出一個共通、共享、共融的文化空間與社群；正如五四一輩外文學人所體現（embody）的，這個人文國際主義的想像，同時也是一種自由普世的現代性想像，是對殖民現代性的內在超克與翻轉。雖然這樣的現代性帶有殖民主義的傷痕，但是這一脈的外文學人並不就此否定現代性的普世意義，正如他們相信中國人也渴望民主與科學、自由與發展，就如同西方人一樣。因此，他們既相信外國的（不限於西方）文學與文化應該成為新一代中國人知識與思想的養分，同時也主張中國的文學與文化應當與世界共享。江勇振就提到了胡適在康乃爾大學求學的時候，在全力學習西方知識的同時，也沒有忘記身邊帶著的1,300本線裝書，更大力鼓吹美國大學要教授中文，收藏中國的圖書；此一主張，連他後來的論敵梅光迪也是極力贊成的（2011: 252）。或許當前兩岸推動的對外華語／漢語教學，乃至「孔子學院」和「臺灣講座」等機構設計，也可以在胡適的這一主張中找到前身。

　　在這個意義上，在建制史的爬梳之餘，我們或許也應該關注當年這些外文學人的知識構成究竟是什麼？他們讀了什麼書，形成了什麼想法，而這些想法又與西方保持或形成了什麼關係？借用班雅明在〈打開我的圖書館〉一文中的比喻，我們或許可以問的是：西方文學是怎麼穿越了西方思想合集的門檻，而成為外文學人的財產？這筆個人的財產又如何透過贈與的形式，成為學科的知識以及公眾的記憶？或是像廖炳惠（2004）所提問的，個人的和機構的藏書如何展現知識與記憶的折衝，突出學術的感性，從而展開不同觀點來思考知識的體制化？撫摩這些前輩學人用心費力的收藏，又將如何豐富我們對外文研究發展的理解呢？

　　讓我們再次回到胡適。《胡適留學日記》的第一篇是這樣寫的：

1911年1月30日（星一）

辛亥元旦。作家書（母四）。考生物學，尚無大疵。

今日《五尺叢書》送來，極滿意。《五尺叢書》（*Five Foot Shelf*）又名《哈佛叢書》（*Harvard Classics*），是哈佛大學校長伊立鶚（Eliot）主編

之叢書，收集古今名著，印成五十巨冊，長約五英尺，故有「五尺」之名。

今日有小詩一首：永夜寒如故，朝來歲已更。層冰埋大道，積雪壓孤城。往事潮心上，奇書照眼明。可憐逢令節，辛苦尚爭名。（2000: 1）

　　此時的胡適，剛在康乃爾度過了第一個學期。適逢新年初始（農曆過年），在異鄉備感孤寒，惟可堪慰的是自己的生物學考試「尚無大疵」，而新至的奇書可以打開視野。這套長達5呎，實為51巨冊的《哈佛叢書》出版於1909年，由在任長達40年（1869-1909）的哈佛校長伊立鶚所編，目的是將西方思想與文學中的經典作品收歸一處，作為人文教育的基石。前10冊的內容包括了柏拉圖的著作、西塞羅和布里尼叔姪（Pliny）的書信、希臘悲劇9本、奧古斯都的《懺悔錄》、彌爾頓、愛默生、伯恩斯（Robert Burns）等人的詩作以及亞當斯密的《國富論》；11-20冊包含了西方文學的經典：《伊尼亞德》、《唐吉訶德》、《天路歷程》、《伊索寓言》、《格林童話》、《神曲》、歌德與馬洛的《浮士德》以及達爾文的《物種源起》和《一千零一夜》；21-30冊則有《奧德賽》、美國的航海小說《桅桿前的兩年》、英國歷史家柏克（Edmund Burke）寫的《法國大革命反思》、英國政論家卡萊爾（Thomas Carlyle）的自傳、論文與講稿、英美散文選集、達爾文的《小獵犬號航海記》等；31-40冊有英法哲學家笛卡爾、伏爾泰、盧梭、霍布思等人的作品，馬基維利、摩爾（Thomas More）、路德、洛克、柏克利、休姆等人的政治哲學、遊記以及名著的序與前言；41-49冊包括三大冊的英詩選——從喬叟、葛雷（Thomas Gray），一路到但尼生（Alfred Tennyson）和惠特曼——再加上兩冊伊利莎白時期的戲劇、美國歷史文獻以及史詩與長篇故事等。第50冊是導論、讀者指引與目錄，第51冊則是講演。[51]這套叢書毫無疑問代表了西

51　江勇振提到，「這套《哈佛叢書》沒有統一的價格，因為它有普及版，也有真皮封面、鑲金、著色的豪華版；價格從最便宜美金50元（相當於今天的1,200美元）一套的普及版，到492美金（相當於今天的11,500美金）一套的豪華版」（2011: 234）。不論是普及版還是豪華版，老實說都價格不菲。有趣的是，哈佛出版此套書目的何在？根據1909年一篇刊在《科學》月刊上的文章顯示，這套叢書是哈佛大學與出版商寇力耶（P. F. Collier and Sons）合作的成果：哈佛出人與名，寇力耶出錢印刷；哈佛的董事會希望藉此擴大哈佛的影響力，校長

方文明的深厚基礎——不僅是文學，更包括了哲學、政治、神學、社會、生物與經濟，其中收錄的多數作品亦是我們今天仍在捧讀的經典。不論胡適是否真有通讀這套叢書，它都代表了那個時代西方人文想像的高度，而中國知識分子也能企及，並且浸淫其中。

在這個意義上，兼具保守與浪漫色彩於一身的外文學人吳宓，他的藏書或許更值得我們細察與思考。[52]

吳宓，字雨生（又作雨僧），不僅是胡適的同代人，更是其對手，以《學衡》為陣地，與梅光迪、樓光來、柳詒徵等人，奉美國比較文學學者白璧德的新人文主義為圭臬，反對新文化派全盤西化的主張。吳宓1911年入清華學堂，1917年赴美留學，進維吉尼亞大學讀新聞，隔年改讀西洋文學；維吉尼亞大學本科畢業後，在張歆海等哈佛學生的引薦下進哈佛大學攻讀比較文學，師從白璧德。1921年獲碩士學位後回國，到國立東南大學文學院（即後來中央大學與今南京大學之前身）任教授，並且擔任《學衡》主編，力抗五四新文化運動之洪流。1925年，吳宓北上清華，任甫成立之清華國學院之籌備主任，聘來後來人稱「四大導師」的梁啟超、陳寅恪、王國維、趙元任，開啟了清華文科的黃金年代。他同時也在清華外語系任教，繼王文顯之後擔任系主任，為外國文學研究擘劃課程，開創視野。吳宓於1941年被教育部聘為首批部聘教授，並且曾短暫代理西南聯大外文系主任。1944年後，他離開西南聯大，輾轉於燕京大學、武漢大學、浙江大學與河南大學之間，最後決定去重慶，在相輝學院、勉仁學院與四川大學間兼課，原本準備遁入佛門，落髮為僧，但最終落腳四川教育學院。1952年院系調整後，四川教育學院最終併入西南師範學院（即今日西南大學之前身），吳宓也再沒有回到他曾經風光一時的北京清華。

伊立鶚希望做教育，出版商則想要大撈一筆（Chapman, 1909: 441）。下文會再提到，20世紀初期，隨著商業出版的盛興，這類大部頭的套書成為出版商賺錢的法寶，雖然其中編者和出版者常不乏崇高的文化使命感。

52 2017年6月，在偶然的機緣下，我來到了位在四川北碚的西南大學圖書館翻看吳宓捐贈的個人藏書。我要特別感謝北京中國社科院文學所李哲先生的介紹，以及西南大學圖書館館長黃菊老師的溫暖協助。

圖1：西南大學宓園一景（作者自攝2018年6月）。

　　關於吳宓之生平，已有許多傳記可供參考，[53]長女吳學昭所編的《吳宓日記》與《吳宓日記續編》尤其提供了許多第一手的史料，得窺學者吳宓一生的傳奇。作為教育部的部聘教授，吳宓的學術成就是備受肯定的，他大可回到清華任教，或是像梁實秋一樣，在1949年前隨國民政府來臺，在大學裡占據重要職位。但他卻選擇留下，在1950年代的政治運動與文革時期慘遭磨難和委屈，因其一生的信仰，被打成反動學術權威和現行反革命，下放牛棚改造。對一個飽讀詩書、學貫中外的學者而言，吳宓的文革經驗儘管不算特殊，亦是令人聞之鼻酸的人間悲劇。他之所以將畢生藏書捐給西南師院，亦與此相關。

53　吳宓生平，見沈衛威，2000；王泉根，2001；傅宏星，2008；吳學昭，2014。

圖2：吳宓舊居陳列室（作者自攝2018年6月）。

張麒麟在〈吳宓捐贈西南師範學院藏書始末〉一文中，對於吳宓這批藏書
有如下的介紹：

　　這些書絕大部分為西文圖書，在《吳宓日記》中可見的捐贈記載包括：
　　《安諾德全集》（「昔宓在美國各地搜集多年，乃得此一部」，4月4日捐
　　贈），《甲寅週刊》第一卷及《德國文學史》（8月4日捐贈）、整套《學
　　衡》雜誌（8月10日捐贈）、《法國文學史》（8月23日捐贈）。這些書部
　　分為吳宓在哈佛大學留學期間及20世紀30年代初游學歐洲這兩個時段集中
　　訪求所得，部分在他任職各個大學期間陸續得到。

　　在將藏書捐予圖書館前，吳宓親自為每本書都撰寫了題跋。題跋均用中

> 文，毛筆書寫，包括提名漢譯、作者簡介（漢譯名、生卒年，若作序者、
> 編注者等負盛名，亦作介紹）、內容提要、參閱書目（如參閱《學衡》某
> 期，《大公報·文藝副刊》某期）、版本（初版何時，重印何時）等，亦
> 在某些珍愛之書上寫及個人經歷。（2016: 18）

換言之，這批藏書有些是吳宓留美和訪歐時所購，隨他飄洋過海從劍橋、南
京、北京而重慶；有些則是他的工作成果與個人著作，字裡行間隱含著他辛勤
勞作的汗水與淚水，不論就其學術價值與個人回憶，皆有珍貴之處。然而，
1956年在歷經親友故去與政治風暴的打擊後，他毅然決然地決定散盡畢生藏
書，包括將一批原存於前妻陳心一處的六箱藏書，從北京運至重慶，「將宓愛
及名貴之書，一律捐與圖書館，無復留戀。惟留極少數新人文主義之書」（吳
宓，2006: 411）。的確，根據張麒麟的記載，1956年6月至9月，吳宓陸續送交
圖書館的藏書達到863冊，手邊僅存「《吳宓詩集》87部，《吳白屋先生遺
書》18部（又零冊六、七冊），景昌極《道德哲學新論》24部，徐思園*Nature
& Destiny of Man*八部」（2016: 19）。然而，這些少數存留在身邊的藏書，在
文革期間卻被收繳與損毀，以致文革結束後，雙目失明，臥病在床的吳宓，除
了一小皮箱的手稿、日記與書籍外，藏書都已散盡，徒留回憶了。反而，那些
送給圖書館的藏書卻在文革的歷史洪流中倖存了下來，雖然屢有散佚、歷經蟲
蛀，起碼至今西南大學圖書館仍留下586冊，供後人景仰與憑弔。這批藏書，
經歷長途跋涉與歷史的摧殘，有些已經斑黃脫落，頁面薄脆，吹撫間即可化為
灰燼，有些仍完好如初，扉頁上恭敬地留著吳宓的題字、批注和筆記。在圖書
館十樓的大型木質書櫃裡，他們安靜佇立，彷彿在等待主人的歸來，也張開著
一扇知識與創傷同構的歷史窗口，待後人探究。
　　這批書裡有各式各類的文學史、作者全集、詩集、劇本、課本、文學字
典、傳記、文論選集、名著選譯、作家研究文集，哲學論著──如彌爾（J. S.
Mill）的《政治經濟學原理》，卡斯提格里歐尼（Castiglione）的《廷臣
論》、霍布斯的《利維坦》──乃至聖經、畫報和漫畫；除了英文書外，還有
大量的法文書、德文書和義大利文書，種類繁多；諸如亞里斯多德全集、柏拉
圖《對話錄》、希臘悲劇、莎士比亞全集、阿諾德全集、吉朋（Edward
Gibbon）的《羅馬帝國衰亡史》、《亞瑟王英雄傳》，甚至司各特（Walter

Scott）的藍襪系列小說一套25冊亦一應俱全。鳥瞰書目，我們不只看到藏書人吳宓的知識品味與語言廣度，也能看到這樣的知識構成如何影響了一代又一代的外文學人，成為共通的知識感性與人文素養。翻讀這批藏書，我們更可以在泛黃、薄脆的書頁上觸摸到收藏者的學思印跡。[54]例如，在吉朋的《羅馬帝國衰亡史》的扉頁上，吳宓寫道：

> 吾幼時讀新民叢報即知吉朋之名著羅馬帝國衰亡史，久後乃得讀原作。此本具有Bury教授之評註而每條刪繁節要，卷帙縮小。宓1919年在美國留學時所講〔蟲蛀不清〕書即賜吳長女學昭〔蟲蛀不清〕今我捐贈學校。昔司馬光公撰資治通鑑，謂僅有王勝之讀之一過。吉朋亦有此歎。宓置此書亦僅零星翻閱直至1954年，宓已滿60歲始將此書首尾徹讀一過。祇就此一書而論，吾死無憾矣。1956春盡日，吳宓識。

在初版於1791年的《繙譯原理論》（*Essays on the Principles of Translation*）上，吳宓批注：「始自1925年，宓在清華授繙譯術一課程，恆以此書為課本，用之多年，其書尚如新」；在第9頁論述翻譯原則的文字旁，他則寫道：「嚴幾道（復）先生信達雅之說，似由此出」。他更在書中加頁，將18世紀英國詩人提克爾（Thomas Tickell）的作品〈柯林與露西〉（"Colin and Lucy"）譯成五言敘事詩〈死別〉。在摩爾《神學與哲學》（此書將《烏托邦》與《憂患中之慰安》兩書合刊）的頁首上，他則寫道：「憂患中之慰安，1534至1535獄中（臨死）作，1553出版，托為匈加利人叔侄問答之辭句，突厥人之來侵，實則作者自言其致命遂志之意，正氣歌之流亞也」。在《廷臣論》中，他更在好幾頁的頁緣上寫下對應當下中國文化情勢的詞句，例如在作者論及王公職責時（第四章），他寫下：「『政者正也』，大人者，正己而物正；君仁莫不仁」；在作者論及語文使用應雅尊古典，因為那是歷經時代淘洗，意義深遠之證明時（第二章），他則寫道：「今日中國，主張保有文言，反對白話，其理

54　這批藏書極其珍貴，無法複製。礙於無法取得圖檔的授權，筆者在此僅能予以記述。還望吳學昭女士與西南大學圖書館早日完成數位典藏的工作，便利研究，傳遞吳宓先生的學思和精神。

由正是如此」。這些看似無足輕重、甚為個人的細節，不但折射了吳宓個人的
文學想像與政治立場，更賦予了這批藏書深刻的歷史感，在打開與收攏當中凸
顯了吳宓一代外文學人出入中西的比較文學感性，在尋找知識的線索以及教學
的實踐中，更新文字與思想的生命。

　　在這些書裡，有兩套值得特別注意：一是高斯（Edmund Gosse）所編的
「地球牌」（因書封上的地球圖示而得名）「世界文學圖書館」（Library of
Literatures of the World）叢書，另一是丹特（Joseph Dent）發行、瑞斯（Ernest
Rhys）主編的「人人文庫」（Everyman's Library）。前者以國家為單位，分
冊介紹世界各國的文學，後者則以普及人文經典為主軸，面向新興的中產階級
讀者。學者哈蒙德（Mary Hammond）就指出，20世紀初期出現於英美的大眾
人文經典系列是「中低階級朝向自我教育與自我塑造的重要展現」（2006:
86）；丹特之所以在1906年發展普及人文經典（特別是為了年輕人而刊行），
是因為當時法國和德國都已出現類似叢書，一冊只賣幾便士，大大推廣了文學
教化人心的功能，同時也建構著國家文學，乃至世界文學的想像；同時，其他
出版社，如暢多（Chando）、莫利（Morley）、麥米蘭（Macmillan）也都開
始類似的出版計畫，「但是英國文學仍然乏人問津，遑論世界文學了」
（2006: 91）。透納（John R. Turner）則強調1842年英國議會創立版權法，讓
出版社得以重新發行絕大多數的維多利亞作家的作品，從而促成了各類文庫經
典的興起（1992: 28）。[55]哈蒙德認為，這類書系的出現不只是為了向讀者介
紹一種特定的興趣，將他們從商場或其他興趣中誘引過來，而是為了要「教
育」：這類叢書「以批判的、歷史的與一般的視角置放自身，並以一種學術的
嚴肅性，邀請讀者不只對作品本身，亦對其所在之脈絡，產生興趣。換言之，
它是以系列叢書的方式使之能夠發揮像是正式教育課程一樣的作用」（2006:
91-92）。[56]不過，塞穆爾（Terry Seymour）在研究了「人人文庫」的流通狀況

55　透納指出，在「人人文庫」之外，尚有1900年創立的「尼爾森新世紀文庫」（Nelson's New
　　Century Library）、理查茲（Grant Richards）1901年創立的「世界經典」（World Classics）
　　以及1903年開始的「柯林斯口袋經典」（Collins Pocket Classics）。「世界經典」後來倒閉
　　而賣給了牛津大學出版社（1992: 28）。

56　為了搶占市場，以量取勝，這類叢書的規模是相當可觀的，例如「人人文庫」在成立的第一
　　年內就發行了205本不同的文學作品（Turner, 1992: 29）。

後發現，人們購買「人人文庫」出版品的理由，不僅是想要讀、需要讀這些經典作品，往往還是因為覺得「應該讀」而買；到了1960年代後，它們更成為課堂的指定讀物，而廣為流通（2011: 167）。換言之，「人人文庫」的經典性，是通過廣泛的商業印製和新興的行銷手法，再配合學院知識的建構，而逐漸形成的。

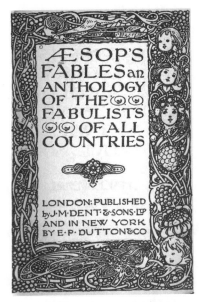

圖3：「人人文庫」1913年版本的
《伊索寓言》。

　　尤其重要的是，1905年開始的這套「人人文庫」1913年出版《伊索寓言》時，只賣1先令，但這個版本與其他的非常不同：它的版型小而低調，而且沒有任何的廣告；除了相對便宜外，它還具有保存價值，因為除了印刷清楚，硬殼精裝外，它還納入了一篇長篇的學術導讀，不僅介紹書裡的故事，也提供了詳細的伊索生平，為此書憑添幾許神聖的反思意味（Hammond, 2006: 91）。塞穆爾也指出，雖然「人人文庫」初期主要是在沒有版權也不必支付版稅的前提下，拿之前出版過的版本重新印行，有些版本的導讀連標點和頁碼都沒修改，但1906年起，它也開始聘請專家重寫導讀；在當年出版的155本書裡，約莫有25-30本書採用新的導讀，而主編瑞斯，光是1906年一年，就寫了79篇

（2011: 170）。「人人文庫」納入導讀的做法深刻地影響了當時有意進入大眾市場的出版商；牛津大學出版社就充分利用了自身的學術權威，為它「世界經典文庫」（World Classics）裡的每一部書加上導讀，校訂版本，強調文本的精確性，使之與其他類似的叢書，在價值上——而不只是價格上——有所區隔（Hammond, 2006: 102）。

　　從這個角度來看，吳宓盡力收購「人人文庫」與「地球牌世界文學史」，求其整全，不論是為了研究或是教學所用，都反映了對西方經典與品味的跟隨與接受，企望透過這些叢書進入世界。尤其重要的是這類文庫所標舉的含括性與全面性，一如胡適的「五尺叢書」，代表了西方思想與經典的「總體」（totality），而正是對這個「總體」的接納與浸潤，賦予了外文研究自由普世的定性，一種上下四方，普歸大同的人文國際想像——進入世界，成為人人。

圖4：「地球牌」世界文學史的商標。

　　同樣地，高斯所編的「世界文學史」亦展現了人文國際主義的全球格局與視野。由紐約的艾頗頓公司（Appleton and Company）出版，高斯的「世界文學文庫」預計出版15冊，內容包括了中國文學、梵文文學、俄國文學、波希米亞文學、日本文學、西班牙文學、義大利文學、古希臘文學、法國文學、現代英國文學、美國文學、德國文學、匈牙利文學、拉丁文學和現代斯堪地文學等，每冊約有350頁，介紹各國的文學史，不但要提供其發展、歷史、特色的

整體印象，也要將當代作品與之前的作品連繫起來。雖然這套書涵蓋的範圍有限，仍有不少遺漏，但是它不只體現了歌德式的世界文學想像，更提供了一種啟蒙主義式的全球圖繪。在《日本文學史》這冊的封面上，[57]吳宓寫道：

> 「地球牌」世界古今各國文學史，宓購置幾齊全，獨缺日本文學史。1947年冬承武漢大學同事陳家芷教授以此冊題贈。乃北京大學所翻印而用為講義者。但缺序與註，乃請助教盛麗生君據原書打印其序與註，而命長女學淑將註分粘於各頁之底，並一一標記。宓復注入漢字人名書名，惜未完功。

從上述引文，我們可以看到吳宓對知識的渴求和對學術的要求；尤其，他對世界文學整全性的想像，某個程度上可以說是被這類套書所建構和強化的。世界文學不只是關於個別國家文學知識的積累，更是想像世界總體的一種方式，透過文學的視角，觀覽、點收、理解和進入世界。或許在購入此套叢書時，吳宓也正在想像著世界的樣貌，而且盡其所能的毫無遺漏，即令他能掌握的不過只是西方語言所建構出來的世界。

　　換言之，這些藏書透露了收藏家想像要與世界同步的欲望，好將自身從中國轉向世界，再從世界回望中國。世界文學的概念當然是殖民／現代的產物，但它同時也是人文國際主義思維的展現。對五四一代的外文學人而言，對西方人文經典進行研究、教學與傳布，並不只是為了建立個人專業的工作，而是為了打通中國與世界的渠道而展開的事業，是為了通暢中西交流而必須啟動的文化基建工程（cultural infrastructure）。誠如吳宓多次編寫西洋文學書目所展現的，[58]柏拉圖、維吉爾、拜倫、華茲華斯、盧梭等不只是西方的，也是中國的

57　根據鈴木貞美的研究，阿斯頓（W. A. Aston）編寫的這本《日本文學史》是第一本用英文寫成的日本文學史，1898年在倫敦出版發行，隔年在紐約出版後，還被譯為法語，當時在日本亦備受矚目，並且影響了其後在日本的「文學」概念和評價（2011: 213-214）。

58　吳宓編過〈西洋文學精要書目〉（載於《學衡》雜誌1922年的第6、7、11三期，但因故未能完成）、〈西洋文學入門必讀書目〉（刊於《學衡》1923年第22期）和〈中文系學生必讀書目〉（由吳宓口述，周錫光記錄，未曾公開發表）。閻淑俠認為，前兩份書目展現了「選書精」、「選材博」、「突出古希臘羅馬文化」等特色；後一份書目雖然是為中文系學生所

思想資源。但在吸收西方思想資源的同時，吳宓等外文學人也致力於將中國的思想資源導入世界，作為西方反思與批判普世（西方）現代性的另類基礎。正是在這個意義上，吳宓一代外文學人最重要的工作，或許不在於引進了多少的西方思想，做了多麼深入的研究，或是譯介了哪些得以傳世的經典著作，而在於重新調校現代中國人文的定位（position）與方向（orientation)。藉著引介西方，外文學人最終也要走進世界，進而改造世界。這個人文普世的精神，才是外文研究至今最為重要的遺產與召喚。

　　在下一章，我們也將看到類似精神的展現，只不過方向更為曲折。如果說中國學者試圖打通的是中西雙向交流的渠道，那麼臺灣的經驗顯然就不只是單純的雙向交流，而是既有比較殖民（comparative colonial）脈絡中的東西對應，又有殖民主與殖民地之間的單向傳遞，同時還有殖民地知識分子透過帝國之眼，回看自身，苦思何往的頓挫與努力。從民初中國到殖民地臺灣，我們將可以清楚看到外文研究作為一個關鍵性接合點，本身複雜而豐富的歷史與意涵。

　　列，亦選了「當代及外國文學書籍九種」，其餘則是古代典籍（2001: 425-427）。

第二章

比較的幽靈
帝國大學時代的西洋文學講座

> 各位臺灣青年！為了使自己的生活更自由更豐富，我們青年必須親手發
> 起文藝運動。過去無依無靠的同志，現在應該振作起來加入我們，大家互
> 相合作，努力向前邁進。過去的臺灣就好比外觀華美，而內藏枯骨爛肉的
> 「白色墳墓」。今後，我們必須藉著我們所創作的文藝的力量，創造真正
> 的「美麗島」。
>
> ——《福爾摩沙》創刊號（1933）

　　1932年，人在東京帝國大學文學部英文科求學的臺灣青年蘇維熊，和同在日本留學的張文環、巫永福、魏上春、吳鴻秋、黃波堂等人，發起成立「臺灣藝術研究會」這個以改進與創造臺灣文藝為宗旨的同仁社團。[1]蘇維熊被選為

1　「臺灣藝術研究會」的前身是左翼文學團體「臺灣人文化同好會」。1932年3月25日林兌、
　　王白淵、吳坤煌等人決定成立「臺灣人文化同好會」，作為組織臺灣無產階級文化聯盟的第
　　一步。他們以合法掩護非法的方式，讓臺共、日共成員混在裡面，悄悄與臺灣共產黨、中國
　　共產黨、日本共產黨、日本赤色救援會，以及日本與朝鮮的其他左翼團體互通聲息，建立反
　　帝反封建的聯合陣線。然而，同年9月日本當局發覺後，進行取締，林兌、張文環、王白
　　淵、張麗旭等人遭日警逮捕，同好會旋而瓦解。張文環、吳坤煌等人獲釋以後，經思考與激
　　烈的辯論後，決定與其他旅日青年成立一個合法、採溫和路線的文藝團體，「臺灣藝術研究
　　會」於焉成立。綱領中強調設置「民族藝術的研究機關」，以廣募學生及資金，組織方面則
　　傚同好會設置演劇、音樂、文藝、文化各部」（柳書琴，2009: 193）。作家賴香吟對其機關
　　刊物有如下的看法：「《福爾摩沙》存續時間不長，但從文藝理念與創作語言來說，是關鍵
　　性的轉向。一方面是日語浸透世代集合，另方面是小說文體進化。1920年後半席捲日本文壇

負責人以及編輯部部長，與張文環共同負責編輯與發行以日文出版的機關刊物
《福爾摩沙》。在1933年7月15日發行的創刊號上，除了熱情洋溢的發刊
詞——誓言以文藝研究和創作復振鄉土、「創造真正的美麗島」——外，專修
英國文學的蘇維熊亦在漢文詩〈春夜恨〉中寫下抑鬱纏綣的詩句：

> 在這細雨陰溼的雰圍氣
> 那憂鬱不幸的青年
> 獨自閑靜於村舍書房裡
> 默々地在閱覽英書——
>
> ——此是クリスコス的明月夜
> 銀霜冷豔的牧場裡
> フレヂリック殷勤請願再會
> ハリート卻說萬不如意

詩中的主角，在初春的綿綿細雨裡，一邊讀著英國小說中曲折的愛情，一邊想
起自己早已他嫁的情人，如今究竟是沉醉在婚姻的幸福中，或是在其不幸中，
和他一樣，獨飲孤寂，思緒奔騰？情人冷峻的拒絕與纏綿的回憶糾結在一起，
讓這位無聊獨坐「夜雨孤燈閑房裡」，流淚鬱氣的不幸青年，透過小說，在懷
念中「覺魂斷銷」。

　　在臺灣文學史上，蘇維熊這首詩或許只是臺語詩創作一次不甚成功的實
驗。略微生硬的文白、夾雜著日語的詞彙（「雰圍氣」）與臺語的表述方式
（「萬不如意」），單調的意象以及自溺的情感，都使得這首詩過於旖旎而蒼
白。但作為感性的歷史紀錄，它卻豐沛地展現了一代臺灣文學青年的感受，藉
著濃稠濕潤的孤獨意象，既呼應創造文學的宣誓，也暗示外國文學與自身情感
的共鳴，彼此糾纏、亦虛亦真。尤其重要的是，這樣的情感共鳴一方面通過了

的無產階級文藝與新感覺派文學，濃厚地影響著這群臺灣青年，他們一方面討論文藝的大眾
化，探集臺灣鄉土歌謠，民俗，另方面又尋找因應現代生活，都市氣氛的靈活文體」（2019:
71）。

日本的中介，另一方面又在外國語的挾持下顯得無處宣洩，有口難言。如他在
〈啞口詩人〉這首詩裡寫道：

1.
我不得已塞死了多少的詩魂
望汝詩神千萬寬恕吞忍
我不是無聽著汝的絕叫
我的筆並不是表現汝沒得著

2.
我有目睭通看有耳孔通聽
萬項我知什麼是邪是正
大家勿嘲笑不幸啞口的詩人
汝須可憐我有嘴而不得出聲

3.
假使我那來念戀愛或合離
兄弟必也要發怒唾棄！
假使我那來高叫艱難辛苦
敢會犯了別人的禁忌！

　　這首詩也發表在《福爾摩沙》的創刊號上，題名「啞口詩人」具象地表達
了殖民地文學青年找不到自己語言的困境；他們不是沒有鄉土之愛，也不是沒
有詩歌的靈魂，而是有嘴卻出不得聲的詩人，因為不論是談愛和離別，或是艱
難與辛苦，他們都無可避免地處在他者的語言之中，不但犯了禁忌，兄弟也要
唾棄。但此中的難處並不僅僅在於語言的壓抑，它更是感情的隱匿，對自我欲
念與痛楚的否定，因為在殖民現代性的構造下，自我早已被他者所構築，是精
神分析所謂的「被抑制主體」（barred subject）；如同莎劇《暴風雨》裡的卡
力班（Caliban），若不能放棄自己的土著性，向殖民者低頭和認同，就只能
在殖民者的鄙視當中看見自己的形象，即令他也學會了殖民者的語言。誠如英

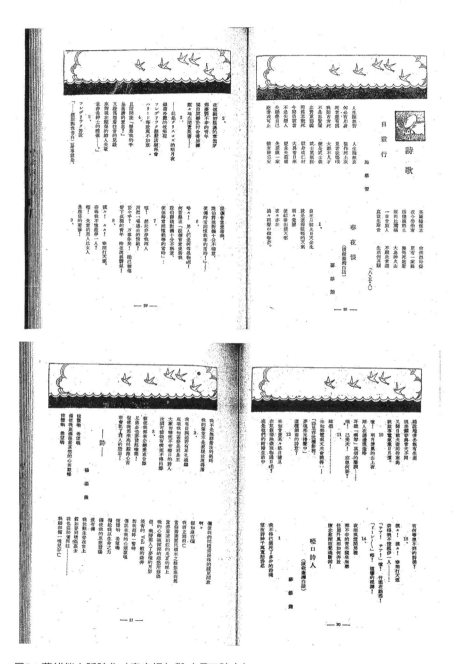

圖5：蘇維熊白話詩作〈春夜恨〉與〈啞口詩人〉。
（翻印自《臺灣新文學雜誌叢刊》卷2，頁28-31。）

國比較文學學者巴斯內特（Susan Bassnett）所說的：「文化殖民主義也是一種比較文學的形式，在這形式中作家由殖民團體引進，而本土作家則在與之比較中被負面評價」（1993: 19）。因此，蘇維熊這兩首應該「讀作臺灣話文」的漢文詩恰恰表述了「比較的幽靈」（Anderson, 1998）的無所不在，它既在語言層次上暗示文化的高低，也在經驗層次上連繫著文明的他者，更在憂懷與壓抑中提喻了民族主體的困頓。儘管蘇維熊想要藉著回歸西方文明所貶低的漢文，來接引臺灣的詩魂與詩神，但在東京以日文出版的語境裡，這漢文只能是隱身於日語中的「漢文」（かんぶん），而不是大陸使用的「北京官話」或是臺灣住民日常使用的「臺灣白話」；[2]它可以附身於上，卻無法借「詩」還魂。是故，可惜，但同時也極富象徵意義的是，蘇維熊之後的創作不再以漢文為之，而改以日文作詩。[3]

2　日據初期，漢文字是內地人（日本人）與本島人（臺灣人）共通的文字系統，但兩者的發音與語法完全不同，因此就產生了「言文不一致」的現象。在1924、1925年的鄉土文學運動後，逐漸發展出臺灣話文的論爭（1930-1934），從新舊文學的「文白之辯」轉變為「言文一致」的追求，之後更導向文藝大眾化的論爭。因此，「臺灣話文」的提出，一方面可以解讀為對五四運動「我手寫我口」的回應，另一方面也可以看作在現代化過程中，臺灣話想要擺脫附身漢字，自我創生的嘗試。進一步討論，見陳培豐，2013: 127-170。

3　在明治初期的日本和日據初期的臺灣，漢詩漢文一般仍是知識分子的基本教養。然而，日文、中文以及所謂的「臺灣白話」，雖然都仰賴漢字表意，在發言和文法上卻有很大差異，但是恰恰因為漢字的共通性，使得漢文在日據初期成為日臺溝通以及文人述情最根本的工具。神田喜一郎和島田謹二在〈關於在臺灣的文學〉一文中就表示：「居住於當地的一般士人之教養方面，雖然有很多人對西洋學大為傾心，但再怎麼說仍是一個以漢詩漢文為中心，若無法吟出一首七言絕句就不能躋身社會之上流階層的時代〔……〕再加上本島人之有識階級也都懂漢詩漢文，所以內地人與本島人之間就形成了共通之文藝地盤」（2006: 86-87）。黃美娥（2019）提及日據初期，日本的漢文小說在臺灣報刊上亦有一段譯介與流轉的經過，影響了後來臺灣漢文小說的發展。然而，陳培豐指出，日據時期臺灣的語言狀況非常複雜，日語與漢語的「類似」，就殖民統治而言，要比「差異」來得更重要；而且隨著殖民統治的深入，臺灣的漢文也開始發生了轉化與改造，而出現了「混成語」的現象，致使「漢文」的使用產生了不同，乃至彼此矛盾的意義：它有時被視為對「祖國」寄情的媒介，有時被當成表述臺灣人認同的道具，有時又反向成為向統治者妥協的手段，乃至具有取得現代化自主性的功能（2013: 17）。因此，蘇維熊這兩首寫於「一般本島人漸漸失去漢詩文的素養」（神田喜一郎與島田謹二，2006: 90）以及日本文壇已然現代化的1933年，並且要被「讀作臺灣話文」的漢文詩，其意義就顯得更為曖昧而複雜：既可被視為表述自身認同的媒介，亦可視為一種情感的回歸，但不論真意為何，在西方語言與「言文一致」想像的中介下，「漢文」

蘇維熊的漢文詩作與英國文學背景，為我們思考日據時期臺灣外文研究的發軔，提供了一個極為有意思的切入點。不同於1920年代的中國大陸，在外國文學的翻譯、引介與建制上已有一定成果，並促成了中國社會文化體質某些重要的改變（詳第一章），尤其展現在白話新文學的發展。時為日本殖民地的臺灣，自然也受到影響。留學北京的臺灣作家張我軍就在《臺灣民報》（1924）上為文鼓吹白話新文學，進而引發新舊文學論戰，並從日文翻譯了許多文學作品與文化評論。[4]與張我軍同輩的臺灣作家，如賴和與楊逵，亦從事翻譯與白話文學創作。他們的努力除了有著對現代文藝與思潮的好奇外，更有立足鄉土、批判殖民、想像世界等企圖，也實質聯繫著20世紀初兩岸的新文學發展，「成為連結臺灣、中國與日本等區域文學企圖的樞紐」（阮斐娜，2010: 201）。許俊雅（2019）對日據時期臺灣《格列佛遊記》譯本的研究，尤其大陸譯者韋叢蕪在其中扮演的角色，便說明了西洋文學翻譯如何遊走、交織兩岸與臺日的歷史。[5]

不過，雖然報紙上有零星的外國文學翻譯在流通，但相關的知識積累與學科建制仍然荒蕪。就學科建制而言，1928年臺北帝國大學成立後，臺灣才有了第一個外國文學的研究與教學單位：即文政學部下的「西洋文學講座」；即令將臺北高等學校（今臺灣師範大學的前身）的教學與學生文藝活動納入考慮，頂多也只能推前至1922年，而這時大陸的北大、清華、東南等大學都已成立了外文系或西語系，重要學人也開始嶄露頭角（詳第一章）。此外，殖民初期，對於使用臺灣白話，熟悉漢文更勝日文的一般民眾而言，西洋文學實在是雙重的外國文學，即使譯成了日語，在1937年殖民地政府廢除漢文，推動皇民化運動之前，它仍是毫無疑義的「外國」文學，對一般民眾文藝感性的影響遠不及於布袋戲、歌仔戲之類的傳統戲劇。[6]雖然五四運動之後，以中文為介面的臺灣文壇也開始出現發展白話文學、改造臺灣語言的討論，務使臺灣話與書寫語趨於「言文一致」，而有了賴和、呂赫若等人的初步嘗試。但在向日本同化的

已是柄谷行人所謂「風景之發現」後的遺跡，可以追思，卻難復振。

4　陳芳明指出，除了引介五四運動時期的文學理論外，張我軍最大的貢獻就是「破除舊文學迷障，建立新文學的信心」（2011: 75）。張我軍的譯作現已集結出版，見楊紅英，2010。

5　關於日據時期臺灣知識分子的翻譯實踐，見鄧慧恩，2006；橫啟路子，2019。

6　關於日據時期臺灣戲劇的發展與作用，見汪俊彥，2013；石婉舜，2015。

主流發展之下，如何使用臺灣話文創作的討論，以及從而衍生的相關辯論，[7]
儘管重要，卻仍不足以推動臺灣話文與西方文學直接對接，像五四的白話文學
與新文化運動一樣，能夠透過翻譯，直接發揮影響。相反地，描繪斯土斯民的
動能很快被日語創作的驅力所吸納，一面向東京的「中央文壇」看齊靠攏，一
面在「外地文學」的結構中尋找出路。[8]在這個意義上，蘇維熊這兩首漢文詩
一方面可以說是繼承了臺灣白話書寫新文學的嘗試，另一方面也展現了日據時
期臺灣文人與西方文藝接軌的企圖，以及「在他鄉寫作」[9]的反思。而他得以
接軌與反思的入口正是英國文學研究。但問題是：蘇維熊是誰？

　　在臺灣戰後外文研究建制系譜中，蘇維熊的位置既中心又邊緣。一方面，
他是1947年國立臺灣大學文學院成立後，與錢歌川、英千里、饒餘威等渡臺學
人同為外文系引進的第一批教授，他也是這一批學人當中唯一的一位本省籍教
授，開設英詩選讀和莎士比亞戲劇等課程。1960年代，他在《笠》、《現代文
學》、《臺灣文藝》等刊物上發表過幾篇英美詩歌研究的論文，[10]並且在辭世
前一年出版了一部《英詩韻律學》（1967）。在戰後初期英美詩歌研究的領域
裡，蘇維熊可謂卓然成家。他對《笠》詩刊的一群年輕詩人鼓勵有加，亦與後

7　1920年代和1930年代臺灣文壇最重要的兩場論爭為「新舊文學論戰」（1924-1926）和「鄉土
　　文學論爭」（1930-1937），都與文學創作該採用什麼語言，如何反映社會有關。相關討論，
　　見阮斐娜，2010: 194-210。

8　神田喜一郎和島田謹二提到，日俄戰爭結束後，「被西洋思想所啟發的各種新文學也隨之誕
　　生」；在此期間，因為國語政策的推行，「一般本島人漸漸失去漢詩文的素養，卻又未能深
　　入體會日語日文的精妙之處」，加之受到新中國文學革命的影響，產生了白話文運動，以至
　　於「內地人與本島人原本共有的文藝地盤就一再喪失」（2006: 90-91）。在這個狀況下，臺
　　灣的文學發展出現了兩個傾向：一是向中央文壇看齊的寫生俳句與自由主義文藝，另一則是
　　強調地方色彩，以西川滿為代表的「外地文學」，重新建立起內地人與本島人「共通的文學
　　地盤」（2006: 95）。

9　「在他鄉寫作」這個概念借自華裔美國作家哈金的同名著作，以強調「作家亦是移民」（該
　　書的英文標題）這樣的脈絡和非母語寫作者的掙扎。對蘇維熊和他那一代的臺灣文學青年來
　　說，他們的創作（不論是日語或是漢文）都可以說是一種非母語寫作，而他鄉不只是北國日
　　本，還可能是作為殖民地的家鄉臺灣。

10　這些文章現在都收錄到了蘇明陽和李文卿合編的《蘇維熊文集》（2010）裡。除此之外，他
　　還替東華書局1947年出版的「中國文藝叢書」寫序，期盼該叢書「為本省同胞及文藝愛好青
　　年帶來一份豐美的精神食糧」。關於蘇維熊的生平，見黃英哲，2021；蘇明陽和李文卿，
　　2010。

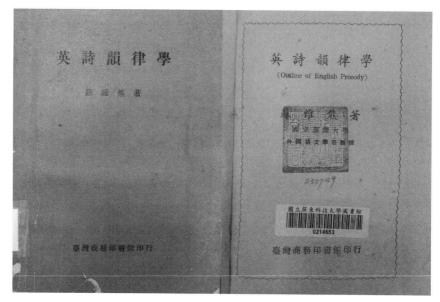

圖6：蘇維熊《英詩韻律學》（圖片為作者翻拍）。

來參與《現代文學》以及保釣運動的作家郭松棻有過密切的師生關係。[11]儘管如此，我們對這位戰後初期的臺籍外文學者所知不多，對於臺北帝大時期外文學人（不論國籍）的學術成就亦認識有限，因為國立臺灣大學的成立實質取代，乃至取消了臺北帝國大學，日據時期的學術成就，儘管意義深遠，對戰後臺灣人文學科的影響卻相對有限。[12]在這樣的歷史發展下，蘇維熊的邊緣性不言而喻。但只要細想他與日據時期臺灣新文學運動以及戰後臺灣文藝發展的關聯，加上他在東京帝大英文科求學的經歷，蘇維熊無疑又處於那個時代的中

---

11 在簡義明的訪談中，郭松棻表示自己會轉到外文系，主要是因為蘇維熊，並對他的學養有如下評價：「我覺得他只是中文表達能力太差，不然現在臺灣英文系的教授連他的一半都比不上，我那時候去代課的內容都是他跟我講的」（2012: 180）。關於蘇維熊與《笠》詩社的關係，見莊紫蓉，2007。

12 李東華認為，以專業史學而言，臺灣光復後其實經歷了從日本史學的延續到中國史學的引入這樣一個過程。雖然時間不長，但日本史學在戰後並不是立刻中斷，而是透過留用日籍學者，提攜臺籍學者而有所延續；就臺大歷史系而言，起碼至1958年陳荊和離職他去為止。他認為日本學術傳承的消散與淡化，固然與戰後遣返日籍學者、大陸學者取而代之有關，但或許更重要的原因是，「臺籍學生過少」（2013: 173）。

心，為戰前臺灣外文研究的歷史帶入了一個極為關鍵的殖民地與比較文學視角，其戰後蹤跡又為了解戰後臺灣外文研究與臺灣文學發展之間千絲萬縷的糾葛，提供著重要的線索。他的浪漫想像與自然文學的主張，也映照著明治時期西洋文學在日本的光暈，猶待探索與深思。

　　因此，本章以如何定位與深入理解蘇維熊源自日據時期的文學思考為線索，首先勾勒昭和初期（1926-1941）西洋文學研究在臺灣發展的脈絡，尤其以臺北高等學校（簡稱「臺高」）的文藝活動和刊物以及臺北帝國大學「西洋文學講座」的學生論文為軸心。雖然「臺高」的建立早於臺北帝大，兩者的層級也不相同，但作為大學預科的「臺高」，其成立與日本帝國大學系統的拓展以及殖民地高校的建設，息息相關；兩校的師生與當時活躍於臺灣文壇的作家和評論者，亦頗有交集，因此不妨暫時擱置當前對高等教育的定義，而將兩者視為殖民地菁英養成的高教連續體，一併討論。同時，我們也將思考西洋文學的移入，如何從倫敦、東京而臺北，及其在跨地域流播中發生的變化。正因為「臺高」與臺北帝大師生在1930年代的臺灣文壇上扮演核心的角色，本章亦討論島田謹二、矢野峰人、工藤好美等臺北帝大學者，圍繞臺灣的文藝活動與西洋文學知識所發展出來的「外地文學論」（1939-1941），以思考西洋文學研究與殖民情境的關聯與互構，如何形成了戰後臺灣文學史的基本圖譜。本章最後回到蘇維熊的著作，對他借道西洋與日本發展出來的「自然文學」進行反思與申論。本章希望填補臺灣外文研究建制史在日據時期的空白，描繪外文研究當時的知識狀態，並且挖掘其與臺灣文學發展的內在連繫。

「樹立帝國學術上的權威於新領土上」

　　大學名稱為臺灣帝國大學，而臺灣乃基於東洋南洋自然界及人文界為對象作學術研究以及達成高等學校畢業生諸般修學目的，〔以〕樹立帝國學術上的權威於新領土上，確保統治之威信為方針，依照設立官立的綜合大學之例，成為帝國大學與朝鮮之例無異。

　　　　　　　　　　　　　　　　　　　——松本巍（1960: 4-5）

　　明治41年（1908）4月20日，臺灣鐵路縱貫線（從基隆到高雄），歷經9年的修築，終於完工通車。縱貫線的完成象徵著日本現代性的技術成就，亦意味著日本殖民貫通臺灣，可以全面統治了。就在通車前10天，郭松棻的父親，畫家郭雪湖出生於臺北大稻埕，同年12月6日蘇維熊出生於新竹北門，兩人後來成為一生的朋友。同樣在這一年出生的，還有西川滿（日本福島）和王詩琅（臺北艋舺），前者是戰前臺灣文藝的核心人物與外地文學的代表作家，後者則是帶著左翼色彩的社會運動者與寫實小說家，在1927-1935年間屢屢為了抗日而入獄。[13]雖然蘇維熊與後兩者並沒有太多交集，但是他們不同的人生取向暗示了殖民地青年的掙扎以及臺灣文藝發展的曲折與展開，其中西洋文學研究，作為一種跨殖民地、泛現代的知識範式尤其發揮了核心的角色。

　　如果說縱貫鐵路象徵著殖民統治現代技術權威的確立，那麼大學的建立大概就是殖民統治從技術權威走向知識霸權的開端。根據松本巍的《臺北帝國大學沿革史》，雖然臺北帝大直到1928年才建立，晚了朝鮮的京城帝大（今首爾國立大學）4年，[14]但1922年起即開始規劃，一方面希望借重臺灣位於「我帝國之南端，一衣帶水與中國大陸南方相對，又越海與南洋群島點點相連」的地理優勢，「將吾文明傳播於南方，使我國對於促進東洋的進步有所寄與，對世界文明亦不得不謂有所貢獻」；另一方面更寄望它能「為在臺灣的是等學生開一求學之途」，以預防「近年排日及赤化的惡風」（1960: 4）。換句話說，建立臺北帝大，除了以學術為帝國增輝，建立南方學術基地的想像之外，[15]在內政上反制排日與赤化的考慮亦很真切。[16]殖民統治不能僅靠技術優勢與官僚

13　關於王詩琅的生平與研究紀要，見許俊雅，2018。關於西川滿，見邱雅芳，2017: 364-367；阮斐娜，2010: 103-124。

14　1886年，明治政府頒布《帝國大學令》，將當時的東京大學改制為「帝國大學」；1897年成立京都帝國大學後，東京的帝國大學遂改稱為東京帝國大學。此後，日本又在內地與外地陸續設立7所帝國大學：分別位於東北（1907）、九州（1911）、北海道（1918）、京城（1924）、臺北（1928）、大阪（1931）及名古屋（1939）。

15　柳書琴就指出，日本在殖民地設置帝國大學，「除了一般性的學術目的之外，還帶有強烈的政治、國策性（北進／南進）、殖產性（殖民地資源與產業之培育、利用與研發），以及樹立『殖民學』等特殊宗旨。」（2010: 133-134）

16　許俊雅指出，臺灣人到大陸求學者，日據時期初期僅是少數，但自1920年代以降漸成風氣，上海尤其成為「臺灣留學生相當活躍的都會，這與瞿秋白在上海大學任教有關，其馬克思主

權威，更需要為殖民地社會的階級流動打開通路，既要解決在臺日人子女的就學問題，使之安居外地，也要為臺籍菁英的發展提供管道，方能促進同化與認同。這也是為何當時伊澤多喜男總督不顧反對，堅持加入文政學部，將臺北帝大建設成為一所綜合性大學——而不只是實業大學——的原因，[17]因為彼時武力征服已然完成，臺灣住民（不論本島內地）向學心切，受大學教育，不論是往內地升學，或是到中國大陸或西方求學的比例都逐年攀升。[18]雖然最終得以進入臺北帝大，特別是文政學部求學的本島人僅是鳳毛麟角，但這終究為臺籍菁英的培養開創了一個空間。

　　臺北帝大的編成有其特色，例如強調南洋史學、土俗人種學、民族心理學、南洋語言方面的研究，又將中國哲學及中國文學改稱為「東洋哲學」與「東洋文學」等，[19]以強調與日本其他帝大以及西方大學不同之處，但就文政學部的編成來看，其實與東京帝大區別不大。根據天野郁夫的研究，東京帝大的前身，即1877年合併了東京醫學校與東京開成學校而成立的東京大學，其文學部的組成最初就是以史學、哲學及政治學科，以及和漢文學科這兩大分類為基礎。1886年，明治政府頒布《帝國大學令》後，東京大學改為帝國大學文科大學，哲學和文學、漢文學三科改為「博言學科」；隔年成立歷史學、英文學、德文學三科，兩年後再新設國史學科與法國文學科（2009: 220-221）。哲學科在1891年首先被獨立出來，四年後，和文學科與漢文學科分家，政治學與理財學則一起移至法學部。是故，最初東京大學的文學部基本上是以文、史、

義的學術訓練與政治參與的實踐觀，影響了不少留學生」（2005: 21）。

17　松本巍指出，當時日本反對將臺北帝大建立成為綜合性大學的理由，主要是「僅設文理學部，學生畢業後需要極少」，是故決定「文科以外加法科，理科以外另加農科」（1960: 3）。黃蘭翔則強調，臺北帝大的設置本來就是以「臺灣總督府臺北高等農林學校」為基礎，加上文政學部，稍後再併入臺北醫學專門學校，而成為綜合大學。這種以合併既有高等專門學校為新設帝國大學的作法，並非臺北帝大獨有的現象，而是當時日本籌設帝國大學常有的模式（2013: 225）。

18　關於日據時期臺灣留學歐美的人數與實況，資料有限，但可參考朱真一，2004。

19　根據從宜生（2001）的猜測，臺北帝大原先想設置的其實是支那（中國）哲學講座，但是為了避免臺灣民眾的反感，特意改名為「東洋」文學講座，因為在二戰前的日本學術語境裡，東洋文學包括日本文學與中國文學。但「國文學」的設置，又將日本文學從東洋文學中區分了出來。關於「東洋」在現代日本知識與學術史中的意義，見陳瑋芬，2001。

哲三科為根本，是該校中「最非西歐的學部」（最も非西欧のな学部）。在這個過程中，儘管外籍教授仍占相當比例（如講授英文學的小泉八雲），但具有國外留學經驗的日本學者（如英文科的神田乃武[20]）逐漸取代外籍教師，成為文學部的主力，且以歐洲的大學為藍本，引入了講座制，[21]為東京帝大建設了現代大學的體制。進入大正時期，帝國大學文科大學再改制為東京帝國大學文學部，更設置了19個不同學科。[22]

臺北帝大文政學部的講座設置，即是在這樣的基礎上建立起來，雖然規模較小，只有哲學、史學、文學與政學4科，但設有24個講座，而且西洋文學講座亦由日本自己訓練出來的學者擔綱。高維泓指出，京都帝大英文科畢業的矢野峰人，在接任臺北帝大文政學部的教職時，就抱持創設一個不同的外文研究學程的夢想，強調培養學生文學賞析的能力，擴大視野，而不只著重在語言訓練與單一國別文學的學習上；他甚至為此力邀愛爾蘭詩人和劇作家葉慈來臺擔任客座教授（Kao, 2016: 493）。儘管葉慈最終因故未能來臺，矢野的夢想也未能完全實現，但這樣的動力，加上臺灣總督府為爭取優秀教員所做的努力，確實賦予了臺北帝大煥然一新的氣象，為戰後臺灣大學的發展打下堅實的基礎。[23]

---

20 1857年出生於江戶，神田乃武原名松井信次郎，生父是能樂師松井永世，但後來由神田孝平收養而改名。1871年，他隨公使森有禮赴美求學，最終畢業於麻省的愛默思學院（Amherst College）；1879年回國後，在東京大學預科教英語，東大改制帝國大學後，任文學部教授，教拉丁文；1893年再轉任東京高等師範學校教授。不過，神田的成就主要是在英語教學與教科書的編撰上，而不是文學研究。

21 所謂講座制，與當前臺灣習慣的，以美國為模範的系所制不同，主要是將研究與教學更緊密地與教授的專長聯繫起來，圍繞著教授權威所發展出來的一種制度。天野郁夫提到，在東京帝大，每個講座配置教授1名，助教1名，助手1-3人；講座與教授的數量有對應關係（2009: 205）。換言之，不同於系所制是以學科為中心，以教學為目標，而進行集體教學的體制，講座制是以教授為核心，以研究為目標，而進行教學和研究的體制。前者強調教育的一致性與統整性，後者要求學術的獨立、獨特與深入。傅斯年在接任臺大校長後，對是否恢復講座制曾有如下的說明：「講座制度，顧名思義，包含內外兩個意思，內的含義是：一個擔任講座的教授，有很大的獨立性，除去事情關係全校者外，他自己是可以決定，而關於全校的事情的集中性，也要減之又減。外的含義是：一個大學是若干講座的集合體。在此原則上建立大學的制度」（2006: 53-54）。

22 見東京大學繁體中文網頁：http://www.l.u-tokyo.ac.jp/traditional-chinese/history/history.html。

23 為了充實教學能力與研究設備，爭取優秀教員，臺北帝大給予同意就任的教授，在開講前赴

1928年，臺北帝國大學成立的那一年，蘇維熊進入「臺高」的高等科就讀，是第四屆學生。「臺高」是日本政府為了在殖民地設置高等教育，而成立的「舊制高等學校」之一，雖然名為高校，實具有大學預科的性質。徐聖凱指出，1886年明治政府發布的「中學校令」乃是設置舊制高校的起點，與同年發布的「帝國大學令」有內在的連繫；兩者共同確立了「高校－帝大」的菁英培育路徑，將構成明治中期至戰敗期間日本高等教育的基石（2012: 6）。因此，臺北帝大成立之前，「臺高」或可稱為殖民地臺灣的最高學府；事實上，因為「臺高」與其他舊制高校的學生，畢業後大多可以免試申請進入帝大，是故，雖然「臺高」學風以自由著稱，但教學要求其實頗為嚴格。[24]徐聖凱發現，雖然「臺高」教員一般依「臺灣總督府諸學校官制」之規定聘用，但為了強化教員品質，「臺高」會在官制規定外給予高薪與研究福利（如旅外進修的機會），是故得以相當教授四級俸（年3,400圓）的薪資，聘請島田謹二同時任教「臺高」和臺北帝大，或以月俸250圓邀請總督府翻譯官兼外事部長法水了禪，在高等科開設英語課程（2012: 71）。因此，「臺高」的師資皆頗有名望，除了前述的島田和法水外，尚有國語科的犬養孝、歷史科的塩見薰，以及擔任外語教師，後來以《被背叛的臺灣》聞名的葛超智（George H. Kerr）；任圖書館館長的林原耕三還是夏目漱石的關門弟子。

在課程設置上，「臺高」分成尋常科和高等科，前者招收小學畢業生，修業4年，相當於舊制中學，畢業後可升高等科就讀；後者1925年成立，修業3年，畢業後可免試升學，進入帝大就讀。因此，高等科在教學上特別強調外國語言與人文科目。徐聖凱指出：「外國語與主修科目（文科—人文類，理科—數理類）合計，已占總課程時數八成，為課程之核心。先就外國語（英語、德語）觀之，不論文理科，每周至少都有10小時以上的外語修習時數，咸不低於主修科目」；同時，人文科目，即令對理科生，也占了相當比重（2012:

歐美留學（以兩年為限），購置研究設備與圖書的優遇。這也成為許多日本學者願意赴臺任教的原因之一。關於日本現代大學的出現及教師的聘用與養成，見天野郁夫，2009: 165-244；Marshall, 1992: 21-52。

24 徐聖凱指出：「全日本各（帝國）大學在入學關卡上，均優先錄取高校畢業生，各學部在可以收容的範圍內，皆使高校生免試入學，當志願人數超過招收人數時，才須追加測驗」（2012: 17）。

154）。[25]雖然學習外語不等於修習外國文學，但從島田謹二在「臺高」的授課內容及課外教學活動（西洋文化研究會B班）來看，「臺高」學生顯然受到不少外國文學與思想的薰陶。

徐聖凱從「臺高」學生們的回憶錄中發現，島田「教學以西文原著為材，並加以解說」，他教過的作品有蘇格蘭作家史蒂文森（Robert Louis Stevenson）的《海邊別墅》、寫實主義作家狄更斯的《爐邊蟋蟀》、浪漫詩人華茲華斯的《抒情詩集》等；他也教授法國作家法朗士的著作以及日本作家橋本左內的《學問的進步》等作品，旁徵博引，啟發學生對比較文學的興趣，使之明瞭日本與西方文學在表現上之差異。無怪乎島田的臺籍學生王育德認為，「與其說是教授英語，不如說是外國文學鑑賞或藝術鑑賞」（引自徐聖凱，2012: 169）。在西田正一的教導下，德語科學生除了學習語言外，亦要學習德國文學與哲學，閱讀安徒生故事和荷德林（Friedrich Hölderlin）的詩作（徐聖凱，2012: 172）。後來成為醫師的臺籍學生陳五福亦提及在「臺高」求學時，大量閱讀西洋文學作品與哲學書籍，包括莎士比亞、但尼生的作品、盧梭與孟德斯鳩的思想文論，以及尼采、叔本華、康德、佛洛伊德等思想家的著作（徐聖凱，2012: 186）。

1941年開辦的西洋文化研究會，分為A、B兩班，前者由德語教師市瀨齋主持，學習德國文學，後者由島田謹二主持，研究西方經典與文學。從徐聖凱翻譯列舉的講義內容來看（2012: 174），西洋文化研究會B班的教學想像基本上以希臘羅馬文學以及希伯來文化為起點，進而討論中世紀文學與文藝復興運動，以至啟蒙運動、浪漫主義與寫實主義等不同思潮，以歷史發展的觀點綜述西洋文化的內涵；同時，他以西方作為日本文學與文化發展的參照與指向，從現代意義上的文學類型，一路談到西洋文學中的南海、臺灣、印度和中國，乃至於尼采與歌德在世界史上的意義，再以西方哲學與文學作為日本社會、教育與生活的指針，最終論及日本的西洋文學研究者應該採取什麼態度來研究西洋這樣的核心問題。雖然每一講都由不同的老師擔綱，而非任他一人獨秀，但透

---

25 河原功細分文科為甲類（即英語專修）與乙類（德語專修），並指出，「文甲」98小時的授課時間中，英文占25小時，德文占12小時；「文乙」101小時的授課時間內，德語占31小時，英語占9小時，因此外國語的教學時數占總教學時數的4成以上（2012a: 5）。

過這份講義，我們不僅可以看到「臺高」學生受教的廣度與深度，也可以窺見比較文學和西方的殖民經驗如何錨定了日本學者對西洋文學的態度，既希冀西方的文化與精神在日本的風土中落地，又期待日本人的觀點與見解能在西洋文學研究的領域裡開疆闢土。換言之，如此講述西洋文化的方式，顯示島田一代的日本西洋文學研究者關心的，是日本文藝如何進入近代、與西方比肩的發展。

　　更能代表1920-1940年代臺灣西洋文學研究概況的，是備受好評的「臺高」學生刊物：《翔風》與《臺高》。[26]1926年3月5日創刊，直至1945年7月15日停止發行的《翔風》是「臺高」學友會文藝部的機關誌，報導校園各部的活動，以及教員和學生的文藝創作與研究興趣。[27]一開始，《翔風》的作者幾乎都是《櫻草》的成員，那是西川滿在臺北一中時期所創辦的同人刊物，但是校長三澤糾認為刊物內容過為貧弱，故特意邀請林原耕三接手指導。林原接手後，不但併載教師與學生的文章，更舉辦兼具讀書、介紹與評論的讀書會，將中央文壇的動態、文學運動的潮流，貫注到學生的文學熱忱裡，而逐漸培養出中村地平、濱田隼雄等一代重要的在臺日籍作家；隨著臺籍學生入學「臺高」的數量增多，臺籍學生也陸續在《翔風》上嶄露頭角。《翔風》雖以文學創作為主體，但亦不乏研究論文與活動報導，所以，在這裡讀者既可以看到博物學家鹿野忠雄關於臺灣動物以及原住民族文化的研究報告，也可以讀到張文環、黃得時、邱炳南（邱永漢）等人的漢文與日語詩作、王育德對臺灣家族制度與戲劇的研究，當然還有西洋文化研究會的相關報導與學生的心得分享。英文科的教員石黑魯平、小山捨男、林原耕三、森政勝等人都曾給《翔風》供稿，學生中也以英文科的學生參與最多。

　　綜覽《翔風》各期目次，我們不難發現西洋文學與思想堪稱當時學生最重要的知識養分。除了學生創作之外（多為詩歌、俳句與小說，亦有隨筆與劇本），《翔風》的學生作者群亦譯介與討論了諸多重要的西洋文藝作品，包括

26　關於這兩份刊物的前行研究，特別是臺籍學生的作品，見津田，2020。

27　在《翔風》與《臺高》之外，尚有一本學生的文藝同人刊物：《足跡》，由後來南方文學的知名作家濱田隼雄擔任編輯。當時雖然《翔風》已經發行，但濱田認為還需要「編寫一本更加任意的雜誌」而創立《足跡》（見徐聖凱，2012: 205）；不過，由於經費問題，只發行了三期。由於《足跡》主要是文藝雜誌，不涉及外國文學的譯介和討論，故在此略過不論。

瑞典劇作家史特林堡（Johan August Strindberg）的劇本《大街道》、《閃電》與自傳、美國作家普爾（Ernest Poole）的《船員》、辛克萊（Upton Sinclair）的《吉米·席金斯》、英國詩人華茲華斯、霍普金斯（Gerald Manley Hopkins）與葉慈的詩作、易卜生詩抄、法國作家佛朗士的小說《做手工藝的女人》、義大利詩人鄧南遮（Gabriele D'Annunzio）的《燕之歌》、俄國作家契柯夫、杜斯妥也夫斯基、托爾斯泰，德國作家湯瑪斯·曼（Thomas Mann）等人的作品；此外學生的讀後心得與筆記述及英國詩人雪萊、濟慈、華茲華斯，小說家狄更斯、康拉德以及美國的愛默生、愛倫坡和史蒂文森等大家，乃至關於史賓諾莎、伏爾泰與德國學者齊美爾（George Simmel）等人思想的研究評論。另外，1929-1932年的幾期（7-10期）還廣泛報導歐美（含俄國）文壇與樂壇的最新發展，顯見學生對西洋文化的興趣與視野逐漸拓寬（見河原功，2012a）。

　　創刊於1937年2月的《臺高》，前身是1929年5月起就已發行的《臺高新聞》，但新聞性的學生刊物經營不易，成效不彰，故改以小冊子（pamphlet）的形式發行。除了保留了校內新聞的欄目發布相關校園信息外，改版後的《臺高》也接受校內師生的詩文投稿，並加強評論性的文章，以強調其「硬派」作風，與調性「軟派」、傾向文藝的《翔風》有所區別。河原功就強調，《臺高》上的作品多由高等科學生執筆，另有臺北帝大的教授——如文政學部的淡野安太郎、工藤好美、中村哲、小葉田淳、宮本延人等——加入，在陣容與內容上，都要比《翔風》更高一籌（2012b: 6）。事實上，不只《臺高》第5期，因為內容涉及「阻礙內臺融和」、「鼓吹臺灣獨立與民族意識」、「誹謗臺灣總督，使其威信失墜」、「對統治方針惡意反對」，乃至「妨害治安」等罪名而被禁發之外（河原功，2012b: 7），綜覽目錄與內容，我們確實可以看到《臺高》「硬派」風格的展現——例如對美國占領臺灣計畫的討論（第1期）、對中國新文學運動的研究（第3期）、對叔本華歷史觀的批判與日本歷史建築的討論（第5期）、朝鮮與滿洲印象的報導（第6、13期）、全體主義與個人主義的商榷、傳統的反省（第8期），乃至對法國的英國文學史家泰納（Hippolyte Adolphe Taine）文學史方法的研究、語言學與人類學的介紹（第10期）、法國電影的獨特性（第12期）、臺灣史介紹（第15期）、康德哲學、蒙古帝國的對華政策、希臘的衰亡（第18期）等——這都與《翔風》的文藝腔

大不相同。因此，即令《臺高》學生作者群中仍有不少英文科的學生，西洋文學的介紹只是聊備一格（占發表文章總數一成左右），而非重心；《臺高》上也有更多理科學生的投稿，討論自然科學、臺灣昆蟲、有機生命、化學史，乃至實驗報告等題目。不過，1930年代末隨著戰爭逼近，戰爭體制要求校內刊物合併或廢止，導致1940年「臺高」學友會新聞部宣布解散，同時廢止《臺高》，而《翔風》則一直持續到太平洋戰爭結束。無論如何，在日本的戰爭體制插手高等教育之前，《翔風》與《臺高》可以說，相當程度代表了昭和初期（1930年代）臺灣學院文藝與學術的水平，也反映了西洋文學在日據時期高等教育中的地位。

　　不過，日據時期臺灣西洋文學研究的重鎮仍非臺北帝大的「西洋文學講座」莫屬。這不僅是因為帝國大學的規模為研究與教學帶來了便利與機構性的動力，更是因為臺北帝大文學科的教授們實質參與了島內文藝的發展，乃至扮演了指導者的角色，再加上不少臺北帝大的文科學生，畢業後到各級學校教書，[28]更使得文藝的發展得以向下扎根。事實上，不只能進臺北帝大的學生都是經過嚴格挑選的舊制高校畢業生，文政學部的學業要求也相當紮實。根據《臺北帝國大學學生便覽》（1928）上所羅列的學部規程，文政部學生在學期間，最短3年，最長6年（休學期間不在此限），要修習的共通必修科目包括：東洋哲學史概說、哲學概論、倫理學概論、心理學概論、教育學概論5門；文學科的共通必修科目則有：文學概論、哲學概論、言語學3門；而英文學專攻者則必須修習：英語學普通講義、英文學普通講義、英文學特殊講義、英文學講讀及演習、國語學與國文學、西洋史7門共12個單位，並且在哲、史、文、政4科中挑2科，選修5個單位的相關課程。上述規定，到了戰火隆隆的1943年依然沒有改變。只不過，這樣的課程安排看不出矢野想要突破日本英文科既有教學與研究方向的野心，語言訓練與英國文學仍然是課程的重心。

　　文政學部下，屬於西洋文學的教員有5人：分別是教授矢野禾積（峰人）、助教授工藤好美、講師島田謹二以及兼任德語講師西田正一，另外還有

28　根據昭和13年（1938）進行的《臺北帝國大學學生生徒生活調查》，在參與調查的61位文政學部的學生中，有10人畢業後擔任教師，另有11人擔任會社銀行員，4人從事實業，而從事公職（官公吏）的學生比例最高（15人）。雖然沒有其他年分的資料，但猜想就業比例的分布應該差距不大。

外籍教師阿倫德雷（Arundel Del Re、アランデル・デル・レ）。[29]在這5人當中，矢野是主導臺北帝大西洋文學講座的核心人物；除了講座外，他還擔任其他要職，包括在校內擔任文政學部部長、圖書館館長等職，在校外兼任臺灣文藝家協會會長、皇民奉工會文藝班長等工作，可以說是學院與文藝界的活躍分子。英文專修的文政學部學生畢業論文也都是由矢野擔任「主查」（指導），工藤和阿倫德雷從旁協助。

矢野畢業於京都帝大，師承上田敏與廚川白村，[30]專攻近代英國文學；來臺前，曾被臺灣總督府派赴英國牛津大學留學，著有《近代英文學史》（1926）、《近代英詩評釋》（1935）與《近英文藝批評史》（1943）等書。戰前，他翻譯過《魯拜集》、比利時象徵派詩人羅登巴赫（Georges Rodenbach）的小說《墳墓》；戰後則參與了筑摩書房出版的《明治文學全集》，負責《上田敏集》、《明治詩人集一、二》等冊的編輯，顯見其研究的範圍既繼承了上田敏對浪漫主義文學與象徵詩派的研究，也旁及明治文學的發展；他的著作至今仍受到日本的英文學界重視，影響深遠。

工藤則畢業於早稻田大學，赴臺前，曾在佐倉、富山等舊制高校任教，專攻英國小說，尤其是英國作家佩特（Walter Horatio Pater）。他翻譯過喬治・

---

29 阿倫德雷（1892-1974）在日據時期曾任駐臺北義大利領事，同時在臺北帝大與臺北高等學校教英語。1892年他生於佛羅倫斯，立志研究詩文，1911年進入倫敦大學，在倫敦就讀期間結交龐德、葉慈等著名詩人，1921年當上牛津大學義大利語講師，1923年修完牛津大學與倫敦大學碩士學位，1927年受聘為東京帝大的英國文學教授；1930年前往臺灣，在臺北帝大擔任聘雇教師，同時擔任義大利使館的代理人和今之義大利海運公司（Italia Marittima S.p.A.）的代表。該公司由奧地利人洛依德（Österreichischer Lloyd）創設，於1836年成立，在奧匈帝國時期就開始營運海外運輸等業務，1919年奧匈帝國解體後，因的里雅斯特（Trieste）改屬義大利，故更名為Lloyd Triestino Company，2006年改為現名。阿倫德雷寫了有關義大利詩人鄧南遮的隨筆（*Notte Veneziana*），經島田謹二翻譯、西川滿裝幀、宮田彌太郎插繪，由日孝山房於昭和13年（1938）8月20日發行出版。關於阿倫德雷的生平，見澳洲國家圖書館阿倫德雷手稿的說明：http://nla.gov.au/nla.obj-326314024/findingaid。

30 上田敏（1874-1916），東京人、詩人、評論家。在高中時期即加入《文學界》的編輯，在東京大學英文科學習期間參加創辦《帝國文學》，並積極譯介外國文學，於1905年出版以法國象徵派詩歌為主體的譯作《海潮音》，深受好評。其後主要從事法國近代詩的翻譯與評論。廚川則是上田的學生，以文藝評論《苦悶的象徵》聞名於世，他的「戀愛至上主義」影響了當時許多的日本青年男女。上田與廚村都是東京帝大英文科畢業，之後任教京都帝大英文科。

艾莉特（George Elliot）的作品，另著有柯立芝與卡萊爾的相關研究。雖然工藤並不是東北帝大的學生，但他深受東北帝大的英文學者土居光知[31]的影響，他到臺北帝大教書亦是土居推薦的結果（橋本，2003: 34-35）。

　　島田謹二畢業於東北帝大，專攻英詩與歐洲文學，著有《英美文學與大陸文學的交流》（1942）、《比較文學》（1953）、《近代比較文學》（1956）等學術專著；戰後，他回到東京大學教養學部任教，設立了比較文學研究所，培養了戰後日本一代的比較文學學者，包括平川祐弘、芳賀徹、小堀桂一郎、龜井俊介等人，[32]並出版《華麗島文学志：日本詩人の台湾体験）一書，析論臺灣日語文學在戰前的發展與變化。對臺灣而言，島田影響最深遠的工作正是他與西川滿的合作以及「外地文學論」的提出（詳下文）。出生於高雄，1934年進入臺北帝大文政學部讀國語國文學的新垣宏一在其回憶錄裡就提到：「臺北帝大文科中最值得驕傲的是英文科的教授。尤其是矢野峰人、工藤好美等人，再加上剛從東北帝大畢業而到任的島田謹二這位年輕講師，此一陣容也是日本文學界的明星」，尤其島田令他印象深刻（2002: 35）。的確，從學生的回憶來看，當時學生與這幾位研究西洋文學的教授往來密切，如島田在《華麗島文学志》裡就曾公開向新垣宏一、中村忠行和黃得時等人致謝，他們的文藝興趣，包括參與西川滿組織的讀書會、創辦刊物《臺大文學》、投入「外地文學」的討論等，也深受島田等學者的影響（橋本，2014: 79）。

　　那麼，專攻英文的文政學部學生有哪些呢？根據昭和14年（1939）出版的《臺北帝國大學文政學部卒業生名簿》，臺北帝大於昭和6年（1931）產生第

31　土居光知（1886-1979），東京帝大英文科畢業生，曾至英國、法國與義大利留學，1924年任東北帝大教授，1948年改任津田塾大學教授，並曾任日本英文學會會長。根據橋本恭子的研究，他也是島田謹二在東北帝大的導師，只是兩人的關係似乎並不融洽。

32　平川祐弘（1931-），畢業於東京大學，後任教於東京大學，是日本知名的評論家與譯者。芳賀徹（1931-），畢業於東京大學，就學期間曾修習島田謹二的比較文學課程，畢業後前往法國留學，後任職於東京大學、日本文化研究中心，研究專長為近代日本比較文化史與日本藝術文化與西洋文化的關係與影響。小堀桂一郎（1933-），東京大學名譽教授，專長為德國文學、比較文學、比較文化與日本思想史。龜井俊介（1932-），日本比較文學、美國文學與美國大眾文化學者。畢業於東京大學英文科，後任東京大學教養學部，2003年任岐阜女子大學教授。

一屆畢業生，但1932年才有文學科畢業生。[33]1931-1939年，文政學部共有195名學生畢業，其中絕大部分專修政治，專修英文者只有20人（詳表3），其中4名為臺籍：陳欽錩（1932）、魏根宣（1933）、林啟東（1936）、林龍標（1937）。《國立臺灣大學文學院院史稿，1928-2008》的統計則顯示，迄1943年底，文政學部畢業生有323人，其中政學科占217人，文科三科中，哲學科僅有12名畢業生，無一臺籍；[34]史學科畢業生32名中，臺籍僅占2人，為柯設偕（1931）和張樑標（1933）；[35]文學科62名畢業生中，臺籍有7人：除了前述英文科的4人外，尚有修習東洋語文的田大熊（1933）、吳守禮（1933）和黃得時（1937）等3人。但若將時間延長至1945年的話，英文科還有一位臺籍學生：1944年畢業的杜純淑，畢業論文寫的是〈論但尼生詠懷詩裡的死亡觀〉（林秀美，1998），以及1945年從哲學科畢業的林素琴，還有史學科的張美惠。[36]換言之，在日本殖民的50年間，臺北帝大這個殖民學術體系中只培養了這12名的臺籍文科菁英；他們畢業後大多投入了日本的行政體系，除了黃得時、吳守禮和林素琴外，沒有在臺灣的學術史上留下任何的痕跡。[37]

---

33 不過，讀者若是對照以下兩表（「英文科畢業生名單」與「畢業論文清單」）就會發現，陳欽錩、今澤正雄、三羽一郎三人的畢業論文都是在1931年提出的。兩表的落差，一個可能的解釋是提出論文的時間與畢業的時間可能跨越了學年度而造成的結果。感謝陳偉智與蔡祝青釋疑。

34 然而，這並不表示日據時期，臺灣沒有哲學研究或是不存在臺籍哲學家。李春生、林茂生、蘇薌雨、洪耀勳、張深切、廖文奎、陳紹馨、曾天從、黃金穗等人，雖然分屬不同學派，都留下了重要的思想。見洪子偉，2016。另外，1945年哲學科畢業的林素琴是臺北帝大時期唯一的臺籍哲學士，畢業後更留任臺大哲學系助教，研究法國哲學和大陸理性論。見吳秀瑾、陸品妃，2018: 435-476。

35 關於柯、張兩人畢業後的發展，見葉碧苓，2009: 112-113；李東華，2013: 172-173。

36 張美惠1944年申請入學，專攻南洋史學，1945年8月二戰結束，臺北帝大改制為國立臺灣大學，張美惠留校念書，隨桑田六郎教授學習東西交通史，於1947年畢業。從臺北帝大過渡到臺大，張美惠是史學系的第一位畢業生，也是臺大文學院第一屆唯一的畢業生。見周婉窈，2018a。關於臺北帝大時期南洋史學的發展，見周婉窈，2018b。

37 依照《臺北帝國大學文政學部卒業生名簿》上的紀錄，柯設偕投入鐵道部運輸課；張樑標加入南支派遣軍調查班；田大熊任職總督府圖書館；吳守禮去了東方文化研究所京都分部；魏根宣和林啟東分別到廈門日本總領事館服務；黃得時則參加了臺灣新民報社。

表3：1931-1939年臺北帝大文政學部英文科畢業生名單

1932	姓名	戶籍	畢業後任職單位
	陳欽錩	台北	無
	今澤正雄	山梨	臺北帝國大學附屬農林專門部
	三羽一郎	富山	岐阜中學校
1933	魏根宣	台中	廈門日本總理事館
	片山時秋	滋賀	岡山市實業專修學校
	佐藤文一	岩手	高雄商業學校
	關晉	岐阜	臺北第三中學校
1934	天土春樹	福井	高雄中學校
	松永富士雄	大分	南邦新聞社
	小川好雄	熊本	屏東中學校
	大森政壽[38]	高知	臺北帝國大學文政學部
	椎名力之助	茨城	臺北第一中學校
1935	生嶋靜人	大分	臺南第二高等女學校
	鈴木武雄	山形	臺北第一中學校
1936	林啟東	台北	廈門日本總領事館
1937	中村成器	鹿兒島	嘉義中學校
	林龍標	台北	新集益商行（自家營業）
	谷村元春	富山	臺北第三中學校
1938	石本君子	東京	無
	山口鐵雄	廣島	臺北工業學校

---

38 按照杜淑純的說法，大森政壽是在她之前臺北帝大唯二的女學生之一。大森畢業後留校擔任助教，後來和文政學部的法律哲學教授中井淳結婚。見林秀美，1998。關於大森的進一步生平，見鄭麗玲，2016: 36-40。根據杜英（2018）的研究，臺北帝大總計收過24位女學生。

　　當然，就建制史的角度而言，不是只有臺籍生才值得注意；就當時的殖民體系與高等教育而言，日籍學生無疑才是臺北帝大的主體。但無論日籍或臺籍，他們的學術表現都是日據時期西洋文學研究成果的關鍵構成，也是理解與評價這個時期外文研究發展的重要指標。在這個意義上，英文科學生的畢業論文是珍貴，而且不可或缺的歷史材料。這20名英文科畢業生中，除了佐藤文一、關晉、中村成器和谷村元春等4人外，[39]都提出了畢業論文（詳表4），並用英文撰寫。從中我們可以看到當時學生關心的題目、研究的方法，以及他們對西洋文學與文學研究的基本認識。

表4：臺北帝大文政學部英文學專攻畢業論文清單

年度	作者	畢業論文題目
不知	西松由弘 Yoshihiro Nishimatsu	ペスタロツチお「ゲルトルードは如何にその子を教ふるか」に現はれたる彼の教育愛
1931	陳欽錩 Kim Son Chin	Comparison between English Ballads and Formosan Folk-Songs
1932	陳欽錩 Kim Son Chin	An Annotated Collection of Formosan Songs Compared with English Ballads
1931	三羽一郎 Ichiro Mitsuwa	A Study on *(sic) Tom Jones* with Life of the Author
1931	今澤正雄 Masao Imasawa	Jack London the Man: A Preparatory Study
1932	魏根宣 Konnsenn Gi	John Galsworthy as a Dramatist
1932	片山時秋 Tokiaki Katayama	Ibsen's Influence on Galsworthy's Drama
1933	天土春樹 Haruki Matsuchi	A Study of Yeats' Plays

39　當然，另一個可能是這4人也都撰寫了畢業論文，只是遺失了。

1933	松永富士雄 Fujio Matsunaga	Introductory Study of Modern English Literature
1934	大森政壽 Masatoshi Omori	A Brief Study of "A Vindication of the Rights of Woman" by Mary Wollstonecraft
1934	椎名力之助 Rikinosuke Shiina	A Study of John Keats
1934	小川好雄 Yoshio Ogawa	A Short Study of the Chronicle Novel
1935	鈴木武雄 Takeo Suzuki	D. H. Lawrence
1935	林啟東 Keiko Rin	A Study in *(sic)* Tess of the d'Urbervilles
1935	生嶋靜人 Shizuhito Kushima	Eugene O'Neill
1936	林龍標 Ryuhyo Rin	Aldous Huxley: A Study of *Point Counter Point*
1938	山口鐵雄 Tetsuo Yamaguchi	Shelley's Poems
1938	石本君子 Kimiko Ishimoto	Mary Webb: A Study of Her Works

　　首先，除了西松由弘這篇論文是以日文撰寫外，[40]其他都是用英文撰寫的，但西松不在前述的畢業生名單中。雖然論文中的英文難免有拼字與語法錯

---

[40] 西松由弘的論文研究的是18世紀瑞士教育實踐家佩斯托拉齊（Johann Heinrich Pestalozzi, 1746-1827）於1801年出版的德文著作《葛楚如何教導孩子》（*Wie Gertrud ihre Kinder lehrt*）。佩斯托拉齊是一般教育的開拓者，其影響力至今仍可以在早期教育的諸多實踐中得見。雖然西松論文的頁面上記錄的是「英文學」專攻，但在《臺北帝國大學文政學部卒業生名簿》上卻找不到他的名字。按照杜淑純的說法，西松由弘是他的同班同學，後來因為上了戰場而失蹤。若杜的記憶屬實，那麼西松應該是1944年的畢業生，但是否為英文科專修則仍待確認。

誤，[41]但大體而言，文字流暢、意念清晰、引文與書目格式也符合規範，足見寫作者的英文程度得以應付論文寫作的要求；同時，不少論文引經據典，對作者生平有深入的掌握，顯然他們對文學作品及其社會脈絡有一定程度的認識。其次，除卻西松的論文不計，16篇論文（陳欽錩兩篇論文雖然題目不同，但內容重複，故只採計1篇）中，主要的研究方向在於作家研究，共11篇；另有作者生平研究2篇、文學史、文類研究與比較研究各1篇。作家研究中，談劇作家的有4篇，分別研究英國劇作家高爾斯華綏（John Galsworthy）、葉慈以及美國劇作家奧尼爾；談浪漫主義詩人──雪萊與濟慈──有2篇；談小說家，有4篇，分別研究浪漫主義作家韋布（Mary Webb）和哈代、現代英國作家赫胥黎（Aldous Huxley）和勞倫斯；另有一篇討論18世紀性別平權作家，沃斯通克拉夫特（Mary Wollstonecraft）的重要著作《女權辯護》。如此區分只是為了說明的方便，以凸顯這16篇畢業論文涉及內容的廣度。但事實上，研究作家生平的論文與作品研究亦有相當交集，後者往往也包括了對作家生平的討論。這固然是因為新批評興起之前，學者重視外緣研究更甚於作品本身所致，也是因為社會史、文化史的閱讀範示本就內在於外國文學的研究想像：對非西方的研究者而言，文學作品乃是理解西方社會與文化的重要渠道，因此對社會脈絡與時代氛圍的理解，在當時或許比文本細讀和文學理論更為重要。

小川好雄談「紀事小說」（chronicle novel）的論文和松永富士雄談現代英國文學史的論文，是兩個值得注意的例子。小川鎖定「紀事小說」這個文類，[42]討論托爾斯泰的《戰爭與和平》和英國現代作家巴德勒（Samuel Butler）的《眾生之路》，以回應英國批評家路勃克（Percy Lubbock）與謬爾（Edwin Muir）的研究；其目的不只是為了揭露這些作品的短處，而是要發掘其「外在結構的制約」並且認識「掌控外在結構的內在動力」（1934: ii）。

---

41 這些錯誤，還有在論文上批改的痕跡，不知道是學生自己校對時的改正，還是老師閱讀時的批改。無論何者，都顯現了一種學術的嚴謹。

42 所謂「紀事小說」指的是以一個家庭或集體為情節發展軸心的長篇小說，往往涵蓋了兩個世代的不同角色。這類小說與「冒險傳奇」（saga）有所重疊，兩者都會反映長時段中的社會發展與變化，只是「紀事小說」的重心更放在家庭內的變化，特別當故事裡的事件與真實的歷史事件或日期相關時，一般更傾向使用「紀事小說」來描述，例如史諾（C. P. Snow）出版於1940-1970年的11卷長篇故事《外人與兄弟》（*Strangers and Brothers*）。

因此，雖然表面上是一種文類研究，但小川的論文其實指向了社會與文本的互動與共構，突出「紀事小說」的作用不在於「紀事」，而在於說明歷史變化的動力與方向。松永則從演化史觀看待現代英國文學從詩歌、敘事、戲劇而史詩的發展過程，以討論文學形式與意識形態的問題。松永相當成熟地寫道：

> 　　真正的文學史必須是內在於形式，又表現於形式的東西。正確地說，研究詩歌的形式，並不能解釋詩歌的時代是如何到來的。時代是歷史的性格（character of history），它是由編年史後頭的東西所形成的。在詩歌背後是浪漫主義的意識形態，而它透過詩歌的形式表述自身，才形成了詩歌的時代。19世紀之所以稱之為詩歌的時代，並不意味著那個時代裡只有詩歌一種文學形式，而是表示在所有的文學形式中，詩歌是最主要並且運作得宜（managingly）的——即詩歌是文學的實質，而其他的形式只是其陰影——而且所有其他的形式都具有與詩歌類同的性質。（1933: v-vi）[43]

松永的這番表述相當重要，不只是因為它反映了一種唯物辯證的理解方式，更是因為它精準掌握了文學與文學研究所具有的意識形態性格。同時，這種對詩歌（或稱抒情）時代的興趣一方面在其他的學生論文中也有所反映（如對於泛浪漫主義作家的重視），另一方面它還顯示了當時學生對於文學的理解，已從審美（文學如何感動、怎麼創作）的範疇涉入社會與政治，從側面投影了1930年代日本與臺灣文壇的風風雨雨，如何由普羅文學的退卻，走入了個人主義與自然主義的掙扎。[44]

　　大森政壽談《女權辯護》的論文也很具有代表性。雖然論文是要說明與詮

43　原文：“True history of literature must be what is at the back of forms and appears through forms. To say correctly, the study of the forms of lyric, is not able to explain what brings the age of lyric into existence. The age is the character of history, which is made of what is behind chronicles. It is romantic ideology which is behind lyrics and appears through forms of lyrics that makes the age of lyrics. That the early part of the 19th Century was called the age of lyrics, means not that there was only a form of lyric in the age. It means that lyrics was mainly and managingly (*sic*) in all forms of literature — namely, lyric was the substance of literature and other forms were the shades of it — and all the other forms have analogous quality to it”（Matsunaga, 1933: v-vi）。

44　關於20世紀初日本文壇的發展與變化，見正宗白鳥，2019；鈴木貞美，2011; Ueda, 2007。

釋該書在英國出現的脈絡，但大森同時將女性的問題放在當時日本對於個人主義與集體主義的討論中來理解。她批評田中耕太郎對集體主義的思考仍然繼承了封建觀念，而沒有考慮到在個人主義崛起後，集體主義的思維不能被視為個人主義的對反（contradiction），而要能涵納個人主義的要求，不然所謂的「無階級社會」不過是一句自相矛盾的空話。[45]她敏銳地寫道：

> 當那些詆毀階級社會的人正在壓迫數以千計的同胞，且在所有與性相關的生活中以自我主義者（egotists）自居時，這除了是自我矛盾外還能是什麼？當男人在提倡建立無階級社會的時候，卻對存在他們眼皮底下的性別奴役視而不見，沒有比這更大的自我矛盾了。同樣的矛盾也發生在為了自由、平等與博愛而發動的布爾喬亞運動。自由、平等與博愛只是為了男人而已，而他們只是一半的人類。（1934: vii）[46]

大森也引用了河田嗣郎出版於1910年的《婦人問題》並指出，女性平權運動反映在人權與工作權兩方面的平等上，前者涉及女性生而為人的平等尊嚴，後者則與女性的勞動權利相關；尤其後者與勞動者的階級意識關係密切。她寫道：女性平權運動關乎「實際生活全體，並且尋求生活本身的和諧重構」（1934: x），因此，她是從全球經濟組織與經濟體系轉型的脈絡中來理解婦女問題的。不過，即使有了這樣一個全球經濟轉型的視角，面對日本社會實際的勞動分工時，她仍然受限於傳統性別分工的思考，而反對德國社會學家貝伯（August Bebel）希望女性全面進入職場的主張，因為她認為，單以勞動力來

45　田中耕太郎是日本重要的法學家，戰前擔任過東京大學法學部部長與教育部長等重要職位，是昭和時期重要的公共知識分子。大森批評的是他1933年在《改造》上發表的文章：〈婚姻當中的個人主義與集體主義〉。

46　原文："What is it but a self-contradiction that those who denounce the class-society, are oppressing thousands of their fellow creatures, and they are egotists in all lives which relate (sic) sex? There is no greater self-contradiction than that men are insensible of the slavery relationship between the sexes existing under their eyes, advocating the establishment of the classless society. The same contradicting situation happened in the bourgeois movement for the cause of liberty, equality and fraternity. Liberty, Equality and Fraternity were only for the sake of the male—one half of mankind"（Omori, 1934: vii）。

衡量價值，女性將屈於下風。相反地，她接受彌爾建立在自由選擇之上，但隱含性別歧視的契約論：「如果婚姻是一紙平等的契約〔……〕那麼為了自身的保全，女性就沒有必要在婚姻當中還要刻意去運用她的能力」。[47]同時，她也相信懷孕與生產是女性更重要的職責：「唯有當社會認知到女性是人類的母親，是消費者，而不是像男人一樣的生產者，因而具有與男人相同的價值時，並且當社會認識到女性不該被迫為了薪資而工作時，全體女性的解放才可能被實現」（1934: xvii）。最重要的，這樣的努力最終是為了「實現無階級社會，讓人，不分男女，在和諧與一致中與各種生命一起進化」（1934: xviii）。儘管觀點有其局限，但大森從社會與經濟角度切入女性問題的嘗試，不僅代表日據時期女性對女權問題的重要觀點，凸顯了臺北帝大學風的開放性，更展現了平權思想的跨文化遭逢，乃至側面反映了昭和初期的社會主義思想，儘管備受打壓，仍然暗潮洶湧。

　　類似的例子在這批畢業論文中還有許多。例如，天土春樹就在葉慈的劇作中看到了愛爾蘭民族運動的縮影，林龍標則在戰爭（第一次世界大戰）中看到文學與時代精神的關聯，乃至透過文學批評改造世界的潛能。林啟東指出哈代小說中的悲劇意義隱含在人與命運的鬥爭中，而命運的羅網不只存在人的內在性格裡，亦存在人身處的環境之中。雖然林啟東的詮釋類近於哈代研究的基本觀點，但是他的臺籍身分卻為這個詮釋增添了後殖民的向度，值得進一步探討。此外，這批學生對於浪漫主義文學的興趣之高，大概也不能以個人偏好來索解，而該放在當時日本文學界與思想史的歷史脈絡中來分析。

　　這批論文中，最獨特的大概就是陳欽錩1931年的《英國歌謠與臺灣民謠的比較》，因為它不僅是所有論文中唯一採取比較觀點，直接討論臺灣文藝的論文，更是因為它採集、翻譯與詮釋在當時仍沒有任何研究的臺灣民謠（folk-song），而暗示了殖民地學生可以在文學研究中發揮的功能。從陳欽錩在此基礎上隔年再提出的改寫論文《臺灣歌謠評註選集：與英國歌謠相比較》

47　彌爾緊接的下一句話是：「就像男人選擇了職業，當女人結婚時，一般可以理解為她選擇了管理家務，養育家庭，作為她的首要任務」（Mill, 1989: 164）。彌爾的想法雖然是以自由選擇為基礎，但他忽略了婚家體制本身就是以性別勞動的分工為前提，也因此未能體會家務勞動本身仍然是作為被包裹在家庭為經濟單位中的「無償勞動」而被剝削，儘管他恰恰認為家庭勞動的無償代表的是保護，而非剝削。

（1932）來看，我們可以發現，雖然內容的差異不大，但重心明顯地從英國歌謠向臺灣民謠位移，研究的題旨也從「比較」兩地歌謠，轉向了「註釋、翻譯與收集」臺灣民謠。[48]這個改變究竟是出自於指導老師的建議，還是來自作者的意願，我們無法得知，但這樣的在地趨向值得重視，因為它暗含作者想要突出自身主體位置的動力——希望透過比較將臺灣民謠從地方民俗推進普世的抒情時代，藉翻譯與詮釋建立其存在的事實與價值，縱不能與西方比肩，也已堪承擔臺灣之名。陳欽錩寫道：

> 〔……〕歌謠有時候會變成史詩。但許多臺灣民謠在性質上傾向歌謠。其次，我們可以說，某些臺灣民謠在性質上接近中國的傳奇（romance）或史詩。但臺灣民謠是獨特的，它們不是中國的傳奇或史詩，因為它們已經完美地融入了臺灣的風格，就像英國歌謠與其他的歌謠雷同〔但不一樣〕。比方說，第四章的第五節提到了「竹籬」這個詞；雖然這個傳奇〔山伯與英台〕來自中國東北，但是那裡並沒有「竹籬」。這個事實證實了這個故事已經融入了臺灣的風格，成為臺灣的所有。（1931: 7-8）

姑且不論當年中國東北是否真的沒有竹籬，山伯與英台也不是來自東北，而是江南，陳欽錩想要在民謠中找到臺灣特色的企圖是再明白不過。然而，比起素樸的本土意識更為重要的，或許是民謠本身對在地民俗與風土的強調。比方說，陳欽錩以男女對唱，臨場發揮的「相褒歌」（shopo kwa）[49]為原型，強調臺灣歌謠起源於個人，而不是社群，是獨特的風土賦予了這些歌謠地方特色，即令歌謠的內容來自他方；同時，雖然西方和臺灣都有悼亡的歌謠，但西方的「守靈輓歌」（lyke wake dirge）與臺灣的「哭調仔」卻有不同的功能與呈現：前者是悼亡守靈，故須哀戚肅穆，後者是送別與頌揚，故無須壓抑，盡可放歌。陳欽錩提醒道：送別者若不放歌，「逝者可能會被神明處罰，認為他在

48　兩個版本最大的差別，大概在於作者將原版裡談烏托邦、鬼和女性權利的第四、八、九三章刪除了，並在新版中加上一章談論謀殺血親的歌謠（第七章）。另外，一些英國歌謠的部分刪除，或挪至註腳。

49　感謝中央研究院臺灣史研究所陳培豐老師釋疑與說明。

世間未有善行，以至於沒有朋友，無人為其致哀」（1931: 13）。[50]

　　然而，無論是談論臺灣歌謠或是英國文學，這批畢業論文的共通特色大概是浪漫主義的影響。作為文學運動、時代精神，乃至於文藝風格，浪漫主義的文學想像貫穿了這批論文，甚至可以說是它們最根本的靈感啟蒙。這不只展現在他們對浪漫主義作家的關注（從雪萊、濟慈、葉慈、韋布、哈代而勞倫斯），亦顯現在他們研究的課題上：個人的命運、抒情的目的、自然的作用、寫實的可能等。我們可以看到浪漫主義的文學觀乃是這批年輕文學研究者的基底，但他們的文學想像同時受到時代的挑戰，在社會主義、寫實主義、自然主義等不同派別的共振中前進，摸索著西洋文學研究的日本／臺灣道路。這樣的特質也顯現在1936年創刊的《臺大文學》上。

　　《臺大文學》是由臺北帝大短歌會於昭和11年（1936）所出版的同人誌雙月刊。張文薰指出，作為師生發表創作的同人社群，臺北帝大短歌會雖然延續了日據時期日本人小規模文學性社團的傳統，主要創作短歌和俳句，但就它發表的內容來看，其範圍遠大於短歌這類的抒情敘景的文字，而包括了現代詩、漢詩、翻譯、學術論文等類別，並且因為教授的參與而逐漸轉型為學術刊物。[51]因此，雖然內容不多，《臺大文學》乃是當時臺灣少數刊行西洋文學研究的文藝刊物之一。島田謹二（松風子）、工藤好美、矢野峰人、阿倫道爾、西田正一等教師均是其作者，1931年畢業、論文研究傑克‧倫敦的今澤正雄，亦在畢業後，在《臺大文學》上發表了三篇關於高爾斯華綏的論文。[52]另外，榎本一郎寫了一篇介紹哈代《遠離塵囂》的文章，矢野峰人和工藤好美則各寫了一篇關於T. S.艾略特的論文。寫的最多是島田謹二，既有談古典主義的文章，也有談現代文學的詩評、詩抄，乃至關於明治文學與臺灣關係的文論。阿

50　原文："People in Formosa chant these lyke-wake dirge or funeral dirge（No difference between the two dirges in its practice）to express their sorrows for the departed. Otherwise it is said in general that the departed would be punished by Gods on the reason of not having achieved goodness enough when he was still living, so that none of his friends loved him, and wept or cried mourning over his death"（Chin, 1931: 13）。

51　關於《臺大文學》與日據時期臺灣的文學狀況，見張文薰，2011。

52　這三篇分別是：〈ゴールズワアジイの社会小説〉（卷8第3號）、〈ゴールズワアジイ論〉（卷6第4號）和〈ボシニの死〉（卷3第3號）。

倫德雷亦貢獻了不少文章，分別討論赫胥黎、奧古斯都、吳爾芙，以及日本與伊斯蘭的文化交流史。

　　雖然以上的介紹只是一個大致的輪廓，但是整體而言，我們不難發現，臺北帝大的西洋文學講座雖然承襲了明治日本發展出來——經浪漫主義、寫實主義而自然主義——的研究路徑，但同時它也嘗試別出蹊徑，在南方逐漸展開比較研究的道路，以殖民地臺灣為軸心去思考西洋文學研究所當何事，並在內外有別，又延續一體的思路中介入與建構臺灣的文藝現場。為了展開這些討論，我們得先回顧西洋文學移入日本的歷史過程。

西洋文學的移入：倫敦、東京而臺北

　　〔余〕乃蟄居寓中，將一切文學書收諸箱底，余相信讀文學書以求知文學為何物，是猶以血洗血的手段而已。余誓欲心理地考察文學似有何必要而生於此世，而發達，而頹廢；余誓欲社會地究明文學以有何必要而存在，而隆興，而衰滅也。

　　　　　　　　　　——夏目漱石，〈文學論序〉（周作人譯）

　　在《西洋文學の移入》裡，日本學者柳田泉以靜岡縣立葵文庫裡的貴重洋書目錄為線索，發現在明治維新以前，日本已經引進不少西方文學的作品與論著，包括英國學者克雷克（George L. Craik）的《英國文學及語言史手冊》（*A Manual of English Literature, and of the History of English Language*），湯普森教士（Henry Thompson）寫的《羅馬文學史》（*History of Roman Literature*）、英國作家史特恩（Laurence Sterne）的名作《項狄傳》（*Tristram Shandy*）、鮑沃爾－利頓（Edward Bulwer-Lytton）的劇本《他要用那個做什麼？》（*What will He Do with it?*），以及法國作家項多布里昂（Chateaubriand）的作品全集、《唐吉訶德》和狄更斯作品的法文譯本等，可見幕末之際日本可能已有一些西洋文學的讀者（1974: 3-5）。成書於明治前的重要著作是古賀茶溪的《度日閑言》。茶溪是幕末的漢學者和儒者，但他也是

蘭學家。《度日閑言》是他擷取在荷語書上所見到的，關於西洋文物、文學與文化關係的有趣文章翻譯編輯而成，是故此書對明治初期西洋知識的傳播，特別在文學方面，有很大的貢獻。明治元年（1868）出版的第一部西學著作是中村敬宇翻譯的《西國立志編》。譯自英國作家斯邁爾茲（Samuel Smiles）的《自助論》（*Self-Help*），雖不是一部文學作品，卻含括許多西洋文學與思想的內容，如彌爾、培根（Francis Bacon）、莎士比亞、姜生（Ben Johnson）、狄佛、阿迪生（Joseph Addison）等。柳田認為，之所以引進這些書籍，一方面是因為幕末維新之際，成島柳北、尺振八、外山正一等學者開始提倡西洋小說，另一方面明治初期西式學堂（洋學校）陸續開設，招聘不少洋人教師，而產生了輸入西洋文學知識的體制性動能。不過，本間久雄指出，早在文化7年（1810）在江戶（今東京）的市村座劇場就上演過莎劇《羅密歐與茱俐葉》，安政4年（1857）還出版過《魯敏遜漂行紀略》，顯見西洋文學的移入早在幕末即已發生，但是西洋文學真正開始大量移入日本還是明治以後的事情。

　　本間認為，明治以降，為了因應宗教、政治與文學的要求，日本開始大量譯介英國文學，並在譯文體、新體詩與文學觀上造成巨大的影響，而開啟了明治時期的浪漫主義運動。本間認為，明治維新不只帶來政治與體制的變化，更帶來了一股伴隨新世界發展，要求文藝復興的思想浪潮；明治社會一方面感染了向外探索、勇於冒險的氣息，另一方面產生了對純粹文學的要求。前者可以明治13年（1880）出版的兩部譯作——片山平三郎譯的《鶯璨鰭兒回島記》（*Gulliver's Travels*）和井上勤譯的《魯敏遜漂游記》——為例；後者則可以明治11年（1878）織田（丹羽）純一郎翻譯的《花柳春話》為指標。《花柳春話》的原著是英國作家鮑沃爾－利頓的浪漫愛情小說《懇切的莫特拉維斯》（*Ernest Maltravers*），故事講述的是位留學德國的英國青年在回國途中，因風雨所阻而結識女主角，兩人熱戀後分離，但堅守摯愛的故事。本間認為，這本小說「純真而感傷」（1941: 11）表現了只談感情、不涉道德的文學，展示了一種文學的純粹性，與當時充滿道德勸說意味的文學觀念大異其趣，因而受到了城島柳北、坪內逍遙等人的重視，成為日本現代文學觀念的原點。[53]同樣

53　見Ueda, 2007: 2。不過，近年來這樣的主流觀點受到不少批評。例如，特力特（John Treat）就把明治初期報紙上關於社會底層流亡者（通常是女性）的連載小說視為日本現代文學的起

地，明治新體詩的出現亦仰賴英詩的譯介，外山正一、矢田部良吉和井上哲次郎譯著的《新體詩抄》（1884）尤其重要，因為裡頭收錄了14篇外國詩的翻譯，包括朗費羅、但尼生、格雷（Thomas Gray）等著名的英美浪漫詩人；不過，劍橋大學的日本文學教授波寧（Richard Bowring）認為森鷗外編輯的浪漫詩選《於母影》更具代表性，因為它影響了年輕詩人，如島崎藤村和北村透谷等人的文學觀（1979: 39-44）。事實上，新體詩之為「新體」，恰恰是因為它在詩形與格律上，與傳統的漢文詩與短歌不同，而以西洋的詩體為取法的對象。換言之，不論在形式、語言和內容上，西洋文學都為日本文學帶來巨大的衝擊，並且逐漸形成以下的指導原則：反對把文學當成道德教化的工具，文學應以寫實為根本──其起點是坪內逍遙的《小說神髓》。

　　豐田實的《日本英學史の研究》對明治初期西洋文學移入的這段歷史有更豐富的材料與掌握。他除了提到《女學雜誌》、《國民之友》等刊物影響了譯文體，而催生了新文藝外，也提及如《學生》、《博物館》與《日本英學新誌》等英語刊物的重要性；其中最關鍵的除了《文學界》（1893）這個浪漫主義刊物的誕生外，就是坪內逍遙的諸多論著，包括他在東京專門學校（今之早稻田大學）文科講義的基礎上所撰寫的《英文學史》（1901）和《英詩文評釋》（1902），[54]以及日本現代文學的奠基之作《小說神髓》（1885）。豐田實認為明治初期引進翻譯小說後，政治小說大行其道，但在明治22年（1889）左右開始衰微，同時寫實主義運動興起，在言文一致運動的催化下，帶動了口語體書寫的發達，文學開始展露自身的主體意識，要從道德教化當中脫身，關注社會上真實的人情世態。[55]逍遙的主張──「小說的主旨，說到底，在於寫人情世態。使用新奇的構思這條線巧妙地織出人的情感，並根據無窮無盡、隱妙不可思議的原因，十分美妙地編織出千姿百態的結果，描繪出恍如洞見這人

點，以突出一種現代性的內在理路，不必總以西方的衝擊為起點。他強調，連載故事之所以開創了現代文學的場域，並不是因為布爾喬亞階級成長了，而是因為現代社會階級之間力量有所消長。正是因為明治初期階級賦權的失敗，才使得連載故事成為現代文學的一部分，因為它們對西方化和現代化投以質疑的眼光（2018: 51）。

54 不過，日本最早的英文學史是涉江保於1891年由博文館出版的《英國文學史》。關於涉江這本著作的重要性，可參考矢野峰人〈邦文英文學史の回顧〉（1958）一文。

55 日本寫實主義文學運動的開展一般以二葉亭四迷的長篇小說《浮雲》（1887）為開山之作。

世因果奧秘的畫面，使那些隱微難見的事物顯現出來」（1991: 62）——恰是其精髓。豐田總結道：「至明治20年左右，西洋文學所造成的影響中，恐怕最有意義的就是寫實文體，即言文一致的促成」（1939: 483）。誠如柄谷行人闡述的，言文一致的推動促成了現代日本文學的形成，從而掩蓋了原有的文學觀念，在人情世態與風土的基礎上重新發現「風景」與「內面」，而形成了一種「透視法的倒錯」（2003: 109）。

　　然而，這裡的「寫實主義」不能只從字面上理解，而要從西方浪漫主義文學重視情感和人生，並與日本的傳統「白話」和通俗作品（如馬琴的戲作）相對的這個角度來分析。上田達子（Atsuko Ueda, 2007）就指出，「小說」的前身是「戲作」（gesaku），那是在明治前就已流行的大眾文學，類似「通俗小說」，在明治初期依然流行，並與自由民權運動的興起有所關聯。逍遙的「小說」觀恰恰是建立在對「戲作」的排除之上，視之為難登大雅之堂的粗鄙文藝。此一排除，連帶使得白話傳統由當眾朗讀所塑造出的群體感，都一併被排除了（2007: 22），並將自由民權運動這一背景隱匿起來。因此，上田認為，現代日本文學的誕生表達的，正是「政治的隱匿」與「隱匿的政治」。

　　正是基於類似理由，柄谷特別重視夏目漱石及其《文學論》。這並不是因為這是日本現代文學最早的一本文論，或因為漱石至今仍是留在日本千圓鈔票上的「國民作家」，而是因為他恰恰處在這個西洋文學移入的現代性摺皺當中，從而在其作品中不經意地展現出對於這個過程的猶豫與思考。柄谷寫道：

　　　　言文一致使人們導致這樣一種思考，認為「言」是再現（表象）對象物或者內在觀念的，而「文」本身則意味著另外一種東西。漱石在表面上似乎採取了言文一致的態度，但實際上對此一直抱有疑義。從另外的角度觀之，這意味著對開始寫作之時已經確立起來的現代小說之敘述方法，漱石是始終持抵抗態度的。之所以抵抗，主要是因為現代小說乃是作為壓抑其他各種書面語的一種書面語而存在著的，進而，這種書面語忠實遵從西洋文學史的「發展」而來，故具有權威性。（2003: 176）

　　的確，正是這種來自於西洋文學的權威性，使得漱石在《文學論》的序中表露了「讀文學書以求知文學為何物，是猶以血洗血的手段」這樣的感受，並

強調從心理與社會兩個方面來認知文學的企圖。研讀西洋文學以了解何為文學，對成長於明治時代，卻熟稔江戶文化的漱石而言，不只是復仇與獻身，也是替換與再生。

日本文學史家小西甚一提到，現代日本文藝受西洋影響最大的就是「文學」這個觀念。他提出了一種社會學式的觀察：以往日本文學之上者，乃是作者與讀者同屬一圈內的作品，如和歌或俳諧才是正式的文藝，但西洋文學觀徹底改變了這樣的看法，作者與讀者隔開的作品，如小說，成為了主流（2015: 196）。從這個角度看，漱石的《文學論》與其說是關於文學的理論，不如說是向西洋學習如何創作「文學」的手冊。透過一種公式化的方式，他對西洋書寫如何作為文學，發揮文學的效果，進行了細緻而謹慎的分類與分析。

《文學論》一開頭，漱石就寫道：「大凡文學內容之形式，須要〔F+f〕。F代表焦點的印象或觀念，f代表附隨那印象或觀念的情緒」（2014: 4）。他接著把觸覺、溫度、味覺、嗅覺、聽覺、視覺等六感當作文學內容的基本成分，但重點不在於對六感本身的描述，而是在於藉之興起的情緒，是故漱石強調：「感覺上之經驗，已經無疑是構成文學內容之重要項目的了」（2014: 21）。不消說，視感覺和情緒為文學內容的觀點正是浪漫主義的文學觀，即華茲華斯所謂的「詩乃是強大感受的自然流露；它來自於在定靜當中回溯的情緒」。[56]在感覺與情緒的轉換中，漱石看到文學的效果，恰恰在於調動情感，這使得文學不僅是一種促成心理變化的媒介，更是一種調動社會能量的工具，但關鍵在於，由感覺所投射的人情世態能否成為文學的內容與人生的指針。[57]漱石寫道：

> 人生不是文學，至少，人生不是浪漫派文學，而實際，又不是浪漫的詩歌。浪漫派文學的通弊，就是在其僅以激烈的情緒為主，以致少年們往往

---

56 原文："Poetry is the spontaneous overflow of powerful feelings: it takes its origin from emotion recollected in tranquility."

57 對於情感的重視似乎是東亞現代文學源起的一個標誌。日據朝鮮作家李光洙（Yi Kwang-su）在〈何謂文學？〉中亦強調情感的重要性。關於李光洙與浪漫主義觀對韓國現代文學的意義，見Shin, 2019: 151。關於現代中國文學對浪漫主義的接受，見Jin, 2019; Li, 2019; Terence Shih, 2019。

誤要一如文學所說實行於現世。這是錯誤。人生其物，未必是以情緒為主
的，而又不能以情緒為主過日子的。如若沒有覺到這一層，實為可怕的
事。（2014: 85）

　　感情，不消說是文學所特別尊重的，然而欲將此文學觀直捷拿來適用於
人生這種圖謀，會使社會顛倒或退步下去。我嗜愛浪漫派的詩歌。然而愛
之者只愛其詩，決不是為將其適用於人生而愛之。（2014: 86）

從這兩段文字來看，漱石的文學觀顯然與浪漫主義的文學觀保持了一定的距
離，亦即在所言與所行之間築上一道堤防，並為文學的特殊性與自主性保留了
空間。這樣的抵抗或保留並不意味著漱石依然抱持著坪內逍遙所批判的道德教
化文學觀，而是顯現了：漱石雖然成為英國文學的日本研究者，仍保有一種清
醒和自覺——他並沒有因為接受了西方的觀念，而要將之強制於自身的風土民
俗之上。相反地，在「以血洗血」的過程中，他充分地體悟到東西有別，風土
有異。他寫道：

　　表現於彼國文學的自然，在我們看來，難免覺得不充足。反之，我們為
上代以來的習慣所支配，信以為文學的八成是由天地風月構成的，一旦要
吟詠作文，不問自己有沒有趣味，便滿堆著草露，蟲聲，白雲，明月之
類。其狀恰似暈和尚，一壁放下蛸腿，一壁上法壇大唱念佛。他們僅機械
地以為文學非如此不可，所以甚至把生自其他方法的效果，一概犧牲，也
從頭至尾非拿出詩語——如啼鵑，海藻，閨裏月之類——不能已。
（2014: 227）

在這裡，漱石展現了柄谷所謂的「跨越性批判」，既不把他者視為手段，也不
把自己當成絕對的普世，而是在往復對照中突出了現代的摺皺，既看到他者的
引入已是既成的事實，並造成了巨大的改變，但也在對日本文學傳統的批判中
展現了日本之為日本的主體意識。[58]在這個意義上，漱石的《文學論》所代表

58　柄谷寫道：「所謂超越論的態度，便是將經驗性意識的不言自明性打上引號予以懸置，而質

的其實是對情感的重視與重新檢視，亦即在浪漫主義文學觀的影響下重新思考兩種相連但不同的「浪漫」：緣於浪漫愛的青年感性以及立基於鄉土自然的民族情懷。兩者皆具有豐沛的情感，並連接著西洋與本土（或是說在這兩者的共振中顯現其重要性）；但前者來自個人與傳統的疏離，傾向個人主義，後者則在民族主義浪潮中湧現，逐漸發展成為戰前的國家主義。誠然「個人」、「感覺」、「自然」與「民族」本是西方浪漫主義的核心概念，但移入並不是照搬不動的移植，相反地，在互動與接受的過程中主體的問題越發明顯而尖銳；西洋文學的學習必須落地轉譯為日本文學的創造。

　　日本文學史家加藤周一將坪內逍遙、夏目漱石、森歐外和島崎藤村等人稱之為「1868年的一代」，因為他們都是在明治維新前後出生的；雖然在明治時代受教育，但年少時代仍在漢文教育中有所浸淫，因此這一代人「不但具有作為接受西方式的高等教育的第一代的特徵，並且還具有作為能朗讀漢文書籍的最後一代的特徵」（2011: 293）。[59]這是相當重要的觀察，因為在這之後不久，英國文學研究逐漸從逍遙與漱石的「文學論」（即何為文學的討論）轉向對英國文學的全面接受與大量譯介，而「英文學」也體制化為一門的學科，與「國文學」相區別。

　　1883年逍遙畢業後，就到東京專門學校擔任文科講師，並且創辦了《早稻田文學》這本日本最早出版的文學專門雜誌；1915年他辭去教職，將餘生投入翻譯莎士比亞的工作，直至1928年完稿《莎士比亞全集》。1924年早稻田英文科畢業的工藤好美，雖然未能親炙逍遙，但其成長應離不開其影響。就在1907年漱石離開東京帝大的教職，轉赴朝日新聞社任職，準備成為專業作家之後，與漱石同為東京帝大英文科畢業生的上田敏、土居光知、齋藤勇，分別在京都、札幌與東京成為英國文學研究的掌舵者：上田敏於1905年出版了備受好評的譯詩集《海潮音》之後就赴歐洲留學，歸國後就任1897年才建校的京都帝大

　　疑其使之形成的（無意識的）諸種條件。關鍵在於，這種超越論的態度必定伴隨著某種『主體性』的產生」（2010: 45）。

59 鈴木貞美也提到，在西洋的文學觀念逐漸被接受後，1894年左右，日本反而出現了一波「古典復興」的風潮，不只文部省在中學教育中推出了重視古典與漢文的政策，「漢文學」也因其與儒學傳統中忠君愛國思想的關係，被視為「形成國民文化的自我認同」所不可或缺的基礎，而被保留下來，成為一代學者的基本教養（2011: 146-153）。

英文科教授，成為矢野峰人的指導老師；1922年土居光知出版《文學序說》後任教1907年才建校的東北帝大，而指導了島田謹二；以《濟慈的詩學觀》完成博士論文的齋藤勇則在1931年成為母校東京帝大的英文科教授，其中土居和齋藤還與市河三喜於1928年以東京帝大英文學會為母體，創設了全國性的日本英文學會，為日本的英國文學研究建立起體制性的機構。就在這之後不久，矢野、工藤和島田紛紛從京都、東京和札幌來到臺北帝大任教，而1931年進入東京帝大的蘇維熊則成為齋藤與市河的學生和學弟。如果我們把外山正一視為第一代的日本英文學者，把夏目漱石和比他小一點的上田敏稱為第二代，土居光知與齋藤為第三代，那麼蘇維熊儘管年紀小了一些，也可以算得上是和矢野、工藤和島田同輩的第四代學者。對這些師承關係的考察不是為了刻意構築學術系譜，以論資排輩來確立臺北帝大西洋文學講座在日本學術史中的分量，而是希望以之為線索勾勒出明治至昭和初期重要的思想脈絡與傳承，以理解臺北帝大學生論文裡的學術傾向與現實脈絡，再而對臺北帝大外文學者的學術成果展開分析。換句話說，1930年代臺北帝大學生在論文中對浪漫、寫實、自然等觀念的關注，並不只是西洋文學從倫敦、東京而台北單向移入的結果，它們同時也是這批外文學人藉以想像與參與現代性的論述媒介。

　　雖然矢野、島田與工藤等人著作甚多，但是由於在臺北帝大專攻英國文學的學生甚少，他們畢業後也沒有投入學術工作；加上戰爭結束後，日本學者匆促離臺，整個帝國大學的學術系譜被切斷，除了留下的諸多藏書外，對戰後臺灣外文研究的發展幾乎沒有留下任何影響。儘管矢野、島田、工藤引揚回國後仍然活躍於日本的外文學圈，但他們的研究成果與記述幾乎不為臺灣的外文學者所知，反而是臺灣文學的研究者──游勝冠、呂焜霖、林巾力、柳書琴、阮斐娜、邱雅芳、李育霖、吳叡人，尤其橋本恭子等人──循著「外地文學論」的軌跡，讓矢野、島田、工藤三人重新浮現，也讓這個夾纏在異國情調、地方色彩、殖民地研究、離散社群以及比較文學中的「外地文學論」，成為理解日據時期外國文學研究成果的重要線索。[60]

60　「外地文學論」主要的理論建構者是島田謹二。他從1935年起便開始思考，以《華麗島文學志》為題，撰寫渡臺日本人文學的研究，預計於日本領臺五十週年時完成。然而，日本戰敗倏乎而至，中斷了這個書寫計畫。直到1995年，經學生平川祐弘重新編輯後，全書才告出版。雖然矢野峰人並未為文論述外地文學，他與西川滿等在臺日籍作家多所來往，對他們的

　　不同於中國大陸與日本本土的外文研究最終走向學科建制的道路，日據臺灣的外文研究一方面接引了落地轉譯的問題意識，另一方面日本的殖民擴張使得這些外文學人必須面對自身所處的獨特位置，文學研究因而多了一層學術之外的政治意義：對內要促進內部和諧，對外要展開日本與西方殖民經驗的比較；同時，臺籍學者與作家也希望突破異國情調、地方色彩與離散想像的枷鎖，藉比較，突出殖民地經驗，表述一個不只是「外地」的臺灣。「外地」於是成為殖民與離散交錯疊合的文藝劇場，一個他者與自我的辯證空間。再一次，西洋文學在這個交疊與辯證的歷史時空中扮演了重要的角色。

殖民之內外：外國文學研究與外地文學論

> 自家村莊當然要關心，但是在本國、支那、西班牙、摩洛哥，乃至世界各地值得關注的事情不也是多多益善嗎？我深切目望，既是臺灣的作家，也應該是世界性的作家。
>
> ——葉山嘉樹（1937: 265）

> 應該要把自己居住的這塊土地的歷史，把自己居住的這塊土地的文學，看得比什麼都重要，而我竟然是從法國文學中學到這個道理的。我不知道還有其他哪個國家比法國更尊重地方文化，如果不曾學過法國文學，我也許一輩子都不可能對這個撫育我的臺灣產生興趣吧！想到這裡，我陶醉在自己這份遲來的幸福之中。
>
> ——西川滿（1938〔引自柳書琴，2008: 55〕）

　　在《在日本的外國文學・上冊》（日本における外国文学・上卷）這本出版於1975年的比較文學專書中，島田謹二提到了自己修習西洋文學之初，喜歡上法國的象徵詩派，而「陶醉在像是早春的傍晚那樣優美的藝術氛圍裡，每日

作品與文學活動亦大力支持。目前臺文學界對於外地文學論的研究已有相當積累，但是對於島田一代日籍外文學者的相關研究則仍在起步階段。

每日就像是作夢一樣」；然而，進入英國文學研究後，自己卻為了作為外國研究者如何能夠做出和英國學者一樣的成績而感到困惑。他說：「從外國人的立場研究英國文學，想達到像英國人那樣的研究業績應該是辦不到了。那麼從此著眼的話，應該可以做到像法國、德國、義大利諸國的那樣的英文學研究吧」（1975: 3-4）。不過，島田這個困擾早在赴任臺北帝大時就有了；橋本恭子提到，年輕的島田對昭和初期日本的英美文學研究只是承接英美的「國家文學」（national literature）的研究大綱，「然後把大致與該國學者相同的論述縮小、再生，周而復始」，感到不滿，「因為這麼做〔……〕好像無視於『對日本人而言，外國研究是什麼？』」這樣的問題（2014: 106）；他甚至為了「研究外國文學到底可不可行？」這樣的大哉問困擾不已。對外文研究者而言，島田的這個問題至今仍具有暮鼓晨鐘般的震撼。

　　協助島田走出這個困惑的，是19世紀末法國的英國文學研究者，樂古易（Emile Legouis）。他1896年關於華茲華斯以及1910年關於喬叟的著作都受到了法國研究院（l'Académie française）獎項的肯定，他與另一位法國學者凱塞明（Louis Cazamian）原來為了法國學生而合著的《英國文學史》，1933年也被譯成英文，在倫敦出版，並廣受好評。因此，島田在臺任教的前10年，研究的焦點就在貝爾亞姆（Alexandre Beljame, 1842-1906）、安吉利爾（Auguste Angellier）、樂古易和凱塞明等四位法國學者身上（橋本，2014: 112-113），試圖在他們的研究中找到一條從日本進入英國文學研究的路徑。這個起點值得重視，因為如同夏目漱石，島田透過法國學者得以將英國文學相對化；但兩者的區別在於漱石透過自身與他者的相對化找到了批判的進路與創作的靈感，而島田則在相對化中測定與確立了日本的主體位置；他的著作與學術關懷與此切身相關，不論他討論的是英國文學、法國印象派，還是「外地文學」，日本／臺灣是不可或忘的節點，西方文學或許是思考的源頭，但核心的關切仍是腳下的土地。如同本節開頭引述的葉山嘉樹和西川滿一樣，所謂「臺灣」既是內在於世界，又是相對於世界其他地方的存在，它代表的是對自身立足之地的關切，其意義恰恰來自於西洋文學觀對在地風土的肯定；是在這個肯定當中——亦即進入了西方的視野，借用了西洋的「風景」裝置之後——臺灣才浮現成為值得關注之地，一個可以思索與展現自我的核心現場。

　　然而，法國之於島田的意義還不僅止於一種在地立場向西方發言的可能，

作為領有廣大殖民地，足以與英國匹敵的帝國，隨著海外拓殖而發展出來的「法語文學」（Francophone literature）為島田提供了理解日本殖民與臺灣文學發展的關鍵參照。對他來說，所謂「臺灣文學」，如果存在的話，並不是一個國家文學的概念，充其量，它是一個文學發生的現場和地點，而且因其複雜曲折的歷史，而承載了不同（語種）的文學。比方說，在〈明治時代內地文學中的臺灣〉這篇較少被討論到的文章中，島田開頭就問道：「在明治時代的內地文學中，臺灣是什麼時候才開始出現的呢」（2006a: 345）？這個問題本身意味著臺灣可以是文學的對象，但尚未成為文學的主體，因此在討論日本征伐臺灣的文學記述（如遲塚麗水的《大和武士》）時，他順帶論及了18世紀法國作家薩瑪那札（George Psalmanazar）的《福爾摩沙變形記》、19世紀作家羅逖的《冰島漁夫》和達爾傑納（Jean Dargène）的《臺灣之火》，並總結道：在明治文學裡「臺灣的形象，在世界文學史上，大概就和描寫殖民地的各種文學，尤其是19世紀初葉或是中葉的英國內地的小說中，所出現的印度或澳洲形象差不多」；同時，他也認為這類作品確實留下了許多刻板印象，影響了內地人對臺灣的認識（2006a: 367-369）。以臺灣為文學對象的概念結構了島田對「臺灣的文學」的認識，並在法國的「殖民文學」概念中找到了一個理解與分析的架構。在〈外地文學研究的現狀〉中，他提出了一個學術性的問題：「當國家領有外地時，移居到那個土地的人乃至在那裡長大的人，以當地的自然與生活為素材，使用其國語所創作的文學，在現代的學界，應該給予什麼名稱？以什麼方法研究？有什麼成果」？他發現，除了法國外，英國、德國、義大利、西班牙和葡萄牙這些據有海外領土的國家，雖然都有類似的狀況，卻鮮少用「殖民文學」來理解之，相關研究也不多，那麼研究「外地文學」或許可以成就一個「新領域的學問」（2006b: 447-448）。

在這裡，值得注意的是殖民文學與外地文學兩個概念的互換，以及從學術的角度來研究「外地文學」的嘗試。今天的學界大概會以後殖民或離散的角度來思考「法語文學」、「英語文學」或「西語文學」，視之為地方與帝國文化的協商和逆寫，但島田卻是從**殖民**的角度來看待這些從殖民地裡生長出來的文學，如何對國家文學研究的典範造成衝擊。他寫道：

這樣的新文學不是研究文化程度低的土著民族的文化研究，雖然在意思

上是渡航或移民的本國人所作，而該視為本國文學史研究的延長線之一，
但是若非特殊的外地生活體驗則無法研究。就這個意義來說，採用一般的
本國文學史研究方法無法充分發揮其效果。由於這種外地文學是要接觸兩
種以上自然不同的國語，這就成為本國文學與外國文學的交涉互動，理所
當然地屬於「比較文學」領域。（2006b: 449）

殖民地從文學對象到文學發生地的滑動，是島田「外地文學論」的內在矛盾，
亦是必然的發展；關鍵就在於「比較文學」暗含的國家／民族（national）意
識必然循著內地與外地的裂縫滋長，使得「特殊的外地生活體驗」從經驗性的
對象慢慢滑坡成為主體的經驗，而與國家文學典範形成緊張。「外地文學」的
獨特性與曖昧性正在於此：它既是殖民離散社群對母國認可的要求與抗拒，亦
是對浮現中的民族文學的涵攝與壓抑；它既要與內地文學有所不同，又不能外
溢成為另一個國家文學。是故，在〈臺灣的文學的過去、現在和未來〉這篇備
受討論的文章中，島田一方面得認可臺灣本有自身的漢文藝傳統，故與內地不
同，另一方面也要強調殖民後，日語書寫的重要與不足，因此唯有本土的奮起
才能使外地文學獲得肯認的方向：「這裡的文學的將來性，也許只有居住此地
的人把它當作各自的問題徹底去思考，把它當作各自的問題讓它生存之外是別
無他途的」，並且將其發展放在「南方外地文學來前進才有意義」（2006c:
106）。他強調：「是以臺灣的文學，不是巴黎和倫敦的都會文學的模擬，毋
寧要深究自己在相同立場的其他外地文學，認清其功過，要是在那裡發現值得
學習的，就要以那些作為參考來創作獨自的文學──至少是日本文學史上未有
其例的，而且有意義的現代文學的一樣式──至少我這樣相信著」（2006c:
107）。

　　透過「外地文學」這個架構，島田不僅想要創造一個新的學術領域，更在
方法上展開一種側向的弱勢接觸，將臺灣的文學與阿爾及利亞、尼加拉瓜，乃
至印度和東南亞聯繫起來，但是他這種殖民地文學比較研究並不是為了打造弱
勢認同與反帝國連盟的「弱勢跨國主義」（Shih and Lionnet, 2005），而是為
了回應國家文學傳統與都會感性而創造出來的「外地」屬性，好在地方風土與
寫實主義的基礎上創造文學。島田解釋道：外地文學的現實就是和內地不同的
風土，只有對此現實加以把握和描寫才是外地文學的根柢。他要的現實主義是

不可以和「普羅列塔利亞的現實主義一以視之的」；他要的「不是那種偏頗的，而是真正覺醒於文藝獨自的任務，把共同居住於內地不同的風土下之民族的想法的感覺方式、生活方式的特異性讓它栩栩如生的『就著生命』描寫出來的話，那就會完成一種生之縮圖，就會產生所謂『政治的態度』以外，深深植根於文學獨特之領域的一種嶄新的現實主義吧」（2006d: 111-112）。他以康拉德和毛姆為例強調，「立腳於真實產生之美〔……〕把站在街頭所見、所聞的寫了又寫的寫生文的精神讓它再一次重生〔……〕從單純的心理和性格起步，進而攫住複雜的社會特色」，方是外地文學的任務，而在臺北帝大進行的學術研究則有使之壯大的義務（2006d: 114-115）。

邱雅芳在討論島田對寫實主義的要求時，引用畫家石川欽一郎的「臺灣風景論」作為對照。邱雅芳轉述石川的看法：「鑑賞臺灣風景，首先一定要對照著，從日本的風景角度來考慮」。在她看來，把日本與臺灣並置對照，就是要求畫家藉著突出地方色彩，來展現臺灣的獨特性，「表現出異於內地風土的特質」（2017: 324）。廖新田亦指出，石川以強烈光線與鮮明顏色來詮釋臺灣風景的方式，與其說是寫實的藝術創作原則，還不如說是一種「社會建構工程」（2015: 213），目的是要建立有別於內地的殖民地景觀。也因此，臺灣地方風土的獨特性其實是建立在日本帝國的差異性視野上。易言之，姑且不論島田一代的日本學者或畫家眼裡是否看得見臺灣的現實，所謂「異國情調」的要求與他們對寫實主義方法與地方獨特性的重視是密切相連的；寫實，在此，更近於寫生，是對「異地生活」的臨摹以及與「內地風景」的對比，是對異鄉風土的美學化再現。是故，石川的臺灣風景論和島田的外地文學論一樣，都仰賴「比較」的視野作為前提，並從此出發去尋找在地的特色和差異，但是在地特色和差異是「包括在外」的，都是在殖民結構中的對照和編派：「外地」不是外部，而是內部的差異視點，是「我」的另一種可能。這個「我」的存在是一種「精神性」的東西，風景不過是其「表現」罷了。這正是柄谷所說的「風景的發現」，只不過它經過了殖民的顛倒。如果說日本的風景是經由風景畫的顛倒而被發現，再透過言文一致的運動所形塑的話，那麼在外地文學的脈絡中，殖民地風景，即令有著在地風土和俚俗語言的點綴，還是得要經過**殖民／現代**的語言才得以提煉出其精神性的內涵。一如石川所言，臺灣山水「精神性的內面被表現性的強烈表現所遮蓋了」（引自邱雅芳，2017: 325），而這個

精神性內面正是由殖民語言建構出來的知識性想像——不論是島田的外地或是西川的南方。透過知識性的想像與召喚，外國文學的殖民性華麗轉身為外地文學的現代性；這個現代性具有普世價值，可與西方比肩：不只是日本也有殖民地，而是日本也有其在現代帝國形制下的知識權力——既與西方對等，又與之不同。

　　至此，我們可以看到島田的文學觀大體繼承了坪內逍遙的「寫實主義」，不過那是一種「去政治」或曰「反政治」的寫實主義，是以審美為前提來要求文學的寫實主義；重點不在於文學反映現實，而在於其「反映」如何得以美學化，展現出精神面貌，而成為「文學」。在〈文學的社會表現力〉這篇文章中，島田舉出諸多西歐的例子來說明文學所表現的往往與現實社會脫節，甚至彼此矛盾，所以「與其說文學表現社會，還不如說在很多地方都是文學和社會環境互補不足之處」（2006e: 438）。島田之所以這麼主張，是因為他認為，像是殖民這種19世紀的普遍狀態，其實在國家文學裡都沒有表現。以德國為例，他消遣道，派駐殖民地的海外德國人大概只能以翻譯的史蒂文森和吉卜林（Rudyard Kipling）作品聊以自慰，或是從執著於描寫故鄉土地的「鄉土文學」中抒解鄉愁（2006e: 440）。換言之，島田的外地文學一方面對應著國家文學而含有批判的向度，另一方面基於「寫實主義」原則要求離散社群，透過挖掘外地風土來表現自身的主體性。因此，與其說島田是帶著殖民者的眼光看待臺灣文學，還不如說島田從來關心的就是在臺灣發生的日語文學，以及這樣的文學表現出來的離散主體與外地感性（用他的話說，就是「異國情調」）。

　　這大概是為什麼他對西川滿讚譽有加的原因，因為西川的藝術帶有強烈的視覺元素，從而豐富了日語文學的內容，予之全新的美學感性。在〈西川滿的詩業〉裡，他寫道：「回想前世紀末，葉慈等人正遇到以愛爾蘭為中心的塞爾特文藝復興方興未艾的機運，當他們所寫的最初的佳作誕生時，都柏林或阿倫島的人們親自感受到，那鄉土風物在哀切婉柔的新詩人作品中發揮了最大的藝術性的感動，這或許最接近我們今天在臺北閱讀〈媽祖祭〉的感觸吧」（1939: 438）。不過，重視異國情調的不只是島田一個人。矢野峰人也大力讚許〈媽祖祭〉帶有「強烈的南國情調、異國趣味、不，毋寧是以臺灣風景為跳板的幻想的世界，而貫穿它以豐富的法國趣味和漢詩趣味予以抒寫，在那裡可以看到的是其性質上可以說是我國詩壇初次的一種獨特的繪畫和音樂的世

界」（1935: 277）。雖然工藤好美對西川作品中的異國情調抱持較為批判的態度，他也不否認浪漫主義仍然具有建設性的一面，可以藉著脫離現實「闡明精神的主體性」，「使臺灣的詩接受歷史精神的洗禮，回復與失去的時代之間的聯繫」（1943: 108, 110）。正是這種跨地的呼應，以及地方與時代的聯繫，使得島田深信外地文學大有可為，而文學研究的功能就在於界定對象、明確意義，使之成為一個可以深耕與推進的方向。

但是，對臺灣文學研究者來說，島田的外地文學論無疑是帝國的產物，他對異國情調與懷鄉情愁的重視尤其透露著殖民者的優越感。李育霖就認為，島田將外地文學分成三個階段——從「懷鄉文學」、「異地文學」至描述殖民地日常生活與心理狀況的「外地文學」；這樣的歷史階段論一方面展現了地域與認識論的他者性格，另一方面成為日本殖民主義涵納他者、擴張帝國版圖的文化手段。對照在殖民政策上的內地延長主義，外地文學提供了一個日本帝國文學的總體圖式，既內且外，成為帝國擴張過程中不穩定疆界的隱喻和擬像（Lee, 2010: 107）。尤其「外地的差異不能獨立於帝國之外，而必須包含在帝國的『同一性』中」，是以外地文學只能是一種「例外的機制」，既被包含也被排除（2015: 286）。陳芳明也指出：「相對於以東京中央文壇為主流的內地文學，所謂外地文學無非是帝國南方文化建設的重要一環。這種文學雖然處於帝國的權力邊緣，卻是構成帝國文化重要的組成部分〔……〕這種異國情調的書寫方式，使處於邊緣地位的日籍作家有進軍回歸到中央文壇的機會」（2011: 165）。橋本也強調，島田的外地文學，和西川滿的鄉土主義一樣，都是「裹著『南方之美』的浪漫外衣」，代表了「一種與內地劃清界線的『反中央在臺日本人民族主義』」（2014: 192）；至於他忽視，乃至排除了臺籍作家筆下現實的批判視野，大概只能說是「殖民者提倡『寫實主義』的界限」（2014: 219）。對比西川滿和龍瑛宗的詩作，林巾力亦指出，儘管兩人都將臺灣定位在「南方」，但兩者意義大不相同：「西川滿在望向西方帝國的視線中返照出臺灣華麗的『南方』形象，而龍瑛宗則是在與日本帝國視線的合一裏確認了『南方』落後的位置」（2011: 48）。

這些批判觀點都具有代表性，也都充分點出了外地文學論的限制。島田的學生黃得時已經看到了老師的限制，故以「臺灣文學史」來對應、補充或修正外地文學論。他借用泰納對民族文學的界定——種族、環境和歷史——來確立

臺灣文學的意義，將之界定為「生於臺灣之外、在臺灣定居、在臺灣持續進行文學活動的情形」，而批駁島田「只把內地人在臺灣的文學活動當作文學史的對象」的見解「失之狹隘」（2006: 230）；他將明鄭時代以來的漢文學視為臺灣文學的開端，使得作為文學對象的臺灣，在文學史的紀錄上，比島田更推前了幾個世紀。橋本指出：

> 　　首先，島田將臺灣的文學分為日本文學與臺灣（中國）文學兩個系統，依據西方化或近代化程度設定優劣等級〔……〕以便鞏固殖民統治的社會結構。針對這個策略，黃得時提出以「本土化」程度作為標準的策略，亦即先將臺灣文學的概念定義為涵蓋了「本土文學」與「外地文學」的綜合性文學之後，再依據「本土化」的深淺程度，將前者置於後者之上，巧妙地置換了島田所設定的順序。（2014: 147）

吳叡人則將問題聚焦在殖民地文學本身帶有的國族主義內涵，並指出：愛爾蘭英語文學以及阿爾及利亞法語文學是島田最常參照的外地文學典範，但兩者都具有強烈的分離主義色彩，因此外地文學「本質上具有無法抹煞的政治性格」（2009: 146-147）。尤其關鍵的是，他強調黃得時的臺灣文學史是以「土著化」或「本土化」為主導邏輯，藉著對移民與臺灣的互動和融合來展開一個「混血民族的開放敘事」（2009: 155）。吳叡人強調文學史的政治性，藉著鬆動了外地文學論的地方性，提供了一種象徵性的主體政治，一種基進的在地主義想像，亦即移民，不論來自何方，在土著化之後，終須面對與「安頓——不是解消——不同歷史意識之間的矛盾與對立」（2009: 159），化外地為本土，向腳下的土地認同。

　　黃得時與島田的交鋒不僅指陳了「去／殖民」的歷史辯證，也暗含離散、國族與帝國之間的交纏與超克。雖然外地文學是一個帝國的想像建構，但它同時為殖民地主體的出現與認同提供了理論與政治性的鋪墊。然而，臺灣若要單獨成為文學史的主題，那麼外地主體就必須土著化，消融在臺灣重層的歷史之中。外地文學論與臺灣文學史的對位，在此展現為零和的競逐，提醒我們文學史本身難以抗拒的民族本位。如果說外文研究的起點正是對「內外之別」和「東西差異」的指認、超越與轉化，那麼「外地文學論」正是在時間與空間上

都處於外國文學與國家文學之「外」的一種外文研究，在越境跨語的比較中，對學科與國族的邊界保持著一種批判的緊張感。對外文研究者而言，這種緊張感的重要性更甚於國家文學與民族主體的明確性，因為它讓我們對敘事與權力的糾葛保持警覺，對疆界和文化交錯時產生的種種變化懷抱理解與關懷。

　　外地文學論是日據時期外文研究的一次重要實踐，它所涵攝的「在臺日語文學」亦成為日後書寫臺灣文學史的重要材料。臺日之間複雜的文學糾葛與殖民牽扯更為臺灣文學的思考增加了一個豐厚的比較與批評視野，也提供了臺灣文學史與外文研究接壤與對話的議題。尤其，相對於五四作家轉譯西方、再造文明的新文學想像，外地文學論提供了一個跨殖民比較（trans-colonial comparison）的研究譜系，迫使我們在思索百年外文研究發展的同時，不得不面對殖民史的現代性與內在性，以及外國與本國文學的相互滲透、延異與共生。在這個意義上，我們或許需要放鬆民族本位的批判立場，重新思考外地文學論所打開的美學空間，究竟為當時的臺灣學者和作家帶來了什麼樣的刺激與可能。難道「異國情調」的觀視——即令經過了帝國之眼的選擇——不也包含著對本土風俗的肯認嗎？「懷鄉情愁」不也可以成為臺籍作家和學者反思本土的借道嗎？尤其，浪漫主義與現實主義文學觀的交錯，凸顯風土與民俗的重要，當然也提供了臺籍作家和學者回望鄉土的動力。[61]因此，儘管島田一輩日籍學者與文人確實是戴著殖民的濾鏡觀視臺灣，但更重要的或許是臺籍作家與學者——如陳欽錩和蘇維熊——如何藉著「文學」重返鄉土，在日本與西方之間表述自身。如果文學不只是反映社會，還可以照亮現實的其他角落，讓「他者」閃現，乃至盤據的話，那麼「外地」這個符碼也就未必全然負面，而是被殖民者得以現身、占據，乃至重構自身的現場。[62]

61　雖然無法在此充分討論，但1930年代風土與民俗等概念在臺灣的提出，亦與日本的思想脈絡相關。這包括了洪耀勳對和辻哲郎「風土論」的繼承、黃得時對法國英國文學學者泰納的引用、巫永福和葉榮鐘等人對人種、風土、人情構成鄉土的討論，以及在柳田國男民俗學影響下，在臺灣對於土俗、人種與舊慣的考察。相關討論，見林巾力，2007; 2015；張修慎，2007；廖欽彬，2010；張文薰，2017。

62　然而，1941年太平洋戰爭開始，臺灣全面納入日本的戰爭體系後，連「外地」這樣的空間也逐漸緊縮，被編入大東亞的論述體系（如1942年開始的大東亞文學者大會）。

歌謠、俚語、蒼蠅和山水：蘇維熊的「自然文學」

> 故鄉，到底該怎麼寫呢？是要描實還是裝飾？右偏一點，是仿了外地文
> 學的腔勢，左傾些，則隨時可能拉政治警報，文字若非被刪就是塗黑，真
> 個是差之毫釐，失之千里，動輒得咎。於是有些台灣寫手挪用熱帶的風光
> 水影，鄉野傳奇，找到一個巧妙折衷，這其中當然存在故鄉情思之抒懷，
> 但某程度來說，何嘗不是打入殖民母國文壇的獨門招式，特別是三〇年代
> 日本中央文壇逐漸面臨瓶頸的時候，來自殖民地的風土情趣，成了一個新
> 鮮的出口。
>
> ——賴香吟（2019: 110-111）

> 無病呻吟是沒用的，真正活在痛苦中的人，才做得出好詩。
>
> ——蘇維熊（2010: 23）

　　蘇維熊開始書寫的1930年代，日本文壇已然經過了浪漫主義與寫實主義的
洗禮，而進入了自然主義的時代。所謂自然主義，在西方是源於寫實主義傳統
而蛻變的結果，尤其受到生物演化與實證科學的影響，而形成一種力求客觀描
述，反對情感渲染，幾近實像照錄的文學主張。尤其左拉「真實的人物在真實
的環境裡活動，給讀者提供人類生活的片段」（1989: 36）的說法，更成為自
然主義的信條。不過，小西甚一提醒我們：

> 日本的自然主義缺乏西歐式科學實證精神的背景，所以也走上了有異於
> 原本自然主義的方向。具體言之，顯露了僅以狹窄的日常經驗為真實；無
> 所謂結構而流於無理想、無解決的描寫；埋頭於疏離社會或時代的自我；
> 作品的主人公變成作者而容不下批判的餘地；只注意人生的黑暗和世間的
> 醜惡，以致呈現淺薄的虛無或絕望之類的共同缺點。〔……〕話雖如此，
> 儘管有這些歪曲現象，其能置身於現實的立場，探究人性，批判保守的習
> 俗，試圖確立自我的近代志向，應該受到高度的評價。（2015: 206）

加藤周一也強調，日本「所謂『自然主義』的小說家們，就是不斷如實地把基本上是作者的『心情』寫出來」而已（2011: 355），因為他們錯誤地理解了自然主義這個概念：

> 法語所說「自然主義」的「自然」，是指作為自然科學的對象的自然，而不是像譯成日語的「自然主義」時的「自然」，即不是「如實的」、「無作為的」、「無技巧的」，也不是像〔國木田〕獨步他們用這個詞組所意味著的「天地自然」、泛神論的「山水」、非都會的「田園」。〔田山〕花袋的「自然主義」把逍遙的「寫實主義」當作是大膽的「寫實」。獨步的「自然主義」是武藏野的四季。日本語的「自然主義」這個組詞，隱喻這樣的內容：這同法語的「自然主義」沒有什麼關係。（2011: 357）

若如柄谷行人所說的，是文學概念的顛倒讓明治文人得以發現「風景」和「內面」而促成了日本現代文學的興起，那麼「自然主義」的誤讀，不論有意無意，恰恰是讓「風景」和「內面」得以在地化、本土化的嘗試。透過高度寫實這個主張的中介，日本作家得以在「自然主義」當中偷渡日本的山水與天地，重新觀照日常生活中的人情與世態。引介西方不是照本宣科，而是在落地轉譯的過程中重新面對自身。誠然，這個自身能有多少「主體性」有待驗證。三好將夫（Masao Miyoshi, 1974; 1991）和酒井直樹（Naoki Sakai, 1997）對日本現代文學，尤其是私小說的傳統所引介的「主體」早有諸多批評。但無可否認的是，無論這個「主體」是虛是實，它都為主體的生長置入了一個必要的空間，剩下的問題是：主體的內容是什麼？

圖7：蘇維熊文集封面（作者自攝）。

　　蘇維熊1931年起在《福爾摩沙》、《臺灣文藝》、《民俗臺灣》乃至戰後在《臺灣文化》和《臺灣風物》上的幾篇文章，[63]亦可如是觀。他對「自然文學」的興趣不僅來自大正時代和昭和初期的文藝浸潤以及自身對英國作家哈代的研究（他的學士論文），或許更來自於一種藉自然反觀自身的動力，企圖在現代日本與鄉土臺灣的空間張力中，深度挖掘地方風土與民俗，「創作真正的臺灣純文藝」（《福爾摩沙發刊詞》）。因此，即令蘇維熊的「自然」想像與西方不同，亦與日本有別，這非但無損其思想及歷史價值，反而在比較參照下突出了本土的批判視野，值得玩味。

　　歌謠、俚語、蒼蠅和山水，是蘇維熊自然想像的四大主題。前兩者是從民俗著手，在語言與歌詞——這兩個最為自然、原始的文化媒介——中探勘臺灣文化的主體狀態；後兩者則是測量文化與思想厚薄的刻度，一方面藉之以明確臺灣的不同，另一方面作為鞭策臺灣文藝的準繩。比方說，1933年蘇維熊發表在《福爾摩沙》創刊號上的〈試論臺灣歌謠〉，劈頭就是對臺灣文化狀態的批評：「漢民族就算有什麼創作，也一向都沒有足夠的架勢，針對某一方面的文

63　這些文章現都收錄在蘇明陽和李文卿編的《蘇維熊文集》裡。

化現象做綜合性與理論性的研究整理。和煤礦一樣，精神文化的金礦也是在外國人挖掘出來之後，才很驚訝我們竟然有這種寶貝。臺灣歌謠也不例外」（2010: 16）。他強調：「我想在本文中探討臺灣歌謠和世態風俗之間的關係；換句話說，就是調查臺灣歌謠中所顯現的，特別醜惡而需要改善的臺灣人的世態風俗等等。我將會毫不客氣地揭露我們自己的缺點」（2010: 18）。顯然，這篇文章不僅是為了回應黃醒民收集臺灣歌謠的提議，[64]更是為了對臺灣的文化現況提出針砭。透過歌謠，他一邊批評漢民族「不團結的個人主義」是臺灣社會進步的障礙，一邊又舉出「臺灣百姓團結反抗」的事蹟，並以描寫日本警察強凌百姓的歌謠作結。顯然歌謠成為臺灣主體賦形之所在，既要予以批判，也要在火中取栗，提煉其可能性。

在〈臺灣的民謠與自然〉中，蘇維熊一開始即批評臺灣的漢詩人只會寫「祝壽、弔祭，以及天真的桃花源理念與樂天思想，不食人間煙火的神仙世界」（2010: 46），並認為「日本文學比漢文學更能誕生出偉大、深刻的自然文學」（2010: 47），但很快地他又進入歌謠的世界去尋找臺灣的自然；他發現，「臺灣民謠中大約提到八十多種植物，其中七十幾種與花有關」，而「烏秋、鳶葉（老鷹）、雞、水鴨、鴛鴦」是民謠中常見的鳥類，但卻「幾乎見不到關於山岳之美的歌詞」（2010: 51-56）。他以一種幾近寫生的方式描寫歌謠裡的臺灣景物，雖不強調其獨特，卻也藉之彰顯了臺灣相對於內地與外國的具體存在：這不是蠻荒之地，而是具有獨特風土、人情和語言的地方。的確，在〈性與臺灣俚諺〉和〈從俚語看臺灣男女關係〉這兩篇短文中，蘇維熊幾近戲謔地討論臺灣俚語（絕大多數是罵人的話）的特色，表面上看似人類學的民族採風，實際上卻在俚諺的解釋裡暗示了一種反抗意識。他引用山崎勇藏的話說：「髒話是弱者的一種武器，也是一種悲鳴。在無法堂堂正正對抗敵人之時，只能以這些髒話暫且自我陶醉，可說是可悲的武器與可笑的悲鳴」（2010: 72）。[65]

---

64 黃醒民（1899-1957），本名黃周，臺灣彰化人，早稻田大學政經科畢業，曾任公學校教師，後入臺灣文化協會，就職於《臺灣民報》。1931年6月1日他在《臺灣新民報》上發表了〈整理「歌謠」的一個提議〉，主張整理歌謠可以保存傾圮的固有文化，還可以藉此進行民俗的研究和改良，故公開鼓吹民眾投稿，整理臺灣歌謠。

65 原訂1942年刊於《民俗臺灣》的〈性與臺灣俚諺〉因未能通過總督府的審查而沒能發表，據

　　〈蒼蠅文學〉與〈自然文學的將來〉是蘇維熊自然文學論中最重要的兩篇文章，因為它們既展現了蘇維熊的自然文學觀，也代表了他對自然文學比較研究的嘗試。在〈蒼蠅文學〉這篇1935年發表於《臺灣文藝》的文章裡，蘇維熊寫道：「這在文學上被過度虐待的昆蟲，牠的一動一靜其實也充滿了宇宙萬物所共有的生命無窮之感，以及取之不盡的趣味。因此『蒼蠅文學』的優劣就取決於文化與國民的人生態度之深淺」（2010: 58）。他發現，在漢文學傳統裡，如歐陽修之〈憎蒼蠅賦〉，對蒼蠅只有絕對的厭惡，但日本俳歌的傳統裡，對蒼蠅的招擾卻有一種「比較閒適的心態，並帶有反省意味」（2010: 62），而英國的浪漫詩人則將「蒼蠅作為人生的象徵」（2010: 66）。他認為，英國詩人認真對待蒼蠅這種無價值的昆蟲，恰恰展現了文學得以在無價值處發揮的作用，引導我們發現「對人生在宇宙所占位置與實相進行思考的哲理」（2010: 68）。是故，「也許若不是一個會對人生做深層思考的民族，就無法產生偉大的自然文學」（2010: 63）。以文學中的蒼蠅為線索，蘇維熊不只進行了跨文化的比較與批判，更將自然與文學的關係作為考察民族文化與文明的方法。在這裡，自然不僅是具有實相的天地景物，而且是一個比較與批判的維度，既是檢視各地文化的判準，也是鞭策自我，展望未來的指針。

　　這個方法論在〈自然文學的將來〉裡有更清楚的表述。他首先區分了狹義與廣義兩種不同的自然觀：前者意味著人以外的所有外界事物，是以人為中心的觀點；後者則認為人和自然沒有區別，是相融而調和的──人身處自然之中，亦是自然的一部分。後者是東方人鑑賞自然的態度，而西方人則要在華茲華斯之後才接受了這樣的想法。換句話說，浪漫主義的自然觀一方面與東方精神暗合，另一方面也是對西方人與自然對立這個思想傳統的批判。是故，對自然觀念的爬梳也是一種歷史觀的競奪；歐洲人在征服自然之後，才重新發現自然的美和神秘，才在自然當中看見文明的野性與荒涼。相較而言，中國的自然觀暗含隱逸的思想，而日本則是以多愁善感的態度描寫自然。但不論如何，自然都對人們充滿了吸引力：或是代表人們對「平靜美麗、圓滿自由」的熱愛，或是反映人性墮落的「荒涼」姿態，還是在科學的檢視下失去神秘的面紗，自

　　說理由之一是「在戰爭期間發表『性』的主題，顯示對時局的認識不足」（蘇陽明、李文卿，2010: 79）。

然都將在人類文明中占據一席之地，而對這些問題的探討就是自然文學的使命。蘇維熊以哈代的作品為例強調，今後自然文學的挑戰就在於「取回被科學發展所掠奪的若干自然美，重新放入人的靈性之中，藉此恢復自然的名譽」（2010: 43）。

這些說法一方面反映了西方浪漫主義與自然主義的觀點，另一方面也顯現了東西比較的對應使得他對自然的理解既不是單純地主張自然之美，也不只是重視人與自然（或曰神意）的鬥爭，而是在浪漫主義與自然主義兩極的自然觀中進行調和與修正，以展開一個歷史化風土的視野。正如他對哈代自然觀的研究所顯示的：「是古老事物依然殘存的故鄉使得哈代的自然觀更具有遠見與想像」（2010: 295），亦即自然不是抽象的，而是歷史的，是立基於特定風土之中的。因此，蘇維熊的自然，不只是左拉意義的自然，也不完全是浪漫主義的自然，而是介於風土（環境）、鄉土（家園）與歷史之間的自然。自然不只是具體的外在對象，也不只是抽象的內在構成，而是主體得以顯現與附生的空間。透過哈代，他發現，正因為試圖傷害我們的不是自然之物，而是創造自然之物的「意志」（Will），「人與自然都是備受無情母親所磨難的小孩」（2010: 311），因此主體性不是在人與自然或神意的搏鬥中展現，而是與風土與鄉土的磨難同在，而歷史正是搏鬥與磨難的紀錄。嶋田聰就說：「蘇維熊在『自然文學』這個領域特別提及哈代最重要的原因，想必在於哈代的文學蘊藏著最能與活在『現在』的自己產生共鳴的思想。〔……〕作者以熱烈的鄉土愛與『知性的風景』所構成的思想現代性，或許才是蘇維熊從哈代的『自然文學』中所發現當時現代文學中某種理想的表現方式」（2017: 331）。透過西洋文學在日本的轉介，蘇維熊在歌謠、俚語、蒼蠅和山水重新發現了臺灣的自然，也在其中看到了臺灣文化的不足與未來。可惜，戰後他除了寫出〈中國文學與山岳〉（1947）和〈臺灣的生殖器崇拜〉（1967）等短文外，不再涉及臺灣的自然和俚俗，而轉向英美詩歌中的音韻研究。

比較的幽靈：顛倒的望遠鏡

　　處處有聯繫，處處也有啟示：任何事件、文學都無法被單獨看待，唯有
從它們與其他事件和其他文學的關係中，才能對其獲得充分的理解。
　　　　　　　　　　　　　　——阿諾德（1857〔引自Bassnertt, 1〕）

　　阿諾德在1857年題為「文學的現代要素」的這篇演講裡，傳遞了「他山之
石，可以攻錯」的觀念，來說明現代文學研究的意義在於智識的傳遞
（intellectual deliverance）。他說，事件、制度、科學、藝術、文學都是有助
於我們了解「別人所站立場」的景觀（spectacle）——這個景觀即是「人類之
集體生活」（collective life of humanity）——從而「我們可以知道自己站在何
處」。阿諾德的觀點，從今看來，並無特殊之處，但卻提供了一個思考文學，
尤其是比較文學的核心視點，即在作品與作品的關係中，在時代與時代的對照
裡，在文學與事件的共振處，發掘文學的意義，體會現代的作用。文學——不
論是作為制度、學科、民族精神的載體，或是作品——都不是獨立的存在，而
是關係的產物。外文研究尤其如此：它是一扇展望世界的窗口，一道來自外部
的風景，也是一套理解與改造自身的工具。如本書緒論所強調的，它是落地轉
譯的實驗與重述自我的工程，是一種智識傳遞的法門。
　　無獨有偶，《想像的共同體》的作者安德森（Benedict Anderson）也在他
對東南亞與民族主義的研究裡提出類似的觀點。他提到兩個經驗：一是1963年
印尼總統蘇卡諾在接受印尼大學榮譽學位時，將希特勒視為民族主義者的觀
點，使他感覺到自己正從一個「顛倒的望遠鏡裡看見我的歐洲」，就好像虔誠
的基督徒「帶著冷靜看待數百年來以基督之名而行的屠殺與虐待」；二是菲律
賓作家黎剎（Jose Rizal）的小說中提到，故事主角1880年代剛從歐洲回到西
班牙殖民下的馬尼拉，當他看到車廂外的植物園時，發現自己好像處於望遠鏡
顛倒的一端，因為這些植物園無可避免地被在歐洲類似的植物園所跟隨
（shadowed）：「他不再能夠理所當然地體驗它們，而不對之同時近觀與遠
望」（1998: 1-2）。借用黎剎對這個雙重視野的表述，安德森稱此體驗為「比
較的幽靈」。表面上，安德森的說法好像與阿諾德沒有關係，但兩者都是從關

係的視角出發來理解意義的生成，歐洲的意義不只需要他者來證成，更重要的是，作為他者的印尼或菲律賓如何回望歐洲，這樣的回望又如何鬆動了歐洲原有的意義。如此回望之所以可能，正是因為有了望遠鏡這個現代裝置的中介。現代意義上的「文學」就是這個像是望遠鏡的顛倒性裝置——透過它，被壓迫的主體在望向西方時，看見了自己被壓迫的身體。但是，他們非但沒有放下手上的裝置，反倒更堅決地藉之改造自己。「比較的幽靈」正是在強迫的觀視中誕生，在仿造的跟隨中發現：自己已被涵攝（haunted）。是故，自我的再現總是隱含內在的對抗，以寫實對抗浪漫，以本真否定刻板。

　　以蘇維熊上述的思考為視點看待日據時期臺灣外文研究的實況，我們不難發現，貫穿其中的重要軌跡之一就是透過望遠鏡遠觀西方，再回望自身的過程。不論是臺北帝大英文科的學生，還是他們的老師們，都熱切希望用西方的眼光重新檢視自己的文學和土地。浪漫主義也好，寫實主義也罷，都是想要使文學貼近生活的嘗試，只不過生活遠比文學複雜，在殖民社會與文化的權力結構中，尤其如此。作為「外地」，臺灣突出了「現實」是一個多元決定的空間，它不只相對於內地而存在，充斥著殖民的暴力，也提示了地方美學的可能，而且正因為重視與肯定地方的獨特性或差異性，「外地」臺灣同時也暗喻主體生成的必然。蘇維熊的「自然文學」正是一個殖民地外文研究者對外地主體的探索與召喚。易言之，外文研究的意義，並不止於帝國知識與本土文化的交鋒，更在於全球現代性舞台的成形。在這個舞台上，他者即是主體的賦形，主體亦總被他者所涵攝。關鍵的不只是知識與權力的拉扯與協商，而是雙重視野的主導與必然。國家文學與外國文學無法分離，因為比較的幽靈縈繞不去，因為國家想像與民族解放的啟動本是殖民現代性的效果。如巴斯耐特所說，「比較文學似乎是作為民族主義的解藥而現身，但其根源深植於民族文化之中」（1993: 121）。正是在走向世界與自我證成的拉扯和辯證裡，外文研究巧妙地扮演了一個接引與超越的角色，既藉著望遠拉近本土與世界的距離，又嘗試顛倒位置，調轉鏡頭，重新表述關係的政治與文學的可能。或許外文研究的主體性正是一種附／賦身的主體性，在依附與模仿之際，自身得以賦形與變造，這也使得「中外之別」、「內外之距」成為意義生產的豐饒之海。

第二部分

冷戰分斷
（新）人文主義的流轉

前言

　　1945年日本戰敗，臺灣復歸中國。外地文學就此煙消雲散，臺灣文學與中國現代文學重新匯流。然而，反共意識形態與兩岸分斷的確立使得戰後臺灣文學與中國現代文學的發展從匯合漸漸轉向分立，到了1976-1978年的鄉土文學論戰甚至呈現了抗衡的局面。雖然臺灣不再是日本帝國下的外地（*gaichi*），卻在冷戰陰影下成為美國帝國文藝輸出的前哨（outpost）以及中國現代文學的域外（*dehors*）。同時，國民黨統治下恢復「國語」，致使用日語創作的一代黯然沉寂，而主張民主與獨立的聲浪逐漸抬頭，最終在解嚴之後浮出水面，匯合成本土化的洪流。戰後的外文研究便是沿著這些冷戰的裂縫逐漸發展，一方面向美國取經，以「新批評」與現代主義美學重新改造外文教育與研究的方向，乃至向中文研究發起現代化與專業化的挑戰，另一方面在此基礎上延續民初外文學者主張的自由人文主義，並且以「比較文學」為座架自我定位，進行發展，確保學術研究相對獨立，不受政治干擾，更設定了一個介入社會的安全空間，讓文學能夠繼續發揮反映人生、改造社會的淑世功能。

　　戰後的變化主要表現在以下兩個方面：一是創作與批評從匯流而分流，於1960年代現代主義文學臻於高峰，之後文學批評的學院化路線主導了外文研究的發展，創作的主力逐漸從外文系轉往他處。這個轉折中的兩個代表人物，一是夏濟安，二是顏元叔；前者的《文學雜誌》培養了一代現代主義作家，也讓臺大外文系成為戰後臺灣文藝創作最重要的陣地；後者的《中外文學》則自1970年代的創作與評論並重，逐漸轉變成一份專業性的學術刊物，《中外文學》的興起與變化恰是外文學門逐步專業化的剪影。二是留學大潮的影響，自1960年代開始，大量學生赴美留學，歸國後陸續成為外文研究的主力；他們在西方求學時受到思想啟蒙，回臺後，自然轉換為對學科專業化與學術國際化的體制要求，希望在學術上與西方接軌；對現代化的呼求亦成為介入社會的批判

能量，冀望能為建設民主、自由、獨立、公正的臺灣貢獻心力。在這個過程當中，原來被當作個人感受抒發的文學創作，經由各種論戰，被賦予了超出了文學本身的思考；同時，文學批評越來越被當成介入社會的手段，所謂的「純文學」逐漸成為過去時代的記憶；解嚴前後，不論是女權運動、勞工運動、性別運動，乃至臺灣獨立運動，都可以看到文學發揮的作用。引進西方思想重要前沿的外文學人，因此扮演了更為吃重的角色。

在以下的章節中，我們將討論冷戰時代裡的外文研究，尤其著重夏濟安、侯健和顏元叔三位戰後引領風騷的臺大外文學人，以個案研究的方式去剖析冷戰的影響，並嘗試理解外文學人如何思考自身的任務。個案研究的做法無可避免地將其他同樣，甚至更為重要的學者——如梁實秋、余光中等——略去不談、或是置之邊緣，乃至有將此三者的貢獻定為一尊的嫌疑，但這絕非本書的用意。冒此風險的理由，是因為要在龐雜的建制史資料中充分說明每位學者的貢獻，本是不容易的任務，也不是本書寫作的出發點。在這個意義上，雖然從建制史出發，本書的自我期許毋寧有一個更強烈的思想史和社會史面向，希望能夠透過這些案例，在這個從「外地」到「域外」的歷史轉變中，梳理清楚外文研究與冷戰的關係，以致對冷戰這個影響深遠的地緣政治與意識形態結構提出在地的經驗與詮釋，並且在此基礎上，回頭理解與反思戰後外文學者的理想與抱負。

第三章

反浪漫主義
夏濟安的文學與政治

　　雖然在課堂裡唸的是西洋文學，可是從圖書館借的，却是一大疊一大疊
有關中國歷史、政治、哲學、藝術的書，還有許多五四時代的小說，我患
了文化饑餓症，捧起這些中國歷史文學，便狼吞虎嚥起來。

——白先勇（1978: 77-78）

　　白先勇在〈冬夜〉裡描寫過一對共同走過「五四運動」的老朋友：在台北
教英國浪漫文學的余嶔磊，和在美國研究中國歷史而揚名國際的吳柱國。1948
年兩人在北平分別後，隔了20年才在冷雨淒淒的臺北重逢：前者右腿跛瘸，境
遇清貧，只期望到美國任教，一解現實之困；後者恂恂儒雅、從容不迫，內心
裡却充滿愧疚與空虛，盱衡是否歸鄉以解心頭苦悶。歐陽子與吳湘文都認為
〈冬夜〉在結構與氣氛的營造上仰賴對比：「今昔之比、兩代之比、中西之
比、人際之比、自我之比」（吳湘文，1976: 180）；尤其今昔之比展現理想
與現實的落差；當現實壓迫，理想逝去時，兩人「逐漸醒悟」（歐陽子，
1976: 22），原來彼此的處境皆是困頓，唯有回憶還保留著過去的溫暖，勉強
抵擋冬夜的寒意。誠然，〈冬夜〉裡充滿各式的對比：冷與暖、情與理、青春
與殘年、中國與西方、靈魂與外表、理想與現實等等，但更為根本的對比或許
是「外文」與「中文」的切離和對位。余嶔磊在臺灣堅守崗位，教授西洋文
學，但若想到美國教書，就只能放棄專業，改教中文；吳柱國功成名就，表面
風光，但自認20年的講課、幾十萬字的學術著作，撫心自問，都是空話，不過

是為了應付工作與升等的虛應故事。做中國研究的吳柱國，撐不起國家，只能
弔虛名以自慰，濟渡海外飄泊的自己；在國內做西洋文學研究的余嶔磊，只剩
磊落清譽，或能勉強立身，但無以澤被後代。兩人的對比其實也是對望，在浮
世寒意中醒悟自己身處飄流之島，已是無根之萍，此處縱然難以久留，對岸亦
非安身之所。作為對比的體弱與心虛本是同根，都是西學東漸以降中國革命歷
史變動的結果：分斷的國家、流亡的心境，在現代與傳統的斷裂下，身心剝
離、魂不附體。[1]

　　姑且不論〈冬夜〉裡吳柱國的「虛」和余嶔磊的「弱」是否來自保釣運動
後海外學人的自我反省，乃至對臺灣依附美國的政治批判，如此的「對位」其
實是清末外文研究浮現以來一直存在的現實，亦即「離散在外」（做中國研
究）與（在中國）「望向西方」乃是一組共構的歷史動力以及知識和身體構
造，它一方面源於將西方知識落地轉譯的文明進程，另一方面透過身體與知識
的移動，架接中西兩方學院知識勞動的需求，而構築了一種離散與知識的辯
證：為了引入新思潮，中國學院需要研究西方，但西方學院則需要研究中國
（或廣義的東方或亞洲），不論視之為亟待保存的古老文明（傳統漢學），或
是集權專制的東方威脅（區域研究），還是躁動崛起的競爭對手（地緣政
治）；亞洲出身的學者都在其中扮演了關鍵的角色——既要逸離東方主義的想
像並與之對抗，又得克服種族主義與帝國政治而有所介入。因此，知識的對象
與內容，不僅與圍繞著知識生產的政治情勢緊密相關，更與知識主體所承載的
民族意識、歷史包袱與個人選擇若有呼應。研究中國歷史或是西洋文學，在這
個意義上，未必都是理想與理性的追求，更多時候可能是情勢所迫下的權宜之
計（例如曾經在文科留學生中頗受歡迎的圖書資訊系），是主體意志應對現實
與學院體制的求生策略。從這個角度觀察，余嶔磊與吳柱國的「對位」不只是
理想與現實、過去與現在的對照而已，它更是一個關於中、西學術共濟、互
補，尤其在跨太平洋的冷戰知識結構下——包括留學推動的人才與知識流動、
美援體制對臺灣學術發展的挹注與限制，還有冷戰意識形態的影響——如何才

1　這是1960-1970年代白先勇作品中不斷出現的母題，〈芝加哥之死〉表現尤其突出。夏志清亦
　提到了白先勇作品對這個主題的展現，並認為從這些作品看來，「白先勇相信對飄流海外的
　華人來說，除了光復大陸，沒有什麼事情能夠賦予他們生命的意義了」（C. T. Hsia, 1975:
　95）。

能有所開創的追問。

　　在戰後臺灣文學史上，白先勇應是不可或忘的明星作家。他所創辦的《現代文學》（1960-1983）更是1960年代培育臺灣作家的搖籃；憑著翻譯、創作與評論，白先勇及《現代文學》不僅奠定了現代主義美學的風貌，更讓現代文學創作與臺大外文系結下不解之緣，在全面學院化與專業化的1990年代來臨前，讓創作與評論、理論與實踐產生了有機的結合。而推動這個創作時代以及現代主義美學的繆思，正是在1950-1960年代徘徊太平洋兩岸，悠遊於創作、翻譯、評論與「匪情研究」的臺大外文系教授夏濟安，以及從他與弟弟夏志清輻射出去的跨國學術網絡。關於夏濟安的研究，目前大多聚焦在他創辦與主編的《文學雜誌》對臺灣現代主義文學的貢獻；論者尤其讚許其突破文藝政策指導、引進西方文藝思想、嚴肅看待文學、提攜年輕作家等實踐。[2]例如，陳芳明認為，「《文學雜誌》在培養下一代創作者方面，貢獻甚鉅；而且也為現代主義的開創，鋪出一條寬闊的道路」（2011: 343）。李家欣亦指出：《文學雜誌》是臺灣「現代主義文學的開端及引進」，並由《現代文學》發揚光大，再透過《筆匯》和《文季》系統，經過反思，在1970年代「開啟了鄉土文學的潮流，也造就了陳映真、黃春明、王禎和這幾位重要的台灣文學作家」（2017: 42）。梅家玲引用了劉紹銘1970年的評論說：《文學雜誌》的貢獻在於「風氣的樹立」和「人才的栽培」；它以臺灣大學為基地「成功地匯通了50年代臺灣的『文化場域』與『教育空間』」，並為之後的學院派雜誌──《現代文學》與《中外文學》──「導其先路」（2006: 3-4）。尤其不少學者點出，夏濟安的《文學雜誌》並非1950年代憑空而起的想法，而是有意識要賡續1937年由朱光潛主編的同名雜誌，想在政治鬥爭與文化低谷的時期，藉創作和評論來主張一種自由而嚴肅的文藝傳統。[3]

　　此一觀察十分重要，因為這一方面將1930年代的大陸與1950年代的臺灣銜

2　見李家欣，2017；陳美美，2014；徐筱薇，2014；梅家玲，2006；何雅雯，2003；許俊雅，2002。

3　朱光潛主編的《文學雜誌》於1937年5月1日於北平創立，編委有胡適、楊振聲、林徽因、馮至、沈從文、周作人、俞平伯、常風、朱光潛、朱自清等10人，代表自由主義的人文理念。兩個月後因日軍侵華，人員流散而停刊。抗戰勝利後，1947年6月復刊，但隔年11月又因國共內戰而再次停刊。

接起來，顯現中國現代文學的創作與批評並未因為兩岸分治而中斷；另一方面它也指向一股內在於外文研究的自由人文主義，經歷革命文學的挑戰和衝擊後，在冷戰臺灣重新浮出水面，並於1970年代隨著比較文學的興起而逐漸壯大。但是，自由人文主義的具體面貌是什麼？它如何與外文研究和現代主義文學發生關係？它又為何能夠在冷戰時期發揮主導性的意識形態功能，重新表述文學與政治的關係呢？有志於文學的夏濟安為何最終離開了臺大，到美國去做「匪情研究」呢？夏志清的名著《中國現代小說史》捧紅了張愛玲和錢鍾書兩大現代作家，又與當時的政治情勢有何牽連？反共的政治意識如何借道現代主義與古典主義，鑲嵌於兩岸的冷峙之中？這些都是有待挖掘的問題，也是夏氏兄弟關鍵之所在。

《夏志清夏濟安書信集：卷四（1959-1962）》是夏濟安、夏志清兄弟於一九五九至一九六二年之間，往來六百多封書信的第四批，從一九五九至一九六二年共一百五十二封。說家常、談感情、論文學、品電影、議時政，推心置腹，無話不談，內容豐富。

圖8：《夏志清夏濟安書信集》書封。

　　值得注意的是，雖然夏濟安1950年才到臺大任教，但在1955和1959年兩度赴美，出入西洋文學與現代中國研究之間。1955年他到印第安納大學求學，在英文系修讀碩士課程，1959年再又透過臺大與華盛頓大學的學術交換，到該校訪問，之後滯美不歸，尋找留在美國任教和研究的機會；他一直與弟弟——自夏志清1947年赴美留學至1965年夏濟安病逝柏克萊之間——保持密切的連繫。這些年間兩人共有600多封通信；信中談學論友、分享所聞，涉及的學者人物

從早年西南聯大的燕卜蓀、耶魯的布魯克斯（Cleanth Brooks）到柏克萊加州大學東方語文系的白芝（Cyril Birch）、捷克漢學家普實克（Jaroslav Průšek）等西方學者，再到陳世驤、宋淇（林以亮）、柳無忌、許芥昱、張愛玲、白先勇、劉紹銘、陳若曦、李歐梵、王際真等知名華人學者與作家，輻射出一個龐大的跨太平洋學術網絡。[4] 兄弟兩人不只在學術上互相攻錯，夏濟安更數度要求弟弟支援文章，在他參與編輯的雜誌（不限於《文學雜誌》）上發表；同樣地，夏志清撰寫《中國現代小說史》時亦仰賴其兄在華盛頓大學、史丹佛大學和柏克萊加大查找資料，確認書目。夏志清對哥哥的學生輩們愛護有加，更是跨海形成了一個中西互濟、打通太平洋兩岸的現代中國文學研究群體。夏濟安不只是教師、編輯和譯者，亦是文評家、作家和研究者；他的文學評論、短篇小說以及中國左翼文學運動研究，重要性不亞於編輯《文學雜誌》，何況夏濟安1959年到華盛頓大學與柏克萊加大任職後就將編務移交給侯健。夏志清《中國現代小說史》（1961）一書成名之後，打下一片江山，影響更是深遠。[5] 在這個意義上，夏氏兄弟不僅具有跨越海峽承繼自由人文主義的重要意義，更是理解從外文研究到現代中國研究這個跨太平洋學術網絡如何交錯互構的關鍵線索。不過，必須說明的是，雖然夏氏兄弟在學術思想互相影響，人際網絡亦多所交錯，但由於本書的主題是臺灣外文研究的發展，故在敘事上仍以夏濟安為主，僅在必要時兼及夏志清。

　　因此，本章從戰後外文研究的建制發展講起，概述1947-1987年間臺大外文系的課程變化與發展，好為夏濟安的位置與主張提供較為豐富的脈絡。透過挖掘臺大外文系1947-1987年的開課內容，本章首先試圖勾勒冷戰美援對外文

4　陳世驤和王際真都是1950年代在美國大學任教的華人教授；陳世驤與夏濟安過從甚密，因為陳世驤在加州大學柏克萊校區成立「中國研究中心」後，夏濟安曾前往教授暑期班，並擔任研究員。王際真則是哥倫比亞大學的教授；他辦理提早退休，將自己在哥大的教職空出來給夏志清，傳為佳話。布魯克斯是夏志清在耶魯大學的博士論文導師，燕卜蓀則是在中國教書時，認識了夏志清，並對他讚譽有加。白芝則是中國研究學者，也在加州大學柏克萊校區任教，是陳世驤的同事。當然，在這個網絡中，還包括了1940年代即到美國教書的諸多中國學者，往前溯可見從南開大學到印第安納大學任教的柳無忌，在哈佛任教的方志彤、楊聯陞、趙元任等知名學者，往後看則可看到張愛玲、白先勇、劉大任、葉維廉、王德威、李歐梵等人，乃至他們的學生。這些廣泛的師友關係，橫跨了外文系、漢學與現代中國研究。

5　關於夏志清在中國文學研究的影響，見姚嘉為，2014。

系發展的影響，對所謂的「美援文藝體制」這個觀念提出商榷，以強調所謂冷戰美援並非縝密無縫的思想箝制，而是一個由華人內戰經驗所貫穿與折射的跨太平洋文化空間。此外，以《夏志清夏濟安書信集》為材料，本章也試圖貼近夏氏兄弟的文學思想，特別是他們對「五四」新文學運動與浪漫主義的看法，總括《文學雜誌》的成績，以釐清夏濟安對自身任務的定位以及他個人去留的考量。[6]同時，通過分析夏濟安的左翼文學運動研究，尤其是他在美國與陳世驤、夏志清等人的合作，本章也試圖理解自由人文主義如何在冷戰時期舒展羽翼，從西洋文學研究過渡到現代中國文學研究，並且透過外文系發揮影響。藉此，我們不僅能對戰後外文研究的發展獲得較為立體的認識，也較能基於「在地」（locally grounded）觀點來思考冷戰對文學研究的影響，如何跨越了太平洋，將臺灣編入現代文藝的反共陣營，而臺灣的學者又如何藉著高舉冷戰反共的大旗，在太平洋兩岸的知識社群找到自身的定位，進一步推進了外文研究與中國研究的共構與互動。

戰後知識狀況：美援文藝體制與臺大外文系

1945年，二次大戰結束，臺北帝大改制為國立臺灣大學，但要到兩年後的8月，臺大才正式設立外文系，由原任職美國新聞處的饒餘威任系主任；其他教員則有傅從德、李霽野、王國華（民初學人王國維胞弟）、馬宗融、曹欽源、黎烈文、吳長炎等人（李東華，2013: 103），[7]隔年再補進周學普、蘇維熊。1949年傅斯年出任校長後，又加入英千里、梁實秋、黃瓊玖、黃仲圖、俞大綵等人，以及羅素瑛（Ronayne Gergen）、白靜明（Mariette Pitz）、范秉彝（Albert Marie Dujardin）、龔士榮等中外傳教士（李東華，2013: 160-161），

6　的確，這些書信本是私人通訊，文字和語氣多不加修飾，甚或有言過其實之處，加之夏氏兄弟皆已過世，信件內容真假難考，使用上難免有倫理的顧慮。但是，私人信件的直言無諱同時也為歷史保留了情感的真實，對理解夏濟安本人的文學信念與歷史處境提供了重要的參考。透過這些私密空間中的自我展現，本章之引據不在於揭露隱私，而是為了澄清與掌握夏濟安對其時處境的理解和判斷。

7　不過，臺大外文系的官方網頁（英千里教授紀念網站）上沒有將饒餘威列入，而是以王國華為首任系主任（任期1948.11-1950.7），見https://ying.forex.ntu.edu.tw/member/18/1。

以充實師資。夏濟安經北京大學崔書琴先生的引介，[8]於1950年經香港到臺大任教，教授翻譯課程。事實上，1949年大陸淪陷之際，國民黨政府「搶救」了不少學者來臺任教，如臺大中文系毛子水、屈萬里以及中研院史語所的董作賓、李濟、凌純聲、芮逸夫等人；這些學者以及他們所主持的教學與研究機構，奠定了戰後初期臺灣高等教育與人文研究的基礎與規模。以臺大歷史系為例，李東華指出，自1947年文學院成立後，大陸渡臺學者逐漸補上戰後日籍學者留下的空隙，引入中國史學；傅斯年就任校長後，更引入中研院史語所和部分原在北大、清華和中央大學的師資，為往後「自由中國學術厚植了良好的基礎」（2013: 164）。楊儒賓在《一九四九禮讚》中更大力主張「一九四九」之於臺灣人文學術發展的重要性，透過人員、文物、機構三方面的挹注，使得臺灣成為戰後漢華人文知識的中心。這固然是歷史的偶然，也是臺灣難得的機遇。

　　的確，除了臺大外，1946年在原臺北高等學校的現址上成立臺灣省立師範學院（今國立臺灣師範大學），並設立英語科；1955年改制為省立師範大學，隔年即成立了臺灣最早的英語研究所，由原在北京大學任教的梁實秋坐鎮，比臺大還早了10年。1956年，甫於臺北復校的政治大學成立西洋語文學系，由譚葆禎主持系務。成功大學在1957年成立外國語文學系，由原任臺大外文系的傅從德[9]創辦，但要遲至1993年才成立外文研究所；中興大學外國語文學系則在1968年成立，由原任臺大外文系的齊邦媛所推動，並擔任首屆的系主任。私立大專以淡江（1950）、東吳（1954）、東海（1955）最早成立外國語文學系。

8　崔書琴（1906-1957），河北省故城人，1934年獲哈佛大學政治學博士，抗戰時任教於北京大學與西南聯大教授，因而與夏濟安熟識。1948年，他當選第一屆中華民國立法委員，隔年於香港與張其昀、錢穆和唐君毅等人創辦「亞洲文商專科夜校」，該校隔年改名為新亞書院（即今香港中文大學之前身）。

9　根據馬忠良──1964年成大外文系畢業，曾任成大外文系主任──的回憶，傅從德「是國內文法泰斗，能寫一手漂亮的英文，許多早年的系友能獲得美國大學獎助學金，部分得利於他那簡潔又有說服力的文字。傅主任擔任系主任那段時間，請過英籍安德遜夫婦教聖經文學與西洋古典文學；克羅滋爾夫婦教西洋文學概論及英美小說；海里斯開授演說與辯論；碧比教授開授西洋戲劇，美籍神父卡立教會話，伊頓傳教士教美國詩歌，華裔美籍講師林英敏教英國小說，這一外籍教授陣容為當時一時之選」。

輔仁和文化則要到1963年才成立英國語文學系。[10]其他國立大學如清華、交通、中山、中正等，則要等到1980、1990年代後才陸續成立相關系所。

其他語種，如西班牙語、日語、法語與德語，雖然都是外文系學生必修的第二外語，但首先設置系所的是政治大學的東亞語文學系（1956），下設韓語、俄語與土耳其語三組，且陸續增加阿拉伯語、馬來語與日語等組別，為戰後臺灣第一所非英語系的專業外語教學單位。[11]私立和教會大學（如文化、淡江、輔仁、文藻等）則要到1960年代後，才陸續設系置所。當時，第二外語學系的主要任務是培養第二外語人才，相關的文學研究並沒有太大的開展。[12]但是，這並不是因為戰後其他語種文學沒有重要的作家和發展，而是因為戰後人力物力的短缺形成了知識的空窗，更因為冷戰結構的文化制約，使得第二與第三世界被排除在資本民主的想像之外，造成了非英語系國家的文學與文化視野急速的萎縮。相較而言，以臺大外文系為中心的英美文學研究，自1950年代起，在教學之餘，就透過創辦雜誌、改革課程、創立學會，逐步穩健發展。但最為關鍵的還是1950年代開始形成的「美援文藝體制」以及1960年代興起的留美風潮。

根據陳建忠的研究，1953年韓戰結束後，艾森豪政府成立了美國新聞總署（USIA），並在全世界106個國家中設立了232個海外分支機構，附屬於當地的美國使館，稱之為美國新聞處（USIS）；當時在臺北、臺中、臺南、嘉義、高雄和屏東，一共有6個美新處（2012: 218）。美新處舉辦展覽、座談，分享藏書，放映電影，很快成為冷戰時代知識分子汲取西方知識養分的重要窗口，並且將臺灣納入文化冷戰的東亞前線。[13]陳建忠強調，要從「體制性」

10　輔仁、淡江、東吳等私立大學在1980年代陸續成立外國語文學院，將外國語文相關系所從文學院獨立出來；國立大學中只有政大有此設置。

11　政大東語系阿語組於1978年改設為阿語系。但俄語系與日語系要到1992和1998年才分別改組成立，土耳其語和韓語則要到2000年才改組為系。

12　在臺灣，第二外語文學的研究大概要到1990年代、非英語文學作品的翻譯大量湧現後才有顯著的進展。見吳錫德、張淑英和王美玲，2011。不過，1950-1970年代臺大外文系教授黎烈文的法國文學翻譯和相關論著，如《西洋文學史》（1970）和《法國文學巡禮》（1973），仍是值得肯定的成績。

13　美新處在臺灣戰後扮演重要的藝術媒介，其圖書館更是當時臺灣學子接觸現代文學、前衛藝術的主要場所，將歐美藝術思潮輸入臺灣，見陳曼華，2017。

（institutional）的觀點來看待美援文化對臺灣戰後文藝發展的影響，因為體制意味「組織性、結構性的運作，無論其運作形式是緊密或鬆散、直接或間接的網絡連結形式」（2012: 215），都會對文藝生產發揮規範性的效果。在他看來，從美國大使館、美國新聞處、耕莘文教院、亞洲基金會（Asia Foundation）、香港友聯出版社，到臺大外文系、《文學雜誌》和愛荷華寫作班，乃至當年的美軍電台（即現今台北國際社區廣播電台ICRT的前身），都可視為「美援文藝體制」的一環，因為它們都受到美國政府直接或間接（通過民間基金會）的各種支持。張頌聖亦抱持類似的看法，認為冷戰文化以「迂迴間接的方式形塑主流認知」，在臺灣逐步「邁向常態化」文化生產的過程中，提倡特定的美學品味與意識形態（2015: 402-408）。晚近的相關研究也越來越突出美國文化冷戰的網絡與效果，而臺港之間的文學連繫——通過亞洲基金會、友聯出版社、港臺美新處以及上海文人關係等多重節點——尤其受到許多的關注和討論。[14]陳建忠寫道：

> 　　因此，如果「國家文藝體制」曾經或顯或隱地支配了戒嚴時期的台灣文藝思潮走向，是一種「剛性體制」，制約著作家在意識形態與文化想像上的趨向；那麼「美援文藝體制」雖自域外移入，但由於流亡中的政權對美國（相較於日、韓等主權獨立國家）相對更加依賴，恐怕同樣扮演著類似的制約作用，然而是一種「軟性體制」，促使台灣文學的發展導向有利於美國（或西方）的世界觀與美學觀，或是發展為將文學創作與社會變革區分開來的純美學思考方式，其深入幾世代所形成的「集體無意識」，影響之深遠不可等閒視之。（2012: 215-216）

　　陳建忠的說法大體不錯。在戰後的冷戰世界版圖中，美國仰仗其政經優勢，的確發揮了極大的影響力，在圍堵共產世界之際，透過美國文化（包括電影、歌劇與文學作品）的傳播成功地「整合」（integrate）了所謂的「自由世界」，並創造了一種美國學者克萊恩（Christina Klein）稱之為「冷戰東方主義」（Cold War Orientalism）的文化美學。克萊恩強調，艾森豪政府透過「人

14　相關研究見王梅香，2015a；蔡世仁，2017。

民對人民計畫」（People-to-People program）鼓勵美國社會支持政府的外援計畫與冷戰國際主義，而美國新聞總署與旗下各地的美新處正是該計畫的執行單位。以鼓勵學術交流以及在世界各地傳布正面的美國形象為目的，這些計畫向世界介紹了美國的表現主義繪畫、好萊塢電影和爵士音樂，推動自由世界的城市外交，以及向第三世界如印度、臺灣和柬埔寨提供大量的美國圖書（2003: 49-51）；這些文化產品及其意識形態與美學品味構成了美國文化冷戰的具體內容。英國記者與歷史學家桑德斯（Frances Stonor Saunders）記錄了美國中情局如何滲入文化冷戰，透過對歐洲文化活動的支持，將美國妝點成自由主義的避風港，以吸引文化人與學者與之合作。桑德斯寫道：「美國中情局所補助的個人和機構，被期待在一個範圍廣大的說服工作中扮演一定角色，參與到一場宣傳戰爭當中」（2013: 3），使得美國反抗共產世界的冷戰意圖獲得掩蔽，而發揮更大的影響力。陳建忠（2014）亦在另一篇論文中，以吳魯芹為例，說明冷戰體制下臺灣男性作家的散文，如何藉著書寫美國成為美學經典，反映菁英品味的形成；楊婕（2018）更以臺灣女性作家（聶華苓、歐陽子、陳若曦）筆下的「漢學家」角色，突出美援時代的臺美文學交往，如何呈現一種「知識移情」與「學術救國」的交纏。經由臺大外文系在1950-1960年代輻射出去的學人與作家網絡，確實是這個美學品味重要的參與者與塑造者，也是「知識移情」與「學術救國」的實踐者，不論我們是否要以「現代主義」的標籤定義之。

　　王梅香更進一步強調冷戰時期，美國透過「隱蔽的權力」（unattributed power）以及「在地的私營網絡」來「製造」文學，進行文化冷戰。她發現，香港美新處採取了編輯選集、文學翻譯、文學改寫及共同創作等方式，以港臺兩地的學院文人為核心，推廣美國文學與產製反共書寫。王梅香指出，一方面以宋淇和夏氏兄弟為首，仰賴過去上海人脈集結而成的「在地私營網絡」（包括在臺灣的余光中、在美國的夏志清、原在香港但後來移居洛杉磯的張愛玲，當然還有宋淇的夫人鄺文美等），構成了香港美新處推動美國文學中譯最主要的人力，使得美援文藝體制得以透過課程與文學選集進入學校，灌輸「特定的精神結構、文學品味」，再藉由知識菁英進行「有系統地傳遞」，從而掩蓋了文藝生產背後的意識形態與權力斧鑿，同時鞏固這個體制。另一方面，藉著改寫、委託與合作，香港美新處推動反共文藝的生產，推出了像《紅旗下的大學生活》、《秧歌》、《赤地之戀》和《憤怒的江》之類的作品，藉著寫實主義

的筆觸暴露共產極權的災禍，以達到反共圍堵的效果。夏濟安本人也為了增加收入，在香港中一與友聯出版社的邀請下翻譯了幾本反共小說。[15]王梅香認為，美援文藝體制正是透過這些隱蔽的權力與在地的關係，來發揮文化冷戰的效果，而與之附應的學者、作家和報人則可藉之實踐一種「不自由的自由書寫」（2015a: 46）。[16]單德興則從「文化外交」的角度指出，香港美新處所編纂和發行的刊物，尤其是後來定名為《今日世界》的報刊，雖然肩負了冷戰的「教化任務」，具有特定的意識形態色彩，但也實質「擴大了臺灣讀者的視野，改變其觀念，進而改善在戒嚴體制下臺灣的文學、文化、政治氛圍」（2009: 130）；他以張愛玲的美國文學中譯為例，指出張的譯文，尤其是譯詩，運用了諸如「序言、註釋、歸化、異化等」翻譯策略，不僅讓文學翻譯更容易為讀者所接受，「也展現了她作為中、美之間的文化中介者與協調者之角色」，在肅殺的冷戰氛圍下，為臺灣提供了通往世界的文化窗口以及重要的文化資源（2009: 177）。單德興尤其強調，儘管文化冷戰可以提供特定視角來重新定義當時的文學與文化生產，把握其政治性，但我們也必須留意這個視角「可能限制（confine）了後人對於那個時代及文化生產的認知，而產生盲昧不見（blindness）」（2016: 29），乃至簡化了我們對於冷戰文化的認識。[17]

　　因此，陳建忠和王梅香的討論固然對冷戰時期的臺港文化場域提出了一個批判的視野，我們似乎也可以在夏氏兄弟與美新處的關係，美新處支持臺大外文系師生留美等事實，[18]乃至臺大外文系的課程改革中，看到美國的影響與冷

15　見夏志清，1974: 225；亦見賴慈雲，2017: 246。

16　不過，宋淇的兒子宋以朗認為，所謂《秧歌》是香港美新處「委託」（commissioned）張愛玲的作品，實是誤解，因為宋淇已經提過，《秧歌》是先用英文撰寫，交由紐約的Scribner出版，再由張愛玲本人譯成中文在《今日世界》上連載；因為「美國出版社印書沒有香港快，所以英文版《秧歌》（1955）反而比中文版（1954）遲了一年」出版（2014: 213）；而且宋以朗強調，《秧歌》的原型，就是1946年張愛玲從上海到華南旅途所見所聞寫成的〈異鄉記〉（2014: 218）。至於《赤地之戀》，宋以朗認為，雖然故事來自美新處，但成稿交由皇冠出版時，卻遇上了嚴格的審查而無法出版。臺灣慧龍（1978）的版本實是盜版（2014: 223）。是故，「委託」一說雖有財務往來的實據，但就當年創作與出版的複雜過程而言，卻是曖昧失真的。

17　單德興討論文化冷戰的相關文章，已集結為《從文化冷戰到冷戰文化：《今日世界》的文學傳播與文化政治》，即將由書林出版。

18　陳若曦在《堅持・無悔》中就提到，時任臺北美新處處長的麥加錫不只承諾為她出國留學寫

戰的痕跡，但是「美援文藝體制」的概念或許過度地強調了美國單向的意識形態灌注，而忽略了當時的知識分子，如夏氏兄弟，更大的關切或許在於反共的黨國意識形態對文藝的箝制，希望在政治的脅迫下，重新找回文學的尊嚴與自主。陳芳明說：「現代主義在西方可能是工業文明的產物，但是介紹到臺灣之後，它不再只是批判工業文明的武器，而是批判政治戒嚴的恰當管道」（2011: 342）。雖說反共與冷戰乃是一體兩面，但我們不該忘記，對那一代來自大陸、親見國共鬥爭的知識分子來說，反共先於冷戰；反共鬥爭不獨發生在臺灣海峽，也發生在與美國親共勢力的對抗中。當然，這並不是要否認美援的影響——就1960年代「來來來，來臺大，去去去，去美國」這一社會現象而言，美援影響之大，絕不僅止於臺大外文系的文學青年，更形成了整個臺灣社會對美國物質文明與流行文化的嚮往，至今尤甚。因此，對「美援」文藝體制的過度強調，恐怕無法充分看見當年學人著述與創作的內在動力。據此，臺大外文系涉入的跨太平洋美援知識與文藝網絡，不過是這個時代較為突出的徵候；這個網絡牽連之廣、影響之深，實與美利堅帝國同構。關鍵的是，這個全球冷戰的結構同時承載著臺灣自身的內戰印記與記憶。是故，若是翻看臺大外文系1947年起的課程表，我們不難發現，在民國39學年度（1950-1951），臺大即已開設「19世紀美國文學」的課程，由黃瓊玖教授，40學年度再增加兩門四年級的專業選修課程：田露蓮[19]的「美國文學」和譚維理[20]的「美國文學名著選讀」。但在美援的高峰期（1954-1965），美國文學的專業課程並沒有大

推薦信，還鼓勵她申請美國一流大學，尤其希望她申請去愛荷華大學的寫作班（2008: 110-112）。

19　田露蓮（Miss Tilford）是美國南方保守派的浸信會傳校士，亦曾在中興外文系教書。

20　譚維理（Lawrence G. Thompson），美國人，1920年生於山東，14歲時回美，之後加入美國海軍陸戰隊，擔任日文翻譯，二戰期間曾投身南太平洋戰場，戰後在加州的克萊蒙研究院（Claremont Graduate School）取得碩士和博士。1951-1959年間，他在美國外交部任職，曾經派任台北、東京、馬尼拉和香港，並在亞洲基金會擔任工作。1959-1962年，他曾在臺灣師範大學教授音樂。1962年回美後，陸續在波莫納學院（Pomona College）和南加大（USC）任教。他是古典小提琴家與漢學家，譯過康有為的《大同書》，著有《中國宗教：概要》（*Chinese Religion: An Introduction*, 1969）、《宗教的中國方式》（*The Chinese Way in Religion*, 1973）以及〈1830-1920年美國人之漢學研究〉，發表在《清華學報》卷2第2期（1961），頁244-290。

幅增加，而是大致維持每學期2-6學分的選修課，要等到朱立民1965年取得杜克大學博士，接任臺大外文系主任，與顏元叔聯手推動課程改革，尤其是將之從選修改列為必修後，美國文學才有較顯著的發展。[21]相對地，其他的文學與第二外語的課程，從37學年度僅有的兩門文學選修課（蘇維熊的「莎士比亞」和李霽野的「維多利亞時代文學」），逐步增加到53學年度的高峰：九門（另加一門英文漢學選讀），[22]而第二外語也在原有的德、法、日外，增加了西班牙文和俄文。事實上，戰後初期臺大外文系課程的特色，主要還是延續著民初北大和清華外文學人所奠基的課程設計，以文學分期、專家研究與文類探討三個方向進行講授（見魏郁青，2012: 44）；同時逐步強化中文系與外文系的相互支援與交流（如將中國文學史列為外文系必修），以及開設像是「西洋文學史綱」（後來改名為「西洋文學概論」）這類「以史入文」的導讀課，以加強學生對西洋文學發展的歷史理解，啟發興趣。[23]更為重要的應該是語言能力課程的增強，例如36學年度起增設「英語會話」和「翻譯」為必修、「文法與修辭」、「演說與辯論」、「應用英文」為選修，39學年度增設「高級英文會話」等安排（見魏郁青，2012: 45），強化了外文系的語言訓練面向，乃至於到了1970年代楊牧得要發出外文系所為何事的議論。[24]

　　當然，這裡還關涉教育部部定教程的要求，而且僅就單一系所的課程變化確實不足以說明美援影響的有無或深淺，因為影響深遠之處並不在於美國文學課程的增減，而在於整體社會氛圍的塑造以及各部門資源的挹注：從1954年

21　劉羿宏便強調，將美國文學從選修改為兩個學期6學分的必修課，是臺大外文系課程改革的重要舉措之一，尤其當美國文學在美國學院仍屬邊緣時，由朱立民和顏元叔推動的課程改革使得美國文學逐漸成為臺灣外文系的研究重點，這具體而微地反映了冷戰時期美國文化外交的影響（2012: 34）。

22　這九門課是：陶雅各的「莎士比亞」、英千里的「浪漫文學」、顏元叔的「20世紀英國文學」、侯健的「文學批評」、傅良圃（Fred Foley）的「維多利亞時代英國文學」和「近代英美小說詩劇選讀」、劉藹琳的「美國文學」、段茂瀾的「法國文學名著選讀」和曹欽源的「日本文學名著選讀」。

23　魏郁青發現，1946年教育部修訂各學院分系必修科目表（1938年頒布）時，就將「中國文學史」列為外文系必修，直至1958年再次修訂時才取消（2012: 31-38）。她強調，戰後初期臺大外文系的課程設置，雖然師資人力不足，但仍承襲五四遺澤，尤其展現在「演說及辯論」的開設以及對翻譯課程的重視（2012: 45）。

24　見本書〈緒論〉的討論。

《中美共同防禦條約》的簽訂，美國駐軍到基礎設施的興建，各地美新處所舉辦的文化活動與提供的文化資源，學術合作與人才交流，流行文化的傳播，乃至標有「中美合作」字樣的麵粉內褲的出現，都使得美國成為戰後臺灣最重要的——如果不是唯一的——參照對象。[25]正是這個親美、崇美的情感結構，使得外文系作為一門專業——以及英美文學研究作為與西方接軌的入口——逐漸顯現其價值與重要性。其中學術合作與人才交流才是影響戰後外文研究發展的核心動力，也是「美援文藝體制」，如果存在的話，最根本的物質基礎。

就中美學術合作與人才交流而言，舉舉大者當然是1959年成立的國家長期發展科學委員會（簡稱「長科會」），1967年更名國家科學發展委員會（簡稱「國科會」，即現今科技部的前身）。「長科會」乃是胡適的構思，但最終由王世杰推動完成。[26]楊翠華在〈王世杰與中美科學學術交流，1963-1978：援助或合作？〉一文中，對中美學術交流的過程與發展有清楚的說明。她發現，自美援開始，臺灣即與美國保持密切的聯繫，希望借重美國在科學與技術研究方面的經驗，來協助臺灣的科學發展。是故，早在1960年即在西雅圖的華盛頓大學舉辦過「中美學術合作會議」，由胡適領軍，與美方學者，針對學術合作的方案與組織問題，進行討論和磋商。[27]三年後，美國國家科學院（National Science Foundation）與中央研究院展開接觸，開始實質推動兩國的學術合作，訂定方向，於是才有了1964年成立的中央研究院「中美合作科學委員會」，並且在此基礎上推動學者往來，充實研究設備，與美國大學合作發展科學教學與研究，成立農業研究所，以及撥用美援作為科學發展的基金等工作項目。[28]換言之，在美援正式結束前，臺灣已透過「中美合作科學委員會」等管道，以美援發展科學建設。誠然，中美雙方對於應該發展什麼項目的科學研究與合作或

---

25 關於美援時代的物質影響與文化感受，可參考劉志偉，2012；陳曼華，2017。

26 余英時指出，1958年「國家長期發展科學計畫」其實脫胎於胡適於1947年提出的「爭取學術獨立的十年計畫」，而「十年計畫」最初則起於1914年胡適寫〈非留學篇〉時，心中期待國家學術獨立，學子不必再渡洋求學的「非留學」想法（2004: 101）。

27 當時的與會學者，中方有：蔣廷黻、李濟、魏火曜、錢思亮、蕭公權、許倬雲、李卓明、吳大猷、楊聯陞、袁同禮等；美方有：戴德華（George Taylor）、費正清（John Fairbank）、韋慕廷（Martin Wilbur）、梅谷（Franz Michael）等人。見楊翠華，1999: 44。

28 美援影響臺灣深遠，不僅止於學術一端。其他方面的合作交流與影響，見傅麗玉，2006；楊翠華，2008；范燕秋，2009；陳玉箴，2017；郭文華，2010；張淑卿，2010等。

有不同的意見，[29]但從長科會到國科會以及「中美合作科學委員會」的有效運
作來看，我們可以清楚看到美援在物質面與體制面所帶來的影響。

不過，早在「長科會」之前，美國即已透過不同管道資助與培養臺灣的學
術人才，推動「長科會」很大程度也是為了因應戰後臺灣學術人才不足的困
境。例如夏濟安和朱立民都曾提到，1950年代美國文學研究相關的國際交流場
合，如在日本舉辦的美國研究暑期班或福克納研究會議，常常找不到可以代表
臺灣出席的人才，這樣的狀況自然有礙於美國將臺灣整併進其冷戰學術體
系。[30]就外文系而言，除了後來常被提起的麥加錫（Robert McCarthy）處長，
如何以美新處的資源，挹注《文學雜誌》和《現代文學》的印行，乃至協助臺
大外文系畢業生赴美留學之外，其實早在1950年代即有各種不同的項目支持臺
灣學者赴美留學。臺大教授朱立民即是其中的典型。

1956年，朱立民在亞洲基金會的資助和美新處的協助下，赴美深造，鑽研
美國文學（單德興、李有成、張力，1996: 96），最終獲得博士。[31]在朱之
前，夏濟安亦在美新處的安排下赴美深造半年，在印第安納大學修讀碩士學
位；1959年，在洛克斐勒基金會的支持下，依臺大與華盛頓大學的交換計畫，
夏濟安再度赴美，先後在華盛頓大學和柏克萊加州大學客座、研究與教學，直
至病逝異鄉。1965年，朱立民拿到博士學位返國後，雖然此時美援已然結束，
但學術交流與教育交換依然持續進行。尤其，延續至今的「傅爾布萊特獎學
金」（Fulbright Scholarship）成為除了教育部公費留學考試之外，臺灣學生留
美最重要的管道與支持。侯健和齊邦媛亦曾循類似管道，赴美求學。雖然因為

---

29 比方說，王世杰認為，中美科學合作「應當不是片面的交往」，而是「文化交換與合作，可
　培養一種社會力量以維持國與國間的政治關係」（引自楊翠華，1999: 47），但美方對學術
　交往與發展有著更多的期待。比方說，在人文社會科學上，美方學者最感興趣的是：語言訓
　練與漢學研究的管道；研究中共與經濟的資料；中國歷史研究學者社群的形成；以及中國現
　代化的研究，可見當時美國把臺灣想像為研究現代中國，尤其是中共的一個重要窗口。然
　而，臺灣方面，因顧及政治因素，對推動中國研究，則有保留，且更重視自然科學方面的交
　流（楊翠華，1999: 56-59）。

30 見王洞，2018: 173；單德興、李有成、張力，1996: 96。

31 有趣的是，促成朱立民赴美求學有兩個因緣，一是他在臺北美新處工作的太太黃紫蘭，二是
　福克納（William Faulkner）1955年拿到諾貝爾文學獎後，要到東京演講，臺北美新處想邀請
　臺灣學者參加，卻遍尋不著（單德興、李有成、張力，1996: 96）。

在職身分而使留學時間拉長，如朱與侯，甚至未能完成學位，如齊，[32]但這些學者歸國後為外文系的教學與研究帶來深遠的影響，至今不絕如縷。其中最重要，影響也最為深遠的，就是由臺大外文系朱立民和顏元叔聯手推動，後來被夏志清戲稱為「朱顏改」的一系列課程改革（見單德興、李有成、張力，1996: 129）。

只是「朱顏改」：現代化、在地化、比較化

依照朱立民先生的說法，臺大外文系的課程改革大概包括以下幾個方面：一是訂立課程修習的次序，以紮實學生的英語能力（例如大一英文不及格，不能修習二年級的文學課程）；二是改變民初以來「以史入文」的教學方針，轉以文學作品的閱讀和研討為重，文學史流變的介紹為輔，並且採用了《諾頓文選》（*The Norton Anthology*）作為英美文學的教科書，取代原先由李達三、顏元叔、紀秋郎、田維新合編的《給中國學生英國文學選集》（*English Literature Anthology for Chinese Students*）；[33]三、為了強化學生閱讀文學作品的能力，開設「文學作品讀法」，採用美國新批評大家布魯克斯與華倫（Robert Penn Warren）等共同編寫的《理解文學的方法》（*An Approach to Literature*）為教材，訓練學生以批判的態度分析文學作品；最後，將中國文學史列入外文系的必修課程，提升學生對中國文學的認識，以利比較文學研究的推動與發展（單德興、李有成、張力，1996: 118-133）。這些改革，特別是「文學作品讀法」課程以及《諾頓文選》的選用，以及將美國文學從選修改為必修，不僅廣為他校外文系所採納，成為戰後臺灣外文系的共同傳統，更開啟了以「新批評」與「中西比較」方法進行文學研究的風氣。顏元叔在回憶朱立

---

32 在《巨流河》裡，齊邦媛寫到，1956年，在臺中一中專任滿三年後，她考取了美國國務院交換教員計畫（Fulbright Exchange Teachers' Program）去美國進修英語教學一學期，被送到密西根大學接受英語教學訓練；1967年再拿到美國學人基金會（American Learned Society）的人文獎助，再度赴美進修，一邊在印第安納州的「樹林中的聖瑪麗學院」（Saint Mary-of-the-Wood College），一邊在印第安納大學布魯明頓校區修讀比較文學課程，但因為傅爾布萊特獎助有修讀學位不可延期居留的限制，因而於1968年中斷碩士課程，無奈歸國。

33 該書於1975年由臺北的弘道文化事業有限公司，分兩冊印行。感謝審查人的告知和提醒。

圖9：朱立民與顏元叔，1983年攝於中研院歐美所第一屆「美國文學與思想」研討會
（感謝中研院歐美所授權使用）。

民的文章中提到，自己推動的種種改革——如莎士比亞必修、中國文學史12學
分必修、推動比較文學博士班、創辦《中外文學》和國際比較學會議等工
作——雖然點子都是他的，但背後都少不了朱立民的支持（1999: 24-25）。劉
羿宏在碩士論文〈重構臺灣的外文系，1960-1970年代〉中指出，「朱顏改」
的具體成效就在於「現代化」外國文學研究以及奠定比較文學發展的體制性基
礎（Liu, 2012: 9），前者展現在將「美國文學」從選修改為必修、「英國文學
史」改為「英國文學概論」，以及引進「文學作品讀法」等三項舉措，後者則
表現於將「中國文學史」改為大一大二必修、建立比較文學研究所、創辦《淡
江評論》與《中外文學》，以及成立中華民國比較文學學會等建制行動上。

　　教學與行政之餘，朱顏兩位先生更是以身作則投入研究，不僅發表多篇論
文推動新批評與比較文學的學術觀點，更著手編寫英美文學史，一方面滿足學
生和讀者的需求，另一方面表述自己多年研究的觀點與心得。顏元叔在《英國

文學：中古時期》一書裡寫道：

> 　　我們中國人治西洋文學，若是沒有自己的立場與見解，這研讀的成果可
> 能無益於中國文學或中國文化，更不可能建立起中國人的獨立批評或獨立
> 學術。數十年來中國人搞西洋文學，以了解、認同、接受西洋觀點為治學
> 的最高境界。一篇談西洋文學的論文，以累積編排西洋各家論點為職志。
> 許多國人寫西洋文學論文，只是重複西洋專家的牙慧而已。（1983: iii）

顏元叔這一番話或顯苛刻，但是他期待學界以批判態度研究西洋文學的民族本
位立場表露無遺。這也讓我們得以一窺朱顏一代外文學者的心情與志業。

　　的確，1966年朱立民接替英千里擔任系主任的那年，臺大外文系即成立了
外國文學研究所，大學部的課程也越來越豐富，除了文學專業選修課程增加之
外（如新增聖經文學、當代西洋戲劇與美國寫實文學等課），第二外語的選擇
也變多了（自55學年度起增設拉丁文）。59學年度更增開了德國當代文學、美
國當代小說、現代歐洲文學、海明威專題、彌爾頓專題以及小說創作等課程。
63學年度起，更增開了中國民間文學導論和現代歐美漢學，顯見中外共濟的比
較文學觀點已經成形，兩年後（1976）開設比較文學博士班也有了底氣。68學
年度的選修課尤其強烈反映了比較文學的取向：除了原有的英美文學和現代文
學課程外，更加上了東西詩論、文學翻譯、亞洲藝術概論、日本藝術概論等四
門；隔年，阿拉伯文更首度成為第二外語的選項之一；比較文學概論也在71學
年度堂而皇之地成為大學部的選修課程。進入1980年代，課程的變化清楚反映
了比較文學的思考成為外文系課程的核心，所謂「外國文學」的範圍也逐漸從
英美擴大至歐陸和日本，與此同時發生的是1960年代強調的「現代主義」美
學，在「理論、性別與種族」的衝擊下逐漸退位：符號學、黑人文學、後現代
抒情詩、女性文學、抗議文學、文化研究、後結構批評、精神分析，馬克思主
義、新歷史主義乃至服裝學，漸次登場，眾聲喧譁，迎接「理論年代」的來
臨。[34]同時，臺大外文研究所的課程也在1980年代出現新的樣貌。以1982年為
分界點，作家專題課程，在此之前多是文藝復興時期與浪漫主義時期作品專

---

34 關於理論的衝擊與影響，見本書第六章。

題；在此之後多為現代主義作家專題。1980年代中後期開始出現女性相關專題，此後豐富多元的文化研究相關課程蓬勃發展；尤其1996年開設「文學與文化專題課程」後，後現代與後殖民的選修課程開始大量出現。

　　隨著「朱顏改」出台的「新批評」與「中西比較文學」是1960-1970 年代文學研究的重要事件。關於新批評在臺灣語境裡的意義，在朱立民介紹「文學作品讀法」的文章中有清楚的表述：

> 　　1959年由美國返國，在臺大外文系教英美文學課程，發現同學們最關心的仍是主題和教訓。文以載道的觀念是不錯，但是我們視文學為藝術就注意一個作品的語言及結構的一些細節，以確知這些細節在一篇作品的主題和意義的構成上，究竟產生了甚麼作用。換言之，我們不可一味地泛泛而論，必須詳盡的分析和探討細節；用這種方法去看文學作品，一方面可以培養欣賞能力，一方面可以加深對於作品全貌的認識，也就是說，我們想多瞭解一點文「如何」去載道的「藝術」。（1981: 29）[35]

朱立民言簡意賅地點出了戰後文學作品研究的核心，在於理解文字如何載道的藝術。整篇文章雖然沒有提及「新批評」三字，但是貫穿一致的是堅持文本細讀與文字分析的能力。這正是臺大「文學作品讀法」當時英文課名「Critical Readings of Literature」所強調的複數詮釋與批評態度：「我們不怕主觀的研究過程，但是做成一項結論之前，必然充分考慮到各種客觀的因素」（朱立民，1981: 30）。

　　當然，在新批評與比較文學研究的推動上，顏元叔所扮演的角色更為吃重。這不僅是因為《淡江評論》與《中外文學》成立之初主要是由顏元叔主持，更是因為他的批評文章引發了不少論爭，進而直接形塑了新批評與比較文學在臺灣的發展。顏元叔的著作甚豐；評論、散文、乃至小說俱全。他對新批評的理解與應用可以在早年著作《文學的玄思》（1970）與《文學批評散論》

35　這段說明點出了某種歷史的遺忘。不只瑞恰慈的實用批評被遺忘了，吳宓一輩學人的努力也被忽視了。趙毅衡就指出：「新批評乃是中國知識分子從上世紀二、三十年代就心嚮往之的課題：中國的介紹，幾乎與新批評的發展同步：卞之琳、錢鍾書、吳世昌、曹葆華、袁可嘉等先生先後捲入對新批評的介紹」（2009: 3）。這或許正是冷戰分斷的效果之一。

（1970）裡略窺全豹。〈新批評學派的文學理論與手法〉應是戰後臺灣英美文學界第一次有系統引介新批評的文章（陳政彥，2006a: 271-272）；[36]〈歐立德的詩劇：音響與字質的研究〉則是研究T. S.艾略特詩藝的重要著作，也是新批評分析的一次精采展演。〈朝向一個文學理論的建立〉則是人文主義式的文學辯護，跨海繼承了白璧德的新人文主義香火。[37]然而，顏氏的文學理論與艾略特研究並沒有引起太大的重視，反倒是他以新批評方法分析現代詩與古典詩的幾篇文章造成了極大的迴響與爭議。[38]盧瑋雯認為，顏元叔承襲了五四一代的精神遺產，始終抱持以西方文學理論來改造中國文學與推動文學批評現代化的想法，因而在急切之際造成了不必要的對立（2008: 51）。的確，如何藉著新批評的理論利刃，切入與重估中國文學傳統，乃是顏元叔的重要關懷。[39]誠如盧瑋雯所言，「在當時顏元叔批評方法或許受到打擊，但他推動科學化、系統化新批評的努力卻已深入於當代文學研究之中，比較文學的推動提供臺灣學術界新的學術刺激與思維，文學界對西方文學批評的引介與傳播也始終未曾中斷。直至今日，後起的文學批評者，莫不以學習理論方法和術語為邁向文學批評的準備」（2008: 57）。陳芳明也指出，顏元叔的批評實踐不僅啟發了後繼的文學研究者，他的現代詩研究更開風氣之先，成為臺灣文學研究進入學院的開端（2011: 378-380）。

　　不過，1970年代文學批評專業化與建制化的過程，也使得1960年代蔚為風潮的文學創作，從臺大外文系這個陣地漸漸消褪；專業化批評與理論術語進而主宰了1980年代以降的外文學門。這樣的發展究竟是福是禍，還有待學界進一步的檢討。[40]齊邦媛認為：「現代化」使得「西洋文學理論成為教學的主流，

---

36 王德威亦曾稱許顏氏，認為「國內批評界介紹及評論新批評最為詳盡的，首推顏元叔教授」（1985b: 55-56註2）。不過，在顏元叔之前，吳魯芹（1957）就已經翻譯了美國比較文學學者與民權運動者史畢南（J. E. Spignarn）的文章來引介新批評了；夏濟安的《文學雜誌》上亦有不少介紹。

37 關於新人文主義在臺灣的歷史，見李有成，2006a，亦見本書四、五兩章的討論。

38 顏元叔在《中外文學》創刊號上發表的〈細讀洛夫的兩首詩〉一文在詩壇引發一連串的批評與回應，顏氏的批評也因而被扣上一頂「學院派」的帽子。他的古典詩分析更引發了葉嘉瑩與夏志清等學者的回應與辯詰。見盧瑋雯，2008: 40-58。亦見本書第五章的討論。

39 關於顏元叔進一步的討論，見本書第五章。

40 2011年12月25日齊邦媛於臺大的一次公開演講中特別感慨：「一九六〇年代的外文系教授如

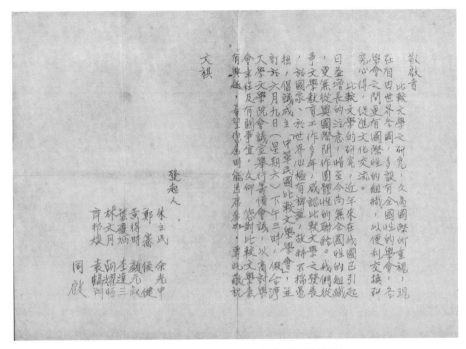

圖10：中華民國比較文學學會發起書（感謝比較文學學會授權使用）。

《現代文學》時代的創作熱情漸漸被學術研究的冷靜所代替」，而比較文學的發展則對「臺灣的文學教育有很大的啟發與充實」（2004: 31-32）。[41]儘管朱

夏濟安，熱心鼓勵學生創作，因此出現白先勇、王文興等重要作家。但八〇年代新一派的文學批評理論出現後，學生和老師之間只談理論，不談創作，從此台大外文系『只能一代代教理論』」（引自陳宛茜，2012）。在論文集《霧起霧散之際》的序中，她又忍不住自嘲：「當年西方的新批評是主流，以冷靜分析為主，我的論文中投入感情較多，評論時不用任何『主義』術語，又常憂國憂民的，實在跟不上潮流」（2017: 7）。

41 齊邦媛的評價雖然平實，但頗具力道。一來，她指出了「朱顏改」後外文系學生的熱情與志業，逐漸從文學創作轉向了文學批評與研究，而創作恰恰是夏濟安及《文學雜誌》那個時代引介西洋文學的關懷所在；二來，比較文學的發展，表面上是向外跨出一步，實際上則是合理化外文學者對本國文學與文化的研究，使得臺灣與中國文學的發展可以進一步得到西方的養分，並成為外文學者在與西方參照比較時的立基。前者可以從《中外文學》的專業化看見端倪，後者則在國立編譯館推動的臺灣文學英譯計畫以及《中華民國筆會季刊》的創立有所展現，因為推動臺灣文學英譯計畫以及《中華民國筆會季刊》的正是1970年代的這批外文學者，包括齊邦媛、殷張蘭熙、宋美璍、彭鏡禧、張惠娟、高天恩等。

顏兩人在1975年分別卸下學術領導的職務，但劉羿宏強調，在此之後外文系推動學術「美國化」以及外文研究「比較化」的力道絲毫未減（2012: 56），乃至到了1990年代顏元叔發出了「一切從反西方開始」的反省。換言之，「朱顏改」象徵了美援時代的改革，它不僅推進了臺灣外文系與美國學界的依附關係，更為往後外文研究的發展——尤其是文學理論以及臺灣文學的到來——鋪好了道路。

至於比較文學，1970年代除了《淡江評論》與《中外文學》兩本重要的中英文刊物外，臺大外文系比較文學研究所博士班和中華民國比較文學學會的成立，讓中西比較文學有了向下扎根與往外發展的基礎。中、外文兩系師生的合作也讓文學研究呈現新的氣象。[42]這或許和1960年代海外學者，如張心滄、高友工、陳世驤等人的研究受到注目有關。古添洪與陳慧樺編著的《比較文學的墾拓在台灣》（1976）與李達三（John Deeney）的《比較文學研究之新方向》（1978）是最早的兩本重要著作。後者清楚介紹了中西比較文學的思想源流與建制過程，並討論了比較文學在臺灣、香港與大陸的發展。前者則集結了當時外文系少壯學者的文章，並提出了比較文學「中國學派」的說法。文集所呈現的研究方法與方向也從初步的譯介，逐漸走向「影響研究」與「闡發研究」的深化，一方面關注中西文化的交互影響，另一方面則以西方理論為方法，重新闡發與建構中國文學的內涵與價值。在〈序〉裡，古添洪與陳慧樺寫道：

> 我國文學豐富含蓄、但對於研究文學的方法，卻缺乏系統性，缺乏既可深探本源又能平實可辨的理論；故晚近受西方文學訓練的中國學者，回頭研究中國古典或近代文學時，即援用西方的理論與方法，以開發中國文學的寶藏。由於這援用西方的理論與方法，即涉及西方文學，而其援用亦往往加以調整，即對原理論與方法作一考驗、作一修正，故此種文學研究亦可目之為比較文學。我們不妨大膽宣言說，這援用西方文學理論與方法

---

42 《中外文學》在1973和1974年有好幾期轉載了在中華民國比較文學年會上，由中、外文系學者發表的文章以及現場討論。由這些交鋒中，我們可以看到大量西方理論的在地操演（當然到了1980年代後更多）以及新興的學術傳統慢慢在中文系裡成形。可惜的是，中文系學者在1970年代末逐漸淡出比較文學學會。反倒是新興的臺文界在2000年後，在比較文學與文化研究的場域越顯活躍。比較文學對於中文學門的影響，見蔡英俊，1982。

並加以考驗、調整以用之於中國文學的研究，是比較文學的中國派。
（1976: 1-2）[43]

隨後，西方比較文學的經典陸續被翻譯成中文，例如何文敬譯的《神話與文學》（1979）、王潤華譯的《比較文學理論集》（1979）以及李有成譯的《比較文學》（1980）等。接著，在加州大學聖地牙哥校區任教的葉維廉，也在東大圖書公司的支持下編輯了一系列的「比較文學叢書」，為中西比較研究的理論與實踐開疆闢土。葉維廉的《比較詩學》（1983）、周英雄的《結構主義與中國文學》（1983）、古添洪的《記號詩學》（1984）、鄭樹森的《現象學與文學批評》（1984），以及張漢良的《比較文學理論與實踐》（1986）等都是重要的奠基之作。另外，李達三和劉介民也在學生書局出版了一共五冊的《中外比較文學研究》（1989）。這些書目具體呈現了一個以文學理論為核心、重新思考文學與批評的集體嘗試，企圖在引介與轉譯的過程中重建文學的想像與批評的範式。[44]

　　同樣不容忽視的，是1970年代外文學者在翻譯工作上的耕耘。殷張蘭熙與齊邦媛是兩個不容或忘的名字。中美混血的殷張蘭熙早在1961年，就在美新處的支持下，編譯了一本題為《新聲》（*New Voices*）的選輯，收錄了白先勇、王文興和陳若曦的小說，以及戴天、葉珊等人的新詩，將臺灣出版的現代中國

43　值得注意的是，雖然李達三也談「中國學派」，但他的理解與古、陳兩人並不相同。如果說古、陳兩人的「中國學派」是建立在援引與調整西方文學理論的基礎上而存在的，李達三對「中國學派」的想法比較具有反帝國主義的第三世界脈絡，強調中國文學研究的發展具有潛能，足以挑戰與改寫西方的文學想像範式（1986 [1978]: 266）。見第四章的相關討論。

44　1960-1970年代外文學界另一個重要的發展，是1972年中央研究院在王世杰院長的推動下，成立的美國研究中心，即今歐美研究所的前身。該中心成立的初衷，是為了因應冷戰氣圍下美國研究逐漸成為顯學的知識狀況，以及美國與中國大陸外交關係逐步正常化的發展。該中心1971年出版機關刊物《美國研究》，出版宗旨為「評介與美國研究有關之最新著作」。1974年美國研究中心改為中央研究院下的美國文化研究所，由原任臺大外文系教授的朱炎擔任副所長，廣納留美人才，並且於1978年召開了「中美理想比較研究會議」（Conference on the Comparative Study of the Chinese Ideal and the American Dream），是當時國內人文學界少有的大型國際學術研討會。1989年美國史學者魏良才繼任所長，將美國文化研究所擴大為歐美研究所，《美國研究》改名為《歐美研究》，刊載歐美人文及社會科學方面的學術成果。歐美所目前是中研院唯一以探索西方文化與社會為對象的研究單位。

文學介紹給西方讀者。[45]但她更大的貢獻在於擔任《中華民國筆會季刊》（*The Chinese PEN*）的總編輯，[46]將臺灣文學推向國際。在長達20年的主編生涯中，殷張蘭熙不只要編要譯，更要張羅經費，確保出版期期不墜，準時寄往國際筆會的120個會員國；為了培養翻譯人才，她更倡議與推動輔仁大學成立翻譯學研究所。[47]齊邦媛接替殷張蘭熙繼編了9期，亦在體制內推動英譯臺灣文學的出版，包括編輯的《中國現代文學選集》（1973）和《臺灣小說》論文集，倡議成立國家文學館，以及在國立編譯館任內推動文學與文化叢書的翻譯，包括侯健翻譯的柏拉圖的《理想國》和張平男翻譯的奧爾巴哈的《模擬：西洋文學中現實的呈現》；其他還有翁廷樞翻譯的《乞丐王子》、蕭廉任翻譯的《古國幻遊記》、丁貞婉翻譯的《密西西比河上的歲月》、林耀福翻譯的《浪跡西陲》和社會科學方面的譯著（齊邦媛，2009: 435-441）。此外，作為「臺灣文學的知音」，她還出版了兩冊論文集，《千年之淚》（1990）與《霧起霧散之際》（2017），並與王德威合編了《最後的黃埔：老兵與離散的故事》（2004），為二度漂流臺海的「老芋仔」們留下文學的記憶與時代的紀錄。其中，華盛頓大學出版社所出版的《中國現代文學選集》可謂是國家推動

---

45 陳若曦還提到，美新處後來也找聶華苓編了一本《中國女作家的八個故事》（*Eight Stories by Chinese Women*），收了張愛玲、林海音、聶華苓、歐陽子和陳若曦等8位作家的作品，1962年出版。陳若曦的自選作品集《召魂》（*Spirit Calling*）同年亦由美新處支持的遺產出版社（Heritage Press）出版（2008: 96-97）。

46 中華民國筆會於1924年成立於上海，由林語堂、胡適、徐志摩等民初文人發起，由蔡元培任第一任會長，目的在於加入1921年英國與歐洲作家所成立的國際筆會，並進行文化交流、作品互譯、作家互訪的工作。1924年印度文豪泰戈爾訪華就是中國民國筆會第一個重要活動。二戰期間，國際筆會，因各成員國立場對立，中斷運作，直至1946年才在瑞典重新召開。中華民國筆會1953年在台北復會，第一、二屆的會長是張道藩和羅家倫。1959年首次回歸國際總會，參加每年一度的年會。齊邦媛回憶道：1970年林語堂當選會長，在台北召開第三屆亞洲作家大會，邀請川端康成、張大千及韓國、泰國、菲律賓等國重要作家前來，相當盛大。會後林語堂說，臺灣應該有一份發表作品的英文刊物，讓我們在東方與西方之間搭一座橋，於是才在1972年創辦了《中華民國筆會季刊》（見齊邦媛，2009: 500）。2007年起，該刊改名為《台灣文譯》，英文刊名也變更為*The Taipei Chinese PEN: A Quarterly Journal of Contemporary Chinese Literature from Taiwan*。

47 輔仁大學翻譯學研究所成立於1998年，由巴拿馬華人曾靄媞（Etilvia Arjona-Tseng）擔任第一任所長，是當時臺灣唯一的翻譯學研究所，但於2010年已與比較文學所和語言學研究所整合為「跨文化研究所」。關於殷張蘭熙在創建輔仁翻譯所的貢獻，見Vargo, 2018。

臺灣文學英譯的起點。齊邦媛自承,她之所以想要主編英譯《中國現代文學選集》,是因為兩次訪美期間,一方面常被邀請去談臺灣的文學現況,另一方面「都沒有看到一九四九年以後大陸真正的文學作品。〔……〕我望著圖書館放置中國當代文學的書架,空空蕩蕩,心中暗自想著,也許我回臺灣後,有機會可以藉著文學評介具體為臺灣說些什麼吧!就是這一個長期存在的意念,我接受了國立編譯館編纂英譯臺灣文學的工作」(2009: 479)。

由此觀之,除了研究的開展外,1970年代推動比較文學的一個重要收穫,正是外文學者與現代中國文學,以及後來的臺灣文學產生了有機的連繫,在追索西方的諸神之後,重新回到在地與原生的文化資源中,尋找理論應用的對象,乃至理論生產的基礎。自此,比較文學成為戰後外文研究最富生產力的學術取向。透過創作、翻譯與評論,外文系師生們深刻地介入了臺灣現、當代文學的生產,外文研究也逐步進入與西方接軌的專業化發展裡。同時,外文學者將新批評與比較文學方法引入中國文學研究,提供了一次大規模的西方理論在地演練,使當代文學研究浮出地表,不只促成了中文研究傳統的更新與再生,更為臺灣文學研究後來的開展奠定了堅實的基礎。

但是,我們若將焦點放回「朱顏改」之前的夏濟安和夏志清兄弟身上,我們會發現他們早已在進行類似的實踐。誠然「朱顏改」是戰後臺灣外文系發展上最重要的轉折點,但或許同樣值得我們思索的,是這個現代化、比較化、在地化的轉折發生之前,1950-1960年代的夏氏兄弟如何思索個人的學術生涯與文學研究的意義?冷戰在他們身上印下了什麼痕跡,他們又如何承載過去,接連未來,乃至透過個人的生涯選擇與學術想像,為後來外文研究與外文學人的發展設下可供遵循的模版?這些追問使得夏濟安在1950-1965年間所扮演的角色,及其赴美的行動更值得我們細索,因為他本是英千里屬意的接任人選,亦是1950年代叱吒臺北文壇的領袖人物。不論是文壇聲望或是個人才學,夏濟安都是佼佼者,是當年的文壇盟主與「臺大外文系的王牌」(單德興、李有成、張力,1996: 115)。他在臺灣大可有一番作為,但卻毅然決然選擇離開臺灣,到美國踏上學海孤旅,更從文學創作與西洋文學研究轉向現代中國研究。其中曲折所涉及的文學觀念與政治想像恐怕遠比「美援文藝體制」更為複雜,需要我們從內戰延續的視角去剖析與思考現代中國文學史發展的動力與轉折,以及外文學者在其中所扮演的角色。夏濟安上接T. S.艾略特與朱光潛所代表的「反

浪漫主義」思想譜系，因而值得我們深思、咀嚼與反芻。

文學與政治：夏濟安的「反浪漫主義」

> "On Native Grounds"快讀完。看後感想：現代文學為內向與外向之各自
> 發展，向內者儘向內心發掘，成了James Joyce（喬哀思），向外者拼命喊
> 口號鬧革命，成了左派作家，兩種傾向不得平衡，各趨極端，故現代文壇
> 之缺乏真正偉大作品也。
>
> ——夏濟安（1965: 28）

　　1946年1月6日，仍在西南聯大教書的夏濟安在日記裡寫下了上述的感想。《立足鄉土》（On Native Grounds）是美國批評家卡津（Alfred Kazin）的第一部作品，出版於1942年。當時卡津才27歲，寫的是關於西方現代文學的發展，怎麼樣通過寫實主義和自然主義，來面對當時的人文危機，並且藉著文學的梳理來表達他對現代民主，尤其以美國為表徵的熱情與信心。然而，夏濟安卻從卡津的著作中得到了現代文學分岔發展的感想，將美國文學立足鄉土的精神理解為左傾的表現。僅從上述的隻字片語，我們無法判斷夏濟安對《立足鄉土》的評價，但我們隱約可以感受到抗戰勝利後隨之而來的國共分裂與左傾學潮，如何影響著夏濟安的文學思想，乃至形塑了他的文學事業。果然，一星期後夏濟安便在日記裡對國共和談表露悲觀，擔憂共軍擴編與叛變，並發出「中國自己不爭氣，國事要叫美國來解決」（1965: 33）的慨嘆。不過，當政府下達復員命令，要求西南聯大解編，師生各自歸建時，夏濟安心裡琢磨著的卻是如何出洋留學（1965: 43）。只是對於出洋，夏濟安並沒有汲汲營營；相反地，他當時最大的野心和願望是「成為全國英文寫作的第一人」（1965: 98），因為「能在外國出書享大名，才算稀奇」（1965: 100）。

　　的確，這本日記裡除了記述他對時事的觀察、閱讀的體悟，以及「少年維特式」的感情困擾外，不斷出現的子題是夏濟安的創作熱情。但這種以英文出頭和文學報國的心情不獨夏濟安所有，他的聯大同事，詩人卞之琳當時也在學

亨利・詹姆斯（Henry James）的文體寫英文長篇小說，抗戰前，留美歸國的
上海學人也出版著《中國評論週報》（*The China Critic*）和《天下》
（*Commonwealth*）這樣的英文刊物，相信英文也可以成為中國文學與知識分
子的語言，展現中國學人追求自由普世主義的企圖（見Shen, 2009），更不要
說林語堂用英文創作的《吾土與吾民》與《京華煙雲》早已替他打響了作家的
名號。日記的另一個重點則是阿諾德成為夏濟安的研究關切，他並從中體會到
人性的軟弱和德性的重要。在日記結尾，將去北大就任前，夏濟安抄錄了兩行
T. S.艾略特的詩句：「主曰：『我給你們選擇的能力，可是你們的生活／交替
於無聊的沉思和鹵莽的行動之間』」（1965: 247），留下了對學問之事關乎
慎思明辨的體悟，以及日後文學思想的最初印記。

　　這本日記為我們理解夏濟安的文學事業提供了幾個重要的線索：最突出
的，當然是他以英文創作文學的熱望，以及他從阿諾德與艾略特那裡獲得了自
由人文主義的啟發。但同樣值得注意的是他對共產黨的反感，以及在此基礎上
所理解的文學與政治。1951年1月18日夏濟安在寫給夏志清的信中寫道：

> 　　Eliot竟然亦成為我所最佩服的人，我對中國文壇的野心，倒不想寫幾部
> 小說，而想創導一種反五四運動，提倡古典主義，反抗五四以來的浪漫主
> 義。五四所引起的浪漫主義將隨中共的消滅而失勢，中國文壇現在很需要
> 一種新的理論指導。我很想寫一部中文的《浪漫主義與古典主義》，可惜
> 學問不夠，一方面當然應該介紹20世紀的古典主義運動，一方面我對於中
> 國文壇亦應該有積極性的建議：中國有自己的「傳統」，確立中國的傳統
> 需要對於舊文化有深刻的研究（包括poetry、書法、京戲、武俠等），這
> 是一件可做一生的工作。我現在很希望有一本雜誌給我辦，我可以先零零
> 碎碎的講起來。至少五四以來的新文藝作品，我現在已經很有資格來批判
> 了。（王洞，2016: 65）

夏志清在同年2月2日的回信裡則說：「中國從五四運動到今日的情形，確需要
有一個嚴正立場的批判：魯迅、郭沫若之類，都可以寫幾篇文章評判一下，指
出他們思想情感的混亂、不健全和必然共產的傾向。被主義或社會思想所支配
的文學都是sentimental的文學，真正把人生嚴明觀察的文學，是『古典』文

學，這種文學往往是殘酷的」（王洞，2016: 67）。在3月22日的信中，夏濟安再寫道：「我反對五四運動，民主，假科學，sentimental 文學等等。我要提倡Classicism，Conservatism，Scepticism。這種主義當然並沒有什麼危險性，但是那種雜誌都是拿政府的錢的，政府希望他們說冠冕堂皇的話，我假如偏要說『老實話』，很可能使辦雜誌之人為難」（王洞，2016: 76）。夏濟安辦《文學雜誌》的心境與主張在此已現端倪：他想說的「老實話」雖然沒有什麼危險性，在當時的政治語境裡仍不討好；同時，主張古典，反對五四的浪漫傾向，以重新確立中國文學的發展這一理想已成為兄弟倆的共識。

夏濟安1950年10月才到臺大就職，此時夏志清在耶魯剛剛完成博士論文的口試，正要為接下來的求職煩惱。但不到半年，夏濟安已獲得同事曹文彥的邀請，在新創辦的英文刊物《自由中國評論》（*Free China Review*）上寫稿，並對自身的學術立場和使命提出了「反浪漫主義」的定位。同時，他也感受到自身主張（「說老實話」）與「那種雜誌」之間可能的緊張關係，而有所猶豫，因此儘管他也邀請弟弟為該刊寫稿，他還是鼓勵夏志清以自身的學術生涯為重，多在美國發表。

《自由中國評論》出版兩個月後，夏志清拿到了畢業後的第一份工作，留在耶魯大學，協助外國區域研究（Foreign Area Studies）系的饒大衛（David Rowe）研究中國問題。這一份工作替夏志清打下了後來撰寫成名作《中國現代小說史》的基礎；事實上，若不是因為這份工作，他未必會走上研究中國文學的道路，畢竟他在耶魯的學術師承與研究領域，是18世紀的英國文學，而不是中國文學；他也數度自承英國文學才是自己的最愛，不過夏濟安仍在通信中不時鼓勵夏志清往中國文學研究發展。夏濟安自己則為了開小說課，從夏志清那裡要來了一份書單，準備「從modern的觀點來講小說（treat it as an art）」（王洞，2016: 102）。1952年3月10日，夏濟安的信上提到近日將開始翻譯一本反共抗俄的小說，即加夫烈‧布朗登（Godfrey Blunden）的《莫斯科的寒夜》（*A Room on the Route*），而且他被學校推薦參加美國新聞處的招考，夏志清則在同年3月30日的回信裡提及美國左派中國研究學者拉鐵摩爾（Owen Lattimore）受審的消息，認為他與費正清正在失勢，而代表右派的饒大衛很可能短期內走紅（王洞，2016: 155-156），同時他中國研究的工作，在洛克斐勒基金會的支持下，也將再繼續一年，他準備從「政治、思想上著手，對近代的

Chinese mind作一好好的批判」（王洞，2016: 159）。到了1953年，兄弟通信中開始討論現代中國文學——魯迅、巴金、茅盾、郭沫若、戴望舒、施蟄存等左右、京派海派文學人物慢慢出現，進而夏濟安提出了「中國近代缺乏一種『不以society為中心，而以individual為中心的morally serious的文學』」（王洞，2016: 190）的主張，並獲得弟弟的認同。夏志清回覆道：「多讀西洋文學的人，都會感覺到這一點」（王洞，2016: 193）。此後，通信中更多出現了關於中國現代作家與古典文學的討論，而兩兄弟的研究重心與人脈也越來越進入中國研究的核心。

　　這些看起來無足輕重的細節，其實很關鍵，因為它們反映了戰後美國，如何藉著資源挹注與政治審查，在境內與境外，打造了一條反共戰線，讓學術與文學成為文化冷戰的利器，而夏氏兄弟以及從他們輻射出去的人際網絡，主動或被動地被納入了這個知識與政治的結構當中。但同時，夏氏兄弟之所以摻和在冷戰的知識體系裡，不完全是因為反共的政治信念而已，也有為了生計的考慮以及對文學和中國文化命運的使命感。「以個人為中心」出發創造嚴肅文學的想法，是他們從西方的眼光回望，並在兩岸分斷的歷史中反思得到的結論。其中的關鍵就是反對五四浪漫主義，重整現代中國文藝的期待。這個期待當然內蘊著反共的政治意識，但也有自由人文主義的美學政治：即文學是藝術，不是宣傳；個體的自由必須掙脫集體的束縛；現代中國文學不只要師法西方，更要從自身傳統出發，寫出自己的現代。誠如夏濟安在《文學雜誌》發刊辭裡簡短有力地宣稱：「我們的希望是要繼承晬睍千年來中國文學偉大的傳統，從而發揚光大之」（1956: 70）。這反映的不只是「文學報國」的態度，更隱含了一種「以文學為政治」的想像，希望藉由文學改變五四以來中國政治文化中的乖戾與激進，使之回歸到一種融和中西、嚴肅中和、敦厚重道的古典傳統。

　　這些觀點在夏濟安的評論文章中有鮮明的表述。比方說，在〈舊文化與新小說〉這篇文章裡，他一開頭就讚揚新儒家一派標榜重義輕利，強調個人尊嚴的觀念，實為抵抗功利主義與集體主義潮流的重要努力。夏濟安不是新儒家，但是他以新儒家開頭表述對舊文化的新思考，卻是別具深意的。這不僅僅是因為新儒家代表的是一種批判繼承傳統的嘗試，更是因為這樣的嘗試得以重新打開我們對於五四的認識與評判。他認為，「對於那個曾經痛受抨擊的舊社會，〔我們〕也不妨採取一種比較寬容的態度」（1971/1957: 5），因為五四對傳

統的批判已成為激進主義的溫床，從而形成了另一種的集體主義與絕對主義；它以絕對的善惡作為理解社會的判準和要求，使得文藝承擔了太多宣傳的任務，而失去對自身的追求。他主張：「小說家可能有他自己一套社會改造的理想，但是小說家必須使他的作品有別於宣傳」；同時「小說家所發生興趣的東西，該是善惡朦朧的邊界，是善惡難以判別常被混淆的這點事實，是『浪子回頭金不換』『一失足成千古恨』善惡之易於顛倒位置的這種人生可寶貴的經驗」（1971/1957: 5）。更重要的是，他強調：「我們的小說家，不一定要表現『新思想』，但是他必須有一種為新思想所培養成的批評的態度」，小說的作用不只是去凸顯時代當中新舊對立，中西矛盾的現象，而是「應該為這種『矛盾對立』所苦惱，而且應該藉小說的藝術形式，解決這種苦惱」（1971/1957: 12）。這篇文章雖然不長，夏濟安卻言簡意賅地將小說的時代意義與使命做了一個清楚的——而且有別於浪漫主義追求自我與解放的——陳述。在他看來，文學的任務不再是傳播思想、啟發民智——那是清末梁啟超派給小說的任務——而在於以藝術的形式展現，並且轉化時代所呈現的問題。這才該是文學的判準與文學史的標準。這也是他稱許魯迅、卻批評彭歌的原因，因為即令魯迅，特別是後期的魯迅，與他的文藝立場相距甚遠，他在魯迅那裡仍然看到一種面對時代的勇氣與真誠，但在彭歌的〈落月〉當中，他則發現過度的溫情主義使得作家偏離了人生的真實以及真實的時代精神。

　　誠如夏濟安在魯迅作品的陰暗面中所看到的，魯迅之所以重要，是因為他敏銳地感受到時代的重量，如何透過「黑暗的閘門」這個隱喻，展現為知識分子與傳統和自身的搏鬥：

　　　　人們也許不會同意他認為年輕的一代可以教導到能擺脫這些暴力而自由生活的論調，但他終於拚命地發出希望的吶喊。他的英雄姿態暗示失敗，而他為自己選擇的位置幾乎是悲劇性的。他所以用那個傳說中被壓死的英雄的典故，正顯示出魯迅的自覺無力抗拒黑暗，而終於接受犧牲的道理。這個自覺賦予他的作品一種悲哀，成為他的天才的特色。（1971/1964: 21）

有趣的是，「黑暗的閘門」是魯迅在〈我們現在怎樣做父親〉這篇文章中提到

的意象，原文是在思考如何改革家庭的脈絡中寫成的，主張的是從幼者、弱者的角度反向去思索長者的位置和作用，從而挑戰儒家的倫常秩序，打開解放之門；相較於魯迅的其他文章，這篇小文在魯迅著作中的地位並不特別顯著，儘管孩童顯然是魯迅著作中的一個重要主題。[48]不過，夏濟安在此意象中看到的不是孩童，而是時代的重量以及魯迅自身的悲劇意義；藉著黑暗與光明的對比，幸福與合理的期待，夏濟安將魯迅定格在黑暗的閘門下，在叛與逆的姿態中，呈現了時代的顯影，並將黑暗連繫上了死者與亡靈，換喻為時代對作家的考驗。他寫道：

> 到底魯迅所處的時代，即使把它當作一個過渡時期看，是什麼樣的時代呢？用光明與黑暗等對比的隱喻永遠不能使人完全瞭解它，因為其中還有一些有趣的，介乎暗明之間深淺不同的灰色。天未明時有幢幢的幻影，陰森的細語和其他飄忽的幻象。這些東西在不耐煩地等待黎明時極易被忽視。魯迅即是此時此刻的史家，他以清晰的眼光和精深的感觸來描寫；而這正是他有心以叛徒的姿態發言時所缺少的特質。（1971/1964: 30）

在他看來，魯迅的意義與重要性不在於作為「五四的旗手」，「傳統的叛徒」這樣激進昂揚的身分，而在於他精準而敏感地掌握到了那個時代，觸摸到了那些「介乎暗明之間深淺不同的灰色」，那些天未明時才有的「幢幢的幻影，陰森的細語和其他飄忽的幻象」。換言之，魯迅是作為一個時代的記錄者，夏濟安所謂的「此時此刻的史家」，而受到了他的重視。夏濟安的評論介乎於文學批評與歷史研究之間，他從魯迅作品的內部去展開他對歷史的思考，更從時代的角度去構想與要求文學的作用。最重要的，他對時代、感受與真實的要求，恰恰是從現實主義的內裡，來展開對浪漫主義的批評，是從人類經驗這麼一個基點出發，來確認文學的意義與功能。在這個意義上，他的「反浪漫主義」不是對情感的揚棄，而是要求其精確、合宜與複雜，因為文學的起點不是意識形

48　顏健富指出，在救亡與啟蒙的話語形構中，孩童乃是當時知識分子關注的一個主題；他們將孩童與國家的未來聯繫起來，「寄予眾多期待」（2012: 302）。魯迅對孩童的描寫和討論，尤其意在批判，藉之反對如「二十四孝」之類的倫理綱常與儒家教條；不過，顏健富強調，魯迅在「發現兒童」的同時，也在西方現代性論述的制約下，走向了「失去兒童」的方向。

態的宣傳或情感的宣洩，而是藉者象徵和想像把握人生，進入時代。誠如夏濟安在《文學雜誌》的發刊辭中所明述的：「一個認真的作者，一定是反映他的時代，表達他的時代，表達他的時代的精神的人」（1956: 70）。

夏濟安的短篇小說，很適切地反映了他的文學理想。相較於他在文論當中的明確主張，這些短篇故事以更為技巧的方式實踐了他的理想，提醒我們創作，而非學術論文，仍是那個時代最有力、最深刻、最內在於傳統的文學實踐；它們當然也是政治主張的傳述。

〈蘇麻子的藥膏〉和〈火〉應該是夏濟安最早出版的兩篇小說，前者寫於1950年，是他初到臺大後，以「樂季生」為筆名，發表在美國新聞處編印的《今日世界》上的反共文章。文章很短，約莫三千字，講的是共產黨對民眾進行思想檢查的故事。蘇麻子是在關帝廟前賣膏藥為生的小老百姓，因為膏藥靈驗，把式新鮮，所以很受民眾歡迎，連扭著秧歌的「文工團」也比不上。這使得共產黨的幹部決定將他視為「向人民學習」的對象，好好研究，以強化與擴大共產黨向民眾宣傳的效果。故事諷刺的重點，就在於參與調查報告的三位幹部：一位是打游擊出身的戰鬥詩人，一位是永遠畢不了業的大學生，還有一位是精通五國文字，工人出身的理論家。這三名幹部分別向公眾提出了他們的心得與分析：戰鬥詩人認為蘇麻子之所以成功全靠一身武藝和身上的刀槍，讓民眾又怕又愛；大學生說，他的成功在於「專治男女老幼內外各科萬應狗皮膏藥」這句口號，因為音調響亮，意義豐富，文字誘人；理論家則發現，蘇麻子其實不是麻子，卻偏偏叫自己是麻子，這顯示他掌握了辯證法中矛盾統一的最高原則，既然辯證法是人民的哲學，蘇麻子必然也就會受到人民的擁戴。聽了這番分析的蘇麻子不以為然，強調自己賣的膏藥是百年字號，從祖上蘇大麻子傳下來的，憑的是貨真價實，包退還洋，與刀槍、口號、哲學全不相干。蘇麻子的反駁，幹部們並不反對，但決定將他納入「文工團」裡擔任宣傳工作，自此關帝廟前再也買不著他的膏藥了。

這顯然是一篇寓怒罵於嬉笑的諷刺文，文字雖然順暢，人物卻沒有深度的發展，而是重複了某種共產黨想像的負面典型，而且蘇麻子這號人物反映的也只是對底層人民的粗淺認識，既沒有對主角的心理進行挖掘，也缺乏對社會現實的描寫。不過，夏濟安藉諷刺反浪漫的企圖仍值得注意，因為那喻示一種文學乃是智性，而非感性思考的主張，亦即他所強調的「批評的態度」：文學不

只是對人生的模仿，更是對其嚴肅的批評。

　　同樣以「樂季生」為筆名，1952年發表於《自由中國》上的〈火〉則是一篇關於左傾青年的故事。主角炳新，剛從內地來到九龍，寄住在頗為富裕的舅舅家裡。不過，炳新沒有初來乍到的生澀，反倒擺起少爺的架勢，對舅舅家裡的下人頤指氣使，也不搭理舅舅和舅媽，只是一味地抽菸、玩火柴，準備和朋友辦雜誌，最後他搬離了舅家，在朋友住處木屋裡意外引發了大火，燒毀民宅和居民，也毀掉了自己的一生。相較於〈蘇麻子的藥膏〉裡對共產黨的譏刺，〈火〉的反共色彩較不明顯，讀來更像是一種存在主義式的思考；主角想要將靈魂從物質的鎖鍊中拯救出來，卻又離不開，捨不得物質的享受：衣服、抽菸、咖啡，都是炳新的興趣，但似乎也是他想要摧毀的東西；他感到香港有物質的美好，但又認為這是一個缺乏靈魂的地方。火，於是成為一個毀滅性的意象，抗拒秩序與物質，期待毀滅與重生。的確，通篇故事的承轉仰賴的正是香菸和火柴這組不起眼的物件：一方面炳新把香菸等同於靈魂，「就像火車裏的燒火一樣」（夏濟安，1971: 184），是一種精神性的物質，是故可以「嗆人」；另一方面，香菸需要更為卑微的火柴，「一根夾一根，十字交錯的堆起來，好像堆硬柴似的，堆在菸灰缸上。搭好了倒很好看，齊齊整整，像座寶塔」（夏濟安，1971: 187），但只要一點火，便能在轟隆巨響中燒毀房子。炳新相信自己有經驗，劃火柴不會出事，並強調「怕火的人是不中用的人，火在一個好手的手裏，它是聽話的」（夏濟安，1971: 190），但恰恰是這個「好手」毀了房屋，燒死了人。雖然故事裡沒有明說，但是炳新對於香菸和火柴的態度顯然近乎於「玩火」，重點不在於玩火自焚這類的大道理，而在於靈魂與物質的對比，領袖與群眾的轉喻：火柴是點燃香菸的物質，但點火之人未必能夠控制火勢，群眾運動未嘗不會把領導運動的人吞噬；因此靈魂的激越，如果不受箝制，帶來的不是光明與熱情，而是自我毀滅與傷害。於是，故事以炳新的雜誌社毀於大火結束，其意味自是不言而喻。藉此精鍊的意象，夏濟安巧妙地在文學裡注入了政治的效果，暗喻共產黨煽風點火，擾亂民心、或是左傾文人終將玩火自焚。

　　夏濟安最為重要的小說，應該是最初在印第安納大學的小說習作班上寫的，1955年發表於美國《宗派雜誌》（*Partisan Review*）上的〈耶穌會教士的故事〉。該文由侯健翻譯，1965年發表於《中央日報》副刊。故事以名為柯爾

茲堡的耶穌會神父為主角，並以他和一位臺灣年輕人的談話展開。柯神父剛離
開大陸，經香港，輾轉在臺灣鄉間的一座日式老宅住下，訪問他的是一位年輕
的記者，想要知道他離開大陸的經過，尤其是他面對共產黨的拷打，最終簽下
自白書，承認自己是「魔鬼」，是「穿著道袍的禽獸」的經歷（夏濟安，
1971: 197）。然而，隨著神父的自述與告白，故事展開的不只是表面上的反
共訊息（共產黨如何嚴刑逼供，屈打成招），而是一則以輪迴之說貫穿半世紀
以來中國社會變化的寓言。

　　神父說，他之所以簽下自白書是因為受審時「見了鬼」（夏濟安，1971:
202）——不是在形象意義上看見了鬼魂或撒旦，而是在共產黨的形象中看見
了「大眾－暴民」的多重附身，因為在那間由草廟臨時改建的法庭上審問他
的，不是獨一無二的個人，而是民兵、人民警察、公審時鼓譟的人們，更是共
產黨興起之前，以肉身抵抗洋槍洋砲的義和拳以及傾慕洋人生活的劫匪。神父
發現，拳匪和劫匪都是共產黨的前身，因為「共產黨就是義和拳的精神繼承
人」（夏濟安，1971: 216）。作為西洋來的神父，他為了保護自己和教會，
殺死了拳匪，又為了讓自己脫身而害死了劫匪，在這個意義上共產黨的問訊與
迫害實是因果報應，因此他所面對的不是信仰與意識形態相左的人們，也不是
利益相衝突的敵人，而是一種源於歷史因緣的仇恨。如柯神父所說的，他面對
的是「死人的臉，它實際上不能算做任何的臉，而是一隻假面具，中國戲裏面
的許多面具中的一個。那隻面具是憎恨的象徵，一種深刻、非人、抽象的憎
恨，再不會因時間失去強度，也不能由塵世或來生消滅任何事物的憎恨」（夏
濟安，1971: 218）。透過這個因果輪迴，報應不爽的想像，夏濟安賦予共產
黨的崛起一個歷史化的解釋，並且暗示憎恨——階級的、反西方的，乃至一種
抽象的恨——才是這個歷史過程中的情感動能，而這正是五四以來，浪漫主義
的情感氾濫給中國帶來的災禍。重點不在於共產黨的惡，而在於這樣的歷史情
感造形——即「恨」——給中國及其人民所帶來的噩運。

　　侯健在譯者說明中強調，這個故事是參考西洋的新手法，陶鑄而成的「反
共小說」，但「決非反共八股」，它代表的是夏濟安羈留美國從事「更大範圍
的反共大業」的努力（夏濟安，1971: 194）。此說固然不錯，但是在反共之
餘，或是說在其反共政治的內核裡，夏濟安更在乎的是人性，是歷史中的人，
以及人之所以為人的歷史與情感。小說是否成功，取決於角色是否可信？是否

貼近歷史時空？能否闡發人性之幽微，揭示存在的意義？夏濟安的另一篇創作
〈傳宗接代〉更清楚地傳達了這樣的理念。

　　1965年發表在《東西文學》（*Literature East & West*）上的〈傳宗接
代〉，也是他在印第安納大學小說習作班的成果，由白先勇翻譯，收錄在《夏
濟安選集》裡。這篇故事表面上談的就是儒家傳統下，中國人對傳宗接代的期
盼，但卻透過幾個場景的細描，展現了一種離奇曖昧的氣氛，以襯托生命所為
何來的哲思。故事開始，主角在書齋裡等待著太太生產。從主角對朱紅大腳
桶、太太的呻吟，乃至於寂靜的關注，故事呈現了一個孤獨自省的讀書人，儘
管受過理性的澆灌，仍然受制於傳統感性的制約，在面對新生命即將到來的時
候，仍不免俗地乞求上蒼神靈的保佑，甚至為了傳宗接代的任務，不惜上祈神
靈，以求降福，即令他本人未必有此信仰。這一方面是夏濟安對儒家傳統的肯
定，即令經過了五四運動對傳統文化的批判，他仍然相信傳統是予人安身立命
的基礎，但另一方面這也隱含了對傳統文化的批判，不論儒釋，似乎都未能真
誠地面對人生。而文學就是為了對人生進行真誠思索與反省的嘗試。透過主角
和了空和尚的交往，故事更將傳宗繼祖的命題置入生命意義的討論。在等待新
生命到來的夜晚，主角想起他意外「邂逅」的了空和尚：[49]

　　　　既然了空和尚從未說他的生命是沒有意義的，那麼和尚的生命意義到底
　　是什麼？他不相信這麼一個慧覺嚴肅的僧人會過沒有意義的生活，如果說
　　這種生活是由他自我抉擇的則更不可能。但是如果了空和尚的生命沒有意
　　義，那麼他自己的生命的意義又在哪裏呢？他的生命也不過是由一些沒有
　　意義的生育喪葬，欲望滿足而組成。那個和尚真是一個謎。他們的幸福即
　　將來到，如果他不能合理的解決了空和在他心裏引起的問題──這些問題
　　正在咄咄逼人──那麼他便會懼畏他的幸福也是屬於虛幻起來。（夏濟
　　安，1971: 169）

49　「邂逅」雖是故事裡的原話，但主角和了空的相識其實並不如主角所理解的那般意外，而是
　　因為他太太為了求子安神而引來的交往。自認為孔門弟子的主角，一開始並不信任釋道，但
　　卻經歷了「由寬容的懷疑到輕微的感興趣」的轉變（夏濟安，1971: 166），再而引了空為親
　　信，這皆是因為了空以因緣之理開示主角，而他自甘苦修亦引發了主角對人生的反思與追
　　尋。

就在主角陷入冥想的時候，他驚覺那個自稱太過衰弱，準備遷居，不願受他饋贈與供養的了空和尚走過自家的庭院，並在一瞬間消失在黑暗之中。就在此時小孩出生了，而隔天他就收到廟裡傳來了空已然絕塵西行的消息。

　　這個情節發展著實玄奇，一方面生離兩端的接引似乎暗示了釋家輪迴或緣滅的觀念，另一方面，除了生產這個置於背景的主題外，主角本身其實沒有任何的行動，他像是一面稜鏡，只是被動地應對著生產與離別的過程，可以思之，但與他無關；他唯一的行動，是藉此對生命的意義，幸福的真實提出質疑，但最終仍以「從一個結實胸膛發出宏量盛滿的嬰啼」（夏濟安，1971: 176），從後繼有人這樣的世俗觀點正面肯定了人生的意義——代代相傳，世世綿延，儘管這個小孩未必真是他的孩子。[50]儘管故事裡暗示了鄉愿的自嘲，甚至對世俗表相的譏刺，但是夏濟安沒有讓譏嘲成為故事的主調，反而藉之賦予傳宗接代這個觀念一抹悲劇的成色，並以「宏量盛滿的嬰啼」作為對人生與現實的肯定，甚至是主角自律克己的回報。這樣的觀點無疑是儒家的，也與自由人文主義強調的明辨（scrutiny）與克己（moderation）若合符節——明辨，不是緊抓著真實不放，而是得以看清善惡的曖昧；克己，也不是一味地自我壓抑，而是在人情事理中克制與調和自我的欲求。換句話說，夏濟安的小說創作，不僅是為了「出名」和「博取國際地位」（夏濟安，1971: 224），也是為了傳達自身的理念，讓中國人的傳統與思想能在現代文學的創造中復生、延續，當然也要予之批評與修正。

　　相對於他在臺灣，以中文創作的故事，夏濟安這兩篇以英文寫成的小說，都選擇了與中國和宗教相關的題材。雖然樣本有限，把這個現象放在夏濟安想離開臺灣，以英文成名的脈絡中來看，或許不是偶然的選擇，而是苦心的經營。這裡既有西南聯大時期即已立下的心願，也有在美國環境中重新思索自身立足點的考慮。在1955年5月10日給弟弟的信裡，當時正在印第安納大學修讀小說習作的夏濟安自承：「我『拆爛汙』的事情很多，自己想想，只有寫小說還不好算拆爛汙，真是放功夫進去的。寫讀書報告批評論文，我想反正寫不過

50　對於了空的突然離去，大陸學者孫連五有不同的詮釋。他認為，了空在信中解釋為何必須離去的這句話——「實則塵緣未斷，警兆屢驗，良友厚情，猶難棄絕，竊恐道行微薄終為所誤」——暗示了空與主角的太太互通款曲，新生兒的父親其實不是主角；夏濟安是想藉由這個曖昧的描寫來強調現代小說所要描寫的當是「善惡朦朧的邊界」（2017: 115）。

．

Tate，Trilling那輩人（也許一輩子寫不到他們的水準），馬馬虎虎算了。寫小說時，我真想和第一人物一較短長，決不示弱」（王洞，2016: 433）。同年5月28日的信中又提到：「我現在的計畫是回臺灣去好好地寫些小說出來，頂好是一本Novel——如你勸我的」（王洞，2016: 463）。同時，他建議剛拿到密西根大學東方語文系教職的夏志清：「我們身為中國人，還是靠中國東西賣錢，比較容易」（王洞，2016: 445）。由此，我們可以看到，英文創作不只是個人的喜好，而是中國外文學者的志氣；誠然，這裡也少不了關於個人能力與現實條件的盤算，但歸根結柢，那是關於外文學者所為何事的一種正向表述，是對中國人文振衰起敝的殷切期待。不過，比起主觀意願更為重要的，或許是戰後美國對於區域研究的資源挹注，使得夏氏兄弟一輩的中國外文學者走上一條預期之外，但或許更為適合的道路。

　　在1958年6月24日給夏志清的信上，此時人還在台北教書的夏濟安談起了陳世驤和李田意在美國的成功。他寫道：「他的成功和李田意目前的地位，給我一個很大的啟發：我們為什麼不改行？在英國文學方面努力，吃辛吃苦，在美國的地位仍只可以排到一百名以外，弄中國東西，大約很快就可以出人頭地，成為foremost scholar。我即使到I.U.〔印第安納大學〕去拿一個很容易的MA（in English），以後還應該改行」（王洞，2018: 320-321）。隔年4月15日的信，當時已在華盛頓大學修讀研究所課程的夏濟安則提到，「忙於弄Faulkner，總比在臺灣的閑與瞎忙好些。我倒很想翻譯F.成中文，他的黑人的話我想譯成蘇州話；可是我又想根本give up中國；不回臺灣，我這個『專家』是一文不值的」（王洞，2018: 396）。兩度留美的夏濟安充分理解到，若要指導思想，培養風氣，在美國的英文學界，是輪不到他這名外國文學專家指點江山的。同樣地，要做美國文學研究，翻譯福克納的作品，不回到臺灣，不考慮中文的讀者，也是不具備現實意義的。因此，他語重心長地對弟弟說：

　　我所以主張你教中文，為的是看見美國人教中國學問的，實在太不像話。希望有人出來整頓一下。其實臺大的中文系亦是死氣沉沉，大一國文讀的是《孟子》與《史記》。假如有一天大一國文改讀《紅樓夢》那些先生還不知道該怎麼教呢。相形之下，美國的英文系有生氣得多。〔……〕英文系總還有些教授能夠指導學生去思想，培養taste和了解人生；中文系

（這裡和臺灣一樣）的人硬是認為中文是死東西了。（王洞，2018: 396-397）

認為美國人的中文研究需要整頓，固然是夏濟安客觀判斷，想替求職不甚順遂的弟弟找出路，也有他作為中國學者的主觀認知，未必服膺現實，但相信中國學者更有能力和責任，將中國研究的未來扛在肩上，視為己任之情感，則是溢於言表。1959年7月，獲得護照延長一年的消息後，夏濟安便開始考慮留在美國的出路何在，並且下定決心：留在美國若是不搞創作，就是要研究中國學問。他尤其提到：

> UC〔加州大學〕最近成立了一個Center for Modern Chinese Studies，研究共產黨，陳世驤是主持之人，我也許可以去做一個研究員，如有job，我想不會沒有pay，200元錢一月也好。美國政府最近在National Defense Education項目下（各基金會也在瞎起勁），撥了很多錢研究近代中國，UC、UW〔華盛頓大學〕的美國研究生，很多拿到2,000一年的fellowship。研究近代中國，和核子物理、Electronics Rockets等，都成了國防科學了。（王洞，2018: 471）

夏濟安在這裡把中國研究視為「國防科學」並非只是一句玩笑話，而是明白了解到戰後美國為了國家安全與地緣政治，正是從「國防」的角度投資教育和研究。戰後美國區域研究的興起，與其冷戰霸權實是密不可分，研究中國更是緣於反共的需要。[51]他更因此向香港的友聯出版社提議，和該中心合辦一個學術刊物，名為《現代中國研究》（*Modern Chinese Studies*)，「收中英文的論文稿子和書評，不登文藝創作」（2018: 476）。至此，夏濟安想「棄西從中」，不張旗鼓地從事現代中國研究的志向，大致確定了。他的「反浪漫主義」也要從阿諾德和T. S.艾略特那兒，進化成為知識上的反共主義，和其弟相同，在中國現代文學的發展軌跡中，認真尋找撥亂反正的可能，並藉著美國對

---

51 關於美國區域研究與冷戰政治的關係，見Cumings, 2002; Walker and Sakai, 2019。關於美國的中國研究在冷戰後期的發展，見Lanza, 2017。

共產中國的興趣與政治需要，展開新一階段的學術任務：建立反共的現代中國文學研究。[52]

從匪情研究到現代中國研究：「中共詞彙研究」與《黑暗的閘門》

> 我這樣全神貫注的研究——我認為這是歷史的研究——當然影響我別方面的研究。以我的精神與努力，如研究中國社會史過去任何一個時期——從周末到清末——必可成為專家，在學術界佔一席地，不讓楊聯陞、何炳棣〔……〕等專美於前。但是研究中共總是為學術界所輕視，這點我是很明白的。〔……〕我還有點關心：我到底在美國學術界製造了怎麼樣的一個image？
>
> ——夏濟安（王洞，2019b: 604）

1959年2月夏濟安再度訪美。不同於上次是受了美新處的推薦，到印第安納大學修課，這次他是在洛克斐勒基金會的資助下，以訪問學者的身分，來到西雅圖。作為訪問教授、交換學人，依其學術專長，他理應在華盛頓大學教授英國文學，但據夏志清的遺孀王洞（2019a: 19）所述，由於華大英文系系主任不信任中國人教英文，所以沒有讓他教書，只能在英文系裡隨意聽課。半年過後，按規定，理應返臺，但因為洛克斐勒基金會的獎金頗為豐厚，以及擔心臺灣的政局變動，夏濟安決定留在美國找出路。[53]此時華盛頓大學遠東與蘇聯研

---

52 馬逢華在〈夏濟安回憶〉中引述了夏濟安自己的說法：「弟花了這麼多工夫，並非『為學術而學術』（這點弟與胡博士的看法不同），實是『為反共而學術』，這點苦心若不被人了解，弟不願再談文章——蓋所收之效果若與弟初旨相違，辭之不能達意，可想而知。但是『為反共而學術』，何必自張旗鼓？弟所願做者，是想不張旗鼓，而收反共之效」（1982: 46）。

53 在《夏志清夏濟安書信集》裡，夏濟安數度將臺灣比喻為希臘史詩《奧德賽》裡的住著「蓮花食者」的島嶼，「是個溫暖的、腐爛的沼澤」（王洞，2018: 423），它讓「有上進心的人，眼看自己消沉下去，有時不免也要怨懟，也要憤恨。但是它可以使血壓降低，使胃液分

究所的所長喬治・泰勒（George Taylor）和柏克萊加大的陳世驤適時伸出援
手，前者以「研究員」（research associate）的名義替他延長了簽證，後者則
延聘他到新設的中國研究中心任職，並教授三門課（王洞，2019a: 101）。因
此，1959年9月起，夏濟安開始了西雅圖、柏克萊兩邊跑的留美學術生涯，以
研究中共問題為業，陸續寫出關於瞿秋白、魯迅、蔣光慈等人的文章——也就
是他過世後出版的專著《黑暗的閘門：中國左翼文學運動研究》——以及關於
人民公社與下放運動的三篇論文，發表於加大中國研究中心的「中共詞彙研
究」（Studies in Chinese Communist Terminology）系列。夏志清在這段期間亦
從一個紐約州小學院的英文系，輾轉匹茲堡大學等地，最終來到了哥倫比亞大
學的東亞系任教，揚起了反共的旗幟，兄弟倆一東一西，參與並塑造美國的現
代中國研究。

　　雖然都是中國研究，但華大與加大的性質不同，前者以中國現代史為主，
後者更偏重當時的共產中國，尤其希望透過對語言的掌握，打開一條理解當代
中國的進路。是以1957年成立後，加大的中國研究中心除了在美國中情局的資
助下重點研究中國的農業發展外（見Cohen, 2017: 4），[54]另一個重點就是陳世
驤帶領的「現代中文計畫」。[55]這個計畫的做法是找熟悉中國語言和社會的研
究員研讀大陸的報刊，如《人民日報》、《光明日報》、《紅旗》等，找出重

泌正常，因為在這裡可以糊裏糊塗過日子」（王洞，2018: 315）。不過，想要遠離政治，不
捲入社會紛爭，不被迫採取或接受某一種政治立場，才是他想遠離臺灣的理由。在1960年9
月6日寫給夏志清的信上，夏濟安坦言：「雷震事件當然使我更下決心不回臺灣去了。他們
當然不會逮捕我，我是很守法而又很膽小的。但是雷震事件將加深反政府人士對政府的仇
恨，以後可能有大動亂，這是我所害怕的。蔣倒，而暴民政治開始矣。蔣極力要維護自己的
政權，何其心勞日絀也。戊戌政變帶來了辛亥革命，聞一多、李公樸之死，乃致大陸變色；
雷等之被捕，則使人相信，改革之無望，其alternative乃造反也，何其可怕哉」（王洞，
2018: 347-348）！

54　哈托諾（M. Paulina Hartono）亦提到：柏克萊加大的東亞研究是於1950年代，在冷戰區域研
　　究的脈絡中興起，此時的東亞研究正從人文學科往社會學科進行轉型，以各別國家為單位進
　　行研究；中國研究中心即在此時成立，以對共產中國進行全面的研究。關於區域研究和中國
　　研究在美國發展的歷史，見Cumings, 1999; Link, 1993; Shu-mei Shih, 2019。

55　「現代中文計畫」委員會，除陳世驤外，其他的成員有：Choh-ming Li、Joseph R.
　　Levenson、 Robert A. Scalapino和H. F. Schurmann，這些人都是柏克萊加大的學者；但夏濟安
　　和李祁才是該計畫主要的研究者和執行者。

要的字詞加以分析和討論，作為理解中共治理——尤其是陸續展開的政治運動——以及中國大陸變化的基礎。對此計畫，夏濟安如此描述：「我本來想學李祁那樣寫法，找三十個term，一天解釋一個，三十天很輕鬆地就寫完了。洋人們看了亦會滿意的。但是我愈研究commune，愈對李祁的寫法不滿意。她對於中共的人生社會似乎毫無興趣，她把language與life 切開來研究，是錯誤的態度」（王洞，2019a: 385-386）。相對於李祁只是進行「字詞翻譯」，夏濟安更想做的，是以字詞為線索展開對社會的研究，以撐開美國對中共治理邏輯與中國社會特色的認識。比方說，在〈譬喻、神話、儀式與人民公社〉這篇文章裡，夏濟安不只關注中共報刊中大量出現的軍事譬喻，更重視這些譬喻如何挪用以及滲入了民俗戲曲和神話當中，成為共產黨調動民眾意願，接納公社、加速生產的方法；同時，這些被軍事話語化的民俗和神話又再被整編進公社中的儀式與運動當中，成為強化共產黨的政治領導與權威的工具。夏濟安敏銳地看到，在生產活動中注入「大軍」、「戰鬥」、「掛帥」等俗民語言，讓共產黨能夠有效地連結中國民俗神話中的競爭意識與忠誠觀念，透過不同儀式性的活動來激發人民自身的積極性，完成生產的任務。

　　同樣地，他對「下放運動」的研究也展現了同樣的敏銳，指出「下放」不只是由上至下的運動，而是關乎領導階層去中心化、城鄉人口再調整、改造知識階級以及重新創造共通語言的國家大計。夏濟安寫道：

> 要使幹部（cadres）離開他們的書桌，與人民交融，乃是1956-57年下放運動的精髓。統治階級與被統治階級的互相認識，如果尚未達到令人滿意的程度，就被期待要有所增長。當他們被「下放」時，幹部等於被丟到一個新的環境，必須進一步改造他們的語言習慣，如果他們行為舉止都想做到像是真正的共產黨員的話。無論如何，能用人民的語言與人民溝通，至少會讓這些幹部的日子愉快些。同時，在更緊密的監視下，人民必須更小心自己的話語。那些他們可能一不小心隨時吐出的布爾喬亞或封建想法，最好掩蔽起來。為了「提升」自己，他們從幹部那兒學會了黨的語言，因為後者的任務就是「用革命精神教育他們」。顯然的，沒有其他的運動可以像下放運動一樣，為幹部和人民創造一個共通的語言。（Hsia, 1963: 12）

這個觀察不僅看到了中共所謂「群眾路線」的雙向動能，形成了一種監管與改造的辯證關係，更看到了「下放」不只是政治運動，更是翻天覆地的「革命」運動，要貫徹土改時即已提出的階級矛盾論與階級鬥爭論，將舊社會殘存的觀念和力量斬草除根。尤其重要的是，夏濟安看到這革命的動能，未必來自於馬列，而是源於中國傳統，尤其是多次改編的戲曲、小說與神話。1962年5月29日在給弟弟的信上，夏濟安寫道：

> 　　五四時代，對於下等人，有種肉麻的抬舉；其實下等人是真正會吃人的（魯迅死怕還看不到這一點），所謂禮教吃人，倒還不過是象徵性的說法而已。毛澤東熟讀《水滸》，乃有「土改」等慘絕人寰的事做出來。在延安時，最流行的京戲是《三打祝家莊》。我們看到《祝家莊》、《曾頭市》這幾回書，心裡總得難受，毛澤東亦許看了覺得大為得益：斬草除根、殲滅戰等，中國自有其傳統也。〔……〕《水滸》故事中的不人道，實際即是中共的寫照，明眼讀者應該看得出來的。（王洞，2019b: 44）

夏濟安的說法固然有其偏見，但他在意的是中國傳統文化中流露的暴力與無政府傾向。換句話說，在他為「現代中文計畫」所寫的文章中，夏濟安著眼的還是共產黨的中國出身，即浪漫激昂的五四時代如何埋下了共產主義的種子，為中國引來半世紀的災禍。他在1962年5月5日的信上說：「我現在的野心是想寫一部《中國革命史》，把辛亥前後，中國人的無知莽撞以及犧牲等好好寫一部大書」（王洞，2019b: 36）。這或許也是他想要為五四文人作傳的理由。

　　1961年2月兄弟倆的書信往返中，幾度提到夏濟安想要寫「評傳」（critical biography）的想法，包括戴季陶、吳稚暉，乃至康有為、梁啟超、蔡元培和胡適等人，都在他的考慮範圍；當時他剛為華大的中國現代史計畫完成了一篇關於瞿秋白的論文，自己頗感滿意，也逐漸在對中國現代文學的摸索中找到了理解中國的進路。當然，這個大規模計畫最終沒有落實，但是「評傳」確實成為他理解中國現代史的重要方法，其成果就是《黑暗的閘門》這本書。這本書一共包括六個章節和一篇附錄。前五章以作家為中心，分別討論瞿秋白、蔣光慈、魯迅（分兩章敘述）以及1931年2月7日在上海龍華被國民黨秘密逮捕與處死的左聯五烈士，第六章和附錄則分析1942年延安文藝座談會的影

響以及中共建政後的小說——包括周立波的《暴風驟雨》和《山鄉巨變》，楊沫的《青春之歌》與吳強的《紅日》——裡的英雄形象。

　　作為「中國左翼文學運動研究」，本書似乎忽略了不少值得討論的作家，例如戰前的茅盾、巴金或是戰後的趙樹理和柳青等人，但恰恰因為夏濟安採取的是「評傳」的角度，意在從小見大，不在求全，所以他的取材並不著眼於作品，而是更看重人物及事件，特別是作家本人命運的轉折。是故，他對瞿秋白的討論更多集中於其個性與命運，而不是他對左翼文學的貢獻；他尤其看重的是瞿秋白在獄中寫下的最後作品——《多餘的話》，因為在這裡，瞿秋白對自身的革命生涯做出了回顧與反省，且意外地「沒有怎麼涉及政治」（2016: 47）。夏濟安寫道：「在它的作者看來，政治代表了世間一切的醜惡：精力的耗竭、致命的疲乏、心靈的死亡、感官的麻木、永恆的謊言，以及自然情感的毀滅。作為一個軟弱且疲倦的自我的悲哀陳詞，這部作品超越了政治，超越了階級鬥爭，超越了任何的意識形態」（2016: 47-48），而回復了瞿秋白作為血肉之軀，而不是革命分子的自省與價值。同樣地，他並不看重蔣光慈對革命文學的創造與推動，反而認為「蔣光慈的貢獻正在於他的失敗，他的價值正在於他沒有價值」（夏濟安，2016: 65），因為這說明了政治性的書寫有其賞味期限，而作家一旦失去了自己，也就失去了自己的作品。所謂的「五烈士」——胡也頻、柔石、馮鏗、殷夫和李偉森——更是如此，在夏濟安眼中，他們「都算不上才華橫溢的大作家」，之所以關注，是因為「他們的失敗並不只是個例」，因為「他們天真的人生觀以及對文學粗疏的理解，都是革命時代的症候」（2016: 145）。夏濟安認為，在被捕就義前遭受黨內同志打擊的五烈士，最大的痛苦或許不是砍頭的暴力，而是發現與感受到魯迅所說的「革命是痛苦，其中也必然混有汙穢和血，決不是如詩人所想像的那般有趣，那般完美」（夏濟安，2016: 187）。如同我們在〈魯迅的黑暗面〉那篇文章裡看到的，夏濟安的批評著眼於時代和政治，在乎的是革命的洪流如何淹沒文學，讓魯迅曾一度奮力扛起的黑暗閘門，換了一個名號後再度沉甸甸地降了下來，它壓垮了魯迅，也碾碎了文學。夏志清在〈導論〉中說明了為何選定「黑暗的閘門」這個意象作為該書的題目：

　　先兄的遺著便記錄了這些作家的悲慘困境，他們卡在兩道笨重的黑暗閘

門之間。他們似乎合力肩起了傳統的閘門，但又或早或晚地困在另一道黑暗的閘門背後，甚或死在它的重壓之下。從這個意義上說，他們總體上表現出「五四」時期的特徵，而非左翼文學運動的特徵。無論對於左派還是非左派，「五四」傳統都設定了一套全新的生活方式、一種對自我價值和民族價值的追求。（2016: xxxvi）

但自我價值和民族價值的追求最終陷入了政治的桎梏，共產黨也許站起來了，人民卻仍是芻狗。王宏志則在〈筆權和政權〉一文中直陳，夏濟安探索的命題是：「如何理解政治與文學千絲萬縷的複雜關係」？因為在政治的重壓下，夏濟安討論的這些作家「最終都以不同的形式消失了」：有些因為政治鬥爭失去了性命，有些視之為宣傳或鬥爭的工具而放棄了文藝，也因此放棄了作為文藝家的使命與身分。他總結道：「因此，《黑暗的閘門》要明確說明的，就是文學是無法戰勝政治的」（2016: viii-ix），或是說政治的重擔最終將壓垮、摧毀文學。

　　這或許是一個相當「右翼」的觀點，以一種近乎純潔或純粹的想像來理解文學，堅定拒絕了政治設置於文藝之上的任何限制與要求，這點在夏濟安批評延安文藝座談會的第六章中有最明晰的表述。他寫道：「『我們』與『他們』的區別其實取決於文學藝術獨立，文學藝術至上的問題」（2016: 212），他認為：「毛澤東只關心藝術的政治作用，忽略了許多包括想像、美感和創造性在內的藝術問題。這些方面雖無關革命，但卻是藝術家反覆琢磨的重要課題」（2016: 231）。顯然，從「評傳」的角度出發，夏濟安更為關心的是人的問題，即「文學家怎樣擔負政治的重擔」（王宏志，2016: xv）？在夏濟安看來，這正是現代中國文學必須面對的首要問題，也是現代中國研究最根本的命題。夏濟安在〈附錄〉（亦是全書）的結尾處寫道：

　　如果小說蘊含某種「世界觀」，這世界觀不一定是由作者努力求其「正確」的那些段落傳遞出來的。就是這兩部小說〔《青春之歌》與《紅日》〕，我們也可以從當中許多段落看到中國作家怎樣交出了他們的靈魂。但是如果書中還有一些跡象顯示他們有些困惑、有些模稜兩可或思想上有所保留的話，那就說明他們並沒有完全交出自己的靈魂。據我所知，

集權主義要求徹底的屈服。我這麼說，當然不是為集權主義辯護，只是想指出人的靈魂是不屈不撓的，尤其是藝術家的靈魂。（2016: 266）

毫無疑問，這正是夏濟安文學觀中的重中之重：作家如何在政治的脅迫當中保有自由的靈魂，文學又如何驅動靈魂，不畏險阻，追尋自由。這道自由人文主義的成色貫穿了夏濟安的文學思想，也影響了幾個世代的外文學者，包括白先勇、劉紹銘、李歐梵、陳若曦、王德威、張誦聖等人。他們來到海外，成為了現代中國文學與臺灣文學研究的先鋒。

當然，影響更為巨大和深遠的是其弟夏志清於1961年出版的《中國現代小說史》。這本書不僅標舉著鮮明的反共旗幟，展開對中國現代小說的歷史敘述，更以西方的小說藝術為標準，重新評價了五四以來的中國小說。在〈作者中譯本序〉裡，夏志清寫道：

> 1952年開始研究中國現代小說時，憑我十多年來的興趣和訓練，我只能算是個西洋文學研究者。二十世紀西洋小說大師——普盧斯德、托瑪斯曼、喬哀思，福克納等——我都已每人讀過一些，再讀五四時期的小說，實在覺得他們大半寫的太淺露了。那些小說家技巧幼稚且不說，他們看人看事也不夠深入，沒有對人心作了深一層的發掘。這不僅是心理描寫細緻不細緻的問題，更重要的問題是小說家在描繪一個人間現象時，沒有提供了比較深刻的、具有道德意味的瞭解。（2015：xxxix）

然而，隨著他中國文學研究與教學生涯的開展，他漸漸發現「大體說來，中國現代文學是揭露黑暗，諷刺社會，維護人的尊嚴的人道主義文學」（2015: xxxi）；雖然「同情」與「諷刺」兼重的中國現代小說「不夠偉大」，但是「拿富有宗教意義的西方名著尺度來衡量現代中國文學是不公平的，也是不必要的」，尤其「假如大多數人生活幸福，而大藝術家因之難產，我覺得這並沒有多少遺憾」（2015: xxxii）。顯然地，雖然夏志清沒有否認西方名著這個尺度的有效性，但他也認為中國文藝的發展不必以西方為度量，而必須從自身的傳統與發展當中去判斷。但無論如何反思，《中國現代小說史》以反共為度打開現代中國文學研究的嘗試，確實在當時開啟了新頁。這不僅僅是因為當年不

論在西方或中國，中國現代文學仍不是一門被認可的學科，更是因為夏志清從
文學研究展開的歷史敘事，正面挑戰了當時美國仍由地緣政治所主導的中國研
究；他不只提出了「為何反共」的有效理由，更為那些在五四浪漫文藝秩序下
被犧牲或淡出的作家，如錢鍾書、沈從文、張天翼和張愛玲，找到了一個文學
史上的位置。王德威也是從「文學典律的重新定義」這個角度來評價《中國現
代小說史》；他認為，即令當前論者批評此書缺乏了文本、種族、性別與政治
的多元與邊緣觀點，但是，回到歷史現場，此書的貢獻之一「不正是要把邊緣
作家推向中心，並重新思考主流傑作的意義」（2015: xlvi）？換言之，與其
說夏志清犯了西方掛帥、政治先行的毛病，不如說是當年「反共」這個立場突
出了一種文學與歷史的視角，使得現代中國文學研究獲得一定的學術正當性，
也使之繼續保有政治性的批判動能。[56]

　　若回顧夏志清在該書中的結論，我們不難發現，一如其兄濟安，夏志清在
尋找的是「一個具備文學意義的批評系統」（2015: 378），唯有如此，五四
以來的文學傳統和文學史觀念才有價值和意義，文學的發展才能「擺脫文學革
命期間造成的那套狹窄的哲學前提」，並且在海外的發展當中（如張愛玲和姜
貴）保全這「發展中的傳統」，期盼它最終回到大陸「開花結果」（2015:
385）。這段表述不只反映了夏志清作為華人學者離散與漂流的歷史脈絡，也
突出了一個橫跨太平洋兩岸四地的現代中國文學想像與學術網絡。亦即，雖然
就世代位置與文學認識上，夏氏兄弟被「排除在外」，但他們從來沒有自外於
五四傳統，而是將自己放在一個批判的位置上「包括在內」，為糾正與建立現
代中國文學的批評傳統而努力。他們代表了一代外文學者的信念與堅持，也提
供了一面歷史的明鏡，檢視外文學人的價值和自我定位。

---

56 大陸學者劉康也認為，僅僅從「反共」的角度來理解夏志清的《中國現代小說史》是不夠
　　的，因為貫穿這部論著的原則顯然是「非政治的」（nonpolitical）。但劉康強調，這麼一個
　　「非政治的」原則顯然也是「政治正確的」，並且服膺了歐洲中心的美學主張，才使得「現
　　代中國文學研究」在當時獲得了學術的正當性（Kang Liu, 1993: 17-18）。不過，劉康當年是
　　以一種進步史觀為指引，想藉著批評《中國現代小說史》使現代中國文學研究能夠跟上後現
　　代文化與理論的潮流，而我在此的討論則是想將夏氏兄弟一代的想法放回其歷史脈絡中理
　　解，看到其與外文研究傳統以及兩岸分斷的關聯。

餘論：文學的使命

> 這好像是治西洋文學的中國學者的命運：不論人在中國、外國，到頭來很少沒有不改治中國文學的。
>
> ——夏志清（2007: 93）

　　在從哥倫比亞大學退休的前夕，夏志清寫了一篇短文，題為〈桃李親友聚一堂〉，記錄與感謝參與以及為他籌備榮退會議的學生和朋友們。文中提及的不少名字都是美國的中國文學研究界至今依舊響噹噹的人物：除了王德威、劉紹銘、狄華斯根（Kenneth DeWaskin）、耿德華（Edward Gunn）等好友與弟子外，還有哈佛的韓南（Patrick Hanan）、香港中文大學的閔福德（John Minford）、旅美作家高克毅、學者梅儀慈，他訓練或協助過的學生：吳百益、陳李凡平、唐翼明、松田靜江、吉田豐子、畢瑞爾（Ann Birrell）、孫筑瑾等，以及一幫夏濟安的臺大學生，即大家耳熟能詳的《現代文學》作家：白先勇、歐陽子、陳若曦、謝文孫、莊信正、王文興、李歐梵等。這份名單雖然隨機，但已可大致窺見夏氏兄弟橫跨太平洋兩岸的連繫，以及美、臺兩地中國文學研究與外文研究領域中交錯的師承與人脈。更為重要的或許是美國的中國研究如何從一個相對邊緣，由西方人主導的小領域，逐漸演變成一個相對重要，而且是由華人學者扮演相當角色的新興學科。相較於1950年代夏氏兄弟在美國的篳路藍縷，1960年代起在美國冷戰資源的挹注下，中國研究開始有了新興蓬勃的發展；雖然1970年代以降，隨著冷戰的緩解，美國政府的資助不若以往，但在全球化與改革開放的到來後，又打開了新的局面。除了文革後中國大陸新一代的作家外，包括臺灣，香港和馬華作家，亦在所謂「華語語系研究」的時代，獲得了全新的身分與更多的關注。這些今天在臺灣的外文學界、中文學界與臺文學界耳熟能詳的話題，若沒有夏氏兄弟一輩學者的努力，以及全球及兩岸局勢的變化，實在很難想像。當他們的反共意識與中國情懷被視為八股、乃至被斥之為反動，而逐漸被遺忘之際，重新將其著作放在外文研究發展的歷史過程當中來審視，或許會有不同的意義。

　　其中一個最為深刻的命題，便是文學與政治的關係。當我們如今習慣性地

將夏濟安的《文學雜誌》與白先勇的《現代文學》視之為一種自由主義的冷戰八股時，我們或許忽視了他們自願承擔文學理想與中國命運的使命感，也忘記了文學的政治不僅也是一種政治，更是一種反對政治汙染的政治，以及回應中國現代史曲折發展的方式，藉著主張一種理想，而非支持某個政權，來提出政治性的批評與對抗。他們或許沒有留在臺灣和中國，但他們並沒有忘記臺灣和中國，而是在其流離之所，扛起保衛臺灣，再建中國的責任。外文研究，在這個意義上，不只是作為向西方學習或對應的接口而存在，更是作為內在於中國文學與文化進程中的一種批判性力量，而堅持與吶喊。儘管他們對於文學的想像難脫西方的眼光和標準，他們的企望總是擺在中國之上，盼望從自身的歷史與傳統中建立起批評的準繩，改變政治對人生、社會與文學的壓抑與扭曲。在這個意義上，外文研究與中國研究（以及1990年代之後的臺灣文學研究），是相通的，而非對抗的；是互補的，而非互斥的。更重要的，相對於1970年代中國文學研究在臺灣的保守，外文研究反而成為重建批評傳統，突破政治封鎖的重要陣地，這或許正是1970年代中西比較文學發展的精神基礎：在現代化、在地化、比較化的過程中，重新認識自身的歷史，突破冷戰分斷，承繼五四一代未能完成的文化使命，也為臺灣文學未來的發展埋下意義的種子與測度的準繩。

　　以下兩章，在侯健與顏元叔的身上，我們也可以看到類似的冷戰痕跡和自由人文主義的成色，只是兩者的展開相當不同。現代化、在地化與比較化的進程開啟後，外文學者越來越需要面對自身位置的拷問，思索文學與批判，在其時其地究竟能發揮怎麼樣的功能，產生什麼樣的意義。在冷戰瓦解後的「解嚴時代」，隨著社會力的釋放與本土思潮的上揚，這個問題將繼續困擾與推動新世代的外文學人。

第四章

從文學革命到文化冷戰
侯健與新人文主義的兩岸軌跡

　　如果文學只能在享有思想和言論自由的地方才能滋長繁榮，那麼臺灣在目前是中國文學唯一可能發展的國土；如果中國文學在這裏都沒有優秀的創作和卓越的研究，那麼這個世界上歷史最悠久的文學將有萎縮甚或中斷的憂慮。

——胡耀恆（1972: 4）

　　「中國」學派首先從「民族性」的自我認同出發；逐漸進入更為廣闊的文化自覺；然後與受人忽視或方興未艾的文學聯合，形成文學的「第三世界」；進而包含世界各種文學成為一個大體，最後——儘管這種理想是多麼難以企及——將世界所有的文學在彼此複雜的關係上，作全面性的整合。

——李達三（1977: 74）

　　1972年6月，《中外文學》在臺大文學院創刊，為臺灣的英美文學研究正式掀開比較文學的一頁。在創刊號上，除了有意氣昂揚的發刊辭，揭櫫其理想在於開創文藝、承擔國運外，還設置了「文學論評」、「文學講座」、「文藝創作」、「文學傳記」、「西洋文學譯介」、「世界文學動態」、「書評」和「中外信箱」等欄目，以兼顧創作、論著與譯介三大使命。為首的三篇論評由臺靜農、顏元叔與李達三（John Deeney）執筆，分別討論女真族統治下的漢

語文字、洛夫的詩,以及比較的思維習慣,具現了《中外文學》縱論中外、上下古今的壯志與宏圖;其中,李達三的文章不只代表了該刊兼容中外的精神,更明確揭示比較文學為該刊的旨趣,透過比較與關聯這兩個思考維度的建立,來逼近文學的本質與總體。誠如比較文學大家韋勒克(René Wellek)所言:「我們研究文學,而非僅僅研究英國或法國文學。此語足為比較文學之大纛」(引自李達三,1972: 86)。

　　不過,有傳教士背景的李達三並不是從西方本位的立場來講述比較文學;相反地,他強調:

> 　　為了扭轉過分偏向西方的趨勢,並使我們重新回到東方的經驗世界,我乃選擇中國文學作為基本的「比較體」(comparatum)與出發點。這不僅是由於中國文學的清新面目,更〔鑒〕於一個信念:我們可望自其他迄今仍然陌生的文學傳統中所學之處頗多。此外,富麗之中國傳統給比較文學研究所增添的特殊東方色彩,更能開拓西方人的眼界,使他們對文學產生一種更廣闊的概念。(1972: 87)

　　受過後殖民理論洗禮的讀者,大概都不難看出這段文字中的「東方主義」,但是恰恰是這個看似反動的起點適切地映襯出1970年代比較文學在臺灣墾拓的時空背景與歷史意義。在這篇可謂奠基之作的文章裡,李達三尤其從「不可譯」的角度去理解比較文學:這不僅僅是因為跨語際翻譯本就困難,更在於不同文化中的概念不可共量;與其質疑為什麼中國文學裡沒有「史詩傳統」或是指責西方文學找不到亞洲的宗教觀,李達三認為,「『對比』也許較『比較』更有益」(1972: 97),因為這可以讓我們看到自身文化的局限以及異文化的豐富性。在那個依然以西方為尚、白人從優的冷戰時代裡,中國文學的異己性與悠久歷史和內涵,正是針砭西方文明的利器;它不僅有利於跨越文學國境的交流,更有助於扭轉西方獨霸的態勢,建立一種「新的人文主義」,「將科學技術所產生的智識力量灌注到傳統的人文主義中去,進而同化它,整合它」,為世界創造和平,貢獻一份力量(1972: 103)。是故,李達三進一步主張,在比較文學中創建「中國學派」,其任務是:在本國文學裡找出特具「民族性」的東西,以充實世界文學;推展非西方國家「地區性」的文學運

動；宣揚並擁護「第三世界」對文學所做的貢獻，與西方國家平起平坐；以及藉比較方法研究文學，消除許多人的無知及傲慢，使文學研究得以真正地國際化（1977: 74-76）。

　　從李達三的表述裡，我們不難看到，在比較文學之中盤旋不去的，是冷戰的幽靈，是第三世界想在西方霸權中肯認自身的渴望。比較文學，在這個意義上，不只是一種西方霸權的學術範式，而是一個得以關照第三世界自身的場域，一條尋找非西方主體的道路，儘管那個所謂的「第三世界」與「非西方」主體總已是西方凝視的折射，以西方為參照，自身亦無可避免地被涵攝於西方之內，成為其註腳或例外。[1]但無論如何，比較文學承諾的「民族性」、「地區性」與「國際性」確實在1970年代打開了一種批判的可能方向，一方面學習西方，以改造自身，另一方面挖掘傳統，以比肩西方。更重要的是，「中國學派」的主張，除了象徵華人知識分子的主體意識外，更反映出冷戰框架中的政治無意識，期望中國和其他非西方的文學傳統打破西方宰制，從自身的文化與歷史出發，重新想像、表述、研究與創作文學。也因此，「中國學派」這面旗幟的提出，正好為重新理解冷戰提供了關鍵的線索，也讓我們看到作為西方現代文藝思維的比較文學，如何在戰後臺灣落地與轉譯。藉此，如何更豐富地理解文化冷戰的運作與影響，當是關鍵的起點。

　　因此，本章的重心首先在於梳理比較文學發展與冷戰的關聯，為理解比較文學在戰後臺灣的勃興提供歷史脈絡，並藉此提出如何從在地經驗思考冷戰歷史的發問。由於當前的冷戰敘述，尤其在西方，過度聚焦於美蘇兩強的意識形態對抗，而忽視了所謂「冷戰」，在美蘇之外，更是一種「熱戰」，並且緣於更為深層且持續的「內戰」的事實。因此，誠如本書展現的，文學史書寫與文學建制不僅是「學術的」，同時也是一種「政治的」敘事與空間。這是理解臺灣戰後比較文學發展的前提，也是重新思考文化冷戰在臺灣的關鍵所在。基於這個出發點，本章以侯健先生的著作為對象，進行分析，一方面解釋比較文學

1　法農（Frantz Fanon）在《黑皮膚，白面具》裡寫道：「我愛的人將強化我，因為那是對我的男子氣概預設的肯定，但需要贏得他人的敬重或愛將舉起一座打造價值的上層建築，主導我整個關於世界的視野」（1967: 41）。法農的意思是，他者的肯定固然強化了我們的自尊，但是以他者為參照也會讓我們受制於他者。因此，解決之道在於打破黑格爾主奴辯證法創造的「依賴情結」（dependency complex），面對現實，採取行動。

「中國學派」的內在動力，另一方面，藉著追索「新人文主義」的跨海流傳，將戰後臺灣外文研究的發展放回冷戰／內戰的雙重構造中來理解，以解釋內蘊於比較文學發展中的「政治無意識」。[2]相較於前輩夏濟安，或是約莫同輩的顏元叔，侯健或許不是戰後臺灣最具影響力或最有生產力的外文學者，但他對西方古典主義與中國文學傳統的重視，卻有承先啟後的地位，在「中國學派」嘗試對接、挑戰西方之外，展現了一條反求諸己、撥亂反正的「去冷戰」思路，在當前兩岸分斷的紛擾中，尤其值得我們重視與重估。

冷戰與比較文學：方法的思考

關於冷戰的歷史、作用與意義，西方學界已有許多說法與理論可供參考，從美蘇意識形態的戰後對峙，[3]到文化層面的角力與鬥爭，特別是美國中央情報局與新聞處的反共作為如何形塑冷戰文化[4]以及對西方觀點的反思和批判，[5]近年來尤其受到重視。這些著作均鋪陳了一個關於冷戰的結構性認識，不僅將之視為一個有始有終的歷史時期，更將之看作是植基於帝國主義與資本全球化的歷史構造，乃至是一種全球性的依存結構，在美國和蘇聯的霸權競逐下，攪動並重組了二戰後的全球政治秩序。提出「世界體系」理論的代表學者，華勒斯坦（Immanuel Wallerstein）認為，冷戰本質上是美國和蘇聯依照1945年雅爾達密約瓜分世界的結果，其企圖是維持戰後的權力現狀，避免兩強毀滅性的核武交鋒，是故作為統合性的全球歷史敘事，冷戰大體而言只是個「幻想」（2010: 17），這不僅是因為歐洲和亞洲的冷戰經驗大不相同（歐洲的共產主

---

2 在《政治無意識》（*The Political Unconscious*）裡，詹明信指出，所謂的「政治無意識」就是推動著敘事的「真正的歷史哲學」（1981: 18），讓我們得以看到敘事本身如何置身於特定的史觀之中，同時又與歷史的進展本身保持一種「寓言的關係」（allegorical relationship）。在本章的脈絡中，「政治無意識」的想像提醒我們，不要只從歷史敘事本身去思考，而要將敘事放回歷史當中理解和分析，找到推動敘事或學科發展的歷史哲學動力。

3 見Cumings, 1999; Gaddis, 2006。

4 見Saunders, 2013; Klein, 2013; Cull, 2008; Rubin, 2012; Fox, 2013; Bennett, 2015。

5 見Hammond, 2006; Day and Liem, 2010; Kwon, 2010; Wallerstein, 2010; McMahon, 2013; Yi-hung Liu, 2019。

義已然崩解，幾個亞洲的共產政權至今卻依然存在），更是因為美蘇對峙作為外部結構並沒有、也無法全面主導第三世界國家的政治變動；它不過是第三世界國家為了反對現狀、遂行民族意志所借用的意識形態（2010: 19）。國共內戰、韓戰以及越戰的發生和延續就是最好的例證。華勒斯坦因此總結道：「在亞洲討論冷戰，或許不甚有用」（2010: 24）。

　　華勒斯坦的「冷戰無用論」，不僅是對主流冷戰敘述的有效挑戰，同時也是對亞洲乃至第三世界冷戰經驗的探問。美國冷戰史學家馬克馬宏（Robert J. McMahon）就認為：「如果歐洲的『長期和平』可以直接歸因於東西對峙所造成的穩定結構的話，那麼我們必須要問，究竟冷戰的邏輯與結構是如何鼓舞、啟動，或是激化了冷戰時期的第三世界矛盾」？（2013: 7）「第三世界如何影響了冷戰的進程以及美蘇兩強的國際行為與優先次序」？「冷戰對於亞洲、非洲、中東和拉丁美洲的發展中國家和社會，又造成了什麼樣的影響？簡單說，它在第三世界中有何作用」？（2013: 3）

　　馬克馬宏的提問鬆動了以西方為中心的冷戰想像，從而將冷戰史研究的焦點從意識形態的論爭與歐洲的和平與穩定，轉向對第三世界冷戰經驗的探索。但是這樣的提問並沒有改變冷戰作為「共產極權與自由民主」相互對立的兩極結構。雖然經驗的主體改變了，但是東西對峙的想像性構造並沒有隨之動搖，第三世界不過是美蘇冷戰的劇場與戰場。馬克馬宏的提問雖然深具啟發，但身處第三世界中的我們，卻不得不如此提問：第三世界主體究竟是如何經驗與表述冷戰的？如果冷戰不是一個突然在1947年憑空出現的歷史結構的話，那麼它在第三世界的前世今生究竟是什麼，它的「開始」與「終結」又如何對第三世界主體產生意義？如果冷戰是強加於第三世界之上的外部結構，那麼第三世界主體如何感受和表述冷戰？更重要的問題或許是：為什麼西方宣告冷戰結束後，冷戰效應仍在東亞延續，完而未了，乃至以中美貿易戰為前導捲土重來？

　　從人類學的角度切入冷戰的第三世界體驗，劍橋大學的韓裔學者權憲益（Heonik Kwon）指出：冷戰不只是一個巨觀的意識形態結構，有著明確的起點與終點，而是一種道德與感受的敘事：「冷戰的起點不只是一個時間的問題」，而是「一個道德的問題：兩極化的人類社群，到底哪一邊要為造成這樣的全球秩序以及政治和軍事危機，負起更多的責任」？因此「冷戰的起點基本上就是社會所感受到的戰爭創傷的起點〔……〕以致宣稱某一個版本的起點，

同時就是對國家歷史與未來某一種觀點的主張」（2010: 2-3）。透過在越南與南韓的田野調查，他發現兩地社群對亡者的紀念分別凸顯了冷戰不只具有分斷與撕裂的效果。追憶往者與紀念政治的實踐，更使得冷戰中的兩極政治、認同與記憶在個人和社群中形成疊合與擠壓，其造成的創傷有賴家庭與社群的悼念才能試著弭平。

　　在這個意義下，如何回到與進入在地經驗，以了解作為真實體驗──而非再現對象──的冷戰，至關重要。也唯有如此，權憲益所強調的「在地獨特歷史現實與多元人類經驗的多種樣貌」才能夠豐富全球冷戰歷史的內容，挑戰「冷戰作為單一的、全面的地緣政治秩序的主導形象」（2010: 6-7）。如果說批判性的冷戰研究意在揭露美蘇對立表相下的宰制與鬥爭的話，那麼我們就有必要回到第三世界的主體經驗中去追尋冷戰的痕跡與作用，不只是去宣告第三世界的參與，而是試圖解釋在地軌跡如何承接、回應與改造冷戰的意義，並尋求超越對立、相互和解的可能。因此，本章的出發點就在於，如何在外文研究建制史和兩岸三地文學互動的脈絡中去提煉「屬於我們的」冷戰批判，以豐富冷戰研究的兩岸與東亞面向，並與西方的經驗和理論對話。[6]

　　問題是：如何展開「屬於我們的」冷戰批判？可以依賴的方法和材料又在哪裡？除了軍事對峙外，冷戰經驗又在哪些其他的層面上存在？在兩岸三地，冷戰從來不是單一的事件或歷史時期，而是與國共內戰疊合交錯的歷史構造。我們甚至可以說，美蘇冷戰延續而且固置了自1927年寧漢分裂以來國共內戰的分斷狀態，而臺灣長達半世紀的威權戒嚴體制以及後續的「中國情結」更充分展現了內戰與冷戰的雙重構造，並不因為柏林圍牆的倒塌而有所轉移。質言之，內戰與冷戰的交錯同構乃是東亞冷戰的特殊風景，在韓半島展現為分裂國家與戰爭狀態的延續，在兩岸三地則表現為在文化、經濟與國族意識形態上多

6　德里克曾在一篇文章中提及韓籍慰安婦李天穎（Li Tianying）的戰爭體驗。李天穎經驗了第二次世界大戰、韓戰與文化大革命。這些歷史事件在她身體與生命中烙下無可磨滅的印痕，但是德里克提醒我們，這些歷史標籤並不能盡訴她的生命歷程，因為折磨她的不是這些歷史事件，而是在事件結構下發生的傷害、窮困與流離失所。相反地，是她多舛的生命歷程豐厚了這些歷史事件的意義（Dirlik, 2000）。同樣地，透過侯健，本章的要旨不在於說明侯健及其著作如何參與或反映了冷戰，或是表現為所謂的「冷戰文學」，而在於解釋：在文學與思想史的脈絡中，在臺灣，冷戰是如何被體驗與表述的。

重的分斷與糾結，在西方宣告冷戰結束之後，仍持續影響著兩岸三地的政治、文化與社會。美國社會學家雪佛（Robert K. Schaeffer）就指出，戰後被強權占領的地方，如韓國、中國與越南等地，分斷乃是冷戰的產物（1999: 89），但他卻忽略了這些地方在冷戰降臨前，就已陷入內戰的危機，並在冷戰結束後持續著。換言之，誠如夏濟安的反浪漫主義所彰顯的（見第三章），政治分斷只是表相，內裡其實是不同陣營與立場對家國與現代想像的競逐和爭鬥。文學學者王曉珏（Xiaojue Wang）亦指出，兩岸的冷戰分斷「不只是國內與國際意識形態對立的結果，它也是未完成的、競逐模式擬想現代中國國家的發散」（2013: 19）。透過分析沈從文、丁玲、吳濁流、馮至與張愛玲等著名個案，王曉珏強調：「1940和1950年代的中國文學為我們理解中國文學現代性提供了一個遺失的連繫，展現了詩學與政治、國家與敘事的關係」（2013: 6），並展開從冷戰脈絡中理解中國文學的可能；尤其「將文學視為代表自己版本的中國認同的武器，作為其冷戰他者的對立面，國共關係既是相互排斥、也是相互滲入的」（2013: 7）。因此，她主張，要對中國文學進行整體性的思考，有賴「去冷戰批評」（de-Cold War criticism）的指引。

　　王曉珏的說法提示了文學（包括了廣義的文學批評）的政治性，這不只是說文學本身具有政治性的內容，例如反共文學或是政治小說這樣的文類範疇，更是指出文學書寫，不論左右，都受到政治的銘刻。即令當文學自我標榜為中立、客觀，甚至是與現實無涉的時候，文學都已經涉入「政治」。不論是西方學院裡的新批評，還是中國的新文化運動，乃至當前頗受注目的華語語系表述，文學書寫的實踐都具有政治性與歷史性，並在具體脈絡中顯示出其意識形態性格。文化之於冷戰，更是至關重要，因為冷戰不只在第三世界的戰場上進行，冷戰雙方更競逐第三世界人民的「心靈」（hearts and minds），文化因而不只是美學的和生活的範疇，亦是意識形態拮抗的場域。

　　英國的新聞工作者與歷史學家桑德斯（Frances Stonor Saunders）就詳細描述了美國中情局如何將文化作為美蘇對抗的武器；美國學者魯彬（Andrew Rubin）則指出中情局如何透過「文化自由代表大會」（Congress for Cultural Freedom）滲入了戰後橫跨歐洲、非洲、南美洲、亞洲和澳洲的文學刊物與文化組織，形塑了一種世界文學的品味，促成了文化霸權從英國向美國的轉移（2012: 8）。班納特（Eric Bennett）更直指著名的愛荷華作家工作坊（Iowa

Writer's Workshop）與冷戰意識形態的關聯，[7]其中20世紀初美國比較文學學者白璧德的新人文主義（New Humanism）思想扮演了引導性的角色（2015: 16）。臺灣學者也陸續指出美國新聞處如何透過資助和出版，將臺灣納入美國全球文化冷戰的布局中，而形成了一種敏感的、對抗的，乃至於自我分裂的冷戰文化。[8]因此，對冷戰的反省與批判需要對文化政治保持清醒的認識，反芻文化與政治往往互為表裡的親密關係，才能找到破譯（decode）第三世界冷戰效應的方法。

作為一個學術領域，比較文學亦與冷戰關係密切。這不僅僅是因為其戰後的發展獲得了美國政府「國防教育法案」（National Defense Education Act）的支持，更因為其學術預設即是對戰後國際局勢與空間劃分的回應。在《文化與帝國主義》裡，薩依德便指出：

> 我們必須看到，當代的全球場景──重疊的領域、交雜的歷史──已經預示與銘刻了地理、文化與歷史的交錯與匯流，那對比較文學的開拓者來說是非常重要的認識。於是，我們可以用新奇且更具動態的方式，同時掌握理念的歷史主義──那澆灌了比較文學者的「世界文學」方案──以及具體的帝國世界地圖。（Said, 1993: 48）

對薩依德來說，核心的問題是帝國主義如何透過文化來統治，創造與維護世界的秩序，而戰後比較文學的發展正是對此一秩序與權力的鞏固，因此需要後殖民的視角從內部予以反思和破除。「只讀奧斯汀，而不也讀法農和卡柏羅〔Cabral〕等等」，薩依德強調，「就是將現代文化從其介入與附著上移除，而這正是應該被反轉的過程」（Said, 1993: 60）。作為薩依德的學生，魯彬也強調反思帝國霸權如何形塑文化的重要，而那些以國家秘密而保護起來的檔案

7　愛荷華作家工作坊成立於1936年，是美國第一個教授創作（creative writing）的碩士課程。該工作坊最重要的肇建者是史戴格納（Wallace Stegner）和安格爾（Paul Engle）。安格爾本人就是該課程最早的幾個畢業生之一，他在1941年接掌作家工作坊，1967年與妻子聶華苓合作，開設愛荷華國際寫作計畫。兩岸三地許多作家，如陳映真和王安憶，都曾是該計畫的訪問作家。關於愛荷華國際寫作計畫與兩岸三地作家的接觸，見Yi-hung Liu, 2019。

8　見單德興，2009；張誦聖，2011；陳建忠，2012；王梅香，2015b。

就有助於我們挖掘文化背後的權力機制與帝國野心。何春蕤早在1980年代就發現，在冷戰時期，比較文學所主張國際主義有助於「鞏固西方聯合一致的基礎，因為歐美的文化畢竟同多於異，所得的結論也就特別顯得有力」，但是當其擴大層面，試圖將非西方文學含括進來後，「由於所比較的文學（文化）差異極大，即使做成什麼普同性的結論，也只限於抽象層面，沒多少現實作用」。這也就解釋了為什麼1970年代以降，起碼在美國的比較文學研究，轉向了「理論」，而將對非西方世界與文化的研究拱手讓給了區域研究。[9]換言之，學科差異背後的體制性因素也是文化冷戰的重要環節。

無獨有偶，史碧娃克（Gayatri Spivak）在《學科之死》（*Death of a Discipline*）中亦指出了比較文學、區域研究與冷戰之間的複雜關係：「如果區域研究的『起始』是冷戰的結果，那麼美國比較文學的『起始』就與確保其存在的事件有某種關係：歐洲知識分子 —— 包括歐爾巴哈（Erich Auerbach）、史畢哲（Leo Spitzer）、韋勒克、波喬立（Renato Poggioli）和桂仁（Claudio Guillen）等知名人士 —— 逃離歐洲的『獨裁』政權」（2003: 8）。雖然20世紀初比較文學即已存在美國本土，[10]但史碧娃克試圖說明的是：區域研究與比較研究表面上的對立，其實源自冷戰的介入——冷戰不僅為那些逃離歐洲的人文學者們提供了一個去處與發揮的空間，從而強化了戰後的國際秩序與意識形態對抗，更透過大量的政府資助創造與鞏固了一個分斷的知識帝國；隨著比較文學轉向「理論」，區域研究化身為「文化研究」和「族裔研究」之後，冷戰的知識效應獲得了更大的發揮，將世界「分而治之」。因此，史碧娃克主張，與其哀嘆比較文學的衰落與文化研究的淺薄，還不如重新整合兩者，截長補短，為建立一個真正具有全球視野與跨文化敏感的人文學科

9　見何春蕤，〈比較文學的興起與衰落〉，縮節版曾刊於《中國時報》人間副刊（1987.9.15-17）。同時，「理論」在1980年代繼比較文學進入臺灣後，很快成為外文研究的顯學；雖然外文學者討論的內容往往與臺灣相關，但「理論」，而非本土研究或中國文學，在1990年代成為外文研究的主導想像。相關討論，見第六章。

10　安德伍德（Ted Underwood）指出，早在20世紀初期，比較文學即在美國大學設系建所，包括哈佛、哥倫比亞和芝加哥大學等名校，當時都是比較文學研究的重鎮。有趣的是，當時的比較文學並不以國際主義來定義自己，而是強調「文學變化過程」（processes of literary change）的研究（2013: 116）。

而努力。

　　艾普特（Emily Apter）則從「翻譯」的角度來重新構思比較文學的任務，強調它是「重新將主體置放於世界與歷史」的方法（2006: 6），而丹洛許（David Damrosch, 2003）和哈尤（Eric Hayot, 2012）更強調比較文學對於「世界」的想像，以及世界文學的框架如何於全球化的今天重新定義比較文學的任務和方向。然而，在重新面對語言與世界的主張下，這幾位西方重要學者疏於面對的，正是構成比較文學與區域研究的冷戰知識論，即西方與非西方的地理劃分如何成為「比較」的根本與思維結構。如史碧娃克在一篇反思比較行動的文章中指出的，「比較預設了一個平坦的遊戲場，但是這個遊戲場從來不是平坦的，即使僅僅就內在於這個觀念的利益論之。換言之，比較從來就不是一個比較或對比的問題，而是關於判斷和選擇的問題。當遊戲場斷裂的時候，問題就更顯嚴重了」（2009: 609）。印度裔學者拉德哈克里希南（R. Radhakrishnan）也尖銳地指出，比較絕非「中立」（neutral）或「與己無涉」（disinterested），而是總已帶著預設與判斷，涉入權力與知識的遊戲（2009: 454）。馬來西亞華裔學者謝永平（Pheng Cheah）更進一步主張，自歐洲啟蒙與殖民時代開始，比較逐漸成為構成這個世界的「基礎設施」（infrastructure），它不只用來區分彼此，更成為現代性統合全球的條件與手段，乃至為傅柯的「生命權力」（biopower）概念奠定基礎。以全球城市的競逐為例，謝永平強調，比較不僅促進了城市間的競爭，強化了文明的階序，更使得文化成為吸引跨國資本的工具；比較的結果非但不是肯定地方性的差異與必然，反而突出了一種全球的中產都會文化與環境，成為各地，不論差異，共同競逐的方向；這也讓文化成為權力的妝點與門面（2009: 543）。[11]

　　換言之，藉著重新省思「比較」這個觀念，這些學者雖然沒有特別提及冷戰，但都不約而同地指向了一個統合卻分斷的全球文化結構——即以「第三世界」或「全球南方」為名指向的一種內在矛盾。因為不論「第三世界」或「全

---

11 史碧娃克、拉德哈克里希南和謝永平的文章都收錄在《新文學史》（*New Literary History*）2009年的「反思比較」專輯裡；該期集結了文學學者與人類學家的文章，對「比較」這個常見的人文學科範示在當代全球化的意義提出反省。雖然專輯本身沒有提及冷戰，但比較意識的建立其實與冷戰關係緊密。我們甚至可以說，作為選擇與判斷，比較，更勝於對抗，更是全球冷戰結構得以成立的政治無意識。

球南方」，都宣誓了某種差異與外部性的存在，但同時又身陷全球現代性的比較結構和意識當中，要求肯認、接納，乃至欲望躋身全球現代性之列。[12]美國的文化研究學者丹寧（Michael Denning）就認為，在知識上，儘管第一世界的批判理論、第二世界的異議形構以及第三世界的農民與游擊隊馬克思主義都代表了泛左翼對世界體系的批評，但他們之間存在著的「不連續性」（discontinuities），意味著「一個跨國的文化批判計畫從未浮現」（2004: 9）。韓國學者白樂晴亦指出，「第三世界概念提出的用意，並非在於將世界分成三塊，而在於將世界視為一個單一整體」（2010: 191）。因此，重點不在於世界是分裂而不毗連的，而是如何看到其整體在不同地方與層級的互動和共構。不過，魯彬認為，冷戰的文化方案就是藉由文化機構的部署與文化生產的選擇性接納與輸出，來爭奪跨國的文化空間並且創造新的想像地理，而中東、東南亞、南亞等都是其產物（2012: 20），目的是將人與世界重新統合在特定的意識形態裡。

這麼一種統合中的斷裂，恰恰是比較文學在戰後發展的基礎，也是臺灣外文研究中發展出「中國學派」的政治無意識。誠如朱立民在〈比較文學的墾拓在臺灣〉這篇在第一屆中華民國比較文學國際會議上的講話中說的，創設比較文學博士班和開辦《淡江評論》的目的在於：「第一，從非中國的角度來對中國文學重新估價，其目的在提供給那些有志於中國文學創作以及中國文學研究的人們一些幫助。第二，在臺灣建立一可信賴的當代中國文學研究的供應中心」（1985: 4）。也就是說，在臺灣墾拓比較文學之所以可行及可欲，正是因為在冷戰的比較意識中，作為西方的外部，中國不但是陌生的，更需要西方的指引進行重估，才得以積累足夠，可堪信任的學術成果，激發創作靈感。作為西方冷戰同盟的臺灣，在中國被西方排除在外之際，正好可以藉此良機，負擔起現代化（即西化）中國研究的任務，成為以西方模式重估或改造中國文學的知識生產中心。[13]無怪乎，古添洪和陳慧樺會以「這種援用西方文學理論與

12　關於全球現代性，見Dirlik, 2007。

13　大陸學者張楊在專著《冷戰與學術：美國的中國學，1949-1972》中指出，就當年亞洲基金會推動亞洲研究的做法來看，「用西方的研究方法來培訓亞洲各國青年學者、學習美國的中國學研究範式，並在返回各自國家後成為學術領袖」，正是冷戰影響學術的重要手段（2019: 179）。

方法，並加以考驗、調整以用之於中國文學的研究」來定義「比較文學的中國學派」（1985: 2）。不過，值得深思的是，朱立民的陳述反映的是對冷戰學術分工體系的清楚認識，以及在內戰狀態下臺灣學術社群之於中國學術命運的自發使命，但是古添洪和陳慧樺的表述卻是將「中國學派」化約為一種「加工產業」。雖然他們並沒有忽視當時學者還有「以中國的文學觀點，如神韻、肌理、風骨等，對西方文學做一重詁」（1985: 4）這樣的抱負，即李達三提出的，以中國文學為比較體和出發點重新省思西方文學的期待，但就後來的發展而言，前一抱負的成果遠超過了後者。在一定程度上，這或許也暗示了冷戰的比較意識在推動全球現代性上，要比第三世界克服傳統與現代的斷裂、重新恢復以及更新自身傳統的努力，更有成效。[14]

也正是在這個意義上，我們有必要重新思索臺灣左翼作家陳映真提出的「雙戰構造」與白樂晴（Paik, 2005）提出的「分斷體制」（Division System）這兩個概念，學習在更大的歷史框架中梳理文學與政治的緊密關係，以及第三世界知識分子企圖從自身經驗反思與介入冷戰問題的嘗試。[15]陳映真，大概是

---

14 如我在第六章說明的，在冷戰比較意識下，「加工產業」最終將面對自身的「理論焦慮」：即在全球分工體系中，臺灣能否「躋身上流」成為理論的生產地，而非其加工區這樣的探問，反映的仍是冷戰比較意識的現代性焦慮。這個焦慮掩蓋了1970年代的外文學者，潛意識裡除了想要跟上西方外，還有想要克服雙戰構造的知識計畫。

15 就冷戰歷史而言，臺灣與南韓表面上都不屬於所謂的「第三世界」，並且與屬於「第三世界」的中國與北韓處於對抗關係，至今未休。那麼從「第三世界」的角度切入臺灣和南韓的冷戰經驗是否合適？如果「第三世界」不僅指向有別於美蘇陣營的地理區域的話，那麼它是否有涵納臺灣歷史與論述的可能性？作為地理空間，文安立（Odd Arne Westad）提醒我們，冷戰時期「第三世界」的疆域想像並非固著不變：從法農的角度來看，非洲、加勒比海和亞洲都屬於後殖民意義上的第三世界，但這個想像卻不包括南美洲、中國和日本。從蘇卡諾的角度觀之，第三世界包括了所有曾被歐洲殖民過的人民，但是1955年的萬隆會議並沒有拉美代表的出席，未被全面殖民的中國和日本卻出席了會議（Westad, 208-209），中國尤其扮演了重要的角色。毛澤東則從經濟的角度將「第三世界」定義為發展中國家，並透過一連串的軍事與援助行動，支持第三世界國家（從越南、北朝鮮到阿富汗）對美帝與蘇修進行抗爭（見Chen, 2013）。換句話說，僅從地理的角度來定義一個獨立於美蘇陣營的第三世界並不準確，因為第三世界本質上乃是一個反殖民、求獨立的現代性方案，而社會主義和資本民主則是第三世界人民追求現代化的不同選項。這個追求與競逐的過程恰恰造成了兩岸、兩韓、南北越的分斷，並在中東地區形成種族分離與對抗的後果。「第三世界」之於臺灣的意義正在於此：在冷戰地緣政治的部署下，臺灣在政治與經濟上接受美國支配，劃歸「自由」陣

最早提出「雙戰構造」這個概念的知識分子，[16]他認為：臺灣的戒嚴體制與反共肅清就是「雙戰構造」的產物，一方面內戰將中國分裂為左右，先是隔長江而分立，後又隔著臺灣海峽分治。另一方面冷戰則提供了反共的全球性結構，進一步鞏固內在的分裂，於是形成白樂晴所謂的「分斷體制」；戒嚴與肅清是為了鞏固政權，確保分斷的完整與獨立，以延續政治意識形態的競逐。反映在文學上，在臺灣就是從反共文學至現代主義與鄉土文學的拮抗，在韓國就是圍繞著民族文學和社會性質的辯論。[17]雙戰構造與分斷體制，系出同源，都是企圖理解為何冷戰結束、內戰卻依然持續的嘗試。在韓半島，作為分斷體制與雙戰構造的象徵，北緯三十八度線的非軍事區就像是一把利刃，讓親人與國土在戰爭狀態中分離，至今無法自由地交流。兩岸雖然在1987年解嚴之後恢復往來，並在經濟上有著熱切的互動與整合，但政治上卻受制於分斷體制與敵對狀態，以致反共與反中論述在1990年代後期詭異地統合在「臺灣中國，一邊一國」的兩國論裡，重彈民主／專制、自由／共產的對立老調。冷戰已遠，內戰不絕，似乎是當前兩岸關係的基調。我們該如何歷史地理解如此雙戰交錯、綿延層疊的分斷經驗，又該如何反思冷戰結構、內戰感受的歷史意義？尤其在文學與文化領域，雙戰構造如何承載與內化敵我之別，折射人文思想與政治意識形態的糾葛？探索這些問題，在歷史材料與經驗的層次上，不僅能夠豐富西方既有的冷戰研究，亦可直面兩岸三地在文化與思想上的諸多牽連和斷裂，幫助我們追索「中國現代性」與文化冷戰的關係。[18]因此，本章企圖在文學思想的

營，而與第三世界割離開來，反共教條成為政府整肅異己、樹立威權的工具；同時，作為內戰的遺緒，它又與大陸維持一個鬥而不破的關係、競逐中國的未來。在冷戰歷史裡，臺灣或許處於第三世界的外緣，但作為後殖民想像以及現代性方案的「第三世界」，卻是內在於臺灣，並且分別滲透在統獨政治的想像裡。

16　按邱士杰的說法，自「1980年代中期『臺灣結／中國結』論戰以來，陳映真即試圖從『冷戰、內戰』之『雙戰結構』下的臺灣資本主義發展，來解釋臺灣社會內部各種問題（比方資本主義造成的社會敗壞或分離主義運動）的因由」（2009: 241）。

17　關於韓國的分斷歷史與思想效果，見延光錫，2019。

18　用趙剛的話說，作為「前殖民地第三世界」，「臺灣的歷史（尤其是近當代史）是中國歷史的一有機部分，但同時，或因此，也是一獨特部分」（2012: 211）。趙剛的表述主要是想呈現臺灣左翼作家陳映真的「臺灣史觀點」，強調臺灣殖民經驗之於中國歷史的重要性，進而凸顯兩岸關係當前的變化如何受到冷戰現代性的挾持，而處於一種「去歷史化危機」（2012: 212）。汪立峽亦指出，對陳映真而言，「臺灣跟大陸都屬於第三世界」，「因為現代西方

層次上追索冷戰的軌跡，嘗試理解1970年代臺灣學者的文化思考如何受到政治的銘刻，並且將戰後臺灣外文研究的發展視為對兩岸分斷的一種回應。

在這個意義上，侯健先生的文學批評與思想提供了一個從雙戰構造思考冷戰經驗的有效切入點。生於抗戰中國、歷經憂患、並在戒嚴臺灣思考中國前途的侯健，活躍於1970年代，在臺灣大學歷任了外文系教授、系主任與文學院院長等職務。他在夏濟安離臺赴美後，接手《文學雜誌》的編務，也和他更為出名的同事顏元叔一樣，參與了《中外文學》的創辦。他推動比較文學在臺灣的發展，並以西方的方法對中國古典小說進行批判性的重估與比較研究。然而，不同於顏元叔的大開大闔、爭議不絕，侯健自持穩重；雖然著述不斷，卻不曾正面捲入1970年代幾場重要的文學論辯，僅以宣揚新人文主義的古典精神著稱於世，而處於時代文藝潮流的側面。作為梁實秋的弟子，侯健對雅好古典的西方學者白璧德與阿諾德多所推崇，其文學思想自然是以新人文主義為核心，反對浪漫主義的情感氾濫與個人主義，強調允執厥中的中庸精神以及文以載道的終極目標。這樣的思想背景與其批評實踐有密切關聯，不僅在他的文學研究方法上有所展現，更顯於其道德批評的姿態。侯健的古典與道德主義或許曲高和寡，卻不是毫無寄託，而是確切地座落在雙戰構造裡，表現為一種疊合了冷戰與內戰脈絡的文藝戰鬥。因此，在方法上，本章不只將侯健的書寫視為學術研究，更將之視為座落在雙戰構造內的文化政治實踐。

他的著作——包括《從文學革命到革命文學》（1974）、《二十世紀文學》（1976）、《文學與人生》（1980）、《中國小說比較研究》（1983）乃至博士論文《白璧德在中國》（*Irving Babbitt in China*, 1980）和厚達五百多頁的譯著《理想國》（1980）——都可視為侯健在雙戰構造中，試圖透過文學介入兩岸分斷體制的嘗試。他在《文學與人生》裡的幾篇短文，像是〈從文學內涵看民生史觀〉、〈民生文學說〉和〈「五四」六十年祭〉（原來發表於國民黨的機關刊物，如《中央月刊》），讀來就像是挑戰馬克思主義文藝思想的檄文，直接參與且延續了內戰與冷戰的分斷與對峙。易言之，侯健及其思想的意

依賴理論的主要目標是指向以美國為代表的美國帝國主義，第三世界被美國支配了，中心支配邊緣，他看到臺灣跟美國的關係就是這樣」（2011: 635-636）。把臺灣的冷戰經驗放入第三世界的脈絡中討論，因此，並不是要去歷史化地硬將臺灣塞入第三世界的地理圖譜，而是想回歸歷史去思考臺灣如何承載與表述冷戰與內戰交錯的歷史經驗。

義，或許不在於意識形態的保守內容，而在於在雙戰結構中與社會主義文藝思想的對位。進一步說，侯健著作的重要性，既不在於文學批評內部進行對話，也不在於開拓冷戰文學這樣的文類和論述場域，而在於作為冷戰經驗的徵候與紀錄。它不僅在外部承載著冷戰結構的制約，更在內部承接了中國自清末進入現代以來的種種矛盾與衝擊。以侯健為對象，本章企圖展開一種透過文化拮抗重新理解冷戰的方法，目的不在於為侯健或任何黨國文人平反，視之為先鋒、前衛或革命，而在於從雙戰構造與分斷體系的視角發展出一種理解文化冷戰的方法，以開展「屬於我們的」冷戰批判。[19]

透過這樣的視角，位於1970年代臺灣文藝發展（以現代主義文學與鄉土文學論戰為核心）側面的侯健，或許可以展示不同的意義，一方面接連起1920年代的文學革命與1960年代的文化冷戰，另一方面則呈顯了冷戰如何延續與固置兩岸的內戰分斷，形塑了一個分裂又統合的「中國現代性」。尤其重要的是，侯健的文學批評與譯著展現了新人文主義作為一種意識形態與道德標準的源遠流長，它既內在於、也超越了冷戰的歷史脈絡，而成為思索現代中國何處去的一條線索。在這個意義上，看似八股的侯健著作與思想，或許值得我們用心追索、細細沉吟。

文學與人生：侯健的位置

與許多渡臺外省知識分子一樣，侯健（1926-1990）在大陸度過年少時期；抗戰的艱難，夾雜著西潮與國恥，是他一輩學人最深刻的身體感受。1926年，出生於山東省菏澤市，抗戰期間他曾加入青年志願軍；1946年復員後，被分發到國立山東大學外文系就讀，受梁希彥先生啟蒙。[20]1949年來臺，他以寄讀生的身分，進臺大外文系四年級，受教於英千里與梁實秋兩位大家。大學畢業後，侯健留校擔任助教，直至1962年赴美國賓夕法尼亞大學攻讀文學碩士。回國後，再數度赴美進修，於1980年獲得美國石溪紐約州立大學文學博士，論文題目為《白璧德在中國》，由鑽研英國小說的高柏格（Homer Goldberg）教

---

19 關於「屬於我們的」這個命題，及其與外文研究或歐美研究的關係，見王智明，2014。

20 見〈偶然的堆積〉，收錄在侯健，1980: 189-198。

授指導，時任哥倫比亞大學教授的夏志清亦是他的博士論文口試委員之一。[21]
在臺大，教學與研究之外，侯健做過外文系和圖書館系主任，亦於1977年接任
文學院院長，直至1984年轉任考試委員。侯健一生著作不多，《從文學革命到
革命文學》和《文學與人生》可算是其代表作，而《二十世紀文學》與《中國
小說比較研究》則是1970年代比較文學研究的扛鼎之作。但他最廣為人知、影
響亦大的應該還是譯著《理想國》。同為臺大同事的齊邦媛就認為，侯健是
「她那一代外文系出身之中，中英文皆有深厚根柢的人」；[22]事實上，侯健翻
譯《理想國》正是出於她的鼓舞，其成果也令她「最為安心」（單德興，
2012: 255）。

　　綜觀其一生，侯健與國民黨關係良好，他對保釣運動和鄉土文學的負面評
價更使得他的形象顯得保守。他也在文章裡表露了自己對黨國意識形態的服膺
以及對蔣介石領導抗戰、鞏固復興基地的崇敬。比方說，在〈生命與生活〉
（1980）一文中，他開頭就寫道：「總統蔣公，一身繫國家安危五十年。今天
我們能有這一片乾淨土，為反攻復國奠定基礎，為復興中華民族立下契機，在
在都出於他的先機籌畫」（1980: 183）；在〈山東人的精神〉（1979）中，
他將山東人的成就歸功於蔣介石的費心照應、調動船隻，「才使數十萬青島軍
民，脫離魔掌，生活在白日青天之下」（1980: 262）；在〈青年問題與獨立
思考〉（1980）中強調年輕人當有獨立思考的能力，面對局勢動盪，年輕人不
該「攻訐政府，汙衊當局」，或是發起群眾運動（如1947年的「反飢餓」和
1971年的「保釣」）施壓，因為那只會「造成思想的混亂與士氣的低落」
（1980: 205）。在〈當代知識分子的責任〉（1980）中，他更是直陳，我們
今天處於一個空前特殊的時代：「同一個中國，一面是殘民以逞，要連根拔除

21　在〈偶然的堆積〉中，侯健簡略提到自己的留學過程：「大學畢業後，狠心拋妻棄子，隻身
　　異邦負笈，前後四度，共有八年之久」（1980: 198），但他並沒有在其他著作中詳細描述這
　　個過程。不過，從他博士論文的致謝辭看來，他的留學經歷還包括了哈佛大學燕京學社與傅
　　爾布萊特基金會的獎助。在哈佛，他受益於漢學家貝思特（Glen W. Baxter，從1956到1980
　　年，擔任哈燕社的副社長，他亦是《三國志》英譯本〔1952〕的編者，譯者為華裔學者方志
　　彤）和楊聯陞的指導。

22　見〈台大文學院：侯健院長（66年8月－72年7月）〉：https://ying.forex.ntu.edu.tw/old/news2/
　　news.php-Sn=29.html，2020/9/16瀏覽。

中國之所以為中國的一切優良傳統，不僅要以夏變夷，甚至要把人降為物的大憝巨惡；一面是以優良傳統的結晶的三民主義為指歸〔……〕力求均富——而非共貧——的康強樂利的社會，卻又肩負救國族，救人民的重責大任的孝子賢孫」（1980: 180）。在當前兩岸政治的脈絡下，這些寫於1970年代的字句如今讀來當然恍若隔世，但這些發言不必然就只是屈膝承歡的政治八股，而可視為雙戰構造的思想折射，流露著內戰冷戰交錯下的主體感受與政治思維。事實上，正是這些收錄在《文學與人生》裡的文字承載了雙戰構造的歷史軌跡，能夠幫助我們掌握冷戰脈絡下的內戰感受，看到侯健如何透過思考文學與人生的辯證關係，來介入與超克（或許更是鞏固與延續）分斷體制。

　　雖然不是他的第一本著作，《文學與人生》之於侯健仍展現多重的意義。首先，這個標題標誌一個新人文主義者的文學觀念與自我期許，即相信「文學所要表現的，其實便是人性與民生。人性是抽象觀念，必藉助具體的事例求顯露。文學所要反映與刻劃的，是一時一地的個人與由以構成的社會，也是古今中外一致的，人類對生命的領受與期望」（1980: 38）。侯健的說法很接近顏元叔的表述，即接受阿諾德「文學批評人生」的觀念，認為「作家將其理想世界，壓付於現實世界，兩相突衝而生之火花，這便是他的文學」（1976: 3）。但侯健更要以正向發展的「民生」來引導普遍而多樣的「人生」。

　　這裡，所謂「新人文主義」指的是美國比較文學學者白璧德在20世紀初提出的想法，強調古典文化的薰陶對人格養成的重要，以及人生的行動與選擇不應任性激昂，而該克己復禮、堅持中庸。這套當時意欲針砭西方科學主義與浪漫主義主流價值的學說，由白璧德的中國弟子如梅光迪、吳宓等人引入中國，成為民初「學衡派」知識分子的學術印記，以及批評新文化運動的思想利器。[23]歷史學者王晴佳便指出，新人文主義之所以「新」（不同於文藝復興時

23　「新人文主義」乃是與「五四」新文化運動相對立的一股文藝思潮，主要的領導人物為吳宓、梅光迪、胡先驌等留美知識分子以及舊學出身的柳詒徵。他們先後集結在東南大學，以《學衡》、《史地學報》、《國風》等刊物為陣地。儘管所學專業不同，他們都受到白璧德的思想啟發；吳宓與梅光迪二人甚至直接受業於白璧德。關於學衡派的立場及新人文主義在中國的發展，見Hou, 1980；沈松僑，1983；周淑媚，2009；蕭旭均，2008；王晴佳，2002；沈衛威，2007；段懷清，2009；鄭師渠，2001。美國新人文主義的基本主張，見Foerster, 1930。

圖11：侯健《文學與人生》封面。

期的人文主義），乃是因為兩者「所處時代的不同」（2002: 56）；如果說文
藝復興時期的人文主義者，是為了反對中世紀的經院文化而主張恢復希臘古典
精神，那麼新人文主義者所要介入與反對的，乃是18世紀末從德國興起的科學
主義和專業主義，以及浪漫運動以降情感氾濫的人道主義。他提到，白璧德之
所以批評科學主義與人道主義，是因為前者除了使人文薰陶變成專家之學外，
更「盲目地認為人類社會之走向進步是一種必然，因此忽略了對人自身道德品
格的培養」，而後者則在「肯定人的能力與推崇人的自由」的基礎上，為現代
社會裡的各種弊病埋下了禍根（2002: 64），因此人文學科的衰落和第一次世
界大戰帶來的動亂，正是盲從科學主義與人道主義的後果。是以，新人文主義
者強調「內在的自制力」，適度控制和壓抑人欲和自由，不走極端。這樣的主
張，王晴佳強調，「與儒家的中心思想『克己』和『中庸』十分相似」
（2002: 67），這也是新人文主義得以跨海流傳的原因之一，因為「學衡派」
諸君在白璧德的思想中不僅發現了反抗新文化運動的知識語言，也在其中感到

「思想的認同」（2002: 74）。[24]

　　作為新人文主義的臺灣傳人，侯健，和顏元叔一樣，都是阿諾德古典人文主義的信奉者，也從白璧德的思想與著作中獲取養分。兩人也都認為文學的作用就在於精確地觀察與正確地評估人生，前者仰仗作者的聰慧與文字能力，後者則有賴中庸內省的價值體系，因為那是「最為希臘人文主義的精萃與正統所在，也最與中國儒家思想相像」（侯健，1980: 62）。這種對古典人文價值的崇敬，並視之為中西古今不移的正道的信念，正是新人文主義的思想特徵。這也使得「文學與人生」這個命題具有社會介入的動能。[25]其次，不同於學術意味較重的其他著作，如《中國小說比較研究》與《二十世紀文學》，《文學與人生》收錄文章的性質不一（除了兩篇學術論文外，其他多為紀念文章與隨筆），更重要的是，文章的內容具有時代的針對性（除了紀念夏濟安先生的三篇外，大都寫成於1979和1980年），是對動盪世局與社會紛爭的文學回應。

　　全書一開始的兩篇文章，〈從文學內涵看民生史觀〉（1979）與〈民生文學說〉（1980），最初分別發表在國民黨的機關刊物上（前者收錄在秦孝儀所編的《民生史觀論叢》裡，後者發表在1980年2月的《中央月刊》卷12第4期上），尤其承載著中華文化復興運動的反共任務與教化功能。[26]所謂「民生史觀」乃是孫中山在《三民主義》中發展的觀念，強調社會進化的動力不是物質與經濟利益的鬥爭，而是生存與經濟利益的調和，據以反駁馬克思的歷史唯物

24　沈松僑也指出，白璧德思想「所標舉之人文理想，不涉宗教，專尚人事，則與儒家思想極為
　　近似」；在其啟迪之下，白氏的中國弟子得以對自身的文化背景產生新的體悟與認識，因而
　　「益發堅定他們對中國文化傳統的信念與執著」，乃至「重新肯定了儒家傳統永恆不變的價
　　值」（1983: 115-116）。

25　饒富興味的是，「文學與人生」是早年外文學者喜歡採用的標題，吳宓、傅孝先都曾以此題
　　講課或著書。

26　中華文化復興運動是中華民國政府以復興中華文化為目標而開展的思想文化運動。為保護中
　　華文化，與中國共產黨之文化大革命分庭抗禮，以顯示中華民國為正統中華文化之代表，
　　1966 年11月，孫科、王雲五、陳立夫、陳啟天、孔德成、張知本等國民黨政要發起，聯名上
　　書行政院，建議發起「中華文化復興運動」，要求將每年11月12日國父誕辰訂為「中華文化
　　復興節」。1967年7 月28日中華文化復興運動推行委員會（後改名為中華文化復興運動總
　　會）正式成立，由總統蔣中正任會長，在臺灣和海外推行。不過，2000年政黨輪替後，此會
　　的作用與意義飽受質疑，於是在2006年改名為「國家文化總會」。2008年政黨再次輪替後，
　　「國家文化總會」脫下國家的冠冕，於2011 年改稱為「中華文化總會」。

論。1953年，蔣介石發表〈民生主義育樂兩篇補述〉，一方面強化承繼孫中山法統的正當性，另一方面這也是面對國共對峙僵局、長期鬥爭的思想武裝。王曉珏敏銳地指出，貫穿〈民生主義育樂兩篇補述〉的核心「是在儒家倫理的基礎上進行傳統道德與文化價值的復興，以強化國民黨政權的政治與文化正當性」，而反共、重建人民的生活以及實現「自由、安全的大同世界」則是建立現代中國的三個必要步驟（2013: 49）。作為1950年代臺灣反共文藝的指導性文件，王曉珏強調，〈民生主義育樂兩篇補述〉並非憑空而降的冷戰產物，而是國民黨自1934年新生活運動開始，就試圖藉由復興傳統儒家倫理以抵抗共產主義的建國綱領。1966年文化大革命在大陸所造成的傷害，更讓國民黨感到機不可失，順勢推出中華文化復興運動，重新強調國民黨統治的道德與法統正當性。

　　就國共鬥爭而言，侯健這兩篇發於文革結束後的文章，雖然來得較晚，但他從文學的觀點，對「民生史觀」進行理論性補充的嘗試，反而更凸顯了雙戰效應的共振與持續。因為文革雖然結束了，但兩岸分治的狀態仍未改變；儘管1970年代末的臺灣，反攻大陸已然無望，黨外民主運動正在勃興，但在那個尚未解嚴的年代，三民主義、國父思想仍是課堂內外無法輕易繞過的框架。因此，侯健的〈民生文學說〉不僅是對過去中國文學思想的歸納，亦具有指向未來的企圖。在〈從文學內涵看民生史觀〉裡，侯健更指出，民生史觀不以對立的方式看待唯物與唯心，因為兩者本是合一，「人既不能徒恃精神便能生存、延續與發展，也不能純恃物質」（1980: 21）；同時，人性亦非絕對的善惡兩分，而是可以為惡，亦可至善，重點不在「滅絕人欲，而是因勢利導，求其寡欲。不要共產，但要平均地權、節制資本，使有能力者可以發揮能力，取得應得的報酬，能力較弱者，可以取得生活所需，以及發展餘地」（1980: 21-22）。侯健強調：「人人有生存、延續與發展的權利，獲致衣、食、住、行、育、樂某一程度的滿足的權利。這是古今中外一切人類共同嚮往的。這嚮往的理論是民生史觀，求其實現的進步過程與手段是三民主義，而反映這種共同嚮往與願望的是文學」（1980: 22-23）。

　　在這裡，侯健的論述強而有力地轉向了文學，不僅因為文學裡有政治，更因為民國以降文學論辯的風潮影響了中國的發展。侯健一方面引用西方的烏托邦文學，從穆爾的《烏托邦》到赫胥黎的《美麗新世界》和歐威爾（George

Orwell）的《一九八四》來論證「理想國」（utopia）的虛妄與不符人性。另一方面，他也批評西方的現代小說與大眾文藝——如狄佛的《情婦法蘭德絲》、狄更斯的《孤雛淚》和霍加斯（William Hogarth）描述底層生活的漫畫——和民國的新文學，偏向了「廉價的人道主義」（1980: 29），甚至墮入了普羅文學，欲以階級鬥爭解決社會問題的陷阱。相反地，他認為儒家「知天命、盡人事」，「化小我為大我」的思想，不僅與希臘與基督教的古典思想相通，更可以使我們認清人生的真相，「更致力於今生今世，在『知其不可而為之』之下，求其心安理得」（1980: 33）。侯健認為，唯有這種以古典價值為依歸，「嚮往正常生活的文學」（1980: 33），能夠在讀者心中形成一種內在的嚴肅，推動人類的進步，也才能服膺民生史觀物質與精神合一的理解。

在〈民生文學說〉中，侯健說得更為清楚：影響民國文藝發展的兩大觀念，載道與言志，看似對立，實際上卻是同樣的「偏頗與極端」，不符「中國傳統和文學的本質與應有功能」：

> 原來中國傳統，道在中庸，中庸便要求知其兩端，允執厥中，所以詩雖以言志開始，不廢感情，卻以無邪與誠為出發，以載道或社會意義為終極。西方理論，不廢中庸，而以為文學為人類文化活動的一部分，文化活動以人生幸福為指歸，所以必然引人向上，達成社會目的。就創作過程而言，始於衝動，如骨鯁在喉，不吐不快，然而在吐的時候，必然有抉擇組織，鑄字遣詞，經過理性的處理，不能如華茲華綏〔華茲華斯〕所說，僅是強烈感情的自然傾溢。（1980: 40）

據此，他認為，「所謂現代文學，過重個人。人心不同如其面，本非錯誤。但如過分強調其異，則楚越涇渭，無可共通。這樣的文學，豈非僅屬謷言囈語？鄉土文學過重時空與環境，是機械的決定論，否定了人類自由意志的力量，只不過是以偏概全」；唯有「民生文學」得以整合載道與言志，發揮「寓向上思想於娛樂，或者說移風易俗於潛移默化」的功能（1980: 41）。不過，這套說法不全然是為了中華文化復興運動而特意準備的，而是內在於他的新人文主義文學觀。在《二十世紀文學》的〈前記〉裡有更清晰的表述：「人性的不變，構成文學的普遍性與永遠性；人類願望的不變，構成文學的社會性與向上性。

普遍、永遠、社會與向上性，是文學的功能與價值之所在，也因此使文學有益於人類的長期福祉」（1976: 3）。換句話說，是對文學的超越性與普遍性的認識，使得侯健的人文主義文學觀與社會主義希望文學為革命、人民與政治服務的觀點，形成對位，而嵌入了文化冷戰的脈絡中，構成一道文學冷戰的風景。

比較文學與中國傳統

作為中華民國比較文學學會的發起人之一，侯健雖然未曾以「中國學派」自居，也是戰後比較文學在臺灣發展的重要推手。《中國小說比較研究》（1983）與《二十世紀文學》（1976）是他的兩部學術著作。雖然內容有部分重疊，但前者的重心在於討論中國傳統小說這個文類，後者則是議論的集結，旨在透過中西文學的對比與批評，展現他的新人文主義觀點：即「道德性的」文學批評與「中庸的」民族文學。對侯健而言，這兩個命題至關重要，因為文學具有教化的功能，可以對社會發揮正面的影響，而且因其道德，所以文學同時可以抵抗負面、過激的思潮，維持平和，引領國家與社會走向不偏不倚的中庸之道。也因此，現代的文學批評雖然是西方的產物，但其實踐卻不必然要以西方為尚，而是以之作為輔助的工具來重建我們對於中國傳統文學與思想的認識，乃至作為與西方文論切磋和較量的基礎。這也正是比較文學中國學派的原點。

因此，借助西方的方法，重新了解與評估自身的文化遺產，乃是侯健著述的起點。《中國小說比較研究》一書所展現的，正是他透過一個又一個的例子，區辨於西方，以彰顯中國自身的小說傳統，並不因其「無」而失重，也不因其「有」而落後。在〈三寶太監西洋記通俗演義〉這章裡，侯健指出，中國神話裡的英雄，雖然與西洋類似，亦涉及生死與復活等「原始類型」（archetype），但《西洋記》之所以被認為蕪雜，情節不夠嚴密，恰恰是因為論者是從西方的文學觀念予以論斷，而沒有注意到這部「小說」本身所要傳遞的宇宙觀和人生觀，即雜家思想中「天開於子」這個觀念的演繹，如何藉著推演、追尋與置換，達到秩序的重建，但又對秩序的重建抱以悲觀和冷眼，予之

嘲諷和蔑視。侯健寫道：《西洋記》「在作者的理智與感情的衝突中，表現了很大的分裂與對立，結果作者的有意識的追求，變成了他下意識或潛意識的澈底否定，這種否定是我們的信仰不願接受的。這種否定的信仰在故事與情節裏的表現不是我們所習見的」（1983: 31）。

這裡所論之「信仰」與「習見」指的正是西方的文學觀念，而被「否定的信仰」則是仍然存在傳統小說中的中國思想。藉此對比，侯健一方面展示西方文學評論中「神話學」與「類型學」的研究方法，另一方面也指出中國傳統的殊勝之處，實不能被西方理論所化約或窮盡，而是以一種否定的形式彰顯自身，要求更為複雜而持平的批評眼光。同樣地，在評論《兒女英雄傳》這部被胡適評為「思想淺陋，內容淺薄」的小說時，侯健再次強調了「否定」認識論的重要：「『兒女英雄傳』的思想，對於『歐風美雨』襲擊後的，20世紀的中國來說，誠然是陳腐的，但這是我們的認識，不能因為前人的認識與我們的不同，便輕率地予以否定」（1983: 66），因為看慣了西洋小說的中國理論家，將「個人主義的、偏頗片面的東西，轉來應用到集體主義的、全體正面的中國作品上，其結果當然是削足適履」（1983: 64）。侯健的說法呈現了對傳統的堅持，並不因其研究西方有所動搖，他想要從傳統內部，特別是思想史的源流，而非其外部來討論中國文學，更顯現了他對傳統的尊重與護衛。如他在〈自序〉中所言：「我從事的是增加了解，卻無意於強要杜甫變成彌爾頓」（1983: 6）。這正是比較文學平行研究這個模式所提供的自主空間。

在《二十世紀文學》裡，侯健坦承，自己「文以載道」的思想主要來自中國傳統，廣採西方，努力研究的目的，是為了替「傳統找到旁證，證明它的不滅性的正確」；然而，思想上影響最深，也最能使印證所學，增加其「民族信心」的，卻是白璧德的文章（1983: 2）。他寫道：「文學的產生有其民族性──民族是人類結合的最大實質單位，但推行開去，終極必然是全人類。我們的傳統相信世界大同，立論的根據不是空洞的烏托邦式的幻相，而是具體的對人性的洞察」（1983: 3-4）。是故，對侯健而言，「比較」（或李達三所謂的「對比」），是為了凸顯差異、解釋其因緣，從而建構自身的批評基座，而不是「以西論中」或是「擇西貶中」。

開篇的〈中西載道言志觀的比較〉就是一個很好的例子。他指出，以柏拉圖和亞里斯多德為起點的西方文論，源於肯定真實與表象共存的一種認識論，

前者是不朽、唯一的，後者是短暫而多元的，由此引出了文學的「模仿論」（mimesis），即表象乃是對理念的模仿和再製。他認為，這便是「一與多」的道理，與儒學裡「理一分殊」的說法相通。然而，「這裏的模仿，與中國的法天則天，自自然界的現象中，直接悟出天道的方法，大為不同。因為中國的天道，是由具形到形而上的，柏氏的看法則是形而上墮落到形而下的，這裏面便有了價值上的差異」（1983: 2）。由此出發，侯健指出，亞里斯多德的文學觀是「載道的」，但卻「不曾涉及言志」，因為西方文學觀念的起點是對文學的護衛和揚升，「骨子裏還是要為文學佔地步，抬身價」（1983: 4-5）；這就使得文學思想的發展從「法天轉為法人」，從而「激蕩出浪漫主義的反叛，轉而走向狹隘化了的自然，以個人感受為依歸」（1983: 10）。

　　但中國文學觀念的發展則非如此。他寫道：

> 　　中國的爭論，永遠是對正統上的偏差做糾正，但從不完全否定文學的價值，雖然對正統的闡釋可以有歧異。相形之下，西方永遠要抵抗對文學的存在價值的根本否定。同時，中國很早便脫離了依附宗教的需要，其模仿觀念，大體留在自然而非超自然的階層上，因為自法天到法人，其間不必有任何斧鑿的痕跡，所以模仿與獨創的對立，不必涇渭分明，所以雖有擬古仿作，宗唐宗宋的歧見，而自出機杼，却往往在浸淫於古之後，不致鑿枘。（1983: 11）

除此之外，中國文學中的「言志」傳統，雖然也鼓勵自我表達，所謂「吐納英華，莫非情性」，但言志不以個人為限，亦與時代和社會對應：「發乎情，止於禮」，將文學從表面的形式往精神的含義轉化。是故，「言志雖然從個人感情出發，卻無礙於以模仿為方法，對感情加以紀律」，而且「這種紀律使文學與道德，可以結合為一」（侯健，1983: 19）。因此，西方以模仿論作為古典與浪漫的區辨，侯健認為，這在中國從非關鍵，因為「中國的文學批評思想，自開始便是以言志的手段，達到載道的鵠的」，況且「載道本來就是肇始於心志的」（1983: 28-29），因此沒有不為載道的文學，也沒有純為感情的言志。此中傳統的思想與道德內涵恰是西方以降的「文學」觀念無法窮盡與涵蓋的，這也是中國文學傳統值得深究與敬重之處。

　　這就說明了比較文學的作用在於：透過格義，探究思想的差異與變化。比較文學研究不只是技巧的鍛鍊，如夏濟安對彭歌〈落月〉一文的批評，要指出如何把文章寫得更好，讓文學更能達意；它更是進入思想的媒介；藉著對比與重估，闡釋與恢復文學在各自傳統中的意義與位置，以挑戰，甚至逆轉現代以來以西方為中心的文學階序，乃至調整與更易西方浪漫主義文學思潮下的中國餘波：文學革命與革命文學。比較文學的中國學派，在這個意義上，既要「外抗強權」，也要「內除國賊」。儘管侯健從未以「中國學派」自居，其抱負和理想，實與之有所應和，而且更接地氣。

　　侯健貫通中西、尊崇古典的追求，因此不只是為了復古砭今，而是想藉著比較與重估，找出中華文化遺產當中「永恆性的價值」，藉以獲致「安身立命的妥當的人生觀，和由而衍生的行為規範」，重建「我們對中國文化的信心」（1980: 63）。這正是他用心翻譯柏拉圖的《理想國》的原因：推動中華文化復興運動，為反共與民族復興的事業添磚加瓦，更為發揚古典主義的理性精神，一如其師梁實秋的努力。[27]在〈譯者序〉中，他亦提到翻譯該書的動機：不僅是因為除了民國9年的文言譯本外，沒有白話譯本，更是因為它的對話體，「與我國的論、孟乃至後世的答客問或語錄，包括儒家的和佛家的，都有顯著的不同」（2014: 11），足以彰顯西方勇於挑戰權威、抽絲剝繭的治學特色，「在我們努力於文化復興的今天，缺乏這麼一本供攻錯、觀摩、參考的名著，簡直是不可思議的損失」（2014: 18）。[28] 同樣地，在討論美國《獨立宣

27　侯健認為，梁實秋最大的成就或許是莎士比亞的翻譯，但是「更為有價值的」應該是梁氏的《文藝批評論》、《偏見集》和他翻譯的《西塞羅文錄》及《沉思錄》（1974: 180）。至於翻譯的作用，董崇選認為，梁實秋的莎劇翻譯「助長了白話文學運動」，且因所譯皆為經典，「所以在士大夫與工農兵的階級鬥爭中，有偏向精英的姿態，在政治立場上有激化國共鬥爭的結果。再者，梁先生在承襲人文主義的精神之下譯完莎劇全集，是直接對唯物論的挑戰。他透過譯筆呈現莎翁所欲呈現的普遍人性與永恆價值，可以算是對『革命文學』的否定，在思想上是發揚了人本思想」（2014: 114-115）。雖然董崇選討論的是梁實秋，這樣的評論放在侯健身上也很合適。

28　廖炳惠也提到：「對一般人而言，侯老師是提倡文學革命與革命文學的學者，其實他比較注意的倒是文學與道德相輔相成的交互作用，以及其中創造意義與價值信仰的活動。可能是這種緣故，侯老師花了不少心血重譯柏拉圖，企圖把文學、哲學、政治之間的密切互動，透過《理想國》的脈絡重新界定」（1991: 12）。

言》和中國思想的英文論文（Hou, 1976）裡，侯健不僅考證儒家思想中的民本主義，如何可能透過西方的傳播，而影響了起草《獨立宣言》的傑佛遜和富蘭克林，更指出《獨立宣言》裡殘存的浪漫情懷與人道思想仍需人文主義的滌盪。

　　侯健的說法不僅重述了西方人文主義的古典價值，並使之與國民黨復興中華文化的意識形態相接合。他交流中西學思、引介西方古典精神的嘗試，亦隱含著他對1970年代臺灣文藝風潮的針砭：一邊批評現代主義文學耽於個人、流於囈語，另一邊抨擊鄉土文學以偏概全，重蹈革命文學的覆轍。然而，侯健研究與譯介西洋經典的目的，不在於直接批評當下的文藝風潮，而在於建立「民生文學」的論述（或是說，發展孫中山「民生史觀」的文學面向），作為未來重建文化與家國的指引；他反覆強調，文學不只要反映與批評人生，更要引導民生與民族的發展，這就使得他的文學觀點與批評，銜接上國共對立的雙戰構造，乃至為國民黨的統治文化抹上一層新人文主義的底色，並且在國共對立中期待著人文主義的最終勝利。他對「五四」與「文學革命」的討論尤其清楚反映了冷戰與內戰的疊合與交錯，也突出了文化冷戰的兩岸意涵。

「五四」紀念的政治：文學革命與思想戰

　　在臺灣出版的「五四」相關文獻中，侯健是最具生產力的作者之一，從1973到1986年，他一共發表了13篇文章與一本專著，[29]數量僅次於周玉山、周策縱、余英時和林毓生等人（王明玲等，2009: 108）。《從文學革命到革命文學》一書更是在文學批評史脈絡中對「五四」意義與影響的總結。

　　然而，在冷戰脈絡下，在臺灣紀念與反思「五四」並不是一件名正言順、全無風險的事情，因為國共內戰與分裂，相當程度上，便是來自於「五四」所引發的政治效果。對兩岸三地而言，「五四」不只是一場青年學生運動和歷史事件，而是一個高度敏感的政治符號，在不同時間對不同主體有著截然不同的意義，也因此，紀念與反思「五四」的舉動就帶有高度的政治意味。香港學者

29　最早一篇是1973年發表的〈從文學革命到革命文學〉，最晚的則是1986年發表的〈文學革命的源流〉，前者亦收錄在侯健《從文學革命到革命文學》一書中。

陳學然尤其強調「五四」精神與思想的兩歧性（展現為個人主義與群體意識、民族主義與世界主義、理性主義與浪漫主義並陳爭鳴的狀態）和複雜性。他寫道：「學運雖然出現勃興之象，但避免不了走向被政客操弄的衰頹景象，塑成五四運動精神的多樣性與複雜。故自1920年代中期以來，五四運動便成為國共兩黨爭相競奪的歷史資產。對於『五四』思想資源的爭奪戰和操控其話語權的做法，其實一直延續至今天」（2014: 15）。思想史學者王汎森更指出，在臺灣，紀念「五四」是「一件很嚴肅的任務」，因為「五四書寫往往帶有雙義性，即一方面是為了研究，另一方面是為了現實」，以至於「寫歷史本身即是歷史的一部分」（2019: 92）。侯健介入「五四」紀念的嘗試，因此頗堪玩味。

　　楊濤〈民國時期的「五四」紀念活動〉一文，可以幫助我們理解「五四」在兩岸之間的複雜意涵。他指出，在1949年國共沿著臺灣海峽分立之前，「五四」紀念活動基本上以1928年為分水嶺，並有不同的意義。隨著北洋政府垮台、南京國民政府實行有效統治後，國民政府「運用國家權力主導紀念活動，掌握文化話語權，利用各種紀念活動為國民黨服務，進而重新塑造『五四』文化符號」（2010: 51）。[30]1931年九一八事變後，為避免共產黨利用「五四」紀念激化抗日、打擊政府，國民黨在一次會議中提案將5月4日訂定為「中國文化復興運動紀念日」；但是在1939年毛澤東撰寫〈五四運動〉一文，以「文化革新運動」高度評價五四，視之為「中國反帝反封建的資產階級民主革命的一種表現形式」之後，國民政府和共產黨控制的陝甘寧邊區西北青年救國聯合會，卻先後將5月4日訂為青年節（2010: 52-53），使得原來以民主和科學為綱的「五四」突然成為抗日救國的精神指標。更令人玩味的是，五四青年節確立僅僅4年，國民黨就改弦更張，將青年節改定為3月29日，以紀念黃花岡之役犧牲的青年革命志士，而將5月4日改定為文藝節（2010: 53）。這個變化不僅反映了國共「五四」觀點的差異，也意味著「五四」紀念自此正式成為國共內戰的意識形態戰場之一。中華人民共和國成立後，5月4日復歸為「中

30　郭廷以亦在《近代中國史綱》裡提到，1929年「五月，國民黨禁止紀念『五四運動』」，原因是1927年清黨後，國民黨試圖壓制如中國青年黨和中國憲政黨之類的反對勢力與政黨」（604）。這較楊濤所提更早一些；主要的差別在於楊濤把「五四」意義的爭奪聚焦在國共對抗上，而忽視了在九一八事件前，反國民黨的力量就曾集結在「五四」的大旗下。

國青年節」，而臺灣的「五四」紀念則隨著戒嚴壓制在民間漸趨沉寂。

　　簡明海的博士論文《五四意識在臺灣》就指出，由於戰前臺灣對「五四」的認識主要以魯迅為精神象徵，橫向移植了中國的左翼精神，因此在國府遷臺後，很快遭到打壓，「五四」也因為和共產黨的關聯，不被紀念。殷海光與《自由中國》同仁對「五四」的召喚，自然對國民黨的統治形成挑戰，而被迫停刊。簡明海認為，「五四」意識在1960年代的臺灣其實處於沉潛狀態。他引用歷史學者王家儉的說法強調：雖然胡適在世時，每逢「五四」還有一些文章和紀念活動，但1962年胡適逝世後，「『五四』就變成單純的『文藝節』，不僅相關的紀念與評論匱缺，教科書亦將之『簡化到不能再簡化的程度』」（2009: 170）。儘管《大學雜誌》有意識地承續，以及保釣運動帶來新一波的衝擊和影響，[31] 這個狀況直到1979年「五四」六十週年時，「臺灣聲援大陸民主之春，政大學生才有自發性的紀念五四」，致使報刊終於「打破以往十餘年的沉寂，競相刊出大量的有關『五四』的回憶錄或論文」（2009: 170）。[32]他亦引用張玉法的說法：

　　　　三十年來的臺灣學術界，一直有意的忽略「五四」的歷史。在周策縱的《五四運動》出版了18年之後，在陳曾燾的《五四運動在上海》出版了7年之後，不僅沒有激起研究的興趣，連較為完整的翻譯介紹幾乎也沒有；在哈佛大學於1968年為慶祝「五四」五十週年而舉行學術討論會的時候，國內學者沒有任何類似的活動……（1978: 170-171）

　　在這個意義上，侯健原於1973年在《文藝復興》月刊上發表的〈從文學革命到革命文學〉一文便極具時代意義。一方面，它是在臺灣出版的「五四」回顧文章中最早的幾篇之一，[33]另一方面它以白璧德新人文主義的立場和觀點重

31　1971年保釣運動在臺灣展開時，學生們就自覺地以五四運動為標竿。大學論壇社的學生們在4月13日從臺大農經系館（現已拆除）的屋頂上垂掛兩幅標語：「中國的土地可以征服，不可以斷送；中國的人民可以殺戮，不可以低頭」，自此展開保釣運動。見鄭鴻生，2011。

32　香港紀念「五四」的經驗與臺灣大不相同，影響亦不一樣。見陳學然，2014。

33　就王明玲等人的研究，除了周策縱1971年發表於《大學雜誌》第48期的〈五四運動告訴我們什麼？〉和夏志清1971年在《幼獅文藝》卷34第6期發表的〈文學革命〉外，較重要的五四

新整理「五四」前後關於文學革命與革命文學的歷史敘述，也深具整理戰場、展望未來的意義，既表述了個人的文學史觀察，也與中華文化復興運動的精神相應和。

　　文章起頭，侯健就指出「五四」前後的文學革命與革命文學，「雖然倡導者和參與者頗有不同，在基本精神上卻一脈相連〔……〕把文學狹義地定為社會改革或政治變更的工具〔……〕文學革命成為所謂新文化運動的一部分，其文字改革到了民國23年還有大眾語和漢字拉丁化的叫囂；革命文學的結果，是思想上的顛倒黑白，混淆是非，終至造成今天共匪禍國的局面」（1974：204）。如此定位文學革命與革命文學的方式，顯現了侯健的政治意識與文學觀點。透過阿諾德與白璧德的文學思想來看待這段歷史，侯健認為文學革命背棄傳統、革命文學破壞傳統，其背景與過程不僅是中國內部的左右與新舊之爭，更是西方古典主義與實驗主義、浪漫主義和社會主義的爭鬥，或者更具體地說，是白璧德與杜威、盧梭與美國左翼作家辛克萊等人思想辯詰的中國演義。[34]侯健指出，白璧德的中國弟子，包括梅光迪、吳宓和梁實秋等人，都曾在這兩大文學運動中，稱職地扮演了反對者的角色：梅光迪反對胡適提倡白話文與文學革命，而胡適的思想正來自杜威的實驗主義；郭沫若等創造社和太陽社成員高唱普羅文學時所揭櫫之理論權威正是辛克萊；白璧德曾與杜威激辯，而辛克萊則對白璧德多所攻擊；同樣地，梁實秋反對浪漫主義所依恃的亦是白璧德對盧梭與自然主義的批評。侯健認為，《學衡》秉承新人文主義思想，重視傳統而不為傳統所限，要求批判辨析卻不肯自我作古，才是真正有創造性的文學主張，可是他們卻被「譏為守舊、冬烘、阻撓新知、橫逆潮流」（1974：

研究，就屬侯健這篇。它要比林毓生和張玉法這兩位思想史與中國史學者談「五四」的第一篇文章——〈五四新文化運動中的反傳統思想〉（1975）、〈五四運動的時代背景〉（1978）——都要早了幾年。當然周策縱的著作《五四運動史》早在1960年就已以英文出版，但中譯本要遲至1980年代才在臺灣出現。

34 另一個侯健注意到、並藉以解釋民初文壇思想差異的方式，是作家與學者們的留學背景，而有了留美與留日的抗衡，乃至之後西化派與俄化派的對立（1974: 97-98）。另外，「學衡派」對新文化運動的反對，學者亦從梅光迪、吳宓與胡先驌三人與舊學傳統的淵源，予以解釋（沈松僑，1983: 72-73）。周淑媚甚至認為，學衡派與新文化陣營的論爭「應視為是以學術之名在社會文化範圍內所展開的一次話語權勢的爭奪。這種學術與政治文化的纏繞反映出現代中國在現實政治的壓迫下學術根基的脆弱」（2009: 207）。

213）。新人文主義的失敗，在侯健看來，不只是文學的挫敗，更是中國的災難。故侯健主張，惟將這兩大運動「看做白璧德的人文主義與盧騷的自然或浪漫主義論戰，是白璧德與杜威的實驗主義及其後的共產主義作戰的延展」（1974: 226），才能充分掌握其歷史脈動與思想內涵。[35]

的確，大陸學者程凱就指出，革命文學與「五四」的關係，既延續又斷裂。一方面，作為啟蒙運動的「五四」解放了個體的自我意識，而與革命文學所要求的革命與階級視角有所扞格；另一方面，個體解放的理想，在1920年代內亂外患交迫的脈絡中，必然會指向集體的解放，從而為了革命，而對個體自由予以箝制。然而，這個矛盾必須納入文化與政治的互動關係來理解。程凱寫道：

> 1915年前後，新文化運動興起的主要動力就在於痛感未經歷真正文化、思想、道德、倫理革新洗禮的民主政治只能徒有其表；因此，要從腐敗已極的政治領域中退出來，在文化領域中展開一場思想革命，「重新估定一切價值」，檢討文明、道德、倫理、價值得以成立的基礎，在此基礎之上再構想現實政治，特別是當權者和政黨。（2014: 6）

然而，到了1920年代中期，隨著蘇俄十月革命成功以及新政黨的陸續成立，五四新青年們理解到，或許政治，更甚於文化，才是改變社會的力量，從而「實現了向政治、政黨的轉向」（程凱，2014: 7）。觸發文學革命向革命文學轉化的歷史事件就是1926年3月18日北京段祺瑞政府屠殺和平請願民眾的三一八慘案。程凱認為，三一八慘案的重要意義就在於，知識分子理解到，新文化運動那套從文化和思想層面介入現實的做法已經行不通了。新興黨派政治與社會革命乃是在想要再造思想革命而不得的困境中展開的摸索。在此意義上，革命文學也就展現為知識分子對文學與政治的重新思考，不是藉文學來改變政治，而是以新的政治理念來引導、乃至改造文學，使之發揮更大的作用。

從這個角度來看，侯健對文學革命與革命文學關係的掌握，雖然有些化約，卻頗能切中要害。他不僅看到了「五四」新青年激進與穩健兩派的分裂，

---

35 亦見Hou, 1980: 251-252。

也點出了後者作為前者在精神上的延續與激化。

　　1974年出版的《從文學革命到革命文學》基本上是這篇文章的擴充，它一方面對《學衡》派與《新月》派的思想與主張進行梳理，呈現新人文主義的文學與歷史觀點，以釐清文學革命與革命文學交錯延續的背景，另一方面仔細地爬梳了文學革命的經過，強調共產黨的介入與影響，並將文學革命的思想星火回溯到胡適與梅光迪在美國留學時的辯論，重申胡適的〈文學改良芻議〉才是文學革命的起點，以反駁對岸與海外學者將文學革命的榮耀歸功於陳獨秀、李大釗和魯迅的說法。[36]這個回應的脈絡，在我看來，尤其重要，因為它凸顯了「五四」紀念與書寫的政治性，以及內戰與冷戰的跨時空交錯。該書的〈後記〉顯示了，侯健出版此書的動力，部分來自於回應哈佛大學歷史學者（也是海外保釣健將）龔忠武在紐約「五四」55週年紀念會上，將文學革命之成功歸諸於李大釗和魯迅的發言。在保釣運動的衝擊下，許多1970年代的留美知識分子都經歷了因愛國保土而左傾的過程，在國民黨不抗日、不保釣的情境下，紀念「五四」與發揚「五四」精神就成為海外留學知識分子抗日與愛國的象徵。在一定程度上，保釣的衝擊使得「五四」重新回到臺灣知識分子的視野裡，迫使國民黨也必須試圖掌握「五四」的話語權，而有了侯健這本書。值得注意的是，保釣愛國主義的興起與轉折，以及「五四」話語權的爭奪，正是冷戰時期的內戰延續（統一運動與革新保臺的路線之爭），亦是國共內戰的冷戰表現（反帝反殖以及自由民主的對立話語）。同時，這也可以視為臺灣外文學者試圖介入美國的中國研究學界的一次嘗試。

　　侯健憤慨地寫道：「龔先生不僅是曲解歷史。在資料充足，言論自由的美國，卻甘心食大陸的唾餘，為大陸謬論瞽言作應聲蟲，不僅失去學者應有的風度，連做人的條件也顯得有些虧欠。他的老師費正清先生也許常有些怪論調出來，但對抹煞歷史的本領，大約還要向他的學生討教」（1974: 269）。侯健的憤怒顯然不只是學者對歷史真相的堅持而已，而是摻雜了戰鬥的情緒。在他看來，在臺灣長大、受教、再而留學、出書，並在哈佛任教的龔忠武，如此說法，不只違背了學術良知，更違背了「為人的良心」（1974: 284），放棄了

36　沈松僑亦強調胡梅之爭才是「文學革命的濫觴」（1983: 82）。關於文學革命與革命文學的起始與發展，更細緻的討論，見程凱，2014。

生養他的國民政府，一如冷酷無情的國際社會，自1970年代紛紛識時務地「左轉」，投向了中共的懷抱。侯健的憤怒，因而也不只是針對龔忠武，而是針對像龔忠武一樣、受保釣運動啟發而左傾的海外知識分子。「五四運動與文學革命的關係」以及「文學革命的始倡者與倡而成功者是誰」（1974: 269）這兩個看似關乎歷史考證的問題，因此也就不只是歷史問題，而牽涉到對歷史的認識與文學革命的評價。對此，侯健有兩個重要的觀點：首先、文學革命雖然「名義上是以文學為對象，實際上卻是以〔文學為工具〕，與內容關係不大，也因此更容易塞進任何內容，變了本質」（1974: 271）；在他看來，文學革命與革命文學的作用，不在文學，而在政治；其次、五四運動雖是一場學生自發的愛國運動，背後卻有複雜的背景，內有軍閥割據，外有強敵進逼，因此胡適、陳獨秀於文學革命雖然提倡有功，但其影響與作用卻非他們所能全盤左右，乃至於有革命文學的發難以及最終大陸的淪陷。換句話說，「五四」一代的愛國情操與文藝救國的企圖，值得肯定，但其思想卻走上了歧路。顯然，侯健對這段歷史過程有很深的感嘆，對胡適亦多所埋怨，[37]對1970年代臺灣的社會躁動更是憂心忡忡。但是，他如此評斷的基礎，與其說是國民黨的政治意識形態，不如說是白璧德的新人文主義思想。

　　在〈「五四」六十年祭〉（收錄在《文學與人生》）這篇特別夾纏與曖昧的文章裡，我們尤其可以看到，在文化大革命與文化復興運動的對應脈絡下，侯健對「五四」話語的糾結。他首先強調，我們對事件的評價不當局限於事件本身，而應以其精神或是意識為對象；五四運動的精神就是「愛國傷時的道德執著」（1980: 80），以魯迅為代表。他借用孫伏園（實為劉半農）對魯迅的評價指出，所謂「托尼道德、魏晉文章」（托指托爾斯泰，尼指尼采）實是以「救國救民的動機，外在化了的行動」（1980: 81），其內在要求的其實是情感放縱與反抗權威。在侯健看來，托爾斯泰、尼采代表的是氾濫的人道主義與浮誇的超人哲學，魏晉文章則代表了自由放縱的個人主義，這兩者恰好在反抗權威、「自覺」其是的意義上巧妙結合，使「五四」成為一次個人主義與浪漫

---

37 關於胡適，侯健在《從文學革命到革命文學》裡如此寫道：「在理論辯難上，前面已指出他常有避重就輕、顧左右而言他的傾向。在思想上，他既『擇善固執』，又『自是其是』，所以幾乎永遠不合時宜〔……〕因而不僅大陸要出數百萬言的胡適批判，我們痛定思痛，也難免想向他出氣」（1974: 280）。

主義向傳統道德的偉大進軍。他認為，「五四」帶來了民主與科學，但也帶來了放恣、物質享受與過多的自由（1980: 88）；比方說，「民主一詞便很麻煩」（1980: 84），原因是「民主」一詞在儒家傳統裡的理解可以是「人文與民本」，重視民生與教化，可是進入了「五四」的激進脈絡裡，就成為了階級鬥爭與人民民主專政。然而，相較於文革的大陸，「陳獨秀的民主心願，達到的不是他手創而又遭趕出來的黨，而是奉行三民主義的中國人」（1980: 87）。這顯然是在批評「五四」激進民主的同時，稱許國民黨在臺灣的改革與治理。相反地，在論及科學的時候，侯健先是大力諷刺大躍進時期的土法煉鋼與政治掛帥，連「摘下的蕃茄繼續成熟都跟毛語錄有關」（1980: 87），然後話鋒一轉，批評起臺灣的文化狀況：

　　白話固利傳播，但文化遺產卻是愈來愈少人懂的文言，結果是把自家的歷史都弄不清了。兒童文學之類，固能取悅兒童於一時，卻浪費了人生中最富記憶力的一段〔……〕於是，文言文章固限於能力不能讀，昔年的白話舊文學或古典小說，也動不得——教科書外還有電視、音響、電影和電動玩具等等。那有時間看小說？中國人在中國要外黃內白，是可笑呢，是可悲呢？民主帶來了自由，其實是放恣；科學帶來了物質享受與犯罪年齡的降低。更不必說過多的自由，倒帶來了工農兵文學，排斥所謂買辦。（1980: 88-89）

這又是一記話裡藏鋒的綿裡針，既肯定「五四」推行白話文有功，又譏諷自由的放縱與西化的墮落。侯健認為，「五四」精神仍在，仍有許多任務尚未完成，是故紀念「五四」，不在於回顧，而在於展望將來：「五四要打倒偶像，推翻傳統，我們縱使判處五四死刑，加以推翻打倒，絕不能僅是以暴易暴」（1980: 90）。這又是新人文主義中庸與節制的道德觀點。

　　侯健的學生，李有成曾指出，《從文學革命到革命文學》其實是侯健「有意從文學批評史的角度為現代中國文學赤化的前因後果尋求答案」（2006a: 124），然而在「馬克思主義當然還不能公開討論」的1970年代，侯健的「新人文主義因此並未招來任何質疑或反對」（2006: 125）。的確，侯健的著作與思想或許有「恢復新人文主義作為更寬廣的社會與文化論述」的企圖，但若

僅從文學批評史的角度看待其影響，大概就如李有成所說的，「成效不彰」
（2006a: 125）。然而，這樣的評價或許忽略了侯健著作的時代意義與政治企
圖，即侯健是有意識地與共產黨的文藝主張打對台，在中華文化復興運動的脈
絡裡，為國民黨爭取「五四」的話語權，從而防杜臺灣在文藝與社會思想上的
赤化與西化。畢竟〈從文學革命到革命文學〉最初是刊登在《文藝復興》，那
是為了「響應中華文化復興運動以及為了祖國之統一與重建」（見張其昀〈發
刊詞〉）[38]而出版的刊物，而侯健也相信新人文主義維護傳統文化與古典價值
的努力，與孫中山的文化思想有「很多相通」之處，「更與近年在臺灣的中國
文化復興的運動有關」（1974: 87）。由此觀之，從《學衡》、《新月》而
《文藝復興》，我們或許可以拼湊起一道橫跨兩岸的新人文主義系譜，[39]其反
映的不只是革命文學以降的國共內鬥，更是從19世紀西方內部思想論辯到20世
紀中國思想戰的過渡與轉換。

38　張其昀（1901-1985）曾就讀東南大學的前身南京高等師範學校，受業於柳詒徵，他亦是《史
地學報》這個新人文主義刊物的作者與骨幹成員。1949年，張其昀到臺灣，轉入政界，歷任
國民黨中央黨部宣傳部長、教育部部長等職位，並於1962年創立中國文化學院（即文化大
學之前身），再於1970年創辦《文藝復興》月刊，響應中華文化復興運動（沈衛威，2007:
475-490）。新人文主義與國民黨的中華文化復興運動，因此不只有著思想上的連繫，在體制
上更是相互扶持。關於柳詒徵在《學衡》內的角色，見王信凱，2004。

39　關於《新月》與《文藝復興》是否都屬於新人文主義這個問題，限於篇幅，本章無法全面展
開論證，但可以提出幾個方向供讀者參考：一、《文藝復興》創辦人張其昀與《學衡》人物
柳詒徵的師承關係；二、該刊在創刊號中揭櫫的使命，從文藝復興達致民族復興的想法，有
濃厚的古典主義色彩；三、究其刊行文章，雖然從地理、政治、文學而思想，各門各類兼容
並包，但明顯著重幾個主題：即儒學的再發揚（這點尤見於錢穆、唐君毅等人的長期來
稿）、海外華人，以及西方經典的引介，直接反映了新人文主義中西兼濟、發揚民族文化的
想法；四、雖然次數不多，《文化復興》仍然不時回顧新人文主義與《學衡》師承，除了編
撰柳詒徵的作品集錄外，周應龍的〈道德的理性與新人文主義〉、任卓宣的〈文藝復興念前
賢〉，乃至顧翊群和王邦雄談中華文化復興的文章也都指向新人文主義為依歸。或許我們無
法宣稱《文藝復興》就是一份新人文主義刊物，但是新人文主義作為一道思想潛流貫穿其中
應是無庸置疑的。同樣地，雖然《新月》的組成複雜，無法以新人文主義一概而論，但是梁
實秋的參與和貢獻應無疑義。侯健就指出，《新月》的主要貢獻有三：新詩體的建立與鞏
固、自由主義的政論以及文學批評理論的建立，而最後一項梁實秋的貢獻尤其重要，因為那
是「白璧德的人文主義與古典主義在中國的表現」（1974: 141）。本章的目的不在於將《新
月》和《文藝復興》這些在本質上不同的刊物全部收歸新人文主義，而在於指出新人文主義
的思想如何跨越兩岸與時代流動和發展。

在《文化與政治的變奏》裡，汪暉從「思想戰」的框架來審視五四運動所引爆的文化轉向。他尤其強調五四運動的「新意」，或許不在於形式上或制度上與傳統的斷裂，而在於面對第一次世界大戰和中國共和危機（即洪憲帝制和張勳復辟）時，所逐漸發展出來的「覺悟」。他指出：

> 推動「五四」之「文化轉向」的，不僅是從器物、制度的變革方向向前延伸的進步觀念，而且更是再造新文明的「覺悟」。在第一次世界大戰和中國的共和危機之中，18、19世紀的歐洲現代性模式正處於深刻危機之中──資產階級民族國家、自由競爭的資本主義經濟，以及與此相關的價值系統，突然失去了自明的先進性；共和危機與國家危亡不再僅僅被歸咎於中國傳統而且也被視為19世紀西方現代文明的產物。因此，如何評價共和的制度與價值，如何看待19世紀末期以降被視為楷模的西方模式，以及由此引發的如何看待中國傳統等問題，構成了「五四文化轉向」的基本命題。（2014: 5）

汪暉的視角提供了我們一個重新省視新人文主義的機會：在文學革命與革命文學的傳統敘述裡，《學衡》向來被歸類於文化保守主義的一方，是頑固不冥的守舊派，是現代化過程中必須被揚棄的糟粕。然而，誠如侯健所強調的，正是新人文主義允執厥中、雅好古典的精神，可以匡正浪漫主義與個人主義的革命激情，保留中華文化遺產的精髓。這樣的主張不只是針對20世紀初中國的變局而來，更是從西方內部對現代化文明反思得來的智慧。沈松僑亦已指出，民初「保守力量的形成，不僅是新文化運動激盪而生的反響，也和當時世界思潮的變易有著密切的關係」（1983: 58），尤其第一次世界大戰後杜威與羅素的訪華，以及梁啟超和梁漱溟的調合東西文化主張，都起到相當的作用，這也成為學衡派崛起的重要鋪墊。周淑媚也認為，「第一次世界大戰的爆發，暴露出西方資本主義文明的缺陷」，才是學衡派對文化傳統「反觀自省」、拒絕躁進西化的原因（2009: 228）。更重要的是，這個反思的傳統並沒有因為共產黨占據大陸而失去，它來到臺灣，為中國的文化復興留下了火苗。

《從文學革命到革命文學》便刻意收錄了白璧德1921年原來在美國留學生會議上發表的講話，〈中國與西方的人文教育〉。在這篇文章裡，白璧德對西

方文明的發展有切中時弊的針砭。白璧德一開始便強調，「中國的文藝復興運動」（即新文化運動）乃是「孕育於西方加諸中國的壓力」，其發展「大抵是遵循西方的路線」（1974: 258），因此新文化運動的批評必須回到對西方現代性的反思上。白璧德指出，西方的文藝復興運動有兩個特點：一是功利主義，追求人類的舒適與對自然力量的控制；二是浪漫主義，強調感情的奔放與自我表現，而這兩個發展合流，導向的結果卻是第一次世界大戰，因此「今天問題的真正癥結」，不是「進步力量與反動力量的鬥爭，而是文明與野蠻的鬥爭」（1974: 259）。他認為，科技的發展帶來的不是文明，而是「機械的野蠻」（1974: 260），而何謂文明，則是這個時代甚為迫切的問題。白璧德引用英國批評家穆瑞（Charles Murray）的說法，強調第一次世界大戰的災禍乃是「以英國的工業革命開始，從而篡竊了文明之名的，對物質欲望求滿足的複雜、孳衍過程的必然結局」，而西方所謂的文明「其實只是增加的工具；它增加了人類的欲望，增加了為求毫無阻礙地滿足而採取的方式的恐怖性」（1974: 262-263）。

白璧德的陳述，讓我們看到新人文主義保守性格中隱含著對西方現代性的批判，也就是汪暉引用杜亞泉文章所指稱的「思想戰」，即「將歐洲戰爭危機確定為文明危機」（2014: 82），並認為「戰爭的核心是思想的戰爭，政體衝突的核心是思想的衝突」（2014: 83）。[40]在「五四」的脈絡下，新人文主義者，如《學衡》諸君，並不反對西化和現代化，而是反對以西方現代性作為普世皆然的價值與欲望、反對功利擴張的科學主義和膚淺表面的進步信念。但這樣深刻的批判，卻被「五四」的進步主義與救亡神話所掩蓋，和白氏所推崇的儒道一起淪為「四舊」，被掃入歷史的塵埃。

侯健以新人文主義思路重新整理文學革命與革命文學的嘗試，因此不能僅僅被視為冷戰時期中華文化復興運動與文化大革命的對抗，或是1970年代國民黨對其政權合法性與代表性的再鞏固，而必須放回雙戰構造及其思想脈絡中來理解。侯健所要與之鬥爭的不只是冷戰意義下的共產中國，更是支撐共產中國

---

40 不過，王汎森指出，杜亞泉其實並不否認進化論思維中線性向上及競爭的架構。他和《學衡》諸君一樣，並不反對西化和現代化，但是對西化和現代化架構對富強及物質的強調，感到擔憂與不滿，而「特意凸顯精神的重要性」（2019: 273）。

背後的西方現代化思路。換言之，沿著臺灣海峽分斷與對峙的不是兩個政權，更不是兩個國家，而是現代化進程中的兩條路線；在這個意義上，中國並沒有分裂，只是不同路線仍在進行鬥爭、競逐未來。同樣地，中國與西方所遭遇的問題亦不是分離的，而是共構的，都是西方現代性的產物。也因此，侯健的新人文主義不僅僅要與當下的共產政權對抗，要與「五四」的激進主義、浪漫主義與功利主義對抗，更要與西方現代性的種種流弊抗衡。

作為中華文化復興運動的一種呈現，侯健的新人文主義思想，或許從外在看來不過是冷戰對抗的一種在地形式，但究其思想構造，其實遠遠地超越了冷戰的範疇，迫使我們必須回到內戰、甚至是中國現代性生成的歷史脈絡中來理解。也就是說，儘管侯健的書寫充斥著反共意識形態，但他的反共不是冷戰意識形態的反共，而是在追求中國現代性意義下的反共；他抗爭的對象不只是共產黨，更是共產黨背後那股激昂民粹的現代化思路。在兩岸社會，文化或思想作為一種抗爭形式，如汪暉所言，其「命運始終在外在於國家政治與內在於國家政治之間擺盪，前者的範例是『五四』文化運動，而後者的範例是政黨與國家內部持續不斷的『文化革命』」（2014: 13）。不過，對侯健而言，革命不是好東西，因為那意味著拋棄古典、斷絕傳統，是表面而功利的。他不是不了解革命的力量與作用；相反地，正是因為內戰的慘烈與冷戰的壓制，他更明白以改朝換代為目標的政權與體制革命未必能夠解決現代性的危機。唯有透過古典人文與傳統價值的賡續，撫慰民生、改造人心，才能寓傳統於現代，創造安身立命的條件。

分斷的現在

在這個眾聲喧譁的理論年代裡，侯健的人文主義思想與比較文學研究，或許說教意味太重、批判反思太少，而不足為觀。然而，作為歷史材料，它卻提供了我們反思雙戰分斷的重要切面與起點。或許正是透過侯健，我們才得以追問：為什麼新人文主義在1980年代以後消聲匿跡？是因為其思想內容不符時代所需？還是因為它早已內化為雙戰意識形態的一部分，制約著臺灣對「中國」——作為政治意識形態與思想的他者——的認識？

在侯健的討論裡，「中國」既在海峽對岸的大陸，也在此岸的島嶼臺灣：一如「五四」所代表的矛盾與曖昧，它既是一種政治對立的形態，又是一種內部的存在，既是傷痛的過去，又是必須改正的未來。分斷的不是過去，也不是未來，而是不斷遞延的「現在」。換句話說，批判共產文藝、提防臺獨鄉土、反思西方現代性的新人文主義，不斷介入、鞏固又否認的，正是分斷的現在。也因此，在西方宣告冷戰結束近30年後，兩岸仍然不能告別分斷，更有甚之，原來用以區辨敵我的冷戰反共論述，如民主、自由與人權，非但並未在冷戰結束後消失，成為普世價值與全民共識，反倒堂而皇之地轉換為反中修辭。不論是在〈自由人宣言〉裡，[41]或是2014年的太陽花運動和雨傘革命，乃至2019年起香港的反送中運動和民進黨主導通過的「反滲透法」裡，我們都可以看到分斷體制在後冷戰時代裡持續深化。若是如此，宣告冷戰結束的意義何在？仍活在冷戰烏雲中的我們又該如何回應？

王曉珏在其專著的結語裡，提出了「去冷戰批評」的想法。她指出：

> 去冷戰文化批評反對冷戰分隔、分化與歧見的圍堵、抗拒「以意識形態的形式達成〔分斷的〕結束、統合與解決」。如果人文主義仍然可以為今天的知識批評注入活力的話，去冷戰的人文進路必須對抗現代化與全球化壓倒一切的力量，並且挑戰分裂與區隔的限制，同時尊重所有人類傳統在歷史與脈絡中的殊異性。（2013: 303）

她更進一步強調，「去冷戰批評必須能夠在任何意識形態的操縱與脅迫之外閱讀文本，以省察並保存文本、文化與歷史間的差異和特殊性」（2013: 304）。簡單說，王曉珏認為批評話語，特別是關於冷戰「中國」文學的批評話語，不該重複冷戰的意識形態，視彼方為必須打倒的寇讎，而應試圖超越冷戰的局限，去尊重與接納各種在歷史與脈絡中形成的差異。她的專著就是想要

---

41 〈自由人宣言〉是臺灣親民進黨知識分子團體「臺灣守護民主平台」於2013年4月發表的一份文件，主張兩岸和平的實現，有賴於「政治行為的文明化」及以人權為普世價值和行為規範，作為兩岸交往的共同準則：「以現代文明世界的準則，釐清兩岸關係，展開良性的兩岸公民社會互動；從公民社會出發，落實自由、人權、民主、社會公平正義等核心價值，提出一條可長可久的兩岸和平道路」。

爬梳1949年分斷後兩岸三地的文學與政治，以還原「中國」文學的現代性全貌，只是這樣還原能否真的超越冷戰意識形態的操縱與脅迫，仍值得觀察（見Kinkley, 2014）。

　　是故，她以陳映真1982年在愛荷華國際寫作坊與菲律賓和東歐作家合唱〈國際歌〉的回憶為例，試圖勾勒一種超越冷戰分斷的第三世界主義。然而，歷史地看，第三世界主義並非外在於，而是內在於冷戰分斷體制的結構裡，在臺灣處於被壓制的一端。陳映真的文字的確帶著第三世界的視野與熱血，值得重視，但在當前兩岸分斷的語境裡，他所代表的比較不是冷戰與內戰的超越（畢竟他在臺灣仍被視為「統派」，儘管他也對1980年代以降的中國社會主義危機有所批評），而是左翼精神與歷史的延續與未來。正是在這個意義上，具有左派色彩的第三世界主義仍然是「以意識形態的形式達成〔分斷的〕結束、統合與解決」的嘗試，而非其抗拒；也就是說，它仍是一種以反帝民族主義想像去克服與解決分斷現實的努力，而沒有對自身的政治無意識——即政治對抗造成的現實作用——提出反省和批評。何況在〈對我而言的第三世界〉裡，陳映真對第三世界的記憶其實更為複雜。如陳映真自己所言：「一直到今天，那個愛荷華的下午的情景歷歷在目，但卻一直沒能理清楚那歌、那眼淚、那擁抱的意義。太複雜了吧？為了一個過去的革命？為了共有過的火熱的信仰？為了被喚醒的、對於紅旗和國際主義的鄉愁」（2005: 8）？

　　在同唱〈國際歌〉的回憶後，陳映真還描述了一個在日本的第三世界場景，那是1991年的夏天，他參與了日本左派進步團體的會議，卻發覺這個號稱第三世界的大會宣言採用了西方的主流觀點來評判北京政府在六四事件上的作為。對此，他深感不安，因為在大陸缺席的情況下，那段文字將成為「缺席審判」；他舉手發言，希望大會以亞洲左派的立場提出對「六四」的看法。他的發言獲得在場不少朋友的衷心支持。然而，一個月後，當他收到大會寄來的文件時，卻發覺：

　　　那一段批判北京事件的文字原封不動地留在那兒。但我一點也不覺得沮喪。我回想到大會結束那天那麼多向我伸出握手的、不同膚色的手，想到「第三世界」中，也有精通英語和「理論」的精英和在日常實踐中鬥爭著的大眾的區別。這區別自然也反映在思想和政治上。（2005: 10）

對陳映真來說，文件與個人經驗所承載的是不同的第三世界，前者是政治世界裡的第三世界結盟，是理論的和菁英的遊戲，後者卻是一種真實的情感交流，因而「深刻而難忘」。正是這個作為情感的、而不是理論的第三世界，提供了跨越分斷、超越冷戰的條件；也正是第三世界情感的交流，讓我們理解到冷戰分斷亦是想像的虛構，無法概括與截斷思想與人間的聯繫。但同時，在現實意義上，這個第三世界的認同與寄託，亦總已是鑲嵌在冷戰的意識形態結構裡，並作為其對抗甚至是超越而存在著。易言之，在第三世界的現代化想像裡，分斷（情感的、政治的、領土的）的現實只是問題的起點，打倒美帝和蘇修只是方法，解決問題的關鍵還在於如何在美蘇的支配之外打造自己的現代化思路與實踐，但這也是最為艱難、尚未實現的一步。去冷戰的文化批評，因此不能只是一廂情願地抗拒意識形態，或是扁平地「尊重差異」，而不去清理歷史與政治現實對差異的強化、乃至對另類方案的壓抑和排除。唯有面對分斷的真實存在，如何在歷史過程中塑造自身，我們才有機會真的走向去冷戰的未來。

　　從這個角度回顧，戰後臺灣比較文學的發展也必須面對自身的「第三世界」情結和盲點，才能理解比較文學所為何事。一方面，在侯健這代學者身上，比較文學之所以有意義，不同於傳統的英美文學研究，正是因為它在西方參照的架構下突出、肯定了自身的民族主義；透過比較，民族主義獲得了一個得以自我肯認，發掘傳統的思維結構。但另一方面，中西比較固置了參照的方向與範圍，反而在民族主義的自我肯定中失去了與「第三世界」接軌的契機。比方說，雖然在《比較文學的墾拓在臺灣》中，古添洪與陳慧樺收錄了韓國學者全奎泰的文章，但這篇文章討論的卻是「中國文學對韓國文學的影響」，反向強化了「中國學派」的民族主義傾向，因而錯失了一次我們與韓國文學及歷史相遇的機會。[42]「中國學派」在西方參照下暗示的民族主義，使得臺灣戰後的外文研究自滿於和西方的比較，而忽略了廣闊的第三世界亦有豐富的文學，值得參考與研究。這個第三世界視野的缺席也再次強化了外文研究的西方性，直至1990年代後殖民和離散研究範式浮出水面後，我們才得以透過西方的視野，看到那個被我們遺忘的第三世界。

---

42 臺灣學者對韓國文學和社會的研究，恐怕要到「韓流」啟動之後，才慢慢增加，而且往往是在殖民結構中的臺韓比較中出現。從臺灣出發的韓國文學與文化研究，至今仍尚未啟動。

　　例如，侯健的〈二十世紀文學〉，洋洋灑灑近70頁，涉及許多西方重要的文學思潮和作家，卻絲毫沒有提及東亞、拉美和非洲的文學作品。到了較為開放的1980年代，廖炳惠（1985）、張漢良（1986）、鄭樹森（1987），乃至李歐梵（1991）等人的比較文學著作，亦不涉及中西之外的作品；反而是李達三和劉介民主編的《中外比較文學研究》（1989），略微論及比較文學在日本與香港的發展，儘管對這些地方的討論依然受限於東西比較的範示，沒有對區域內部的文學互動進行討論。要等到1990年代後殖民研究範式的確立，族裔文學與新英文文學研究的興起，乃至離散理論的提倡之後，臺灣外文學界才與第三世界文學產生了有溫度的遭逢，乃至對馬華文學發展出獨特的興趣。換句話說，李達三從第三世界立場所主張的「中國學派」，如今或許更值得外文學者深思與嘗試。[43]

　　相對於陳映真，侯健並不具有第三世界的視野，他始終如一地是陳映真所批評的臺灣「高等院校的外國文學系所中只側重教英美文學」、知識與情感都缺乏第三世界的知識菁英（2009）。侯健從不會以第三世界的角度來理解內戰或超克冷戰；相反地，他是處在雙戰邏輯的內裡，以新人文主義為尺規去尋求雙重分斷的克服，相信三民主義必勝、共產主義必敗、中庸之道必然克服革命激昂，成為中國的正道。正因為他是這麼一個新人文主義的信徒，他的書寫也就沒有第三世界的後殖民反帝姿態，而主要是對西方與中國現代性的反省與批評。對他來說，國民黨與共產黨是競合中的一個整體，代表了從西方移植到中國兩條對立的現代化思路，因此兩岸雖然隔海分治，但中國並未分裂，而將在未來統合於人文主義的大旗之下。他的人文主義信仰，在這個意義上，穿越了分斷的兩岸，也跨越了中西的區隔，而具有世界史的高度，因為新人文主義在中國的賡續同時具有針砭西方現代性的意義。

　　因此，閱讀侯健給我們的啟示是：如果我們跟隨他的新人文主義思維，重新考察20世紀兩岸三地的文學運動和文化政治的話，那麼冷戰不過是國共內戰的延續與深化；分斷的問題不能僅從國際冷戰的外部結構來理解，更需要從「思想戰」的內部脈絡來分析、追問分斷的「中國現代性」究竟是怎麼構成的，它如何受到西方現代性的制約，又如何與冷戰構連，我們又如何能從這樣

43　相關討論，見本書第六、八兩章。

的結構制約中掙脫,重新出發?進一步追問,20世紀的諸般戰爭(包括結束的與未完成的)究竟如何構造了「中國現代性」與當前的分斷狀態?如果可以翻轉克勞塞維茲的命題,將政治作為戰爭的延續,那麼我們如何可以重新發動「思想戰」來超克分斷,從第三世界的經驗和視野來重構比較文學?

對上述問題,作為西方文學與比較文學研究者的侯健,或許無法提供任何答案,但他的努力提供了一個歷史的起點,讓我們看到文學思想與政治的關聯以及文學思想如何面對與介入時代的挑戰。他的新人文主義既是克服冷戰的努力,亦是其鞏固。特別在當前又趨於緊張的兩岸關係中,他的中華民國認同,大概只會被當成所謂的「方法論台獨」(趙剛,2012: 212),成為他所反對的同流。同時,他也提醒我們,文化冷戰之於我們的意義,或許不在於美蘇兩強在歐洲與第三世界的文藝滲透及人才爭奪(如美國新聞處的策動、傅爾布萊特基金會的獎助,或是愛荷華國際寫作坊的作用——亦即美援文藝體制的影響,這些當然都是重要、但不是唯一的的議題),而在於接連起冷戰、殖民主義與現代性的關聯,以揭示兩岸分斷的構成以及反思百年來兩岸三地思想鬥爭的歷史意義。作為命題與自我期許,去冷戰批評因此不能只注重反帝反殖的面向,也要對西方如何構成我們的現代性、形塑了我們的歷史與情感,提出反省與批評。這大概是侯健之於我們最大的意義,也是他的新人文主義思路值得我們重新注意的理由。

冷戰不遠、內戰未休,正是東亞分斷構造對西方冷戰研究最大的批評與嘲諷,也是中國崛起後,兩岸三地仍然必須面對的嚴峻課題。下一章,我們將以顏元叔的批評實踐為線索,繼續思考戰後臺灣學者如何在冷戰的制約下,思考文學批評的作用與意義。

第五章

冷戰人文主義
顏元叔及其批評實踐

　　學文學的人恐怕免不了自相矛盾，因為人生常常自相矛盾；忠於人生，便不得不接受這種矛盾。直率言之，你我都反對資本主義，而你我又不能不承認自由經濟給台灣帶來不少好處：這就教人矛盾起來。進一步，不能說有了這些好處，我們便說資本主義好：這又是一層矛盾。其實，古往今來的人生，無處不充滿矛盾。認識矛盾，認識真相，這是文學的責任。把人生弄得很「邏輯」，這是毛澤東那種人的壯舉——而毛澤東畢竟是失敗了。

——顏元叔（1980c: 9-10）

　　在西方現代性的發展中，1960年代是關鍵的時代。圍繞著六八學運與新左派運動的知識生產，錨定了過去40年西方研究的知識典範（見Jameson, 1984）。臺灣的外文研究約莫也是在1960年代末期逐漸成形，但卻有著不太一樣的形構與實踐：雖然少了街頭抗爭、校園占領與大規模的學生運動，但在論辯與建制的交鋒中依然硝煙處處。回顧這段歷史過程，顏元叔是不可繞過的里程碑，不僅僅因為他是戰後臺灣外文研究的前行者與開拓者，更因為他的批評範式與後來的「反西方」轉向，巧妙地延續著五四一代學者的矛盾與張力，放在風雲丕變的1970年代與中國崛起前的1990年代，顯得極為特出。透過新批評的引介與中西比較研究的開展，他的文學評論、雜文乃至短篇小說，一方面與冷戰時代的文化景觀與文學品味相扣連，另一方面又在人文主義的思想路徑上

開展出一條以民族意識為根柢的社會寫實路線：一邊批評中國文學的「印象式批評」傳統，另一邊深化現代主義的批判意識，進而形成了一條在文化內涵上植根於西方、卻在意識形態上反西方的批評進路。顏氏獨特的批評實踐折射了冷戰構造的文化政治以及文學批評的建制過程；在與西方的接軌和交鋒中，它也提出了極為重要的在地命題：文學的目的何在？研究西方所為何來？在臺灣的我們究竟該如何看待西方文學以及文學批評的作用？文學與社會（或曰「人生」）的關係該如何理解和架接，其矛盾又該如何解釋？

　　從1963年返臺任教到1989年轉赴大陸執鞭，顏元叔在臺灣或海外都是一個備受爭議的人物。透過課程改革、學術建制與著書立說，1970年代的顏元叔為臺灣的外文研究奠定了新批評與比較研究的方向，為文學研究開啟了專業化的批評時代，培養出新一代的文學批評家，同時他也為文學創作設立了一個民族文學與社會寫實的標竿。進入1980年代，他雖然在文學批評的事業上較為沉寂，轉而專注撰寫英國文學史與莎劇評論，出版雜文與編纂字典，但在中國改革開放與六四事件的歷史性時刻，他卻高舉反西方的大旗，從根本上挑戰了1970年代以降外文學者的批評典範與實踐。儘管主觀意識過強而導致爭議不斷，他的影響力卻不可忽視。陳芳明就指出，顏元叔在學院內引介新批評、評論現代詩與小說都有過人的貢獻，因為「那是學院派的臺灣文學研究之開端」（2011: 380）。楊照亦強調顏氏引介新批評之功，認為在他之後，批評成為獨立的學問，更「進一步確立了外文系統在文學這個領域的獨特地位」（2010: 548-549）。古繼堂則盛讚顏氏為臺灣文壇上的「文學理論大家」，並且認為新批評不過是他文學理論建樹的萬端之一，其重點還在於他對民族文學與社會寫實主義的討論（2009: 180）。[1]

　　的確，顏元叔的貢獻絕不僅止於「新批評」三個字，他介入文學研究與應對西方的思想與姿態尤其值得我們重視。他推動的課程改革，突出了理論與文學的辯證，開拓了文學研究的範疇，其影響亦值得檢視與反思。問題是，我們如何將這「既西方又反西方」的知識實踐與想像轉化為當代的理論資源和視

1　關於顏元叔在文學批評上的成就，見盧瑋鑾2008。值得注意的是，雖然顏元叔引進新批評有功，但這並不是中國文學批評史上史無前例的創舉。如第三章所述，在新批評的引介上，夏濟安早於顏元叔。

角？在這個後冷戰新自由主義的危機年代，當西方理論依然源源不絕地、不經消化地被視為當前外文研究的圭臬時，它如何幫助我們反思冷戰效應，理解西方與現代性的意義，乃至重新界定外文研究的方向？

　　本章試圖以顏元叔的文學評論、短篇小說與雜文為中心來探索，西方或歐美作為一個知識客體，究竟在冷戰時代的臺灣意味著什麼？顏元叔文學批評的基底與方向何在？他的批評實踐對今日的外文研究提供了什麼反省和啟示？我們又該如何概括、評價與繼承他的成就？

「不規範」的時代：臺大外文系課程改革

　　對1933年出生於南京、歷經八年抗戰與國共內戰艱苦歲月的顏元叔來說，反共意識與民族情懷是生命中的重要印記，抗戰與內戰不但破壞了他童年的單純美好，埋下一輩子對家鄉──湖南省茶陵縣堯水鄉水頭村──的鄉愁，更在他心裡留下堅定反共的因子，影響了他的政治傾向與文學觀點。在《五十回首》裡，他曾寫道：「我的反共態度可以說是很情緒性的，而小時在家鄉的有關見聞就是這情緒態度的根由」（1985: 120）。[2]當然，冷戰時空的兩岸對峙，更強化了這個由童年記憶所形塑的政治態度，直到1990年代才有所改變。

　　1949年，國民黨丟失大陸江山，他隨父母遷臺定居，先後就讀臺北工職、建國中學與臺大外文系。1958年赴美留學，他先在中西部的馬克特大學（Marquette University）取得碩士，再至威斯康辛大學麥迪遜校區（University of Wisconsin, Madison）攻讀英美文學博士，師承研究現代英國作家康拉德的學者懷利（Paul L. Wiley）。1963年，年僅28歲，尚未完成博士學位的顏元叔，即到臺大外文系任教。1966年取得博士學位後，顏元叔再回到臺大，並在朱立民的支持與協助下展開一系列的課程改革，積極推動學院內外的學術發展，也自此展開了個人的學術生涯，參與、更影響了臺灣1970年代以降文學研究的發展。[3]

2　當然，除了童年記憶外，冷戰時期留美學人的左傾熱潮，也強化了他反共的信念。這點，在他的散文集《離台百日》裡有清楚的呈現。

3　除懷利外，顏元叔的博士論文口試委員還包括歐達爾（Keith M. Opdahl）和史密斯（Herbert

　　歷經1949年的歷史大變局，1960年代的臺灣，學術建設仍處於初階狀態。根據教育部高等教育司所編著的《大學科目表彙編》，教育部於1958年修訂公布了文、法、醫、商四學院的共同及分系必修科目表與施行要點，其中規定外文系學生得修習以下九門必修課：英國文學史（6學分）、西洋文學概論（6學分）、西洋古代文學名著選讀（10學分）、英美文學名著選讀（12學分）、英文散文選（4學分）、翻譯與習作（8學分）、英語語音學（4學分）、文法與修辭（4學分）以及第二外國語（12學分）。[4]在這份總學分數為66的必修課表裡，我們可以看見，雖然文學課程已有一定的比重，但實際上顯現為一種不規範的狀態：不僅缺乏美國文學與非英語系的歐陸文學，語言訓練亦不夠紮實（以閱讀和翻譯為重），而以「名著選讀」為名的課程，究竟如何進行、分量多少，更沒有明確的規範。結果是，不只教學內容往往因人而異，致使學生的學習缺乏一致性，教學方法亦以誦譯與講解等傳統方式施行之。1958年進臺大的陳若曦，在《堅持‧無悔》中，對當時的外文系就有如下的記述：

　　〔英千里〕老師只教我們一學期的英詩，採取自由散漫的即興式授課法。隨便一行詩詞，他能旁徵博引，講了一堂課意猶未盡，都因學問淵博，見多識廣之故。（2008: 69）

　　大三時，蘇〔維熊〕老師教我們一學期英詩。老師顯然偏愛渥姿華斯，

J. Smith），論文題目為《曼殊菲爾敘述觀點的使用》（*Katharine Mansfield's Use of Point of View*）。雖然顏元叔有不少散文談及留學經驗（收錄在《鳥呼風》裡），但對其學術師承沒有太多著墨。關於顏氏生平，見蔡明諺，2012: 85-86。

4　這份必修科目表是經過多年修訂演變而來。根據〈大學科目表訂頒經過〉的記述，1913 年教育部所制定的〈大學規程〉就是建立在清末〈奏定學堂章程〉的基礎上，這亦是中國現代學科分類的起點。然而，由於受到民初思想解放潮流的激盪，主張學制改革與課程鬆綁，教育部因而於1922年頒布〈學校制度改革令〉，將課程規定交由各校自定。然而，推行數年後就因為學生程度不一，教學缺乏標準，屢遭譏評。1928年的全國教育會議便決議大學教育應該統一確定標準，以提高程度，故於隔年即著手組織大學課程及設備標準的起草委員會，自此展開整理大學課程的工作。1939年8月教育部公布〈大學文理法師範工商各學院分院共同必修科目表施行要點〉，於隔年2月實行。自此，大學各院各系的教學必須依照教育部所頒布的科目表與施行要點執行。見教育部高等教育司，1961: 185-191。關於現代學科分類的演變與外國文學專業於民初的發展，見第一章。

一首〈水仙花〉講得頭頭是道，其他大多一語帶過〔……〕課本教不完是當時外文系的特色，很多教授都未完成預定的進度，像夏濟安老師教英國文學史，一學期講了四十來頁，下學期就出國去了〔……〕有些老師上課照本宣科，像侯健老師教英國小說，等於作翻譯。譬如教《咆哮山莊》，打開書開始念一句英文，然後翻譯給同學聽。下課鐘響，他把教到的那一頁紙對折起來，整本書再捲成圓筒塞進褲袋裡。下堂課，他步上講台時，也是從褲袋裡抱出書本，打開到對折處，繼續念一句譯一句。（2008: 70）

1956年畢業於臺大外文系的顏元叔，則在雜文〈大一時的教授們〉如此回憶道：

> 像我們這位大一英文教師，教的是全部大一生入學英文成績最高的一班，而她的英文教學能力與經驗，是一個龐大的行星軌道。她滿口的英文當然是說不完，卻讓你覺得她把教室作客廳，從頭到尾，全是閒聊天。她唯一的教學行為便是發油印講義，每隔不了三兩天就抱來一大堆，一發就是五、六頁。（1981c: 107）

即令是「實力很厚，學歷很低」的英千里，顏元叔的課堂記憶也是「擅長講故事，娓娓道來，繪聲繪影〔……〕就像看一場電影」（1981c: 111）；到了期末，英先生也不考試，僅以學生筆記的字跡良窳評定成績（1981c: 112）。陳若曦的同學白先勇，則給當年的臺大外文系如下的評價：「散漫悠閒，無為而治」（1981: 686）。

這些回憶當然隱含個人偏見，但也多少呈現了當時在課程與教學上的不規範狀態。當年的學者，如夏濟安和英千里，雖然名氣與影響俱大，但就「研究」而言，卻沒有太多值得一書的成果；黎烈文雖然有不少譯著，但多是在大陸時期即已完成。[5]我們可以說，1960年代以前的外文系只是一個教學單位，

5　不過，夏濟安的《現代英文選評註》與《美國經典散文》，雖然僅是編譯與評註，卻頗見功力。只是這兩本嘉惠學子、影響深遠的著作，以當前的學術標準來看，恐怕也夠不上「研究

不具「研究產能」；當時的「文學研究」也不是從外文學門的視野出發的。在普遍的不規範狀態下，儘管學生在課堂上仍會受到教授的啟發，但在1960年代以前，文學研究、文學生產與課程教學實質上互不相干；不只大部分作家和文評家沒有學院背景，學院論述，如果有的話，對文學生產也不具有實質的影響力。楊照就曾諷刺地指出，1950年代臺灣文學批評界的要角不是作家和批評家，而是中國文藝協會的發起人張道藩；這個局面直到1957年夏濟安創辦《文學雜誌》後才有所改變，並影響了後來現代主義文學的發展（2010: 544-545）。同樣地，關於現代詩的論辯也不是在學院空間裡發生的，詩刊與報紙副刊才是主要的陣地與戰場。不過，雖然文學是在學院之外發展，但學院刊物（如《文學雜誌》、《現代文學》與《中外文學》）的影響力並不局限於校園。因此，課程改革關乎的不是一校一系的變化和發展，而是指向更大的文學場域的改造以及文學體制的鬆動。換句話說，臺大外文系的課程改革與《中外文學》的冒現，乃是冷戰時期臺灣文學場域變遷——逐步從不規範走向學術及市場規律——的有機組成。張誦聖就指出，臺大外文系，一如美國新聞處、愛荷華創作班、耕莘文教院等單位，乃是歐美現代主義思潮影響臺灣現代主義文藝的主要路徑和管道，與冷戰地緣政治有著千絲萬縷的關係（2011: 38）。因此，臺大外文系課程改革的意義也得放在冷戰文化生產的整體脈絡中來觀照。

　　1969年，朱立民升任臺大文學院院長、顏元叔接任臺大外文系主任後，開始推動外文系的課程改革：在學術建制上，朱顏攜手於1970年成立「比較文學博士班」與「文藝創作研究班」；同年還創辦了臺灣第一本以英文出版的文學研究期刊：《淡江評論》（*Tamkang Review*）。1972年，他們更結合中文系的力量，創辦了《中外文學》，推動中文創作、文學批評與研究。1973年創立了中華民國比較文學學會，開創風潮，也培養了好幾代的學者，為臺灣的比較文學研究扎根建基。在一系列後來被夏志清戲稱為「朱顏改」的課程改革裡，他們重新訂立外文系課程的修習次序，以紮實學生的英語能力；尤其，他們採用《諾頓文選》（*Norton Anthology*）作為英美文學的教科書、開設「文學作品讀法」，以美國新批評大家布魯克斯（Cleanth Brooks）與華倫（Robert Penn

---

成果」。而他真正具有充滿洞見的「學術作品」則是表面上與「外文研究」無涉的《黑暗的閘門：中國左翼文學運動研究》。關於夏濟安，見本書第三章。

Warren）所編的《文學的進路》（*Approaches to Literature*）為教材，以訓練學生批判閱讀與分析的能力，更是大開風氣之先。同時，他們將中國文學史列入外文系的必修課程，以培養學生比較研究的能力。[6]這些改革，尤其是「文學作品讀法」的開設以及《諾頓文選》的選用，不僅廣為其他外文系採納，成為傳統，更開啟了新批評與中西比較文學研究的風氣。而中、外文系師生的交往與合作，使得比較文學成為一代學者成長與發展的養分。中文系的葉慶炳就回憶道：「顏元叔先生一方面為外文系開兩年中國文學史課程，另方面成立比較文學博士班，很顯然的他有意拓展外文系的學術天地，開闢一條通往中西比較文學的道路」（2007: 108）。

當然，外文系的課程改革與冷戰時代美國文化霸權的與日俱增脫不了關係：這不只是留學生返國任教所帶來的影響，美式現代化的意識形態更是促成改革的關鍵所在。此外，1971年臺灣退出聯合國後的孤立狀態，亦使得走向世界、參與國際社群變成了生存的需要。[7]邱貴芬就指出，臺灣作家在強勢美援文化中受到撞擊而產生對西方現代文藝的思慕與學習，或許才是臺灣現代派文學發展的原因：「一九六〇年代台北生活的都會知識分子必已然察覺舊的社會和價值體系正在崩解：一方面台灣社會工業化，資訊化正加速進行〔……〕一方面當時各種不同文化交流的狀態已預告台灣人將面臨一個高度陌生、高度不確定、無法憑藉舊有熟悉的價值符號體系來了解和馴服的未來」（2006: 344）。不論是《現代文學》、《筆匯月刊》或是五月畫會，「藝文界似乎處處流露一種生氣勃勃強大的企圖心，企圖突破傳統束縛開創新局的創作活力，而不是處在壓抑狀態奄奄一息蒼白無力的樣貌」。她質疑：「『求新』、『求變』究竟是逃避白色恐怖的一種精神流亡？還是摩拳擦掌，振翅欲飛，準備迎向『世界』」的嘗試（2006: 345）？邱貴芬的思考提供了我們理解「朱顏改」的一個重要參照點，因為新批評的推動與中西比較文學的開展都展現了現代化的面向，並突出了改革的精神與企圖。1947年就到臺大外文系擔任助教的

6　見單德興、李有成、張力，1996: 118-133。亦見劉羿宏（Yi-hung Liu, 2012）的碩士論文、宋美璍，2013和伍軒宏，2013的紀念文章，以及顏元叔，1981b。

7　朱立民回憶道，在國科會成立之前，傅爾布萊特基金會每年會送五、六個美國教授到臺灣來教書，美國新聞處對朱立民介紹美國文學的工作也給予相當的協助（單德興、李有成、張力，1996: 122）。

齊邦媛，雖然對「朱顏改」頗有異見，也不得不承認，課程確實造成「很『現代化』的大改變」（2009: 447）。

不過，文學批評的引介不只是破壞，亦是建設。現代化的想像與期待讓顏元叔敢於橫衝直撞，透過課程改革、學術建制與新批評著述，挑動一池春水，在引進與抗拒西方文藝、改造與保存中國文化的險路上奮勇前進。

事實上，在《文學的玄思》與《文學批評散論》（同為1970年出版）這兩本最早集結成冊的專書裡，顏元叔就已擘劃出文學批評的介入方向。標舉著「文學批評人生」以及「文學是哲學的戲劇化」兩大口號，他一邊以西方人文主義為根基建立自身的文學思想，一邊以新批評方法分析西方文學經典與中國現代文學。在《文學的玄思》裡，顏氏自承，雖然自己受到新批評的影響，但文學思想仍屬阿諾德一派，相信文學「唯一的功能是發掘人生，唯一的目的是批評人生」（1970a: 4）。[8]因此，他所關懷的一方面是文學與文化的關係，另一方面則是文學的內在課題。顏元叔相信，文學並非風花雪月，它有實際而迫切的社會意義與功能：文學批評不只是針砭作品好壞的學問，更是改善社會、健全民族精神的法門。文學批評家介於作者與讀者之間，有幫助作家認識自我、提升作品的義務，對讀者更負有品質把關的責任。因此，文學批評家絕不只是關在學院門牆內的讀書匠，而是社會良心、民族靈魂與文學品味的指導者與塑造者。顏元叔說：「文學工作者不能自甘於一個陶醉的小天地，他應該帶著『侵略者』的奮勇，衝入現代生活的行列中」（1970a: 9-10）。呂正惠亦在懷念顏元叔的文章裡強調，對顏元叔而言，「文學是要介入具體生命的」（2013: 200）；「文學批評人生」不是空話，而是反映了他對臺灣社會現實的關懷（2013: 201）。

新批評正是顏氏賴以奮勇衝撞的一把利劍。在《文學批評散論》裡，顏元叔劍指東西，在對西方現代主義文學做了一番拆解分析後，再將劍鋒指向幾篇當代的文學創作，從水晶的〈快樂的一天〉、曉風的《潘渡娜》和張系國的《超人列傳》，一路寫到白先勇的《遊園驚夢》和於梨華的《白駒集》。在T.S.艾略特（顏譯「歐立德」）的詩劇裡，他看到了時代人性的紀錄，讚賞歐氏

8　不過，阿諾德的文學思想與新批評，乃至於1980年代在美國學院盛行的「解構批評」其實都有相當的聯繫。見Arac, 1987。

文學直面人生與批評現實的能力和勇氣；對於像《飄》這樣的通俗文學，他則多有不屑，認為那不過是一種流俗的沉溺與麻痺；他抱怨曉風與張系國的文字鬆散，故事的內在衝突不夠強烈；白先勇的文字，他倒頗為讚賞，但對於梨華小說人性探討的深度不足則有微詞。這些具體的批評文字，不論我們同意與否，都清楚展現了：雖然顏元叔評價文學的參考座標是西方的現代主義，他的根本關切還是現代中國文學的建立與成長。他期勉文學創作者不僅要從西方汲取養分，更該從自身的傳統求取靈感：

> 真正的中國文學，似乎也應發掘深植的文化思想格式，作為文學的控制格式。我們現在的知識分子的Frame of reference，幾乎全是西方的與基督教式的。提起善惡便想起上帝與撒旦。提起受難受苦的人，便說他是個耶穌式的人物。我們能不能自中國的宗教界與思想界找出自己的體系與公式呢？我們已經看到不少基督教色彩濃厚的中國作品，能不能換成佛教或道教甚至儒家的色彩呢？《神曲》與《失樂園》是基督教的史詩，我們能不能寫成佛教或道教的史詩？希臘神話已經變成中外文學的公式，我們能不能發掘中國神話的文學潛能呢？擴大而言，我們能不能寫出真正的中國文學？要是沒有這種覺悟，我們在題材主題與方法技巧上，永遠只是模倣外人，則永遠留在東施效顰的階段。（1970b: 159-160）

顏元叔這番話呈現了一種自我東方化的焦慮，自然問題不少。但是，他對西方文藝的影響卻是非常敏銳且具有批判意識的。對他來說，西方不是我們追求的它者，而是照亮自身的鏡子。顏元叔的看法與同是臺大外文系畢業的作家郭松棻的批評如出一轍。在〈談談臺灣的文章〉這篇1974年發表在香港《抖擻》雜誌上的文章裡，郭松棻以羅隆邁為筆名寫道：戰後臺灣文學的主流「遺忘了自己民族的形象，而去追逐西方的神」；他們在意識上「主動向西方繳械」，更親手在自己身上套上「文化殖民主義的枷鎖」，而「由臺大外文系師生前後主編的雜誌正是向臺灣文藝界不斷輸進西方感性的主要媒介」（2008: 11, 18）。對照來看，顏元叔自己雖然是引進西方感性的始作俑者，但他對西方文化殖民的擔憂並不亞於郭松棻。我們甚至可以說，這樣的擔憂反映了他的民族主義立場，並給予他強大的動力，透過批評，介入當代中國文學的發展。

換句話說，支撐顏氏引進西方文藝理論與批評方法的力量，正來自他對民族文學發展的關切與焦慮，而這樣的民族主義立場同時制約著他所推動的外國文學研究的形貌與方向。必須強調的是，筆者這樣的表述並不只是一種「平衡報導」，而是想要突出冷戰時期顏元叔一代學者，懷抱愛國情感與現代化意識，夾纏於中西之間所面臨的困局，亦即民族主義與歐美想像的同構關係。尤其是在那個風雨飄搖的1970年代裡，民族主義對外文研究發展的效應值得我們正視與考察。[9]

爭議中的顏元叔：四場論戰與中國文學批評的現代化

　　1970年代是一個風雲丕變的複雜年代：在政治上這仍是戒嚴的時代；在國際上這是臺灣面對自身認同與國際孤立的危機年代；在經濟上這是進入資本現代化的進步時代；在文化上則是西潮強勢東漸、文學論爭不斷以及政治意識上揚的啟蒙年代。[10]而現代詩論戰、唐文標事件、《家變》討論與鄉土文學論戰則是這個年代的重要文學事件。這些論戰，顏元叔可以說是無役不與。雖然這些事件各有不同的爭論點，但基本上都可以被理解為西方現代與臺灣現實的辯證思考。不論是現代詩西化所影射的文學殖民問題，或是現代主義是否逃避現實的問題，又或是鄉土文學中所隱含的左翼關懷與認同問題，其實都圍繞著中西差異（民族的現代性想像）、兩岸對立（民族與政治認同）與文學的社會功能（美學或代言）而展開，也都與西方，特別是美國的影響相關。鄭鴻生在論及臺灣1970年代初期思想狀況的文章裡就說：「在台灣，不管是70年代末期的鄉土文學論戰，或是80年代興起的台獨運動，都有著『美國現代性』的這麼一個巨大陰影」（2007: 99）。圍繞著「唐文標事件」，擔憂文學是否脫離了社

9　比方說，白瑞梅（Amie Parry）指出，透過比較臺灣和美國現代主義文學的發展，可以凸顯臺美之間不對等的權力關係，以及民族主義知識結構在理解現代主義文化生產上的限制（2007: 151）。換句話說，顏元叔與郭松棻的反西方觀點，儘管突出了中外文化權力上的不平等地位，也因而忽略了臺灣借道歐美生產文藝的複雜性，不是僅以民族主義意識形態就可以蓋棺定論。

10　關於對臺灣1970年代的分析，見鄭鴻生，2007；詹曜齊，2007；蕭阿勤，1999。

會和群眾的現代詩論戰更是如此。[11]尤其重要的是，美國不只是臺灣現代性想像無法企及的標竿，它同時也是追求民族復興所必須超越的目標。詹曜齊也指出：「在政治力與經濟力的推動下，現代化思想在台灣〔……〕一開始即透過思想層次的進步面，企圖規劃整體的社會生活。這讓1970年代的台灣社會，在遭逢國際地位挫敗的同時，也產生了更加向西方現代社會看齊的集體情緒」（2007: 120）。而現代詩與鄉土文學論戰則是對現代性進行反省的嘗試。跳脫現代與鄉土的二元對反邏輯，張誦聖指出：「與其說現代主義文學的興趣反映了現代化對台灣社會的衝擊，不如把它們看成是同一歷史驅動力作用於不同的場域裡的結果」（2007: 180）。她寫道：

> 如此將台灣現代主義運動看作非西方社會現代化的一環，可以幫助我們了解為什麼它立即落入了「資本主義／社會」二元現代化方案的左右路線之爭。現代主義的引進大多透過台北的高等學府及同人雜誌進行。學府殿堂本著維護發揚高層文化的使命感，吸收當時在歐美盛行的自由人文主義〔……〕和與之配套的新批評理論，目的無非是借用西方右翼文學典範來發展在地的菁英文學，是一種文學內部的現代化運動。而和現代派作家屬於同一年齡層的鄉土文學倡導者則依循左翼文學路線，批判現代派的菁英美學觀；他們主張抵制西方文化帝國主義的入侵，標榜文學應該為低層民眾代言的社會功能。（2007: 180）

易言之，在冷戰分斷的局勢下，文學之現代或鄉土，不過是表象，如何表述自我認同，如何將現代化建基於民族經驗之上，才是重要的問題。在這個意義上，重訪顏元叔身陷其中的幾場論戰，或許有助我們重新掌握民族主義之於文學批評的文化政治意涵，以及捕捉1970年代文學論爭的一些側面。

　　1970年代起，顏元叔陸續發表了幾篇批評現代詩的文章，尤其〈細讀洛夫

11　1973年，時任臺大數學系客座教授的唐文標先後在《龍族詩刊》、《文季季刊》及《中外文學》上批評周夢蝶、楊牧與余光中等人的詩作，引起文學界注目。他認為，詩歌需有社會性的功能，並為群眾服務，而現代詩過於晦澀，已脫離社會和群眾。隨後，顏元叔在《中外文學》發表〈唐文標事件〉一文加以反駁，批評唐的文學觀乃是一種「社會功利主義」（1973: 7），而文學批評應該注重文學創作與全面表達人生的自由。

的兩首詩〉掀起了所謂的「颱風季論爭」，最受爭議。[12]〈細讀〉基本上是一次新批評的操演，在字質、音響與結構的層次上品評一首詩的好壞。這把新批評的手術刀一時間把超現實主義的現代詩砍得七零八落，引發了詩人對「學院派」評論的譏評，但它同時也點燃了新生代詩人與學者對現代詩的不滿，期望詩人互評的同仁結構能轉移成更具理論性與專業化的批評方式（見盧瑋雯，2008: 45-46；蔡明諺，2012: 87-102）。換言之，藉著要求現代詩在技法與內容上去承接與反映時代，新批評驅動了現代詩論戰的方向。表面上，〈細讀〉點燃了新批評的火種，讓專業化批評的浪潮得以烈火燎原。但是顏元叔的用意不僅止於此，更全面地重建與發展現代中國文學及批評才是他的用心所在。比方說，顏元叔雖然對余光中詩作中的語言意象與組織結構有所挑剔，認為《敲打樂》與《在冷戰的年代》兩冊詩集中，「還包括了少許主題膚淺，情操不深，技巧拙劣的詩」（1975: 162），但他還是肯定了余詩的寫實主義路線，認為這「當可為20世紀中葉以後中國人的痛楚留下詩的見證」（1975: 187）。在〈葉維廉的「定向疊景」〉一文中，在肯定葉詩用語精確、結構謹嚴的同時，他則離開了較為機械式的閱讀操作，而將評詩的重點放在詩作「核心經驗」的經營上。他質疑：「葉維廉在其詩人的性靈生涯中，似乎尚未撞擊到某種核心經驗，尚未把握到某種中心關懷，如葉慈之於愛爾蘭，歐立德之於基督教，奧登之於現代小人物等等。是不是在主題上葉維廉缺乏一個哲學中心呢？」（1975: 260）。雖然這樣的批評落入了前述以西方文學為參照範式的問題，也與顏氏在新批評影響下，對篇章統一性（即結構）的要求密切相關，但在意念上，它指向了主題與技法的整合向度，追問現代中國文學如何可能的問題。正是在這個意義上，他對葉詩「古典迴響」的批評特別值得注意。顏元叔認為，雖然大量用典是葉詩的特色，但葉維廉不像歐立德那樣，總能透過典故建立「同存結構」，將過去的作品引入現代，連接與轉化傳統；葉詩的典故只是借辭，不是引義，因此無法豐富詩篇自身的含義，或是創造新的意義。他所期待的作品，是在主題與體裁上具有時代性、民族性與哲學性的作品，是那

---

12 這篇文章原發表在《中外文學》的創刊號上，和下面論及的相關詩評，包括〈羅門的死亡詩〉、〈梅新的風景〉、〈余光中的現代中國意識〉等篇，均收錄在《談民族文學》一書中。關於颱風季論爭的始末與影響，見陳政彥，2006b。

些可以再現民族血淚、承擔生命沉思的宏大敘事。儘管如此，他相信，「古典迴響」仍不失為一種連接古典與現代的途徑和方法，可以「讓現代詩裡浮現著古典詩的影子」（1975: 272）。

為了接連古典與現代，顏元叔做了相當的努力，這特別可以在他和葉嘉瑩、夏志清與徐復觀的辯論中看到。顏氏在1970年代發表了多篇談論中國古典文學的文章，引起了中文學界的側目。[13]旅居海外的葉嘉瑩，語重心長地寫就一篇長文反駁；〈漫談中國舊詩的傳統：兼論現代批評風氣下舊詩傳統所面臨之危機進一言〉，在《中外文學》連載兩期。她的基本批評是：

> 我們的生活、思想以及表情達意、用詞造語等等的習慣方式，既都已經遠離了舊有的傳統，而我們所使用的新方法新理論，又大多取借於西方的學說和著作。在這種情形下，我們對舊詩的批評和解說，是不是會產生某種程度的誤解，這種誤解又究竟應當如何加以補救，這些當然都是在今日此種兩歧之發展下，所最值得反省思索的重要問題。（1973: 4）

對葉嘉瑩而言，新批評不是不可以用，西方理論也確有燭照之功，但是研究舊詩，不能無視古典文學傳統的存在，鑑賞古典文學的能力也不是西方的批評傳統一朝一夕可以養成與涵納的。更大的問題是，以今觀古造成誤解與誤讀，將使現代與傳統的距離越來越遠，越發無法溝通。承續傳統學術的香火，避免新批評的西風壓倒一切、誤解，乃至離棄了中國文學的傳統，是葉嘉瑩不得不為文反駁的原因。

面對中文古典學界的批評，顏元叔堅持批評的重心不是歷史或傳記之類的外圍資料，而是「文學本身」，是「文學作品的內在藝術結構與旨趣」（1976a: 69, 80）。他認為，五四以降，「舊詩新詮」已是現代文學研究的傳統，古典文學必須透過批評與當代接合，而不是固守傳統而僵化。他寫道：

13　這些文章包括：〈中國古典詩的多義性〉、〈析「江南曲」〉、〈細讀古典詩〉、〈分析「長恨歌」〉、〈析「自君之出矣」〉、〈析「春望」〉等篇，甚至包括較具比較文學色彩的〈「白蛇傳」與「蕾米亞」：一個比較文學的課題〉與〈薛仁貴與薛丁山：一個中國的伊底帕斯衝突〉。除了〈析「春望」〉收在《何謂文學》一書外，前述幾篇都收錄在《談民族文學》一書中。

「瞭解過去與接納過去是兩個不同的層次,雖然兩者是相連的。瞭解過去為求過去之真實,接納過去為求現代之滋養;在後者的過程裡,過去不得不受到現代意識之咀嚼,吞食與消化了」(1976a: 73)。顯然地,兩者的討論缺乏交集。但顏元叔將新批評的手術刀指向古典文學並非偶然。呂正惠曾在〈戰後台灣小說批評的起點〉中評論道:顏元叔「希望以他的古典詩批評為中國文學及比較文學研究打開一條出路,但可惜後來歸於失敗」(1998: 110)。但是,確立新的批評範式,期待古典文學向外開放,成為現代文學的滋養,則是他不變的期待。

這樣的立場,在他與夏志清的論戰中可以看得更清楚。姑且不論兩人意氣用事之處,顏氏的根本立場是:文學批評必須走上系統化、科學化、專業化,亦即現代化的道路,不能重蹈舊有詩話那樣的「印象式批評」。對他來說,作為一套研究方法與分析工具,新批評是客觀的;中國文學研究的建立與再造需要一套客觀而科學的標準,才能使之與西方接軌,並駕其驅。在〈印象主義的復辟〉(1976b)一文中,他寫道:「新活力是最重要的,管它來自何方,一切成長於中國土地上的,都屬於中國。我們這些引進西洋方法的人只是想在自己的崗位上,使中國文學研究爬起來,走動,甚至奔跑」。

對新批評毫不陌生的夏志清則持完全相反的看法:他既不認為文學批評科學化、系統化的傾向是正確的道路,也不相信文學批評可以全然客觀。在〈勸學篇:專覆顏元叔教授〉(收錄在《談文藝‧憶師友》)裡,他舉重若輕地寫道:「善讀詩的人,讀了一首詩,心裡有數,他所得的印象,即已包涵了『分析』、『比較』在內。你把這兩個過程寫出來,可以寫很長一篇文章,但要言不繁,寫一兩句,也可忠實傳達這個『印象』」(2007: 154)。他更質疑,西方現代的批評方式是否真的能夠取代「中西前賢的批評」(2007: 156)?批評術語的積累是否就能夠代表「我們對文學的本質、文學作品的結構將有更確定性的了解」(2007: 157)?相對於顏元叔對文本細繪的重視,同為新批評出身的夏志清似乎更在乎傳記資料,更主張從歷史、文化與社會的脈絡中理解文本的意義。對夏志清而言,文學批評在本質上即是主觀的,因此不可能真正地科學化,而文學的意義不在於美學技藝的高低,而在於它與人生的關係。他懇切地寫道:「把一部作品當藝術品研究,當然可以提供我們對作品內涵的組織的警覺性,但作品本身是否值得我們重視,是否仍具動人、刺人的力量,

則是另一回事」（2007: 180）。

　　雖然夏、顏兩人打起對台，對文學的意義，他們的看法倒是相近的。在〈人的文學〉（亦收錄在《談文藝・憶師友》）中，夏志清標舉周作人的文學理念，強調文學之於人生、尤其是當代中國的關聯。他指出：「中國讀書人應該關心中國文化的前途。中國傳統思想、文學本身就是中國現代文化的主要部分。〔……〕惟其我們相信中國文化是一脈相傳的〔……〕我們研究傳統的思想、文學，和一切文物制度不得不抱一種批判態度」（2007: 187）。重新彰顯「人的文學」，就是希望文學批評不只是機械式的分析，而能具有介入人生、改造社會的功能。楊照也指出，夏志清的文學理念就是「認定好的文學要反映人生的普遍價值，特殊性的東西只是手段，本身不具完足自主性，角色、場景、故事情節最終的目的不是要讓讀者記取任何單獨的成分元素，而是要打動讀者去體認這些元素組合之後所凸顯的人生超越性意義」（2007: 558）。顏元叔自己也說過，真正的文學就要描寫「特定時空的永恆人生」，把握人類或人生的「具體通性」（1975: 17）。雖然夏、顏對西方批評方法的適用性沒有共識，兩人倒是在「文學批評人生」的觀念上不謀而合。這也凸顯了人文主義的精神基本上貫穿了論戰兩方，具體的差異不是批評的形式和內容，而是面對西方時，主體意識的展現以及對「西學中用」的適用性抱持質疑或肯定。

　　1979 年，顏元叔誤抄杜甫詩一案引發監察院調查，新儒學重鎮徐復觀亦在維護他之餘，批評顏氏輕率無知，把西方的批評格式「硬套」在中國文學上，並提醒他「要由西方詩的評鑑轉向中國詩的評鑑，首先要能保持『平常心』，去掉居高臨下的妄念」。對此，顏元叔在〈敬覆徐復觀老先生〉一文中，除了低聲認錯，自承「搞西洋文學只是手段，鼓吹提倡本國的文學才是目的」（1980b: 183）外，再次強調文學批評乃是對文學藝術的考察與評析，傳統文學研究將考證當成批評，忽略了作品的藝術性，才是「本末倒置」。他強調：「對於文學藝術的忽視，便是忽視文學本身；對於文學本身的忽視，便是忽視文學對人生，對整個文化應有的效能。考據家從文學作品開始，往後退向文學始生的根源；批評家從文學作品開始，往前走向承受文學影響的人群社會。兩者應該攜手合作，便能構成一個完整的體系」（1980b: 201）。對顏元叔來說，文學批評最大的意義還是在於走進人生，介入社會，因為它是整體民族文化的一部分，亦是時代的見證與反應。而對文字藝術的掌握正是作者與批

評家介入人生的方法,也是接連與比較中西文藝的不二法門。這樣的介入是為了建立現代的批評主體,並在跳脫傳統束縛的同時更新傳統。然而,雖然新批評只是手段,但這手段仍將形塑中國文學的發展,造成中國文學臣屬於西洋批評傳統之下的風險。這正是葉、夏、徐三人反對顏氏批評觀的潛台詞。在堅持以新方法更新傳統的意義上,顏元叔可算是西化派,其反對者則希望在西化的過程中不失原來的傳統。

　　誠然顏元叔在論戰中展現指點山河的霸氣,對傳統文學的修養亦或許不夠深厚,但他單刀直入的論述策略確實在中、外文學界引發巨大的影響。最重要的,他以西方理論為經、以「字質分析」(textual analysis)為緯的批評範式,[14]可以說是奠定了冷戰以降,「新批評」在臺灣外文學界裡無可動搖的霸權位置,而他與侯健在「五四」運動多年之後重新提出「文學與人生」的重要命題,更提供了我們重新省察人文主義的機會。

再探新批評:冷戰與人文主義的跨國譜系

　　對顏元叔而言,人文主義乃是新批評與比較研究的內核,因為人文主義尊崇永恆的價值與理想,而哪些價值與理想得以永恆而普世,則可以透過批評分析與比較研究來確認。在《文學的玄思》裡,他寫道:「任何有意義的,有價值的文學,必定源於一個理想——我想這個理想應該是人文主義的」(1970a: 42)。在《何謂文學》裡,他則這麼說:「永恆的價值對於人類的行為畢竟有其意義與影響。文學批評的工作便是發掘這些價值,重振這個傳統,使人文主義的文化遺澤後世。所以,文學批評的雙重任務是正確的批判與正確的評估」(1976a: 128)。在他看來,文學既是現實的共構,亦是現實的超越。文學奠基於現實,卻不是一味地模仿現實;它再現現實,並在再現中灌注理想的呼求。這個「文學批評人生」的觀點銘刻著「自由人文主義」的思想印記:亦即相信文學的作用在於呈現人生的真相、教育知性與情感的個體、進行心智的自由遊戲以及熟知經典以創造真實而新鮮的想法,而文學批評的職責,如瑞恰慈

---

14 「字質分析」是顏元叔自己的翻譯(1970b: 13)。

在《文學批評的原則》中所述，不是「去感動、刺激心靈中的情緒」（2002: ix），而是要創造、確立與傳遞價值，因為批評家就是「價值的裁判」（2002: 54）。顏元叔也強調：「文學培養的批評情操與智力，使人唾棄狹隘膚淺的物質主義，使人認清各種價值之層次，使人嚮往最高層次之精神價值」（1972: 22）。或許就其民族主義立場及其與國民黨政府的良好關係而言，1970-1980年代的顏元叔是否堪稱為狹義的「自由派」──即主張以法律限制政府權力、保障自由貿易、支持市場經濟──仍有疑義，但是他對思想自由與人文價值的重視應該無庸置疑。[15]

　　在西方，自由人文主義的思想源遠流長，但也命運多舛。美國歷史學者寇茲（Wilson Coates）與懷特（Hayden White）在他們合著的兩本思想史巨著──《自由人文主義的興起》（1966）與《自由人文主義的考驗》（1970）──中，將自由人文的思想追溯到義大利的文藝復興運動，因為在那裡「人」的價值首度從宗教的桎梏中釋放出來，而確立了。這個他們稱為「世俗人文主義」（secular humanism）的思潮推動了文藝復興以降的諸多改革，同時也確立了希臘羅馬古典主義的人文價值，尤其是「在各方面展現出意識不受拘束以及自由的信念，構成了西方文明中最重要的傳統」（1966: v）。儘管在從文藝復興至20世紀初的歷史長河裡，自由人文主義時隱時顯，並且因為與不同的價值和主張結合或對抗，而有了不同的側重，但是「有些關懷是一致的：堅信對個人與社會道德健康有所責任，宣稱人文有其內在價值，護衛人在政治與法律上的平等，以及相信公平處事具有療癒功能」（1970: 448）。因此，它既可以與浪漫主義結合，強調個體性與心智自由的重要，成為民族主義的基底，但它也有相對保守的一面，堅信理性的力量，反對革命的激進，期待文學與批評發揮針砭社會風氣與現實政治的作用，一如前一章所述及的「新人文主義」。藉由指認自由人文主義，寇茲與懷特「意在強調西歐思想史中批判傳統所占據的核心位置」（1970: 444）。的確，批判（critical）的態度正是自由人文主義最重要的精神遺產之一。

　　不過，印度學者戴旭穆克（Ajay Deshmukh）對自由人文主義則有較為負

15　有學者對顏元叔的自由派取向頗有質疑，或許是受到他後來成為「大統派」的影響。關於顏元叔與政治的關係，見孫萬國，2013。

面的闡釋，尤其強調其政治上保守的一面。他寫道：「自由人文主義一詞是於1970 年代開始流通，多少帶著貶義，用以描述在批判理論盛行之前，於英美流行的批評原則，亦即『實用批評』與『新批評』。自由派意謂政治上不夠基進，因此一般而言對政治議題較為隱避，並採不涉入的態度，而人文主義一詞指涉各種負面的特質，例如非馬克思主義、非女性主義和非理論的」（2011:32）。[16]除此之外，自由人文主義強調穩定的自我與個體的自由，而這樣的自我可以透過文學教育來培養：順服理性，擁有創造力，進而成為社會穩定的力量及承載國族意識形態的主體。

　　但這樣的特質，在英國左翼文學批評家伊戈頓（Terry Eagleton）的眼裡，反而顯現了文學與民族主義的共謀。在《文學理論》裡，伊戈頓指出，作為一門學科，英國文學的興起「代表了英國統治階級面對自身認同崩解，一次尋求解決的嘗試。英國文學是安慰也是確認，它是一個熟悉的場域，讓英國人得以重新團結起來，去探索與尋求逃離歷史惡夢的方案」（1996: 26）。透過文學傳統的建立與經典的指認，英國民眾得以在過去的文藝裡看見帝國的輝煌，並在當代與未來文藝的開創與引進中，看到傳統的延續，綿延不絕。正是因為文學能使過去與現在巧妙接合，伊戈頓強調：「自由人文主義者投注極大的價值在個人與集體創作的領域，而這些價值可以被總結為『人生』」（1996:36）。在〈文學的主體〉裡，伊戈頓更進而指出：文學乃是一種「道德技術」，用以「描繪、衡量、評價與認證我們稱之為『人』的主體性的情感與經驗面向」（1985: 97）；其目的「不只在於教導我們特定的道德價值，而是教導我們**必須有道德**」（1985: 98；原文強調），以生產出歷史上獨特的主體形式：敏感的、接納的、反思的、悲憫的、富有想像力的等等。他更將這樣的主體想像座落到資本主義的社會秩序裡，指出主體為自由的、且具有創造力的想像本身，就是現代社會的「牢獄」，而這座牢獄正是自由人文主義者所要護衛與把守的。在伊戈頓看來，自由人文主義作為一種文藝意識形態，運作得很好，但這並不是因為它總能在閱讀的文本中找到自身道德價值的反射；恰恰相

---

16 關於新批評發展的歷史脈絡及其與實用批評的關係，見Hickman and McIntyre, 2012; Cain, 1984; Eagleton, 1983。關於1970 年代美國學界對於自由人文主義的猛烈批評及相關回應，見Eastman, 1971。

反，透過文學閱讀的訓練與文學感性的表達，它反而遮蔽了文學作品中其他價值的現實感，並且藉由高舉主體內在性的價值，切離了個人與社會的關係。他寫道：「在我們的社會形式裡，作為主體就意味著與某種壓迫形式站在同一邊，即令主體同時也是解放唯一可能的來源」（1985: 101）。換言之，自由人文主義與國族意識形態以及資本秩序的維繫緊密相連，在啟發性靈和灌輸道德上，文學教育亦展現了保守的性格；其生產的主體想像，雖是解放的，同時也具有壓迫性格。按照戴旭穆克與伊戈頓的觀點，自由人文主義是國族資本現代性的主導性意識形態，它承載的不是批判的能量，而是服從的教化：服膺特定的文藝品味、性別取向與家國想像。[17]

新批評在冷戰時期的發展正是延續了這樣的意識形態。凱恩（William Cain）就指出，儘管很難描述1940年代末期與1950年代的政治狀態究竟如何促成了新批評的發展和擴散，並使之深入日常的學院習作，但是「冷戰期間的緊張感很可能使得新批評所主張的細讀方法成為一個值得追求的任務，因為這樣的方法不需要與政治與歷史發生關係」（1984: 4）。伊戈頓對從事新批評的人更是充滿嘲諷，視他們為與社會無涉的孤立主義者與守舊分子：「新批評將詩視為競爭態度的微妙平衡以及對立衝動的中立調解，這對〔……〕好疑的自由派知識分子而言，是具有吸引力的。新批評可以說是政治怠惰的秘方，因而也是向政治現狀的臣服」（1996: 43）。

然而，新批評不全然是去政治的。詹克維奇（Mark Jancovich）就指出，我們對新批評的認識很大程度是建立在後來批評家的錯誤認識上，以及他們不願意歷史化地對待新批評的態度。相反地，詹克維奇認為，1940-1950年代的新批評家們「並沒有忽視歷史；相反地，他們將對現代社會的批判置於他們的立論與研究方法的核心，並且強調了文學文本的社會脈絡」（1993: 144）。諾斯也指出，儘管後來的學者傾向於將1920-1970年代的新批評視為盛行於學院內部的學術風潮，但它實質上架接了學院與社會，並且反映了學院專業化的方向最終贏得了當時「批評家vs.學者」的路線之爭（North, 2017: 5）。當然，

---

17 戴旭穆克與伊戈頓對自由人文主義的看法，代表了一種1960年代以降的批判觀點，但這並不是唯一的看法。關於1960年代以降美國學界的相關辯論，可參考Eastman, 1971; Graff, 1979; Goldstein, 1990: 66-99。

尤其是從1960年代以降反戰與反資本主義的觀點，即從諾斯所謂美國學院內的「歷史主義／脈絡主義典範」（historicist/contextualist paradigm）這個角度來看，新批評家的自由人文主義對普世人性的想像，在性別、種族、階級與帝國的討論下，可以說是完全破產了，其功能性取向，將文學批評當成一種高度格式化的學術練習，更將生命的意義空洞化了，因而形成了後來學者對新批評的負面印象。

的確，在冷戰的脈絡下，新批評的政治，一如自由人文主義的意識形態，往往是隱晦、曖昧與矛盾的，但是這些概念不僅反映了冷戰的文化與政治氛圍，亦是新批評自身所要介入與闡釋的。渥武特（Mark Walhout）就反駁了伊戈頓的觀點。他認為，以為新批評「昇華了冷戰的焦慮與自惑」是錯誤的結論，因為這樣的結論非但「無視於美學經驗也是一種曖昧與反諷的經驗，而這兩個詞都被用來描述美國的地緣政治情況」，也沒有正視新批評更重要的文化功能乃是「教育人們關於曖昧與反諷的意識」（1987: 868）。這些都是重要的修正觀點，因為他們揭露了新批評主張的歷史情境，並且提供了一個有力的視角來重新理解新批評的政治意義。渥武特的觀點既內在於，又反抗著冷戰的脈絡，而且注意到了新批評的「雙重對應」（double reference）：「像是曖昧、反諷和矛盾這些詞語，我們可以說，都有雙重的對應：第一重立即的與意指的對應，是由美學或文學批評的論述所決定的，第二重介於論述之間的對應，則是由他們處身其中的論述的歷史形構所決定的。這雙重的脈絡使得新批評的語言行動能夠產生多重的展演效果」（1987: 864-865）。因此，與其將新批評的從事者視為與政治無涉的一群，渥武特的分析呈現了他們如何標舉自由人文主義的價值，積極地介入冷戰的政治。換言之，我們對新批評必須採取雙重的辯證來加以理解：雖然對形式分析的嚴格要求會成為一種政治現狀的保守護衛，但是高舉普世人性的想像同時也點燃了社會批判的火花，強化了自由的價值與呼求。顏元叔自身的矛盾與轉向，因此也必須在冷戰的雙重辯證中去掌握。

正是在這個意義上，「冷戰人文主義」這個概念可以幫助我們更深刻地理解新批評在冷戰臺灣的政治意涵。「冷戰」在這裡不僅指涉當時的國際政治狀態，它更是一種在地的心理結構，由資本與共產世界的對峙、臺灣的國際處境與現代化想像所模塑的一種自我認識；它不僅指向外在的敵人與盟友，亦在內

部表現為文藝主張對政治壓力的回應：或迎合（如反共文藝）、或抗拒（如鄉土文學）、或游移（如現代主義）。雖然人文主義的去政治化傾向，表面上看來配合了冷戰的要求，但其政治效果並不能就此蓋棺論定，因為人文主義所蘊含的自由傾向與普世價值，亦積蓄著反威權的潛能，它對文藝自主性的要求不僅反抗了社會主義寫實文藝的思想教條，亦指向了對任何威權主義與政治指導的抗拒。比方說，在現代詩論戰方酣的1973年，胡耀恆就在《中外文學》上，以「自由」為名，發出開放30年代文學的呼聲。胡耀恆寫道：

> 　　即使純就國內的情形而論，公開三十年代的文學，也不失為打擊毛共陰謀、釜底抽薪的一個辦法。一則三十年代去猶未遠，再則台灣終究是自由、開放的社會，完全禁絕並不徹底，這樣禁而未絕，徒然造成三十年代文學的神祕性，產生某種程度感情上的誤寄與認同。但我們如果能化暗為明，化禁制為開導，反而能藉著人性中對文學的愛好，加深舉國同仇敵愾的心情。（1973: 6）

在這八股反共的表述裡，隱含著以自由為名、遂行開放的嘗試。但胡耀恆的企圖不僅止於此；他期待以30年代文學「補救台灣文壇的不足」，並敦促年輕作家寫出「對社會國家的關注」，以達成文化復興的期望（1973: 7）。儘管1970年代仍充斥著反共戒嚴的肅殺空氣，但是「革新保台」的總體期待使得「自由」不但是相對安全的位置，也是改革得以進行的空間。[18]對橫亙於中西之間的知識分子而言，「自由」總是與現代化的意識形態並行不悖；它既是安身立命的所在，也是仍待實現的彼岸。[19]儘管思想尚未完全自由、險阻不斷

18　1971年海外與島內掀起保釣運動後，年輕一代知識分子對國家的總體情勢有不同的看法，部分左傾，支持中共，有些則主張臺獨。親國民黨的年輕知識分子，如沈君山和邵玉銘，認為唯有在國民黨內進行改革，才能確保臺灣的民主發展，是為「革新保台」。

19　關於這種對於自由曲折而迂迴的詮釋，陳玲玉1971年在「言論自由在臺大」座談會上的引言可為代表。她說：「在臺大，言論絕非不自由。否則，今天座談會不可能開得成。但是，在臺大，言論自由的制度也絕非健全，否則今天的座談會沒有召開的必要」（引自陳玲玉、洪三雄，2015: 84）。陳玲玉的這段話凸顯了「自由中國」並不自由。然而，比起其他的語詞，「自由」是一條仍可以前進的道路，以個人自由為基礎的言論自由、遷徙自由與學生運動，更是可以藉之改變社會狀況的突破口。這固然反映了自由主義重視個體自由的成色，也

（如《自由中國》的查禁和「美麗島事件」），對廣義自由的追求卻是冷戰格局下的知識分子可以勉強蜿蜒前進的道路。[20]在這個意義上，新批評與現代文學所隱含的自由人文主義精神，也許表面上看似與右翼反共意識形態相契合，但實質上已含蘊在地的變造。這個在地變造的過程反映了臺灣獨特的冷戰處境，在分斷的歷史與政治中，沿著人文主義的線索尋找與編造不同的傳統與鄉土，因為分斷的效果不只存乎共產與資本陣營的對立，它同時也存在於國族想像的內部（或以省籍和階級為表述）以及文學與政治之間的表面區隔。

　　然而，值得一提的是，顏元叔並不是華文世界唯一的「自由人文主義」傳人，其精神也不僅來自於阿諾德與新批評的橫向移植。事實上，民國初年吳宓所主持的《學衡》就是新人文主義的重要陣地，白璧德雅好古典、尊崇賢哲的精神也隨之在中國傳布開來。梁實秋寫的〈現代中國文學之浪漫的趨勢〉與〈現代文學的任務〉兩篇文章，都飽含了自由人文主義的色彩，要求文學介入人生、反映人性、培養人格；棄絕濫情與頹廢，追求紀律與理想。在臺灣，臺大外文系的侯健受到業師梁實秋的影響，以《白璧德在中國》為題完成博士論文。吳宓除了編譯《白璧德與人文主義》一書外，更在教學與研究上奉行師尊的教誨，深入中西文學經典，直面「文學與人生」。[21]吳宓就認為，人文主義乃是「文化與個人修養的完善」（1993: 15），而文學則是人生的「精髓」與「表現」（1993: 16），具有涵養心性、培植道德、通曉人情、轉移風俗、表現國民性、增長愛國心、造成大同世界以及促進真正文明等淑世功能（1993: 59-68）。這樣的精神亦可見於朱光潛於抗戰期間，排除萬難，一力主編的《文學雜誌》。在發刊辭裡，朱光潛就以阿諾德的名句來揭示刊物的自由人文主義立場：「英國學者安諾德所說的廣義的批評，就是『自由運用心智於各科學門』，『無所為而為地研究和傳播世間最好的知識與思想』，『造成新鮮自由的思想潮流，以洗清我們的成見積習』」（1937: 9）。曾任教北大和西南聯大、在臺大開辦《文學雜誌》而開啟現代主義文藝風潮的夏濟安，亦在發刊辭中揭示類似的立場：堅持作為一份「寬大自由而嚴肅的文藝刊物」，提倡

　　　折射了那個冷戰年代的社會與思想條件：如果不能談階級、解放與革命，那麼就談自由吧！
　　　因為生活與思想的不自由正是當時青年最能感同身受的壓迫。
20　關於自由主義在冷戰臺灣的蜿蜒前進，見錢永祥，2001。
21　「文學與人生」是吳宓於1930年代在清華大學外文系及北平女子學院開設的文學選修課。

「樸實、理智、冷靜的作風」，並且主張「說老實話」來反映時代與表達時代精神（1956: 70）。[22]這些跨代應和的想法，使得五四的人文主義香火得以跨海賡續，不絕於縷。

　　因此，作為夏濟安在臺大外文系的年輕同事，並且期待《中外文學》能薪傳《文學雜誌》的精神，顏元叔的人文主義不只是西方的，更是五四中國的。[23]從吳宓、朱光潛、梁實秋到夏濟安、夏志清、侯健和顏元叔，我們可以看到外文研究的思想基底正是自由人文主義，相信文學不論中西，皆有普世意義，故當中西共濟，貢獻於打造民族心靈的偉大事業。對這些學者來說，人文主義不只是西方自身對工業現代性的有力批評，更是一套普世共享的思想與文化資源，以及中國文學得以重返世界的舞台。外文研究因而不曾也不只是冷戰脈絡下的區域研究，而是長期的民族人文工程。[24]因此，考察外國研究在臺發展的種種論辯和軌跡，我們不能繞過這個最為核心的意識形態，思考它的影響：為什麼自由人文主義的香火得以延續？在1970年代的冷戰空氣裡，它又具有哪些意識形態的功能？在臺灣的脈絡裡，它有什麼特殊的在地演繹或轉向？

　　必須強調的是：自由人文主義作為一種文化思想與精神風貌，並不是在1960 年代因為新批評的引進而突然顯現的。相反地，新批評之所以能夠在臺灣發芽開花乃是依賴1920年代《學衡》派所埋下的新人文主義土壤，以及1949年從大陸來臺學者的引渡。重要的是，自由人文主義者對於古典與人文思想的推崇是站在民族主義的立場上展開的，亦即相對於五四新文化派全盤西化的主

22　梅家玲不只點出前後兩份《文學雜誌》在精神上的承繼，也指出兩者的差異，尤其是夏濟安對翻譯作品的接納，點燃了開啟1960年代臺灣現代主義文學創作與中西比較文學評論的火種。

23　雖然目前沒有直接證據得以證明顏元叔與《學衡》派的關聯，但是從梁實秋、侯健與余光中等人在1970年代的影響力，我們大致可以推斷，人文主義確是當時存在於外文系課程裡的一種精神薰陶。李有成特別提到，「侯健可能是《學衡》以來對白璧德用功最勤的中國學者，同時也是最有資格在中國繼承新人文主義香火的人」；同時他在評介白璧德的文學思想時，除了指出白璧德如何上承阿諾德的文化觀，更可以「看出新人文主義如何下啟新批評，芝加哥亞里斯多德學派，乃至於傅萊的神話批評」（2006a: 122-123）。

24　關於臺灣的外文研究屬性為何，是一個尚未展開的辯論。但以中研院歐美所為例，以區域研究的方式來想像歐美研究基本上是冷戰結束後的事情。當然，歐美所的前身為美國文化中心與美國文化研究所，它作為臺灣的冷戰建制應是殆無疑問的。只是這樣的冷戰建制究竟是以什麼方式想像西方，則有待進一步的研究。關於歐美所的歷史，見魏良才，2012。

張而來。大陸學者汪暉（Wang Hui, 1995）就指出，Humanism 一詞，在中文裡有「人文主義」、「人道主義」與「人本主義」三種不同的翻譯。新文化派取其人道關懷的面向，故傾向譯為「人道主義」，而《學衡》派則為了強調文化與古典精神的重要，而傾向譯為「人文主義」。換言之，「人文」主義思想中暗含著自由主義的立場，在此以自由人文主義標示之，一是為了指出其與新文化派人道主義在政治立場上的差異，二來則是為了凸顯冷戰脈絡中「自由」這個概念的重要性與複雜性。此外，人道主義與人文主義的區隔，同時反映了文學品味的差異：中國30年代文學所呈現的人道主義關懷，在1949年以後成為臺灣文藝思想的禁區，而西方的人文經典（除了俄國與東歐文學之外）則和國民黨一樣，失去了中國大陸。冷戰不只區分敵我，也讓Humanism沿著臺灣海峽分道揚鑣。大陸學者朱雙一就指出，在臺灣文學的發展過程中，自由人文主義的脈流不該被忽視，因為1950、1960年代影響甚大的《自由中國》和《文學雜誌》這兩份刊物，其思想都承接著五四一代對民主與自由的呼求。雖然兩者相繼遭到國民黨打壓，但他們所承繼的人文思想與五四精神在1970年代仍然延續著，他們對文學關懷人性的深切期待也成為現代主義文學的思想根柢。因此，唯有看到歷史的曲折與延續，我們才能充分理解為什麼自由人文主義得以藉著新批評而再展開，而冷戰的脈絡又如何為「自由」與「人文」增添複雜的文化政治意涵。

　　一如顏元叔所呈現的，文學批評家是民族的良心、文藝的導師與時代的見證。但有趣的是，浸濡在英美文學養分裡的這些學者，雖然基本上服膺阿諾德與白璧德等人的文學品味，但在具體的批評實踐裡，總有一個在地的取向。例如，《學衡》會把中西儒哲並列，而在臺灣的《文學雜誌》和《中外文學》都強調翻譯與創作的重要性。同時，學習西洋文學出身的朱光潛、梁實秋、夏濟安、侯健與顏元叔等人都對中國文學的發展抱持介入與革新的使命感。換句話說，他們的民族主義與人文主義在精神上並不相斥；人文主義不只提供了他們一套評價文學的標準，更成為他們藉之提煉與提倡民族文學與寫實精神的國際平台。[25]同時，冷戰時代的政治壓縮迫使學者必須找到新的方法來應對當時的社會狀況，新批評與現代主義文學看似去政治化的美學標準因而得以成為表述

25　關於20世紀人文主義在中國的發展及與比較文學的關聯，見Wang, 1995。

政治意義的另類空間；冷戰下的「自由」既是對現實中的不自由的提喻，亦是追求改變的指引。在這個意義上，顏元叔的晚期作品，尤其是《社會寫實文學及其他》與其小說創作，值得我們特別重視。

冷戰的制約與抵抗：社會寫實文學的理論與實踐

　　與其說它是一本論文集，《社會寫實文學及其他》更像是一本文化批評的雜文集，藉著意氣揚飛的文字表述他對文學與社會的思考。發表於1977年鄉土文學論戰大爆發後，書中的長文〈社會寫實文學的省思〉頗有總結論辯、清理戰場的企圖。文章開宗明義指出「『社會寫實主義』與『社會主義寫實』不同」，前者是一種文學主義，而後者則是一種政治主義；「『社會主義寫實』接受社會主義的政治領導與駕馭，而『社會寫實主義』則只受文學自身條件的節制」（1978a: 23）。顏元叔既強調文學的自主規律不應受到政治的影響，但又認為文學必須把握與批判現實，既描繪人世的個別殊相，亦表呈時代的獨特精神。他認為社會寫實主義的目的不只在於「就事論事捕捉當前的社會人生的真象」（1978a: 31），更要以人本主義為出發點，去把握個人與集體的關係，因為社會寫實文學的「重心不在於呈現社會問題，更不在於處理社會問題」，而是「在於以社會問題為背景，描繪在這種社會問題裏浮現或表呈的人性」（1978a: 46）。透過這些表述，顏元叔一方面撇開了洛夫、朱西甯、余光中、彭歌等批評鄉土文學為「工農兵文學」的思想檢查，[26]捍衛了鄉土寫實的文學性與社會批判的正當性，另一方面也試圖導引鄉土文學往時代性、而非鄉土性的方向發展，在肯定人性與現實的立場上重新找到現代主義與鄉土文學的接合點。他指出，「工農兵文學的意識實在是落伍的」，因為整個社會流變不已，階級身分更非固著不變，「每一個人可能兼具幾種身分，或在不同的時空裏，連續更換身分」（1978a: 61）。這種流變的狀況使得文學必須要更全面地掌握人生與人性的變貌，而不是僵固在某一個階級位置的視角。顏元叔強調：「為

26　不過，蔡明諺指出，率先發難攻擊「工農兵文學」者，正是顏元叔；更諷刺的是，朱西甯在〈鄉土文學的真與偽〉一文中也把顏元叔的「社會寫實主義文學」當成了「工農兵文學」來批判（2012: 272 -273）。

了讓文學確實負擔起提供人生社會的真知識，就不可讓政治箝制文學，迫使文學只能編造有關人生社會的假知識」（1978a: 64）。呂正惠亦指出，顏元叔不是不知道在當時的語境裡，他的「社會寫實主義文學」與中共的「社會主義現實主義文學」是分不開來的，但恰恰是這樣的介入，凸顯了顏元叔敢於直言的勇氣以及對社會現實的關懷（2013: 201）。

1970年代的顏元叔雖然有著堅定的反共立場，但他對文學的看法卻是寬宏的。例如在〈唐文標事件〉一文裡，他就寫道：「文學的創作必須『自由』，它的內涵必須是『人生全面』。文學既然如此『全面』而『自由』；則文學觀愈狹隘，愈是遠離真理。不同的時代可以有不同的側重，但是側重決不可誇張而涵蓋全局。每個人也許都有自己的文學觀，却也應為其他的文學觀，保持龐大的容忍」（1973: 8）。在〈文學的政治觀〉一文中，他更語帶調皮地說：「行萬里路，讀萬卷書，就是企圖探究人生之全面。要了解臺北市，怎可不去華西街？要了解華西街，怎可不去寶斗里？管理眾人之事的人，應該去酒家，應該去地下舞廳，應該去新北投——然後，你才能決定如何處理這些社會下層的問題，人性下層的問題」（1986a: 168）。透過社會寫實文學論的提出，他不只維護了鄉土文學的寫實與批判取向，更將原有菁英色彩的自由人文主義文學觀轉化為人本主義，乃至人道主義的養分，務求文學的討論回歸人的核心關懷，讓社會寫實的主張成為開放社會、追求民主的動力。同時，這也形成了他介入冷戰思維的獨特方式。

在〈我國當前的社會寫實主義小說〉一文中，顏元叔討論了陳若曦、王文興、陳映真、王禎和、黃春明、張系國、楊青矗和王拓等人的作品，以作為社會寫實派的代表。在今天的臺灣文學史觀裡，這些作家分屬不同的派別與陣營，其文學觀點、省籍位置、統獨取向與作品特色都不盡相同。可是當時顏元叔卻將他們收攏在一起，顯見他在肯定鄉土文學寫實性的同時，仍對文學「寫實」隱含的政治主張有所質疑。他說：「就鄉土文學言鄉土文學，而無其他影射或意圖，我是完全贊成的，因為鄉村人生像其他任何一個社會區域的人生一樣，值得抒寫。不過，把它看成一種文學觀，看成一個派別的文學，它產生偏差的可能」（1978b: 68）。[27]他認為：書寫鄉土文學時最應該警惕的是知識分

27　類似的觀點亦可見於顏元叔在〈談報導文學〉一文中的看法：「我只想談『文學』，只願談

子的濫情；對於鄉土的強調更不應該忽略鄉土以外的人生；同時，鄉土文學若只是聚焦在臺灣本土的人與事，而忽略了大陸來臺的人與事，殊為可惜的，因為這群人有著豐富而曲折的人生經歷，他們的人生亦是臺灣的歷史。換句話說，從顏元叔當年的角度來看，這些今日看來互不相屬的派別與陣營或許沒有那麼大的隔閡，因為他們都屬於「社會寫實」文學，何況彼時「鄉土」也尚未沿著臺灣海峽而斷裂。

　　他於鄉土文學論戰結束後所發表的〈也是「鄉土」，更是「鄉土」〉（1980a），更展現了他對本土意識割裂鄉土與省籍感到不滿。他深情而嚴厲地寫道：「鄉土是一種愛；愛這塊泥土，這塊泥土就變成鄉土；作踐鄉土的人，雖然營厝三代，永遠只是闖入者。鄉土不是專利，於是豈可壟斷——台灣的鄉土屬於一切愛台灣的人」。以愛之名重新表述鄉土，顏元叔的觀點領先了他的時代：他看到的鄉土文學所隱含的政治效果，不僅不見容於當時的統治威權，[28]更將對臺灣社會的多元群體造成挫傷。但同時，他肯定鄉土文學直面社會、批評人生的文學感性，強調文學的最高目標正是「為時代留下一個真實的倒影」（1978b: 71）。這個倒影可以是鄉土的，但不必然局限於此。在這裡，我們可以看到，顏元叔的社會寫實主義，雖然緊貼著冷戰反共的思維，卻巧妙地打開了一道接續五四傳統、現代主義與鄉土文學的渠道，而貫穿其中的不是別的，正是自由人文主義的思想。[29]誠如他在〈文學在現代社會能做些什麼？〉一文裡所說的：

　　『文學』；在『文學』前面加上什麼形容詞如『抗暴』、『報導』、『鄉土』等等，就教我好不自在。因為，我相信，文學是單一的；『文學』一語就可以籠括一切真正是文學的文學；加上形容詞做帽子，不是不必要，便可能產生歪曲」（1981a: 114）。

28　蕭阿勤指出，鄉土文學當時之所以無法見容於國民黨及其他非官方的批評者，主要是因為「隱藏在這些作品社會寫實主義技巧下，對當時既有的社會經濟體制的尖銳批判」（1999: 99）。

29　張頌聖亦在《現代主義與本土抗拒》（*Modernism and Nativist Resistance*）中指出，1960年代的現代主義文學及批評與五四文學的寫實主義觀是一脈相承的，其中菁英式的西方現代主義文學扮演著重要的功能（Chang, 1993: 10）。邱貴芬則從另一個角度指出，「鄉土文學『反西化』、『回歸鄉土』的主張，其實也和現代主義文學一樣，都反映與強勢西方文明相逢時普遍產生的一種集體心理焦慮徵兆」（2007:91）。張、邱兩人的觀察凸顯了文學場域在1960、1970年代的政治性，不僅僅來自於對體制脅迫的逃逸與反抗，更來自於面對西方的焦慮與自省。

　　由於文學創作是自由心靈的自由表達，所以文學的創作與閱讀，都是有
益於自由之倡導與維護。在今天這個世界裏，極權世界不僅與自由世界對
壘，極權的思想與做法甚至侵入了自由的國度，於是抗拒極權變成一個最
迫切的需要。無論內在外在，我們應竭力守衛著我們既得的自由，同時為
待獲的自由付出最大的努力。文學在這種防衛與努力中，由上面的討論
看，扮演著一個基本的角色。（1978c: 109）

　　顏元叔的表述，表面上看起來承載著反共愛國的色彩，實際上他的自由派
觀點更有一個內在的切入點。抗拒極權需要的不只是向外的，更是內在的抵
抗。這樣的觀點看似順應著冷戰的思維，實際上卻在反共思想的內部打開了一
條內省與介入的通路，而文學以及關於文學的種種討論，就成為自由能否存續
的試金石。在這裡，顏元叔想像的「自由」，不全然是伊戈頓批評的資本主義
意識形態與主體形式，而是對應著威權統治下的臺灣社會而來。文學的自由很
樸素地意味著言論與表達的自由，它不只指向文學批評範式的獨立與前進，更
暗示了社會與文化環境的改造才是確保文學得以自由的先決條件。人文主義的
文學批評，在這個意義上，不再只是表意美學的形式批評，而是與社會和歷史
動態緊密接連的社會批判，或是說它更接近1990年代以降的文化研究對批判文
化與改造社會的堅持。這樣的理解在今天已是老生常談，但是顏元叔的批評實
踐提供了一個獨特的例子，讓我們看到文學批評的力度與效果或許不只在於文
本解讀的優劣，更在於它與現實社會的接合與對應。在這個意義上，顏元叔的
人文主義思想與批評範式雖然不再新穎，卻呈現了文學批評的基底，也在理論
爆炸的當代，提供了我們思考批評與理論所為何事的參照。

　　顏元叔對自由的思考揭示了冷戰脈絡的複雜性以及社會寫實主義的重要
性。透過他自己的文學實踐，冷戰不再只是美蘇兩強的意識形態對抗，而是他
這一輩中國／臺灣學者的生命經驗──是由國共內戰、逃亡、留學與臺灣前途
的辯論所交織而成的坎坷經驗。雖然顏元叔沒有直接討論冷戰，但是他出版於
1980年的短篇小說集《夏樹是鳥的莊園》卻提供我們重新理解冷戰另一個有力
的切入點。

　　在這本集子裡，顏元叔強調了「小人物」的觀點，一路從國共內戰下的鄉
村經驗寫到金門砲戰與臺灣前途的論辯，描寫的人物包括了外省老兵、在砲戰

中失去了臂膀的小孩、鄉人與友伴以及留學生和在資本社會裡頭辛苦奮鬥的年輕人。這些故事，特別是關於鄉村戰爭經驗的篇章──〈夏樹是鳥的莊園〉、〈歡迎！歡迎！〉、〈堯水自衛隊〉與〈年連痞子〉──都具有自傳色彩，[30]對冷戰的時空有著敏銳的反映與反省。在書前的短序裡，顏元叔是如此夫子自道的：

> 　　「夏樹是鳥的莊園」這個題目自覺很妙。那年夏天我在麥迪森度過暑假，看見高大茂密的榆樹，其上有成群的小鳥吱吱唧唧地巢居，那一片安樂的氣氛，使我想起千萬里外已經拋棄了的大陸家園。於是，我憶起了故事中的這段往事，有著部分真實性的往事。這裏面的主旨恰好是標題的反面，夏樹不再是鳥的莊園，一切都在分崩離析之中！原稿在美國那年夏天寫成，其中的兩個兵士原不是八路軍共產黨，在臺灣發表時我自動把他們改成八路軍共產黨。我想這沒有「虧待」他們，因為對我──甚至大多數中國人而言──我們的「夏樹是鳥的莊園」，就是毀在他們的手裏。我的童年的水頭村，心愛的水頭村，自民國三十九年以後，就從此不再了。所以，「夏」篇是一個時代與一種生活方式的「輓歌」。（1980c: 7）

換言之，這本集子不是作者研究西方小說之餘的「效顰之作」，而是個人的感懷和憑弔。它銘刻著時代的反共印記，也反向表述了作者的時代批判。誠如顏元叔在關於家鄉和外省老兵的短篇裡明示的，戰爭令鄉人恐懼之處不只在於生計的破壞，更在於「拉伕」所造成的家庭離散與被迫流亡。比方說，〈老夏的一生〉就精確捕捉到了外省老兵客死異鄉的愁苦與困頓。從被國民黨軍隊拉伕那刻開始，老夏拋妻棄女的記憶就揮之不去，省吃儉用買金飾就是為了閨女出嫁所準備的。儘管他不斷叨唸「打回大陸，就是發了財喇」，卻在晚年變賣金飾，買足了蹄膀雞鴨吃下，只因為他知道回不去了。「不吃掉它，還留給誰！」（1980c: 89）的灑脫其實是對國民黨政府最大的批判與指控。這樣的批判或許在力道與內涵上，不若陳映真深刻（如解嚴後出版的〈歸鄉〉與〈忠孝公園〉等篇），但在戒嚴時期敢於如此直言不諱，也不容易。顏元叔的勇氣凸

30　顏元叔的《五十回首》（1985）裡亦有不少童年記事。

顯了冷戰的實質內容不是美蘇兩強的意識形態對抗，而是對國共內戰與家國離亂的再現和反省。

另一個高度自傳性的短篇〈柏拉圖的對話〉，更將冷戰意識形態具象為臺灣前途的激烈辯論。在中共重返國際社會的1970年代，國民黨政府深感風雨飄搖、必須莊敬自強之際，這段師生「對話」顯然成為臺灣的冷戰寓言。然而，這個短篇不該被簡單地讀成共產主義與資本主義的鬥爭，而該被看成中國知識分子的現代性試驗以及自由人文主義對冷戰二元觀的反思。

故事的主角是備受黨國重視的外文系教授周家瑚，以及留學返國來訪問老師的學生陳邦。學生批評老師總是寫些為政府辯護的文章，自甘淪為國民黨的「御用打手」。相對地，陳邦則被描寫成一個1970年代的海外激進左派學生，在留美期間接受了共產主義，並秘密地主張解放臺灣。周家瑚自己也曾留美，並且認識許多像陳邦這類的留學生，嘴上批評政府，說盡共產黨的好話，可是心裡卻一心想留在美國。[31]這樣的選擇是周家瑚可以企及卻深感不屑的：「他覺得人生應該活得恬意一點，他覺得躺在熟悉的椰子樹下，是比較恬意的，比較熟稔的。是的，熟稔把什麼東西都變得可愛，值得留戀」（1980c: 173）。「熟稔就是一切」，周家瑚告訴自己，臺灣就像是家裡的洗臉盆一樣，雖然有點髒，可是因為是自己的，所以「有親切感，可以接受」（1980c: 174）。周家瑚這番為國民黨辯駁的話，陳邦無法認同。他認為人們不應該滿足於生活，因為那是一種缺乏理想主義的生活。陳邦主張，理想主義是領導改變的指標，而改變是必然的，因為那是歷史的規律。陳邦口中的「改變」就是兩岸統一；他視之為現代中國知識分子超越個人利益的「歷史使命」。陳邦的挑釁激怒了周家瑚。他剴切地回答：

> 「歷史使命」也許是光芒萬丈的幾個字，可是却沒有確切的內涵。它的內涵是隨人而異，你注射去什麼就是什麼。這個革命家的「歷史使命」，不同於那個革命家的「歷史使命」；這個黨的「歷史使命」，不同於那個黨的「歷史使命」。你總知道，西洋人打了一兩千年的仗，敵對雙方都是替天行道，都是為上帝而戰。雙方都大叫：「啊，上帝，讓祢的意志經由

---

31 關於1970年代海外知識分子心態的分析，見邵玉銘，2013。

我而實現！」於是，上帝的左手打著上帝的右手，上帝的右腳踢著上帝的左腳。在這種場合裡的「上帝的意志」，就是等於你的──或你們的──「歷史使命」！（1980c: 184）

周家瑚認為，歷史使命是以個人性命和家庭為犧牲的，而「空泛的口號抵不過午間的一陣桂花香」，「抵不過一便當的排骨菜飯」（1980c: 190）。對他而言，陳邦口中的兩岸統一意味著背叛，而不是解放，因為「自由的最高定義，就是自己作主：自己作不了主，便是人家的奴隸。如今我們自己能夠作主，或者說，我們有力量自己作主，我們為什麼要放棄這份權利？我們為什麼要聽幾句打高空的口號，把自己的切身利益犧牲掉」（1980c: 188）？對周家瑚而言，自由不是口號，而是現實生活的擁有與開創。就像是在另一個短篇〈長巷〉裡，那個備受資本社會現實考驗的主人翁費古，儘管被生活壓得喘不過氣，卻緊緊抓住生活中的小確幸。看著孕妻、小孩與桌上暖暖的飯菜，費古自忖：「也許自己就是那種小人物吧，那種小市民吧，容易被這種樂趣陶醉，容易被這種樂趣征服。管它的，小市民也罷，小人物也罷，這當前的一剎那美好，他就要把握它，不該讓它逃掉。聽從情感的驅使吧，就算是兒女小情感，只要它充塞著自己的身心，就讓它充塞著吧」（1980c: 81）。[32]

這種「小確幸」的幸福感或許渺小，乃至政治不正確，可是它卻是顏元叔肯定與追求自由的根本。在〈柏拉圖的對話〉的脈絡中，這種可以握在手中、自行決定的自由一方面突出了「小人物」卑微視角的重要性，另一方面反映了他自由人文主義的文學信念：「竭力守衛著我們既得的自由，同時為待獲的自由付出最大的努力」（顏元叔，1978c: 109）。而文學在這種防衛與努力中，始終扮演著一個根本的角色，因為他相信文學的創作必須自由，儘管觀點不同，也當相互容忍，如此文學才能全面而自由地面對人生。

有趣的是，周家瑚正是以外國文學的學習來托喻意識形態的外在性與強制性。周家瑚對陳邦說，許多年前陳邦在畢業公演上朗誦英詩的時候，他就感覺

---

32 值得注意的是，在1970年代，小人物，尤其是「小市民」的說法，是充滿右翼想像的。1971年4月4日在《中央日報》上，署名孤影所發表的〈一個小市民的心聲〉曾經引發巨大的迴響，就是國民黨當局藉以打壓學生運動的工具。小市民的保守印記自然也銘刻在費古身上，但是他卑微的滿足或許更值得以小人物的弱勢角度理解之，儘管這兩者未必有所衝突。

到那些詩詞好像「不是從你們的口中吐出來的，而是從大氣裏飛出來，飛入到你們的唇齒間，飛入到你們的心靈，而你們的朗誦就是承受後的認同」（1980c: 193）。換句話說，一如英詩，陳邦所堅持的歷史使命不是內在於自身的認識與感受，而是向外習得之物；統一與獨立，一如共產主義與資本主義的爭鬥，因此也不是內在於自身感受與需求的抉擇，而是強制於上的外來物。將共產主義等同於外國文學，雖然未必符合中國歷史發展的實情，但是卻適時地提供了一條超越冷戰意識框架的思路。當冷戰的意義被聚焦在臺灣未來的選擇時，我們赫然發現，統獨其實是冷戰意識形態的效果；真正核心的是人民如何、為何選擇的問題，以及對自由意義的辯詰與商榷。換言之，儘管這場對話看起來就像是一場資本民主與共產集權的冷戰對抗，但透過「小人物」的觀點，它實質上突出了自主性乃是自由真諦的箴言，也預示了30年來兩岸關係的拉扯（只不過，10年後作者一改初衷，做出了出人意表的選擇）。對周家瑚而言，資本主義與共產主義都不是真正的選擇，它們不過是閃著萬丈光芒的詞藻，就像是陳邦在畢業公演上朗誦的詩詞一樣，不是從他的嘴裡吐出來的，而是「飛入到」他們唇齒間的。真正的選擇是那些轉瞬即逝的自主性，它們要比歷史任務更值得捍衛。重點是把握這些自主的瞬間，植根於自己的土地上，擘劃未來。故事以周家瑚快樂地走入自己的影子為結束，暗示著自主性儘管微弱，卻是真實存在著的。

這個故事裡的人文主義觀點，預示了顏元叔後來朝向反西方立場的轉變，同時也留下了抵抗冷戰意識形態的痕跡。放入當年的政治脈絡來考察，雖然自主與自由都是冷戰話語，但是顏元叔的表述並非把它們當成反共主義的教條，而是將之視為對抗西方強權與獨裁統治的武器（如前述「歷史使命」的討論）。因此，他對小人物追求幸福的同情描寫也就不是一種泛泛的人道溫情而已，而含有對冷戰二元論的批判，因為對自由人文主義者而言，重要的不是政治意識形態，而是個人以及普世的人類生活（儘管這本身亦是一種政治意識形態）。在這個意義上，〈柏拉圖的對話〉可說是一次文學介入人生的事件，藉著再現與分析人生，進而試圖扭轉當時的政治話語。

總體而言，《社會寫實文學及其他》與《夏樹是鳥的莊園》提供了我們反思冷戰意識形態的切入點，尤其對於文學如何介入人生做了有力的示範。它們揭示了冷戰不只是關於圍堵與整合的霸權話語（Klein, 2013; Cumings,

2002），同時也展現了多元的冷戰經驗：中國內戰的多方遺緒、文學與文化領域的現代性想像，以及西化知識分子的自我反省，都與冷戰息息相關。更重要的，它們凸顯了自由人文主義在臺灣的新批評演繹中所扮演的重要角色，以及對臺灣政治與文化論辯的介入和影響。作為一個多才多藝而且情感熱切的學者，顏元叔留下重要的自由人文主義批判遺產，讓我們得以窺見並反思冷戰之於兩岸的意義，以及1970年代文學批評在美中臺關係中所具有的政治意涵。

「一切從反西方開始」：歐美研究的原點

1992年，在《中外文學》慶祝20週年專輯裡，顏元叔寫下這段文字：

> 　　信仰西方各種文化價值的中國人，在信仰上既已認同西方，在價值上既已認同西方，他就很難痛恨鴉片戰爭或八國聯軍，憤然與西方牛角對牛角，從批評、反對、到殊死鬥爭。成天讀荷馬，讀莎士比亞，讀「艾略特」，讀西方文學文化的人，讀來讀去，會不自覺地墜落到他們的字裏行間，言必稱「哈姆雷特」，行必經「荒原」，話必須「解構」，滿紙都是「滴滴達」。於是，這些人的意識成了pachinko鋼珠，依沿著西方人所設定的鋼針路線彈彈跳跳，好像很自由，很自主，其實是宿命地落入到西方人預設的小洞裏去。〔……〕說真的，如今我們這一群搞西方文化的學界人士（包括搞文學的和搞其他各學各科的），真是西方帝國主義殖民中國所剩留的餘孽。（1992: 8-9）

在這篇名為〈一切從反西方開始〉的文章，顏元叔大筆一揮把外文學者（包括他自己）都打成了帝國主義的怪胎餘孽。他推翻了自己在1970年代西學中用的立場，轉以反西方為戰略，以求振興中華。他以共產主義與中國農民為例指出：「振興之力必須汲自不同於西方的源頭，甚至反西方的源頭」，並強調「必須反西方才能與西方並肩，必須反西方才能超越西方」（1992: 10）。在臺灣意識正在昂揚、六四屠殺記憶猶新的1990年代初，顏元叔的大統派立場令

人側目,[33]但他對文學及文學研究的政治性與殖民性的強力批判,卻讓人不得不嚴肅以待。他在另一篇短文〈美國併發症〉中,對中國的西方研究所為何事的看法,尤其值得我們參考。他說:「中國要強盛,不能不與美國為友;而中國要強盛,更不能不與美國保持距離」(1986b: 216);中國的知識分子若是追求思想與知識的獨立,就不能活在西方的陰影裡。因此,

> 我們的搞美國研究的機構與學者們,應該擔當起真正「研究」的責任,而不是「歌頌」美國。他們應該客觀地分析美國,主觀地從中國的利益衡量美國,超越地從全人類的觀點批評美國,讓中國的政府與人民,在處理這個近一世紀的親密關係上,有些準繩可供參考,有些勸告可資忖度。七十年來的中美關係如此濃稠,我們就沒有看到有一本專著來檢討與反省這個關係,教我們如何與美國交往,如何對待美國人。我們的美國訓練出來的美國研究學者,全是照著美國人自己的觀點來「研究」美國,其結果只是「親美研究」,而不是「美國研究」。(1986b: 217-218)

顏元叔的批評雖然嚴厲,卻切中臺灣向西方學習過程中缺乏知識主體性而滑向「親美」,乃至在方方面面都依靠美國的現實。這樣的匱缺當然不是從1980年代才開始的,而是在向西方學習的歷史過程中點滴匯聚而成的,因為不論西方人文經典或是當代歐陸理論,儘管他們也具有解放的意義,但終究是帝國歷史的產物。

顏元叔這個說法,在今天看來,可算是後殖民批評的先驅。或許今天外文學界的研究產出已逐漸脫離「親美研究」的範疇,可是他的看法和批評仍值得我們一再反芻,因為那關乎外文研究(或是更廣泛的歐美研究)的政治與方法。換句話說,他提出的其實是第三世界學者該如何面對、理解與介入西方的問題,以及研究西方的知識生產究竟該回饋到哪裡的問題。同時,它也凸顯了臺灣的後殖民研究在「恐中反統」情結下缺乏了第三世界觀點以及對中國的同

---

33 1990年代初,顏元叔一篇充滿大中國民族主義情緒的文章,〈向建設中國的億萬同胞致敬:讀何新先生文章有感〉,引起了六四民運分子蘇曉康的反感。見顏元叔,1991;蘇曉康,1991。

情理解。從上面的討論，我們可以看到這樣的焦慮不是今天才有，而是一直跟隨著外文研究的發展而並進。難道說，外文研究的原點正是這樣的焦慮？[34]西方經典或理論到底是我們走向世界的通行證，還是綁在我們頭上的緊箍咒？介在東西之間的我們又該如何擺脫、接納或轉化怪胎餘孽的身世呢？[35]

面對這些問題，研究19世紀英國文學與現代韓國文學的南韓學者白樂晴提出了值得我們參考的想法。在2009年來臺的第三場演講裡，白樂晴試圖提出一種「全地球的方式」（planetary approach）來看待西方文學的典範。他特別強調：「比起僅僅暴露阿諾德提倡英語文學背後的政治目標，我們可以做的還有很多」（2010: 237）。其中包括複數化與活化文學經典，以及認識到後殖民的抗拒閱讀範式「很可能會再生產經過掩飾的歐洲中心主義，並實際上導致我們忽視或摒棄西方文學經典中的解放潛力」（2010: 241）。他強調，經典之所以為經典，正是因為他們具有解放的潛力，可以對其他世界的讀者有所啟發。以康拉德的《黑暗之心》為例，他認為這本小說固然與殖民歷史有著千絲萬縷的牽連，但我們既不該全盤接受現代主義式的詮釋，僅僅將之視為一場內心之旅，也不該只從反殖民與反種族主義的立場來批判它。相反地，「我們應該小心不要太過簡化康拉德，也不要太輕易將他揚棄」（2010: 243）。

白樂晴的主張引來臺灣三位外文學者的不同回應。馮品佳同意白樂晴的觀察，並強調閱讀西方經典必須抱持「修正的」（revisionist）態度（2010a: 252），在研究與教學上，必須面對理解文本的歷史背景以及走出歐洲中心主義的雙重挑戰。張小虹則點出西方經典在臺灣外文系內部總是被當成「幽靈」來召喚，這「正是因為在臺灣的學院此西方文學正統從來沒有被完整建立過，也不可能被完整建立」（2010: 255-256）；她強調，在今天臺灣的學術體制裡，西方經典的意義必須建立在批判的普世性上，既要凸顯全球帝國主義的運作邏輯，也要肯定民族文學的價值，不然它只會成為西方幽靈的召喚和通識教育的冠冕。從臺灣外文學門的「真實狀況」出發，朱偉誠指出，經典的討論勾勒出外文學者在學術體制「既中且外」上的兩難，因為「以外國的文化關切與問題意識為自己研究定位和參與對話的對象」所生產出來的研究成果，「就算

34　無獨有偶，美國學者也指出，人文學科的誕生總是伴隨著危機的，見Harpham, 2011。

35　關於這些問題的討論，見本書第六、八兩章。

傑出，也終將與本國無涉（或有所隔閡）」（2010: 260）；因此，他強調，
外文研究的想像必須要有內在主體的支撐，而持續問題化外文學門這個有問題
的概念範疇，正可以提供我們當下非常重要的思考資源。

　　重新閱讀顏元叔並參考上述學者的主張，我們不難發現，今天外文研究的
最大挑戰，不是西方經典和理論，而是如何界定學門的範疇、建立知識主體性
的問題，亦即如何與西方並肩、平等交往的問題。這個挑戰既是外在的，更是
內在的：全球接軌的強勢邏輯使得我們得以面對真實狀態的空間越來越小，亦
使得知識主體如何生成的問題更形迫切。在這個意義上，「一切從反西方開
始」的主張，其實具有知識與政治實踐上的戰略意義，可以召喚一種第三世界
主義式的國際連結。誠如康利（Christopher Connery）指出的，「反美主義」
（甚至擴大為「反西方主義」）至今仍是必要的，[36]因為「它具有重要的結構
性能耐，可以聯結全球性意識形態再生產的負面能量」（2001: 403）。不
過，康利同時也提醒我們，必須對反西方主義的民族基體有所警覺，因為它往
往也是全球資本的載體。

　　在題為〈中國人與外國文學〉的短文（收錄在《文學的玄思》）裡，顏元
叔曾這麼說：「若干研究外國文學的中國人，趨向忽略外國文學的民族性與時
代性，這是一個急待糾正的缺憾」（1970a: 70）。以青少年讀物《魯濱遜漂流
記》為例，他批評該書是英國殖民主義、個人主義與清教徒精神的大結合；魯
濱遜只追求個人的財富與權欲，其道德觀是虛偽的，其發展主軸是暴力與屈從
的主奴關係。他質問道：「假使我們懷著英國少男少女的心情去讀這本書，忘
記了自己的批判立場，它會對我們有多少好處呢」（1970a: 71）？顏元叔的提
問值得我們一再回顧，因為他要求我們在研究西方的同時，必須以批判地認識
中西文化的差異作為研究的思想基礎。值得強調的是，差異不只是文化的，更
是政治的。他說，引介西方是為了活化自身的傳統；「任何有根有葉的主義或
理論，都是發掘問題，深思熟慮的結果。中國有中國的問題，中國人應該有中
國人的主義」（1970a: 74）。雖然顏元叔自身的批評實踐未必完全服膺自己的

36　關於歷史上的反西方主義，可以溯及1920年代的泛亞主義與泛伊斯蘭主義，以及1955年萬
　　隆會議後所形成的第三世界不結盟主義。見Aydin, 2007; Mishra, 2012; Christopher J. Lee,
　　2010。

論述，而且他對中國獨特性的過度強調亦有陷入「中國模式」的例外主義危險，但是他的批評突出了在地立時性（local immediacy）的問題：質問研究或批評究竟與當下時空處於何種關係，當下的空間和時間又如何影響了研究和批評的發展及意義，而這樣的思考終將成為非西方的西方研究不可迴避的課題。[37]這也是本書透過歷史爬梳想要討論的核心問題。

回顧他在1970年代的批評介入，我們可以看見，文學理論的意義不在於技術分析與專業術語的建立，而在於時代反映與社會效應，亦即對文學場域的形塑與整體社會文化的衝擊。如果亞洲的歐美研究可以是一個有效的命題的話，那麼歐美研究也必須是亞洲研究，因為所謂的「西方」總是透過立時在地的折射，甚或是投射而存在，是落地轉譯的結果；我們對西方總體的認識，總是難免包裹著自身的位置與歷史經驗。[38]或許，我們不該把西方文學和理論視為一種跨國乃至普世的知識體系，而該從在地立時性的角度來觀察和理解，追問轉譯西方的在地效用與時代關聯，思考西方落地之後的作用和意義。誠然，1990年代的顏元叔，與臺灣和西方學界已有所疏離，但是他「既西方又反西方」的立場依然標誌著外文研究的原點。誠然，這個原點早已嵌入了西方的殖民歷史裡，而成為我們現代知識系統中的永恆焦慮。[39]但是顏元叔從來不是完全順服與無條件地接受西方，因為他清楚地知道，歐立德的荒原不是我們的荒原。回顧過去，思考自身的時代處境與文學表徵，在顏元叔身上，我們或許可以看見自身的原始類型並從中尋求超脫的可能。

37　非洲解殖後對「英文系」的反省亦是重要的參照，見Thiongo, 1981，特別是第四章。亦見本書第八章的討論。

38　類似的討論，見Sakai, 2000。

39　關於現代知識系統的後殖民批評，見Mignolo, 2011; Chatterjee, 2011b; Chen, 2010；陳奕麟，2019。

懷念與致敬[40]

圖12：顏元叔（感謝康敏平女士授權使用）。

　　在戰後臺灣外文學門的建制史上，顏元叔的批評實踐是繞不過去的原點。然而，1990年代後，他幾乎可以說是從臺灣文壇與學界消失了。其中緣由千絲萬縷，非本文所能盡述，但是他在冷戰之後的反西方轉向以及臺灣民主化進程中的激進本土化，大概與此脫不了干係。或許正如呂正惠所言，「在那一段台獨勢力急遽坐大的過程中，『中國』竟然成為台灣社會共同藐視的標靶，這是任何有中國民族感情的人所無法忍受的。89年『六四』以後，『中國』竟然成為全世界最野蠻的國家，而崩潰的蘇聯所受的苦難卻沒有人同情，這是我們這種人所不能理解的」（2013: 204）。與此同時，外文研究亦開啟了「理論的年代」，成為伍軒宏所說的，「沒有文學的文學研究」（2013: 196）。其間的變化，大概還不是顏元叔於1970年代鼓吹新批評時所能預想得到的。在這個意義上，顏元叔表現出的矛盾，或許不必然是他立場轉換的緣故，更是時代快

40　撰寫本文期間，筆者曾經嘗試聯繫訪談，但皆因顏老師仍在病榻而未果。本來希望顏老師康復後能接受訪談，可惜他於2012年12月26日溘然長逝，再沒機會了。謹以此文表達懷念，並向顏元叔老師致敬。

速變化的結果，但是他面對矛盾的能力與勇氣，值得我們體會與學習。

　　留美經驗讓顏元叔一代的知識人得以成為學界先鋒，但也正是留美大潮使得外文研究在1990年代美國化與理論化的傾向更為明顯，而忽略了自身的文化與歷史構成。同時，2000年後學科分殊的效果逐漸展現，使得「顏元叔」更多時候屬於臺灣文學和中國現代批評史，而非外文研究的合法範疇。目前顏元叔的相關研究大多為中文系和臺文系的關切（而非外文系），正說明了這個狀況，這也意味著外文研究的建制史與思想史研究仍有許多進步的空間。顏元叔的矛盾與政治不正確正反映了時代的造化弄人以及兩岸局勢的詭譎多變。因此，重訪夏濟安、侯健和顏元叔等戰後外文前輩的批評實踐，最重要的意義或許就在於突出外文研究的本土脈絡，如何受到冷戰意識的制約，而本土學人又如何在肅殺的政治氛圍中對之發起挑戰。「冷戰人文主義」一詞試圖表述的，就是自由人文主義跨越時空的複雜辯證與兩岸政治，這也是顏元叔一輩學人留給外文研究的遺產與承擔。而這份遺產，到了解嚴前後，也在後結構主義思潮的衝擊下，慢慢沉潛與轉化。隨著臺灣本土意識與後結構主義論述的崛起，在當前全球化與後／冷戰的變局中，外文研究的自由人文主義也迎來了新的變化和挑戰，必須重新界定「人」與「文學」的屬性與意義。

第三部分

理論年代
外文研究與後冷戰形構

前言

　　1970年代起，隨著新批評與比較文學展開的研究熱潮，外文研究進入了蒸蒸日上的時代。留學生陸續學成返臺，更使得外文學者的著述、課程安排，乃至社會參與，產生了相當的變化。1980年代初，社會氣氛更為開放，民間力量開始湧動，大量的西方文學理論——結構主義、神話批評、女性主義、符號學、馬克思主義、後結構主義、後現代主義、精神分析、解構主義、後殖民批評，乃至晚近的族裔論述、同志論述、離散論述與跨國主義等——蜂擁而至，百家爭鳴。尤其關於女性的、弱勢的和左翼的文學與思潮浮現地表，反思西方與中國典律的意義，而後馬克思、後結構、後殖民、後現代等「後學」更與解嚴後的社會力量——尤其是本土化的浪潮——密切結合，推動了文學理論、文化研究與族裔文學的發展，在1990年代起的《中外文學》、《島嶼邊緣》和其他相關刊物上，呈現出思想解放的繁花盛景，形塑了外文研究的新浪潮，乃至開創了新的批評典範。

　　在後冷戰全球化的國際大潮下，西方的文學理論不僅是一套與世界接軌不可或缺的國際語言，其譯介同時也打開了一道又一道紛雜而奔放的思想風景，既豐富著臺灣與華文世界的批評語彙與文化想像，也讓臺灣與世界的連結更為多元與複雜。尤其1987年解嚴之後，西方思潮的引介更為多元。不只左翼的思想得以透過文學理論的轉介重新進入臺灣，文化研究跨學科跨地域的知識連結以及族裔文學所引發的弱勢批評，更推動外文學者加入反思殖民現代性的運動，引領外文研究進入了一個「批判時代」，從而找到了重新扎根於在地文化與社會的契機。當然，它也引發了新一波的焦慮與躁動，使得如何定義外文研究的方法與範疇重新成為一個必須面對與思考的問題。

　　在以下的章節中，我們將以「文學理論」、「文化研究」和「族裔文學」為主要座標，思考後冷戰時代臺灣外文研究的轉型與變化，及其與社會脈動的

關聯。這三個座標也是當前外文研究最主要的批評範式，分別代表了臺灣外文學界在與世界接軌的過程中，三種不同的連結想像：從理論的在地介入和轉譯到在地理論的想像和生產，從族裔經驗的關注到跨國族裔文化和政治的闡發，以及從「文化政治」（cultural politics）的學習到在地政治文化與社會運動的參與，乃至開展出不同形式和樣態的跨國連結與弱勢運動。這三者雖然各有側重不同，亦有許多互通與互補之處，也都是後冷戰格局中重新界定自我與他者關係的嘗試。這三者的發展彼此交錯與勾連，沒有「從此到彼」必然的時序性與發展性意義，在此採取分章敘述只是因此屬性差異與敘事需要。在理論年代，外文研究不再只是與西方對應的接口，更被理解自我、表述自我，乃至接合自我的動力所驅策。西學東漸百年後，我們再次面對自我的問題，卻有了不太相同的答案。

第六章

創造「主體性」
理論的轉譯與落地

理論其實是無所謂結束的。

——李有成（2017: 199）

理論帶有逼近現實的動力。

——廖朝陽（2015: 227）

　　1992年7月，《中外文學》上刊出了邱貴芬題為〈「發現臺灣」：建構臺灣後殖民論述〉的文章。以《天下》雜誌在1991年末做的同名專題為起點，時任中興外文系的邱貴芬從後殖民視角對臺灣文學展開了討論。她指出，「臺灣文學的流變處處顯示政治氣候對臺灣文學生態的影響」，並且主張從「後殖民論述抵中心（de-centering）觀點出發，一方面抵制殖民文化透過強勢政治運作，在臺灣建立的文學典律，另一方面亦拒絕倡導抵殖民（de-colonization）文化運動者所提倡的『回歸殖民前文化語言』的論調」；她反對從純粹原初的本質主義角度化約臺灣文化「自古以來」就呈現的「『跨文化』的雜燴特性」，因為「一個『純』鄉土、『純』臺灣本土的文化、語言從來不曾存在過」（1992a: 151）。

　　從今回顧，在中華民國甫才終止「動員戡亂」時期，結束與中共敵對狀態，準備全面進行本土化的1992年，邱貴芬這篇文章很精準地掌握了那個勃然雀躍的時代氛圍，看到「臺灣」正要破土而出，衝破中華民國法統大網的動

圖13：《天下雜誌》1992年特刊封面。

能，為新時代的到來，做出理論性的解釋與鋪陳。[1]所謂「發現」雖然只是修辭，卻有力地突出了臺灣的位置，關鍵還在副標題裡的「建構」與「後殖民論述」所要發揮的作用。相較於1970年代的比較文學學者，以西方的文學觀念來燭照與析論中國文學傳統的嘗試，邱貴芬這篇原來發表在同年5月第16屆全國比較文學會議上的文章，顯然向前跨出了一大步，既在理論上從比較文學往後殖民研究邁進，更在主體位置上從中國文學向臺灣文學與歷史轉移。[2]儘管在

1　當然，僅以終止「動員戡亂時期臨時條款」來描述那個時代的氛圍是不充分的，往前至少要溯及「解嚴」前的黨外運動和民主進步黨的成立，1987年7月15日公布的「解嚴」，開放黨禁、報禁與髮禁，以及同年11月開始的「兩岸探親」，再到1988年蔣經國的辭世和李登輝的繼任；往後至少要考慮到1994年統獨認同極為激烈的臺北市長選舉，「1995閏八月」等關於中共武的民間預測，乃至1996年的第一次總統直接民選和導彈危機。這些重大的社會變革是邱貴芬一文所代表的本土派論述，藉「後殖民」一詞出場的具體脈絡。

2　當年會議的主題是「中西文學典律的形成與文學比較」，共發表了11篇論文，另有一場主題演講（周英雄主講，題目為「必讀經典、主體性、中西比較文學」）和綜合座談，顯見當時傳統的中西比較研究框架仍在，但反思典律的問題一旦提出，則為後現代與後殖民的反抗動能提供了突破口。廖朝陽為邱貴芬的評論人。

此之前，《中外文學》上不是沒有後殖民論述、其他的理論譯介以及臺灣文學的相關討論，但邱貴芬這篇文章所引發的效應，卻可以說是前無古人，這不只是因為它引爆了之後在《中外文學》上，陳昭瑛、廖朝陽、陳芳明、張國慶、廖咸浩等人圍繞著「主體與認同」的辯論，[3]更因為這一系列的辯論展現了西方理論的「落地轉譯」，乃至「重新發明」，相當程度反映，甚至推動了外文研究的典範轉移，使「做理論」（doing theory）成為後冷戰時期外文研究的新興場域。

　　邱貴芬這篇文章尤其具體而微地呈現了20世紀最後20年臺灣外文研究的理論樣態與在地意義，即後結構主義風潮下後現代與後殖民理論的交匯雜糅，以及希望臺灣成為理論產地的期待。理論的引介與翻譯，不只是學術之事，而是夾纏了主體欲望與社會動力的運動。這不只是如廖朝陽說的，「理論有逼近現實的動力」，因為1990年代現實中的躁動、不安和憤懣賦予了理論龐大的能量，企圖在抽象的哲學思辨中找到某種能夠解釋、對抗，甚至是引導現實的思想資源，讓主體能在變動的世界中安頓自身，既理解世界為何而動，也思考自身因何而變；而臺灣在中華民國法統下的曖昧存在，欲取而代之的歷史動能，就成為了最富張力的思想現場，值得浸淫於西方文化的外文學人重新發現，認真面對。邱貴芬寫道：「『無史』是所有被殖民社會的歷史。而重建、重新發現被消跡的歷史，則是所有被殖民社會步入後殖民時代，從事『抵殖民』文化建設工作的第一步」（1992a: 152）；同時，「被殖民者乃是被迫居於依賴、邊緣地位的群體，被處於優勢的政治團體統治，並被視為統治者略遜一籌的次等人種。以此為定義，臺灣的被殖民經驗不僅限於日據時代，更需上下延伸，長達數百年」（1992a: 153-154）。在此，姑且不論「上下延伸數百年」的指涉和判斷是否合理，邱貴芬對臺灣被殖民經驗的認定，不只來自於企圖重建歷

3　值得一提的是，雖然這場論戰在1996年隨著廖朝陽與廖咸浩相繼「簽出」而劃下休止符，但不只這兩人持續在理論與臺灣國族問題上思考和寫作，論戰的核心議題——主體、認同、情感、省籍等——也在其他刊物如《島嶼邊緣》和《台灣社會研究季刊》上展開，至少一路延燒到2000年民進黨首度執政後關於「大和解」的相關辯論。另外，在這場辯論之前，在1983-1984年還有一場「臺灣意識論戰」，由陳芳明和陳映真針對臺灣社會中的中國結與臺灣結進行交鋒，既延續了1976-1978年的鄉土文學論戰，也接上了《中外文學》上的主體與認同論辯。

史遺跡的後殖民史觀，亦受到後現代理論中弱勢想像的滋養；她將「臺灣」定位為一個被殖民的、弱勢主體，而且這個主體不能往前回復，只能在其駁雜的文化異質中被承認與肯定。這個略嫌曖昧的定義於是成為廖朝陽批評的基點：即後現代與後殖民主體如何、能否調和的問題。廖朝陽尖銳地提問：「在這樣一個強弱之間的壓迫與抗爭仍然存在的世界裏大談化解鬥爭，不知道是要教化統治者呢？還是要回歸Spivak所謂的『中立的對話』，重新抽離政治，漂白文章」（1992: 44）？在廖朝陽看來，採取一種多元文化主義的主張卻不確認多元文化的主體，不只在立論上失卻一致性，更無法達成後殖民解放的目標。

　　邱貴芬在其回應中表示，她所以主張以「文化異質為貴的後殖民策略，使臺灣脫離殖民／被殖民的政治歷史模式」，是為了打造「『命運共同體』的共識，建構以臺灣為主體位置的文化觀」（1992b: 30）。她強調，參考「世界其他被殖民族群的抵殖民論述——如非裔美國文學、女性文學、所謂的『第三世界文學』」——可以把臺灣的論述「納入一個較為寬廣的視野」（1992b: 31），如此「同中求異」（repetition with reversion）的本土化策略可以讓「抗爭與調和〔……〕同時進行」；更重要的是，「抵殖民霸權不一定表示非拒絕殖民者語言不可」，相反地，「採用流通廣大的殖民者語言宣傳抵殖民訴求恐怕是現階段草根工作的最佳策略」（1995b: 34-36）。邱貴芬相信，「當蔣經國在晚年說出『我也是臺灣人』時，臺灣的後殖民時代應該即已揭幕」；因此，如何「攜手共事」，而非敵對和鬥爭，轉化後殖民論述「在目前臺灣外文系論述的弱勢邊緣位置」（1992b: 38-39），才是必須面對的問題。[4]

　　邱貴芬這兩篇文章裡有幾個重點值得從外文研究建制史的角度來觀察：一、臺灣的後殖民論述與弱勢族裔文學、女性文學和第三世界文學相關或相通，因為「理論」投身的乃是社會改造的事業，而不只是學院中的知識引介和辯論；二、後殖民時代的揭幕意味著必須展開「攜手共事」與「多元重構」的文化工程，以確立臺灣的後殖民主體性；三、如何轉化後殖民論述在外文系中的邊緣位置，也是臺灣進入後殖民時代的重要工程；四、「以異質為貴」反映

4　對此，廖朝陽還雜和了臺語和日語，寫了一篇譏諷的回應，逼問邱貴芬「以異質為貴」的文化理想，即所謂的「融和」，到底意味著什麼？是「熔爐」，還是「拼貼」？模擬與學舌究竟是翻轉還是依附（1992b: 56）？

了後殖民與後現代理論的匯聚，它既突出了當年各方理論蜂擁而至，最終歸於後殖民一宗的後冷戰地景，[5]也反映了在理論和臺灣之間有實踐的期待，因為理論的意義不全在理論自身，更在其「實效」。[6]這四點相當關鍵，因為它們反映了「理論」不只是一種譯介思想的學術操習，更是帶著現實關懷的文化政治運動；「理論」或許有大小之別，但與文化研究與族裔文學所關切的性別、種族、階級、性向、認同、社會運動等議題相關，甚至同生共構。理論或許來自西方，但解嚴後的臺灣給了它一展身手的舞台——理論一旦落地，更要生根、開枝散葉。

　　因此，如何思考理論與臺灣的關係，特別是在解嚴前後的後冷戰時期，乃是本章的主要關懷。如果說，冷戰二元分化的意識形態接合了內戰的因素，讓比較文學在與西方接軌和反思中國現代性的雙重構造中，獲得在臺灣發展的土壤，那麼在後冷戰時期——當意識形態對抗的兩方開始接觸與和解，當資本主義全球化的夢想遮掩了殖民關係的存在時——[7]我們除了將西方理論視為比較文學之後再次的思想進口之外，還可以如何認識理論的「落地轉譯」與「在地發明」，乃至後來出現的「理論焦慮」以及尋找「臺灣理論」的思想衝動？

　　回顧1990年代這段歷史時，劉亮雅如此總結道：

5　當然「後殖民」一詞高度複雜：它既有後結構主義去中心、反霸權的思想根柢，也帶有某種第三世界參照與結盟的想像；同時，它更關乎對殖民歷史和體制的拮抗以及本土文化的回歸，具體展現為臺灣歷史的重新詮釋與對民族想像和國家政治的奪權行動。是以，臺灣的後殖民裡既有傅柯和德希達對規訓的警醒，也有薩依德、巴巴（Homi Bhabha）和史碧娃克的學舌反抗，乃至魯迅、竹內好和白樂晴等對民族性與地緣政治的反思。因此，「歸於後殖民一宗」的說法不是要否認其他思潮的影響和重要性，而是要強調西方學院左翼理論「落地」臺灣後所展現出來的後殖民、反帝國性格。

6　「實效」是後來廖朝陽與廖咸浩辯論時的關鍵字之一，凸顯了理論的作用在於如何在現實的觀照中發揮實際的效果。理論，在這個意義上，不只是哲學性的思辨，而與現實中的政治議程有所扣連。見廖朝陽，1995; 1996a; 1996b；廖咸浩，1995a; 1995b; 1996a; 1996b。

7　詹明信在出版於1991年的一篇文章裡，提出了對「後冷戰」的初步思考。他將冷戰時期的蘇聯視為「同一體系中的『反體制』的一個臨時據點」，而這個據點現在被資本主義「殖民化了（或者說被重新殖民化了）」（1994: 3）。詹明信認為，冷戰結束的意義在於「三個世界」的想像瓦解，而我們必須面對「南北兩極」在晚期資本主義的文化政治地圖上的出現。是故，所謂的「世界新秩序」其實是美國主導下的帝國主義。

　　台灣的後現代與後殖民都強調去中心。但它們又代表兩種不同的趨向，彼此合作或頡抗：台灣的後現代主義朝向跨國文化、雜燴、多元異質、身分流動、解構主體性、去歷史深度、懷疑論、表層、通俗文化、商品化、（台北）都會中心、戲耍和表演性；而台灣的後殖民主義則朝向抵殖民、本土化、重構國家和族群身分、建立主體性、挖掘歷史深度、殖民擬仿，以及殖民與被殖民、都會與邊緣之間的含混、交涉、挪用、翻譯。由於台灣內部的需求，解嚴以來兩者之一都並未形成主導，而是兩者的並置，角力與混雜形構了主導文化及文學的內在精神。（2006: 39-40）

劉亮雅還指出，「後現代與後殖民之間應有含混交織之處，但許多後現代知識分子卻規避於此，反而藉後現代去側面抵銷後殖民的衝力。因此又有一些後殖民知識分子參與改寫後現代，正如有些後現代知識分子收編本土化運動」（2006: 43）。換言之，後現代與後殖民在臺灣的分疏不只是知識和學術的問題，更是對政治與主體的追究。這不僅關乎臺灣社會如何思考其後冷戰轉型，面對內部紛雜的歷史與認同，乃至重劃與錨定臺灣的主體位置，更關乎外文學者本身如何看待自身的任務與工作，以及所謂「外文系」這個學術空間與批判實踐，在後冷戰時代所能扮演的角色。邱貴芬也認為，1990年代的這場後殖民論戰：

　　可算是從六〇年代白先勇、王文興等人引介現代主義理論之後，外文界學者再一次積極地介入本土文化的爭辯，透過西方流行理論和當下（解嚴後）台灣文化做面向複雜的對話。但是，相較於六〇年代現代主義所強調的「橫的移植」和「漂泊」、「放逐」等等概念，九〇年代台灣「後殖民」論述的演繹卻自覺「橫的移植」這樣外文系知識傳播典範隱含的殖民架構，在挪用西方流行理論之時不斷質疑「挪用」過程牽涉的種種問題，影響所及，「在地化」、「本土化」等等字眼時時在此類論述裡浮現並反覆辯證。（2000: 285）

但同時，邱貴芬也自覺，這場論戰如此「不得不然的自覺性〔……〕正反映了台灣論述界無法自外於歐美（後現代）學術風潮的影響，隱然表達了台灣深植

於『新殖民』論述結構的位置，台灣的『後殖民』和『後現代』議題顯然不是可以那麼截然劃分，涇渭分明」（2000: 285-286）。[8]這個說法突出了西方知識之於外文系的殖民關係（無論新舊或引進的內容為何），不論臺灣學者多麼的自覺，總是無可奈何地跟隨著西方的思想和理論脈動。而後現代與後殖民的相互糾纏則肯定了前述廖朝陽對她的質疑：即解嚴後的臺灣，究竟是後現代，還是後殖民主體的問題。

其中「主體性」（subjectivity）這個理論概念的翻譯與在地發明是具有高度象徵意義的事件，因為它不僅涉及了「我們是誰？」的時代命題，更牽涉到「如何思考與言說」的實踐課題，以及理論所具有的「文化霸權」。如張馨文所說，作為臺灣當代政治實踐的關鍵詞，「主體性」雖然是從英文翻譯而來，但在西方，subjectivity「是關於構成性的哲學問題的概念」（2018: 8），而「在臺灣，『主體性』是人們所欲求的『政治價值』，總與『有沒有』與『如何能有』的問題脫不了鉤，『何謂主體性』的理論問題時常同時與工人／農人／女人／性工作者的主體性在哪裡及『如何尊重』主體性的問題一起出現」（2018: 10）。從這個角度看，外文學者對subjectivity的翻譯，就不僅是跨文化的知識引介而已，更是基於本身政治欲望的重新發明；用張馨文的話說，就是一種「譯者之言」的「菁英之夢」，以「學術介入政治的實踐」（2018: 55）。雖然「落地轉譯」本是外文研究的題中之義，讀者也可以在本書其他章節中找到類近的操作與想法，但是後冷戰與全球化的特殊構造，揭示又遮蔽了殖民關係，使得「引介」成為主體焦慮的來源，既要擔心追趕不易，又要害怕喪失「主體性」，讓自身淪為全球化時代知識生產的西方代工，在追趕中重回被殖民的境地。[9]

8　廖炳惠也認為，因為後現代有西方情境的局限，而後殖民源於特定的歷史經驗，也未必能適用其他社會；於是，「在此地談後殖民、後現代，事實上已有幾分新殖民的味道，是在推介或進口歐美理論」（1994a: 69）。

9　邱貴芬在後來的文章裡，也提出了類似，但更為樂觀的觀察。她寫道：「台灣自戰後在政治經濟和資訊吸取上多所仰賴美國，『外文系』其實在某一層面上形如美國的『文化殖民地』。美國學術傳統的非政治傾向正好符合台灣學術界在戒嚴時代緘默自保的需求。西方後殖民理論的引介雖然仍不脫對美國學術風潮亦步亦趨的外文系傳統，卻也提供了整合外文系西方文化理論與台灣文化研究的契機，一方面促使理論在地化，一方面也深化了本土論述的理論。這間接促使外文界的論述不再顯得有如『化外之地』，與本土文化不甚相干」（2000:

　　是以，本章從「理論的引介」開始，透過臺大外文系的課程變化以及《中外文學》上的論文，來追索臺灣引進西方理論的時代軌跡，並且分析前述1990年代《中外文學》上關於「主體與認同」的辯論，以說明「主體性」的設問根本上就是一種理論的欲望。隨著欲望而來的，是對理論的焦慮與不滿，特別展現在對「臺灣有沒有理論？」這個問題的關切。這也就涉及理論自身的區辨，包括「大理論」（grand theory）的想像、文化研究的浮現以及文學典律的重構等。[10]這些問題大致構成了後冷戰時代臺灣外文研究的樣貌，也再次突出了外文研究所為何事的本體性（ontological）扣問。當理論風潮從傅柯、德希達（Jacques Derrida），而德勒茲（Gilles Deleuze）、阿岡本（Giogio Agamben）和巴迪烏（Alain Badiou），從主體、規訓、欲望中逃逸，在生命、倫理乃至情動（affect）與後人類（post-human）等議題不停輪轉或覆踏，這個來自西方，持續進行中的思想運動反映的，就不只是李有成「理論無所謂結束」的判斷，更是認識到西方理論的臺灣行旅或許正是引介與發明共棲，欲望與焦慮同存的「落地轉譯」實踐，其根柢就是後冷戰時代所啟動，至今仍在翻擾的區域重構與認識論翻轉。在此，「後冷戰」並不只是一個時間段的標示，而是對歷史動態的指認：這包括了資本主義全球化的到來，因之而起的區域整合與重構（如亞太經濟合作會議、跨太平洋夥伴協定和印太戰略等）以及東亞自我意識的揚升（如儒家資本主義與四小龍論述），還有冷戰／內戰雙重分斷在東亞區域的消融與重置。這些歷史結構的變化，或多或少影響了外文學者接受與認知現代西方思潮的方式和理路，使得理論不只產生了知識上的作用，更對社會與政治造成了影響。

理論的引介：以臺大外文系為座標

　　　人文學者失去了純真：他們再也不能假裝自己不受權力的沾染。如果他們還想操持此業，他們就得要停下來反省自己的目的和預設。這種批判的

292）。

10　關於文化研究與族裔文學的討論，見本書第七、八兩章。

自我反思，即是我們所知的理論。當我們被迫進入一種新的意識來理解自身的所作所為時，這樣的理論便到來了。

——Terry Eagleton (2003: 27)

回溯外文研究「理論的引介」這個命題時，首先要面對的是「什麼是理論」以及「理論為何出現」的問題。2015年蕭立君接任《中外文學》主編後，策劃了一系列的訪談，回顧外文研究引介「理論」的脈絡與歷史。[11]他認為，理論是什麼這個問題，難以界定，「只能透過『做理論』及『為何理論』的問題意識來趨近」（2015: 224）。換言之，理論指涉的對象豐富而多元，似乎可以包括各種的東、西方思潮、批評理路，乃至不同的研究方法，但理論本身似乎又傳達了一種不同於批評與研究方法的玄奧和高妙姿態，這就使得臺灣外文學界引介理論的脈絡格外值得關注。[12]在這系列的訪談中，受訪學者紛紛指向後結構主義思潮乃是「理論時代」的推手，但是理論的作用或意義，並不限於某一派別或學說。廖炳惠就指出，「對理論的激情，跟我們在每天生活看到政治氛圍的轉變是交纏在一起的」：

　　後結構主義思潮在七〇、八〇年代提供給我們一個很基進的、那種比較興奮的感覺，因為台灣經過1979年高雄事件這種——國民黨說那是暴動——整個黨外聲音慢慢覺醒的趨勢，開始有種奇怪的變化，就是你不知道怎麼去面對根本、基礎在鬆動的現象。對政府失去信心，對很多以前的真相壓抑的狀態開始慢慢有些不滿，而在某種情緒的驅使下發現到你需要比較多不一樣的思考方式。（蕭立君，2016b: 255）

11　到目前為止，整個系列出版了五篇，受訪者分別是廖朝陽、廖咸浩、廖炳惠、賴俊雄和李有成。雖然這五位學者的重要性無庸置疑，但整個系列還是漏掉了不少值得訪問的對象，也未能顧及性別與議題的平衡。

12　蕭立君強調，臺灣外文學者對理論的定義「缺乏共識」，總在廣義和狹義之間滑移，以致「理論儘管已然無所不在，卻無法被完全掌握」（2016c: 193）。廖朝陽（2016）則認為，臺灣接受理論時，總是將之等同於「方法」，因而缺乏了對理論意在匯通和止用的理解，故而失之玄奧、或淪為「應用」。關於理論在西方的發展與論辯，見de Man, 1982; Patai and Corral, 2005; Hunter, 2006。

廖朝陽也認為，1980年代理論之所以流行是因為理論使得文學的知識得以向更大的環境開放，讓研究生得以「去正當化讀文學這件事」（蕭立君，2015: 228）。不過，他也強調，這種理論帶來的力量是「錯誤的預期」，因為若想在臺灣介入現實狀況，「其實不需要理論」（2015: 228-229）；相反地，理論的深化不能停留在現實的層次，「而是應該回到這個做學問的人跟學問本身的關係是怎樣的問題」（2015: 230），因為理論的作用不在於固守某一派別或學說，而是「要打破疆界，重新組合」（2015: 234）。但即令如此，時代的共振仍是理論興起的要件。

廖咸浩就將理論回歸到西方在第二次世界大戰後對馬克思主義的回應，「尤其是『藝術現代性』的興起所帶來的心靈改造的想像」，即由前衛運動所創造出來的「心靈革命」啟動了後結構主義的風潮，其改造社會的理想，在1980年代隨著理論進入臺灣，而這「剛好是臺灣變動最為劇烈的時刻，也亟需要理論做mapping的工作」（蕭立君，2016a: 199）。但他也強調，「理論跟任何時空銜接時，總有兩個不同的層次。一個是『匡時世之弊』，另一個是『究天人之際』」（2016a: 199）；理論必須有這兩個層次，才不會「淪於沒有超越層次的純工具性的運用」，或是「退縮在不食人間煙火的世外」（2016a: 200）。換言之，問題的核心並不在於理論是什麼，而是在於如何跨越時空而銜接，使理論得以發揮知識與社會的作用。在這裡，廖咸浩對理論的理解更接近早年的比較文學學者，想在跨文化中進行比較與增補，即藉著理論闡發被西方現代性（或他所說的「布爾喬亞現代性」）所掩蓋的傳統文化和思想，作為矯治西方現代性的資源。如他所說：「不斷地檢討我們視之為理所當然的假設絕對是歐陸當代理論，最重要的精神之一」（2016a: 213）。如此檢視常識的要求，在理論的加持下，自然也構成了檢討和批評臺灣現狀的理由。

相較而言，賴俊雄和李有成對理論的理解較為寬鬆。賴將理論區分為「說理之學」、「批判之學」與「實踐之學」，廣泛地涵蓋了理論可能的面向，也因而說明了理論之於文學、哲學，乃至科學，所具有的「沾黏」狀態，其作用最終是要將知識轉化為「見識」，將觀點深化為「論點」（蕭立君，2017a）。李有成則認為理論已經是我們「傳統的一部分」，是我們「了解世界的一個方式」；關鍵的不是追過一個又一個的理論，而是如何消化理論，檢視自身的努力，建立自信的問題（2017b: 202, 216）：即理論的意義不在於向

西方汲取知識，而在於引進之後，自身學術與批評傳統的建立與重構。李有成認為，理論的出現與1960年代西方人文學科範式向結構主義轉移有關：除了巴赫汀（Mikhail Bakhtin）、李維史陀（Claude Lévi-Strauss）、葛蘭西（Antonio Gramsci）、巴特（Roland Barthes）、傅柯、盧卡奇（György Lukács）、阿多諾（Theodore Adorno）、班雅明（Walter Benjamin）、拉岡（Jacques Lacan）、阿圖塞（Louis Althusser）、德希達、哈伯瑪斯（Jürgen Habermas）、克莉絲蒂娃（Julia Kristeva）等家喻戶曉的名字外，英語世界裡還有威廉斯（Raymond Williams）、詹明信、薩依德等人，以及形成於1920、1930年代的俄國形式主義和布拉格語言學派，更包括戰後根植於第三世界反帝與反殖民政治的後殖民理論：法農、孟密（Albert Memmi）、塞澤爾（Aimé Césaire）、桑果爾（Leopold Senghor）、詹姆士（C. L. R. James）、藍明（George Lamming），以及後來的霍爾、史碧娃克、巴巴等人；而當馬克思主義終於在解嚴後進入臺灣時，西方則已進入了「後馬克思主義」的討論（2018: 21-22）。[13]

　　從上述的討論中，我們大概可以看到兩種理解「理論」的方式：一是將之理解為一套思考的原則，即不斷「『問題化』常識」的努力（蕭立君，2016a: 212）；另一是將之視為各門各派的「研究方法」或知識話語，得以應用在文學與文化的研究上，是故理論宛如時尚，不只有「潮流」，亦有「賞味期限」，乃至最終只能「以碎片的形式存在」（史書美，2016: 90）。同時，理論雖然不必脫下「西方的」外衣，但仍應該在自身的傳統中被消化和轉化，成為我們的「批判之學」與「實踐之學」。由此回望，理論的引介就不僅僅是對某一個理論或學派的介紹，它也可以是某種「理論化」文學和文化的嘗試與模式，重點不在於理論的內容是否真確，而在於實踐應用上有沒有效果。但不論是狹義或是廣義的理解，「理論」的登場，都與中西比較文學研究面臨發展的

13　當然，我們還可以在這份名單上加上不少名字，例如風行一時的馬庫色（Herbert Marcuse）、布西亞（Jean Baudrillard）、齊傑克（Slavoj Žižek）、巴利巴（Étienne Balibar），持久不衰的鄂蘭（Hannah Arendt）、布赫迪厄（Pierre Bourdieu）、駱斐博（Henri Lefebvre）、穆芙（Chantal Mouffe）、巴特勒（Judith Butler）以及晚近流行的阿岡本、巴迪烏、洪席耶（Jacques Rancière）、馬拉布（Catherine Malabou）和史蒂格勒（Bernard Stiegler）等等。

瓶頸，以及解嚴前後臺灣社會力的解放有關。[14]當然，除了在地的需求之外，西風所致是理論盛行更為根本的理由，畢竟1980年代是臺灣的開放年代，引進西學更是外文研究向來不假思索的前提和立基。因此，本章對理論採取寬鬆的理解，目的不在於統包各類理論的討論，而在於追索與掌握「理論之用」，即理論發展，對外文研究和臺灣知識社群所造成的效應。

第一堂理論課

臺大外文系的課程為理解理論的引介提供了許多很有意思的線索。77學年度（1988年），廖咸浩的「後現代抒情詩理論」，是「理論」在臺大外文系大學部課程的首次出現，同一年還出現了簡瑛瑛開設的「女性文學」以及陳傳興的「軀體、文體與場景」，只是這兩門課都不以「理論」名之。在此之前，「理論」二字未曾出現在大學部的課程裡，相關課程也多半以「文學專題」、「作品導讀」與「名著選讀」為主。在1988年前，最為接近「理論」，但不冠其名的兩門課，是王德威的「現代文學與思想」（73與74學年度）以及張漢良的「書寫符號學」（76學年度）。雖然這兩門課的內容就是我們今日所稱的「理論」，但當時「理論」二字尚未成為課程裡的獨立類別。然而，在1988年之後，特別是自79學年度（1990年）起，「理論」課程開始大量出現：80學年度，張小虹的「性別理論」、林素娥的「閱讀理論」和吳全成的「當代文學與理論選讀」開始登場；82學年度則有黃浩瀚的「文學理論與詮釋」、劉亮雅的「女性主義理論導讀」；沈曉茵的「劇情電影之歷史理論分析」（85學年度）、蔡源煌的「當代文化研究：理論與實踐」（86學年度）陸續出現。若是不限於「理論」之名的相關課程還有：蔡源煌的「文化研究概論」（79學年度）、吳全成的「後結構批評與當代小說」、黃（劉）毓秀的「女性主義思

---

14 李奭學從學科內部對比較文學與理論在臺灣的共濟與承繼提供了一個有力的解釋。他指出，臺灣的比較文學發展上忽略影響研究，而強調平行研究，恰是緣於一種「急於和國際學界結合的心態」（1991: 320），這也使得臺灣比較文學的發展少了細緻考證的「乾嘉工夫」，改以仰賴理論的啟迪和闡發，而面臨一種體質虛弱的危機。理論之所以成為比較文學界的顯學，並不全然是因為學術的需要，而是和西方批評價值觀的轉換有關。結果，理論成就的並非「中西比較」，而是「『中國學派』式的理論應用」（1991: 332-333），而其應用的場域，在1990年代以降，正是臺灣。

潮」（81學年度）和「精神分析女性主義」（82學年度）；張國慶的「馬克思主義和小說」（83學年度）和「馬克思文化批評」、陳玲華的「田園詩與新歷史主義」（84學年度）、廖咸浩的「文化研究與電影」（84學年度）；以及張小虹的「服裝學」（86學年度）、邱錦榮的「皮藍代羅與心理分析」（88學年度）；黃宗慧的「女性身體與性別文化」、朱偉誠的「同志研究」等等。

　　90學年度起（2001），「研究」似乎開始取代「理論」，只是理論並未就此退場，許多課程仍帶有理論二字，理論的內涵亦滲透在許多不以理論為名的課程裡，例如廖朝陽的「科技與文學」、「電玩與敘事」（97學年度）和黃宗慧的「文學、動物與社會」（98學年度）。這顯現理論仍有活力，但同時也反映了2000年後文化研究的影響力開始浮現，它既寄生於理論的想像之中，又溢出於其外。[15]

　　從以上的擇要敘述中，我們不難發現：「理論」與「主義」頗有共通之處。它們標示了文學研究的某種社會與哲學取向，外文系不僅教文學，也採取了一種哲學化的討論方式理解文學，更將社會議題（如性別、種族、階級、性向、科技等）和不同的文藝類別（如電影、繪畫和電玩）帶進了文學的研究裡，大幅地擴增了文學的範疇，也為文學研究增添政治的意味。此外，「理論」亦與「詮釋」、「閱讀」、「批評」、「論述」、「敘事」，乃至「身體」相關；不只文學批評本身有「理論」，科技、電玩、動物、城市、服裝、廣告等亦需要「理論」的眼睛來透視。同時，「理論」與「文化研究」相近，即令興起有先後之別，但就實質內容而言，區辨不大，特別是當研究的對象從文學作品向文化現象轉移之後。[16]當然，「理論」對「文學性」（literariness）的挑戰及對典律的鬆動，乃是理解文化生產與文化霸權的前提，因此在外文研究中帶入或轉向在地文化議題的發展，與其說是「文化研究」搶占地盤，還不如說是「理論」發展，挑戰知識霸權與文化階序之必然。無論如何，1980年代

15　就1998年文化研究學會成立這一事實來判斷，我們可以說，文化研究的取向顯然已經相當成熟，足以支撐一個獨立的學會，儘管在1990-2000年代間，許多學者仍是在比較文學與文化研究間雙棲與互渡的。

16　廖咸浩曾提到，在臺灣「作為一個文化研究學者和理論研究學者之間其實是沒有衝突的」，而且「我們這邊基本上把做文化研究跟做理論的混在一起，所以外文系就只有兩種人，做文學的跟做文化研究跟做理論的」（蕭立君，2016a: 224-225）。

以降，臺大外文系除了必修課仍以斷代文學與文學專題為重心（暫不考慮如作文、口語訓練等語言訓練相關課程）外，就選修課來說，理論與文化研究相關課程大量占據課表，乃是不爭的事實。

在研究所的課程裡，「理論」出現的時間則略早一些。74學年度（1985年）首度出現「理論」課程，即泰勒[17]所開設的「當代文學批評理論」。隔年有華斯坦（Stanley Waren）[18]開設「戲劇理論與批評史」以及張漢良的「巴赫汀的小說理論專導」；再隔年，有馬樂伯（Robert Magliola）[19]的「當代文學理論」與「現象學與解構主義」、張漢良的「敘事學專題」、蔡源煌的「後現代主義專題」與宋美璍的「結構主義讀法」等。此後女性主義、文化研究與相關理論課程大量出現，族裔文學（猶太裔、非裔和亞裔）以及相應的社會文化政治專題也蓬勃發展。

如右頁的圖表[20]顯示的，就外文研究所而言，從76學年度起，理論的比重開始爬升，歐美文學相關課程的比重則下降。80學年度，理論占總課程數的三成，而歐美文學則從77學年度的高峰（65％）降到33％。到了86學年度，一年可開出14門理論相關課程，占總課程數的37％。即令隨後下落，但到了90學年度的低谷仍有一成（同年，歐美研究相關課程回升到五成以上）。[21]即令93學

---

17 據臺大外文系游立欣助教告知，當時課表上沒有留下泰勒的原名，故暫時無法核實。

18 華斯坦，哥倫比亞大學戲劇博士，曾任紐約市立學院語言與戲劇系主任，並在該學院改制大學後創立了戲劇藝術高等研究中心（Center for Advanced Study of Theater Arts，現改名為 Martin E. Segal戲劇中心）。1986-1988年間，他曾以訪問教授的身分在臺大和上海戲劇學院開課。

19 馬樂伯，1970年獲普林斯頓大學比較文學博士，研究專長為現象學、詮釋學和解構，1980年代曾在臺大和淡江任教，1990年代初再往泰國教授哲學與宗教研究。他著有《現象學與文學》（*Phemenology and Literature*, 1977）、《康復中的德希達》（*Derrida on the Mend*, 1984）等學術專著，並曾在《中外文學》（17.8 [1989]: 31-61）發表過文章〈處在邊緣上的後現代主義衍異論宣言〉（蔣淑貞譯）。

20 這份圖表是從歷年臺大外文系的課表分類累加的結果，其中文化研究與理論課程有時候並不容易區分，因此具體的數字未必精準，但所呈現歷年變化大體還是值得參考的。

21 這個變化的部分原因是，2000年後，在張漢良所長任內，選修課程統分為三類，文學理論與方法論（必修一門）；專題課程（需修滿12學分，即三到四門課程）；與跨文類與文化研究課程（必修一門）。為兼顧課程的多樣化和專業性，以及學生的修課需要，好些課程同屬不同類別。

表五：理論─文化研究─歐美文學課程變化（臺大外文所74-108學年度）

學年度	74	75	76	77	78	79	80	81	82	83	84	85	86	87	88	89	90	91	92	93	94	95	96	97	98	99	100	101	102	103	104	105	106	107	108
理論	5%	4%	8%	3%	6%	11	29	23	15	30	33	36	37	28	25	26	10	11	21	34	29	22	19	25	18	21	22	30	14	21	30	20	21	23	18
文化研究	3%	4%	5%	6%	15	11	12	11	17	23	33	25	27	35	25	19	19	20	26	34	27	27	36	25	18	23	15	28	14	18	30	20	31	25	24
歐美文學	51	64	46	44	36	42	33	40	34	50	42	47	31	25	35	49	56	43	31	37	35	32	17	41	32	28	29	30	25	26	11	18	10	16	18

縱軸：百分比（70%、60%、50%、40%、30%、20%、10%、0%）

圖例：理論　文化研究　歐美文學

（蔡旻螢製作）

年度後跌落三成，但到108學年度平均來說，仍然占了總課程數的1/4，而歐美研究相關課程的跌幅更深，104-109學年度只能在一成、二成之間徘徊。其中，理論課程又以精神分析為大宗，不僅開的課多，教的老師也多，女性議題則在理論和文學課都有出現；81學年度起，符號學、後殖民／後現代相關課程和電影研究等亦大量出現。顯見進入1990年代起，理論──相對於文學──不再是外文系的邊緣，議題取向的文化研究也漸漸突出，乃至「理論」這個關鍵詞在2000年後出現的頻率降低。雖然93年度略有回升，但之後大致與文化研究並駕齊驅。誠然造成課程起伏的外緣因素很多，不易歸因，但無可諱言的，理論已然是外文研究所的必要訓練與學術素養。

　　作為一種研究取徑，「理論」在外文系自1990年代起，不只取得了正當性，還成為一種優勢的學術典範，讓外文研究得以跨出西方與中國，轉向從在地文化中取材。如前述邱貴芬的論文所示，「理論」成為一種進入，乃至建構臺灣文化、歷史與主體經驗的方式──它不僅僅是後殖民、後現代的產物，也帶有後馬克思主義、新歷史主義與精神分析的遺緒。[22]臺灣外文學者對理論的

22　游勝冠亦提醒，臺灣文學研究的興趣，雖然受益於外文系中介的後殖民理論所帶來的動能，但它和文化研究一樣，都是「在共通的歷史條件中發展起來的，它們都產生於充滿壓迫的社會之中、因此它們都有為歷史、政治及社會的被壓迫者仗義執言，都有質疑、挑戰占統治地

興趣，部分源自對文學批評（尤其是新批評）的不滿，但也在其不滿中，與「文學」漸行漸遠，乃至轉化了文學研究的「實指」（signified）與內涵。[23]

《中外文學》，1972-2000

類似發展，在《中外文學》上反映得更為鮮明。若是從創刊的第一期起慢慢翻讀，我們不難發現，《中外文學》前三卷（1972-1975）的核心其實是對現代詩以及現代文學的批評與討論，尤其展現在顏元叔討論現代詩的幾篇文章及相關回應，以及圍繞著《現代文學》作家，尤其是王文興的《家變》展開的諸多討論。這些討論，一方面涉及了已然轟動的現代詩論辯，另一方面則隱約觸及了即將爆發的鄉土文學論戰，[24]反映了《中外文學》從一開始，就不只是一本學院刊物而已，而是挾帶著學院外的動力去推動文學研究的發展。[25]同時，在比較文學的座架下，《中外文學》不僅涵納了中國文學研究的方向，亦規劃了日本及英美文學之外的引介，包括卷1第3期（1972）的「川端康成」專號以及後續對俄國文學與其他小眾文學的介紹。[26]但在這個比較文學仍在上升

位的意識形態的共通精神立場」（2010: 164）。

23 回顧《中外文學》40年的發展，時任主編的朱偉誠曾寫道：「（臺灣的）比較文學大約在1980年代之交便逐步從比較文本研究轉向新興文學理論、乃至再後來到1990年代文化研究的演進，其變化幅度之大與多元，其實不論是『比較』還是『文學』都不足以涵蓋了」（2012: 217-218）。

24 前者如顏元叔的〈細讀洛夫的兩首詩〉及劉菲和洛夫的回應；後者如林載爵的〈臺灣文學的兩種精神：楊逵與鍾理和之比較〉、李佩玲的〈余光中到底說了些什麼〉、彭瑞金的〈談文學的社會參與：讀顏元叔「唐文標事件」後〉，以及張良澤的〈鍾理和作品中的日本經驗和祖國經驗〉和〈吳濁流的社會意識〉等。而卷3第1期（1974）的「詩專號」可算是《中外文學》致力於新詩批評與創作的一個高潮。

25 這或許與顏元叔個人的行動力有關；1970年代，他不僅主掌臺大外文系，主編《中外文學》，還在《大學雜誌》等刊物上撰稿。他和胡耀恆對30年代文學的興趣，隱隱觸動著冷戰的意識形態邊界。關於《中外文學》的定位和發展，亦見梅家玲，2012。

26 如顏元叔，〈文學結構與政治結構——索忍尼辛與蘇俄〉（卷2第10期〔1974〕）、賴金男，〈俄國反共文學概述〉（卷3第8期〔1975〕）、歐茵西，〈俄國的批評文學〉（卷4第8期〔1976〕）等。「小眾」文學（僅相對於《中外文學》上的英美主流而言）則包括了德語現代文學（卷5第12期〔1977〕）、法國新小說（卷7第2期〔1978〕），印度文學（卷10第3期〔1981〕和卷10第8期〔1982〕），當代芬蘭文學（卷10第5期〔1981〕），以及菲律賓和新加坡的華僑文學（卷4第10期〔1976〕和卷11第9期〔1983〕）等。以後見之明觀之，早在

與發展的階段裡，《中外文學》卷2第3期（1973）就刊出了林怡俐的〈潛意識的昇華：佛洛伊德、容格與文學批評〉、卷3第11期（1975）又刊出賴金男的〈羅蘭‧巴爾特與結構主義的文學批評〉，並在兩個月後的卷4第1期（1975）推出了「文學理論專號」，顯見對「理論」的發展早有關注，「理論」與「批評」也可相容。此外，《中外文學》卷9第5期（1977）設立了「西洋文學理論譯介」欄目，陸續翻譯了傑洛（Robert Jarrell）的〈批評的時代〉，以及姜森（Paula Johnson）與傅萊（Northrope Frye）關於原始類型的著作；同時，袁鶴翔、張漢良、古添洪、周英雄、鄭樹森，乃至人在美國的奚密、葉維廉、高友工和梅祖麟等人，相繼發表重要文章，從理論（尤其是結構主義）出發研究中國古典文學（如后羿的神話、唐詩和傳奇、元曲與《紅樓夢》等），甚或思考西方理論是否適用於中國文學研究的問題。

　　周英雄〈結構主義是否適合中國文學研究？〉一文就討論了1970年代臺灣比較文學學者對結構主義的應用與反思，強調儘管中國文學傳統與結構主義本質上大不相同，但不論是對類型的整理，或是採用語意研究的方法，結構主義所追求的巨觀分析與跨域參照，仍然可以透過嚴謹的「發現程序」對中國文學的研究提出有意義的方向（1979: 42）。3年後，鄭樹森的文章將周文的問號轉化為正面的表述，強調結構主義儘管在中西學界仍有爭議，但其揭示的心理學和語言學分析方法不但值得中國文學研究借鏡，其啟動的「多元論」視角更應該被正面看待（1982: 30-31）。有趣的是，雖然周、鄭兩人對結構主義的應用多持正面評價，但他們也都不忘強調，結構主義的引進仍屬試驗階段，對中國文學研究的適應性還有待判斷。顯然，對於如何應用西方理論研究中國文學，他們有所期待，也有所保留，但其可能性，到了1980年代，已經成為一股不可阻擋的洪流，相關研究噴湧而出，大幅擴大了理論的影響力，也為傳統中國文學研究帶來新的活力。

　　從翻譯、介紹到專題的策劃，《中外文學》積極扮演引介的角色，大大活絡了理論的臺灣行旅，為「理論年代」的來臨揭開了序幕。如賴俊雄所說：「外文學門或《中外文學》扮演了一個時代性的理論推手，引進『包羅萬象』

1990年代馬華文學登堂入室，千禧年後華語語系風起雲湧之前，《中外文學》對海外華人的文學與政治已經有所關注。

與『與時並進』的理論論述」（蕭立君，2017a: 205）。[27]

　　廖炳惠討論中國古典文學的幾篇文章（之後收錄在他的《解構批評論集》）是很典型的例子。1982年廖炳惠發表了〈嚮往、放逐、匱缺〉一文，對陶淵明的〈桃花源詩並記〉這個古典小品，提出美感結構的分析。把嚮往、放逐、匱缺並列為一組同在的概念，廖炳惠將桃花源詩與記表露的田園出世情懷，轉化為現世的感傷與焦慮，既將批評的視點從圖像的想像轉移自文字的替代和再現，也將文本的意義放回語言與結構的經營，推敲虛構的力量以及據用空白的政治。他借用維根斯坦（Ludwig Wittgenstein）對語言多重指涉的討論，寫道：「語言不必指涉對象，本身就有意義」；因此「文學並非要指涉某一事物，乃是件『空物』（nothing），因為它一無指涉，晶瑩剔透，也才能在每個時代接受不同讀者的聆賞和評估，讀者才能填補那一個『空白』（blank），在想像中具體化，甚至在自己寫作裏得到不同方式的變形，轉而據為己用」（1982a: 138-139）。在這裡，廖炳惠不僅將桃花源界定為不可得的烏托邦，只存其「記」（符號文字），不復其「身」（本體實存），更將語言的能指（signifier）與實指劃分開來，將文學留在能指的層次，也就是將之視為能指的建築、意義的居所；意義無須向外（實指）他求或證成，而在能指的結構差異中生成與衍異。如同他在同年發表的〈解構批評與詮釋成規〉中強調的，解構，尤其是德希達「不僅把語言的用意、企圖、產生語言的脈絡背景整個剷除，連『書寫』也說它是『分裂、多元』的印記」：

　　〔寫作〕是「無以決定」，只是「衍異」的「軌跡」〔……〕因此，閱讀、詮釋絕非客觀，乃是意義的〔輸〕入、符號的「添補」和「替代」；閱讀正是要看出作者所未見的某種關係，瞭解作者對語言運用是否控制自如所表現出的型式，而這層關係並不是暗亮、強弱之比，而是吾人在閱讀、指評時所「賦予」、「造成」的意義結構。（1982b: 34）

27　必須指出的是，在1980年代臺灣進行理論引介工作的，不只有《中外文學》，還有1986年創刊的《當代》雜誌、1988年創刊的《台灣社會研究》以及1991年創刊的《島嶼邊緣》。同時，1974年成立的桂冠出版公司，也自1980年代起出版「當代思潮系列叢書」，翻譯了不少重要的西方思想經典。在版權觀念與規範仍不明確的年代，桂冠、歐亞、雙葉、唐山等書店自己印行的教科書與教材，亦是引進西潮的重要推手。見李志銘，2010。

廖炳惠的理論操作，在此，發揮了兩重意想不到的作用：一是對中國文學傳統的摒棄與翻轉，藉著語言本身的多義性逸離了傳統文論的權威與定論，並將文學的內容和知識挪用為哲學思辨的喻依；二是開啟了西方文論的「落地轉譯」，一方面在中文裡增加了「衍異」、「書寫」、「軌跡」等批評術語，開拓了批評的向度，另一方面將傳統上對文本意義或作者意圖的追求，置換為開放的「閱讀」，讓中文讀者也能藉著這套解構方法論，拆解作品，對作品「賦予」或「造成」不同的意義結構。雖然這樣的操作也招致了批評——例如文意的曖昧、中文句法的扭曲與學術「夾槓」（jargon）的生硬——[28]但不可否認的，「理論」確實具有解放的動能，讓文本從作者的所有權中釋放，成為社會建構公眾意識的場所。

　　廖炳惠隔年發表的兩篇宏文〈洞見與不見：晚近文評對莊子的新讀法〉以及〈解構所有權：坡、拉崗、德希達、姜森、凌濛初……〉更將這套解構方法論推演到極致：前者梳理不同的文評家對莊子的討論，以推演一套「洞見與不見」的解構批評範式，後者則藉著不能錨定的能指（如艾倫坡故事裡的那束「失竊的信件」或凌濛初戲裡的「鈿盒」）在文字中的飄蕩，將不同時代與地區的作家、文評家和理論家收攏在一起，解消所有的定論與詮釋，將解構呈現為一種跨時空、跨文化的批評展示。如果說在〈洞見與不見〉中，廖炳惠還期待某種互相指涉的對話空間，及對閱讀成規的歷史與文化進行追索，那麼在〈解構所有權〉裡，解構批評幾乎成為一種不斷衍異，杳無止跡的詮釋比賽；文學批評若不是落入虛無的境地，就是成為一種權力爭奪的競技和搏鬥。王德威在評論中指出：「由是觀之，『權力』的獲取幾乎與『所有權』、『知識』、『真理，意義追求』等理念有等量齊觀的含意，而尼采與解構主義間的關係至此亦不言而喻」（王德威，1985a: 223）。若果為其然，解構競技也將成為權力的幫傭，而非自我省察與批評的線索。是故廖炳惠特別強調，「解構批評所代表的是自我反省的質疑精神，而不只是詮釋方法而已」，而且在引進西方思想家之際，更該努力的是「注意到他們的歧異以及其他未被提及的許多當代歐洲思想家、文評家，因為，唯有如此，才不致太過偏頗、片面；也唯有

28　廖朝陽（1985）在其評論中，便直言批評廖炳惠文章辭不達意、歐式語法違反常規。但這類說法後來也被廣泛拿來批評外文學者的理論文章。

如此，才能使比較文學或文學理論的『自說自話』變成『對話』、『交換』」
（1985: 232-233）。顯然，廖炳惠很清楚解構成為一種批評表演的危險，彷彿
只要掌握其邏輯，都能對作品指出洞見與不見，再運用浮動飄移的能指，展演
一番意義的不確定性，也因此他無意將解構定為一宗，而是採其自我解構、反
身質疑之理，作為閱讀的倫理，並且藉著文本的解放，策動一種眾聲喧譁、彼
此對話的學術氛圍。這或許也是為何他將巴赫汀與德希達相提並論的原因，因
為兩人「均採『質疑』經典與統一化」的立場，「將正統的語言哲學、意識形
態『倒翻』，使『中心』觀念變得富於彈性，不再是僵滯、固定的『點』」，
以推動一種重視邊緣與被排斥之成分的觀點，強調以開放與形成（becoming）
為核心的「去中心」運動（1985: 236）。

　　雖然在文章的最後一節，廖炳惠強調的是，如何在比較文學的範疇中理解
與接受這種反系統化、去中心化的思維所帶來的反思契機，[29]但據此推想，我
們亦不難看見，解構，或是廣義的理論，對1980年代以降社會力逐漸解放的臺
灣社會而言，其重要性和影響力，恰恰在於這種「去中心」思潮與社會轉變的
合拍。朝向開放、解放與多元主義的後冷戰氛圍，很快地在1990年代成為臺灣
社會的共識，並以民主化與本土化為名推而廣之。以後結構主義思潮為核心的
「理論」正好為這樣的方向提供了論述上的支持。這也意味著比較文學與文學
理論，並不是處於一種替換的關係，而是從最初就處於共生的狀態。不僅「新
批評」被當成一種文學的理論被教授與實踐，[30]所謂的「理論」（即結構主義
以降的種種論述）亦被視為自然的發展，是在新批評之後的「新的」批評。是
以，它與比較文學可以並行不悖，一方面作為新的批評進路被引進和討論，另
一方面也作為接引中西文學，乃至改造比較文學範式的橋梁和方法。只不過進
入1990年代後，要與西方接引的「中」，逐漸被浮出地表的「臺」所取代。

　　因此，進入1980年代後半，在解嚴前後，《中外文學》上的理論譯介越來
越活潑而多樣：卷11第8期（1983）的「語言」專輯有王建元介紹梅洛龐蒂的

29　在這篇文章的最後一節，廖炳惠（1985: 257）尤其強調去中心化思維對比較文學的重要性，
　　希望藉著自我反省、去中心的推力，讓比較文學研究得以發現系統內部之「異、外、它」，
　　藉對話使不同的世界、文化和系統，能朝向交匯與並置的方向前進，反思比較文學的「正
　　統」。

30　關於新批評，見本書第五章。

文章，王德威亦寫了一篇〈淺談福寇〉，引發臺灣學界（不限外文研究）對於傅柯近30年不墜的關注。卷13第10-11期（1985），陳昭瑛的馬庫色（Herbert Marcuse）研究也展露了臺灣學者對新馬克思主義與法蘭克福學派的興趣；同年7月刊出羅蘭・巴特的〈什麼是批評〉（于治中譯），8月刊出張漢良的文章〈匿名的自傳作者：羅朗巴特／沈復〉；在婦女新知基金會成立的前一年，卷14第10期（1986）更一口氣推出三篇譯作，[31]介紹女權運動與女性主義文學，推動女性主義研究，以配合女權運動在臺灣的發展；[32]之後10年，《中外文學》更推出了好幾期女性相關的專輯或專號。同一時期，女性主義從學院走上街頭，相關著述與討論（例如轟動一時的《豪爽女人》）越發興盛。[33]由此觀之，女性主義與相關的性別研究，無疑是外文研究理論時代的顯學之一。[34]

解嚴後，其他與理論相關，值得關注的專輯或專號還有：卷20第12期的（1992）「新歷史主義」專號、卷21第10期（1993）的「聖經與後結構主義」專輯、卷22第5期（1993）的「裴克與非裔美國論述」專號、卷22第7期（1993）的「羅逖」專輯、卷22第10期（1994）的「精神分析與性別建構」專輯、卷24第2期（1995）的「後現代主義」專輯、卷24第3-4期（1995）的「文學，法律，詮釋」專輯、卷24第5期（1995）的「性別與後殖民論述」專輯、卷24第6期（1995）的「種族／國家與後殖民論述」專輯、卷26第7期（1997）

---

31 這三篇文章分別是：吳爾芙的〈莎士比亞的妹妹〉（范國生譯）、修華特（Elaine Showalter）的〈荒野中的女性主義批評〉（張小虹譯）與赫布蘭（C. G. Heilbrun）的〈雙性人格的體認〉（李欣穎譯）。

32 婦運推手李元貞，在1982年即創辦《婦女新知》雜誌，1987年成立婦女新知基金會，推動女權運動。關於婦運在臺灣的展開，見李元貞，2014。

33 如卷17第10期（1989）「女性主義／女性意識」專號、卷18第1期（1989）「性別、權力、正文——文學的女性／女性的文學」專題、卷18第10期（1990）「女性與文學」專號、卷21第9期（1993）「法國女性主義」專輯、卷22第6期（1993）「女性主義重閱古典文學」專輯、卷24第11期（1996）「法國女性主義II」專輯、卷25第4期（1996）「性／性別政治」專輯、卷26第2期（1997）「台灣女性文學與文化」專題、卷27第1期（1998）「台灣女性文學與文化」專輯、卷27第12期（1999）「女性與旅行」專輯等等。

34 1980、1990年代亦是臺灣女權運動發展的高潮，先有《婦女新知》雜誌的創刊（1982）與其後基金會、女性研究學會（女學會）以及各大學女研社的成立，後有1994年的「反性騷擾」大遊行、何春蕤的《豪爽女人》與情欲自主論、1996年的「女權火照夜路」大遊行，以及1999年的公娼抗爭。

的「生態、書寫、後現代」專題、卷28第7期（1999）的「精神分析辭彙」專題等等。千禧年後，《中外文學》更傾向「議題研究」的形式來呈現各式各類、蜂擁並至的當代文化議題（不限於臺灣），而且題目更為精細分殊，更接近跨學科與文化研究，而不僅僅是「中外文學」而已。

簡單爬梳1980年代後半至2000年的過往專題，我們不難發現，雖然《中外文學》仍然發表中國文學相關研究，並對其他國家的文學保持興趣，1990年代以降，「理論」顯然超越了比較文學，成為主導性的座架，其中從後結構主義思潮所展開的關於性別、文學典律、種族與國家的反省，成為最主要的旋律，而精神分析、後現代與後殖民三者則是最主要的分析方法和論述軸線。[35]比較文學所關心的文學普世性、文化差異性、傳統的闡發與匯通的可能，逐漸讓位給理論帶來的去中心化思路，使得臺灣文學與文化，更勝於中國文學傳統，成為除了引進歐風美雨之外，最關鍵的批評實踐場域。因此，1990年代以降的各個專題重複性日增，這一方面是每月出版的壓力使然，編者必須在有限時間內找到足夠分量，主題相近的文章付梓，另一方面，或許略微諷刺的是，這似乎也是去中心化之必然，致使學者向特定的思路與立場集結，乃至成為自我封閉的迴圈。[36]這個結果固然與自我質疑的解構思維若有扞格，但在反中心（中國傳統與國民黨政權）與去中心（各式典律與常規）的社會氛圍下，如何建構——而非解構——臺灣，就成為題中之義與首要任務了。

典律的解構與重建

在這個意義上，《中外文學》每年出版的「全國比較文學會議論文」專號，或許值得從典範轉移的角度予以觀察，來追索理論引介的效果。尤其卷21

---

35 無獨有偶，伊戈頓亦觀察到，1990年代以降，在西方也發生了由後殖民主義、族裔、性別與文化研究取代「理論」的現象（Eagleton, 2012: ix）。

36 例如，在回顧《中外文學》在1990年代的變化時，單德興便指出，「一連串的專號或專輯就如一波波拍岸的浪花，又如一簇簇閃耀的煙火，令人目不暇給，甚至眼花撩亂」（2000a: 8）；廖炳惠更尖銳批評《中外文學》「所反映出的新學術生態：文化霸權論述速食式的移植，學術領域的自我封閉（ghettoized）或親密暗爽化」（2000: 13）；劉紀蕙則認為，《中外文學》的專題反映「本土學界關切的學術問題」，而且關於臺灣文化場域與歷史經驗的理論性思考是「近年來最為鮮活有力的論述」；不過「理論經典的中譯與銜接性的討論仍舊不足」（2000b: 18-19）。

第2期（1992）的「中西文學典律的形成與文學教學：第16屆全國比較文學會議」專號反映了關鍵的轉折，以及理論與時代的共振。[37]如前所述，在1980年代後半，理論專輯不過寥寥數期，並以女性主義與後／結構主義為主要的集結點；尤其，後／結構主義的討論主要是為了匯通中國文學研究而展開的，即理論被當成是在比較文學座架下重新理解和詮釋中國文學的方法。但同時，理論引介也推動著研究議程的更新與主體位置的反省，最終匯集（起碼就出版時序看來）在這個專號上。

　　細讀該期裡9篇文章，我們不難感受到一種關於解構或拆除典律的動力，與不同主體的共振。雖然立場各不相同，但此期各篇都指向典律的形塑與重建乃是一個政治過程。雖然這個討論的起點是美國英文系的典律和理論之爭，[38]以回應1960年代以降民權運動所帶出的性別、種族和階級意識，但「把文學典律問題具體的放在國內的特殊環境裡思考」（許經田，1992: 19）似乎是共同的企圖（或是當年組織會議時的氛圍），即令作者們（除了邱貴芬外）討論的對象並不是臺灣。如許經田點出的：「今天我們舉辦這個有關典律的建構與解構的研討會，是出於中性的學術興趣（當然不會是出於追逐流行的淺薄動機）、或是在我們專業的集體潛意識裏，正微微的感覺到一股蠢蠢欲動的社會能量」（1992: 31）？顯然，一種從弱勢出發翻轉典律的潛流已經浮現，不論是從特定的位置出發（如張錦忠談的黑人女性作家或是蕭嫣嫣討論的女性學者），還是以文學與藝術運動的歷史為例（如紀蔚然談的現代主義劇場和廖咸浩分析的前衛運動），或是對葛蘭西和傅柯的理論闡釋（陳昭瑛和蔡振興），典律都呈現為一政治鬥爭的場域，而非穩固不變的精神傳統；它是被批判和翻轉的對象，而不是被珍惜與傳承的遺產。即令是力陳典律具有歷史與美學意義的周英雄和許經田，也都同意重新塑造或激活典律實屬必要，或是在教學現場調整教學技術，以求兼容並納，或是擴增外國文學（包括文學翻譯）的範疇，

37　在《中外文學》發表的9篇論文是：周英雄，〈必讀經典、主體性、比較文學〉；許經田，〈典律、共同論述與多元社會〉；蔡振興，〈典律／權力／知識〉；陳昭瑛，〈霸權與典律：葛蘭西的文化理論〉；張錦忠，〈他者的典律：典律性與非裔美國女性論述〉；蕭嫣嫣，〈典律或大炮？女性主義之評析〉；紀蔚然，〈現代戲劇典律的省思〉；邱貴芬，〈「發現臺灣」：建構臺灣後殖民論述〉；廖咸浩，〈前衛運動的焦慮〉。

38　簡短回顧，見Donadio, 2007; Spanos, 1995: 2-12；李有成，1988。

使之更為茁壯。

　　反倒是紀蔚然和廖咸浩藉辯證的觀點，為典律的變化提供了更為歷史性，而不只是政治性的解釋。紀蔚然寫道：「現代戲劇的典律有它存在和保留的必要」，因為「經典滾蛋」的論調「只是一種幻覺」，畢竟表現亦是再現，關鍵的還是社會肌理的存續與變化（1992: 133），因此，評斷作品優劣的前提其實是如何進行價值判斷的問題；他認為，「對舊有的思維方式挑戰的作品比因襲傳統的作品較具文學上的價值」（1992: 146）。廖咸浩（1992a）則從詩與小說嬗遞伏承，解釋典律的變化未必只是政治價值或閱讀品味的跌宕，更是藝術本身如何面對失去影響力的焦慮，即藝術從內部改良走向建制改變的過程。換言之，典律的塑造與變化自然是「政治的」，但它不僅是一種阿圖塞式的意識形態化的政治，即將所有的經典都視為意識形態國家機器的產物。誠如周英雄強調的：

　　　　必讀經典的取捨不可能大而化之，視之為一紙行政命令的結果；相反的，它與閱讀社團、意識形態、商業行為、當時的閱讀口味等等因素，也都有錯綜複雜的關係。也正因如此，嚴格說來，必讀經典與個人的主體性也更相去幾萬里路，因為讀不讀標準教科書上的某篇作品，對你我的主體意識到底有何因果關係，相信許多人一時也說不上來。（1992: 5）

周英雄的表述值得玩味。它一方面顯示了典律與主體性強加掛鉤的現象，彷彿典律成了洗腦的工具，而主體性必然要離開既有的典律才能生長。另一方面它也突出了主體性的問題其實比典律更為關鍵，因為致使典律成為問題的，不是典律本身，而是主體問題的出現，即蔡振興所說的，「典律將意義、價值、符號同化」，而產生了「某種目的論──主體的塑造」（1992: 38）。有趣的是，典律本身存在閱讀的歧異性，因此並不是典律將意義、價值和符號同化，而是主體的塑造這一目的論的出現，回頭定義了典律的性質，將典律與知識／權力等同起來，甚或如邱貴芬的文章所示，將典律與歷史對接，而得出「臺灣無史」的後殖民結論，因此需要歷史、文化，乃至語言的復振。於是，「主體性如何進入必讀經典」（周英雄，1992: 80）就成為了1990年代以降外文研究的核心關切之一；它也是外文研究從西方經典的學習，轉向和涵納弱勢論述與

本土文化研究的關鍵動力。[39]

　　從臺大外文系的課程以及《中外文學》的初步爬梳中，我們不難發覺，由後結構主義思潮所啟動的去中心運動，一方面具有後現代主義相對化、個體化的特徵，但另一方面又因為關注主體性，而朝向後殖民、本土化與弱勢論述集結。從典律的解構與重建而展開的思考，其實與典律本身的關係不大，對其歷史構成與體制結構的反思也不甚深入，[40]而是與後結構主義去中心（以及臺灣本土化）的動力緊緊相繫。這股從西方，尤其是美國傳來的去中心運動，不僅衝擊了中西比較文學的基礎，要求外文學者重新思考臺灣與中國文學傳統的關係，更重新結構了外文研究的生態，從作品轉向理論，從經典進入主體，再從主體深入認同政治與情感。理論之後，外文研究彷彿擺脫了典律的桎梏和冷戰的枷鎖，朝向本土的建構前進，但同時，理論的霸權性格也逐漸在全球化的程途中被確立和彰顯。表面上，理論開啟了解脫冷戰之門，但理論自身的霸權性又構成了冷戰的纏結，拉扯著臺灣的後殖民想像。後冷戰的外文研究，至今似乎仍在與冷戰的幽靈搏鬥。

　　由此觀之，由邱貴芬1992年在《中外文學》上發表的那篇論文所引發「主體與認同」的辯論，值得我們重訪與反思，因為那不只是一場理論的論辯，更是一次靈魂的探索，至今未休；它也展示了後冷戰時期外文研究的潛能與徬徨，野望與焦慮：經典已遠，主體未成，穿梭中外的外文學者又該如何安頓自身，尋找前進的道路呢？

39　進一步討論，見本書第八章。

40　例如，這波對典律的討論完全沒有涉及西方典律形成的要件，如課程制定與規劃的歷史，教材的引進、研究方法和範式的確立，乃至外文研究這門學科在西方與東方興起的背景。即令後來廖朝陽（1994b）涉及這個議題的文章，也只見理論性的討論，而不見在地歷史與學術建制過程的梳理。不過，廖朝陽從公共空間的角度重新詮釋霸權的努力相當重要，下文會再討論。

理論的轉譯：「空白主體」與「身分危機」

> 主體歷史即認同歷史，在後者以外並無隱匿的身分有待援救。
>
> ——Chantal Mouffe (2019: 85)

> 身分在當代文化論述中是一個備受矚目與討論的議題。這個議題在當代的顯學地位，得自於兩方面的刺激：一方面是後結構論述對西方傳統主體觀的全面檢討，另一方面則是前述檢討搖動了傳統文化霸權後，新興社群對主體位置的欲求。因此，當代關於身分的論述，可以說是環繞著「身分的危機」而形成。也就在這種身分已動搖，新身分未確立的身分危機中，產生了從極好到極壞的各種文化可能性。
>
> ——廖咸浩（1992b: 193）

回顧這場辯論，張馨文從翻譯的角度提出兩個關鍵的觀察：一、從拉岡視主體為「話語的效果」這個觀點出發，將主體理解為「譯者之言」，亦即人自出生以來，即在學習他者語言的過程中成為自己、理解自己，因此「主體的誕生即是主體在關係中學會說話，也同時失去原初自我的過程」（2018: 22）；二、與英文具有的臣屬（subjection）意涵相反，中文裡「主體」在用法和含義上都更接近西方的主權概念，[41]強調自主性與所有權；顯然「主體性」一詞的誕生已然受到中文語境的中介和影響，在跨語「際」的字詞對應中創造出新的意思。是以，主體性是「控白概念」，是一種受到壓迫而感覺己身有所不全的狀態，即主體性出現的時刻恰恰是主體性「被罷」（barred）的時刻（2018: 24-25）。[42]這就使得主體性在臺灣不只是一個被翻譯過來的哲學概念，更是一種要積極追求的政治價值；它展現的，與其說是「關於我」的內容，不如說是

---

41 劉禾（Lydia Liu, 1999; 2004）指出，中文的「主權」一詞是隨《萬國公法》的翻譯而來的。

42 張馨文強調，「說話之人在使用譯者創造的翻譯概念表達自己時，相當於拉岡所說的『被罷的主體』」，被罷的主體在偵測他者的慾望中學習語言，當主體學會以他者之言來指稱自己時，主體也失落了自己的存有」；她將這個「被罷的」概念轉譯為「控白概念」，是為了強調「概念形成過程中譯者菁英階級之間的敵對與鬥爭」（2018: 24n5）。

一種「確立我」的敵對姿態。進一步說，主體性的定義不在於內容為何，而在於主體自身能否確立；它所要企及的是作為主體的政治價值，所要確立的是臺灣得以成為這樣的主體的願望。如張君玫指出的，「不同的翻譯選擇，並非僅是出自對該名詞的理解差異，更是出自從中衍生出來或意欲藉此開展的論述策略」（2009: 35）。

在這場辯論中，廖朝陽對主體性理論的建構有不可磨滅的貢獻，其「空白主體」說尤其關鍵。在〈中國人的悲情：回應陳昭瑛並論文化建構與民族認同〉中，廖朝陽首次引用齊傑克（Slavoj Žižek）的說法，提出「空白主體」這個概念。他強調，主體觀念通常以自由為基礎，但真正的自由不能含有實質內容，不然就會規限自由的發展；同時空白不等於虛無，也不是主體的死亡，而是一種容納與自成的必要前提。他寫道：

空白主體也可以視為一種存在的單位或形式，是客觀物質條件下，生命面向經驗流動，相對於經驗內容所形成的空間層次。也就是說，這裡的空白並不排除內容，反而是一種接納、改變內容，對內容賦予意義的空間。正因為本身沒有內容，所以空白必須靠內容來完成本身容納、創造的本質；也就是說，主體必須不斷透過移入內容來建立或印證本身移除內容的可能。這就是它的絕對性所在。用移入的事實來建立移除的可能，這已經是一種無理可講也無從否定的現實逸出點，一種正反相生，虛實重疊的極限狀態，必須劃入心理分析的真實層（Real；見Žižek, 1989: 169-173）。所以主體的空白也就相當於心理分析所講的「欠缺」（lack）。（1995a: 119）

有趣的是，在拉崗／齊傑克的精神分析哲學裡並沒有「空白」這個概念。[43]廖朝陽將拉崗的「欠缺」轉譯為「空白」本身就是精神分析翻譯史上的

43　按照張君玫的說法，在拉崗的精神分析脈絡中，所謂主體主要是由「匱缺」（lack）和「空缺」（void）構成，指的是主體化過程前「主體」與母體撕裂後造成的「裂溝」（gap）：「這個裂溝本就是主體的可能性」，因此她認為，「空白主體」的譯法「過於平板，難以充分凸顯『void』與『gap』的時空厚度與立體感」；是故，她主張譯為「空缺主體」（2009: 33）。除了這個結構性的定義外，拉崗有時候也將主體解釋為一種「訊號」，認為

一件大事。在拉岡的系統裡，「欠缺」最初與欲望（desire）相連，而所謂的欠缺就是缺乏「存有」（being），即主體是欲望存有，又未能確立存有的狀態。但後來「欠缺」概念經歷了兩次轉化，先是轉為指向物件的欠缺（如閹割焦慮觸發的陽具欠缺，以致欠缺幾乎與閹割同義），再而轉化為「他者處欠缺的能指」（a lack of signifier in the Other），亦即主體形成過程中總是在他者處（the Other，即象徵秩序中；廖朝陽譯之為「大對體」）失落了存有（Evans, 1996: 95-96）。這麼一套主體形成論所表述的正是主體臣服於象徵秩序的觀點，即所謂的主體不再是笛卡爾（René Descartes）意義上自思自成的自我（cogito），而是被他者，即由語言、律法、道德，乃至國家機器所代表的象徵秩序所穿透與構成的主體；用阿圖塞的說法，即主體是被「召喚」（interpellated）出來的。

　　但拉岡／齊傑克的主體觀並不停留在召喚的層次上，而與「分離」（separation）更為相關，因為象徵秩序主體化構成的基本是「欠缺」。按拉克勞（Ernesto Laclau）介紹齊傑克成名作《意識形態的崇高物件》（*The Sublime Object of Ideology*）的說法，所謂主體「不過是用以表述與『實質』（substance）之間的內在距離的名稱，是這個空處（empty place）的名字，藉此實質得以感到自己是一種異類的存在」（1989: xiv-xv）。拉岡在《精神分析的倫理》（*Ethics of Psychoanalysis*）中則說道：「由於佛洛伊德的思想是以診療為起點，我們不該單純以主體間的主體來理解，認為主體受到能指的中介，而要試著將主體的場域界定為這個主體後面的東西（what is behind this subject）」（Lacan, 2001: 127）。也就是說，重點是：主體是在象徵秩序的「空處」被意識到的，而非本身是「空白」的。齊傑克也說，拉岡精神分析的重點是我們不能抹除真實（the Real）與象徵化（symbolization）之間的距離，因為正是「在每一次象徵化中，真實的剩餘發揮了『欲望的物件－成因』（object-cause of desire）的功能。要處理這個剩餘（或更精確地說，遺留）意

主體是被意符中介的一種效果，並沒有本質。劉紀蕙以拓樸學來詮釋拉岡主體的「空」，指出主體實是「一個點狀空間，是發言動作（enunciation）與發言內容（statement）兩種主體位置之落差卻又疊合於一處的拓樸空間。重疊交接處的標記，看起來是個表面，其實卻以分離又接合的方式，連結了一個不可見的複雜空間。這個標記本身，也是一個『空』（void）」（2020: 33）。

味認知根本的死結是『敵對』（antagonism），那是拒絕象徵整合─消融的核心」（1989: 3）。對齊傑克來說，拉崗對「真實」的強調以及對主體在象徵秩序中的組構與脫落，提供了一個面對與介入後冷戰歷史時刻的基點。當革命失去召喚歷史前進的光暈之後，如何在意識形態的終結中透過主體的病癥和欲望，保有拮抗的主體條件（即與象徵秩序的距離），抗拒和突破資本主義意識形態的全面籠罩，就成為柏林圍牆倒塌後的批判任務。

從這層意義來考慮，以「空白」翻譯「欠缺」饒富意味，因為主體存在的前提是象徵秩序的無所不在，主體由象徵秩序構成和召喚，但其內容卻是由歷史因緣（即出生在何方、使用什麼語言、被什麼價值教養）所決定，因此廖朝陽認為，「作為存在的單位或形式」，主體本身必須假設是「空白」的，或是說唯有本質是空白的，主體才能與既有的象徵秩序保持距離，在每一次的象徵化的剩餘中保留自身。在後來的文章〈批判與分離：當代主體完全存活手冊〉裡，他進一步詮釋空白主體的意思：

> 這就像嬰孩把母親視為自己的一部分，本來是錯的（前理性的錯覺），但是當現實極化，主體與母親必須分離時，（抽象的）母親仍然會佔據主體裡面因為分離而產生的空白。空白一旦成立，主體可以用各種東西（包括真實的母親）代替（抽象的）母親來填補空白，只是說實際上用的到底是什麼，必須由歷史因緣來決定。（1996c: 143）

因此，「空白與內容是互相成立的」（1996c: 145）；唯有空白，主體才能在象徵秩序中獲得位置，並透過歷史因緣來填補、證成自身。這意味著主體性爭論的關鍵不在於內容為何，而在於主體的有無，而界定主體有無的條件，就是它是否能夠發現他者處有欠缺，即象徵秩序本身並非絕對的存有，而是主體欲望的產物。廖朝陽寫道：「大對體要維持對個體的約束力，就必須接受個體欲望的回饋，使本身產生變化，甚至重組，這就是大對體的欠缺，也就是小對形〔object petit a〕的顛覆性所在」（1996c: 145）。所謂的「小對形」，在拉崗的解釋裡，就是欲望對象（object of desire），亦即觸動或驅使欲望的物件（object-cause）──它既是不可得之物，也是剩餘的愉悅（surplus enjoyment）──因此它並無定形，而是相對於象徵秩序的無物和多餘，但也

正因為其存在，主體可以感受或體會到存有的失落，而對存有產生欲望（Evans, 1996: 125）。在這裡，廖朝陽表述的不只是後結構主義的主體臣服觀點，更是笛卡爾提出的「自覺主體」原則。他強調，「自己決定」是對後結構主義主體觀的必要修正：「重提這個自覺主體的原則，並不是要回到康德式的超驗主體，也不是說心物對立的知識傳統可以若無其事的延續下去，而是說如果我們可以假設主體與符號的反面，也就是物質存在的層次有極密切的關係，顯然我們就不能把主體化約為符號的建構」（1996c: 120）。換言之，即令主體是空白的，它並不只是單純地被象徵秩序所建構和決定，而是在符號與現實的協商或阻抗中存在和成長，並形成了自己的意志。

　　在這篇文章裡，廖朝陽花了相當多的篇幅討論西方的主體觀，從海德格和笛卡爾，再到阿多諾和班雅明，其目的是為了將經驗的層次放回主體的思考，藉而突出主體的存有與自覺，使主體從絕對的臣服中脫出，成為具有理性溝通能力的行動者。他轉化了阿圖塞的召喚說：「把主體的臣服欲望看成是果而不是因：因為律法是活的，是可以推翻或改變的，主體才願意把自己交給律法」，因此「主體的自覺愈強（愈是『清晰明確』），就愈能顯示這個非理性的自覺已經經過理性的迂迴和極化，已經含有公共空間溝通與交換的過程，封閉的律法也就愈難形成」（1996c: 147）。在這裡，原來象徵秩序中的空缺，或是說經由符號中介而感到的欠缺，被轉化為一種具有本體和意志的實存。引申來說，一旦主體得以從象徵秩序脫出，在經驗中獲得理性思辨的能力，那麼象徵秩序的主宰就不再是絕對的，主體也不再只是符號的建構，而是可以挪符號為己用，在存有與象徵秩序之間進行協商，決定要移入或移出的內容。藉此自覺與自主，主體得以成為一個理性協商的公共空間。

　　不過，廖朝陽的空白主體，與其說來自於拉崗和齊傑克的精神分析理論，不如說是受到了西谷啟治（Nishitani Keiji）和哈伯瑪斯的啟發。在1994年發表的〈典律與自主性〉中，廖朝陽不僅已經提出了主體為公的想法，更將西谷啟治的「空」揉入哈伯瑪斯的「公共空間」（public sphere）裡：「所謂公共空間，也就是一個可以容納符號的衝突、交換、調整、溝通，以物質面的真實性為基礎，保障絕對對體性可以自由開展的空間。這裡的保障所以不會形成排他性的權威，正是因為它不是由外部秩序所形成的主體投射，而是符號本身真實性的延伸，含有顛覆一切排他性權威的力量」，而西谷的「空」之所以可以用

來解釋公共空間，「正是因為西谷的空並不是一無所有，而是各種異質交疊回互所形成的流動空間」（1994b: 83）。在這個對比裡，主體被賦予了一種空間性的解釋，乃至成為了一種秩序和常態，內容可以調整，但結構不為所動，一如杯子與水的關係。

在〈再談空白主體〉一文裡，廖朝陽從空白主體的討論中增加了一個認同的面向，即他一再強調的，「主體空白，並不等於取消認同」，前者關乎自由，後者來自環境條件（或曰歷史緣由）；前者是「空間」，後者是「內容」。是故，若是主體如杯子，認同即是杯子裡所盛裝的內容：「有主體而沒有認同，就像杯子裡裝的還是杯子，不免落入虛無而失去現實性。有認同而沒有主體，就像是用水來裝水，訴諸現實而不免演成局部現實的無限膨脹，形成物結化（fetishized）的執著」（1995b: 105）。姑且不論這個比喻是否恰當，以及其後的推論是否合理，廖朝陽在此將主體與認同切離對待，但又視之為互證互成的共構，正好有效地將主體性推上一個理論性、規範性，乃至去歷史性的高度，而將認同推至一個隨機的層次：主體與認同是共構的，但是如何共構是因緣巧合的意外，而非歷史文化的必然。正如他對邱貴芬和陳昭瑛的反駁所示：

> 因為主體含有公共性，所以改變認同的行動必須在理性與秩序下進行，不允許特定的局部意志對其他意志形成壓制；空白主體基於所有意志與選擇都含有一個欠缺、空的層次，形成共通的絕對價值，可以提供一個形成公意的共同空間，讓各種力量進行折衝與互動。同時，因為主體本身也含有行動意志，所以認同的「移入」與「移出」並不是（或不僅是）沒有意義的反射動作，而是因為現實條件變化到一個程度所產生的，主體本身要求「調整內部與外部的關係」的過程。這樣的主體不必為本身的存在找理由，正像個人層次為什麼會有自我意識的產生也是無理可講。從這個角度看，虛幻主體所以必須改變，並不只是要解決認同不符合現實所產生的種種矛盾（如「秋海棠」與「老母雞」的矛盾），而更是要還給空白主體一個充分的呼吸空間。（1995b: 107）

在這個理論推演中，所謂主體越發脫離內容的束縛，而轉向一種規範性的存

在。所以，主體雖然空白，但正因其空白，而有了生發，並且與現實協商的基礎，也因此認同的移入與移出成為主體不再臣屬象徵秩序的證明，主體成為得以看穿虛幻的自覺者，進而要求內外關係的調整。更重要的是，調整內外關係的需求來自於「認同不符合現實所產生的種種矛盾」。在此，廖朝陽離開了後結構主義的主體觀點，而轉向了現代性的啟蒙主體想像；後結構主義所強調的逃逸與鬆動，在此轉向了另一種體制性的建構。回到杯子與水的比喻，杯子（主體）是不變的，但要裝什麼內容，要看內容與現實是否相符，是故「秋海棠」和「老母雞」的對比清楚反映了想像與現實的落差，無論哪個都是與臺灣現實不符的內容。這也就反向證實了空白主體擁有獨立性的必要，唯有打破象徵秩序（虛幻主體／他者）的束縛，主體才能重獲「充分的呼吸空間」。

空白主體說，在這個層次上，逸離了精神分析的哲學思考，進入了建構臺灣主體性的實用操作。藉著剔除前定的認同，臺灣主體得以恢復空白，並在現實的基礎上重新選擇認同；但是因為認同需要以「現實」為基礎，所以即使在理論上空白主體得以隨意移入或移出認同，實際上臺灣的「現實」已經成為其前提，乃至成為移出和移入的標準，亦即內容的數量與質地必須符合杯子的胃納。準此，任何對認同的歷史性解釋已然無足輕重，因為認同不決定主體，相反地，主體才決定認同：「只有『建立』新的認同（主體內容），在主體與環境之間取得新的內外平衡，才能讓主體『恢復』原有的空白狀態」（廖朝陽，1995b: 109）。顯然，「自己決定」的自覺原則才是「空／控白主體」的真實存有；它不是那個在他者處「被罷的」主體，而是可以在己身處「稱霸的」（hegemonic）主體。那麼，空白主體並非真的空白，它早已預設了臺灣的名號，一如「拿杯子來裝水那麼自然」（廖朝陽，1995b: 109）。

是故，廖咸浩訴諸情感與認同的回應，便在此處落了下風。在回應之初，廖咸浩就強調「討論認同的目的主要不在於討論什麼才應該是我們的認同，而在於明辨認同的原則。掌握了相關原則，我們才有可能與『異類』生活在同一個社會裡，才有可能以協商的態度取代目前不同『認同』擁護者之間極具毀滅性的敵我意識」（1995a: 61）。這個訴諸溝通和協商的起手式，表面上與「空白主體說」並無不合之處，但卻將討論的層次從杯子轉向了水。對廖朝陽而言，認同如水，可來可去，只要它能「符合現實」，為杯子所用，但廖咸浩從一開始考慮的就是認同的差異，即水的異質性，以及異質的水同在一杯的事

實。是故，尊重彼此的情感和認同很重要，「因為，大家還要生活在一起」
（1995a: 68），這也是為什麼最初回應「空白主體說」時，廖咸浩借用了齊傑
克關於「天生的內在衝突」（constitutive antagonism）的說法，提醒主體建構
可能帶有的暴力面向，即現代民族主體的建構，在趨於極端和單一時，會在共
同體內部製造「他者」，尋找「待罪羔羊」，一如二戰中遭到迫害的猶太人。
廖咸浩顯然已經看見，空白主體隱然具有封閉的民族主義色彩，因而以猶太人
為例，主張多元文化論，以解消臺灣統一於單一主體時可能帶來的危險。但是
廖咸浩當時或許沒有注意到的是，空白主體說已經將主體範圍限縮在解嚴後的
臺灣現實上，空白主體作為公共空間可以協商和溝通，但溝通與協商的兩造未
必處於均勢。同時，以「現實」界定主體的論述方式亦早已劃定主體的框架，
設定了「臺灣」主體性的規範。因此，認同或身分危機即是劃界效應下的主體
危機。

廖朝陽強調：

> 其實要成立反猶太認知，不但不必接受「『一個』主體」，反而必須把
> 主體內容化而分成兩個：好人與壞人，我們與他們。也就是說，猶太人的
> 主體雖然被取消，但是取而代之的並不是一個統一的主體，而是兩個符號
> 化，內容固定的對立項。說得更精確一點，納粹思想並不主張一元化的世
> 界大同，而是把各民族的主體內容化，在固定的秩序裡賦予固定的位階。
> （1995b: 120）

廖朝陽認為，被視為他者的猶太人本身，只是主體的幻見，「無意義的化
身」，藉此認知（「親證幻見」），可將對他者的大恨逆轉為大愛：即是「一
種『愛你的敵人』的宗教性情操」（1995b: 121）。有趣的是，雖然這個訴諸
宗教情懷，同體大悲的空白主體頗有理論價值，在1990年代以降臺灣本土化發
展的過程中，它並沒有發揮實效；真有實效的反而是「好人與壞人，我們與他
們」的區分，亦即兩個統獨互不相容的恆等式：「不認同急獨＝不認同獨立＝
不認同台灣＝認同中國＝認同中共＝敵人」以及「不認同中國＝貶抑中國＝反
中國＝反中國人＝反少數民族＝日本皇民＝美國公民＝漢奸走狗汪精衛」（廖
咸浩，1995b: 103-104）。雖然兩人都不贊同這種一刀兩分的認同趨向，並視

之為「比聲音大小」的口水混戰，但相對於廖咸浩將和諧視為共同生活的前提，廖朝陽反倒是認為「只有和諧告終，容忍與多元才有真正開始的可能」，「只有消除宰制關係，才能談恢復和諧」（1995b: 123）。換言之，雖然他在空白主體的理論推演中懸置了單一主體的可能性，但在後續表述裡，原被派定為理性溝通的空白主體——如果可以成立的話——卻得先消除宰制關係，取消和諧，才得以復原。那麼誰才能宣判和諧告終，誰才能判斷宰制關係已然消除呢？

　　辯論至此，主體的意義已然明確，那就是「臺灣」才是主體，因為解嚴後的政治現實已然提供了條件，尚待釐清的是內容的問題：廖咸浩認為內容是多元與紛雜的，因此需要互相尊重和溝通，廖朝陽則認為多元與紛雜固然是事實，但也不能只是眾聲喧譁，莫衷一是，而這「一是」便是「共同生活的規範」和「公共性的事務仍然需要擺到公共空間來討論，不能因為感情絕對化而使理性打折扣」（1995b: 119）。理性與感情的相對，迫使廖咸浩退守少數人的情感必須被尊重的底線，而將什麼是共同生活的規範和公共性的事務等問題，讓渡給理性的主體來決定；當辯論落入了民族與國族的區辨，同化主義與血統主義的矛盾，以及情感的不可共量時，作為理論的空白主體已然取得了理性與現實的高位，而臺灣主體性也就與中國主體性劃清了界線。一旦中國主體性失去了現實的依託，在本土化進程中的臺灣，它就只能被視為少數人的情感、可有可無的內容、或是要被倒掉的「杯中臭水」。換言之，臺灣主體性之所以必須「空白」，並不是因為它欲求什麼特殊的內容，而是因為它想要倒掉已在杯中的特定內容；唯有將內容（認同、情感、歷史）鬆開、推遠，杯子才可能獲得移入與移出內容的自由，公共空間才得以表達「自己的」意志。在辯論結束前，廖咸浩回到齊傑克的理論，並將歷史的面向帶回空白主體的討論。他寫道：

> 　　廖〔朝陽〕在引用他的理論時，對於所謂「親證幻見」強調有加，但「享受病癥」（enjoy your symptom）的說法卻不見提及。但這一部分卻是空白主體論不可或缺的另一面。「親證幻見」凸出主體性的建構本質，「享受病癥」則承認「歷史」對主體深沉的影響（否則，哪有什麼認同的問題好談？）。用拉崗的話來說就是，人是「病癥合成人」（le

sinthome），本質上雖是空白，卻不可能完全回到空白，因為人是歷史的動物。有歷史，也就有「感情」。歷史／感情可以用理性來理解，卻不可能一筆勾銷。廖對空白主體的理解把歷史部分全然忽視，才會對主體性像臭水要倒掉就可以倒掉的說法，才有可能談「不涉感情的」實效。這種對主體（性）的看法不但天真／純潔過了頭，而且難免霸道——我可以空白，你為什麼不能？一定是不愛台灣！（1996b: 157）

至此，我們不難發覺，廖朝陽的「空白主體說」，其力道恰恰在於去歷史化地看待主體的內容，使之可以被「改寫」或「回復」；藉著理論賦予理性絕對性與優位性，來解放特定歷史對主權與人民的固著，以開放主體的內容。回頭來看，我們不得不說這是一次近乎預言式的理論操演，透過理論推演，打開一個重寫歷史的缺口，讓歷史的發展來完成這個預言。關鍵的是，主體內容的移入與移出，並非任意而武斷，而是由「歷史因緣」所規限的。回到具體脈絡中，臺灣主體性本身並非全然空白，而是在空白的主張中植入了特定的政治想像：臺灣主體性並非是「空」的，而是在「空」的設定中，創造了「自覺」，才能將自身從中國主體性中移出。因此空白論其實是一種掏空主體內容、切離既有象徵秩序的說法；唯有掏空，才能植入。是以，雖然理論上，空白主體可以移入任何的內容，但究竟什麼必須被移入，什麼應該被移出，仍是歷史決定的結果，以及如何從「現實」展開的政治議程。這個歷史條件與從現實展開的政治議程，即是冷戰瓦解後兩岸關係的重新定義。因此，現實的判定才是關鍵，因為解嚴為「空白主體」創造了歷史性的條件，為主體的內容打開了不同的想像，而使奪權或復權變得可能。於是奪權或復權，而非包容與尊重，成為了臺灣後殖民想像的關鍵，以及解嚴後言論激化的緣由。[44]由此觀之，去歷史化的理論反而進行了一種歷史的置換。唯其普世而空白，臺灣主體（作為一個未至或將至的主體）才有所可能。因此，所謂文化血緣這類的想法，既不重要也不必要。因為空白主體提供的恰恰是從理論上斷絕任何血緣的可能，為改變

---

44 「奪權」一詞確有負面意涵，但放在民主社會競爭政權和話語權的脈絡下理解，這實是政黨政治的必然，唯有取得政治權力，才有遂行政治理想的條件。臺灣兩黨政治的發展，亦有「奪權」或「復權」的內涵可供思考。

創造空間，因為其想像與依賴的不是來自於特定歷史的「國民」，而是無需歷史、寄身未來的「公民」。畢竟歷史是建國之後的事情，在建國之前，歷史只能是他者的壓迫或自我卑屈的故事。將歷史抹為空白，重新來過，臺灣主體才有空間，才有未來，臺灣「國」才能夠存在。在這個意義上，主體性不只是理論翻譯的「介入」，更是建國政治所必要的「創造」。[45]

理論的落地：千禧年後

> 歷史與理論是兩個互相纏繞，但不完全鄰接的領域。想法總是在特定且具體的歷史情境中出現，又受其影響。想法之所以出現，部分是因為歷史的因緣。但在建立起了脈絡之後，我們還是得要檢視理論的內在一致性，因為理論的闡述受到了脈絡的影響，也在其對問題意識的回應中建構自身。這意味著在歷史與理論間工作，而不只是呈現理論思考的邏輯與概念，也不是單純地將理論解構為其歷史的條件。
>
> ——Stuart Hall (2016: 2)

　　隨著1996年迎來臺灣歷史上首次的總統直選，「主體與認同」的辯論也暫時劃下了休止符，但是認同危機並沒有就此止息，臺灣主體也仍在族群對立、飛彈危機、「戒急用忍」的大陸政策、彭婉如和白曉燕命案、華航空難、九二一大地震以及民進黨首度執政的跟蹌顛簸中建構著。第20屆的全國比較文學年會所列的三個子題，充分反映了這樣的一個歷史情境：「性／性別政治」、「記憶、書寫與主體建構」以及「敘述與認同政治」。此後，各種議題多元並進，當代文學與文化的閱讀地圖也大幅拓展（從加勒比海的新興英文文學到加拿大和澳洲的當代文學與電影），但認同問題、主體想像與差異政治仍

45　這或許解釋了為什麼「大和解」不可能。2020年總統大選，蔡英文總統獲得的817萬票，可謂其「成果」，而新世代「覺青」是其先鋒。建國大業正當展開，「中華民國」也將走到盡頭，化歸「臺灣」；即令國號不改，意義也全然改變。這一步走了近40年，但雙廖的辯論已有所預示。

然縈繞不休，省籍、階級與族群問題開始登上知識討論的舞台，而「大和解」（及其不可能）的討論也逐漸成為理解與拆解現代國族、冷戰結構與兩岸分斷的線索。[46]

在這股議題取向的風潮下，理論逐漸在《中外文學》中退位，或是說更細緻地滲入了議題的討論，成為賴俊雄所說的「批判之學」與「實踐之學」。1996年之後，較為突出的理論專號是卷27第2期（1998）的「解讀心靈的黑盒子：精神分析與書寫」（譯介了兩篇拉崗的著作），卷28第3期（1999）的「法國文學與思想」（譯介了洪席耶對德勒茲思想的討論）和卷28第7期（1999）的「精神分析辭彙」（翻譯了部分拉普朗奇〔Jean Laplanche〕編寫的《精神分析辭彙》）。千禧年後，則要到2005年後才再有理論相關專題，如卷34第7期（2005）的「生物符號學」、卷34第8期（2005）的「論悅納異己」、卷36第4期（2007）的「列維納斯」（Emmanuel Levinas）、卷37第4期（2008）的「德勒茲論藝術」、卷44第3期（2015）的「阿甘本的當代性與東亞性」、卷45第4期（2016）的「德希達與我們的時代」以及卷47第3期（2017）的「巴迪烏專輯：哲學與政治的位置」。[47]同時，比較文學年會的主題也越來越顯出理論落地的痕跡：或是藉著挖掘中文語彙的複義和歧義來建構的理論可能性（例如35屆的「寄／記存之間」、36屆的「餘」與38屆的「文‧物」），或是突出特定議題，標示理論範式的轉向（如32屆的「生命、政治、倫理：文學研究的回應」）。無論如何，從1996到2019這23年裡，理論專題在

46　「大和解」是1995年民主進步黨主席施明德所提出的政治理念，主張在野黨進行大聯合，以促成整個社會的和解。這原是政治聯盟的策略，目的是為在野的小黨（當時的民進黨和新黨）創造更大的論述空間與執政可能。但它更大的社會意義，還在於直面民主化和本土化以後的省籍對立與族群衝突，乃至解嚴之後的兩岸關係，以創造對話與合作的氛圍。在文化領域裡，這個論題則演化為對族群記憶與情感的反思，具體展現在2001年5月26日文化研究學會、《台灣社會研究季刊》與其他團體共同主辦的「為什麼大和解不／可能？——省籍問題中的災難與希望」論壇上發表的論文和回應。自此，兩岸分斷與冷戰結構逐漸浮上檯面，並被視為一種區域性的分析和比較框架。

47　必須說明的是，此處對「理論」的敘述策略性地捨棄了女性主義與弱勢族群相關的議題（如史書美參與客編的兩個專題：卷33第2期〔2004〕的「第三世界／跨國女性主義實踐」和卷36第2期〔2007〕的「弱勢族群的跨國主義」），只著重「歐陸理論」的引介上。這當然是某種理論想像的偏執，但也是為討論方便的必要之惡。

《中外文學》上出現的頻率明顯下降，直到2015年才略有回溫，而且專題的內容也逐漸從「譯介」理論轉向了「研究」理論；這一方面是因為議題導向的專題增加，而擠壓了理論的空間，另一方面或許也反映了理論譯介的時代任務已經告一段落。如何讓理論落地、與之對話，進而拓展其深度，尋找匯通，才是更重要的知識工作。

　　李鴻瓊與邱彥彬客編的「阿甘本的當代性與東亞性」、[48]洪世謙與黃涵榆客編的「德希達與我們的時代」以及劉紀蕙客編的「巴迪烏專輯：哲學與政治的位置」都展現了落地轉譯西方理論的思考。在專題〈弁言〉裡，李鴻瓊與邱彥彬強調，引介當代義大利思想家阿岡本的目的在於，「透過阿甘本，試驗在當代台灣進行西方思想研究的模式，以催生全球化時代可能的理論或比較文學研究範式」，但之所以是阿岡本，而不是其他思想家，是因為「他的思想特質與東方有較親近的關係」（2015: 13），即令這個親近性是建立在「阻斷」的關係上。[49]這種關注「本體的因緣」——即本體與外部世界，尤其是知識條件的對應關係——的研究方式，是為了避免直接移入的暴力，以尋找一種從己處（或本地）出發的思想潛能，既不被理論的普世性所裁定或制約，又能夠依其獨特性，與之交流，並且在一種「緣定」——雖不可知，但並非隨意——的層次上展開溝通和轉化，回歸到思想與外部變化的局勢中理解彼此。

　　李鴻瓊收錄在該期的文章〈臨界臺灣：阿甘本、佛教與《海角七號》的範例〉為這樣的理論立場做了清楚的示範。借用阿岡本在《來臨的共群》中所提到的「任何特異」（whatever singularity）這個概念，[50]將之連繫上佛教中「如是」的思想，李鴻瓊以魏德聖的電影《海角七號》為例，推展出一種關於臺灣主體或本體的理論性思考。在他的理論推展下，不論從歷史或現實觀之，臺灣都是一種「普世特異」（singularity）的存在，處於一種相互為客的「無主體性的狀況」，由此凸顯「單一代現式主體是西方現代國家的形式，並不適合臺灣的特殊性，也在全球化時代遭遇其限制」（2015: 70）。在這個意義上，若不將臺灣視為西方理論的「例外」，那麼臺灣就必須自成「範例」，作為「普

48　一般而言，阿岡本是更常見的譯法，故除提及李文標題處外，一律譯作阿岡本。

49　關於「阻斷」的討論，見廖朝陽，2015。

50　不過，「特異」與「社群」是當代西方哲學的重要命題。阿岡本之外，哈伯瑪斯、儂曦（Jean Luc Nancy）等人都對此問題有所討論。見Elliot, 2010。

世特異」，而非某種普世理論的註腳。以此推斷，臺灣可以是理論的現場，而臺灣本體「如是」（being such）──不拘泥於內容、曝露指涉性、自成外部、緣起於空──的特性則可以成為一種本體理論的範式，既能溝通東西思想，卻又不凝滯於彼或此，而是在空處──在不作用的共在中──自成一格。李鴻瓊的作法展現了一種貫通或轉化東西理論的可能，要求我們更從自身的歷史和經驗去思考理論的價值和意義。同時，它也展示了另一種思考比較文學的可能：不是影響研究或平行研究，而是跨文化的呼應和參照，乃至廖朝陽所說的「潛勢」與「緣定」。[51]

洪世謙與黃涵榆客編的「德希達」專題以及劉紀蕙客編的「巴迪烏」專題亦展現了類似的傾向，只是它們更傾向從「時地」的設定來突出理論的意義。洪世謙與黃涵榆在〈弁言〉裡指出：

> 什麼是「我們的時代」？是二十世紀諸多事件遺緒下的時代？是處在各種對未來不可預期的時代？還是就是當下，這個世界正急速轉向的時代？然而，「我們」是誰？是這場工作坊，在場／不在場的參與者？是台灣、是亞洲、是世界？還是我們並無法說「我們」？〔……〕甚至，什麼是「德希達」？他若是以幽靈的方式，複數的、無可化約、塗抹而既在又不在，那我們如何以德希達的遺產，思考著我們所面對的現實，例如香港佔中、2014的318運動、2016美國大選川普的勝選、台灣現下的轉型正義、性別平權等。（2016: 13-14）

同樣地，劉紀蕙也在專題導言裡自問自答：「為什麼今日還要談馬克思？為什麼在台灣討論巴迪烏」？根本原因是「台灣的哲學界時常是去政治化的，而台灣的政治場域則又明顯地去哲學化」（2018: 14）；因此巴迪烏「以平等原理

---

51 這兩個詞是廖朝陽對阿岡本思想的翻譯：「潛勢」（potentiality）談的是物質和運動變化中的可能性，是蘊含其中、但尚未生發的可能；「緣定（在）」是對拉丁文*quodliet ens*（英文 whatever being，又譯隨意）一詞的理解，強調的是「事物聚集的初始狀態，後續如何發展隨緣而定，非意志所能制約」（廖朝陽，2015: 38）。綜合來看，理論的行旅其實也是潛勢與緣定的集合，這也就使得地方的特殊性（緣定）得以接合理論的潛勢，有所發展，既溝通彼此，又各取殊異。

為前提，解放權力關係所造成的各種不平等現象」的共產主義理念（2018: 15），可以為臺灣「從冷戰後遺到跨國資本席捲而來，在社會各個角落迸發的認同政治衝突以及新形成的階級暴力」所創造出來的「無意識的負向政治範式」（2018: 17），提供了一種批判、解放與改造的動力。同樣地，35、36和38屆的比較文學年會專號，也凸顯了一種由中文脈絡去發展理論的嘗試，不論是「寄／記存之間」所展開的檔案與書信的辯證，還是「餘」在中文語境中的複義操作，又或是「文‧物」所標示的新物質主義轉向，都不斷要求理論在新的文化與論述時空中展開新生，進一步推動薩依德所說的「理論行旅」（traveling theory），進入劉禾提出的「跨語際實踐」（trans-lingual practice）。即令專輯中的文章未必都具有相同的理論企圖心，但是這些從中文語境出發的理論操作，儘管難免拗口和生硬，已然成功將理論「在地化」，乃至「本土化」了。[52]

　　由此可見，「落地」乃是轉譯的先決條件，理論的引入是為了反思和解決「我們」的問題，或是提供在地文化和思想創造的養分，因此如何定義與理解問題和需要則成為引進理論的必要前提。是故，理論之「用」不在於理論的內部，而在於被引入的外部，理論研究的目的也不只是理論自身，更是我們所處的「此時此地」。[53]至於1990年代中期對後現代與後殖民交錯的焦慮，已在本土轉向確立後逐漸淡去；邱貴芬當年期待外文研究進行後殖民改造的工程，已然落實。外文研究至此成為臺灣本土人文學術的一環，外文學者研究臺灣也在體制上取得了一定的正當性（例如納入了科技部學門分類中的次門類），而理論也逐漸成為外文學人必備的「常識」。然而，對臺灣而言，一個無法避免的

52　表面上，「生硬與拗口」是我對理論相關論文的批評，但在此我更想將之視為一種理論翻譯的符號或痕跡，強調魯迅意義上的「硬譯」，其作用不僅在於思想的引進，更在於中文的改造以及某種保留原文語境的趨向（見張君玫，2019: 28-29）。過去一個世紀，外文學者（不限臺灣）的理論翻譯，為中文增加了許多新詞與概念，這些翻譯過來的詞語同時也是理念創發的溫床。

53　當然，這只是對理論在臺灣傳播這一歷史現象的描述，而非理論研究本體的實然。廖朝陽就認為，理論不等於方法，而有一個脫離或超越對象的層次，尤其在「大理論」的發展與操作，仰賴的不是與對象的相依關係，而是「脫離實作或應用」展現「自我觀照」，使「止用」成為可能（2016: 152-155）。蕭立君也強調，理論「並非穩固不變之地基或共識，而是帶有未知成分及不同發展可能的底層交會點」（2016c: 210）。

困擾和挑戰是：臺灣和理論的關係究竟是基於「應用」的操作（用西方理論來解釋或闡發臺灣的文學或文化現象），還是具有「生產」的動能？臺灣能不能也成為理論的產地，而不只是其消費者和加工廠而已？

臺灣理論的可能：欲望、不滿與焦慮

> 臺灣有沒有自己的理論、自己的知識學？臺灣要如何建構自己的理論、自己的知識系譜？臺灣的理論知識，又是經由什麼樣的知識生產進程而產生？
>
> ——史書美、梅家玲、廖朝陽、陳東升（2016: 11）

> 當對象不在的時候，焦慮是一種支持欲望的方式，所以相對的，欲望是焦慮的處方，它要比焦慮本身更容易承受。
>
> ——Dylan Evans (1996: 11)

2013年在史書美的號召和推動下，她和陳東升、梅家玲和廖朝陽等分處比較文學系、社會學系、中文系和外文系的學者，共同發起了「知識臺灣」學群，希望透過跨學科的合作與對話，一同尋找與思考「臺灣理論」的可能性。該學群在臺北和香港，策劃了幾次的工作坊，並將其成果集結兩冊出版：《知識臺灣：臺灣理論的可能性》（2016）和《臺灣理論關鍵詞》（2019）。這兩本書具有跨領域的性質，因此雖然不能完全歸類於外文研究，但不論就其內容、撰稿人與討論的方式，都可以看到外文學者操作理論的痕跡，以及在想像「臺灣」和「理論」關係時的困頓與期待，乃至臺灣人文社會學者（不分領域）面對理論時的欲望、不滿和焦慮。不同於本章前面討論的「進口」模式，「知識臺灣」學群的理論想像更焦灼於「生產」理論的條件和「出口」理論的可能，一方面不滿臺灣在國際理論生產中的邊緣性與不可見性，希望提升臺灣為理論的現場，獲得更多國際理論研究者的關注，另一方面也希望臺灣學者肩負起理論化臺灣的工作，使得從臺灣現場打磨淬鍊出來的理論，具有大於臺灣

的價值，也能在國際上流通。這誠然是個合情合理的要求，不過如此期待預設
了臺灣與理論，就實然面而言，並不同在一個平台上，也忽視了理論生產與地
方知識存在本體意義上的落差，是以「臺灣理論」雖是一個挑戰與方案
（project），但它面對的不只是如何創造接合臺灣和理論的條件，更是全面反
思與鬆動理論普世性（乃至霸權性）的思想工程。正面來看，這突出了外文學
門中關於理論的討論，已逐漸離開了「引介」和「應用」的層次，而進入了
「理論為何」與「為何理論」的後設思考。然而，想要成為理論，乃至擁有或
創造理論的心情，仍是一個未被充分檢驗的命題。

　　《知識臺灣》一共收錄了10篇論文，分別由陳瑞麟、史書美、湯志傑、廖
朝陽、蕭立君、李鴻瓊、廖咸浩、梅家玲、陳東升和呂紹理執筆。這些作者
中，哲學、社會學、中文和歷史各有一位，剩下的都是外文學者（如果把史書
美也算進來的話）。從內容來看，陳瑞麟、史書美、廖朝陽和蕭立君比較針對
「臺灣理論的可能性」這個命題書寫，湯志傑、李鴻瓊、廖咸浩、陳東升則分
別從歷史、哲學、文化與技術的角度論述臺灣，重點在於理解臺灣的方法和角
度（如多元現代性、臨界、華人海洋和後進），並藉此作為理論發展的基體
（如廖咸浩的「『後中國』動能」與陳東升的「自我後進化」）；梅家玲和呂
紹理的文章則分別從文學與教育以及農業發展與蟲害防治，來介紹臺灣的發
展。從學科分配來看，這本書的外文研究屬性當然很強烈，但其主要關懷——
臺灣要怎麼樣才能成為理論的生產地？臺灣經驗如何理論化？——則是不同學
科共享的，彼此纏繞、互為表裡。這顯示了理論與地方在知識位階上的不同，
也突出了理論，既是欲望的對象，又是焦慮的來源。

　　陳瑞麟的文章正面處理了理論的欲望和焦慮。「可以有臺灣理論嗎？如何
可能？」——藉著標題的發問，陳瑞麟一開始就將理論設定為欲望的對象，並
尋找擁有這個對象的方法。他認為，作為一套抽象性的知識話語，理論首先包
含了以下四個要素：模型（模式、假說、類比、模擬），概念架構（概念網
絡、分類結構、詞彙結構、範疇系統），論題（主張、宣稱、判斷、通則、命
題）和發展成為版本家族的潛能。這四點中，前三點是概念上的定義（以區辨
理論與其他知識話語的不同），第四點則是現象的補充或強化，但作為補充要
件，其重要性並不亞於概念上的定義，因為它涉及了理論與權力的關係，對陳
瑞麟來說，那才是理論生成與生產的關鍵。他寫道：「理論版本家族握有比單

一理論（版本）更大的理論權力。也因為它跨越不同脈絡的能力，使它對新生代的研究者而言有更大的吸引力——畢竟應用一個已經〔很有〕成績的『理論』要比重新發展一個新的理論更容易，失敗的風險也較小。這正是歐美學術在東亞和臺灣『攻城掠地』的祕笈」（2016: 43）。換言之，歐美理論的霸權性來自於「理論版本家族」所占有的大量領地，及其在跨越脈絡「應用」上的便利優勢。臺灣理論要能成為一家之言，就必須建立起理論版本家族，使之成為後進研究必要的參照系統，這就得仰賴學術社群的建立和互動，讓社群成員「頻繁地互相閱讀彼此的作品、互相溝通、互相討論、互相對話、互相引證、甚至互相批判」（2016: 32）。唯有如此，相關討論和理論才不再只是單一的聲音，而有了互振的可能。

　　然而，這個社會學式的理論描述，卻是為了從「區域性理論」的立場來定位臺灣理論。陳瑞麟在此的立論是「所有的理論都是『區域的』、『局部的』」（2016: 16），而且真正的理論都是「源於一個特別的文化傳統」（2016: 27）。雖然這個說法不無道理，而且具有顛覆（西方）普世性的後殖民意味，[54]但理論之所以為理論，正是因為雖然它源於特定地區和文化，卻可以是「無國籍的」（或借用岩淵功一〔Koichi Iwabuchi, 2002〕的說法，是「無體味的」）；即令「歐美」理論這樣的說法，其前綴通常只是來源的指稱，而不是對其文化與地域特殊性的表述。何況，後結構主義對於語言、主體和意識的看法，都有明顯的普同（universal）面向，儘管它的產生和運用仍具有區域與文化的特殊性。換言之，將臺灣理論定位為「具臺灣特色的理論」（2016: 26）似乎帶著不少的矛盾，這也使得臺灣理論和「臺灣學」（Taiwan Studies）必須疊合在一起。陳瑞麟說：「『臺灣學』提供了臺灣理論的充分條件，因為臺灣學的研究對象就是在臺灣的歷史經驗與脈絡下產生的臺灣現象」，而且「臺灣學的研究社群是臺灣學的必要條件」（2016: 30-31）。這看似層層套疊的表述不外是說：臺灣理論的基礎是臺灣學，因此若是沒有一個臺灣學的研究社群，臺灣理論也就無從發揮。表面上，這個邏輯似乎沒錯，但若是與歐美理論相對照，問題就開始浮現：如果歐美理論之強勢來自於理論版本得以跨地流轉和增生，那麼以臺灣學為限的臺灣理論是否也同樣能具備跨地流

54　例如「將歐洲地方化」（provincialize Europe）的主張，見Chakrabarty, 2000。

轉和增生的能力呢？若是可以，這就意味著臺灣學的研究將具有跨地參照的抽象能力與普世價值，而這與「臺灣特色」的期待就不盡相同了（或是說此處的「特色」就不必然是民族性或地域性的折射，而是某種思想的風采或殊性）。這與史書美、廖朝陽和蕭立君的理論想像，似乎也有一定的距離。

如果說陳瑞麟的臺灣理論是一個後殖民的版本，帶有去殖民的自主欲望，[55]那麼史書美的思考，雖然也分享了去殖民的欲望，卻更強調從理論的定義當中去鬆動理論的普世性，並將被貶為特殊的和邊緣的，重新置放回西方普世的中心，作為理論開展的座標。換言之，臺灣理論的可能不必仰賴臺灣學社群的出現（當然她也不反對），而在於理解臺灣在世界史上的地位，特別是它與帝國複雜層疊的關係，因為「西方之所以成為普遍性的能指，其實正是由於殖民和帝國主義的擴張下知識／權力相輔相成的產物。也就是說，帝國或許是我們大家所可以認可的理論生產的必要條件之一」（2016: 56）。因此，史書美主張，「到哪裡去找臺灣的理論的問題，事實上是世界史的問題，是臺灣為世界史構成的一分子的問題」（2016: 63）；於此，冷戰的影響至為關鍵，因為臺灣在冷戰中所扮演的角色，就「像是美國的延長線」，冷戰促成了全球1960年代後的理論興起，並藉著美國的中介和翻譯進入了臺灣，而它之所以在臺灣受到廣泛歡迎的原因是，在美國的中介下原先左傾的思想被「去政治化了」，對臺灣的反共現狀「不構成任何威脅」（2016: 64）。

雖然史書美的這番表述，與理論進入臺灣的歷史並不相符——如前所述，西方理論（特別是帶有左翼色彩的後結構主義）是在1980年代中期，即在冷戰行將瓦解之際，才大量進入臺灣，在此之前閱讀左傾理論會有牢獄之災——[56]但是，她從世界史的構成去構思理論有其深意：這不只提供臺灣理論一個普世

---

55 陳瑞麟寫道：「如果臺灣的學者無法建立自己的學術評價系統，甚至完全漠視其他臺灣學者的學術與理論活動，一心只聚焦在歐美學者的學術與理論時，那麼臺灣學術被歐美殖民的程度就是嚴重的」；同時，「臺灣學社群的獨立性與自主性的象徵就是一個臺灣的理論版本家族可以被建立起來，此時意謂臺灣可以塑造一個獨特的、臺灣風格的學術文化」（2016: 48-49）。顯然，臺灣理論版本家族的建立被當成了一種反殖民的象徵，反映了去殖民的欲望。

56 1968年7月31日陳映真、李作成、吳耀忠、陳述孔、丘延亮等人被捕入獄，就是因為有人告發，他們利用日本駐臺大使館的外交郵件，進口左派書籍到臺灣，在讀書會上傳閱。見陳光興，2011a。

性的前提，更賦予它一種批判的性格。臺灣理論不只是認同政治，而是理解自身與世界的一種批判思維。是以，她提出的兩個批判觀點（或理論）——定居殖民主義（settler colonialism）與美國主義（Americanism）——不只內在於臺灣歷史，亦可以適用於其他地方，互為參照。從這個角度看，「臺灣」不是理論版本家族的名稱，而是接合世界史構成的一個理論「介面」（廖朝陽稱之為「接面」）。[57]這讓臺灣得以與理論相接，既可以為重新理解世界的構成貢獻一份心力，也能夠批判體察自身的歷史和認同。也因此，定居殖民主義的批判不僅指向歐洲移居殖民主義的歷史，也要反省漢人移墾對臺灣原住民文化與環境的破壞；同樣地，美國主義不只要批評美國帝國主義對第三世界的欺壓，也要反思臺灣想要成為美國的欲望，以及臺灣對理論的渴求「是不是美國主義在臺灣的某種展現」，臺灣對美國的想望又是否「影響了臺灣的知識及理論內容」（史書美，2016: 86）？

　　然而，對廖朝陽來說，理論的問題首先在於理論和方法的區辨，以及「大理論」的討論和研究「被排除在文學的合法對象之外」的現象（2016: 150）。他認為，「理論大於方法，正是因為當理論觸動純粹方法的自我觀照，遵循方法以達到目的的控御機制就會中止，使『止用』成為可能，也使方法面對死亡，有能力移除自己，全面觀照各種可能性」（2016: 155）。在這裡，廖朝陽關於理論「止用」的想像，與他在1990年代討論「空白」有一致性，即主張理論的作用在於超越具體之像（不論是方法、主體或物件），進入支撐這些實像的「空界」，藉此擬想來批判和鬆動實像的執著，從而在另一個層次打開思想的空間。因此，理論含有（甚至可以說來自）現實，但又不「著像」於現實，為其所限，而是在與現實的推移之中，形成一種牽繫的動力，在常識之外「架構一個與現實保持距離的親密世界」（2016: 169）。[58]若然，臺灣和理論之間其實有一種距離感和緊張感：臺灣需要理論，但是理論不必只是關於臺灣，其作用不僅在於拆解「臺灣作為方法」之類以虛為實的實用取向，

57　見廖朝陽，2019: 219。

58　在最近的文章中，廖朝陽轉進「後人類」的處境思考理論，強調「面對生存環境的非人化，思維也只能尋求以『減人』的方式更新自己，在道境中開發透過歧變來擬造新思維的可能」（2020: 27）。換言之，理論的基進意義或許在於對於人文主義傳統的徹底反思，發揮「止用」的效果。

更要發揮「止用」之功，避免「含有虛空的國家理論反過來結合實體國家機器，逆轉成為超穩定結構的基礎」（2016: 168）。在這個意義上，理論更根本的定義，是蕭立君所說的「常識的批評」——其「存在不依附於其直接、理所當然的思考對象，而是透過它在其他學科、領域所促成的轉變來形成」（2016c: 195）。

　　與陳瑞麟和史書美不同，蕭立君和廖朝陽的理論思考，更內在於外文學門的脈絡，亦即他們對理論的設定，一方面是相對於文學研究中「閱讀方法」的應用想像，另一方面是基於外文研究在體制與實際操作上對理論的理解而來，也就是說，「理論」總是被「引進」和「應用」，而不是「土產」和「非實用」的，也因此產生了「究竟是理論還是方法」和「究竟是西方還是臺灣」的本體性困惑。如蕭立君所言，「理論儘管已然無所不在、卻無法被完全掌握；或是：理論既是我們已經擁有、卻也是不能擁有的東西」（2016c: 193）。這個欲望與焦慮的表述，正反映了理論與臺灣之間的緊張關係，即陳瑞麟「理論版本家族」概念所表現出的權力欲望與焦慮。但這兩者間仍存在著區別：對陳瑞麟來說，焦慮是對外的，即如何將臺灣搬上理論檯面的問題，但對蕭立君而言，焦慮卻是對內的，因為它面對的是理論「落在外文建制認可的研究範疇之『外』」以及理論不再「引發熱烈討論回應的盛況」的現實（2016c: 209, 216）。換言之，蕭立君更擔心的是，「常識化」之後，理論不再具有介入現實的動能，不再能夠挑戰和鬆動學科的邊界，甚至沒有一個學會或次學門予以支撐，既然不再具有意義和價值，它也就「死亡」了。因此，批判常識就成為理論存續的命脈，但同時如何轉化常識為理論，則成為臺灣理論生產的挑戰和使命。他寫道：「常識之『無常』，也許是不同文化常識之間共有之『常』，但臺灣本土常識經驗能帶給理論的另一個啟發，就是在臺灣所謂常識並不見得處於一個相對穩定的安逸狀態，而且有很大的理論化空間」（2016c: 223）。如此，臺灣的「常識」，一如廖朝陽說的「現實」，就又回到了前景；不論理論與現實之間保持多大的距離和緊張關係，臺灣理論，終究脫離不了作為理論生發現場的臺灣。

　　也因此，在這本書裡，儘管對理論一詞有各種不同的探勘和調整，作為表述與思考理論的主體——臺灣——卻完全沒有被問題化。儘管書中作者都提到臺灣在重層殖民現代性中的發展經驗，以及臺灣內部具有多元主體的事實，但

作為命名和認同的臺灣似乎沒有歧異，也不具有地方差異。[59]藉由理論的國際或普世性，臺灣被整全地想像為一整體，而且無論其中的歷史經驗、主體位置、認同趨向，乃至地理差異多麼複雜，全稱性的臺灣依然可以成立，充分代表。這不能不說是《知識臺灣》中最為關鍵，卻沒有充分處理的理論問題。或許這也是廖朝陽，在批評虛空的理論結合國家實體，成為超穩定結構時喻涵的深意。在這個意義上，不論是「現代性的實驗室」、「臨界臺灣」、「華人海洋」或「自我後進化」等說法，更多是對臺灣的表述或解釋，而不是「大理論」意義上的理論；它們或許賦予了臺灣一種理論的條件或想像，但沒有充分將之「理論化」，遑論提出「止用」的可能。當然，這絕不是批評這些文章對臺灣理論的生發沒有貢獻，而是說學者對創發理論的欲望和焦慮，似乎覆蓋了理論之為理論的根本前提，即對成為主體的欲望保持一種警醒的距離與反思的態度。

正因為如此，《臺灣理論關鍵詞》就更像是一本隨筆式的雜燴，雖然理論化的企圖強烈，但最終只是關於臺灣的理論堆疊和拼貼。儘管編者強調，這本書的出發點是要超越臺灣和理論之間的違和感，抵制與超克臺灣在全球知識分工體制中被分配的「依賴者和模仿者的角色」，對世界的理論場域有所貢獻（史書美、梅家玲、廖朝陽、陳東升，2019: 3）。但是書中收錄的32個關鍵詞，絕大多數——如化人主義、正義、交錯配置、佔領、即身影像、定居者、底層知識、拼裝、混昧、華語語系、超越、韌性、摹仿、鬧鬼、酷兒、壞建築等等——都是既已流通的西方理論關鍵詞，只有少數——如內建斷層、文體秩序、前沿地帶、男人魚、接面、漂泊、腐、謠言電影、譯鄉人等——是源於中文和日文語境、或是藉翻譯的歧異轉化而來的理論新詞。因為這些新詞的源點並不相同，跨境旅行的能量與效果也有差異。例如，漂泊原是中文已有的概念，可對接但又溢出西方語境裡的「離散」（diaspora），而「腐」則是源於

---

59 在此，所謂地方差異指的是構成「臺灣」的多元地理，例如金門、馬祖、澎湖、蘭嶼等離島，在這個臺灣理論的推想中，它們若不是被懸置在外，就是被收納同一。姑且不論在1950年之前，中華民國仍實質占有海南島和浙江外海的舟山群島，至今儘管省級單位已然虛級化，存而不在，但金門、馬祖仍屬於「福建省連江縣」；蘭嶼雖屬台東縣管轄，卻是達悟族人的家園。因此，不論從兩岸邊境或是原住民傳統領域的角度來說，「臺灣」理論並不是那麼不言自明的。

東亞的次文化現象，因而沒有與西方理論詞彙的直接對應，但透過其與東亞同志運動和文化的關聯，卻可以引發一種關於曖昧性與接受政治（politics of reception）的理論想像。但是像「男人魚」和「謠言電影」這兩個源於達悟族文化和日本殖民脈絡而衍生出來的詞彙，就不容易找到與西方或東亞的思想對應，也就比較不容易溢出臺灣自身進行跨界行旅。當然這些字詞的轉譯過程，特別是透過作者們的解釋或在地應用，已有溢出原文語境的效果，其應用之效益也值得長期觀察，但總體而言，以理論解釋臺灣的意味，還是要比從臺灣生產理論的意味來得濃厚。

　　蕭立君的〈內建斷層〉就是一個典型的例子。從當代法國哲學家史蒂格勒與臺灣地處斷層帶的事實中取經，他認為，臺灣「不斷快速變動，多方文化與世界觀角力、能迅速適應其集體未來充滿高度不確定性，和缺乏穩固文化基底之存在情境」，使其文化成為一種「斷層文化」，但這種文化中的內建斷層卻又是來自於與世界「無縫接軌的夢想」（2019: 13-14），因此斷層不只指涉臺灣文化具有自我否定的傾向，更指向一種藉由暫時遺忘和自我清空，而形成「補償式的回歸」，是故臺灣易於接受新異的文化和事物，「卻鮮少清理或清點資產，更遑論整理，重新建構在臺灣留下片斷痕跡的在地或外來文化素材」（2019: 19）。結果是，我們不斷外求，卻又不斷面對接軌的失敗和內在的斷層，既無力挑戰西方，也無法回歸自身；因此，「臺灣儘管常常劍拔弩張，但敵我分明、全面開戰的情況較少見」，也就無法出現法農式的敵我超越（2019: 20）。蕭的說法很有趣，也精準地表達了臺灣文化中的某一面向，但「內建斷層」除了是對史蒂格勒的呼應外，能否成為「臺灣的」理論，成為一種源於臺灣，但足以解釋其他後殖民地區文化的思考方式，仍有待檢證。

　　同樣地，定居者、拼裝、混昧、超越、韌性、摹仿、鬧鬼等詞，都可以有效地解釋臺灣的文化狀況和歷史因由，但其流通仍要仰賴原文詞彙的跨國旅行，其意義也更多是在地增生，而不是跨境流散。理論關鍵詞，在此，充其量得以「接軌」臺灣與世界，但似乎仍不足以使其「內建斷層」成為理論。這樣的關鍵詞操作其實更像張君玫所說的「分子化翻譯」——在多樣化的發言位置之間進行跨界和解構（2019: 31）——或是像廖朝陽所說的「接面」，在流體的不斷擴張和擠壓下傳導與平衡，使內部和外部得以相互接觸，也在內部進行更深層的連結與對話（2019: 220）。在這個意義上，「關鍵詞」所創造的其

實是臺灣與世界間不同的理論接面與翻譯實踐：在這些多元歧異的交流中，「臺灣」逐漸現身，並試圖「佔領」一塊理論的屬地。理論之意義，最終在於它是通往世界的渠道，是臺灣想要現身／獻身的舞台。

　　饒富深意的是，本書的諸多篇章——如政治玄學、鬧鬼、壞建築等——戮力於挖掘理論詞彙的曖昧性和歧異性，作為理解或詮釋臺灣文化和社會的方式，卻無力處理曖昧與歧異造成的邏輯斷裂。比方說，邰立楷的「政治玄學」一開始是作為批評國民黨治理法統的分析工具，以突出其神祕性和壓迫性，但到了結語卻一反前論，改視政治玄學為一種抵抗的論述，甚至期待創造一種「較具包容性及普遍性的政治玄學」（2019: 191）。同樣地，林芳玫的「鬧鬼」一方面要借鬼魅的「中介性質」來解釋中華民國／臺灣的政治困境，強調中華民國不／是國家，臺灣已然／尚未獨立的鬼魅狀態，暗示袪除這樣的狀態才是正途，但另一方面又不斷將臺灣內部各種的族群聲音和歷史觀點「鬼魅化」，以強調臺灣悼念歷史悲情、自我成長的動能，可是結論卻又極為諷刺地指出，各族群都「以現在發明新的過去而沉溺其中、臺灣因而恆常處在鬼島、鬼國的狀態」（2019: 344）。這種以否定為肯定、或是既肯定又否定的態度，或許源於詞彙本身的曖昧性和歧異性，卻也使得理論的批判指向混沌不清，非但無法釐清理論所應該歸納出來的邏輯性原則，反而淪為一種喃喃絮語式的批評。辜炳達的「壞建築」亦是如此。「壞建築」既是對臺灣都市中常見的違章建築的美學批評，又是對中華民國／臺灣國家體制的政治隱喻，暗示了「例外國家的無意／無能執法」（2019: 358），但同時他又借道「佔領」概念，主張違章建築乃是「面對居住困境者試圖用最低成本創造居住空間」的努力。然而，在肯定違章建築的抗爭或逃逸精神之際，他又強調無暇、無力、無意顧及美學的社會現實，使得違章建築如同身體裡「失控生長」的癌細胞，成為「生存機器」對海德格的「詩意居住」想像的破壞，乃至剝奪（2019: 361-362）。

　　這些迴復乃至矛盾的論理方式，或許打開了些許的思辨空間，但也使得臺灣理論處於一種玄祕、鬧鬼、違章、呢喃的狀態中，無法自拔。這究竟是臺灣理論的特殊性，還是普世性理論在臺灣的失效呢？換一個方式想，如果摹仿亦是一種創造，是為了克服摹仿時差所帶來的價值階序，那麼這樣的「跨語際」摹仿究竟為理論提供了什麼？又如何解釋了臺灣？如此「超克」的努力究竟是

再次肯定了臺灣在摹仿階序中的後進位置，還是只是「強化自我和他者差異的一個過程」（史書美，2019: 332）？[60]我們又該如何看待與理解後冷戰時代，臺灣想要生產與外銷理論的欲望和焦慮？臺灣理論的嘗試又該如何在「混雜化作為理論」、「混雜化理論」和「理論的混雜化」之間迴復、平衡，並保持介入的動力（Lionnet and Shih, 2011: 25）？臺灣理論如何與世界對話，用什麼語言對話，似乎仍是百年來落地轉譯的實踐難題。

理論之後：朝向基進的想像

> 「認知的方式」跟「存在的方式」是分不開的，而我們創造什麼樣的知識，非常大地取決於我們想成為什麼樣的人——而結果總是落在我們無法掌握的未來。或許我們永遠辦不到，但如果不持續批判日新月異的當下，那我們甚至無法開始想像成功的可能性。
>
> ——德里克（2018: 208）

　　土耳其裔的中國歷史學家和後殖民批評家德里克，在《殖民之後？》這本遺作中為後冷戰全球化時代的文化與政治現狀提出了精彩的分析，並將臺灣的困境與「中國」霸權和全球化連繫起來。他指出：「殖民及對殖民的抵抗構成了推動這座島嶼文化形成的力量，賦予它獨特的自我認同——這不僅是某種抽象『中國性』的地方版本，而是一種獨立的身分認同，這並非『漢化』，而是臺灣化過程的產物」（2018: 91），「因此臺灣的民族建構並不屬於大陸民族建構的一部分，而是與大陸的民族建構平行發展」（2018: 92）。這個道理，臺灣的讀者應該都能心領神會。然而，德里克在批評中國的同時，並沒有準備

---

60 比方說，史書美便借用張系國的說法，以王禎和創意翻轉英文的寫作手法為例，主張「諧音雙關翻譯理論」可以是臺灣理論的一種可能性，因為諧音雙關儘管「是不合邏輯的，但也是無辜的；它繼承了姿態誇張的，但是靈活、有創造性的至關重要的海盜精神」（2016: 88）。雖然這不失為一種說法，但依然無法解決《臺灣理論關鍵詞》所呈現的困境和矛盾，即混雜之後，要走向何處，批判的箭頭又該指向何方的問題。

輕輕放過臺灣，而是將殖民性視為一個歷史與國際問題來看待；他提醒臺灣讀者，若「要以殖民造成的差異做為歷史認同的來源，則需要新的正當性」，因為「民族建構本身就是一種殖民活動」（2018: 87）。德里克的說法不只要求我們，對自身的移居殖民歷史有所警醒，更提醒我們辯證地看待民族建構的欲望，以及內在於全球化時代的殖民結構，不會因為後殖民時代的到來而終結；相反地，那些關於認同與被認可的欲望，以及「認知方式」的想像，可能仍與殖民主義相連。他大力批評孔子學院與中國的霸權主張，並強調冷戰的終結，雖然表面上看起來是資本主義現代性的勝利，但其代價卻是普世性價值的流失，以致文明衝突可以堂而皇之地成為敵友之分的判準。儘管文化已然雜糅，跨境交流依舊頻繁，但文明界線在族群、國家疆界上實體化，將會產生「排他性文化主義」，使差異成為「社會與政治控管的重要目標」，而這將是後冷戰全球化時代，批判知識分子必須面對的艱難挑戰（2018: 198）。德里克的意思是：文化或文明實體化的結果將帶來霸權與壓迫的問題，並造成衝突的激化，以及知識與價值的退縮。當我們往社群政治的邏輯滑落，任多元文化主義的認同驅力無限放大，以致壓倒了日常生活經驗中豐富而多元的關聯時，我們不但將失去想像共同願景的能力，也將挫傷批判本身。因此，理論的工作不僅是對壓迫的批判與反抗，也必須重新在歷史中理解啟蒙的意義與價值，「從不同的歷史遺產中汲取能量」，並且像薩依德說的，「在本質上反抗任何一種形式的暴政、宰制與濫權」（引自德里克，2018: 207-208）。所以，知識的創造與想成為什麼樣的人（而不是擁有什麼認同），必須有機地結合，並對「日新月異的當下」保持警醒和批判。

　　德里克的諄諄忠告，為我們思考臺灣理論的可能性，提供了一個高度批判性的視角，也再次提醒我們回到歷史場景理解理論生產的必要。1989年柏林圍牆的倒塌不只是世界史轉變的一個象徵，它也是揭開一個時代序幕的歷史過程。隨著鐵幕卸下，當時的人們不只開始看見鐵幕兩端的彼此，也開始重新面對此時此地的自己，並把那個風雲變幻的當下，當作知識的起點與現場。理論的引介不過是當時諸多變化的一端。體制性的建設或許更反映了當時學術界面對時局變動的心情與期待，而其中具有象徵意義的，當屬清華大學在1984年成立的人文社會學院以及1989年成立的文學研究所。

　　相較於老字號的臺大外文系，清華新成立的文學所，在建制與想像上，更

貼近一種理論的實驗與歷史的召喚。創立清華人社院的李亦園先生，在回憶中便提到，清華在臺復校後，就一直想成立文學院，希望恢復當年北京清華園的人文氛圍，但是當時條件並不俱足，致使新竹清華發展成為一所以理工為主的大學。但1980年代，從美國傳來通識教育的風潮，加上科際整合的願景，使得在清華恢復人文的想法與傳統略有不同，因此創辦「人社院」，而非「文學院」，實是大勢所趨。李亦園在任內創建的一系五所中，就包括整合了社會學與人類學的「社人所」（1987）以及整合了外文系與中文系的「文學所」（1989）。即令是歷史所，也特別強調科技史的面向，這如今依然是該所的特色之一。[61]再加上當時的社會氛圍以及新進教師的投入，整個人社院顯得朝氣蓬勃。1987年進入清華中文系服務的楊儒賓就回憶道：

> 1987年進入人社院的同仁好像特別多，那是個人社院正在快速成長的時代〔……〕。校園外的台灣社會此時也瀰漫了參不透的曖昧性，曖昧中彷彿若有光。它介於戒嚴／解嚴、中國想像／臺灣現實、右派穩定／左派解構、歐美市場／中國市場諸多轉折交疊的區域。當時的清大由於李長榮化工廠與科學園區的汙水與汙氣不斷出現，提供了校內生態主義學者實踐生態理念源源不絕的砲彈，再加上早幾年進入校園的歷史所、社人所幾位青壯學者的積極參與國內公共事務，清大人社院在國內的人文學界遂被貼上「基進」的標誌。（2011: 56）

「基進」（radical）正是時任清華歷史所的傅大為翻譯的。傅大為在回想這段歷史時指出，「基進的立場是『反宰制』、基進的戰鬥位置是邊緣戰鬥」，因此基進的要求不在於「建立一個好的政權、或取得政權」，而是要「突破一切權威的『系統性』牢籠，它要尋求的非系統性、局部性、相對性的自由社會空間」，這個理想當然有傅柯的影子（2019: 206-207）。由此觀之，「理論」的引入在很大的程度上，不只是藉「去中心」之力推動了本土化的工

61　其他的一系三所是：經濟系（1984-），歷史研究所（1985-），語言學研究所（1986-）和經濟學研究所（1988-）。但經濟系與經濟學研究所2005年即轉隸科技管理學院。中文系（1980-）和外語系（1982-）則早於人社院成立。見黃克武、潘彥蓉，2015: 267-269。

程，更鼓舞學者參與、介入，甚至改造社會，去開拓「非系統性、局部性、相對性的自由社會空間」；儘管傅大為坦承，當年的夥伴很快就在時代的變化中分手，這條「解嚴後的基進之路，前後不到十年，便已然挫敗」（2019: 209）。

　　清華文學所在1995年結束，或許也是這場挫敗的一個縮影，但短短6年內它所投射的學術（與社會）能量卻是深遠的，也顯示了理論與清華文學所的關係密切。1989年夏天，廖炳惠、詹明信和三好將夫（Masao Miyoshi）共同組織的「後現代與後殖民」國際會議，在臺北月涵堂舉辦，不僅首開臺灣後現代與後殖民研究的風氣之先，更促成了文學所的成立，而當時杜克大學和加州大學聖地牙哥校區已經成立了的文學研究所，頗具聲譽，就成為清華文學所設置的範本。在廖炳惠、陳傳興、陳光興、于治中、陳萬益、呂興昌、呂正惠等學者的帶領下，清華文學所不但吸引了一批年輕學生投入批判理論與臺灣文學研究，更在人社院成立了亞洲區域內最早的文化研究學術機構——亞太／文化研究室——舉辦以亞洲為主體的大型國際會議；在陳光興的帶領下，它不僅催生了文化研究學會，也在更大的範圍中推動了東亞知識圈的交流與互動。廖炳惠則深耕後殖民與弱勢族裔理論，將理論與臺灣歷史與文化結合起來。陳萬益、呂興昌等人，在文學所結束後，投身於臺灣文學研究的發展，2000年在成功大學創辦了全臺第一個臺灣文學研究所，為臺灣文學研究奠定重要的體制性基礎。此外，于治中致力於意識形態理論的研究，後來集結成《意識形態的幽靈》一書；陳傳興則轉向出版、電影和攝影，不僅在1998年創辦了行人出版社，[62]更推動了「他們在島嶼寫作」一系列的作家紀錄電影，深獲好評；近年更以其攝影展而聞名。尤其，于治中和陳傳興的工作不但可以上接克莉絲蒂娃和麥茲（Christian Metz）的法國符號學系譜，更拉出了一個以電影分析和藝術批評為軸心的研究方向，讓理論跨出文學，進入大眾文化和前衛藝術。

　　尤其重要的是，這些實踐並不僅限於學院內部，而是向社會展開，既向之汲取經驗、厚實知識，也予以力量、推動變化。不論是解嚴前後的國族批判，後來的文化和歷史反思，同時期的環境與動保批判，或是之後的性別與身體解

62　有趣的是，陳傳興最初成立出版社，是為了出版拉普朗虛的書《精神分析辭彙》（*Vocabulaire de la psychanalyse*），如今它已是含有「文創與影視部」的中型出版社了。

放運動等，都可以看到這批清華學者的身影。[63]如傅大為所說，知識的目的是要指向社會發展中的「時代之刃」——亦即那個時代特殊的基進性——以切入「社會中的各種隙縫、錯置與斷裂」（2019: 214），並且在其中開展反身性的自我批判，尋找積累與傳承的可能。因此，雖然最終失敗了，但清華人社院與文學所不分中外、跨越學科的想像與實踐，不僅是聞一多等「五四」學人夢想的跨代實驗，亦是「基進知識」的重要嘗試：從知識系統的解編與重構開始，釋放批判的力量，以面向變動的當下與在地，從「根本」上去思考知識在社會與文化整體結構中的作用，一步一步為社會的改造創造新的動能與契機。這才是理論的力量和方向。[64]

從這個追求基進知識的角度思考，理論與文化研究無法分開，甚至可以說，彼此分享一種自然的連繫。從「主體性」的譯介與創造，再到臺灣理論的追求，我們可以看到外文研究逐漸從「轉譯」理論朝向「落地」理論發展。配合歷史性的變動，理論的譯介成為了發現／發明「臺灣」的現場，使之成為基進知識介入與批判的對象。這正是文化研究興起的過程，也是下一章的關懷所在。

---

63 當然，他們不是唯一的。在文化研究的學術機構而言，1990年代的中央英文系、臺大城鄉所、東海社會系、輔大比較文學研究所等單位都有所投入。

64 劉紀蕙指出，「若不是從基進在地化的問題意識出發，理論研究便僅只是附會理論加工和提供印證材料的代工，比較研究便可能是歐美中心主義的範疇演繹，本土研究便可能是抗拒所有當代歐陸思想『殖民』之素樸實證與史料堆積，臺灣研究更可能成為國家主義之替身」（2006: 215）。

第七章

重新接合與表述
文化研究的冒現與情感

　　文化研究之發生，正是由於人文知識必須根本地由在地處境開始思考之迫切所驅使。也就是說，個別研究者必須面對自身所依循的文化歷史與社會脈絡而產生的問題意識，面對在地的意識形態結構與知識體系，進行根本的問題化與理論化的工作。

——劉紀蕙（2006: 210）

　　文化研究就是「起鍋造飯」打游擊。沒有任何社會文化現象，不可以鎖定為研究－教學－運動的議題，沒有任何議題不可以歷史－地理－政治－身體脈絡化，也沒有任何脈絡不可以轉換成文化戰鬥場域的戰術和戰略、立場和力場，批判力和創造力。對我而言，通識教育的文化研究課程，就是「知識－滋事－姿勢分子」的社會實踐。

——張小虹（2006: 245-246）

　　文化研究跟其他學科不同，當初文化研究學會成立就不是權力機構，不是學術資源分配的場域，用劉紀蕙的話來說，學會是各個學科有尊嚴的邊緣份子的集散地。

——陳光興（2006b: 259-260）

　　2006年1月，在教育部科技顧問室的邀請下，中央大學英文系在中壢舉辦了「文化研究教學營」，從教學現場、課程設計和領域規劃等角度，討論文化研究在亞洲各地的發展。這場為期5天的教學營，既是彼此攻錯，也是「相互取暖」和「交幫結派」（蔡如音，2006: 270n1）。雖然是教育部委託規劃的，但從講員的邀請到議程的規劃，其實充滿濃濃的「亞際」色彩；事實上，回溯來看，這也是亞際文化研究學會第一屆的亞際文化研究教學營。[1]教學營的舉辦，雖說是為了討論與回應教學現場的種種問題，但更大程度上，其實反映了文化研究在學術建制內的成長與影響：不只世界各個地區都出現了文化研究的風潮，有待對話與交流；在學院內，文化研究亦取得了一定的正當性，不只有了各式各樣的專業課程，學生對此一新興領域也抱持高度的熱情與期待，乃至有了承先啟後，經驗傳承的想像。

　　的確，2002年國際文化研究學會（Association for Cultural Studies, ACS）成立，標誌文化研究正式成為一個被認可的學術領域，亞洲地區，包括韓國、日本、香港、大陸、印尼、新加坡、印度等地也都陸續設置了新的單位、系所和學程，進行與教授文化研究。臺灣亦在1998年末設立文化研究學會後開始建制化，舉辦年會、籌辦論壇、發行月報；2001年交通大學設立社會與文化研究所，為全臺第一個以文化研究為名的高教單位；2003年臺灣聯合大學（臺聯大）系統設立文化研究碩博士班跨校學程；2004年清華大學人社系文化研究學程啟動；2005年創立《文化研究》學刊，一年發行兩期；2012年交大更在教育部經費的支持下成立了文化研究國際中心，開辦亞際文化研究國際學程，於2013年招收第一屆學生。以臺大外文系為例，文化研究課程也在這段時間有所增長（見第六章）。可以說，舉辦教學營的2006年，文化研究正處於上升的階段，形勢大好；文化研究從不同學科中的星散狀態，走向更為寬廣的亞際和世界連結。這也意味文化研究從體制外的新興領域，逐漸成為現代學術體系的一環。

　　教學營的中文環節，在同年6月的《台灣社會研究季刊》上出版，共收錄

1　教學營當時邀請了6位海外學者，分別來自日本、韓國、香港、大陸和印度，他們也都是亞際文化研究的重要成員與長期工作夥伴，如上海的王曉明、香港的許寶強、首爾的金素榮（Kim Soyoung）等。亞際文化研究學會後來在香港（2014）和上海（2017）分別再辦過兩次教學營。

了劉紀蕙、張小虹、陳光興、王曉明與許寶強等5位學者的文章，以及蔡如音與王增勇撰寫的學員筆記。王曉明和許寶強分別討論文化研究在上海及香港的發展，而劉紀蕙、張小虹和陳光興3人則對文化研究在臺灣的發展與建制，提出個人的回顧與觀察。有趣的是，他們這3篇文章並沒有對「文化研究」做出正面的界定，而是對文化研究在臺灣學術體制中的冒現，進行描繪和詮釋。劉紀蕙指出，我們無法用正面表列的方式去說明什麼是、或不是文化研究，而要從「問題意識的基進在地化」去理解文化研究的出現，藉著對學科疆界的探問與質疑，「使得知識的轉移與發生成為可能」（2006: 210, 212）。張小虹以「反文化研究」為標題，從「反對」、「反叛」、「反思」、「反轉」（2006: 238）取義，凸顯文化研究具有的社會運動與非專業化性格，強調重要的不是「文化研究是什麼」，而是「文化研究能做什麼」（2006: 242）？陳光興則指出，文化研究的出現與特定學術體制的脈絡有關，不能抽空來理解，而要看到「學術體制所劃定專業化的大方向，提供了文化研究這個場域存在的契機與動力」；文化研究之所以具有跨學科、反學科的特性，或是企圖介入社會與歷史，是因為學術體制專業化的傾向切斷了知識與社會的聯繫，讓知識成為閉鎖在學科內部的遊戲（2006b: 262）。

　　這些表述將文化研究界定為一種不安於室的知識突圍，既要拒絕與反思移植自西方的現代知識範式與專業邊界，又要重新連繫起學術、社會和歷史，打開一個從「基進在地化」出發的知識想像，乃至學術運動。但是「在地化」並不意味拒絕外部的資源，也不等同於閉鎖於自身當中，而是回歸現實、重新認識自己的過程；如陳光興說的，「通過閱讀，被組織、參與到社會的變動當中」，並且「廣義地理解『我們自身』知識傳統的多重資源」（2006b: 255, 262）。在這個意義上，文化研究的「基進在地化」不是單純的反西方，而是從「多元落地」與「多重轉譯」的角度理解西方，將之蘊含在「跨地」（trans-local）的想像之中，藉由打開不同的地理－歷史－文化－語言－身體界面重新座落自身。

　　有趣的是，當他們將文化研究的想像接連上自己的實踐時，劉紀蕙、張小虹和陳光興提出了截然不同的操作方式：劉紀蕙強調的是對「政治」這個概念的思想性重構，其範圍包括了巴特、傅柯、德希達、德勒茲、拉岡、克莉斯蒂娃、儂曦、鄂蘭等外文學者熟悉的理論大家，而她對這個議題的介入方式，則

是透過歷史進行探索本土邊緣書寫的政治意義，例如1930和1940年代楊熾昌和林亨泰的超現實主義實驗，1950年代紀弦的「橫的移植」，1960年代余光中、瘂弦、陳黎、蘇紹連等人的文化認同，1980年代後林燿德的「暴力書寫」等，去思考現代性的精神建構與政治內涵，從而展開重新理論化的進程。在這個意義上，劉紀蕙的研究與教學並不囿限於特定的文化和地理空間，而是以問題意識為主導去展開思想資源的連綴。相較之下，張小虹以通識教育為現場的嘗試更為直接：不論開課的主題是性別與電影、性別與藝術、性別與文化，還是時尚與消費，她都試著從社會運動的角度去介入，透過「非—人」、「非—國家」、「非—主體」的動態組構去「發展後學運世代的校園微觀政治」，使得同志、仿冒、廣告等日常生活中的社會議題成為學術關注的課題和課程；同時，她的學術論著也從女性主義的引介和批評，轉向了「假全球化」與「時尚現代性」的跨地與跨域研究。對她而言，文化研究的重點是不斷地捲入與學習，而非劃地自限。相較而言，陳光興更強調華文與第三世界的介面，而非歐陸理論，來接合與撐開文化研究的想像：魯迅、楊逵、陳映真、侯孝賢，1980年代末開始的文化批判與社會運動，乃至於東亞流行文化以及香港和大陸的當代文化論述，都成為文化研究的核心內容；相形之下，法蘭克福學派、伯明罕學派和底層研究比較是次要的參照系和廣義的思想資源，而非主要的學術關懷。儘管三個人的主要關懷與學術路徑大不相同，但他們的思考展現了更為尖銳而立即的社會介入，與外文研究固守文本分析與理論操習的傳統大異其趣。的確，何謂本土或在地，不同學者的想像殊異頗大，但文化研究的冒現與接合「在地」的企圖密切相關，當是不容否認的事實。

其實，劉紀蕙、張小虹、何春蕤、陳光興等一輩學者都有留學美國的經驗，也都與外文學門有千絲萬縷的關係。[2]1990年代以降，外文學者轉向文化研究，成為其開創者和提倡者的事實，也就成為後冷戰時代外文研究發展中一個值得關注的現象。為什麼在比較文學和後結構理論之後，迎來了「文化研究」？這是模仿西學，必然到來的「遲至現代性」嗎？若不然，我們該如何解釋它的魅力與動力？又該如何認識與說明它之於外文研究的意義？我們又為什麼需要在外文學門裡討論文化研究？如果它不只是一個從西方移植進來的學科

2　當然這些關係該怎麼理解，並非不言而喻，而需要進一步的梳理。

或領域，那麼我們該如何在自身的知識傳統與在地脈絡中追索它的身影，體會它所要表述與接合的情感與歷史，所要應對與介入的社會和文化呢？如果說文化研究在臺灣表述的是後冷戰時代在地知識的實踐與突圍，那麼我們又該如何理解背後的情感和想像，及其對外文研究的影響呢？

本章嘗試梳理文化研究在臺灣的興起和發展，一方面將之視為外文研究的「後學」之一，是西方後現代、後殖民、後馬克思思潮的跨地匯流與本土表述，另一方面則企圖從「情動」[3]的角度對其發展的動力與趨向提出解釋和分析，強調文化研究乃是外文研究——以及廣義的「華文人文研究」——本土化的再次嘗試。在知識上，它源於臺灣（華人）知識分子對西學東漸的百年思索，是故情感上，它與後殖民情境與弱勢處境有高度的共鳴；當知識的對象不再限縮在西方之後，它很自然地轉向關懷在地的弱勢群體以及弱勢情境的跨地歷史，也因此文化研究比起「文學」或「理論」，更強調實踐的必要與介入的企圖。由於其體制性的相對邊緣位置（例如有限的建制化），文化研究之於外文研究也就一直處於曖昧和緊張之中，時而被視為養分（如西方理論的一支）而吸納，時而被當成異質（如過度政治化或是政治不正確）而排除，因為它的「在地」性始終與「外文」研究的地理範疇格格不入：是故，它若不要求外文研究在地化，至少擴大「外文」的想像和範疇，就會被擠壓至本土的一端，與之無涉，而僅被當成理論時尚的一支。文化研究的尷尬或曖昧，反映的不只是學術建制的僵硬，更是全球知識生產體系的階序結構。因此，在外文學門的建制脈絡中思考文化研究，就意味我們必須同時懸置「外文」與「研究」的傳統想像，並嘗試從在地出發進行現代人文知識的重構。

因此，本章首先探索文化研究的源起，描繪從文化批判刊物到學院建制的變化，以勾勒文化研究的基本精神，並以劉紀蕙、張小虹以及劉人鵬和丁乃非等人的著作為範例，提出重新接合理論與表述情感這兩個方向，作為理解文化研究發展的線索。本章尤其強調文化研究乃是多元落地（西方、東亞、中國與臺灣）與多重轉譯（現代性及其闇影、社會運動與批判民族主義）的學術／運

3　在外文學界，affect通常譯為「情動」，以區別於「情感」。雖然我也接受並使用情動的譯法，特別是對應原文時，但在行文中，我更傾向使用「情感」這樣的統稱，以保留中文的語感。

動，對弱勢群體的情感認同尤其指引著它知識實踐的方向。同時，面對後冷戰時代全球知識生產結構的制約，文化研究也透過跨地的多元連結，展開對殖民知識體系的批判。如果外文學者的自我認同不必再以「外文」和「外國」為依歸，那我們該如何思考與理解「外文研究」的意義呢？如果，外文研究本質上就是一種情感的接合與表述，那麼外文研究到底接合了什麼，又表述了誰的情感呢？

接合／表述（articulation）：文化研究的源起

> 所謂「接合」，我指的是連繫或連結的形式，那使得在特定狀況下的兩種不同元素成為一個整體。這種連結並不總是必然、確定、絕對和必要；它並不像是律則或是生活的事實那樣，總是如此。它需要特定的生存情境才會出現，所以我們得問，是在什麼情況下形成或造成這樣的連繫。
>
> ——Stuart Hall (2016: 121)

1998年年底，一群來自不同學科背景的學者在臺北月涵堂，召開第一次的文化研究年會，會後宣布中華民國文化研究學會成立，文化研究自此正式成為中華民國學術體制裡的一環，即令在科技部（昔國科會）的規劃中，它至今仍然只是少數人文學門下的一個次領域。[4]不過，學會的成立，起碼在建制史的意義上，標誌了一個新興領域的成形，一如新生命的誕生。當然，以新生命的誕生來比喻學術領域的成形未必恰當，因為學術的起點紛雜而蔓延，學會的出現只是結果，而非源始。畢竟學術史的發展未必都能指向某一個「源點」（origin），而往往是許多「起始」敘述的疊加。薩依德在《起始：意向與方

4　這些學門包括：社會學和傳播學。在文學學門下，文化研究被含括在「文學與文化」（文學一）和「文學與文化理論」（文學二）這兩個次領域當中；在地理學門下則被含括在「人文地理」與「都市與區域」裡。歷史、哲學、藝術、心理學、人類學這幾個與文化研究相關的學門，沒有將文化研究列為次領域（見教育部，2011）。近年有學者主張，將文化研究列入政治學門的次領域，見石之瑜，2013。

法》（*Beginnings: Intention and Method*）裡指出，「起始不只是一種行動、也是一種心態，一種工作、態度、意識」；它既是「實務的」，也是「理論的」（1975: xi-xii）。因此，起始也是一種接合與表述，目的是標示特定的歷史，敘說一個特定的故事。

　　以1998年為紀，當然只是文化研究在臺灣的起始之一，是「從中間開始」（*in medias res*）的敘述嘗試。1992和1995年在新竹清華大學召開的兩次「軌跡」（Trajectories）會議，或是1990年代初期在報紙副刊上活躍的文化批評，甚或是1980年代以降的黨外及諸多社會運動（尤其勞工運動、農民運動和婦女運動）的開展，都可以當作是文化研究的「起始」。我們甚至可以回到魯迅的雜文、解嚴前後的鄉土文學和民眾劇場，而不只是經過翻譯的伯明罕學派和法蘭克福學派，去尋找文化研究在中文世界裡的基點和脾性；或是回到另一種以學術出版為基準的建制想像：例如1986年創刊的《當代》、1988年創刊的《台灣社會研究》、1991年創刊的《島嶼邊緣》、2000年創刊的《亞際文化研究》（*Inter-Asia Cultural Studies*）、2005年創刊的《文化研究》或是2007年創刊的《東亞科學、技術與社會》（*East Asian Science, Technology and Society*）來標定文化研究的發展與變化。但是尋根問祖不是為了打造神壇、建宗立派，而是要思考學術領域的歷史意義與現實作用，測定學術的發展，以展開檢討與批判。以1998年為起點，因此不是為了將文化研究的「起始」定於一尊，而是藉此「事件」進行學術建制史的探索，進行一種工作，回想一種態度，乃至召喚一種意識。

　　在文化研究的第一屆年會上，時任理事長的陳光興提出了「文化研究在臺灣到底意味著什麼？」這個問題，作為理解文化研究生發的線索。他認為至少有三條線索提供了歷史性的解釋：一、臺灣的思想文化中已存在文化論述的傳統，在1980年代末和1990年代初，與國際上的文化研究風潮有所接合；二、「理論」的流行突破了學門的切割，創造了跨領域研究的空間；三、1980年代臺灣的社會與政治運動所帶出來的文化批判／評論風潮，尤其成為當時文化研究的表現形式（2001a: 12-15）。換言之，華文社會原有的文化論述傳統，在解嚴前後的社會解放過程中逐漸復甦，成為文化研究的本土形式，再接合上西方理論思潮所帶動的思想解放，而成為1990年代臺灣社會與政治運動中的一個側面，並且在市場緊縮、政治權力改組完成、反對性社會運動能量體制化與媒

體相對保守化的趨勢出現後，逐漸轉向學院集結；也因此，文化研究的建制化「其實意味著從社會中撤退」（陳光興，2001a: 15）。這也就意味著，作為一個學術領域，文化研究的活力並非來自於學院建制本身，而是來自於與社會的互動和彼此介入。它的知識作用主要在於接合與表述社會中隱然浮現，可思卻未必可見、且仍無法安駐的群體、思想和政治力量。一如1960年代民權運動後，美國學院內興起的族裔研究、性別研究和酷兒研究等知識運動，轉進學院，是為了蓄積能量，藉學術尋找思想與政治上的突破。[5]

史塔頓（Jon Stratton）與洪美恩（Ien Ang）在〈英國文化研究的全球化〉一文中強調，1990年代文化研究在國際學術界十分熱門的原因，並不是因為「英國文化研究向其他地方進行單向而直接的擴張」（1996: 374）；相反地，它激發並再現了全球化情境下特定且多元的地方回應。因此，文化研究表現為「知識軌跡與運動在地理上擴散的多元形態」（1996: 374），在國際上匯聚了1960年代之後的各種運動，並在各地有不同的呈現：在英國，文化研究面對的是英國霸權衰頹後出現的危機；在美國，文化研究暗示了美國帝國霸權的衰退以及民權運動的興起；在澳洲，文化研究則是因為原住民權利被剝奪而展開對移居殖民歷史的批判（1996: 376-377）。他們相信，這些文化抗爭活動具有後殖民與離散的特質，並且會「在『社群』之間和在『社會』之中發生效果」（1996: 385）。但是，從臺灣出發的文化研究——以1990年代在臺灣舉行的兩場「軌跡」會議為代表——卻反映了不同的，他們稱之為「底層」（subaltern）的模式。

史塔頓與洪美恩認為：「離散模式處於西方之中，卻不屬於西方；後殖民模式屬於西方，而不在西方之中；而底層模式既不屬於、也不處在西方之中，而是被西方構建出來的，儘管這樣的建構大有問題」（1996: 387）。換句話說，臺灣文化研究的底層模式，雖然落在西方之外，卻沒有從西方的壓迫中逃逸，而是深深夾纏在殖民與帝國主義的歷史中，也因此得以與離散的黑人大西洋與後殖民的澳洲原住民有所連結。兩人歸結如下：

> 透過它們〔這些不同的模式〕，並且藉著將它們在具體歷史條件下的殊

5　見Chiang, 2009；Ferguson, 2012；Chuh, 2019。

異變化並置在一個持續的相遇之中，我們可以看見文化研究的實踐既非普世，也不特殊（在民族主義的意義上），而是局部的（在正面的、且自我批判的意義上），並且同時對彼此觀照下的特殊性有所意識。（1996: 387-388）

將英國文化研究的模式與其他地方的表述相對化，我們可以看見歐洲、澳洲、美洲和亞洲文化研究的批判軌跡，如何彼此聚合，又維持殊異；同時，這也能幫助我們理解，為什麼亞洲和臺灣的文化研究（相較於歐美而言）尤其對民族主義、本土主義與文明主義的議題如此敏感，想藉此超克殖民經驗，並且對從殖民主義中解放自我的主體之路，抱持強烈的信念與追求。

當年「軌跡」會議的召集人陳光興，就將亞洲的文化研究定義為「反殖民的馬克思主義」，並視之為全球去殖民運動的一部分。他認為，「文化研究，至少就其延續自阿圖塞─葛蘭西─傅柯的批判傳統（critical complex）而言，總是認為理論不是普世皆然的形式倡議，而是一種源於，並且是為了回應地方歷史的分析性武器」，因此將之視為「信念堅定的知識分子用以嘗試集結，並組成另類國際社群的一種具有開放性的力場，或是旗號，希望在不犧牲在地軌跡的前提下，來推動跨越國家、性別與族群／種族分隔的對話」，會是比較有生產性的看法（Chen, 1998: 4）。從這個將文化研究連繫上在地批判傳統的觀點出發，馬克思主義就不再只是西方的遺產，而是一種批判投射的符號和一個「統合性的連結，將帝國中心（已經過去的或正在形成的）與半殖民地、前殖民地，或者現存的殖民地之間的〔批判〕力量連繫起來」（Chen, 1998: 28）。

這是一個重要的看法，它凸顯了西方理論與在地批判傳統之間的辯證關係，恰恰是落地轉譯與情感導引的過程。雖然馬克思主義留下了一份反殖民的批判遺產，但這份遺產必然得在不同的時代以及不同的政治文化組構中重生，重新獲取意義，也因此它不能只是對理想的單向接受，而必須經過情感的接合與在地的轉化。陳光興相信，一種新興的馬克思主義已藉著「當代的泛左翼社會運動」的形式出現，結合了女性主義、酷兒、勞工、農人、環境、原住民運動與反種族主義的團體，「跨越新殖民主義的疆界，共同行動並且互相認同，以集體的方式，對抗異性戀主義、性別主義、資本主義、種族主義、族群主義、國家主義與超國家主義」等結構（Chen, 1998: 28）。但僅僅宣稱這些主

體位置和認同出現了是不夠的，因為它們也是更大結構下的「效果與成品」；因此，陳光興認為，更具批判性的方案還在於「超越各形各色的認同政治，以避免主體性與主體位置的畛域化」，形成總體的去殖民運動（Chen, 1998: 28）。[6]

　　在《亞際文化研究讀本》的〈導論〉中，主編陳光興和蔡明發指出，由於非西方的相關知識仍被西方所掌控，「『亞洲／第三世界作為方法』這個說法，是為了打開西方中心的殊異性，並且增加參照框架與指認空間」，因此這份期刊的宗旨是「在知識生產的層次上，致力於整合亞洲的想像」（Chen and Chua, 2007: 1）。這份期刊旨在亞洲內部、之間與其外，生產、流通、連結與促成批判性的學術，讓社會運動與知識工作得以彼此相接與回饋。其任務不僅在於鼓勵和出版亞洲學者關於亞洲的創新研究，也在於促使亞洲的思想資源——諸如韓國學者白樂晴、日本的中國史學者溝口雄三、臺灣電影導演侯孝賢、新加坡劇作家郭寶崑等人的作品——在英文世界流通，成為亞洲研究者的共同資源。這份刊物最近更將視野延伸到東南亞，連結穆斯林世界，並透過重探1955年的萬隆會議，探索三大洲團結的可能性。[7]

　　陳光興尤其敏銳地注意到英文與西方學術在亞洲知識生產上的主導性，因為知識生產正是帝國主義運作與施展力量的主要場域。在《亞洲作為方法》中，他展現了透過亞際對話重新認識自我歷史的承擔，並且對亞洲作為一個由民族國家與帝國之眼所構成的物質和地理實體這樣的想法，保持了批判的距離。儘管亞洲這個概念源於歐洲的殖民想像，但他堅持亞洲自身具有主體性和

6　此後，陳光興一直在知識去殖民的軌跡上努力，除了創立與編輯《亞際文化研究》外，他的中英文專著亦展現了強大的去殖民、去冷戰與去帝國信念。「瓦解殖民世界」的想法更以組織工作的形式呈現。2015年陳光興在亞際書院的基礎上展開了「萬隆計畫」。以萬隆會議60週年為契機，並以設立「萬隆書院」為目標，他召集了來自亞洲、非洲和拉丁美洲的學者在杭州舉行了兩次會議，希望在萬隆精神的基礎上推動進一步的跨洲際去殖民知識工作。這個計畫獲得了中國美術學院和北京人民出版社的響應和支持，前者在2017年啟動了「亞非拉文化藝術研究院」，後者則在2016年推出了「亞非拉現代思想文叢」，出版了烏干達學者馬姆達尼（Mahmood Mamdani，臺譯曼達尼）的著作《界而治之：原住民作為政治身分》（田立年譯）；同年，臺灣也出版了題為《瓦解殖民世界》的曼達尼文集，為推動知識去殖民的工作，再邁出了一步。

7　關於《亞際文化研究》及相關計畫的發展，見Chen, 2016。

能動性，並且在這個相對於歐洲而存在的地理文化建構的基礎上，嘗試將亞洲想像為一個互動空間，好將自身從民族主義的傾向中解放出來，重新看到民族認同如何反映我們對殖民現代性的欲求以及對西方霸權的心理認同。他認為，我們需要的其實是重新奪回以自己的方式解釋歷史的能力，這不僅需要將「亞洲視為歷史的產物」這樣的觀點，也需要「認清在這個〔創造亞洲的〕歷史過程中、亞洲從來都是主動的參與者」（Chen, 2010: 215）。對他而言，帝國主義在知識上的箝制效果是真實且持續的，也因此我們更迫切需要另類且多樣的參照系，以打破與超克這樣的知識桎梏，轉移我們認同的對象。[8]

在〈新自由主義全球化之下的學術生產〉這篇由陳光興和錢永祥共同執筆的文章裡，他們對新自由主義全球化如何透過「引用索引」（如惡名昭彰的SSCI和A&HCI）的引進，塑造了當前臺灣高等教育的評量體系，進行了具有高度洞察力的分析。他們認為，這樣的評量指標對臺灣的知識生產帶大了巨大的影響，因為它重視期刊文章更勝專書，看重英文更甚於中文和其他外文的出版。這樣的學術評鑑機制將會摧毀臺灣的高等教育系統與華文出版的市場，使得全球化等同於美國化和英語化；這不僅將使得人文知識零碎化，長此以往，在地的人文思想園地也將逐漸荒蕪。同時，在「國際化」的壓力下──即史蘿特（Sheila Slaughter）和賴斯力（Larry Leslie）所說的「學術資本主義」（academic capitalism），[9]市場與生產力的邏輯將支配知識生產的節奏，而「原先人文社會學科做為反思性社會進步動力的角色也就相對地遭到掩沒」（陳光興、錢永祥，2004: 186）。芬蘭的人文地理學者，帕西（Anssi Paasi）也提出了類似的擔憂：

> 目前全球化的科學，反映了西方與英文世界的文本脈絡與出版傳統，這可能在現代的研究社群中，成為開創並強化殖民主義和帝國主義，一種越來越有效的媒介。現行的競爭文化可能會改變中央──邊陲的關係，並在各種不同空間尺度的學術市場中發揮作用，從個別的研究者到系所和學術領域的國際合作，以及人與想法的移動。（2005: 774）

8　類似的觀點亦可參考：Constantino, 1970; Ngũgĩ wa, 1981; Atlas, 2000等。

9　亦可參考Slaughter and Roads, 2009。

無庸置疑,「〔國際〕學術市場中的中央—邊陲關係」與勞動、資本和知識在全球北方和全球南方之間的交換,有著平行關係,而且這樣的交換非但不平等,對南方人民也無益處。姑且不論昂貴的電子期刊資料庫造成的資源傾斜,以及西方中心的全球學術生產機制對全球南方的學術工作者產生的磁吸效應,全球南方相對劣勢的學術環境也使得在南方生產批判學術變得困難而危險。南非學者與策展人辛包(Ruth Simbao)便質問:「身在非洲的學者該如何在一個依然重視西方認識論傳統的全球學院體制裡書寫非洲藝術,尤其當關乎非洲、非洲知識與非洲大學的質問,有時候還會造成流血暴力的時候?我們該怎麼教授這些由我們和他者在藝術領域中生產的知識,當我們所教授,並向之學習的人們仍處於不安之境的時候」(2017: 1)?辛包的質問精準命中了全球學術體系的現況,也提示了知識去殖民道路的必要與艱難。

對應學術生產傾向同質化、缺乏想像力的全球化,陳光興和錢永祥認為,華文出版與東亞市場是兩個值得探索與追求的另類平台,因為它們可以提供臺灣另一種國際出版的想像,使「全球化的另類想像得以更為在地、多元而民主」(Chen and Chien, 2009: 206)。他們認為,臺灣不應該盲目地追求新自由主義全球化,而要主動想像全球化的另類形式,讓不以英文為主導語言的文化圈不會被抹除或忘記,[10]使臺灣的語言與文化遺產能在全球的學術生產中發揮作用和競爭優勢,乃至介入和挑戰英文出版的霸權壟斷。對全球化的衝動予以節制並重新運用,以重設知識生產的議程,是他們主張中的兩個重要目標,這些目標也將導引臺灣的去殖民行動更往亞際社會與華語世界靠近。對外文研究而言,這也意味著中文書寫,至少和英文或其他外文書寫一樣,也是外文學者的職責所在。

語言的問題十分關鍵,因為它不只是實務性的考量,更是一個與主體性相關的知識論挑戰。在陳光興所主張的去殖民模式中,英文不只是西方語言,也是亞洲語言的一種;同樣地,華文不只是臺灣的「官方語言」,也是在海峽兩岸及之外被廣泛使用的「國際語言」。英文和西方都是臺灣需要適應和改造的殖民遺產,但華文人文學術的流通也是形塑著我們主體性的國際現實。這麼一個多方交織、互動與混雜的狀況,意味著臺灣(和亞洲)主體性從來不只是對

---

10 日本作家水村早苗(Minae Mizumura, 2015)亦有類似的擔憂。

殖民主義和帝國主義的回應，更是一種混成與反身性的演化，總是與在我們之內、之間與之外的他者相臨與交接。核心的問題是：我們該如何與這些他者互動、用哪種語言，又為了什麼樣的未來？如陳光興所述，「我自己對文化研究中跨國主義的呼籲保持戒慎，是源於以下的考慮：一旦我們移出了國家和民族的疆界，我們要和什麼人連繫？該向什麼樣的主體投注我們的能量，投射自我的欲望」（1998: 25）？將他的問題放在外文研究的脈絡裡，意味著打開與思考外文之「外」的想像，既要突破「外國等於（白種）西方」的怠惰思考，去理解與連繫西方中的多種族他者，又得打開西方之外的「外國」，讓更為豐富、多元和有機的世界圖像，經由文學和文化顯影現形，形成多元的認識論，而非單一的參照結構。這也就意味著外國文學不等於西方文學，非西方的語言、文學和文化一樣值得我們關注和學習。

　　因此，他者的問題以及創造連繫的歷史條件，是理解「文化研究在臺灣意味著什麼？」的關鍵。如我以下展開的分析所示，解嚴前後，廣義文化研究的冒現與臺灣知識界想要重新接合與表述馬克思主義的欲望相關。廣義的新左派思潮——以阿圖塞、葛蘭西、威廉斯、詹明信和霍爾等人為代表——其實是政治欲望的象徵；泛左翼的學術與思想資源也是為了在臺灣進行社會行動而引進的：不論是《當代》（1996年停刊前）所代表的文化批判、《台灣社會研究》的學術介入，或是《島嶼邊緣》所呈現的情境主義抗擊（situationist spoof），還是性別運動、勞工運動、環境運動、原住民運動、酷兒運動展開的「邊緣戰鬥」，我們都可以看到它們與政治現狀的對應關係，為挑戰與推倒臺灣的威權體制，創造一個更平等、自由而包容的民主社會而努力。

　　但同時，1990年代以來臺灣的經濟轉型與兩岸關係的發展，亦與文化研究的發展同構：前者帶來了東南亞移工、外籍新娘以及後來統稱為「新臺灣人」的移民子女，後者則引進了大陸漁工、「陸配」和「陸生」等不同卻疊合的身影，成為臺灣多元族群地景的一部分。這些「內部他者」的存在，一方面悄然地模塑著臺灣的認同與主體性，使得解嚴後的臺灣逐漸成為文化多元的新生民主社會，另一方面因為他們往往在臺灣共同體的危機時刻，成為替罪羔羊，而更為隱匿。格外重要的是，新左理論的轉譯以及多元他者的到來，也為臺灣社會提出「去／認同」（dis/identification）的挑戰：一方面，轉向在地資源以更好地解釋臺灣社會的變化，意味相對化西方的知識，不以其為典範，而要在參

照差異之間，理解自我形成的歷史條件；另一方面，將多元他者視為被欺負與
被拒絕的象徵，予以認同和接納，使得文化研究的「底層」模式得以穩固展
開，並擴及更多的弱勢他者，如同志社群、性工作者以及身心障礙者，由此超
脫民族國家、主權獨立的套路，進入一種「國際邊緣」，或是陳光興稱之為
「新國際在地主義」（new internationalist localism）的想像。[11]換言之，新左
理論不只成為文化研究的符號和旗幟，更提供了一套介入社會變遷的批評話語
與情感方向，在臺灣學者中產生了一種想要**以自己的語言和方式**進行批判的欲
望，文化研究也因此朝向更為落地的方向演化，而不只是在理論的層次上操
練。再者，各類弱勢群體的艱困處境，也為文化研究投射了一個批評與介入社
會和國家的場域，在解嚴後的本土化民族敘事與國家形構中另闢空間。所以，
文化研究也可說是一種「情動」（affective）的批判模式──因情而動、也動
之以情。批判思潮被感受與認同所引導，在臺灣民主化、後殖民與多元文化的
複雜情境中生成對他者（不僅是弱勢者或受害者）的認同，由此指引出對本土
國族認同的批判、對婚家連續體的反思，以及對革命思潮、民主治理與倒退情
感的政治性挖掘。

　　在這裡，所謂「情動」不僅僅是對西方情動理論的引述，強調感受與情境
對主體的影響與形塑，甚或是情感作為一種政治表現與勞動形式，[12]更是想要

11　在他於1994年發表在《定位》（*positions*）上的文章裡，陳光興將「新國際在地主義」理解
　　為文化研究國際化之後的一條必要思路：一方面，源於西方的文化研究必然在其全球散播中
　　遭遇文化或學術帝國主義的批評，另一方面，文化研究的落地轉譯也必須超克民族主義的局
　　限，既不單純地將來自西方的化約為帝國主義和殖民主義，也不陷落在獨立建國的民族主義
　　漩渦當中。唯有如此，文化研究的左翼思考才能夠避免以西方為範本的單向思想宰制，跨出
　　在地的迴圈，發揮更大的影響力。所以，陳光興認為，文化研究的發展不僅應該要以社會運
　　動為核心，因為那才是當時（1990年代）社會矛盾生發與表現的場域，基進學者與批判知識
　　分子應該善用自身的有利位置與文化資本，進行跨國與跨界的串連，讓批判工作得以具體實
　　踐其政治性，也讓實踐的經驗能夠回饋到知識生產的工作上。《亞際文化研究》反映了這樣
　　的思路，中央大學性／別研究室的相關學術工作也採取了類似的進路，希望透過大量的國際
　　連結，一方面增能在地的社會運動，另一方面也改變我們對在地社會與國際政治的知識框
　　架。

12　關於情動理論，見Deleuze and Guattari, 1987; Hardt, 1999; Brennan, 2004; Massumi, 2002;
　　Clough and Halley, 2007; Protevi, 2009; Greg and Seigworth, 2010; Butler, 2015。在華文脈絡，
　　見黃璇，2016；許寶強，2018；駱穎佳，2020。

打開一個情感認同的面向來理解文化研究這樣一個學術／運動——不只是文化研究如何理解情感，更是學者們對地方、社群、理想與歷史的情感如何形塑了文化研究在臺灣的發展。澳洲學者葛蕾格（Melissa Gregg）發現，文化研究的特質往往由學者的「情動聲音」（affective voices）來傳達。如果說，文化研究有什麼動人心弦的地方，它就來自於「文化研究對學術實踐、對其志業的獨特投注，這是由一種具有感染力的『情感』，透過主要學者採用的說話方式向讀者傳遞」（2006: 1）。同時，由於文化研究本就對知識生產、評量與傳布機制中的階級和性別有敏銳的感受，它反身性的學術實踐也就展現為一種對歷史條件的警醒，尤其關注文化與社會中女性、種族、經濟與身體弱勢的聲音（2006: 4-5）。易言之，文化研究的書寫不僅傳遞知識，還力透紙背地遞送情感，鼓舞讀者在思想之際，更要將眼光投向知識生產機制中的邊緣與弱勢，因為學者思考與情感的方向合一，書寫中也就迴盪著學者與研究對象之間的共鳴與互振。[13]

　　情感因此不是文化研究的對象或課題，而是內在知識形成的動力。對葛蕾格來說，「情動聲音」在霍加特（Richard Hoggart）那裡展現為共情的驅動，在霍爾那顯現為對特殊性的觀照，在葛羅斯堡（Lawrence Grossberg）那兒表現為對未來的期待，在羅斯（Andrew Ross）那兒是對正義與可責性的追求，而對墨美智（Meaghan Morris）而言，則呈現為一種女性主義的韌性。這些不同的聲音傳遞了文化研究的智性關懷，其精神面貌與情感認同更感染了他們的讀者，帶動了文化研究的發展。葛蕾格強調，這點之所以重要，是因為文化研究代表的批判學術，包括對學術專業的基進主張、對體制政治的策略性思考，以及對理論的運用，都已經成為一種典範（Gregg, 2006: 3）。所以，學生認同的，不僅是他們的專業知識，更是他們展現的風範與風骨——這才是「情動聲音」的奧義。

　　雖然我無法像葛蕾格一樣，深入文本，對臺灣文化研究的重要著作進行如此細緻的情動分析，但情感的表述與理論的接合的確是理解文化研究在臺灣發展的重要線索。它表現為對本土歷史與政治的關懷，也展現在思想史中的革命

13　這似乎也是不少年輕學者對文化研究的感覺，如郭佳，2019；陳佩甄，2019；鄭亘良，2019；張馨文，2019；劉雅芳，2019。

追索，更透過1990年代蓬勃發展的社會運動體現在那些通常不被看見、不被接納、不被認知的罔兩諸眾。以情感為線索，我們得以看到文化研究為何接合理論，又如何表述情感。在接合與表述之間，作為一種橋接學院與社會的學術／運動，文化研究的政治性也就在「情」「動」之際表露無遺。也正因為如此，文化研究與傳統的外文研究看似若有切離，乃至自成系統。雖然自浪漫主義以來，情感向來是文學定義的核心組成，也是人文主義召喚與培養的價值，但是解構主義以降的理論思維已將文學的課題從情感置換為語言；後殖民論述雖然也有情感的介面，但往往被導引到民族主義的框架中，甚至在無意間成為一種壓迫的情感結構。在這個意義上，文化研究傾向無名者和無聲者的情感認同，不只標誌了文化研究的**運動**面向，也提供外文研究一條不同於自由人文主義的思路，在接合與表述西方的過程中，重新思考知識的情感以及情感的知識。

因此，外文研究若要涵納文化研究的話，就得更直接面對外文研究所為何事的扣問，反思與闡述在非西方社會中研究西方的目的與意義，從實踐的角度思考其存在和價值，並提出具有主體性的願景和方案。換句話說，文化研究之於外文研究的意義正在於提出了「外文研究如何去殖民？」的命題。[14]或許，本書仍無法充分回答這個叩問，但是外文研究的發展，經過文化研究的衝擊後，恐怕再也無法迴避這個問題。

多重的建制史I：以《當代》和《島嶼邊緣》為線索

如果不將文化研究學會的成立視為文化研究在臺灣唯一的起點，而如陳光興建議的，將視野放在解嚴前後的社會運動與文化批判的話，那麼我們就不能忽視以下刊物的貢獻：《人間雜誌》（1985-1989）、《當代》（1986-2010）、《南方》（1986-1988），還有《島嶼邊緣》（1991-1995）。

不同於1970年代那些影響鉅大，但為期不久的黨外刊物，如《臺灣政論》（1975）與《美麗島》（1979），因為有強烈和明確的反政府立場而受到禁制，1980、1990年代的文化批判刊物主要以文化與知識為導向，折射政治批

---

14 類似的問法，也在其他領域裡展開，如陳奕麟，2019。

評。舉例來說，解嚴前一年發行的《當代》，在發刊辭中就以「『反』當代」來自我定位，它「既檢討、審視當代，也具有回顧與前瞻的特性；既環顧全球，也關注本土，並以全球的視野來審視本土」（1986: 4）。[15]換句話說，它希望臺灣能跟上時代，跟上全球發展的律動和方向，並以成為或進入全球性的「當代」為目標，而批評和檢討臺灣的「當代」就是目的和手段。因此，突出「當代」（contemporary）一詞的字首「共」（con）來「認定並肯定個人和群體的主體性，並在這層認識的前提上，建立溝通和對話」，為「學術與文化兩界搭橋」，促進、振興知識性的論辯，就是《當代》自許的時代任務（1986: 4-5）。

　　《當代》的第1期就以傅柯為封面，由梁其姿、黃道琳、莊文瑞撰稿，再搭配3篇譯稿、傅柯的著作年表和幾本關於傅柯的專論，形成專題，將其思想引入臺灣。[16]發刊辭——〈是當代，也是反當代〉——特別強調，《當代》介紹傅柯「不是偶然的」，因為傅柯對「專業訓練」（disciplining culture）的重視和研究，對理解「當代的文化」有重要的啟發：

　　　　專業訓練為我們提供現代社會必須的專精技術，有創造性，可是也容易使我們現代人陷入專業的條條框框而自我異化，成為單向的、單軌的技術人，所以專業訓練有雙面性，既是具有教育意義的訓練，也是牢籠式的管教。（1986: 5）

這段簡短的說明不僅指向一種批判與超越專業規訓的跨學科企圖，也提示了馬庫色在《單向度的人》裡對資本主義社會裡人的異化的批評，提醒我們，現代社會中的「專業」想像所具有的雙面性。正是這個對專業的警醒和反思，《當代》在設計上一開始就引入西方的後結構主義思潮。這與文化研究挑戰專業化和學術畛域化，介入社會的企圖有所呼應。

　　從第2期開始，《當代》就引介全球1960年代的討論，思辨「六八學運」

15　據李永熾（2019: 353）的說法，《當代》的發刊辭是他、金恆煒與錢新祖三人想法的集成。

16　這是臺灣最早引介傅柯的嘗試之一。傅柯的重要著作，例如《規訓與懲罰》和《性史》，要到1990年代才陸續翻譯出版。

對當代的影響與意義。[17]《當代》更在第33期（1988）翻譯了霍爾與雅克（Martin Jacques）合著的〈「一九六八」二十年祭〉。這篇文章不只延續了《當代》對全球1960年代的興趣，也標示了《當代》的批判計畫與文化研究的關聯。之後，《當代》陸續以德希達、霍爾、布希亞、班雅明、巴特、盧卡奇、布萊希特、列維納斯、薩依德、齊傑克等思想家作為封面人物或專題，顯見對西方思潮與泛左翼理論的重視。事實上，幾個關於西方思潮與理論家專題，如新馬克思主義、激進神學、從現代到後現代、德希達、薩依德和布希亞等，往往是由文化研究學者操刀編輯與供稿。[18]此外，1987年起，《當代》還連載了詹明信關於後現代主義與文化的系列演講，這不僅對當時已然浮現的後現代討論有推波助瀾之功，亦廣泛而全面地介紹了西方理論與文化（從心理分析到後結構主義，從符號學到辯證法），並且將之整合到對晚期資本主義的文化批判之中，以西方理論為基點詮釋了當代文化研究的意義：如理論論述的內緣與外延研究、以辯證法為方法、文化的意識形態效果、再現政治與敘事分析，以及現代藝術與文學中的政治等課題。以這麼多的篇幅連載《後現代主義與文化理論》這本最初發表於中國大陸的演講集，具體而微地反映了《當代》對於當代文化狀況的學術興趣與政治企圖。誠如主編金恆煒所說的，創辦《當代》的目的，「係要引進西方思想文化，以提升臺灣思想文化界的眼界跟水準」，並希望「利用西方的理論幫助臺灣走向更民主和本土化的路線」（引自方昱智，2019: 190）。誠然，1996年本土派充分掌權後，《當代》的關懷更往本土靠近，不僅屢屢出現臺灣史與在地政治的相關專題，2010年復刊後更明確地往政論刊物的方向前進。但作為一個知識性，而非全然學術性的刊物，《當代》更核心的關懷顯然是當代臺灣社會，這也反映了西方思潮的確是文化

17　根據金恆煒的說法，《當代》創刊號本來要推出的專題是「1960年代」（叛亂的狂飆時代），但因為當時仍是戒嚴時期，不敢做，而推出了黃道琳所建議的「傅柯」打頭陣，把「1960年代」放到第2、3期再推出（見方昱智，2019: 194）。

18　例如，第31期（1988）的「激進神學」專題裡的4篇文章，甯應斌與何春蕤就包辦了2篇；第65期（1991）的「布希亞」專題、第122、123期（1997）年的「霍爾」專輯是陳光興組織的；第71期（1992）的「後殖民論述」專輯則由廖炳惠主筆，並找當時清華文學所的學生（王文基）操持翻譯。除此之外，張漢良、葉維廉、李有成等外文學人亦在《當代》撰稿，但撰述最多的是廖炳惠。

白冰冰：我和葛蘭西都是雙
魚座的。

尊龍：自從我演了末代皇帝
之後，末代皇帝就申請加入
市民社會了。

圖16：尊龍
翻攝自《島嶼邊緣》第一期，頁
13, 20, 32（感謝王浩威醫師授
權使用）。

施ROBO明德：我不是地上
的鹽。

圖14：施明德　　　　　圖15：白冰冰

研究的重要側面，其指向社會的企圖有時更甚於學術的關懷。

　　無獨有偶，1991年創刊的《島嶼邊緣》也採取類似的操作模式，創刊號就推出葛蘭西專題，並依序引介了德希達、佛洛伊德與阿圖塞等思想家。圖文並茂的編輯風格也與《當代》近似，只是多了戲謔的取向。例如，陳巨擘那篇正經八百介紹葛蘭西的文章，不僅在左側欄加入了將施明德換裝成機器戰警的變造圖片（圖14），更在正文中放入當年的脫星許曉丹的照片，並稱之為「臺灣第一個也是最後一個有機知識分子」（1991: 14）；在蔣慧仙翻譯的那篇，則放入白冰冰的泳裝照，宣稱白冰冰和葛蘭西都是雙魚座，並在華裔電影明星尊龍（John Long）的照片下，加上「自從我演了末代皇帝後，末代皇帝就加入了市民社會」（圖15、16）的字樣（1991: 32）。雖然這樣的作法略顯突兀、甚至有點「無厘頭」，卻替《島嶼邊緣》增加了知識刊物少見的遊戲風格，使正文與附文（para-text）形成一種對話，乃至顛覆與對抗並存的互文（intertext），讓西方的思想與在地的流行文化之間產生交涉與流動。同時，相對於每月出版，以自由主義精神為標竿、帶有本土化傾向的《當代》，《島嶼邊緣》的思想推介更傾向從文化議題切入政治，與當時的社會脈動更為接近，並且設計了諸多引起關注和爭議的議題：例如原住民文化、假台灣人、酷兒與情欲解放等。這些「出軌」的編輯風格與爭議性話題，反映了文化研究的挑釁姿態，轉譯西方的嘗試以及接合臺灣的企圖，這也使得《島嶼邊緣》在當時充滿了活力與爭議。

根據陳筱茵的研究，《島嶼邊緣》「背後所代表的聲音是現今臺灣社會被藍綠所掩埋的、所遺忘的」聲音（2006: 4），其泛左翼的立場尤其關心勞工、移民與性權等議題，以及對「人民民主」、「邊緣戰鬥」、「後正文」（post-text）、「新的反對運動」的想像與實踐，目的是希望跳脫臺灣至今纏繞不休的統獨二元論戰，以開啟一種新的政治視野。《島嶼邊緣》之所以與文化研究關係密切，不僅僅是因為其編輯群中有不少人參與了後來成立的文化研究學會，更是因為他們持續在文化研究這個領域裡發展他們原來的社會關懷與批判方案，即便雜誌在1995年即已停刊，他們的研究和批判活動並未稍歇。尤其，就出版的專題與編輯的風格來看，《島嶼邊緣》本身就是西方理論與在地歷史——在西方的新左論述與臺灣的反對運動之間，在脈絡、正文與附文之間，在政治與學術之間——的複雜「接合」，具體展現在其對女性、原住民、酷兒、認同政治、身體、性工作、民眾音樂與移民等問題的關懷，以及從社會邊緣重塑政治想像的努力。尤其「人民民主」的討論代表一種在臺灣重新接合拉克勞（Ernesto Laclau）和穆芙（Chantal Mouffe）「基進民主」（radical democracy）理論的嘗試，以挑戰1990年代本土國家主義逐漸鞏固的霸權位置，並創造源於社會運動的另類主體與政治視野之空間；同時「後正文」的戰術介入——應時借勢進行情境主義式的戲耍，對爭議的對象進行歪讀、惡搞與嘲諷——變成了《島嶼邊緣》的標誌，以動搖與批判國家政治中的異性戀正典、父權與獨裁思維為己任。

陳筱茵特別指出，雖然對理論展現高度興趣，《島嶼邊緣》卻展現了一種「非學術的性格」（2006: 34），因為它的目的是要進入政治討論的空間，反思主流文化，尤其當這個因解嚴而釋放出來的社會空間，在1990年代因為本土政治力量的擠壓而逐漸消失的時候。這使得原本的民主化運動與其他的社會議

題，很快地被收束在獨立建國的本土化民族意識形態上，而《島嶼邊緣》正是要去關注、理解、接觸、釋放這些被國族政治所賤斥的「邊緣」，並且從中發展出不一樣的政治想像與批判策略：目的不在於奪權，獲取實質的政治權力，而在於開啟不同、或不限於西方選舉形式的人民民主實踐，一如傅大為主張的「基進」。

　　由於資金不穩定以及編輯實務要求民主開放，《島嶼邊緣》的編輯方針是多元，而非統一的，也因此，每期的內容與風格是由當期的責任主編決定的（2006: 51）。這些情形使得《島嶼邊緣》採取了「邊緣戰鬥」的立場，這不只是因為沒有足夠的資源進行意識形態的統合，也是因為唯有開放多元、懸置常態和中心，才可能觸及「邊緣」，並透過廣義的「文化」介入政治經濟如何安排的核心問題。而「後正文」那種諷刺、潑辣的編輯風格，一方面反映了解嚴初期媒體與思想上的自由奔放，另一方面也暗示了某種在地移植、任性拼貼、「敢曝」（camp）的後現代美學。陳筱茵寫道：

> 　「邊緣戰鬥」就是不斷接合那些差異、反常態的主體，成為「人民」主體的位置和抗爭的概念，從刊物名稱、專題的製作、編輯成員的位置、論述的軸線、編輯的生產運作，均可以將其置放在「邊緣基進」的位置。《島嶼邊緣》的邊緣戰鬥，是一種游移在弱勢邊緣的位置上，一方面與對應的霸權拉扯協商；另一方面接合更弱勢邊緣的戰鬥方式。（2006: 78）

尤其，陳筱茵強調：

> 　除了將「邊緣」一詞跳出與中心二元對立的弱勢位置，並賦予其積極的主動性。接合轉化後的「邊緣戰鬥」所指稱的「邊緣」或「弱勢族群」並非是「中心—邊陲」二元對立的論調，一方面是指稱當時臺灣社會中不可見的族群（原住民……）或不被承認的身分認同（同性戀……）；另一方面則是將弱勢族群由從屬關係轉化為壓迫關係，來進行分析及重構論述。（2006: 78-79）

上述的立場有效表達在「後正文」的編輯策略上。將正文從原先的脈絡中

截斷，再並置於其他不和諧的文本或者意象上，是編輯用以強調偽善以及挑戰正文重要性的方法。這種編輯「戲耍」鬆動、顛覆精英分子的知識／權力主宰，異性戀正典以及國家主義的父權意識形態。更甚者，它要求讀者思考，而非接受，同時創造自己的後正文（例如「妖言」系列的讀者投稿），透過書寫、解放自己、形成社群，抵抗主流的意識形態，與之搏鬥。[19]廖炳惠在一篇評論中曾讚許《島嶼邊緣》的後正文戰略：

> 在論文、敘事體、書信及自白的文字中，我們可看到語言如何貫穿、切入公、私領域之間，自傳色彩與學術客觀呈現的形式或彼此互融，有些段落看似淫蕩，然而在大膽披露之下，父權思維及異性戀的情節逐漸瓦解，隨著慾念活動，知識開始鮮活起來，身體與社會的疆域慢慢消除。……說穿了，這些文字、圖像不僅是要顛覆父親、異性戀的法統，而且在企圖「倒鞭」、將父權體制的「鞭」（phallus spurs）推倒。（1994b: 87）

的確，《島嶼邊緣》短短4年，總共14期的出版裡，反父權、反國族是突出的主題，而且逐漸從人權的論述轉向性解放的思考。這反映了野百合學運後，以反性騷擾運動為前導的性別議題逐漸成為校園民主討論的熱點，從而帶動了身體解放與性自主的思考，這也成為性少數浮現的土壤。[20]

《島嶼邊緣》第9期推出了「女人國・家／假認同」專輯，從性別的面向正式向國家認同的問題宣戰，並宣稱「與女同性戀團體首度結盟」。這期的〈編輯報告〉寫道：

> 我們發現：女人沒有國家。我們有親人、朋友、情人，有不同年齡、階級、性取向，但是我們沒有國／家。我們在各個不屬於我們，不以我們為主體，卻以我們之名，用我們的身體，用我們的子宮，繁衍、延續子嗣香

---

19 某個意義上，它也形成了一種相當在地的文化研究方法，透過中文字的複義系統去歪接和鬆動西方思潮，從而打開另一種理論化問題的方式，如張小虹的《假全球化》與《時尚現代性》。

20 需要澄清的是：雖然敘事上難以避免序列邏輯，但實際上，身體解放與性少數的浮現是同時發生的，兩者或有相互增強的效果，但並不具有因果關係。

火的國／家中不斷地在進行著或明或暗的逃逸、叛離與出軌。於是，專題
之外才會有（另）一些女人的另類論述，以及異中有同、同中有異的情欲
遺跡。（1993: 2）

同期出版的〈出櫃（軌）之必要〉，由平非（丁乃非）撰寫，提出國／家的秩
序「原來是靠著各式各樣的櫥櫃」才得以「整齊祥和」（1993: 4），但是櫥
櫃也並非是等質同量的，而是有玻璃櫃、木頭櫃、鐵櫃、塑膠衣櫥等等的差
別，而性別（包括生理性別的「性」與性取向的「性」）就是「強迫我們過雙
重生活，活著不能自決」（1993: 5）的櫃與軌，用以支持合性的性、性欲與
性別，維護家／國的父權異性戀秩序。因此，出櫃，就是不同的性取向對異性
戀霸權的顛覆和質疑，也是對於仍然閉鎖於家／國櫥櫃中的正典男女的解放。
平非強調，「出櫃改變了出軌的意義，如同女人出軌改變〔、〕攻陷了家／國
的種種藩籬」（1993: 6）。在第10期的「酷兒專題」中，《島嶼邊緣》更進
一步地將櫃與軌融合為「甌」，強調同性戀與異性戀的聯合解放有賴「話語實
踐」（discursive practice），唯有使「性」成為公共議題，才能打開各種關於
性的可能，使性解放成為一種介入公共、挑戰常規的論述，一個改造家／國體
制的入口。[21]在這個意義上，「妖言」系列的各種書寫、創作和幻想，就不只
是私領域裡的自白，更是公領域的話語（discourse），是用以動搖而非穩固
「性／別」的「斜／邪線」，呼喚性少數與性異端的「線／現身」。

　　陳筱茵認為，「邊緣戰鬥」加上「後正文」的操作實踐，即是《島嶼邊
緣》將「人民民主論」接合至解嚴後臺灣政治現實的嘗試。以「酷兒戰略」為
例，陳筱茵認為，「邊緣戰鬥」強調「不斷游移於任何反權力集團固著意義的
對抗位置，就是Queer踰越二元對立的反常態戰鬥位置」；而《島嶼邊緣》
（後期）多以「認同政治」為專題主軸及其虛擬嘲諷的書寫風格，「就是
Queer理論中羞辱轉化的攻略」（2006: 86）。換句話說，「邊緣戰鬥」要求的
不只是讓邊緣或底層得以發聲和「體現」（embody），更要藉此將其存在、
經驗和認同去汙名化，化恥辱為榮耀，讓性少數（斜／邪線）成為理解性別與

---

21 當年《島嶼邊緣》或許沒有想到的是，這個「甌」同時也是票甌的甌。性少數的問題，最終
　竟然會以公民投票的方式來表達。

家國的必要成分與方法。

　　陳筱茵的觀察揭露了《島嶼邊緣》與文化研究的關係，尤其是「邊緣」這個概念如何成為文化研究的方法論，讓我們看見「邊緣戰鬥」一方面蘊涵著對少數和弱勢他者的認同與接納，以認同的再現作為集結力量的方式，另一方面展現為對社會結構，特別是對異性戀正典構造下的家／國體制與民族主體進行批判，以多元平等——而非族群認同——為綱，追求社會正義的進步價值。

　　以「酷兒」為例，「酷兒」本身並不是一種本質性的主體，甚或不是一種認同，而是一個相對於異性戀單偶制霸權的位置，它的作用是差異的彰顯——即「邪現」——而不是其固著。美國酷兒學者杜根（Lisa Duggan）就指出，酷兒政治（queer politics）「是一種公眾展示與文化介入的策略——它強調流動對抗的組成」，因此它不會將性別差異視為固定不變，因為它是「在晚近的歷史與特定的文化中形成的」；而且，所有認同的生產都同時製造了排除，「在邊緣的被排除者就會像鬼魂一樣糾纏著認同政治（1994: 4-5）。因此，與其將「酷兒」名詞化、認同化，《島嶼邊緣》反而要使之動詞化、動態化，成為一種應對、挑戰與顛覆正典的方法，以及認知與理解邊緣存在的實踐。

　　這個動態化的酷兒攻略（queering）具體展現在1993年第8期的「假台灣人」專題，但也是這一期讓《島嶼邊緣》的內部分裂更為惡化，使其「不統不獨、不藍不綠」的路線，在藍綠政治與統獨激化的夾殺下，難以為繼。[22]《島嶼邊緣》在「假台灣人」的專題封面上大作文章，將總統蔣經國、為爭取言論自由而自焚的鄭南榕和華裔音樂團體L.A. Boyz並置，創造了一個意象與意義上十分衝突的拼貼。這顯然是一次後正文的嘗試，也是一種酷兒化的策略，目的是不讓臺灣人認同固著在特定的族群身分與形象上，並且藉此挪揄臺灣獨立（臺灣人認同的政治內涵）乃是一種仰賴（in dependence on）美國的政治想

---

22 之所以難以為繼，陳筱茵解釋：「《島嶼邊緣》的『假台灣人』可說是一種哲學式、理論式推演下的辯證結果，在國民黨—民進黨的正反下的『合』或是『反「反」』，它是一種『酷兒』的聲音，一種反對『主』也反對『反對主』的檢討與自。為了跳脫僵固的二分法泥沼，出現了《島嶼邊緣》的特異雜音，但外界往往仍統獨二元地簡化看待《島嶼邊緣》的論述，最後獨派將其標籤為『反台獨』，而統派則視其為『沒有立場的虛無主義』。而『假台灣人』的觀點也只能代表部分成員的論述，並不能代表編輯成員共同的論述，這也是『假台灣人』難以繼續深耕論述或解釋言說的困境」（2006: 95）。

像。

　　專題的首篇文章，〈「自由時代」篡改歷史！：《韓國學生運動史》的「自由時代」譯本和原著之比較〉清楚地指向了這個問題。作者臧汝興指控《自由時代》這本獨派雜誌，在刊載《韓國學生運動史》時刻意篡改內容，美化書中的美國，並醜化韓國左派的形象。這篇文章雖然很短，卻反映了《島嶼邊緣》對臺灣民族主義質疑──即臺獨是一種傾向美國帝國主義的政治主張──及想要超脫統獨框架的努力。當然，這個特輯也納入了較為正式的文章，例如對霍布斯邦（Eric Hobsbawm）《國家與民族主義》的介紹和霍爾〈最小的自我〉的翻譯；更少不了的是那些充滿嘲諷與批判意味的後正文──如〈假台灣人：台灣的第五大族群〉、〈大家作夥當台奸〉，〈我們都不是台灣人〉以及〈新台灣公民的新生活守則〉等──其用意是要批評主導意識形態對公民的劃分，以及臺灣認同政治與獨立建國的關聯，強調臺灣認同的操演性（performativity），既非本真，也無實質。

圖17：《島嶼邊緣》「假台灣人」專輯封面圖片（感謝王浩威醫師授權使用）。

　　比方說，吳永毅在〈假台灣人：台灣的第五大族群〉中就強調中文裡的「假」有「偽裝」與「模擬」兩重定義。「偽裝」（或不純）指向權力運作的痕跡，因為「真正的台灣」或「真正的台灣人」，其實「是經過一個詮釋、協商和建構的過程」（1993: 36）；而「模擬」則說明了所謂「認同」不過是表演，模擬者和被模擬者在構成上可能沒有什麼不同，因為模擬與真實之間未必

存在矛盾，被模擬的本身可能也是個模擬，因此所謂「『假（模擬）台灣人』未必不是真正的台灣人，〔甚〕至可能比『台灣人』還要更真實」（1993:38）。[23]不過，吳永毅並沒有忘記，對認同抱持開放與展演性的理解，仍然無法迴避本質主義的威脅和政治忠誠的監控，因此，想像一個開放包容的臺灣認同也無法逃脫同化主義的試煉。所謂的「新台灣人」於是只能是某種「極度真實的」（hyper-real）的模擬，是實存主體被期待要變成的對象。於是，實存主體（四大族群也好，外籍移工也罷）都不過是「偽裝／模擬」臺灣人的存在，也因此他們與極度真實的「正港台灣人」——即布西亞意義上的一種「擬像」（simulacrum）——之間總處於一種「諧擬」（parody）的關係，雖然實存主體不斷被召喚，向擬像的國族主體認同與同化，卻又時常感到不被認可，甚至被排除。

　　所以，吳永毅挑釁地提出了性工作者、同性戀、亞裔美國人及皮條客等，在許多情境下其實也是「台灣人」的說法，以鬆動與諷刺視臺灣人為正直、純樸與善良的本質主義思維，因為在本質主義的認同建構下，這些「台灣人」只能是「假的」，是不符標準與期待的，甚或是理應被排除在外的殘渣。他寫道：

> 「假台灣人」（特別是諧擬意義下的台灣人）這一族群卻不能形成一個主體位置，也不能主動建構自己；它只是其他族群在各自建構時無可避免的「副產品」——當作為生命共同體的四大族群在建構自己時，也同時建構了「假台灣人」。一切無法在生命共同體內呈現的經驗、一切與生命共同體完全異質的符碼，都只好被丟出來去建構「假台灣人」，就像過濾後通不過篩選的渣滓丟進垃圾筒一樣。（1993: 44-45）

假台灣人的理論化過程清楚說明，對於邊緣人群的情感認同——「過濾後通不過篩選的渣滓」——乃是《島嶼邊緣》關懷與在乎的關鍵主體，他們雖然一樣

---

23 吳永毅這個想法，在張小虹的《假全球化》中有更豐富而深刻的演繹，特別是第四章〈我們都似台灣人〉裡從「似曾相識」與「再地引述」的理論角度展開了「假台灣人，真台客」的討論，從而突出了雜種、諧仿、翻轉背後的後殖民情感結構（2007: 221-284）。

置身此島，卻不是臺灣民族主義所要擁抱和接納的對象。這種諧擬戰術不只反映了後現代主義的影響，更是一種為了社會邊緣主體創造生存空間，向國家抗爭的批判戰略。透過反抗異性戀常態的父權機制及寄身其上的本土派國族主義，《島嶼邊緣》的酷兒化行動不只對應了文化批判與文化研究在1990年代的體制邊緣性，更展現了基於對社會邊緣的情感認同所發展出來的批判力道。

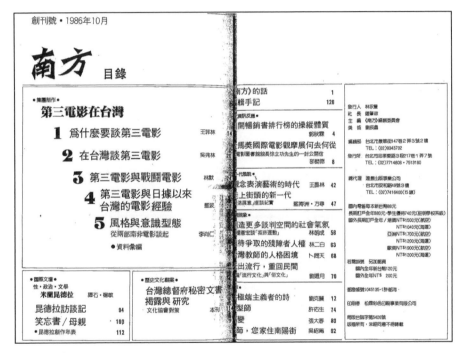

圖18：《南方》創刊號目錄（作者自攝）。

　　類似以情感認同展開社會批判的嘗試，也可以在同時期的《人間》和《南方》看見。陳映真創辦的《人間》雜誌，向來以人道主義受人稱道，它從「社會弱小者的立場」去看待社會的努力，也為1980年代後半的臺灣社會傳遞一股涓涓而溫潤的左翼思潮，至今仍令人緬懷不已。[24]雖然在編輯風格和取向上，《人間》與前述的《島嶼邊緣》大不相同，但在社會弱勢的關懷與左翼的立場

24　相關研究，見劉依潔，1999。

上，兩者倒有許多的共鳴。陳光興在2009年前後組織陳映真思想與文學研討會，乃至2012年創辦《人間思想》，都有意承繼與經營這條來自民眾與人間的左翼思路，希望恢復「從魯迅到陳映真以來的極重要但卻又被高度壓抑的在地左翼傳統」，並將這個傳統放在亞洲與第三世界的脈絡中來理解（陳光興、趙剛、鄭鴻生，2012: 6-7）。因此，左翼立場與第三世界關懷，即令不是文化研究的全部，起碼是一條相當重要的思想路線，這不僅與1980年代引進的新左派理論相關，亦與彼時浮現的第三世界想像有關。

就在《人間》創刊隔年的10月，由呂昱創辦、鍾肇政擔任社長的《南方》也創刊了，而且創刊號就推出了「第三電影在台灣」這個專題。這個專題包括了5篇文章，循序漸進地追問在臺灣思考「第三電影」（The Third Cinema）的意義與可能。為首的文章〈為什麼要談第三電影？〉開頭就指出，我們之所以談第三電影有三個理由：一、長久以來，我們被美國電影的好萊塢模式給統治了；二、第三電影是嶄新的電影文化，和歐美電影相較，它是進步的、革命的；三、因為臺灣是第三世界國家，所以自然會想要接觸和了解同樣來自第三國家的電影（王菲林，1986: 14）。但是，作者王菲林[25]沒有因此就認為引進第三電影沒有問題，相反地，他強調這也可能是臺灣社會對西方小眾文化的模仿，與對大眾文化的模仿未必有太大的不同（1986: 15）；也因此，他認為，對於第三電影的討論必須架接在對第三世界國家的認識之上，尤其強調其反奴役、反侵略與反殖民的意識，同時看到第三電影不僅是第三世界國家的電影，更是相對於第一電影和第二電影的後設電影（1986: 16-17）。吳弗林也談到，在臺灣討論第三電影的意義主要還在於學習「站在第三世界立場看問題」（1986: 20），從而對本土文化有所省察和批評，以「喚醒群眾，響應革命行動」（1986: 22）。[26]雖然《南方》後來並沒有大張旗鼓地把第三世界當成自身的路線來經營，但這個專題以及後續的相關文章（如出版至第4期的「國際

---

25 王菲林，1956年出生，本名王介安，1980年代初曾在加州大學洛杉磯分校（UCLA）攻讀電影，是洛杉磯左翼社群的一員；1985年回臺後，與王智章建立了關係，促生了以拍攝黨外與環境運動紀錄片而聞名的綠色小組。見林麗雲，2020: 90-106。

26 吳弗林也指出，第三電影在臺灣成為知識青年的話題，主要是由《夏潮論壇》及其他進步刊物的介紹和討論所帶動的（1986: 20）。這也意味著，第三電影在1980年代初已經透過地下放映在當時的知識青年間流通，形成影響。

文壇」欄目或是第7期開始的「世界聯線」欄目）其實都有意識地引進第三世界與東歐的思想資源。[27]雖然《南方》最後傾向了廣義的自由主義社會評論，乃至停刊之後轉進政黨政治裡運作，但仍然留下了或深或淺的文化左翼印記。[28]這也意味著當時引進的外部思潮與展開的文化批判，其實都與當下的現實處境與情感投射相關，目的是掙脫政治的壓抑，爭取建立自由而進步的文化空間。作為他者的第三世界及電影，因此，既是情感的參照，也是行動的方向。

　　這些刊物的出現及其蓬勃發展顯示，1980年代末的臺灣社會處於思想激越、情感充沛的時刻，知識分子對西方思潮抱有熱切而真誠的好奇，渴求任何可以幫助釐清臺灣與世界劇烈變化的思想資源。尤其在解嚴與民主化運動的影響下，他們主動或被動面對國家認同與社會正義的課題，而性別、階級、族群與外籍移工，逐漸成為統獨論辯之外，更為核心而真實的議題。因此，解嚴後的變化不只是當時知識分子時刻面對與企圖介入的現實，它也成為了臺灣人文研究發展的沃土。如果說西方理論的引進，在外文系內部，顯現為文學典律想像與教學的震盪，那麼文化研究的出現反映的大概就是外文學者，不受學術體制規限，與社會現實的互動。也就是說，不是從外文研究內部發展出了文化研究，而是在思想與社會的相互激盪中，文化研究逐漸從社會走進了學院，成為

27　其他值得注意的還有第10期（1987.8）張懷文的文章〈是現代主義？還是現實主義？：第三世界的「前衛」電影：第三電影〉；第11期（1987.9）的〈學生哲學：被壓迫者的啟蒙〉是巴西左翼教育家弗雷爾（Paulo Freire）著作的翻譯，以及南方朔對切·格瓦拉的介紹：〈蓋瓦拉：六〇年代的人民英雄〉；第12期（1987.10）介紹南韓工運和學運的文章；第14期（1987.12）簡白翻譯的〈需要基督，也需要馬克思：桑定政權下的尼加拉瓜全民教育〉，以及第16期（1988.2）陳玉潔翻譯的關於高棉（柬埔寨）內亂和南非的礦工反剝削抗爭的文章等。

28　大陸學者劉小新就指出，《南方》除了在1980年代關於「民間社會」的討論有顯著貢獻外，對1970年代的鄉土文學運動的精神亦有所繼承。但這也埋下了本土主義與第三世界主義的路線分歧，最終導致了以「譚石」和「拉非亞」為筆名的王浩威出走，另行創辦《島嶼邊緣》，以堅持邊緣戰鬥與社會優先的思想立場；呂昱和江迅（郭正亮）則轉入政黨政治，堅持本土主義路線（2010: 161）。王信允則指出，《南方》創刊之初雖然曾經想要將臺灣設定在一個第三世界的位置上發聲，強調左翼關懷，但自第5期（1987.3）由江迅（郭正亮）改任總編輯起，《南方》的風格往菁英取向傾斜，確認了「青年理想，台灣本土，世界眼光的價值核心」（2014: 19-21）。

批判知識分子的自我認同與集結空間。這也意味著，就外文研究的建制史而言，文化研究的意義必須從其在外文研究之「外」的邊緣位置去思考與求索。這也是文化研究學會，就其組成與脈絡而言，與外文學門的另外兩個學會——比較文學學會和英美文學學會——不甚相同的地方。[29]

多重的建制史 II：學會與學刊的成立和變化

《島嶼邊緣》停刊3年後文化研究學會在臺北成立。理監事會的成員包含陳光興（第一屆理事長）、馮建三、廖咸浩、陳儒修、何春蕤、張小虹、劉紀蕙等人，他們大多都有在《島嶼邊緣》擔任編輯的經驗。[30]雖然成員的重疊並不代表《島嶼邊緣》與文化研究有直接的承繼關係，但或許可以藉此看見1980年代末到1990年代初的文化批判，如何成為外文研究發展的新興動力，以及學院如何成為1990年代以降社會與文化批判的重要場域。在第一屆年會開場的組織工作報告中，陳光興語重心長地指出：

> 如果說現代台灣文化研究的前身在八○年代末，九○年代初的主要展現
> 形式是文化評論及文化批判，在那段巨變的時間裡，發揮了相當進步的批
> 判作用，而許多朋友都以書寫的方式參與介入了那個台灣社會巨變最快的
> 過程，那麼我們必須寄望在文化研究的場域中繼續累積批判的傳統，而不
> 是在學院化、體制化的走向中喪失批判及反省的動力。（2001a: 19）

---

29 雖然這三個學會頗有交錯之處，但核心的差異是「比較」、「英美」與「批判」三個不同的想像場域：比較文學學會在創建之初主要是以中西比較為重心，到了1980年代開始進入理論，故在場域的想像上，是臺灣與西方文學和理論的交匯和對照。英美文學學會則清楚地設定了「英美文學」為研討的對象，是故或許涉及理論與文化，並不以比較和社會議題為主導。相較而言，文化研究始終以「批判」為宗旨，研討的方式也就不受限於文學，而是更廣泛地涉及了傳播學、政治學、歷史學、社會學與人類學，乃至法律學與地理學。當然，文化研究興起後，跨學科的研究範式也對比較文學和英美文學研究有所影響，所以也會出現幾個學會活動雷同或互通的現象，例如原住民、生態、種族等議題。

30 第一屆的理監事名單如下：理事長：陳光興；秘書長：唐維敏；理事：馮建三、廖咸浩、陳儒修、何春蕤、張小虹、趙彥寧、趙剛、邱貴芬、劉紀蕙、劉亮雅、郭力昕、李振亞、鄭文良、林文淇；監事：張漢良、夏鑄九、宋文里、畢恆達、周慧玲。

他強調，雖然學會成立了，但文化研究既不是一般意義上的學科，也不是邊界明確的學術領域，而是一個創發、批判性的實驗空間。因此，體制化的目的不在於成為體制，而是為了「超越前一個世代的限制」，「更為精準的、有批判距離的掌握社會脈動」、「提出更為深刻的分析」、「逐漸累積、建立起批判思維的進步學術傳統」（2001a: 19）；它的作用是扮演「批判性的多元介面」，連結不同學科與學術領域，串連學術界、文化圈和運動圈的關懷，並橋接在地與全球的文化行動與社會網絡（2001a: 20）。雖然陳光興與蔡明發合編的國際學術刊物《亞際文化研究》在文化研究學會成立兩年後才正式創刊，但亞際的合作與網絡彼時已經存在，並且實質運作。這也顯示了文化研究在臺灣，從一開始，就在錯綜連結又互相建構的在地—國際軸線中發展和演進，具有一種「新國際在地主義」的成色。

　　為保留介入社會的基進動能，文化研究學會透過年度會議來培植在地的文化研究社群，注入區域與國際的文化研究想像；在劉紀蕙（2000-2002）的帶領下，在臺北的紫藤廬茶館開始了每個月一場的「文化批判論壇」，討論當時重大的社會議題。[31]這個做法不僅讓文化研究的學術動能與社會批判的關懷能夠有效接合，快速積累，也結合了文化批判與文化空間，使得紫藤廬成為當代批判文化的重要地景。同時，文化研究學會也利用當時方興的網際網路，架設《文化研究月報》，[32]一方面刊載學會的相關活動（如論壇的逐字稿），使得學會的工作不被收束在學院與特定空間之中，而能有更多面向社會與大眾的機會，另一方面提供年輕的研究生與青年學者發表學術作品的空間，讓批判性的知識能夠更快速而有效的流通。這樣的發展使得文化研究很快成為一股學術風潮，對既存學科造成了影響。[33]

　　有意思的是，相較比較文學學會和英美文學學會，文化研究的國際想像並

31　「文化批判論壇」當年是文化研究學會的一大特色，其他學會沒有這麼大的動能，每個月不間斷地舉辦活動。到2008年，舉辦的論壇場次超過了100場，但這樣的盛況在2010年前後即開始下滑。

32　《文化研究月報》2001年3月創刊，但由於投稿與人力不足，2015年自第151期起更名為《文化研究季刊》，經營至今。

33　關於文化研究對不同學科的影響，見劉育忠與王惠蘭，2010；邱澎生，2010；劉人鵬，2010a；游勝冠，2010。

不以「西方」為主要的參照對象，也不只以臺灣為研究對象。瀏覽歷年的年會主題可以看見，文化研究的國際相對多元，並且重視東亞區域。比方說，2002年文化研究學會即以「東亞」為年會主題──「重訪東亞：全球、區域、國家、公民」──並視自身為華語語系文化研究的批判節點（如2005年的年會改稱為華文文化研究會議，並以「去國・汶化・華文祭」為題）。2006-2008年，年會主題專注在行動主義與社會運動上，包含「眾生／眾身」（2006）、「城鄉流動」（2007）與「樂生怒活：風格運動、生活政治與私眾社會」（2008）。類似的主題在2012-2014年再次出現，重申批判性的社會介入才是文化研究集結的宗旨。諸如「蕪土無民」（2012）、「公共『性』危機」（2013）與「不・爽・文・化」（2014）都是對當時的社會議題──如大埔農地、臺鐵性交事件、中研院技轉爭議等議題──的回應，但也與區域內外進步知識圈關心的課題相關。之後幾年則回到自身定位的探索，包括2015年的「以誰之名」、2016年的「跨／界：再訪文化研究的方法與實踐」、2017年的「鬥・陣・行」，以及2018年的「文化在民間」，都試圖重新思考文化研究如何能夠更好地回應社會的需求與變化。2019年的年會主題「其餘的興起」則強調在全球結構中思考「餘」（the Rest）的意義以及文化研究的未竟之業。[34]同時，歷屆年會中，香港、澳門與中國大陸學者的出現和東亞學者的參與，也是文化研究年會持之有恆的特色。換言之，不同於1980年代末、1990年代初的文化批判風潮，以西方作為思考在地的根本參照，文化研究在建制化之後，更清楚意識到了西方與本土的局限，而轉向了東亞尋求不同的資源，鬆動西方理論的宰制，也嘗試以更複雜而豐富的方式理解在地。作為亞洲地區第一個以文化研究之名成立的學會，中華民國文化研究學會可以說是有意識地在扮演轉轍器／路由器（router）的角色，連結各地的批判力量，互相學習、彼此參照。雖然不以西方為唯一的對象，它也從未將之排除在外，而是視之為預設的參照，是批判工作所要超克與轉化的前提。

　　學會之外，更重要的建制化成果當然是系所與刊物。2002年交通大學成立的社會與文化研究所（簡稱社文所）可以說是文化研究最為重要的建制單位。

34　如年會說明所示，「餘」除了是相對應於西方的其餘之外，也是社會他者的一種提喻，更暗示了資本主義對剩餘的剝削與掠奪，乃至運動軌跡與相對速度下的城市或區域競爭。

它不只同時設有碩士班和博士班，2012年起更成立了跨校的亞際文化研究國際學程，整合清華、交大、中央與陽明的資源，面向國際招生。雖然該學程目前只能授予碩士學位，但已有不少國際學生與大陸學生前來修讀。2015年更在教育部的資助下成立了文化研究國際中心，透過駐校講座、短期訪問學者、研究生交流、國際工作坊與會議等配套措施，促進國際交流與強化研究能量；同時大量的出版計畫──包括支持《亞際文化研究》、《人間思想》和《文化研究》這三本刊物──不僅使得交大社文所具有國際能見度，更維繫了文化研究這個學術場域，得以循著在地─國際的跨領域批判軸線繼續發展。

　　2005年創刊的《文化研究》是文化研究在臺灣的另一座里程碑。這是以交大社文所為基地，結合了批判理論與文化研究發展出來的學術刊物。在前兩任主編朱元鴻和劉紀蕙的努力下，《文化研究》試圖扮演跨領域、跨地域的匯流與開拓的功能，一方面接合西方理論與在地經驗，讓西方的思想與觀念得以成為臺灣人文研究的養分和資源，另一方面以理論為經，重新轉化臺灣及亞洲的在地經驗，提煉其理論意涵，在理論的層次上與西方學者進行對話和協商。如朱元鴻（2005）在創刊號的〈編輯室報告〉中指出，與其說《文化研究》是一本多學科刊物，不如說它是一本「反學科刊物」，是以英文刊名*Router*強調的便是連結與交流，因為「任何時代，學科可以整齊分列，繼續增生，但不能沒有『反學科』的流動空間，20世紀中期，『批判理論』約略是這個空間的便稱，世紀之交，『文化研究』約略是這個空間的便稱」。

　　故自創刊起，透過專題、思想翻譯和論壇等不同形式，《文化研究》便積極引進西方與東方的當代哲學：洪席耶、阿岡本、馬拉布、巴迪烏、子安宣邦、高橋哲哉、布洛薩特（Alain Brossat）、酒井直樹、阿吉耶（Michel Agier）等，不僅不分東西，視之為同樣重要的思想資源，更企圖透過他們打開不同的議題，探索臺灣、華語世界與西方之間的當代連繫與對話空間。尤其，面對當前的社會議題──如移民歸屬、中國崛起、核能現代性、亞細亞主義、太陽花運動、農藝復興、營區和疆界、策展和藝術等，《文化研究》也嘗試橋接理論與介入議題，使後者的討論能更具思想的厚度，讓前者的思維更包含現實的觀照。這樣的想法不只反映在創刊初期關於西方理論的引介和討論，也在「批評與回應」的欄目設計上有所呈現。

　　比方說，創刊號上的首篇論文是甯應斌的〈現代死亡的政治〉。該文除了

討論麥金儂（Catherine MacKinnon）、紀登斯（Anthony Giddens）、傅柯、艾里亞斯（Norbert Elias）等西方學者對死亡的思考，也透過「死亡」這個論題進入關於現代臨終者權利與療護的省思，展開對於文明與現代以及死亡醫療化和私人化的探討，作為回應日常生活、乃至藝術展覽中的屍體的基礎。因此，甯應斌特別提及了臺灣媒體上出現的幾則新聞，思索「屍體進入社會公共」的現象和趨勢，從而延伸出一個比較和參照的方法論思考。甯應斌寫道：

> 本文所引用的歐美現代性理論所根據的「事實」在起源上應該是西方社會的現代化歷史過程。不過我認為這些理論也因為制度與知識技術的殖民，人造物件對主體的時空意識和人際關係的文化改造等種種因素而在其他地區有適用之處。但是我們必須認識到：理論建構也是解釋與批判實際歷史過程的工具——也因此同時參與了未來現實的建構或改變。（2005: 43）

換句話說，現代性與現代性理論是展開對話的起點，而非終點，關鍵還在於「臺灣現代性的研究是否最終會修正、補充、動搖〔甚或〕推翻源起歐美的現代性理論的基本範疇或假設」（2005: 44）。這個對話以及往復修正和更新理論的過程，才是跨學科、跨地域研究的作用和目的。

　　同樣，發表在第9期，劉紀蕙的論文〈倫理翻譯與主體化問題：王國維問題重探〉也展現了類似的企圖心。以翻譯作為思考的起點，這篇論文可說是《文化研究》「反學科」路徑的標誌性成果。她認為，在殖民現代性的脈絡下，翻譯從來不只是將外國的思想輸入地方脈絡的行為，而是相當複雜、內外呼應的「生產」過程，因為翻譯內化、也再現了知識轉移與主體的交纏同構；如同班雅明在〈譯者的職責〉中所強調的，翻譯賦予原著新生，但不僅僅如此，劉紀蕙認為，翻譯本就是一種知識生產的方式，是外部導入與內部呼喚同時並進的「雙重運動」，因此它也是「多維空間互涉的主體拓樸學問題」（2009: 16）。劉紀蕙寫道：「如何徹底檢視此〔文化轉型〕過程中引發的話語模式與體制化工作，以及其中牽涉的不同主體位置，才能夠充分討論中文語境之內認識型與感覺體系的轉變，也才能夠觀察此複雜拓樸結構中某一些曾經發生的獨特之思想抵抗空間」（2009: 18）。是以，雖然以清末學人引進倫理

概念這一事件為對象，她卻從海德格、尼采、傅柯、至拉岡的主體化論述開始討論，再而進入ethics一詞在漢語中被翻譯為「倫理」的歷史過程，強調翻譯與主體化的交纏，然後才分析羅振玉、王國維等人對「倫理」一詞的思考及兩者的差異，以突出外部導入與內部呼應之間的緊張與對抗。劉紀蕙指出，羅振玉借道日本引入倫理就是希望透過教育重振國民道德，自此，倫理不只成為現代教育的一環，由之構築的教程更成為我們沿用至今的傳統。王國維雖然也參與了教科書審定與相關的翻譯工作，他卻從功利主義入手，強調多數人的幸福，而不是課程固置下來的道德，才是倫理的指引。這就使得王國維與羅振玉在倫理的思考上，站在了極不相同的位置上，也突出了倫理一詞在落地轉譯過程中內蘊的矛盾與思想動能。

　　劉紀蕙的工作不僅豐富了我們對清末譯介倫理一詞的歷史知識，更點出了西方理論與在地經驗的思想交鋒之處：展現在現代中國知識分子主體化的這個層次上，這是思想的匯流；展現在現代「倫理」的多元內涵上，則是理論的開拓與接合。[35]文化研究的「反學科」特質，因此，並不意味著廢除學科之類的激進主張，也不只是反映某種跨學科的疊加思維，而是將思考推至學科的邊界，探勘既有知識的局限與可能。

　　正因為如此，議題主導的跨學科對話成為《文化研究》上常見的操作方式。不論是對臺灣文學本土化典範的討論（見第1期關於蕭阿勤的文章的「批評與回應」），還是馬華文學的無國籍和後殖民思考（見第2期關於黃錦樹文章的「批評與回應」，以及第21期「回憶殖民後」論壇關於馬華認同、中國性與帝國霸權的討論），或是對香港問題的討論，如第23期的香港（後）殖民專題，以及對汙名的探索（見第13期「汙名的比較：殘障與性」論壇），我們都可以看到一種不同於「中西比較研究」的參照性範式，或隱或顯，嘗試打破、鬆動、挑戰或逸離既有的學科框架與問題意識，將思考從學科知識本身轉向經驗之痛／慟、政治之棘／疾與思想未竟／進之處。在這些思考中，空間不是固定的、方法不是單一的、理論也不是絕對的，而是在接合與表述當中逐漸成

35　當然，這不是說甯應斌和劉紀蕙這兩篇文章就代表了《文化研究》的全部。至今出版了超過30期以上的《文化研究》當然還含括了許多其他的內容與方向。但是儘管這個偏向理論的路徑看似曲高和寡，它仍是臺灣文化研究頗具特色的一支，與外文研究的關係也密切，值得重視。

形。

　　不同於《亞際文化研究》將自身定位在亞洲知識的跨國生產，較少觸及歐陸思想的討論，作為中文刊物，《文化研究》在朱元鴻和劉紀蕙主編任內，特別重視「理論」作為連接臺灣與西方，以及全球華語研究社群的橋梁。從後見之明看來，這種努力或許難免暗示某種的理論焦慮（或是說缺乏理論的焦慮），因之想要尋找或聲稱亞洲也有理論，以挑戰西方理論的普世化，一如史書美（2016）徵候性的探問：「臺灣可以有自己的理論嗎」？[36]但不同於《當代》、《南方》或《島嶼邊緣》視理論為驅動思考與行動的資源，《文化研究》視理論為必須介入的對象以及接合國際學界的方法，也因此理論不必被殊異化為西方或東方，而是一種意在打開問題的思維組態；它既不企圖取代文學、歷史和政治，也不需與之分離自立，而是一個予以穿透，任其轉化的探索過程。這樣的理論想像使得《文化研究》被批評為具有菁英取向，曲高和寡，無法反映文化研究的實際狀況，及其更為廣泛的文化關懷（例如青年流行文化、影視傳播研究或是日常生活批判）。[37]但這也點出西方知識與學術制度的框架（包括問題意識與出版機制）是文化研究在臺灣與亞洲持續面對的問題。如何將更廣泛的文化現象與社會議題帶入文化研究，啟發與啟動在地的理論思辨，探索不同的情感投射，讓文化研究的思想工具和話語可以更有效應對日常生活中的文化政治，實際串連起「行動化學術」與「理論化行動」（Chen and Chua, 2007: 4）的嘗試，當是文化研究建制化20年後的重要挑戰。

　　除了建制歷史與刊物的流變之外，文化研究更重要的學術成果是豐富多樣的知識產出。以張小虹、劉紀蕙以及劉人鵬和丁乃非的近期研究為例，這些具體成果不只標誌了作為知識領域，文化研究20年來的成熟與進展，也突出了作為學術運動的文化研究，所嘗試的理論接合與情感表述，究竟如何在外文之「外」拓境與思辨。

36　相關討論，見本書第六章。

37　當然，這個以理論為輻輳的傾向，並不是所有人都認同的「文化研究」。朱元鴻（2011）在第12期的〈編輯室報告〉中就提到，回顧過去6年的內容，有些讀者不免質疑：「這份刊物會不會太過艱澀，偏好哲學或思想性論文，不夠反映文化研究的某些領域」？

理論的接合：「番易」與「迻譯」現代性的思想重構

> 在「同字異譯」與「同音譯字」上的不斷翻轉嘗試〔……〕是要去命名，要去呼叫世界，要去提出重新概念化歷史的新語詞。而新語詞之新，就在於摺疊翻轉既有語詞所造成的「耳目一新」，就在於摺疊翻轉既有語詞所給出的「推陳出新」，不在別處，就在語詞的字面，出現熟悉又陌生的「同字異譯」與「同音譯字」之摺疊，讓翻譯不僅僅能把外國語翻譯成本國語（語詞與概念），更得以凸顯本國語中的外國語，給出語詞增生與概念微分的創造力流變。
>
> ——張小虹（2016: 73）

> 從漫長的歷史過程一直到當代，所謂的西方思想與中國思想從來都不處於各自單獨發展的獨立歷史過程，而不斷有相互啟發、移植與挪用的軌跡。
>
> ——劉紀蕙（2020: 38）

　　出身於英美文學與比較文學研究的張小虹與劉紀蕙，她們的著作強烈反映了整合「外部導入」與「內部呼喚」的思考路徑，展現了文化研究如何接合理論、重構思想的嘗試。理論的接合，對她們而言，並不是引用西方理論而已，而是將理論的開展接引至其未進／竟之處，並在此境打開關於現代性及思想的重構，讓現代性的多重皺摺能在西方殖民主義與東亞民族主義的夾縫中舒展，也讓現代性的暴力得以在規範治理的區分中顯現；由此我們可以看到民族的驕傲如何摺疊了差恥，區辨治理的規範秩序如何隱蔽了汙名與歧視，在有分無分的劃分當中展現的政治之棘／疾如何造成了邊緣之痛／慟。而「番易」、「迻譯」乃至格義的語義翻轉、挪移與增補正是關鍵的方法論。

　　《時尚現代性》是張小虹10年研究之大成，但她對理論關切已久，從早年的女性主義與酷兒研究，到晚近的全球化與時尚研究，歐陸理論都是其研究的重要引線。她的理論書寫有很強烈的「穿文化」（transcultural）特色，尤其展現在其理論語言不拘一格的更易與翻新，類近於《島嶼邊緣》的語義翻轉。比

方說，在《假全球化》這本透過仿冒品思考全球化邏輯的專著裡，理論的更易與翻新就展現在「假」字的複義性上：「假」全球化，不只是「假貨」的全球化，亦有「假借」、「借道」的創造性動能，如此全球化就不能只被理解為一種由上而下，由西而東的政治經濟過程，它同時也是一種由下而上，由東而西的文化流布與平行運動，在假借挪用、平行輸入，乃至真假共構之中豐富了全球化的內涵，也呈現出全球化的暗影總是如影隨形（例如「台客」美學總是在「四不像」與「似不像」之間游移竄動，在本真的欲求與模仿的焦慮中徬徨失措）。在近作《張愛玲的假髮》中，她更提出，以「『迻譯』作為思考操作的動態進行式」，藉著「迻譯」和「移譯」之間的形聲假借，讓「同音相推、同義相延」，引申出思想的移動、變化、遺佚和遺留（2020: 14-15）。這不只是翻譯的嘗試，更是透過跨文化譯義與異議的思想重構，在想法的翻轉之中命名與張開被摺疊的歷史，藉新詞語的跳動（或跳tone）連結與扭動不同的論述。

在《時尚現代性》中，她借用了德勒茲、班雅明、傅柯等人的理論，展開對多重現代性的思考。透過「時尚」（不只是時裝，還是髮辮、腳形、縐摺、身體曲線、布料與色澤），她對現代性二元對立的線性思維提出了根本的質疑，追問現代性的「線」代性想像是否同時隱蔽、或摺曲了「羨」代性與「shame」代性。透過追索理論翻譯的增生、異譯與微偏，如何展現在身體、時裝與女性形象的變化之中，張小虹解析巨變時代的縐摺——辮髮／變法之義、小腳、天足而新履之流變、女裝直曲展演的流線，乃至旗袍與洋裝之「合襞」與陰丹士林藍的政治美學——如何在「歷／力史」（歷史作為不同力量擠壓與鬥爭的紀錄）之中「合摺、開摺、再合摺」，打開一條流變與逃逸的思路，鬆動現代性在帝國宰制與民族反抗中的二元敘事，而展開貫穿其中、流變增生、隱匿求存的「唯物／微物」政治。易言之，在德勒茲「流變－逃逸」學說的啟發下，張小虹以「時尚／翻新」——「翻新」為fashion最早的一種翻譯——為媒介，對現代性提出了迻譯與格義，這樣的努力之所以必要，是因為現代性的意義——恰似全球化——往往被民族－帝國的二元敘事所綁架，也是因為在這套二元敘事中還有許多真實的身體、形式與經驗沒有被看到和記述。正是因為這些身體、形式和經驗的存在穿透了帝國與民族的二元敘事，又無法全然歸屬於其一，所以她們往往被道德敘事與文明秩序所挾持，若不是像辮髮那樣成為「民族創傷記憶中那不堪回首的痛處」，就是像纏足那樣成為「西方

凝視下落後封建中國的『性戀物』與『殖民戀物』」（2016: 97）。要打破這種敘述的單一反覆，回歸歷史經驗的幽微與複雜，就有賴撐開現代性底下的「羨代性」與「shame代性」，重新看到「翻新」（也是翻譯和改造）現代性過程中的種種合摺與開摺，如何改變前世、開啟新生。

透過深入分析辮髮和纏足這兩個清末最重要的時尚事件，張小虹仔細描繪了剪辮的民族主義決絕，如何使得曾為時尚形式的「辮髮」成為象徵保守落後的創傷固置，而剪辮的政治宣示又如何觸發了蓄髮與瀏海的髮式翻新；時尚固不是政治的核心關懷，但髮的物質性與象徵性卻使得「變髮」成為變法的象徵，同時，政治性的「變髮」又引發了髮式的時尚流變，引發新一輪關乎進步落後、流行守舊的論辯。同樣地，雖然清末纏足被當成父權壓迫的象徵，但腳上的花樣並沒有因為解放了小腳而停止，反而在纏足一天足、殘足一怪足、蓮鞋一高跟鞋的糾結與疊影中，生生不息，提醒我們看似關乎時代巨變的髮足之變，其實亦是時尚現代性／羨代性／shame代性中的形式變化。張小虹寫道，魯迅對辮子看法的種種變化「讓我們看到辮髮『去象徵化』最基進最徹底的力量，乃是辮髮的『再力史化』、『再縐摺化』，沒有辮髮不變的本質，沒有辮髮不變的認同，也沒有辮髮不變的『劣根』（國民性），辮髮終究也只是歷史作為『翻新行勢』所給出的一個暫時『時尚形式』」（2016: 160）。同理，不論大腳小腳、纏足或穿鞋，腳上的種種變化亦是一種「重複引述」的「踐履」行動，它固然受制於種種文明敘事和美學要求，但也在應對政治變化與日常生活之中，藉著踐履的微偏和衍異，改變了符號的意義，顯現了主體的能動性。張小虹強調，纏足之所以值得關切，恰恰是因為它是現代中國研究的未進／竟之處：

　　相對於史有明載的「不纏足運動」，清末民初女人「不殘足運動」的斷簡殘篇，凸顯的正是當代纏足研究的內在困境：所有文獻檔案資料最匱缺的，正是纏足女子面對時代變易的身體觸受強度與因應策略。歷史上留下紀錄的女人聲音，要不是有名有姓的革命女烈士（如秋瑾）痛陳纏足之害，要不就是平民女子用筆名（當然也有男士假借女性筆名者）或真名（多由男性轉陳）之過來人語，以纏足之苦作為後人殷鑑（包括幼時纏足過程之苦與長時被人視為恥辱、棄若敝屣之苦）。（2016: 215）

她欲批評的，是shame代性的創傷固結對歷史現場的固置與遮蔽；她想曝露的是shame代性之慟如何覆寫了小腳婦女之痛；她希望在檔案的斷簡殘篇中發掘這些時代女性的經驗陳述，不必再被憤青、公知的家國想像所代言與遮蔽。從「感時憂國的大論述，轉到庶民日常生活的文化易界」（2016: 215），張小虹不只展現了文化研究的微物／唯物政治，鬆動與顛覆歷史敘述的翻新力道，也彰顯了對失語者的情感認同，以及對歷史多元經驗的重視。她費心盡力地在歷史檔案裡淘洗纏足婦女的身影，為的不只是凸顯「在晚清到民國『纏足及殘足』的國族／國足論暴力下，以踐履現代性、一步一腳印走出來的女人『不殘足運動』」，更是希望在「這些生活唯物細節的衍異中」，在「歷史時間流變的間隙裡」看到這些無名、失語的婦女如何背負汙名的枷鎖，「先一步走入了現代性」（2016: 221）。

　　不同於張小虹從庶民文化與日常生活展開的「微物力史摺學」，劉紀蕙向抽象剛硬的哲學史進軍。在《一分為二》中，劉紀蕙開宗明義提出哲學考掘學的研究方案，以思索話語事件「背後不可見的政治經濟動力與錯綜脈絡，以及支撐這些脈絡的機構體制與政治範式」；她認為，「不要將思想史脫離於物質社會與歷史脈絡，而要從各種思想的話語標記出發，探究時代脈絡的物質條件如何激發了主體的思維與感受，如何進一步促成教育體制與司法文化機構的形式，以及如何透過各種話語標記展現出書寫者的主體拓樸位置」（2020: 22）。換句話說，她不只要把話語和概念放回歷史語境裡，更要討論歷史語境中發揮著作用的種種文化與政治機制，以及書寫者與之應對的關係，從而形成話語—體制—作者的詮釋機制。在這個意義上，話語是流動變化的事件，體制是各地脈絡的載體，而作者則是不同位置與身分的表述者。是故，值得追索的不只是「一分為二」從毛澤東到法國毛派與後結構主義思想家的跨國理論行旅，亦是華文語境中的體制變化、政治鬥爭和話語實踐，如何在「思想革命」與「思想僵化」的軸線上辯證和發展，並由之展開政治性的重構。

　　對劉紀蕙來說，「一分為二」迷人之處就在於它不是西方或東方獨有的概念，而是人類思想史上極具影響力的思辨方式，從黑格爾而史蒂納（Max Stirner）、馬克思和列寧都對這個概念有所發展，更在源遠流長的中國思想中發揮著作用。然而，「一分為二」這個具有革命意義的辯證運動，到了毛澤東這兒卻被絕對化為一種對抗關係，使得原來在生產動態中相對於資本階級的勞

動階級被「神聖化」與「實體化」為主體，「成為人民內部對抗性敵我對立與階級鬥爭的依據」，致使「一分為二」開展出來的思想革命變得僵化固結，而形成一個封閉對抗的政治結構（2020: 74）。而思想如何從革命轉向僵化的歷史過程，又有哪些思想者參與其中，就是《一分為二》想要探究的問題。是故，冷戰對抗、儒法鬥爭、空／無的本體與政治，乃至國與法的解放與批判，就成為思索「一分為二」如何革命，怎樣僵化的話語事件。

　　比方說，冷戰的對抗話語就不是一個有意於辯證轉化的結構，而是邊界政治的絕對化；這麼一個對抗性的邊界放在文化思想場域上就呈現為一次又一次的政治鬥爭與肅清，以及表面對抗、無可統合，卻又互相構成的文化運動。臺灣1950年代的反共肅清，大陸同期的反右鬥爭，乃至稍晚圍繞楊蕭珍案件所展開的「儒法鬥爭」以及稍早在臺灣出現的「文化復興運動」，都是這個僵化對抗邏輯下的產物，對內以峻法嚴刑維持穩定，對外以勇武對抗謀求和平，致使理念上的主體成為一種同意修辭（rhetoric of consent）與合法化治理的手段。同樣地，西方思想家——不論是漢學家或哲學家——對於中國思想的引介——不論是老莊，還是老毛——也都隱含著「一分為二」的思想企圖。儘管他們的引述難免帶有去政治化的挪用，但思想跨界往往可以產生辯證的效果，推移與置疑原先設定的「同一」，讓思想的運動得以朝向解放的目標邁進；迻譯因此也是番易，更是格義。因此，法國漢學家朱利安（François Jullien）和畢來德（Jean François Billeter）的「虛空」以及阿岡本、阿圖塞與洪席耶的「空無」，都不只是某種本體論的想像而已，而是解放政治的核心，亦即在「一分為二」的疆界處質問規範秩序的嘗試。不論是朝向他者開放的認識論（朱利安的「間距」和畢來德的「虛空」），還是「處於治理機制核心而不被置疑的邏輯」（阿岡本的「寶座空位」），在本質上都是一種秩序結構的圖譜。如何曝露秩序結構的內在邏輯，指向虛位規訓的內在化，從而展開邊界治理的民主討論，看見「主體」的效果如何建立在排除的機制之上，我們才能有效打開治理的缺口，重新思考洪席耶所謂「感知分享」。

　　換句話說，透過這些分化與同一的話語實踐，劉紀蕙試圖展開對邊界話語的反省，因為對劃界行動的反思也就是解放性批判政治的起點。是故，劉紀蕙主張：「邊界的民主化，並不是抹除邊界，而是在所有邊界處進行民主化，以介入性的翻譯與溝通，促成多邊的相互承認」（2020: 325）。而邊界的民主

化除了依靠政治性的思辨與抗爭外，更有賴於「承認歷史流變與多重決定的偶然性」，以「解構單一法統一脈相承的論點」，使國家成為「容納相續流注之人民的『空處』」，而非邊界明確而決絕的「領土」（2020: 410-412）。從西方而東方，從上古而當代，劉紀蕙的批判方案恰恰是落在「解構國家，反思公共」的這條軸線上，因為理論的作用不在其虛玄抽象，而在於思辨運動開展出來的解放力量，讓我們能對國家「在不疑處有疑」，挑戰其以符號暴力塗抹歷史，強行區分人民的惡行。劉紀蕙強調，「只有承認並且面對國家作為符號場域的虛構性，我們才會觀察到其中發生的各種符號領域如何以抽象概念『一分為二』，劃分內外界線，進行主權爭奪之戰，進而立法鞏固既得利益，排除異己，並以各種體制法令進行統治的符號暴力」（2020: 428）。

　　張小虹與劉紀蕙兩人，固然側重有別，都不約而同地從理論出發，打造一把可以打開現代性之謎／迷的鑰匙，以拆解殖民現代性與家國共同體建立起來的神話。同時，將理論置放在歷史運動當中，她們的著作不僅展開了跨越東西的理論通道，也為中國現代史與臺灣當代史的理解提出強而有力的批判，突出了文化、思想與政治之間環環相扣的綿密迴路，而「翻譯／番易」、「迻譯／格義」是共通的方法論。在她們筆下，文化研究顯然不只是對文化現象加以研究而已，更是在文化中理解政治，在政治中理解思想的文化研究。不管討論的是殖民／國族現代性下的無名者和失語者，或是家國共同體下的「無分之分」，她們對歷史和國家縫隙中的弱勢主體尤其抱有強烈的關懷與同情，也由此展開了現代性的批判重構。我們甚至可以感到，她們的書寫恰恰是來自於這些歷史上的「無分之分」、「無名之名」的啟發。

　　張小虹說，自己做了20年文化研究，「最心儀的典範不是那些歐美大師，而是張愛玲與魯迅」，因為「她／他們有身體，能站在時代變動的第一線，細膩體現身體與世界觸受關係強度的變化」（2016: 405-406）。劉紀蕙雖然沒有類似的「告白」，但也強調「如何思考政治性的問題」才是切身的關切（2020: 4）。這意味著，文化研究重視從「切身處」展開的批判方案，而理論的接合除了學理的脈絡外，也仰賴情感的引導。「情感」在此發揮的作用不只是一個「感知分享」的課題，亦是主體與他者之間必然遭逢的倫理難題。這也意味著文化研究的出發點，向來不是主流和霸權，而是其邊緣和暗影。值得強調的是，這個邊緣與暗影的立場不全是理論的指引，更是經驗的提示與啟

迪。解嚴後風起雲湧的社會運動才是文化研究的沃土和基盤，文化研究的政治性格與情感認同自然也來自於此。這個從情感朝向主體深處的探問，正是文化研究最具理論基進性的地方。

情感的表述：罔兩作為方法

> 我見著的每張臉都有一種印記：虛弱的印記，憂傷的印記。
>
> ——William Blake (1794)

　　劉人鵬、丁乃非、白瑞梅等性／別研究的學者們，在1990年代後期婦運裂解的餘波中展開了酷兒批判，一開始是針對著性少數與性工作汙名的反思，之後深化為「毀家滅婚」的「酷兒馬克思」（Petrus Liu, 2015）路徑，再展開為對憂鬱的文化政治與殘障（包括精神的與身體的）的思考。這是一個具有理論深度以及跨域影響力的學術／運動。[38]

　　這些學者參與了1990年代的女性主義與性解放運動，尤其關注酷兒、外籍移工與性工作者的汙名問題。她們認為，女性解放的議題不能單獨看待，而要同時從階級與性向的角度看到女性的疊影，亦即圍繞在妻子之外的種種魅影：妾、妓、女同性戀等等，從而展開對各類社會邊緣群體的關懷。不同於國家女性主義者想透過「美德風俗」的論述，強化「良家婦女」的角色，作為國家性別治理的一環予以保障和保護（Huang, 2004），這些學者質疑「良家婦女」中的「寬容」與「含蓄」論述具有性別化的規訓力量，正是異性戀父權體制的

---

38 劉人鵬、白瑞梅、丁乃非在《罔兩問景》的序中提及，她們的合作緣於1990年代參與、感受、探索與思考彼時「表面蓬勃同時暗潮洶湧的性／別論述與運動」，也受惠於1998年在芬蘭舉行的國際文化研究會議（Crossroads），〈含蓄美學與酷兒政略〉的初稿就是在會議後的暑假成形和出版的（2005: iii）。這個合作的經驗與思考，也成為下三本書——《置疑婚家連續體》、《憂鬱的文化政治》與《抱殘守缺》——的基礎，雖然後兩本書翻譯選集主要是劉人鵬在清華中語系帶領的團隊所完成的。當然，這個酷兒馬克思的路線，還應該包括何春蕤、甯應斌、張小虹和朱偉誠等人，但篇幅所限，在此只能集中討論這三人的研究成果。關於1990年代臺灣重要的性／別事件與運動，見何春蕤、丁乃非、甯應斌，2005: 42-98。

核心，而婚姻和家庭則是其得以不斷複製的日常機制。也因此，婦女解放不僅要從根本上質疑婚家連續體，更要關照到同樣受其壓抑與壓迫的性少數與性工作者，因為他們若不是被關進婚家體制的甌中，成為妻妾，就是被放逐於婚家體制之外，成為娼妓，成為不被家族祭祀與記憶的遊魂。

劉人鵬與丁乃非合著的〈含蓄美學與酷兒攻略〉是這條批判思路上最具開創性的論文。它最早在1998年發表於《性／別研究》，再收錄在劉人鵬、丁乃非與白瑞梅合作編寫的論文選集《罔兩問景：酷兒閱讀攻略》（2007）中；英文版則在2005年發表於《亞際文化研究》。她們提出兩個基本的論點：一、透過反駁香港同志學者周華山對中國文化包容同志的宣稱，她們指出，寬容與含蓄的論述其實是一種壓抑與壓迫的美學修辭，它是一種話語政治（discursive politics），以話語來規範行為，透過包容予以規訓，因此它也是傅柯意義上的生命政治；二、受到《莊子》裡「罔兩問景」這則古典寓言的啟發，她們找到一種理論化的方法，來討論性少數（如同性戀）與性異端（如性工作者和婢妾）在華人社會中存在的樣態。所謂「罔兩」，就是「影外微陰」，是影子外緣模糊、難以識別之物。在《莊子》的寓言裡，罔兩質問影子，為何無法脫離形式而獨立行動，而影子回答：因為我仰賴形式才得以存在，所以我無法知道為何我無法脫離形式而獨立行動。傳統上「罔兩問景」被視為一種唯心論的寓言，強調主體存在各有依附，萬物依附自然而存在，是故存在不必仰賴形式，或追究形式的平等，而在於存乎一心的主體意識。這樣的詮釋將重心放置於景的本體之上，但劉與丁則將重心轉向罔兩，強調「問」的意義，因為唯有發問、出聲，那個沒有明確形體的影外微陰才得以被聽見和辨識。

藉著發問，罔兩「無法說、說不出來、難以辨識、不被承認」（2007: 8）的存在樣態成為理解性少數與性異端的提喻，因為罔兩的位置恰恰就是社會符號結構中那個無法被說出、辨識與認知的存在，之所以如此是因為華人社會的運行包含了一種寬容含蓄的力道，使得他們必須保持透明、自我規訓，以維護正常秩序所要求的和諧和莊重，即便和諧與莊重必須以他們的汙名為代價。

劉人鵬與丁乃非發現：「自律」與「守己」不只是儒家修身哲學中如何對待或鍛鍊自己的問題，更是在社會關係中面對別人該如何表現合宜的問題，所以「行動與言語上不安分守己而逸軌者，通常被要求含蓄自律」；如此一來，

含蓄委婉的修辭表現就「成為一種約制力，假設共享某個空間的一群都只有一心，那麼秩序就可以用一種不需明說的含蓄力道，使得秩序中心之外的個體，喪失生存或活躍的可能」（2005: 11）。透過這個分析，含蓄就和恐同產生了一種有機的連結：由於恐同恰恰是一種不可說的政治——它不只是情緒上的恐怖和討厭，向外形成汙名的指控，更是一種內在化的恐懼和規訓，在內表現為否認與否定——含蓄修辭（不說，或拐了彎說）就發揮維護社會秩序的作用，讓社會得以不需要訴諸暴力和法律即可壓抑同志，以一種溫柔敦厚的姿態，發出含蓄的警告，讓當事人在默言寬容的壓力下無限期地隱藏或否認自身的性傾向，繼續將性少數與性異端安置在婚家結構的內裡與外緣，可見而不可說，可說而不可碰。她們強調：

> 這樣一種維繫和平的方式，本身就是一種恐同的效應，而一種稱揚這種維繫了和平的書寫策略，將會繼續孵育這種「寬厚含蓄」的「善意」，特別是在包容個人性慾與情感行為方面，彷彿「包容」不是這個華語空間／時間裏，一個可怕的恐同與歧視的有效形式。（2005: 37）

不過，她們分析恐同的含蓄政治不僅僅是為了指出同性戀遭受壓抑與壓迫的事實而已，更是要鍛造一種從「罔兩」出發的「酷兒攻略」，亦即不是在「影隨形」的層次上去發現罔兩，而是以發問者的自覺及發問位置的情感共鳴為基礎，去思考罔兩的不可說、無法辨識與不被承認。因此，重點不在於罔兩無以名之、沒有形體、缺乏個性，而在於它的「現形」緣於「問」這一事實。罔兩之問不僅質疑影的主體性，更提示了那個美好不被懷疑、甚至人人都該追求的主體性本身可能就是暴力結構的一環，即常規秩序之所以安和美好、溫柔敦厚，是因為我們對許多的暴力視而不見，或是因為我們總是安於自律和守己，唯恐失落了這個秩序安排下的主體位置。因此，唯有向其詰問和追究，我們才得以「看見」罔兩，「體認」其位置和感受。這也是文化研究的自我期待。

值得強調的是，《罔兩問景》不只關切同志。誠然書中以相當篇幅討論了不同型態和位置的女同志（眾罔兩），但最後幾章卻將焦點投向了科幻小說中的「非人」與「變態」，以及家務勞動與性工作中的婢妾疊影，強調「問景」

的方法論不是為了特定的社群和身分服務，而是為了展開更具交界性（intersectional）的思考。[39]比方說，劉人鵬的兩篇論文並沒有討論特定的身分或社群，而是藉著「科幻小說」這個曖昧——介於墮落與僭越之間的——文類為起點，去思考界定類別屬性的政治。她發現科幻小說打開的，與其說是天馬行空的未來想像，還不如說是對於既有文類和領域界定的質疑，科幻小說的「旁若性」[40]就在於似是而非或似非而是的曖昧，透過一種混成與類同的方式，去反思傳統人文主義所設定的身體和主體。丁乃非則指出，傳統「婢妾」的隱晦位置其實與當代的性工作者和外傭相互重疊，互為疊影，她們隱而未現，或現而不見的存在狀態，正如囥兩。這也意味著囥兩並不是固著的身分認同，而是一個時隱時現的批判位置：一方面在移民與階級的軸線上連繫起性工作者與外傭，另一方面在汙名與恥辱的論述規訓下聚合各種各樣的女性身體——情婦與妓女、婢妾與奴婢、女性主義者與家傭、好女人與壞女人、女同志與跨性別——既折射，又互斥。透過囥兩疊影，劉人鵬、白瑞梅、丁乃非致力酷兒批判的情動敘述，同理那些被汙名賤斥的囥兩諸眾，在他們隱現的剎那追索思想與批判的軌跡。

因此，重點不在於小說裡的主體「是什麼」，該如何稱呼，是否符合科學和文學的規律，而在於這些無法以常規辨識、指認的東西如何呈顯了常規與秩序的暴力和無意義。「旁若」現實的想像正是囥兩的提問，也是對常軌現實的否認，因為唯有否認這個現實的必然和絕對，我們才能追問：現實與超現實行之久遠的二元分立，在政治實踐上究竟發揮了什麼作用（劉人鵬，2005：203）？也唯有如此，我們才能理解，進而拒絕主流論述給定的性／別制約，總是過快地將女性放入受害者的位置，暗示她們可以柔弱泣訴，卻不能趾高氣揚或張牙舞爪。因為張揚的表現之所以令人備感威脅，並不在於張揚本身，而

---

39 「交界性」是美國黑人女性學者克蘭蕭（Kimberlé Williams Crenshaw）在1989年發展出來的概念，以說明黑人女性受到的壓迫，不僅僅來自於種族，而往往是由種族、性別、階級，乃至性傾向等因素交織而成的。這個觀念後來受到廣泛的引用。

40 按洪凌（2019）的說法，「旁若」一詞指向以para這個字根組構起的一系列關鍵字，如寄生（parasite）、比喻（parable）、平行宇宙（parallel universe）等，強調一種「共存」（being side by side）與「邪擬」（parody）的狀態，以打開一種跨時與跨物種的政治討論與世界想像。

在於它以另一種表現形式折射出主流價值的含蓄力道。以洪凌的科幻小說為例，劉人鵬與白瑞梅寫道：

> 整體性來說，洪凌那些「背德」的故事，並不是為物質性的暴力本身背書，而可以看成是拒絕與那種全球性同志認同敘事同化，並拒絕它所提供的「更具能見度」的合法性。全球性的同志敘事之所以在台灣可以提供合法性，並非因為台灣真的開放，而是因為，即使是溫和的自由派人士，也可以把這些敘事當成是由第一世界（尤其是美國）的現代性這種權威所背書。（2005: 232-233）

在這裡，罔兩之問不僅針對了主流的性／別論述，亦指向了支持一整套進步論述背後的意識形態與地緣政治。[41]張揚的「旁若」想像或是倒退的「壞」情感，不只揭露了主流論述其實並不如所想像的含蓄寬容，也指出了主流進步價值的虛偽和獻媚，以及遭受帝國知識挾持的情感結構，即以殖民現代性為模範的政治無意識。這樣的酷兒攻略體現了內在於臺灣文化研究的「情動」效果，目的不只在於進行情感結構（structure of feeling）的分析，更在於讓自身落在邊緣的情感座標上，挑戰分類與定義的權力體制。

在這裡，「情動」不只是一種理論性的闡釋，更是一種基於酷兒批評的脈絡性理解。「情動」在此，不同於西方較為哲學性的討論，強調的是酷兒批判對罔兩位置的情感認同，具體展現在這群學者對1990年代投入的同志、性工作除罪化，和反廢娼等運動，同時藉著「情動理論」所提示的「動與勢」（即情緒的傳動與空間的氛圍）去揭露性別平等運動，乃至晚近的同志平權運動中所仰賴的情感動員——既要動之以情，又要形之於勢——如何強化與鞏固了主流的性別意識與家國秩序，使得無法或不願結婚的同志、無法或不敢進入婚姻的階級弱勢、無法或不肯正面陽光的性少數和性異端，更得隱身在主流社會之邊緣，即令那個接納了「同志」的主流已經是比較「進步」的了。換言之，儘管

41　丁乃非指出，1990年代臺灣社運界裡的「性戰爭」——即圍繞著性少數與性工作所發生的爭議與後來婦女團體的分裂——其實部分承接了冷戰時期英美女性主義的相關辯論，見Ding, 2015。

性別平等，婚姻平權的想法已為主流社會所接受，但歧視與汙名的問題依舊根深柢固，甚至在婚姻平權的運動中，支持者必須認同自己為值得平等權力的「一般善良公民」，以便洗刷同性戀與雜交和疾病的汙名連結。這種主流化的行為不只重新以單偶伴侶的核心家庭想像來要求和規限婚姻平權的可能，也進一步使得處在劣勢的底層勞動階級主體和跨國伴侶——不論是否為同性戀——再一次被排拒在主流想像的幸福之外。是故，在上述學者的帶領下，酷兒批評轉向情動，思索情緒與主體，反思正向與負面的情感，面對哀悼和憂鬱，批判婚家體制，並試著從殘障者的經驗出發，進一步探索「包容」與「多元」的文化與政治邏輯。

　　由劉人鵬、鄭聖勳和宋玉雯共同編輯的《憂鬱的文化政治》（2010）是一本翻譯的論文選集。編者不把憂鬱視為病症，而是另一條可以聽見、認知與辨識罔兩的線索。在導論中，劉人鵬寫道：「許多的憂鬱同樣有衣櫃現象，於是，要尋找語言述說憂鬱也就彷彿在不同的投資位置之間進行不同層次的翻譯，這中間體會到的難以『順暢』通常會成為不得不進一步反思的起點」（2010b: 5）。鄭聖勳則點出，翻譯的不可能性——也就是找到一種完整而精確的表達——深刻地與恥辱及其他惡感相互交纏，因為那意味完美常軌的無法企及，不論譯者多麼努力。是故，病理化憂鬱和負面情感並無法有效治療憂鬱，反倒以專業話語的權威否定了憂鬱的意義。憂鬱的訴說因此也就不在於訴說本身，而在於訴說之障礙與不能，以及耽溺其中的絮絮叨叨和斷斷續續。鄭聖勳寫道：

> 當我們最終狀態的軟弱，是不現代、不進步的，是落後、倒退、上不了檯面，是不正確、不好說的。當生命已成為了風化後的空洞遺跡，其實我也早就放棄了關於未來的所有問題了。但海澀·愛說，未來應該是要「倒退到我們之中即便最不情願的人也可能想住在那裡」〔的地方〕，真感動，我好像有點想這麼開始希望，如果有一個這樣的未來。（2010: xxvii）

鄭聖勳詩意的文字勾勒出憂鬱的深度與難處，因為是落後、倒退的，未來也就不再伸手可及，因為是不正確、不好說的，生命也就成為無法擺上檯面的遺

跡，也因此「想住在那裡」不僅僅是憂鬱主體尚未放棄生命的一線生機，也是未來可以長得不一樣的一絲線索，因而也就是對現實的一種針砭、批評，甚或是卑微的請求，希冀「最不情願的人」也能獲得生存的機會。在這本書裡，對憂鬱的關注不是病理和醫療論述的刻意為之，也不是為了引導出左翼抵抗與革命的契機，而是緣於受難的同理共情與真摯的觀照。受到拒絕與賤斥（abjection）理論的啟發，此書編者致力的，不是將憂鬱視為一種賦權理論或啟蒙大義，而是藉以增強我們感知人情事理的方法，在情感的指引下思考如何哀悼那些尚未被哀悼、或不能被哀悼的人生，那些影外微光的罔兩之眾。

循此相似的邏輯，劉人鵬師徒再次合作的論文選集，《抱殘守缺：二十一世紀殘障研究讀本》則將殘障視為「邊緣性的存在」（2014: 12），因為他們遭受的汙名太過根深柢固，而幾乎被視而不見。在導論中，劉人鵬提出臺灣日常中各種各樣的例子來說明社會對障礙者的歧視無所不在，而且無心之過往往最為傷人。殘障歧視不只銘刻在出於善意而設置的殘障者特殊待遇中，更殘酷地存在於他們進入社會生活──就業、友誼及性愛──時遭遇的阻礙。殘障者常被視為常規的例外，是需要被照顧與協助的一群，卻鮮少被納入常規制定的過程中，以合格公民的身分參與社會的治理；一旦被置放在「社會福利與救助」的脈絡時，殘障者就已經被常規社會所排除，成為殊異的他者社群，只能仰賴社會的仁慈，而無法自主參與社會。因此劉人鵬強調殘障研究尋求的「不是一種包容的弱勢邏輯，也不是一種政治利益的代表權，而是全然的抗拒『社會規範的體制』」（2014: 24）。唯有如此，我們才得以從展現仁慈（一般人應該關照障礙者）轉向創造平等（他們得以平等參與社會）的角度，重新思考殘障的問題。我們再次看到，在罔兩視野的觀照下，酷兒攻略的重點並非只是為邊緣主體爭取權益，要求特殊照顧，而是從其經驗與主體位置出發，挑戰與轉變社會常規。

在〈青少年殘障者們的占領游泳池計畫〉這章中，鄭聖勳更指出：

　　「拒絕成為常人的你所想像的主體」，比（即便是為數不那麼多的）「以善良、純真抬高弱勢者」更重要。在知識人尚不能夠完整地認識與敘述弱勢者生活全貌之前，往往得因為人文主義與該要政治正確的同情心，急著讓弱勢成為自己所認同與想像的好的弱勢；一旦能夠以普遍階級的位

　　置去詮釋、掌握弱勢者的醜陋與苦難，弱勢就可以被寫下、可以被完成、可以被投資予知識人自己想投資的純真與良知。（2014: 195）

　　以晦黯而清明之眼，鄭聖勳全然透視了在弱勢和擁有知識資本的人們——包含他自己——之間的交換邏輯。因此他的批判不是直接朝向他者，而是朝向具有權力與資本，在心中想像與定義著弱勢者的自己。他視這種傾向為知識人的自我情感投資，藏身在人文主義的溫情款款之中，在他們自我感覺良好的陰影裡，然而，就他觀察所及，來到泳池的障礙者單純只想要不受側目地、不受同情與特殊待遇地游泳，感受一次不受歧視、不被障蔽的行動自由。

　　他的另一篇文章——〈髒掉的藍色〉——更直接展現了酷兒攻略通過認知他者自我的反身詩學。這篇文章表面上是關於日本動畫導演今敏作品的評論，但評論卻又夾纏在他個人的工作日誌當中，呈現為某種精神症狀（如恍惚與渙散）的書寫。文章的關鍵就在於從動畫評論往個人經驗的滑坡。鄭聖勳想起了他第一次的恍神與渙散發生在「兩周前小舅舅過世後」，那是近十年不曾謀面、住在民間精神療養院裡的親戚。他在舅舅過世隔天去整理遺物時，被舅舅的室友質問：「你什麼時候要來住」（2016b: 62）？這一質問讓他發現，自己「對這個已經遺忘多年、或者根本不記得過的面孔，會是這麼熟悉。小舅舅的眼神跟我一模一樣。這一切就像小舅舅的室友們知道怎麼辨識我一樣」（2016b: 62-63）。此處的重點當然不是臉部特徵的相似性，而是療養院友的提問，使鄭聖勳的自我認知產生了變化；他意識到，當他從「正常人」的眼光，把叔叔當成精神障礙的同時，他人也以同樣的方式看待患有憂鬱症的自己。這個體會不只影響了他，也同時反射出他未曾想過的認識框架：即令他一度以為自己可以勇敢堅定地拒絕社會常規的眼光，但當他被精神病友們「召喚」時，那「將會成真的感覺」，對他而言，還是「太恐怖、太逼真」了（2016b: 62），因為那樣的社會邊緣是真實存在的，而非想像的建構。同樣，在他拜訪貴州原住民部落的民族誌速寫（2016a: 70-72）中，最讓他驚奇的不是這個地區生活品質落後，而是受訪者對他整潔程度的抱怨，這些評價使他感到羞愧，因為這提醒了他自己的祖母也曾蒙受原住民與不潔淨連結的汙名，但除了感到羞恥外，他怎麼也無法認同她。

　　鄭聖勳的反身性美學不只是將酷兒批評擴展到其他的罔兩主體，而是以更

為批判的立場探問身分認同的倫理。當我們不再以自己與他人的差異來定義自己，而是被彼此分享的共性，甚或是略嫌恐怖的負面相似性定義的時候，我們該如何思考身分認同的倫理——如何看清我們也想要認同的現代性以及我們也想要劃清界線、與之無涉的罔兩之間的關係呢？我們是否真的能夠超越性／別，階級和常態異狀的劃分，看到情緒如何跨越、動搖或鞏固那條劃分他我不可逼視之界線。文化研究的期望或許就是這種在他人身上認識自己的情動能力，讓我們可以如同為了自己那樣地，為了他人保留空間。這樣的情動關懷也意味著文化研究的學術／運動必須與社會保持有機的連結。

在這個意義上，以2009年的一場學術會議為基礎，丁乃非與劉人鵬編輯的《置疑婚姻家庭連續體》正是這種學術／運動的展現，因此它也成為最具爭議性的話題，相關的辯論與對話仍在持續。[42]在導論中，丁乃非與劉人鵬引用東西方不同的例子，指出圍繞著幸福婚姻與家庭想像的情感張力：在以婚家美滿為人生幸福指標的框架中，家庭的重要性優於個人，於是在婚禮上我們被迫表現出美滿幸福的樣子，即令其中或有不少的怨懟。同時，這個中產階級單偶異性戀核心家庭的想像，既在設定上排拒了殘障與同志伴侶，又成為他們渴望實現、卻難以抵達的目標，而或許可以服膺這個美滿幸福想像的跨國婚姻（例如臺灣公民及其東南亞或大陸伴侶）卻屢遭臺灣政府與社會質疑——若不是弱勢婚配的結果，就是「假結婚、真賣淫」的指控。這些例子顯示婚姻家庭體制雖然充滿缺陷，卻被賦予高度的正當性；它以幸福的承諾複製階級、性別與種族的不平等，並以規訓能動性的運作方式，進一步延續與鞏固這些不平等。以此對照，未婚者若不是被預設為孤傲和劣質，就是處於顧影自憐的處境。[43]尤其關鍵的是，婚家制度深植於殖民歷史之中，異性戀連續單偶制度不僅是西方布

42　例如劉文批評：「負面的情感立場，不只是抵制『婚／家』體制，更是決斷性地批判人們對於『婚／家』的情感牽絆，針對長期以來受到這個制度排除的同志族群，豈不是另一種反向的壓迫，無法同理投身於同婚運動的同志主體。酷兒反婚家論述踩入危險的地帶，倡導著渴望婚姻的絕對反動性，卻尚未提出正面的、具體的運動策略轉向，筆者試問，這是否才是更加菁英的手段，在各項運動資源和條件都不足時，論述的轉譯和生產方面急迫地『超英趕美』」（2015: 121）？

43　當然，今日華人社群未婚與不婚比例升高，單身者未必接受這套說法，也不一定處於劣勢，儘管相關的壓力未曾少減。

爾喬亞革命的產物，隨著西方殖民力量的擴散，這套制度與相應的意識形態也散布、延伸到世界的其他角落，被視為自然、現代和進步。為了挑戰這個殖民現代性的迷思，她們主張「毀家滅婚」，將婚家連續體視為生命治理的體制，如同殖民體制一般，它排除、區分、教化種族、性別和生理上的弱勢族群，也因此「逼使我們穿透也串連既有的各式身分認同範疇，造就新的跨越主流性別藩籬，打造屬於我們的弱勢連結意義與行動」（丁乃非、劉人鵬，2011：21）。

對丁乃非、劉人鵬以及其他從事酷兒批判的學者與行動者而言，真正的挑戰從來不只是將同志婚姻視為平等權利的追求，而是清楚理解到性別與性意識，與種族、階級以及身體能力，其實相互構成、彼此影響。酷兒批判的目標不是為了使社會更加寬容，而是質疑，改變既有的主流體制。將婚家體制延伸至殖民現代性的批判，更顯示了文化研究堅持情動主體，反省知識結構，打造弱勢連結的努力。情動主體不只來自理論的建構，更是由知識分子與邊緣主體的倫理關係形構出來的。由此看來，從社會轉進學院，文化研究的建制化不是學科分類下的自我存續，而是為了培養情動主體性，朝向自我意識去殖民化的努力。

美學製造的差異：不自由的人文主義

酷兒批判的罔兩視角，讓我想起英國作家哈代1895年出版的小說《無名的裘德》（*Jude the Obscure*）。這部文學經典記述了一個想要晉升上流，卻不得其門而入的工人典型。主角裘德對大學城充滿期待與幻想，因為那是在曠野之中閃耀著金光的「光明之城」。然而，夢想也具有毀滅的力量——因為不管多麼努力，遠處的光明和希望未必能夠照亮裘德身處的黑暗。裘德不僅是無名的，更是晦澀、不可見的；哈代試圖描寫的正是英國現代歷史轉型過程當中，那些被輾壓、無視、排除與湮沒的底層階級。他們或許嚮往著，卻進不了大學，也因此他們的生命只是故事，不是哲學，或許會被當成社會新聞報導，卻不是需要被學習的知識。當然，他們不是真的晦澀與無名，他們只是無法在一個世代的時間裡，完成向上爬升的階級流動。相對於大學城的明亮整潔，曠野

和窮鄉是構築與映襯光明的暗影，而裘德是被排除在光明之外的罔兩。哈代以其饒富感情的寫實之筆，以裘德之名記錄下了這批無名之人，而哈代筆下的工人文化與鄉野景況則成為文化研究學者威廉斯討論英國歷史變遷與勞動階級文化的重要材料。

在這個意義上，文化研究分享了作家關懷勞苦大眾的感性，也在文學文本與社會抗爭中尋找反抗的資源。如果說哈代的小說展現了人文主體的階級性，那麼社會運動場域裡的「自主公民」或許也隱含自由人文主義的設定，相信公民擁有並享用國家賦予的一切權利，包括參與國家治理與代表自我的權利。然而，事實並非如此。在後冷戰的全球化時代裡，國家境內，除了公民外，尚有許多的「非公民」；他們或許是合法的外籍移工與跨國配偶，具有居留權但沒有公民權的境外學生和白領外派，也可能是無證的黑工、逃跑的外勞，或是雖具公民身分，但隱身底層，辛苦謀生的勞工，乃至是因為身心障礙而行動受限的個體。他們同樣生活在這座島嶼上，卻因為階級、身分和身體能力的差異，無法享有同樣的權利，或因為缺乏媒體與文學的關切，而消失在社會的視野中。或許唯有抗爭的時候，他們才會在新聞上閃現，提醒我們在「自主公民」的美麗幻境之外還有許多噤默無聲的暗影。換句話說，文化研究對邊緣主體的關切正好凸顯了在自由人文主義的公民想像之下仍存在許多不自由的人，他們像是「無名的裘德」，徘徊在城市的邊緣和底層。

如果說西方文學經典是一座人文知識的殿堂，而裘德的故事提醒了我們這座殿堂的封閉與壓迫，那麼以自由人文主義為底色的外文研究，就有必要反省自身是否成為壓迫體制的一環，藉著美學製造與鞏固生命的差異。文學經典研究的菁英性格——一如共同體的常規秩序、現代性的文明規範、民族主義的國恥家醜、儒家傳統的溫柔含蓄——恰恰都是階序力量的展現，是生命治理的方法。這也正是文化研究透過理論接合與情感表述所要揭露與批判的。

在《美學製造的差異》（*The Difference Aesthetic Makes*）中，韓裔美籍學者鄒坎德絲（Kandice Chuh）指出，現代性對知識，尤其是人文知識的追求，往往建築在自由主義的想像之上，但是在背後支撐「自由」的其實是階級以及支撐現代階級結構的殖民歷史與現代文明。是故，自由人文主義的主張就以許多人的不自由為基礎。那麼批判性的人文研究也就不能再以「自由人」（liberal human）的想像為滿足，而要在「『人』之後」（after "Man"）的前

提上重新探索人與人文的價值，並嘗試理解在自由人想像下被壓抑和否認的人群。因此，她提出「不自由的人文主義」（illiberal humanism）作為思考全球化時代人文研究的前提與方法，因為自由不該只是少數人的自由，成為「人」也不該只是少數人的特權。她主張，透過弱勢文學，「不自由的人文主義」可以闡發一種關係性（relational）的想像，揭示世界與主體多重交界與糾結的樣態，那才是建構當代知識的條件，因為「感受到的關係性，通常是發生在弱勢主體之間的無言連繫，因為他們都被誤會了，這就促成了（與）糾結共存的社會性，這也是〔人文研究〕必須堅持與培育的共同性」（Chuh, 2019: 95）。

　　如此的關懷顯示了對邊緣的關注正是重構人文思想的前提，族裔文學與文化研究在此有所相通，都是在啟蒙之後，深化與反思啟蒙的嘗試，這也應當是外文研究去殖民的思想基礎。在下一章，我們將轉向族裔研究，思考族裔文學的引進如何替外文研究帶來微偏，展開新的流變。

第八章

外文「之外」
族裔研究與相關性的追索

　　我們如何看待自身，甚至是我們的環境，很大程度上決定於我們與帝國主義——包括帝國主義的殖民及新殖民階段——的關係。我們今天若要處理我們作為個人和作為集體的存在，就必須冷靜且有意識地去看帝國主義到底對我們有什麼影響。對我們如何看待這個宇宙中的自己有什麼影響。當然，只有在廣大反帝國主義抗爭的脈絡下，對相關性以及一個正確視角的追索才能被理解、被有意義地處理。

——恩古吉・提安哥（2019/1981: 230）

　　第三世界自我認識的匱乏，正是第三世界落後的象徵，也是導致其落後的原因之一。

——白樂晴（2010: 57）

　　1970年，時任臺大外文系教授的朱炎在《臺灣新生報》的現代學術專欄裡，寫了一篇題為〈痛苦的象徵〉的文章（之後收錄在他1976年出版的《美國文學評論集》），討論美國黑人的境遇及其文學的發展。他認為，黑人問題是美國最長久而重大的問題，也是美國研究「不能忽視的一個動人的現實」。他強調，「要想真正認清這個現實，必須通過黑人文學，因為文學是一面現實的鏡子，而黑人文學則是黑人痛苦的象徵」（1976: 183）。這篇文章雖然不是

臺灣討論美國黑人文學（現通稱非裔美國文學）的首創之作，[1]卻系統性地介紹了非裔美國文學自黑奴時代到1960年代民權運動之間的發展。文章博引廣徵、夾敘夾議；紀元文認為，「作為新興學門之指引，足以讓讀者以文索史、用史證文，高屋建瓴地瞭解黑人文學／文化的淵源與來龍去脈」，而且「其後非裔美國文化研究所討論的議題或作家，大率不脫此範疇」（2006: 279-280）。尤其，相較於朱立民1963年出版的《美國文學1607-1860：殖民地時代到內戰前夕》只有提及黑人的境遇，而沒有專章討論黑人文學和作家，紀元文強調，朱炎這篇文章在臺灣的非裔美國文學研究史上具有開疆闢土的重要性。馮品佳亦盛讚此文，並將非裔美國文學研究在臺灣的發展歸功於朱炎及其學生李有成的開創和帶領，尤其後者編寫文章和專書，「成績最為可觀」，堪稱臺灣非裔美國研究的「代表人物」（2018: 6）。她透過李有成「亞洲化」非裔美國研究的觀點，強調在臺灣進行相關研究具有跨界的意涵：「經由重新理解、形塑及挪用，讓非裔美國研究不僅僅是探討黑人美國的社會文化生產的學術領域，也可以用來質疑我們生存與工作的現實環境」，因為亞洲和非裔美國「都經歷過各種形式的殖民經驗，兩者在白人強權的經濟剝削及文化宰制，以及追求解放之種種抗爭的經驗也類似」（2018: 8）。

在非裔美國研究的領域裡，朱炎的重要性無庸置疑。他不僅是最早開設相關課程的學者，其福克納（William Faulkner）研究亦以種族問題為定錨，呈現了一幅遠不同於清教徒開發新大陸的現代美國文學地景。但是，這篇定錨之作中更值得我們注意的是他思索黑人文學的方法：一方面在歷史脈絡中理解黑人文學的發展，另一方面從象徵的角度理解黑人的命運。朱炎寫道：「黑人的各種運動是美國邁向成熟時期的里程碑，而美國黑人的歷史則是黑人們為了享有與白人同等的生活權利和尋取自我身分的認同而奮鬥的血淚故事」（1976:

---

1 根據紀元文的研究，臺灣對非裔美國文學的介紹，最早的是林蕾1953年發表在《中華日報》上的文章：〈黑人女詩人布魯克斯和她底詩〉；早期的相關文章還包括：1960年《聯合報》的報導〈黑人女作家赫斯貧逝故鄉〉、1969年發表在《大學雜誌》上吳昊的〈美國的黑人文學〉及吳震鳴的〈美國黑人作家的自白〉等（2006: 275-276）。就此題目最早發表英文學術論文與碩士論文的是陳元音（1975）與廖曄嵐（1979）；中文論文以李有成（1984）為最早。不過，中文世界的黑人文學研究，早在1930年代就開始了，楊昌溪的《黑人文學》，雖然不是嚴格意義上的學術著作，卻是一座重要的里程碑。

184）。這句話不只清楚揭示了研究黑人文學的方法——視之為爭取權利、認同的奮鬥與血淚故事——也明確了黑人文學之於美國的意義，並引之作為研究者的立場：即文學是痛苦的象徵，而各種各樣的反抗運動是美國社會日臻成熟，而非墮落的指標。引申來看，種族是研究美國社會的重要視角，而其「痛苦」是文學研究者應該關切的主題。這個方法貫穿了朱炎的福克納研究，也在李有成的著作中有所繼承。[2]李有成即以「踰越」來定義非裔美國文學，認為它自始就是一種「抗爭的文學」（2007: 18），藉著踰越白人定下的社會常軌與行為規範，破除種族隔離的空間限制，抗擊各種對黑人無形無名的歧視；踰越，是對痛苦的反抗，也是自我認同的奮鬥。

事實上，這個以象徵和抗爭為方法的思考模式廣泛地呈顯在臺灣1990年代以降的美國族裔文學研究中，成為大家習以為常、不須檢驗的預設。[3]這不只是因為許多1990年代以降從事美國族裔文學研究的學者大多是朱炎的徒子徒孫，更是因為朱炎言簡意賅的方法論，同時內蘊了一種弱勢的本體論（認同、奮鬥與血淚），成為臺灣學者研究現當代美國文學時的根本前提，不僅將亞洲的經驗與美國弱勢族裔連結與類比（如前述馮品佳的說法所示），更傾向以一種感同身受的方式去理解和討論美國族裔文學，主張因為兩者同處於美國帝國文化的內部，而產生了一種邊陲性的連繫。[4]（當然美國族裔研究在1960年代民權運動中的反種族主義與反帝國主義源起，亦是重要的因素。）這也使得臺

---

2 李有成提到，1976年秋天進臺大外文所就讀時，選修了朱炎教授的「美國現代小說」，在課上第一次讀到黑人作家艾利森（Ralph Ellison）的《隱形人》，深受啟發，「激發了我對非裔美國文學乃至弱勢族裔文學的興趣」，最終在朱炎的指導下完成博士論文《自傳主體的文本化：描述、敘事、論述》（2006b: 167n*）。單德興亦提到類似經驗，強調《隱形人》是他在臺大外文所就讀期間（1976-1986）唯一讀過的一部弱勢族裔美國文學作品（2006: 332）。有趣的是，朱炎自己的博士論文是以西班牙文撰寫的《莎士比亞在中國》。他的美國文學研究得益於1969-1970年以傅爾布萊特訪問學人身分在加州克萊蒙研究院訪學的經驗。

3 例如，黃心雅和阮秀莉將北美原住民文學定位為挪用「敵人的語言」來建立歷史與文化主體的實踐，其內涵「與部落的命脈息息相關」（2009: 5）。馮品佳亦以「解放」的政治來定義新英文文學的綻現（2010b: 14）。

4 例如年輕學者王穎指出，我們需要從冷戰的角度省思臺灣的非裔美國文學研究，重新看到其發展與美國殖民與帝國擴張的關係，討論與反省「德州、加州、菲律賓、夏威夷、日本、韓國、臺灣、越南等地被殖民與從屬的非白人菁英是如何自願或不自願地接受，傳播及複製美國的科學與藝文」（引自馮品佳，2018: 9）。

灣的美國族裔文學研究，常與理論和文化研究共振，更在後殖民主義和離散想像的影響下，傾向了反帝國主義的批判。

　　無獨有偶，也是朱炎學生的單德興在《銘刻與再現：華裔美國文學與文化論集》中強調，雖然華裔美國文學之於臺灣學者還有地理、語言和文化上的隔膜，但臺灣學者對之「往往懷有特殊的親切感」，乃至因此對華裔美國文學產生了一種「自信、權威甚或獨斷」的態度（2000b: 22）。誠然，這個「特殊的親切感」也許是因為忽略了複雜的華人離散脈絡才造成的「假象」（張錦忠，2001: 38），但單德興想藉之凸顯的無非是，以華文與華人文化為主導意識來閱讀華裔美國文學並非無的放矢的嘗試，因為那始終與自身的處境與感受相關：即臺灣學者與華裔美國文學「同時處在兩個文化霸權的中心與邊緣的位置」，從而在兩者的相交與踰越中，「創造出第三空間，不斷擺盪並游離於兩個中心及其邊緣」（2000b: 26）。[5]他借用美國族裔研究學者王靈智（Ling-Chi Wang）關於華裔美國社會受到中國和美國「雙重宰制」（dual domination）的說法，反思自身：「這些英文／外文系的學者多少也受到雙重宰制，另一方面如果他們加入這兩股主流或其中任何一方，並以其觀點來看待華裔美國文學，則自己又成了雙重宰制結構的共犯和加害者」（2000b: 25n17）。在〈冒現的文學／研究〉中，他更質疑挪用特定理論和立場來討論族裔文學的傾向：「如果說援用主流的文學標準來詮釋族裔文學是屈從於或複製主流的價值觀，那麼大規模地運用當今歐美得勢甚至強勢的理論風潮來詮釋族裔文學，這在立場的選定、理論的抉擇和方法的採行上，是否就不算屈從於或複製主流」（2001: 17）？顯然，對單德興而言，如何理解臺灣與美國弱勢族裔的邊陲性連繫，而不被特定理論所限制，或是在論述上複製理論的霸權，才是在臺灣思考與發展美國族裔文學研究的起點和重點。[6]

5　單德興強調日本與韓國學者也一樣對出身日韓的族裔文學感到「一種相對的親切感」；他認為「這種親切感」也許也帶有「幻覺」的成分，但仍是無可否認的真實感受（2019: 310）。

6　在《銘刻與再現》的附錄一（〈從文學評論到文化研究／批判〉）中，單德興的立場更為明確：「如何運用其他學科已有的華文或華人的研究成果，在與強勢的理論及研究論述互動時，清楚了解並善加利用自己所謂的邊緣性，提供另類的閱讀角度及具體成效，以便更容易提出對於主流社會的批判，既不是不自覺地或無可奈何地只是複製強勢的理論，也不是只將此文化現象當成漢人社會的另一種延伸，進而以此在國際化與本土化中取得協商、互補之

　　當然這個起點和重點本身亦需要歷史化與脈絡化，乃至問題化。由此，不論對象是非裔或是華裔美國文學，一個值得追問的問題是：透過弱勢族裔文學，臺灣的外文學者究竟看到了什麼、思考了什麼問題，又為什麼要以這樣的方式去討論與理解美國文學的發展和變化，乃至族裔與離散當道的全球文學現象？在後冷戰時期，尤其在臺灣與美國的關係在中國崛起的威脅下變得更為緊密的當前，族裔文學研究（不限於美國）又可以為臺灣的外文研究開啟什麼新的視野，帶出什麼新的問題意識？尤其關鍵的是：為什麼是「相關性」（relevance）──而不是經典性或現代性──成為後冷戰時代外文學人接受與理解「西方」文學的座架？

多重關係性

　　本章以「族裔研究」（ethnic studies）為線索，不只是因為除了理論與文化研究外，族裔或種族已是後冷戰時期外文研究中的主流範式，更是因為族裔研究對身分的重視具有展開「多重關係性」（multi-relational）思考的潛力，比起理論和文化研究更直接面對了外文研究的歷史根源與思想內核。如果說，理論思潮將外文學者導向了臺灣主體性的追尋，而文化研究的情動關懷將外文研究接合上在地的罔兩諸眾（請參見本書第六、七兩章），那麼以「弱勢」、「身分」以及「離散」為核心觀念的族裔研究便面對了如何重新解釋「外國」文學的挑戰，如何在「西方」或「歐美」研究的框架中理解「他者」的意義，以及如何反身地從「他者」的位置重構臺灣的「外文研究」。也就是說，雖然理論、文化研究與族裔研究三者之間有許多內在的勾連與匯通，但族裔研究更為直接而深刻地面對了如何落地轉譯「西方」與「文學」的雙重挑戰，因為族裔研究的興起正是對西方文學經典及自由人文主義框座的批評，但同時它在外文學門中的合法性卻又高度仰賴「西方文學」的主流框架。尤其，族裔研究所內蘊的國際主義以及第三世界想像更將外文研究推向外國文學的邊境，要求我們認真思考外文「之外」的多重意義：既是外文研究之「外緣」（組構西方的

　　效」（2000b: 345）。

族裔他者），又是外文研究之「其外」（傳統上不屬於西方研究的後殖民空間），更是對外文研究「之外」（在非西方的地理文化空間中進行「外文」／「歐美」研究意味著什麼）的拷問。

以朱炎為例，他的黑人文學研究其實是奠基在他的福克納研究之上，但是他的福克納研究又必須放在從海明威（Ernest Hemingway）到厄卜代克（John Updike）的美國現代文學譜系中來理解，一方面以戰爭、性、種族、末日意識等線索，扼要地展開對現代美國的理解，另一方面又在這樣的展開中勾勒自身的立場，「關照文學作品中的情義與倫理」（何文敬，2006: 372），以突出臺灣學者與主流美國的距離。如他在〈白神之死〉中對福克納的著作《艾卜撒隆》（*Absalom, Absalom!*）的總結：「可以在這個世界上長存不滅的，不是那些自我創造、自大自負、精明靈敏的白神，而是歷經磨鍊、笨重謙卑的那些被綁的黑種普洛米修斯」（1976: 181）。這個簡短有力的評論不僅緊緊抓住了反抗的意象，作為理解的前提，更反映了一種認同與承接的意圖，作為文學研究的倫理。在這個意義上，族裔研究的出現不僅源於對西方新興課題的關切；和理論與文化研究一樣，它也暗示了方法論的想像（怎麼做出不一樣的外文研究？），並且在學習與批評美國族裔文學的同時，對自身的學術體制展開反思，從共情出發，走向多重關係性的探問。

在此，所謂「多重關係性」指的是從「關係性」（relationality）出發去理解文學作品和文化現象如何內蘊與展開不同連繫的嘗試。這個概念受惠於越南裔學者艾詩畢莉杜（Yến Lê Espiritu）和華裔學者史書美（Shu-mei Shih）過去幾年關於「關係性比較」（relational comparison）的討論，更受到肯亞作家與學者恩古吉（Ngũgĩ wa Thiong'o）「相關性」思考的啟發。研究美國軍事主義與越戰後中南半島移民與難民的艾詩畢莉杜主張，將移居殖民主義、軍事擴張與難民的流離並置思考，可以看到美國帝國主義如何跨境運作。她認為，這樣的嘗試將會使我們看到菲律賓、關島、加州與越南之間（其實還可以加上琉球、臺灣、泰國、澳洲等地）的關聯，因為這些看似不相屬的地理空間其實都被美國的軍事殖民主義與軍事化的難民救助所貫穿，因此所謂「關係性比較」就是理解「美國軍事殖民、戰爭與種族滅絕如何吞噬與連結這些空間」的方式（2017: 488）。史書美則借鑑世界史研究的成果與馬汀尼克作家格里桑（Edouard Glissant）的「關係理論」（theory of Relation），建構了一套以跨

國弱勢連結為基礎的世界文學研究與比較文學理論。她認為，比較文學就是一種「關係研究」，但傳統上這套關係研究圍限於歐洲中心論，無法也無意顧及非西方的文學與文化發展；同時西方文學認可機制（如諾貝爾獎及相關的學術研究）的作用，使得比較往往陷入權力關係之中。因此，她認為，若要推進比較文學研究的發展，就需要一套重新定義與理解世界文學的方法，即「比較關係學」，讓「世界性的相互關聯歷史」與文學進行連結，「考掘並啟動研究跨越時空歷史的某些特定關係」（史書美，2015: 2），藉此解構西方世界文學想像內蘊的普遍性。對她來說，比較關係學突出「不同帝國的競爭與延續」（inter-imperiality）如何構成了世界，並促進了文學的多語與混雜現象，因此文學是「在世的」（worldly），因為它既內在於世界史的權力關係之中，也以自身介入世界的構成（Shih, 2015: 435-437）。[7]

　　在非洲解殖運動的脈絡裡，恩古吉則提出「相關性的追索」這個想法，來解析1968年奈洛比大學英文系重建的相關論辯。這場辯論關乎獨立後的非洲如何重建知識傳統的問題，尤其是英文系這個第二次世界大戰後由西方在非洲建立起來的人文陣地，在獨立後，應該扮演什麼角色的問題。恩古吉指出，建基於英國文學傳統的英語系，在非洲教的，與在英國，並沒有什麼不同，因為它就是帝國主義的文化控制，「目的是培養一群本土菁英」，以協助與參與帝國在殖民地的治理（2019: 234）。但獨立後的非洲仍該以相同的目標教授文學知識嗎？獨立後的非洲大學又該如何看待非洲自身的知識傳統，培養獨立自主的非洲人格呢？這個與非洲切身相關的問題意識，或是說從知識中尋找切身相關性的意識，就成為獨立後非洲高等教育的關鍵問題。[8]是以，包括恩古吉在內，當時介入這場論戰的學者，就主張將口述文學置於教學大綱的中心，因為那才是非洲源遠流長的文學傳統；同時，他們堅持視非洲為一體，並且將黑人文學（包括美國與加勒比海的黑人文學）與第三世界文學納入其中，因為「他們的文學就如同我們的文學，體現了我們為文化認同所作抗爭的各個面向」（2019: 238）。換句話說，重建非洲大學英語系的指標，不只是本土化，更

7　儘管脈絡不同，關係性比較這個說法，在都市研究裡也有相當的展開，見Ward, 2010; Binnie, 2014。

8　更細緻的討論，見曼達尼，2016。

是多重關係性，其目的不只是要非洲學子對自身的文化傳統有所認識，更要在黑人離散與第三世界國際主義的傳統中，座落自身，重新定義文學與人文的普世價值。這樣的主張不僅突出文學研究本身即是殖民權力關係下的產物，更展現了「文學」的生產如何內在於語言、身分、離散、地理和歷史（當然還有性別、性相與階級）交織出來的跨地域關係網絡：關鍵不在於這些「遠處的文學」是否被西方認可與接納，而在於它們如何與我們發生關聯？

　　恩古吉主張的「相關性」與史書美和艾詩畢莉杜提出的「關係性比較」，不僅突出了族裔作為思考多重關係性的線索，亦為臺灣的外文研究提出了尖銳而深刻的挑戰。誠然族裔研究是帝國與殖民權力關係下的產物，但外文研究又何嘗不是？我們或許不會要求外文學者也要承擔本土的人文研究，但外文研究難道不需要對自身的帝國性進行反思？同樣的，儘管族裔研究也是一種源於西方歷史的「舶來品」，但是它對種族主義與帝國主義的抗爭難道不也是對外文研究的歷史與自由人文主義傳統提出了針砭？更關鍵的，它與臺灣的相關性何在，它們之間的多重關係性，如果有的話，該如何理解與展開呢？又如何在教學、課程與文本上呈現呢？經歷族裔研究挑戰的外文研究，該如何面對外文之外的探問呢？

　　相較於理論和文化研究，美國族裔文學研究在臺灣已有相對完整而紮實的建制史料和二手研究。不僅余玉照早在1991年即已整理出臺灣的美國文學研究書目，2000年單德興亦帶領了一批學者（包括何文敬、李欣穎、陳東榮、馮品佳等）進行外文學門的研究成果回顧，勾勒英美文學研究在臺灣發展的樣貌。[9]張靜二更在2004年出版了兩大冊的《西洋文學在臺灣的研究書目，1946-2000》，以地理（分全球7大洲，共65國文學）和類別（傳記、辭典、報導、翻譯、電影等）區分，搜集相關的研究成果（但族裔文學研究僅占其中一小部分，在總數28,223筆的書目資料，扣除作品中譯不算，只有433筆資料與之相關）。單德興、張錦忠、何文敬、紀元文、馮品佳、梁一萍、黃心雅等學者長期追蹤和研究華裔美國文學、非裔美國文學及北美原住民文學的發展，在國內外使用中文和英文撰寫、編輯與翻譯相關研究，推動出版，更為外文學門的建

9　這批研究成果最早是以研討會論文的形式，於2000年發表在第八屆的英美文學研討會上，其中部分文章之後再以國科會報告的形式發表，但沒有正式出版。

制史研究留下許多寶貴的資料。當然，在背後推動這些研究、選輯和出版不可忽視的，是從國科會（現科技部）、教育部到學術單位，乃至出版社的體制性力量，以及1990年代起學術全球化的風潮，尤其美國研究的「跨國轉向」帶來了許多實質的影響。相較於英美文學研究的其他成果，族裔研究在臺灣可謂卓然而立，自我反思也最多（單德興，2015: xvi）。因此，本章的工作主要是在這些成果的基礎上往前推進，一方面增補新的資料，二方面進行較為理論性的回顧和反思性的批評。

　　由於臺灣進行族裔研究的學者往往不會只關注單一族裔與國別，相關研究也常在比較和參照的脈絡中進行（例如單德興比較北美原住民文學和華裔美國文學的論文、何文敬比較黑人與華人女作家的研究，或是馮品佳比較西印度群島作家與南亞離散文學和電影的專著），所以雖然為了行文方便，分而述之，尤其強調非裔和亞裔，因為這是臺灣外文學門族裔文學研究的主流，但本章仍以「族裔研究」來描述這些研究成果與相關論述，並將「新英文文學」研究納入討論。[10]如此一來，描述或許可以比較貼近多元的真實狀況，也比較能避免分類敘述造成的焦點渙散。更重要的是，這可以幫助我們重新問題化與脈絡化「族裔研究」的跨國行旅，如何從一個美國的問題變成臺灣外文學者的研究領域，又如何將相關性的問題推到學術研究的前台，讓理論行旅的歷史成為理解自身的重要線索。

「利基」！：書目、故事和體制

　　外國文學在台灣究竟受到怎樣的待遇？那些外國作家及作品在台灣最吃香？我國學者在台灣從事外國文學的引介鑽研工作已獲得怎樣的成果？他們在這方面的工作表現有那些特色？他們曾遭遇那些困難或限制？今後這項工作在那些面值得特別加強？

　　　　　　　　　　　　　　　　　　　　　　　　——余玉照（1991: 173）

10　由於北美原住民與西語裔（Chicano/Latinx）美國文學，在臺灣的研究仍相對有限，故本章只　　在必要時旁及，而不專節討論。

　　因為我們既非學舌的卡力班，也非教授母語的殖民者普洛斯羅，更非殖
　民者後裔的米蘭達。這樣三者皆非的情態，一方面給我們很大的發展空
　間，另一方面也讓我們更迫切地需要一個踏實的研究位置，創造自己的介
　入空間。

——馮品佳（2006: 40）

　　余玉照最初於1989年發表在中央研究院美國文化研究所（今歐美研究所）
第二屆美國文學與思想研討會上的論文〈美國文學在台灣：一項書目研究〉，
應該是臺灣外文學界建制史與後設批評的濫觴。余玉照說，進行這項研究的因
緣來自於自己在臺大和師大教授「書目學與研究方法」的經驗；他發現，相較
於外國學者編著的西洋文學書目資料成果豐碩，用者稱便，臺灣相應的書目資
料「卻非常欠缺」，國內學者也「很少引用別人在台灣發表過的相關文字」
（1991: 174）。余玉照對此沒有多做發揮，只是從工具的角度來主張書目研
究的重要性，但他這項前數位人文時代的大數據研究卻在幾個方面奠定了外文
研究建制史的思考基線：一、從選擇與偏好的角度去理解與構建臺灣的外國文
學研究；二、對既有研究成果進行回顧與批評，並提出未來發展的建議；三、
藉著書目的編撰指認與強化臺灣學術社群的自我認同，強調在地「特色」、
「限制」與「優勢」，也不忘提醒相互借鏡與引用的必要。當然，同樣影響深
遠的是他的「大數據方法」與「類型學呈現」：以國別區分研究概況，分為美
國、英國與其他西方國家，再將相關研究區分為翻譯、文學批評與傳記，計算
中譯作品的數量、不同文類作品評論的多寡，並且納入碩博士論文一併計算，
以突出在地研究的成果。最有趣的是美國作家排行榜，透過以上不同類別的計
算，辨識哪些作家在臺灣最「吃香」，以呈現臺灣讀者與研究者的「偏食」狀
態。[11]余玉照指出，就文學翻譯而言，小說所占比例高達七成，並且偏重暢銷
的通俗小說，而就評介而言，大多屬於文學批評與傳記介紹；同時「常有學者
傾向探討美國文學中與中國人或中國文化有關的課題，也是值得一提的特色」
（1991: 197）。由此，他向外文學界提出了三點建議：一、運用團體與組織
（包括中央研究院、國立編譯館、學會和刊物）的力量，設計並推動一系列大

---

11 在余玉照的統計裡，海明威、梭羅和艾略特是在臺最受「歡迎」的小說家、散文家和詩人。

型的譯評計畫；二、學者個人應集中火力於某些特別有意義的相目，進行研究；三、外國文學的譯介與研究應該朝著現代化、多元化與國際化的終極目標加速邁進（1991: 198）。

余玉照的主張，提示了一種從上而下的思路，透過學門的整體設計以及國家資源的挹注來推動學術的發展，同時個別學者的研究也要考慮「特色」，不僅是個人的特色，更是源於臺灣特殊位置與歷史經驗的特色，並且要將自身的學術產出與現代化、多元化與國際化的目標相扣連。他這三點建議在往後的30年裡一再被重複提起，最明顯的就是單德興關於「利基」（niche）的討論。[12]

在訪談中回顧推動亞裔美國文學研究的緣由時，單德興指出，當年主要的考慮就是「如何做出具有特色的研究」，思考自己的研究「置於國際學術版圖是不是具有特色與競爭力」？更關鍵的是：「我們要如何找到自己的利基，運用特有的文學資源與文化資本來凸顯自己的特色」（2019: 293-294）？讓自己在這個領域裡有更大的發言權，爭取更高的國際能見度，或是說，面對亞裔美國文學時，如何思索自身的發言位置並將之「置於英語語系文學與華文世界」（2015: xxiii）。用周英雄的話說，就是「找niche，談方法、角度不妨盡量求本土化」，但是論文發表和學術溝通，眼界則要放寬（1999a: 8）。顯然，「利基」的設想隱含著全球化的焦慮，以及臺灣作為世界華人／華語文化中心的某種自信，但它同時也試圖描繪臺灣學者所處的多重語言與文化脈絡，說明自己何以不同、因何而做？在此所謂「特色」既是一種自我識別，也是一種文化優勢，它是在學術產業全球化趨勢中的自我期許與建構，也因此，當華裔美國文學研究在千禧年後儼然成為臺灣美國文學研究中的「主流」之後，單德興在回顧時不乏自嘲地說，或許我們在這方面「做得『太好了』」（2019: 321）。[13]李欣穎也在一篇回顧性的英文論文中，語重心長地指出：「自1990

12　「利基」一詞最早由周英雄在〈漫談外文學門的生態〉中提出。他發現，「理工科的朋友做研究最講究找niche，我們學人文的同行似乎比較不重視這點」，因此他認為，「與其拼命追新，我們還不如花點精力做些我們比較能勝任的工作」（1999a: 7）。

13　在《銘刻與再現》附錄的〈台灣地區華裔美國文學研究書目提要〉記錄了1991-2000年間臺灣總共出現了37篇中文論文（含翻譯）、28篇英文論文及20本碩士學位論文。馮品佳的近作則將相關紀錄往前、往後推進到1981-2012，並納入非華裔的亞裔美國文學研究，共列出10筆博士論文，124筆碩士論文，而其他研究成果亦在2000-2012有飛躍性的成長：華裔美國文學

年代起，我們對華裔美國文學的投入似乎已經實現了余玉照的期待，儘管為此付出的代價並非我們所預期的」（Lee, 2007: 128）。李欣穎沒有明言代價究竟為何，但顯然「利基」的想像有其現實的操作性，不斷累積的研究成果與書目確可為證。不過，數字只能證明「利基」存在，卻無法說明「利基」為何存在，又是以什麼為代價而存在？除卻「利基」，我們又應該如何思考臺灣族裔研究的起點、基礎與方向？

在這個意義上，張錦忠的宏文〈檢視華裔美國文學在台灣的建制化，1981-2001〉值得重新回顧。一方面，他以故事性的敘事方式重建了學科建制的系譜，將人事關係放回了學科發展的過程中，另一方面他透過這些交錯的人事關係，將臺灣的華裔美國文學研究放回華人文學、華僑文學、馬華文學、留學生文學、美國文學，乃至臺灣文學的多重關係之中，追索臺灣學者「利基」的歷史基礎何在。

從1991年蘇榕未採納其建議研究美國詩人洛爾（Robert Lowell），而選擇了華裔作家湯亭亭（Maxine Hong Kingston）為碩士論文題目說起，張錦忠揭示了華裔美國文學研究在臺灣的發展確實緣於一種「利基」的想像，即如何在後結構主義思潮蜂擁而來的時代裡，在外文系的傳統地理範疇中找到一個合適的研究對象——既要飽富新意，又得不失其合法性。同時，它也是「因緣際會」（或因緣聚合）的結果：學術風潮與研究範式的翻新、新一輩學者歸國服務、建制性學術力量的指引（如學術會議和研究計畫）以及臺灣關注華人離散歷史的積累，都使得華裔美國文學研究在1990年代的外文學界異軍突起，開枝散葉。[14]因此，1990年代以降的學術發展固然重要，但更為關鍵的其實是1980年代前後的歷史性鋪墊與非學術書寫，即喬志高的《金山夜話》（1973）、劉紹銘的《唐人街的小說世界》（1981）與《渺渺唐山》（1983）、張錯的《黃

研究增加了179筆，其他的亞裔美國文學研究亦增加了62筆，顯見雖然華裔仍是族裔研究的主流，但其他亞裔作品和作家已慢慢進入視野（Feng, 2014: 265-266）。

14 例如，蘇榕的指導老師何文敬，受朱炎啟發研究福克納與黑人文學，早在1987年即發表了英文論文，比較湯亭亭和黑人小說家摩里森的作品。蘇榕自己的研究後來也橫跨亞裔英美文學。何文敬亦亞非共治，不僅以「異種混血」與「文化屬性」為題研究20世紀的經典美國小說，亦翻譯了非裔知識分子杜博依斯的重要著作《黑人的靈魂》（*The Souls of Black Folk*）與摩里森的《寵兒》（*Beloved*）。

金淚》（1985）以及自1970年代起風行臺灣的留學生文學。從學科建制史的角度來說，這些在1991年前出版的一般著作和散文隨筆只能算是前傳或野史，而非「正史」，但張錦忠敏銳地感覺到，正是由於前史的存在，後來正史的出現才顯得「順理成章」（2001: 29），因為那標示了華裔美國文學之於臺灣的相關性：是僑民文學、馬來西亞文學、留學生文學，乃至中國文學的支流這類的概念，將臺灣標誌在華文與華人文學的複系統之中，以至於當它作為一個新興領域出現時，並不顯其異，反而帶著一種親切感或熟悉感，即令這些早期著作「並未對華美文學多加著墨」（2001: 32）。正因為如此，1990年代末華裔學者黃秀玲（Sau-ling Wong）主張將臺灣留學生作家的中文創作納入華裔美國文學的討論、2005年單德興從多語文美國文學的角度出發構思「美國華文文學」以及2007年史書美在構建「華語語系」（Sinophone）文學研究時，臺灣學者多半不覺其異，反而頗能體會箇中三昧，並在其基礎上大力發揮。

　　這麼說當然不是要抹除後來學者的貢獻或暗示後繼學者只是「跟風」，而是想強調張錦忠的「故事」展現了外文研究落地轉譯過程中極為重要的「在地」──即單德興再三強調的「利基」──面向。所謂「在地」，指的不只是我們所處的地理位置和擁有的文化資源，更是文學「複系統」（polysystem）中的多層次結構與多元關係網絡。張錦忠經常引用以色列理論家易文─左哈爾（Itamar Even-Zohar）的文學複系統理論，強調從多重關係網絡與開放結構去理解文學發展的重要性，以彰顯文學系統的異質性與多重性，避免從單一的價值體系去評判文學的優劣成敗（2003: 167-169）。在2012年的英文論文中，他在文學複系統的理論基礎上，以「離散華語馬來西亞的視角」對亞裔美國文學研究在臺灣的建制化歷史提出省察。他以林玉玲（Shirley Lim）為例指出，臺灣學者往往以華裔作家或美國作家的角度來解讀她的作品，卻很少觸及她作品當中的馬來西亞經驗與文化，同時臺灣學者也不太會注意到亞裔文學的發展與馬來西亞華人文學經驗的相似性，這就使得臺灣學者未能充分體認到華裔美國文學中的華文作品（即單德興所謂的「美國華文文學」與史書美所謂的「華語語系文學」），就像馬華文學一樣，往往仰賴臺灣作為主要的生產基地和消費市場，因而忽略了臺灣在跨太平洋文學複系統中扮演的關鍵角色（Tee, 2012）。同時，張錦忠的離散馬華視角提示了亞裔美國文學，因其異質性與多重性，可能具有碰觸和開展外文研究「之外」的研究潛力，即藉離散和族裔將

「第三世界」的歷史重新納入外文研究視野的可能。這也使得「離散」成為當代文學與文化研究的關鍵詞,巧妙地接連了英美的族裔文學、在臺馬華文學,「新英文文學」,甚至是愛爾蘭的戲劇作品和南非白人作家的小說。[15]張錦忠多年在「南洋論述」上的經營——包括研究、教學和出版——正是在「外文之外」的重要開拓。這與周英雄、廖炳惠、馮品佳等學者關切的「新英文文學」有異曲同工的應和,也提示了殖民歷史與後殖民狀態或許是當代學者思考文學時無法繞過的問題意識。

　　換言之,一旦將語言和翻譯的問題考慮進來,族裔研究的意義就不僅在於透過文化屬性的追問去反思臺灣在全球知識與文化生產體制中的位置,更在於將形構族裔和離散的多元時空納入外文研究的思考,使得「外國文學」當中的多元主體以及跨域的歷史和地理連繫能夠浮現。也就是說,族裔研究所展開的多元地理突破了我們想像中的西方的地理局限,使我們的視野得以向更廣大的世界敞開,並且因為移民和離散而延展出來的跨境歷史,使之不失作為「歐美研究」一支的合法性。這之所以可能,正是因為二戰之後,雙語,甚或多語學者的浮現,使得臺灣得以被納入跨太平洋學術生產的歷史與想像之中,也正是因為臺灣及亞洲學者內在於亞洲語言與歷史,以及全球英文學術複系統中的存在,族裔文學才得以在抗爭與正義的光環下獲得相關性與正當性,並透過學者與學術的國際行旅,跨越國家、延續生命,甚而擴延為亞際與洲際之間的學術交往。[16]如同理論與文化研究,族裔研究在臺灣的興起,不僅是帝國學術的向外拓殖,更是多重在地跨境接合的結果,它呼應了1990年代以降臺灣的社會變遷,特別是東南亞外籍移工的浮現以及臺灣在全球化競爭中的重新定位。[17]這

15　一個典型的例子是李有成和張錦忠合編的《離散與家國想像:文學與文化研究集稿》。在〈緒論〉中,李有成寫道:「台灣內部的離散現象——原住民、外籍勞工、外籍女傭、外籍配偶、外流的農村人口等——所在多是〔……〕離散因此是台灣住民歷史經驗與社會現實的重要部分。這也是離散研究在台灣經驗中可以找到適切性與利基的地方」(2010: 36)。

16　出身於西南聯大,後來留美求學,並在舊金山州立大學(San Francisco State University)任教的許芥昱(Kaiyu Hsu)就是一個例子。他不僅是吳宓、聞一多和沈從文的學生,在美國教授中國文學,寫過《二十世紀中國詩》與《周恩來傳》等書,更編了最早的亞裔美國文學選輯:《亞裔美國作家》(Asian-American Authors)。該書出版於1972年,比土生的趙健秀等人編的《唉咿》(Aiiieeeee!)還要早兩年。

17　這個重新定位包括不再以「漢學中心」自居,而是更有意識地發展臺灣研究。

都為族裔研究在後冷戰時代成為臺灣外文研究的主力之一，提供了有利的歷史條件，使之得以溢出外文研究的傳統範疇，自成一格。因此，體制性的力量如何推動了族裔研究的發展，就值得我們回顧與反思。

就族裔研究的建制發展而言，中央研究院歐美研究所無疑扮演了推波助瀾的角色。單德興指出，歐美所在1990年代，以中文為會議語言，籌辦了三次華裔美國文學研究討會——1993年以「文化屬性」、1995年以「再現政治」與1997年以「創造傳統」為題——為華裔美國文學以及後來的英美族裔文學研究打下了重要的基礎。在這個他稱為「培元固本」（2015: xii）的階段裡，這些會議不只促成了在地研究群體的形成，更建構了一個以華裔學者為核心的跨國研究網絡與交流模式：張敬珏（King-Kok Cheung）、林英敏（Amy Ling）、黃秀玲等知名學者應邀前來，不僅突出了華裔美國文學的國際性與學術性，更為後來的學術合作建立起重要的關係。配合會議的媒體報導、國際學者文章的中譯和作家訪談，乃至會議成果的集結出版，一方面擴大了華裔美國文學的影響力，另一方面也厚植了研究的基礎，成為後繼學者無法繞過的基點，使得臺灣得以在相關領域的華文出版占據先機。1990年代末歐美所改以英文為會議語言，進入了「拓外惠中」的階段，至2015年舉辦了四屆的國際學術研討會，會議主題從1999年的「重繪華美圖誌」轉向了更為豐富而多元的「亞裔英美文學研究」，將英國的族裔文學也納入研究的範圍，進而探討「與過去協商」、「帝國陰影」、「戰爭記憶」與「行動主義」等課題（單德興，2015: xiv）。[18] 歐美所2013年的國內會議亦以「他者」為題，納入伊朗裔的女性回憶錄以及韓裔、越裔和菲律賓裔作家的小說，顯見國內學者的研究範疇已有擴張。此外，單德興也提及了2010年的「亞美研究在亞洲」國際工作坊、2012年的「我們的『歐美』」國際研討會、2013-2015年間在科技部支持下舉辦的「亞美研究暑期班」（Summer Institute for Asian American Studies），以及在韓國、日本與高雄等地舉辦的，以東亞學者為核心的相關會議，呈現過去10年內亞裔美國研究的「亞洲」轉向，藉著比較「亞洲不同國家相關研究的異同、其成因、過程與效應，以收攻錯之效」（2015: xix）。

同時，在亞裔美國文學之外，歐美所亦透過會議和出版推動非裔美國文學

18　原訂於2020年6月9-10日舉辦的第五屆會議，主題為「交界與關係」，因新冠疫情而取消。

的研究。蔡米虹指出，臺灣的非裔美國研究主要展現在歐美所的刊物《歐美研究》（及其前身《美國研究》），從1971年創刊至2009年，總共出版了19篇相關文章，其中文學文化類就占了11篇，絕大多數都是由歐美所的學者（朱炎、孫同勛、李有成、紀元文、何文敬）撰寫的；不是由他們撰寫的文章中也有4篇最初在歐美所2004年的童妮・摩里森（Toni Morrison）學術會議上發表。馮品佳主編的《再現黑色風華：臺灣的非裔美國文學研究》亦收錄了3篇最初在歐美所的「美國文學與思想」研討會上發表的文章（紀元文、何文敬、陳東榮）。[19]當然，《中外文學》、《英美文學評論》等期刊或學報也有不少相關文章，但過去20年成果最為豐碩的，還是各大學外文系裡生產的碩博士論文。例如，2000-2020年間，臺大外文所生產了15本與非裔美國文學相關的碩博士論文，政大英文所有6本，成大外文所13本、中山外文所10本、臺師大英語所則有9本，儘管其中絕大多數的論文研究的都是摩里森的小說。[20]雖然這些論文，在這20年生產的論文總數中的占比不算高，但若沒有相關課程的開設，非裔研究專長老師的指導和諾貝爾文學獎的加持，促成摩里森小說的大量翻譯，使得研究材料的取得更加容易，恐怕也很難出現如此成果。由此可見，體制性的力量推動著研究，而建制化的研究社群又在一次又一次的集結、教學與發表中逐漸形成自己的學術關懷和重心。

　　當然，臺灣外文學界最主要的建制力量還在於科技部。它不只透過每年的研究計畫資助個別學者的學術興趣，鼓勵研究生產與維持學術能量，更會透過資深學者帶頭推動長期與大型的整合計畫，形成下滲效應。[21]比方說，2013-2015年馮品佳所帶領的整合型計畫：「東亞連結／全球視野：亞美研究在亞洲」即是一例。參與這個計畫的學者不僅連續3年組織了「亞美研究暑期班」，面向國際招募講師和學員，亦藉此建立起與日、韓、香港、大陸與東南亞地區亞美學者的連繫。組織者不僅將籌辦暑期班的經驗整理成文，在國際學

19　然而，在2009年之後至今的10年，《歐美研究》僅刊出了兩篇非裔相關的文章，一是黃文齡討論1920年代美國南方黑人護士芮佛絲（Eunice Rivers）在「塔斯克基」研究中的作為與意義，另一是陳春燕討論加勒比海詩人渥卡特（Derek Walcott）詩作的文章。馮品佳主編文集中的其他文章主要出版在《中外文學》上。

20　關於近20年來與族裔研究的碩博士論文題目，見附件#1。

21　近年來，外文學界興起的醫療人文研究也是這個體制操作的成果。

術刊物上發表，亦將暑期班中的優秀論文集結成冊，在美國大學出版社出版。[22]相較於前兩個階段「培元固本」與「拓外惠中」的努力，「亞美研究暑期班」可以說是一次「進軍國際」的嘗試，藉此，國際學者可以看到臺灣組織大型學術活動的能力，每年暑期班的議題設定，以及之後的相關出版，也突出了臺灣學者的想法，如何積極介入亞美研究跨國轉向的發展。

不過，更值得關注的或許是體制推動研究的動力何來。單德興指出，「歐美所對族裔議題的重視絕非始於1990年代，而是在創所之初便已顯現，並且不限於文學學門」（2015: x）。他特別提到歷史學者孫同勛、教育學者范承源、文學學者余玉照和田維新等人的著作，當然還有朱炎的福克納研究以及李有成的美國猶太作家研究，說明推動華裔美國文學研究「可說是此一傳統的延續和拓展」（2015: xi）。雖然孫、范、余、田、朱等人的著作未必真能構成一個學術傳統，但它們確實顯示某種想在美國研究的大傳統下別出蹊徑的企圖。因此，1989年時任加州大學洛杉磯校區環太平洋研究中心（UCLA Center for Pacific Rim Studies）主任的成露茜（Lucie Cheng）來訪當時仍是美國文化研究所的歐美所，尋求合作一事（單德興，2015: xi），雖然最終沒有形成具體的合作方案，實頗具象徵意義：不僅「華人文學」當時即已浮現為合作的主題（見圖19），預示了後來華裔美國文學研究在歐美所的開展，與華裔學者的合作也成為後來常見的操作模式，深化了臺灣學者與美國學院的關係。

尤其有意思的是，成露茜1991年回臺接手經營父親成舍我的《立報》、1996年創辦青年文化誌《破報》以及1997年在世新大學創設社會與發展研究所（社發所）時，所抱持的理念和想法，便是源於她在美國華埠工作以及推動亞美研究的經驗總結，要將學院裡的批判思想帶到實踐的現場，成為社會改造的動力（夏曉鵑、廖雲章，2012: 11）。如她在UCLA的日裔同事豐田曉（Tritia Toyota）指出的，成露茜對亞美研究的貢獻主要展現在兩個方面：一是推動有細緻理論依據的研究，二是強調亞裔美國人社群中駐點進行的社區研究，而UCLA亞裔美國研究中心早期的出版重點，就在於挖掘移民歷史與族裔社群的

22　例如，由柏逸嘉（Guy Beauregard, 2017）組織，在《美亞學刊》（*Amerasia Journal*）出版的圓桌報告，以及敘倫－伐爾、柏逸嘉與李秀娟（Schulund-Vials, Beauregard, and Lee, 2020）合編的專書。

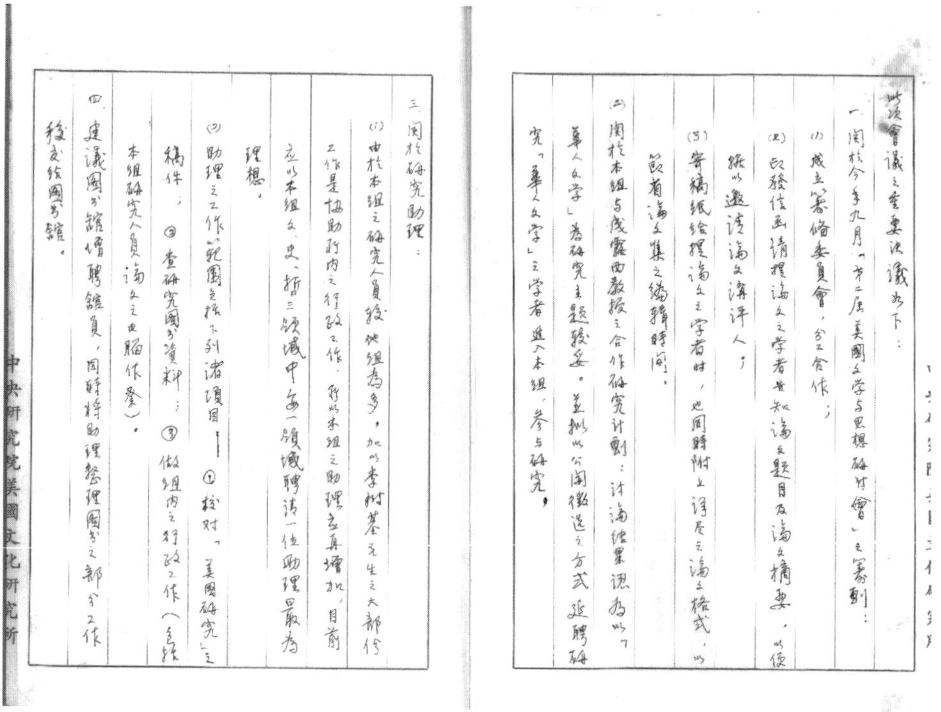
此次會議之重要決議如下：
一、關於今年九月「第二屆美國文學與思想研討會」之籌劃：
(1) 成立籌備委員會，分工合作；
(2) 即發信函請撰論文之學者告知論文題目及論文摘要，以便擬以邀請論文講評人；
(3) 寄稿紙給撰論文之學者時，也同時附上詳盡之論文格式，以節省論文集之編輯時間。
(二) 關於本組與成露西教授之合作研究計劃：討論結果認為以「華人文學」為研究主題較妥。並擬以公開徵選之方式延聘研究「華人文學」之學者進入本組，參與研究，

三、關於研究助理：
(1) 由於本組之研究人員較他組為多，加以李樹基先生之大部份工作是協助所內之行政工作，所以本組之助理應再增加，目前應以本組文、史、哲三領域中每一領域聘請一位助理最為理想。
(2) 助理之工作範圍包括下列諸項目——①校對「美國研究」之稿件；②查研究圖書資料；③做組內之行政工作（包括本組研究人員論文之電腦作業）。
四、建議圖書館增聘館員，同時將助理整理圖書之部分工作移交給圖書館。

圖19：1989年中研院歐美所會議紀錄（感謝中研院歐美所授權使用）。

文化與社會現況，以及種族、階級與性別的交錯關係（2012: 23）。尤其社區研究、全球移民以及華人娼妓的研究，奠定了成露茜的學術聲譽；她對跨國議題的關注與反思，更促使她與大陸學者合作進行僑鄉研究以及開創環太平洋研究中心，「從全球政治經濟的角度來探討各國間的相互關連」（豐田曉，2012: 27）。成露茜雖與歐美所失之交臂，但社發所關注臺灣社會運動與弱勢族群的發展與教學方向，尤其是對東南亞移工的關注與支持，儘管不以美國的亞裔社群為對象，卻更具體地轉譯了亞美研究的實踐方法。吳慧娟就指出，成露茜2006年成立的《四方報》這份以越南文、泰文、印尼文、菲律賓文、柬埔寨文、緬甸文出版的報紙型月刊，就是為了讓東南亞移工可以用自己的語言發聲，相信族裔媒體的存在將有助臺灣「實現『解放人文主義』與創造『多元主義』的理想」（Wu, 2020: 129）。就此而言，成露茜雖然不曾出現在臺灣亞裔美國研究的圖譜上，她卻以個人的學術經驗和建制實踐，在外文學門之外深切

展現了亞裔美國研究落地轉譯之後的可能。[23]

事實上，跨國經驗的重要性不只內在於亞裔美國文學與文化的發展，它更深刻地影響了亞裔美國研究的體制化進程。單德興提到，1990年代初，他和李有成分別完成了在美國的傅爾布萊特博士後研究（單在加州大學爾灣校區，李在杜克大學），在密西根大學拿到博士的何文敬亦於1992年加入歐美所。他們三人在美國期間都對美國的族裔文學多有涉獵——單與何發現了湯亭亭，李則找到了趙健秀（Frank Chin）。此一機緣，促使他們決定在歐美所「以往的美國文學研究的基礎上，推動華裔美國文學研究」，而此一決定的大前提即是「因應英美學術思潮，強化國際競爭力，提升在國內外學界的可見度」（2015: xii）。換句話說，不論是「培元固本」，還是「拓外惠中」，根本的體制性動力正是學術全球化，而「華裔」代表的不只是基於文化和語言優勢的「利基」，更是基於跨國經驗而來的切身性和相關性，以及遊走美國種族社會內外的批判視野。[24]單德興坦言：「身為臺灣的文學學者、人文主義者與雙語知識分子，之所以會多年投入亞美文學研究，除了個人的興趣和選擇之外，還涉及對族裔意識的警醒、對弱勢團體的關切、對公理正義的尋思，以及對學術的關懷與介入」（2015: xxxiii）。在這個意義上，族裔研究的對象，既是西方的他者，也是東方的自我。

他者的樣貌：膚色、離散與地理

那麼，族裔研究的對象究竟是哪些？臺灣學者又如何理解他們與自身的關聯呢？以下先以四本選集——黃心雅與阮秀莉合編的《匯勘北美原住民文學：多元文化的省思》（2009）、梁一萍編的《亞／美之間：亞美文學在臺灣》

---

23 有趣的是，顧玉玲2008年出版的《我們：移動與勞動的生命記事》這本關於在臺菲律賓移工的故事，後來成為切入與反思亞美研究的另類敘事。見Parry, 2012; Lin, 2014; Wu, 2020。

24 在日本與韓國，族裔美國文學研究的發展，例如日本的亞裔美國文學學會（Asian American Literature Association）的建立，亦仰賴類似的機緣，甚或更為傳奇。但無論如何，研究者與研究對象的切身性與相關性，都是這個學術領域得以開展的關鍵因素。見Ueki, 2000; Lee, 2005。

（2013）、馮品佳編的《再現黑色風華：臺灣的非裔美國文學研究》（2018）
與單德興編的《華美的饗宴：臺灣的華美文學研究》（2018）——為例進行考
察，然後再針對碩博士論文進行分析。

　　選擇選集為分析對象，是因為編輯選集通常需要體制意識（institutional
consciousness）的推動，選輯本身也具有探勘議題，明確領域的體制性效果，
是故雖然編輯選集的人數不多，但背後其實需要跨校團隊和更廣大的社群支
持，不容易由個人獨立完成。同樣地，碩博士論文的生產不只關乎研究者的個
人興趣，也與大的體制性因素（包括開課選擇、教師專長、圖書資源與學術社
群的大小等）相關。這4本選集中有3本是由教育部提供資源、推動學術發展的
成果：單和馮的選集都是教育部「主題論文集計畫」的成果，該計畫的宗旨是
「反映臺灣學界對此議題之集體貢獻」；黃和阮的選集是教育部「多元文化叢
書計畫」的成果，而梁的選集則是科技部的研究計畫成果，是臺灣第一本不限
於華裔的亞裔美國文學研究選集。4本選集都有回顧與框定學術領域的企圖，
它們不僅旨在呈現臺灣學者在相關領域的研究風貌，以突出「在地特色」，更
展現了一種開疆闢土的群聚效應（critical mass），以形成一個領域的範圍與
傳統，並且在此基礎之上，進行反思性的批評。換言之，選集絕不是學術成果
的任意組合，它本身就具有建制史的意涵與效果。[25]

　　寬泛地說，這4本選集裡呈現的族裔他者不外是北美原住民作家、美國黑
人作家、學者與劇作家以及包括華裔在內的亞裔作家。然而，一旦深究各本選
集的選擇與編排，表面上看似明確無爭議的對象描述，便不是那麼不證自明，
絕無例外。比方說，黃心雅和阮秀莉合編的選集以北美為界，收錄了7篇文
章，將美國和加拿大的原住民文學都包括進來，這不僅是因為歷史上，北美原
住民本是文化相連的族群，其歷史遠超過現代國家的形成，更是因為在研究上
臺灣學者的取徑首先是理論，而非歷史；編者們是在壓迫與反抗的敘事預設以

25　另一套值得關注的選集是單德興、唐・中西（Don Nakanishi）與梁志英（Russell Leong）合
　　編的《全球屬性・在地聲音：〈亞美學刊〉四十年精選集》（台北：允晨文化）。這套上下
　　兩冊，涵蓋《亞美學刊》（*Amerasia Journal*）四十年的選集，是亞裔美國研究「雙語實
　　踐」、「跨語實踐」、「跨國轉向」的落實（單德興，2013: 11）。不過，由於選集文章多
　　是北美作者的成果，就不在此納入討論。

及多元文化主義的框架中，理解北美原住民文學和文化的發展。[26]她們指出，
當代北美原住民文學是「繼承六〇年代美國原住民文藝復興以來的動能，具有
自覺意識的創作」，但1990年代以降的後殖民文學研究「卻完全沒有提到原住
民文學」；是故，本書要以「多元文化的省思提綱挈領，從原住民與現代性知
識建構、原住民身體與土地、原住民歷史，原住民地景、原住民宇宙觀等主
題，進行探討，形塑多元文化之典範」（2009: 6-7），對後殖民論述提出修
正。同時，她們也注意到，原住民文學與文化的浮現可能只是多元文化主義的
「政治正確」，是「一種裝飾性、象徵性的操作概念，用以轉移對政治、經
濟、社會壓迫的批判巨潮」（2009: 17）。易言之，除了珍惜原住民文化的迥
異之處，也該注意多元文化主義之挪用與移轉，不要誤以為再現即是正義，多
元即是無須反思的價值。由此，她們更強調「泛印第安」的世界觀，主張「所
有生命都是互相連結但又各自獨立在不同的網絡上」，以此「為當今多元文化
主義與教學，提供反思的借鏡」（2009: 22）。如此一來，「原住民」的意義
與可能性就不再局限於特定的國族結構中，而得要從殖民歷史經驗與另類文明
的角度去理解和思考，儘管這樣的作法可能也淡化了美國與加拿大的差異，而
落入某種「西方主義」的陷阱；同時，這也使得南美洲原住民的缺席更為明
顯，值得反省與補充。[27]因此，原住民研究的可能性，自然也就會從北美轉移
或扣連上臺灣這個同樣具有豐富原住民文化與悲痛歷史的島嶼上，乃至發展出
以原住民為中心的跨國比較研究。黃心雅後來的科技部計畫──「跨太平洋原

---

26 這麼說不表示這些學者不重視，或不了解歷史，而是說他們對族裔研究的興趣，一般而言，
　　是以理論為前導的。比方說，選集中，梁一萍的文章以班雅明的「託寓」（allegory）來解釋
　　北美原住民的「鬼舞運動」，視之為一種召喚過去的抗爭運動。同樣地，黃心雅的文章一開
　　頭亦援引傅柯的「對抗記憶」（counter-memory）來解釋美國原住民作家莫馬戴強調的「血
　　脈記憶」。這樣的閱讀或許具有將原住民文學放入後殖民論述的企圖，但是舞蹈或血脈，在
　　北美原住民文化和歷史裡，未必只是抗爭的手段。

27 對加拿大學者來說，加拿大與美國之間有十分具體的歷史與文化差異，這不僅僅是民族主義
　　的情緒在作祟，更是因為加拿大學者深刻體認到美國的學術殖民主義。是故，雖然美國的亞
　　裔美國研究學會向來對加拿大學者抱持開放與歡迎，兩邊也多有往來，但加拿大學者更常使
　　用的是「北美亞裔研究」（Asian North American Studies）。這個詞彙更具包容性，並指向一
　　種不以國家為範疇的思考方式。關於加拿大族裔研究與美國的關係與差異，見Goellnicht,
　　2013; Lee and Kim, 2015。

住民文本中的人類世想像」（2017-2020）、「廣島之後：跨太平洋（原住民）文本中的輻射生態」（2014-2017）和「接觸場域：原住民經驗的（跨）關係研究，想像跨原住民的太平洋」（2011-2014）——即是一例。

　　同樣地，馮品佳的選集，共16篇論文，涵蓋了「非裔美國經典」、「理論與非裔美國文學研究」、「閱讀摩里森」、「非裔美國戲劇研究」與「源自加勒比海的非裔美國文學」五大範疇，來呈現臺灣學者過去30多年來的研究成果。馮品佳以「跨界」為題來錨定這些論文的意義，並將非裔美國文學的想像往前推至流亡倫敦，參與解放黑奴運動的非洲作家艾奇阿諾（Olaudah Equiano）1789年在倫敦出版的回憶錄。由此，非裔美國文學就不只是美國文學的一支，而是黑人離散脈絡中的核心組成，是以金凱德（Jamaica Kincaid）與克莉芙（Michell Cliff）兩位源於加勒比海的創作也被納進非裔「美國」文學的傳統裡。當然，金凱德與克莉芙都是取得了美國籍的移民作家，列入美國作家自是理直氣壯；我們也無須拘泥於文學的國籍，非要以國籍來要求文學的內容。但有趣的是，相較於早期經典作品研究的有限，或是對典律化作家，如摩里森，的專心致志，臺灣學者其實相當關注「跨界」的作家與文本。[28]這固然與後殖民論述和新英文文學的發展有關，但或許也有想要突破或超越美國研究範式的去殖民企圖。馮品佳在選集的導論中寫道：「面對從踰越而生的非裔美國文學，若只是墨守成規，甚至一味學舌模仿美國主流學術論述，忽視本土視角，研究成果必然制式而僵化。無論是本著文化相互依存之道，進行扎根於本土脈絡的有機性或比較文化研究、或是抗拒宰制意識形態的解認同操作，臺灣的非裔美國文學研究都必須勇敢越界，走出冷戰以來慣常的知識生產模式」（2018: 10-11）。這確實是至關重要的提醒。但問題是，如何才算「扎根於本土脈絡的有機性或比較文化研究」，怎樣才能「走出冷戰以來慣常的知識生產模式」呢？臺灣這30年的族裔研究不也是我們向西方習得的知識？不也是冷戰知識體系的一環嗎？我們對於加勒比海作家的接受與認識又如何可以避開歐美

28　馮品佳的個人專著《東西印度之間》巧妙地以「印度」之名將加勒比海的「非裔」文學與南亞的「亞裔」文學共冶一爐。一方面她以「世界英文文學的在地化」來說明這本專著的在地研究脈絡（源於1990年代周英雄主持的國科會整合型計畫），另一方面也強調了突出了加勒比海與南亞這兩個地理空間的重要性。雖然她研究的主體仍是美國的「族裔文學」，但加勒比海與南亞地理歷史的重要性不言而喻。

的加冕與轉譯？

　　單德興的選集對上述問題有較為敏銳的回應。在導論裡，他以「雙源匯流」來界定臺灣的華美文學研究，即表面上華美文學是作為美國族裔文學的一支被引進的，但同時華人離散的歷史經驗，包括臺灣自1970年代起大量的留美與移民風潮，使得華美文學之於臺灣，有其他族裔文學無可比擬的親近性，也因此單德興特意以「華美文學」，而非華裔美國文學稱之，以「綜合族裔與語文，模糊化『華』與『美』，降低彼此之間的拉扯，使其更具包容性。此外美國華人一個多世紀以來，不論英文或華文創作都有相當華麗豐美的成果，以『華美』相稱亦不為過」（2018: 17）。顯然，單德興更希望從雙語，乃至多語的角度，構思華裔美國文學，藉之突出臺灣學者的貢獻與特色，確認自身研究的主體性。單德興認為，「結合西方理論與中國文學，建立兼具國際與本土特色的比較文學研究」是過去半個世紀臺灣外文研究的基本態度，也因此掌握自身的傳統與資源，重視學科建制的歷史和思想，便是不可或缺的法門。由此，他認為臺灣的華美文學研究（就這本選集而言）至少展現了理論性、歷史性、獨特性、多樣性和互聯性等特色：不僅有理論與文本之間的對話和辯詰（如東方主義與《蝴蝶君》、精神分析與任璧蓮的《愛妻》），歷史主體的涵蓋（從清末留學生到夏威夷詩人、馬來西亞英文作家，乃至新一代的大陸移民作家）相當全面，研究的選題與涉及的文類亦頗多樣；不僅論題與關懷彼此相連，對華美文化的觀察亦帶有自身的視角（如華人歷史與傳說、文化翻譯，乃至東方服飾）。換句話說，臺灣學者的特色或主體性主要展現為對華人離散想像的關懷以及後殖民論述範式中的種種變異與辯詰。相較於非裔他者跨越地理疆界而不變其異，華裔介乎他、我之間，既是西方歷史中的東方再現，又是華人自我的一面稜鏡，所以可以在歸屬與離散之間，類比與定位臺灣的存在。華人離散的歷史以及臺灣的經驗，因此也成為臺灣學者反思冷戰的歷史與文化重要資源。

　　梁一萍的選集雖然出現較早，也不是教育部「主題論文集計畫」的產物，但也展現了確認主體性與把握相關性的企圖。她認為，臺灣學者研究亞美文學的目的，主要在於「對美國國家主義框架的抗拒，並試圖爬梳亞洲與美國之間枝蔓糾結的帝國連結」，進而「翻轉中心，反從亞洲的角度來探討亞洲和美國的關係」——這是一種在「亞／美交境之處進行亞美評論的『他種想像』」

（2013: vii-viii）。這一主張將亞美研究中的反帝國與反種族議程延伸至亞洲，認為臺灣亞美研究的未來必須在這個批評軸線上發展，「在亞洲與美國『破碎國境』之間跨越、往返、滲透與交疊」（2013: viii）。然而，作為第一本收錄了不僅是華裔的亞裔美國文學研究專書，這本選集最大的意義或許還在於盤點臺灣學者自身的「跨界」，即透過「亞裔」作家的作品，將視野放諸於美國之外的歷史與地理：包括了華裔千里達作家陳偉力（Willie Chen）的加勒比海、日裔對移民歷史與二戰遷徙營（relocation camp）經驗的省思、跨國收養中的韓國故事、林玉玲筆下的馬來西亞認同以及黑格苳（Jessica Hagedorn）從菲律賓對美國帝國主義展開的批判等。在這個意義上，與其說這本選集翻轉了中心，還不如說它在美國帝國主義的跨國輻射中重新看見了「亞洲」，使得我們對亞／美交境的認識，不再單純地局限於由東而西的跨太平洋移民歷程，或是以華人認同為核心的鄉愁與記憶，而能對美國由西而東的帝國主義歷史以及亞際之間的流動與相似經驗，予以更多關注。雖然作為現代性標竿與當代帝國的美國，無可避免地仍是亞美書寫與想像的創傷內核，但臺灣學者已能從美國國家主義的地理疆界中解放出來，在美國與亞洲之間「時而緊張、時而溫柔的關係」（Stoler, 2006）中，重新找到批判的進路與論述的立場。因此，族裔研究的重要性，與其說在於族裔認同與文化身上，不如說在於藉之勾連出來的跨境歷史裡，而且這個植基於特定地理空間的跨境移動歷史，反倒成為族裔研究之於外文研究的意義所在：一個他者之域。如果說族裔研究豐富了「美國文學」的內涵，那是因為它打開了一個全新的時空網絡——一個相對於（白人）美國的「黑色大西洋」和「黃色太平洋」——幫助我們從外部去理解美國的意義，從而將其之深層歷史與境外地理納入了外文研究的範疇，增進我們對第三世界與跨國主義的思考。[29]

此一想法當然不是無中生有，而是過去30年亞裔美國文學研究在跨國轉向與亞際轉向的交互影響下慢慢出現的。一方面，透過一次又一次的集結與合作，例如舉辦國際會議與組織學術合作、參與「亞裔美國研究學會」

---

[29] 這就意味著我們對西方文學經典的閱讀不能略過殖民的痕跡，也不能忽視族裔作家及作品對西方文學的重構。同時，我們亦要看到在西方的族裔作家與其所代表的第三世界地理和歷史之間的複雜關係。相對於「黑色大西洋」（Gilroy, 1993）的普遍傳播，作為對應概念的「黃色太平洋」討論還不普遍，見Seo, 2014; Cho, 2016。

（Association for Asian American Studies, AAAS）、「美國研究學會」
（American Studies Association, ASA）、「當代語文學會」（Modern
Languages Association, MLA）和「多族裔美國文學學會」（Society for the
Study of Multi-Ethnic Literature of the United States, MELUS），或是在印度的
「多族裔世界文學」（Multi-Ethnic Literature of the World, MELOW）和在歐洲
的「多族裔研究學會」（Society for Multi-Ethnic Studies: Europe and the
Americas, MESEA）的年度會議等，亞洲學者彼此有越來越多互動和交往的機
會。同時，東亞國家（尤其日本、韓國、臺灣、香港、新加坡和中國大陸）
1990年代起對高等教育的挹注，包括對留學生的支持以及國際學者的任用，也
使得亞洲的高等教育越來越與國際，尤其是美國接軌；美國學者也更意識到亞
洲的學術資源與網絡，願意前來參加學術會議、進行調查研究，乃至短期任教
和參與跨國計畫。[30]

　　這些在冷戰時期不易形成的跨境交流，在後冷戰的新自由主義全球化年代
逐漸變成學界常態，亞洲城市（如東京、首爾、北京、上海、臺北、香港、新
加坡）也成為北美之外的會議熱點。直至2020年初新冠病毒爆發、全球擴散，
國際學術交流的質量才有顯著的下滑。亞洲研究與亞裔美國研究這兩個領域自
1990年代起的互相滲透，尤其造成了巨大的影響，不只學科領域的界線越來越
不明顯，在學術人才的養成以及教學與研究的要求上，也越來越強調跨國比較
的能力，乃至出現以「跨國亞洲」（transnational Asia）為主題的研究單位、
學術刊物以及徵才廣告。[31]美國的亞洲研究學會（Association for Asian
Studies）現任主席雅諾（Christine Yano）甚至提議，在學會內增加以「全球亞
洲」（global Asia）為名的核心小組（caucus），推動亞洲研究與亞裔美國研

---

30 例如亞際文化研究學會的雙年會議，自2013年起，就有不少北美的亞美學者前往參與，成為
　亞裔美國研究學者與亞洲研究學者在亞洲交流的重要平台。

31 例如，美國德州的萊斯大學（Rice University）就在亞洲研究中心下設立了一個「跨國亞洲研
　究計畫」（Transnational Asia Research Initiative, TARI），招募博士後研究學者和專任教師；
　加拿大的賽門佛雷瑟大學（Simon Fraser University）也成立了「跨太平洋文化研究所」
　（Institute for Transpacific Cultural Research），與香港的浸會大學（Baptist University）形成
　跨國的研究團隊。刊物則有《跨國美國研究》（*Journal of Transnational American Studies*）、
　《邊際：全球亞洲研究》（*Verge: Studies in Global Asias*）等異軍突起，以跨國性的視野關注
　與思考亞洲及其離散社群的文化生產。

究的互動合作與相互學習（Yano, 2020）。跨境學術交流與學術跨國化的加強，一方面意味著以北美為首的國際學術體系將進一步主導全球的學術生產，另一方面也意味著願意參與國際交流，以英文出版研究成果的亞洲學者，越容易被國際學術社群看見與認可。對臺灣的外文學者而言，這同時意味著主體性的問題將越形尖銳、無以迴避，要求我們反身自問：在臺灣進行族裔研究到底是為了什麼？是拾人牙慧還是銳意創新？臺灣學者又該如何定義「我們的」歐美研究？[32]

　　過去20年臺灣外文相關科系的碩博士論文提供我們思索上述問題的部分線索。筆者針對臺大、政大、臺師大、清華、交大、中央、中興、中正、成大、中山、東吳、輔仁和淡江等13所公私立大學的外文系、英語系或比較文學研究所進行調查，以各大學的碩博士論文系統為主，再搭配國家圖書館的「臺灣博碩士論文知識加值系統」和華藝線上圖書館收錄的資料交叉比對，逐筆確認上述各校的碩博士論文清單，做成附件#1。這項研究雖然不夠全面，但可以初步盤點這20年臺灣的族裔研究大致呈現了怎麼樣的圖景。

　　必須說明的是，雖然有電子資料庫的協助，但查找與確認過去20年的碩博士論文清單這件事，並不如想像中的容易。即令各大學都已建置了自己的論文搜尋系統，但其設計往往不利於以年代為題的大規模概覽，僅能以關鍵字查找，容易掛一漏萬。有些學校只收錄近10年的論文，涵蓋的範圍有限，精確度難料，這時候，就得仰賴收錄較為全面的「臺灣博碩士論文知識加值系統」與華藝線上圖書館。然而，國圖的資料庫也無法準確針對單一系所進行搜查，因為同一系所常有數個不同或相同的名類標籤，而標籤內的論文往往彼此重疊，卻又略有不同。華藝資料庫的編排較為簡明，可依校系名稱進行檢閱，但也有收錄不全的問題。這些資料庫本身的問題造成了統計的困難。但更為複雜的是族裔研究的細部分類：雖然我們將族裔研究區分為「北美原住民文學」、「亞裔美國文學」、「非裔美國文學」和「新英文文學」四個看似互不相屬的類別，但是有些論文橫跨不同類別和地理空間，有些則以理論展演為主，因此我們只能依敘事與分析的必要，勉強將之分派一類，並將論文所涉的不同領域分

32　中研院歐美所2012年舉辦的「我們的歐美」國際工作坊，曾針對此問題進行討論。相關成果，見王智明，2014。

別計算，因此有些論文會在不同的類別中重複出現。例如，有些比較不同族裔文學的論文就會重複出現在亞裔美國文學、非裔美國文學和北美原住民文學裡。此外，新英文文學中的加勒比海英文文學，其實也可以依作家的國籍，分派為非裔美國文學，但我們仍依照「新英文文學」研究的原始設計，將之獨立出來；同樣地，不少出身於非洲和愛爾蘭的新英文文學作家，其實也具有英國公民身分，甚至本就是英國文學中的經典作家，如喬依斯，但這類作家我們就不放在「新英文文學」裡，而會以愛爾蘭文學歸類之。至於像是土耳其作家帕慕克（Orhan Pamuk）的相關論文就更難以歸類了，因為族裔未必是他的核心關切，但某種土耳其性（Turkishness）又隱約成為研究的理由。是故，儘管筆者在查找和計算時力求精確，但統計數字難免誤差，還請讀者包涵和原諒。

　　經此搜尋、分類、統計與分析，筆者發現，歷經1990年代的爆發性成長後，族裔研究，從2000年至今穩定成長，在上述各校的碩博士論文中，占比在三分之一到六分之一之間，雖稱不上主流，但絕非末流。以臺大外文系為例，2000-2020年共通過了266篇碩博士論文中，有44篇與族裔研究相關；國立大學中，交大、中央最少，但也各有20篇與15篇，最多的是臺師大，共有66篇，幾乎占文學與文化類論文（總數217）的三分之一。私立大學以淡江最多，165本碩博士論文中有40本與族裔研究相關，輔大則僅有18本（總數116）。至於細項分類的占比，以北美原住民文學研究最少，各校加起來，20年內不過只有41本，而且集中在臺師大、中山和淡江幾個學校；占比最多的是新英文文學，共有215本，而且各校都有。亞裔與非裔美國文學研究則分別有154本及94本（含加拿大的亞裔和非裔作家）。[33]這個統計雖然粗略且不完整，但大致顯示新英文文學研究才是近20年的「顯學」，亞裔及非裔美國文學研究略有下滑，而北美原住民研究依然邊緣。同時，它也反向顯示了非族裔的英美文學研究仍是外文系的「主流」。

　　細究各分類論文的內容，我們不難發現前輩學者批評的「偏食」問題依然存在。比方說，北美原住民研究主要集中在席爾柯（Leslie Silko）、鄂萃曲

---

33 在美國族裔文學的範疇中，其實還有西語裔（Chicana）的存在。雖然西語裔作家也以英文創作，但在臺灣較少獲得關注。就筆者所知，目前只有黃心雅（2003）和梁一萍（2003）的單篇論文，以及邱莉婷（2000）的碩士論文和陳秋華（2016）的博士論文與此相關。在外文系之外，則有黃達玉（2008）、蔡佩樺（2009）、林建臺（2017）等人的碩士論文可供參考。

（Louise Erdrich）、霍根（Linda Hogan）等三位女性作家，莫馬戴（Scott Momaday）、維茲諾（Gerald Vizenor）和亞歷斯（Sherman Alexie）等男性作家只有零星幾篇。但晚近的生態主義論述，給予北美原住民研究新的能量，在淡江尤其明顯，有7本博士論文涉及這個議題。在非裔美國文學研究裡，摩里森具有絕對優勢，占該類論文總數的一半以上，儘管有些論文同時還論及其他族裔的作家，但在這20年內的重要性無可比擬。至於亞裔美國文學研究則有多樣化發展的趨勢，儘管華裔作家仍占相當比例，但有更多的論文以日裔、韓裔、南亞裔、菲律賓裔、越南裔，甚或是臺裔作家為對象，研究的方法也不再局限於女性發聲、東方主義與身分認同，而更廣泛地納入了社會運動、災難敘事、性相文化、酷兒實踐，疾病書寫等當代議題。不過以此為題的博士論文並不算多，20年間只有15本，且集中於輔仁和淡江。同時，亞裔加拿大文學也浮出地表，慢慢形成一個類別，共有32篇。[34]

　　最為顯著與關鍵的變化，當然是新英文文學的浮現。馮品佳提到，這個領域根植於後殖民研究的理論架構，是在1996年周英雄召集的「新英文文學整合型計畫」下，才開始有系統性的推動；其研究範圍涵蓋「愛爾蘭、英格蘭、加拿大、美國、南非，加勒比海、東南亞等7個區域，主要研究重點為殖民與後殖民時期，弱勢族裔使用英文作為再現媒介所帶出有關歷史（包括遺忘與記憶）、民族主義（啟蒙或另類模式）、身分認同（政治、文化、地緣、宗教、性別等）、再現政治（英文或混語、寫實或寓言）、文化挪用等問題」（周英雄，1999b: 444）。同時，除了國科會的計畫獎助外，馮品佳也提到各地區的官方與非官方組織（如加拿大貿易辦事處和澳洲研究國際學會）亦有經費鼓勵、支助學者舉辦會議和進行移地研究（2010b: 16-19）。從周英雄的構想來看，「新英文文學」涵蓋的範圍甚廣，甚至包括了美國的族裔文學，但「族裔」並非唯一的視角，而要在大英國協的架構上添磚加瓦，從後殖民的角度建構出一個相對於英國文學正典的「英語語系文學」（Anglophone literature），

---

34 有趣的是，亞裔加拿大文學的相關論文中，近一半的論文以斯里蘭卡裔作家翁達傑（Michael Ondaatje）的作品為主題。相較於亞裔美國文學研究對東亞的側重，亞裔加拿大文學對翁達傑的重視令人意外。另一個獲得重視的亞裔加拿大作家則是尾關（Ruth Ozeki），共有6篇，主要集中在她批判食品加工業的小說《食肉之年》（My Year of Meats）。非裔加拿大文學研究亦有5篇，但僅出現於清華外語系。相較於亞裔，非裔加拿大文學研究仍有待經營。

從而將非洲、南亞與東南亞統包進來，甚至將加拿大、澳洲、愛爾蘭等「移居殖民地」（settler colony）與亞、非、拉等後殖民空間，並列而談，共冶一爐。也因此，藉語言超越國家文學的想像，新英文文學研究反而在與英美國家文學的對峙中，呈現了地理區域的重要性，展開了英美之外的地理、歷史與文化探索，並在後殖民主義的架構下展開重新界定「英美」文學的嘗試，儘管地理區域的多樣性意義有待深入思考，不同地理區域間的對話亦仍待開展。[35]

　　以這20年的碩博士論文為例，我們發現新英文文學研究涵蓋了英美以外的廣大區域，其中南亞與非洲是最核心的區域，加勒比海與東亞次之。以南亞離散為主題的論文有86篇，大多集中在魯西迪（Salman Rushdie）、庫雷西（Hanif Kureishi）、奈波爾（V. S. Naipaul）、羅依（Arundhati Roy）、果希（Amitav Ghosh）、阿里（Monica Ali）和德賽（Kiran Disai）等知名作家。其中，魯西迪因《撒旦詩篇》（*The Satanic Verses*）與《午夜之子》（*Midnight's Children*）聲名大噪，而奈波爾有諾貝爾獎的桂冠加持，作品在臺多半也都有譯本，最受重視；魯西迪、羅依與德賽等人的作品亦獲得布克獎（Booker Prize）的肯定，尤其羅依與德賽是近十年臺灣學者討論最多的作家，背後的意義值得思考。與非洲相關的論文有59篇，主要討論南非作家柯慈（J. M. Coetzee）、在辛巴威成長的英國作家萊辛（Doris Lessing）、奈及利亞的伊博族（Igbo）作家阿旭貝（Chinua Achebe）和出身埃及的英國作家賴芙莉（Penelope Lively）4位。柯慈與萊辛也擁有諾貝爾獎的冠冕，儘管他倆都是白人，也與英國關係密切，卻不減其後殖民的代表性。相對而言，阿旭貝的《分崩離析》（*Things Fall Apart*）可能是非洲後殖民文學最重要的經典之一，卻只有區區6本碩士論文討論，而其他重要的非洲作家，如阿迪契（Chimamanda Ngozi Adichie）有1篇外，其他則付之闕如。加勒比海方面共有30篇論文，主要集中在瑞絲（Jean Rhys）、金凱德、克里芙與沃卡特（Derek Walcott）4位作家，論題主要集中在女性主義與身分認同上，但1997年以《白牙》（*White*

35　面對當前英文系因為「新英文文學」的出現而面對的「危機」，克里力也提出類似的思考：當英文成為全球語言後，英文系該往哪兒走？新英文文學的冒現，是否能為英文系創造新的使命？英美地區的英文系面臨的危機與挑戰，與非英語地區又有何不同、有何關聯？英文系的危機未來能否透過分家來解決呢（Cleary, 2021: 164-166）？顯然，後殖民與全球化情境的到來，正在深刻地改變著英文系的自我認同以及英文研究的意義。

Teeth）成名的史密斯（Zadie Smith）也獲得相當關注；雖然以法語寫作的加勒比海作家，如塞澤爾和格里桑也因為後殖民論述而備受學界重視，但仍未見碩博士論文深入討論和研究。

比較出人意表的是東亞裔作家的浮現。在37篇相關論文中，有27篇碩士論文和一篇博士論文討論石黑一雄（Kazuo Ishiguro）。這當然與他獲得布克獎與諾貝爾獎的桂冠有關，或許也有作品改編成電影的因素，但更為重要的可能是其作品的豐富性（包括不同的類別、主題），對英國性的反思與重塑，及對其日本背景的思考，如《群山淡景》（A Pale View from Hill）與《浮世畫家》（An Artist of the Floating World）中對日本的描寫和觀察。石黑的成功也帶動了臺灣學者關注華裔的英國作家，如毛翔青（Timothy Mo）和郭小櫓（Xiaolu Guo）。另外五篇集中在歐大旭（Tash Aw）、陳團英（Tan Twan Eng）與羅惠賢（Vyvyan Loh）3位馬來西亞和新加坡作家。這5本論文中，有4本由張錦忠指導的，其中一本還是博士論文，顯然有些馬華想像的影響，在嘗試構建馬來西亞的英語文學。剩餘3本則是關於澳洲華裔作家黃貞才（Lillian Ng）的作品《銀姐》（Silver Sister）。除了黃貞才外，另有3本碩士論文討論澳洲作家以及2本關於土耳其作家帕慕克的博士論文。雖然為數不多，也是可喜的發展。

其實，若要以族裔身分來考慮，這批碩博士論文資料中，還可以再提出猶太裔美國文學、俄羅斯裔美國文學，以及愛爾蘭文學研究。在亞裔和非裔美國文學研究興起之前，猶太裔美國文學是臺灣外文研究中的一個重要關懷，這一方面與1976年猶太作家貝婁（Saul Bellow）獲得諾貝爾獎相關，另一方面二戰期間猶太人經歷的浩劫也是人文學者關心的課題，尤其猶太人在美國也經歷了從排除到融入的種族化過程。[36]然而，就這20年，共31篇的碩博士論文來看，猶太裔美國文學研究，如果這個標籤還有意義的話，其實只有兩篇論文（孫又菁，2010；潘科丞，2010）關心美國猶太裔作者的身分與記憶，其餘的論文大多以後現代的理論關懷為前提，而1980年代以《紐約三部曲》——包括《玻璃之城》（City of Glass）、《鬼魂》（Ghosts）與《閉室》（The Locked Room）三部以紐約為背景的後現代懸疑小說——聞名的奧斯特（Paul Auster）

---

36 李有成應當是1980年代經營猶太文學研究有成的學者，他在1980年代初期至少寫了3篇關於貝婁的英文論文（1980; 1981; 1982），發表於《美國研究》上。

成為最受注目的作家，占了將近一半的數量。俄羅斯裔美國文學研究則有14篇，但集中在納博柯夫（Vladimir Nabokov）一位作家身上，尤其是他1955年出版的經典小說《羅麗塔》（*Lolita*），論文的研究興趣也是理論勝過族裔身分。[37]在這個意義上，猶太裔與俄裔作家的族裔身分其實沒有他們作為後現代作家的身分來得重要，以族裔來含括他們作品的意義或許不甚必要，但這本身也是一個值得討論的問題。

　　愛爾蘭文學研究的狀況則大不相同，不僅數量較多（共86本），族裔和國族政治的討論也更厚重。這與愛爾蘭近百年來追求獨立的歷史以及愛爾蘭作家在世界文壇上的地位相關；不論史威夫特、葉慈、貝克特（Samuel Beckett）、喬依斯，或是晚近的黑倪（Seamus Heaney）和金瑟勒（Thomas Kinsella）都是西方文學史的重要遺產。當然，這也與歷代臺灣學者對之的投射相關，例如吳潛誠在1990年代就常將愛爾蘭與臺灣類比，莊坤良也指出，「他那些有關愛爾蘭與愛爾蘭人的獨特寫作，勾起了台灣人民混亂的國族與身分認同的記憶」（2008: 1）；當然也有一些學者視翻譯喬依斯的著作為外文學者的挑戰和任務。林玉珍就提到，雖然愛爾蘭文學早在1960年代就有夏濟安的評介以及在臺外籍教師，尤其是談德義（Pierre E. Demers）神父的註解，但是1970年代以來的理論風潮衝擊了愛爾蘭文學研究，使之茁壯，「不僅使20世紀愛爾蘭文學研究終於脫離英國文學研究的附庸地位，同時也讓源自發展期的本土化愛爾蘭研究，增添政治色彩」（2000: 3）。[38]是以，相較於猶太裔和俄裔美國文學，愛爾蘭文學研究更值得放在新英文文學的後殖民脈絡中來理解。

　　總括來說，周英雄所規劃的「新英文文學」（包含英美弱勢族裔研究）重新劃定了外文研究的疆界，成為當前的主流範式。以馮品佳1999年主編《重劃疆界：外國文學研究在臺灣》為例，我們可以看到，以後殖民論述為濫殤的「新英文」取徑在當時的外文學門研究成果中，竟占了該書論文總數的五分之四，其影響力似乎更勝於文學理論，連張漢良討論倫敦的「嘗試文」著眼的也

37　不過，在華藝資料庫裡，我們還可以找到另外4篇論文：陳數紅（2014）、熊積慶（2014）、吳文薰（2008）和陳品含（2014），其中前3本都是博士論文。

38　關於喬依斯研究在臺發展的歷史與成果，見莊坤良，2008。

是帝國的影響，如何使得他鄉異國成為英國文學中揮之不去的遠山淡景，而林盛彬的文章更超越了英文的限制，將後殖民的視野延伸到了拉丁美洲。即令6年後，在中興外文系主編的《國科會外文學門86-90年度研究成果論文集》裡，雖然文學理論與文化研究的影響更強烈一些，但新英文文學研究仍然占了相當的分量，在17篇論文中占了8篇。對比上述的碩博士論文來看，儘管2000年後還有些細微的變化，整體趨勢其實沒有太大的不同。也因此，如何理解這些「遠處的文學」之於我們的意義，如何思考臺灣與歐美，以及與「他者」的關係，乃至展開從己身出發的「世界想像」，是在族裔研究的多元性開展中尤其值得深思的問題。

「遠處的文學」：傳會的誘惑與限制

> 我們把真正的亞洲文學，尤其是與我們最近的東亞文學擱置一邊，總是關注遠處的文學。其中以西班牙語和葡萄牙語為母語的拉丁美洲文學、美國黑人文學，以及非洲和西印度群島以英語和法語寫作的文學被談論最多；其次是引介位於西洋與東洋中間的中東文學。其中，拉丁美洲文學在第三世界文學中占據重要的地位，但從我們的立場來看，這些作品依然是「西方的文學」（即使是美國黑人文學也一樣）。
>
> ——崔元植（引自白樂晴，2010: 63）

> 我們可以談論非洲歐語詩作，但不能把這些詩作與非洲作家用非洲語言創作的非洲詩混淆。例如，以斯瓦希里語創作的詩可以追溯到好幾世紀前，而每個講索馬里語的農民都能背誦偉大的索馬里反帝國主義鬥士哈桑的政治詩作，但沒有一位非洲農民會聽過用外語書寫的一行詩，即便它是由最優秀的非洲詩人所寫的。
>
> ——恩古吉·提安哥（1981/2019: 229）

在臺灣，以及廣泛受到歐美現代性影響的亞洲國家（如韓國），族裔研究

的弔詭之處就是族裔文學與文化既內在於第一世界，又屬於第三世界的獨特位置。族裔研究揭示的跨境離散經驗與多重認同政治，使得「西方文學」也被跨國化與離散化了。這不僅意味著我們對西方文學經典開始進行後殖民的閱讀實驗，例如出身加勒比海的英國作家瑞絲、阿爾及利亞作家答悟得（Kamel Daoud）和馬汀尼克作家塞澤爾，對《簡愛》、《異鄉人》和《暴風雨》的「逆寫」與「翻案」，也意味著我們開始思考第三世界文學與西方及我們的關聯，反思世界（英文）文學的發展以及涵納其中的世界。

　　麻煩的是，我們對第三世界文學的認識，誠如韓國學者白樂晴指出的，往往受到了西方的中介，「甚至連討論第三世界的態度、或許也只是虔誠地模仿第一或第二世界罷了」（2010: 57）。儘管白樂晴的說法未盡公允，忽略了我們對第三世界可能有的真誠關懷，以及華文世界既有的積累，[39]但他也指出第三世界往往是以「他者」的形象出現的事實，即令那很可能也是我們所處的位置。在臺灣，雖然也有「第三世界文學」的相關討論，但在外文研究的場域裡，它不僅來得遲滯，所涉及的文本也多半是西方後殖民史觀中，特別是在各種文學獎加持下所浮現的，前述稱之為「新英文文學」的後殖民書寫。[40]

　　在〈世界英文文學的在地化〉一文中，馮品佳將「新英文文學與美國弱勢族裔文學研究」併為一談（不過，從周英雄的角度來看，英美弱勢族裔文學其實是新英文文學的一環，而不是與之並立的類別），強調這兩者在臺灣外文學界之所以形成研究熱點，與後殖民主義論述盛行以及臺灣本土的多元族裔形構類近於美國，息息相關（2010b: 23），而這個趨勢可以用「世界英文文學的在地化」予以解釋。她寫道：

　　　「新英文文學」以一個「新」字與殖民母國劃清界線。而在「世界英文

39　例如三毛筆下的撒哈拉沙漠、陳黎翻譯拉美詩作，或是中國在1970年代進行的非洲文學翻譯，見陳正芳，2012；袁明清、張麗芳，2020。

40　張錦忠說得更精準：「後殖民時期的『西方』歷史現場仍然在海外：例如馬來亞的剿共戰事、中國的國共戰爭、韓戰、奠邊府之役、越戰、巴勒斯坦問題、阿爾及利亞和其他亞非拉國家的內戰與政變、南太平洋的核武試爆等，這些現代史事，與其說是第三世界人民的後殖民歷史、毋寧說是『西方』霸權政治下人民潛意識裡不明與扭曲的海外〔他者／異己〕記憶」（1995: 74）。

文學」的範疇中，某種程度上英國文學也從「世界」的文學版圖上暫時消失。此一共同特點當然是「新英文文學」能獨立於英國文學而自成一學術領域的主要基礎。但是「新英文文學」真的能開啟一個足以架空殖民母國的美麗新世界嗎？實際上，如果我們回顧世界文學史的發展，代代都有「新」的文學產生。誠如顧德溫（Ken Goodwin）所言，英國文學研究成立之初必須面對「正統的」古典文學的挑戰；而美國文學一直到1920年代才在美國的一些大學體系裡尋得立足之地，一直到1930年代才成為其他英語系國家承認的學科。也就是說，今日的「新英文文學」也非常可能成為明天被建制化的學科，而喪失了對抗論述的立場。（2010: 13-14）

馮品佳簡明的歷史敘述指出了兩個重點：一是「新英文文學」之「新」，與美國「族裔」文學之「族裔」一樣，都是一種「對抗論述」，都是一種對建制歷史（包括殖民史、種族與帝國文化意識形態）的反抗；二、對抗論述要求體制認可，但這同時也暗含了被體制收編的危機。換言之，相對於英國文學的「新英文文學」，也和美國的「族裔」文學一樣，在反抗的同時，也被殖民歷史與帝國文化意識形態所制約，在跨國傳布與接受的過程中，同時包括了「對抗論述」與「體制收編」的雙重性。也就是說，這兩者的批判性同時也是其依附性，並且是在歐美之外的學者接受與討論的合法性基礎。正因為如此，馮品佳對臺灣外文學界在這兩個領域上的發展，在讚賞中帶著批判，在批判中隱含期待：例如研究對象及主題往往局限於幾位知名作家、研究社群的規模小、相互引用的風氣不盛以及被外來理論「再」殖民的擔憂等等，在在顯示了她對既有研究成果的局限以及繼續開展的方向何在有所顧慮。她期許學者採取葛蘭西「有機知識分子」的立場，「積極參與社群改造及促成社會演變，從所閱讀的多元文化與多族裔文本中發掘與本土的連結，從多元的脈絡學習如何處理本土的問題」（2010b: 31）。換言之，關鍵還在「本土」，也就是如何讓研究課題與本土的關懷有所相關，而不被西方理論所圍限。

馮品佳的討論傾向「利基」的思考，關心的是臺灣學者如何為國際文學研究貢獻心力，促進本土文學研究長足發展，乃至開創臺灣文學與文化研究的契機等問題（2010b: 31）。不過，上述引文中更為關鍵的其實是「世界」、「英文」與「文學」這組關鍵詞，因為這不僅勾勒出世界文學與國家或民族文

學的對立和互滲，凸顯語言超越了國家與民族的事實，更暗示了文學與世界的互動關係，提供某種「世界化成」（world making）的可能：新英文文學之「新」既是對後殖民作者的承認與接納，更在於透過其對正統或經典的挑戰，讓後殖民「世界」得以合法展現在讀者面前，這個世界既內在於西方，又指向了西方之外。如張錦忠指出：「一方面，英國文學書寫海外，海外進入其想像社群，成為異己；另一方面，英國文學既是英文文學，又非英聯邦文學，無以名之，只好稱之為海外諸新文學的異己」（1995: 84）。這個雙重的異己性（一指英國文學之正統，一指新英文文學之新秀）恰是「族裔研究」對臺灣的外文學者帶來的重要啟發：閱讀新英文文學與族裔文學，一如學習經典，既是朝向西方的接近（發現我們其實也有類近的問題），但同時又要從西方的主流中逸離開來，將視線放在西方的異己或邊緣的構成（或許也可稱為西方的「罔兩」），由之構成我們的「視界」（horizon of vision）。正如史書美理解的，如此的多重關係不只是靜態的描述，它亦具有動態的作用，目的是將我們從世界體系「中心─邊緣」的思路中解放出來，轉向對跨境歷史與文化互動的思考（Shih, 2015: 436）。如馮品佳著作的標題暗示的，「東西印度之間」其實是一種想像的地理，是因為西方殖民主義將兩邊的「印度」連繫起來，使其中的「印地安人」流離失所，「東西印度」才成為某種全稱式的構造。但我們承接這個想像的地理時，往往不覺違和。在學習後殖民社會以文化反抗帝國的同時，我們是否也內化了西方帝國主義的觀點，而忽略了兩者並置時具有的關係比較學意義？

　　誠如白樂晴批評的，第一世界對第三世界文學及批評的生產與傳播，發揮了中介與塑造的力量，也就是英國歷史學家與批評家阿里（Tariq Ali, 1993）所謂「市場現實主義」（market realism）的影響，透過文學市場的傳播與消費，來形成我們對於現實世界的理解；對法國學者卡撒諾娃（Pascale Casanova, 2004）來說，這就是文學獎的體制性力量。因此，當我們缺乏對第三世界處境的理解，而只是以多元文化主義的方式來認識第三世界文學，將之視為後殖民和離散現象的地理與文化根源時，我們就忽略了這個多元文化主義本身亦仰賴地緣政治與霸權結構的支持。更精確地說，全球化時代第三世界文學基本上處於一個「後殖民化」和「離散化」的狀況裡。第三世界文學一方面透過文學翻譯與區域研究，進入第一世界的後殖民論述當中，再經由學術建制

與活動的跨國轉介，成為不在西方的我們進入第三世界的窗口。另一方面，在西方的第三世界離散社群以英文生產的文學作品，逐漸取代了在第三世界以當地或其他語言創作的文學作品，並在第一世界以離散之名代言第三世界文學。在這個跨國流動的文學地景裡，後殖民和離散文學在西方代言了第三世界的存在，而第三世界民眾及其生活則更徹底地被排除在西方學院的「承認政治」（politics of recognition）之外。唯一獲利的是移民群體，特別是在西方學院功成名就的離散知識分子，這也使得用帝國語言寫作成為後殖民書寫的必要手段。無怪乎德里克（Dirlik, 1994）會認為，離散知識分子進入西方學院的時候，正是所謂後殖民的開始，但真正的問題——離散知識分子與全球資本主義和帝國的共謀關係——卻被忽略了。對臺灣來說，第三世界其實是作為英美帝國下的「後殖民憂鬱」（Gilroy, 2005）存在的，臺灣往往是在學習西方的過程中，透過帝國之眼，才看見了「遠處的文學」，而不是從第三世界的自我意識出發，去發現亞、非、拉之間的文化聯繫與政治連帶。這個真實的狀況提醒我們，臺灣與第三世界的聯繫向來不是不言自明的，而是在特定的知識與政治結構中形成的，不論落地或轉譯都難脫英文這面濾鏡。及至今日，我們仍缺乏從自身出發，不經離散轉介，以當地的語言和文化，理解與進入第三世界的能力。就此而言，外文「之外」的想像或許需要一個英文之外的語言接面，但體制狀況與教學資源的分配而言，這又談何容易。

　　李秀娟從「距離與傳會」的角度進一步解析「歐美」與「我們」的關係，以及族裔研究（特別是亞美研究）在其中扮演的角色。她強調歐美與我們「之間」的距離，就外文研究而言，往往被理解為一個以「趨近」對抗「距離」的過程——「不論是空間橫軸上飄洋渡海的身體接近，還是在時間縱軸裡驅策自我改變以『迎頭趕上』——成為我們面對『歐美』的基本原則」，這也就暗示了我們與歐美之間種種「挪用」、「剽竊」，以求「成為」歐美的嘗試，以及擔心被「收編、殖民、納入」歐美現代性的焦慮與欲望（2014: 65）。基於這個觀察，她指出：

> 我們若能從一個「反同」（anti-sameness）政治的角度觀察，亞美研究吸引人的，可能就不在於「亞美」是不是提供了「我們」與「歐美」聯繫的捷徑，而是在於亞美故事如何不斷延展與複雜化「亞」與「美」之間的

距離和路徑，彰顯「亞」的分歧、「美」的矛盾。我想試著問：會不會「亞」與「美」之內與之間不斷拉扯之矛盾離心張力所帶來的「反同」潛力，其實勝過亞美接「美」與「亞」、帶領我們從「亞」過渡到（象徵文明與現代性的）「美」，或由「美」回歸到（族裔本質與地緣中心的）「亞」的吸引力？（2014: 74）

　　李秀娟的「反同」觀點不只打開了「歐美」與「我們」之間不同的傳會想像，更將「亞美」這個跨境邊緣空間轉譯為傅柯所說的「異托邦」（heterotopia），藉之改造「歐美」與「我們」的意義，使其走下現代性與族裔本質的神壇，作為一個對等交流的參照系。她以學生的誤識——「在台灣主修英語也可以算是一種亞美身分嗎？」（2014: 68）——為例，指出「亞美」的意義（對學生而言），「並不是一個較優越的『理想自我』，一個『我們』必須亦步亦趨跟隨其後、模仿並追求的優勢他者，而是可以提供自身多元文化經驗參照、對話與情感聯繫的對等他者」（2014: 79）。由此，亞美成為一個可以認同、結盟的對象，一個將自身延展至他方的觸媒，這也使得「歐美」的神聖性與正當性出現了改造與轉化的契機。她認為，傾聽（亞美）創傷可以「將『我們』拉到一個感同身受、情動渲染的美、亞『傳會』平面，讓『我們』與『歐美』的關係，跳出『邊緣』對峙『中心』、『弱勢』挑戰『強勢』的垂直分層想像」，然後逐步展開橫向的「弱勢聯結網絡」，乃至使臺灣的美國研究可以「『倒錯地』（perversely）變得『亞美』」，讓「霸權的歐美」轉化為「創傷的歐美」（2014: 86-88）。

　　李秀娟的討論深刻揭示了族裔研究對臺灣外文研究想像的可能性，突出跨境「弱勢聯結」——即史書美主張的「弱勢跨國主義」（minor transnationalism）——給傳統的英美研究帶來的挑戰。但她沒有看到的是，在這個平面傳會的範示中，「弱勢」本身反而成為一種「主流」（dominant）見解的諷刺，這不僅違背了她想要跳脫二元對立、垂直分層想像的企圖，同時也忽視了弱勢聯結網絡內部的差異性（例如亞裔與非裔的差別與對立）以及創傷對霸權的遮蔽。換言之，原來欲以創傷揭示霸權的族裔研究，反而可能在這樣的傳會中，成為霸權的粉飾，甚至是不在場證明。更進一步，它可能使臺灣的外文學子誤以為臺灣，和亞美一樣，總是霸權的受害者，遑論亞裔社群並不總是受害者，也可以

是霸權的共謀和帝國的士兵，因而忽視、或故意不去想起，以福佬沙文主義為根本的臺灣民族主義可能也是一種霸權的構造，帝國的想像。卓玉芳便認為，雖然她也主張邊緣連結，但是我們仍得回到邊緣連結的結構性因素來思考，亦即「資本美帝」的影響——特別是已被霸權形塑的知識範示——是否才是跨境弱勢連結的底層結構，而「片面國際化的浪潮」非但無法促進連結和團結，反而「更不斷強化這些差異，使得集體政治能量難成氣候」（2014: 106），也無法對西方的知識結構提出更為深刻的反思。質言之，問題的核心或許不在於跨太平洋傳會「從霸權到創傷」的轉變，而在於傳會本身早已被霸權所限定，反而剝除了我們認知弱勢邊緣和第三世界的能力。如何抗拒傳會的誘惑，嚴肅看待世界的構成，真誠面對外文「之外」中的多元異質與權力差序以及我們的參與，或許是在認同與結盟之外，更為重要的任務。

傳會的誤區：「黑命關天」與亞美研究

> 現在，是人類歷史上，「黑人」這個詞首度被一般化。這個新的可替代性、可溶性，被建制為存在的新常態，而擴張到了整個地球，這是我所謂的世界的黑人化。
>
> ——Achille Mbembe (2017: 6)

2012年2月26日，佛羅里達州山佛郡（Sanford, Florida）的17歲非裔高中生，馬汀（Trayvon Martin）在拜訪親戚時，因發生口角，被28歲，具有白人與秘魯人血統的齊默曼（George Zimmerman）開槍打死。齊默曼被捕後，被控二級謀殺罪，但他辯稱自己因為自衛而開槍，最後被判無罪釋放。此一判決引起全美譁然，隨後即有人在社群媒體上以「黑命關天」（Black Lives Matter）為主題標籤（#hashtag）表達憤怒。隔年，布朗（Michael Brown）與加納（Eric Garner）——也是非裔男子——的喪命，更將這個網路標籤轉化為街頭運動，引起全美關注。

2013年11月28日，紐約市布魯克林區的非裔青年葛利（Akai Gurley）被巡

查的華裔警員梁彼得（Peter Liang）意外射殺。華裔社群立即捲入這場運動，超過3,000名華人在2015年3月走上紐約街頭聲援，主張梁只是代罪羔羊，他應該如同行的白人警官一樣無罪開釋，但這場「挺梁」的運動同時也引發了黑黃關係的緊張，迫使亞裔社群更關注「黑命關天」的訴求，對黑黃互動的歷史也有更多的反省。2020年3月25日明尼亞波里斯（Minneapolis）又發生了黑人被殺的事件，46歲的佛洛依得（George Floyd）因為使用假鈔，被白人警察蕭文（Derek Chauvin）以跪壓的方式逮捕致死，而同在一旁的亞裔警官杜滔（Tou Thao）卻視若無睹。相關影片在社群媒體上流傳，引發了民眾的怒火，「黑命關天」的口號獲得更多呼應，亞裔警官對黑人性命的無視則引發了撻伐。

5月26日，民眾不顧新冠病毒的威脅，聚集在明尼亞波里斯市警局前示威抗議，憤怒的示威民眾甚至放火燒樓、打砸劫掠。這不僅升高了抗議的態勢，引發美國其他城市的暴動，惹得川普總統揚言將以聯邦部隊鎮壓，同時也引起一般群眾對暴力抗爭的反感，甚至勾起了亞裔社群在1992年洛杉磯暴動中黑黃相殘的慘痛回憶。這場以抗議警察暴力為起點的運動，在6月更擴大成為全球的解殖示威運動，反對種族暴力與殖民主義：在美國，抗議民眾不只毀損了內戰時期南方聯邦將領的雕像，連國父華盛頓的雕像亦被推倒；傑佛遜、葛蘭特、羅斯福等美國歷史上的重要政治領袖無一倖免，分別被貼上了奴隸主、殖民主與謀殺犯的標籤。在英國，邱吉爾與維多利亞女皇的雕像被損毀，在比利時，利奧波德二世國王（King Leopold II）的雕像亦被推倒，丟入河中，連紐西蘭也移除了漢米爾頓（John Hamilton）的雕像，因為他是1864年帶領英軍攻擊毛利人的將領，儘管他也在那場戰役中失去了生命。

「黑命關天」至此，不再只是一個「主題標籤」，而是一場全球性的反抗運動，它既內在於美國的種族脈絡，主張袪除「白人至上主義」（white supremacy），反對種族暴力，調整警察的用槍規定，乃至立即解散警隊，又溢出了美國，在歐洲都會中獲得廣大響應，形成另一波的解殖運動，更基進地回到殖民歷史反思西方文明的問題——不只是少數族裔與第三世界國家面對的不公平待遇，更是現代知識布置中的殖民陰影。在此意義上，2015年3月南非開普敦大學（University of Cape Town）發生的「羅德斯下台」（Rhodes Must Go）運動，以及2017年1月在倫敦亞非學院（School of Oriental and African Studies）發生的「課程解殖」（Decolonizing the Curriculum）運動，雖然與

「黑命關天」沒有直接關聯，但也分享了類近的關懷。從族裔身分出發，對大學的歷史與課程提出批判，前者要求開普敦大學推倒殖民者的雕像，以宣誓一種解殖的精神，後者則要求在大學的哲學課程中加入非白人的思想家，改變殖民主義的體制、結構與認識論遺產。這也就意味著，族裔研究不只是關於單一社群的歷史與認同，更要對啟蒙以降的知識結構進行根本的反省。就像是「黑命關天」一樣，關鍵當然不只是「黑人的命也是命」這樣平實的主張，而是由此展開的反省與批判：為什麼美國社會裡，黑人總是與貧窮、暴力與疾病相連？為什麼同為公民的黑人至今仍在為自己的認同、文化與生存權利而奮鬥？為什麼經歷了民權運動勝利的黑人，仍生活在種族暴力的恐懼之中？而分享了民權運動遺產的亞裔，為什麼對非裔仍存在若隱若現的歧視？在這個意義上的族裔研究，關心的不是種族的特殊主義，而是從種族經驗出發去反思與批判種族布置的普世主義。

　　對於亞裔社群而言，「黑命關天」運動尖銳地指向了黑黃關係的複雜歷史，尤其是亞裔移民對黑人根深柢固的歧視，以及亞裔在美國黑白種族結構中的曖昧地位，[41]即令在民權運動上，亞非團結、相互支援的歷史亦是斑斑可考。[42]不少亞美學者指出，「黑命關天」運動敦促亞美研究「重新展開對美國政體的認識，好為促進黑人的生命與解放，創造團結與關聯」（Jian Neo Chen, 2017: 269），它也突出一個重要的認識，即「亞裔美國人的種族化過程反映了黑人解放的計畫仍未完成」（Hong, 2017: 275）；同時，亞裔社群也該藉此將視野放在「太平洋和中東從未打完的戰爭上，以及那些抵抗美利堅帝國的叛亂與革命時刻上」，因為反黑暴力實為美國「種族治理的帝國與國內模式」之一環（Leroy, 2017: 280）。是故，亞美研究不僅要置疑與批評「模範少數」的觀念，更要重視「亞洲與亞裔社群中的反黑歧視，美國黑人在美國海外帝國事業的參與，以及在跨族裔亞非認同中亞裔成分通常被抹去的現實」（Ponce, 2017: 285），因為這些通常不被記得的時刻，往往隱含真實的黑黃關係。同樣不可忘卻的是，黑人女性在反黑暴力中的不可見，以及亞裔與非裔社群之間，除卻充斥著男子氣概的跨種族團結外，其實也存在著「非異性戀常態

41　見Kang, 2016、馮兆音，2020與榮筱箐，2020的相關報導。

42　相關研究，見Prashad, 2002; Mullen, 2004; Fujino, 2005, 2012; Maeda, 2009; Onishi, 2014。

的親密關係」，可以作為亞非團結的另類基礎（Reddy, 2017: 290, 293）。當然，美國的國家暴力不僅針對了黑人，也指向包括華裔在內的弱勢族裔，尤其是拉美移民以及新近的東南亞移民。因此，國家暴力是「習慣性的」（chronic），而所有的生命都值得珍惜（Wu, 2017: 295）。雖然亞美學者的討論，各有側重不同，但紛紛指向種族與帝國的關係，揭示了亞裔在美國黑白種族關係中，既是受害者又是共謀者的曖昧位置，以及跨種族團結反抗國家暴力的必要。

臺灣學者劉文亦指出，美國的亞裔社群總是在同謀與反抗中顛躓。以2015年3月紐約亞裔社群為梁彼得案舉行的四次相關行動為例，她指出，這些抗議活動的主體雖然包括了華裔新移民，但他們關心的議題以及對正義的認識顯然天差地遠。[43] 當年輕的華裔與亞裔行動者為了「黑命關天」而傷神，抗議國家暴力與媒體報導不公時，華裔新移民卻仍以「受害者」自居，聲援代表國家暴力的梁彼得，並以「華人認同」與「美國夢」為號召，爭取族裔利益，罔顧新自由主義對美國弱勢群體的壓迫。劉文認為，這些往往來自中國的「中年」（middle-aged）華裔新移民，挪用了民權運動的修辭來主張華人深受種族歧視之苦，要求制度性的開放與道歉；他們甚至和共和黨政客組成「彩虹連盟」（rainbow coalition），藉此機會大肆抨擊紐約市現任的民主黨政府，並且要求與在地警局形成更緊密的關係（Wen Liu, 2018: 430）。這就使得他們與支持「黑命關天」的年輕行動者（通常是土生的亞裔）產生巨大的差異，乃至彼此對立。劉文強調，他們對機會平等的美國夢訴求其實與習近平提出的「中國夢」同構，都是關於「新自由主義階級晉升的跨國夢想，其構成仰賴對階級與種族他者的劃分與排除」（2018: 432）。她認為，是「中國夢」提供了這些中年移民跨國移動的精神動力，而美國不過是實踐新自由主義個人向上流動的舞台，這也就使得這群新移民更容易認同以秩序和法治為訴求的白人至上種族階序，而忽視了黑人正是這個種族階序下的弱勢與受害者（2018: 436）。相較之下，年輕的亞裔行動者更關懷種族正義的訴求，以及傳播媒體——包括華

43　這四次行動分別是：2015年3月8日「支持在地警察」的集會；2015年3月15日為葛利及其家庭所舉辦的燭光禱告；2015年4月25日「為梁彼得求正義」的遊行；以及2016年5月20日在《星島日報》前的抗議，Wen Liu, 2018: 448n21。

文媒體——造成的誤導。是故，對劉文來說，更具意義的亞裔行動，其實是2016年5月26日年輕行動者在《星島日報》前的抗議。他們要求《星島日報》納入葛利家人與「黑命關天」運動對種族化警察暴力的批判，因為《星島日報》和其他華文媒體正是華裔新移民仰賴的資訊來源。[44]劉文寫道，這場抗議不只將「黑命關天」運動的亞裔行動者與支持梁彼得的華裔行動者區分開來，更「表述了一種關於種族歷史與未來的另類觀點，這與無視膚色的新自由主義信條截然不同」（2018: 444）。

　　劉文來自運動現場的觀察，凸顯了亞裔社群內部的巨大差異，顯示支撐亞美運動的第三世界主義面臨了新的挑戰。[45]亞裔社群的內部差異不僅來自於不同的移民地理，亦來自不同的移民時間，而時間和地理所造成的世代問題，或許更深刻地形成了亞裔社群的內部裂痕，延著黑人生命、新自由主義、性別政治與中國崛起等節點而斷裂。劉文發現，作為「臺美酷兒」（queer Taiwanese American），當她走在中年華裔移民「挺梁」的遊行隊伍中，不時感覺自己像是一個「種族叛徒」（race traitor）；她有意識地想要與這群人保持距離，但同時，她也認知到，自己的亞美身分非常具有彈性，因為對非華人來說，她與這群人其實沒有太大的差異，儘管她的酷兒身分持續地想要保持「一種異議與抗議的姿態——對美國與華人的〔新自由主義〕理想予以反對」，但她的膚色又可以輕易地融入這群遊行者的集體，加入「華人性（Chineseness）這個曖昧又強大的符號」（2018: 432）。有趣的是，劉文高度反身性的觀察顯示的不僅僅是世代差異，更是臺灣本土意識在中國符號中的格格不入；或是說，她的臺灣酷兒政治以「世代」為表述，揭露了她對中年華裔移民政治的不滿與不屑，因為那即是中國崛起的政治想像，一種保守自私的霸權心態。也因此，她對亞美研究以及亞裔社群至今依然仰賴1960年代的第三世界反帝國與反種族的團結想像，感到不以為然，因為中國早已放棄了共產主義的理想，走向了新自由主義，而且「一帶一路倡議」之類的崛起實踐更改寫了中非團結、南南合作的傳統敘事，使之成為中國資本主義與帝國主義向外輸出的糖衣修辭。在這個

---

44 2020年美國總統大選期間，《紐約時報》科技專欄記者就報導了華人媒體《大紀元》和新唐人電視台如何發揮影響力，左右華人對美國時事的認識，見Roose, 2004。

45 關於亞美運動與第三世界主義的關係，見Maeda, 2009；王智明，2009。

意義上，劉文的批評或許也可以反向理解為兩岸關係對亞美政治的介入，也就是，華裔世代斷裂這個觀察反映的不只是中年華人移民根深柢固，且與新自由主義息息相關的反黑種族主義，它也是兩岸政治變化的結果，既包含了中國崛起對亞美政治帶來的全新挑戰，也包括了臺灣青年世代反中情緒對亞美政治的主觀代入。

如此的兩岸纏繞提供了另一種跨太平洋亞美傳會的例子，不僅單德興強調的華美「親切感」在兩岸關係的緊張中消失殆盡，認同與結盟的想像也變得更加的困難；同時，美國的意義也因為中美對抗的態勢升高而有所變化。例如，向來在種族與移民議題上採取保守，乃至反動姿態的川普，反而在臺裔美國社群獲得相當高的支持，被視之為歷史上最友臺的美國總統，連部分在美國的自由派華裔移民也視川普為反抗中國、推倒中國共產黨的關鍵力量，全然無顧他在總統職位上的種種失職、失態，及言行中時常流露、毫不掩飾的自私自利與種族主義。這類「華美右派」（Chinese American Right），乃至「亞裔共和黨」（Asian G.O.P.）的興起，[46]不得不說是亞美運動50年後最大的反諷，也讓「反中」成為串連臺美兩地年輕世代的新意識形態。

的確，今日的中國已不是50年前的中國，亞美運動的國際主義與第三世界傳統也亟需與時俱進，調整和修正。但是「黑命關天」運動所帶來的啟示並不是對國際主義與第三世界傳統的否定，也不是種族、階級和性別的交界分析不再重要。恰恰相反，它顯示的是：在民粹主義揚升的過程中，1960年代民權運動與族裔研究留下的國際主義遺產今天正在一點一點地消蝕，美國的保守勢力與帝國主義正藉著中美對抗而上揚；同時，美國1970年代開始的和解政治與交往政策被否定了，脫鉤、圍堵，乃至制裁的新冷戰思潮正在強化，而中國藉著後發優勢與反殖民、反帝國的正當性逐漸地走向了自己的反面，放任民族復興與百年國恥成為帝國主義的修辭，忘記自己曾經許下「和平發展」的莊嚴承諾。「黑命關天」運動提醒我們的是：種族主義的結構性暴力正在擴延，它不只體現在各式各樣的國家和警察暴力之中，更顯現在不斷蔓延與增生的歧視話語裡。族裔研究對種族主義的分析與批評，在今天，更需要一個國際主義的視角，從生命的差異、珍貴與脆危出發，反思民族—帝國主義與新自由資本主義

---

46 見Rong, 2019; Churchill, 2019。關於中國自由派華人挺川的現象，見錢永祥，2021。

對生命的治理以及身分差異的排擠。換言之,族裔研究不只是關於特定族裔的研究,它也是關於知識生產的地緣政治以及種族邏輯的批判。

回到臺灣族裔研究發展的語境裡,這也就意味著族裔研究不能僅僅作為美國現當代文學或後殖民研究的一環被認識和引進,而應該視之為一個反霸權、跨地域、後人文的解殖方案:它不僅要關懷「遠處的文學」,也要反思「此時此地的自己」是如何被動納入與主動介入全球知識生產的種族階序之中;它不只應該關注各地以英文出版的「新英文文學」,也應該以更多不同的語言展開我們對遠方(包括地理上與知識上的遠方)的認識,進行交互參照,才能在深入理解多重關係性的基礎上,展開全球知識系統的重構。它的目的不在於從種族的觀點解釋世界的現實,而在於藉之改造、追求一個不必以種族區分彼此的公義世界。在這個意義上,臺灣的族裔研究才剛起步,它從西方殖民想像的邊緣望去,糾纏於認同與歷史、政治和想像,是為了走向世界構成的分析與批評,而不僅僅是自我認同的確認與捍衛。作為外文研究的一種範示,族裔研究的作用或許就在於打開與深化這條反霸權、反歧視的國際主義軸線,在帝國與民族的邊緣思考人的處境,反省世界構成的邏輯,從外文「之外」轉向外文研究自身的反省與重構。

後/冷戰的挑戰:知識生產的地緣政治與種族邏輯

在這個全球社會體系緊密連結的危機年代,最緊要的問題、或許不再是知識生產的地點、或在地化的知識研究對象,而是這套知識生產所體現的政治形式。將「歐美」以及那些可被納歸為「批判性全球化」的論述去中心化,會是關鍵的第一步。

——克里斯托弗・康利(2014: 187)

沿著這條道路,「地方化」(provincialize)歐洲思想傳統的嘗試並不有效。於我們而言,他們當然不總是陌生的。然而,當我們得要用一種面向所有人的語言講述世界的時候,在這些傳統的核心中總是存在著權力關

係，而我們的工作就包括了掂量這些內在的衝突，邀請歐洲思想進入去中心化的過程，不是為了加深非洲與世界的距離，而是為了讓一個可能的普世主義的新要求，能夠相對明晰地浮現。

—— Achille Mbembe (2017: 8)

把「黑命關天」運動放在解殖與新冷戰的脈絡下理解，可以幫我們提出兩個重要的觀察：一、「膚色分界」（color-line）不僅僅是杜博依斯（W. E. B. DuBois）在《黑人的靈魂》（*The Soul of Black Folks*）中指出的「20世紀的問題」，更是21世紀仍待解決的問題；從跨大西洋販奴到農場經濟所發展出來的「分界」治理，如今正轉化為以生物特徵為基礎的數位監控機制（Browne, 2015）；換言之，種族主義正在擴張，並隨著數位監控機制全球蔓延，它不一定以「膚色」為表現，但必然針對「分界」進行體制性的歧視和排除。二、新冷戰的形成，不論是川普為了擺脫美國新冠疫情加劇的責任脫口而出的「中國病毒」說，或是香港反中論述中挾帶的「蝗蟲」論，都包含「分界」的面向，為了共同體的塑造，強化著「分界」的效應。在新冷戰想像的統籌下，這種多重交錯的「分界」，或是在文化地理學上所謂的「劃界」（bordering），一方面在內部要求明確的物種差異與敵我之辨，在外部則逐漸形成集團對抗，不允許任何曖昧立場或閃躲和多邊套利（hedging）的計算。新冷戰的態勢同時將強化國家主義的忠誠壓迫，迫使跨境交流中斷，要求移民和公民選邊站，漠視非公民的存在與權利，以貫徹和加強邊界的效力。中美兩國近年來在通訊科技與香港問題上的較勁，以及臺海和南海軍事衝突可能性的升高，都使得分界與監控愈加成為生活的日常；同時，這也造成地緣政治與國家利益再度以種族和文明對抗的形式展現。在這個意義下，我們面對的不只是冷戰的重返，更是冷戰意識形態的種族化和文明化。

這也就使得後／冷戰時代的知識生產成為突出的問題。一方面，30年前宣告「結束」的冷戰只是一則西方的神話，不只西方之外的地區蒙受了「熱戰」之苦難，在這些地方，如東亞，冷戰也並未消逝，而是以分斷體制的形式存留，在轉型正義的訴求中迴盪。在《冷戰遺跡》（*Cold War Ruins*）中，日裔學者米山（Lisa Yoneyama）就指出，過去20年如慰安婦之類的求償運動「應該被理解為對仍然強大的政治、法律與知識的冷戰形構的持續鬥爭」（2016:

8），因為冷戰意識形態不僅遮蔽了美日帝國的戰後責任（例如以東京大審判與舊金山和約為工具所形成的戰後秩序，非但沒有正面處理日本的帝國侵略，更在冷戰時期透過日美安保體制，形成了對琉球、越南與中國的壓制，也迫使韓半島至今處於分裂狀態），更以「區域研究」為範式主導了近半世紀關於這些區域的知識生產。因此，這些儘管微弱，卻持續發聲的求償運動與抗議行動，不只是對冷戰「跨戰爭、跨帝國」（transwar, interimperial）不義結構的批評，更是對冷戰歷史與效應的知識考掘。這也是她將自身的研究視為「跨太平洋批判」（transpacific critique）的意義所在，即透過跨境歷史的挖掘來超越冷戰的知識形構——如美國研究、區域研究和後殖民研究的限制——「以揭示學科分界的知識管理所隱蔽的困境」（2016: ix）。也就是說，除了軍事對峙之外，冷戰意識形態最為關鍵與深刻的影響其實就在於知識生產的層面，在民主自由與共產集權的分界，在進步與落後、現代與傳統、西方與其外、文明與野蠻等二元構造中生產出來的自我形象與世界圖景，並且藉由這些對立，遮蔽了在對立表象下種種複雜卻共通的困頓、噤聲、流離與遺忘。二元對立所造成的分界、化約、遮蔽與遺忘正是冷戰知識生產的政治形式。

　　在這個意義上，「後／冷戰」標示的正是冷戰的陰魂不散，是當代知識生產必須與冷戰纏鬥的宿命，也是對遠離、超克冷戰思維與政治的期待。源於反帝國、反種族主義抗爭、深受民權運動與解殖運動啟發的族裔研究，恰恰是對冷戰知識與政治的挑戰，它主張的第三世界想像不僅飽含弱勢團結的精神，更要求一種不同於冷戰結構的知識狀態，即不是以學科為中心，而是以解放和抗爭作為知識生產的基礎，以真正實現西方啟蒙運動以來的普世人文價值，讓知識能與自身產生有機的關聯。如同恩古吉所主張的，「對相關性的追索並非主張孤立主義，而是去認知到民族解放是所有民主和社會抗爭追求人類平等、正義、和平與進步的國際主義的基礎」（2019: 243）。這也是朱炎的黑人文學研究對我們的提示。

　　在新冷戰正揭開序幕的當下，我們面對的是更為深沉而全面的危機時代，一個試圖以冷戰意識形態重構世界版圖的時刻。我們或許正處於「冷戰從未結束，熱戰正在醞釀」的情境裡，而過去30年建立起的全球化金融與資訊秩序可能隨時裂解，激化為美中兩國的霸權較量。這不僅會使得「去西方中心化」的嘗試落入國族和文明主義的圈套，更將使得弱勢團結所仰賴的國際主義與道德

訴求無法施展，從而使得文學研究最為核心的人文價值淪為民族主義的禁臠，失去普世的意義。當共同體的邊界日漸嚴明、生物監控縝密無漏的時候，公民與非公民的區別將會更為明晰，具有普世意義的人權概念也會更差異化、絕對化、內國化；屆時，民主將成為虛幻，因為人已失卻了主體，成為被治理的人群（populace），一堆由生物特徵與消費偏好所堆積與計算出來的「數位人」。在這個意義上，族裔研究對人權的堅守與反思，對跨境非公民的關注、對人文主義體制的批評，以及對國際主義與第三世界想像的探索，將會是我們寶貴的資產，儘管在美國，族裔研究的體制化發展難免陷入新自由主義與多元文化主義的牢籠（Chiang, 2009; Ferguson, 2012; Chuh, 2019）。但這也是族裔研究應該繼續發揮功能的地方：進入體制，在高等教育裡保留一個空間和陣地的目的，不是退縮與自保，而是擴大與改造；如鄒坎德絲主張的，在「『人』之後」再造人文，在流離的故事與抗爭的語言中重建人之為人的價值。

　　對臺灣的外文研究而言，這意味著族裔研究不必緊守「族裔」的框架，而是可以從離散的故事和抗爭的語言出發，重新構築知識與世界的關係。這也意味著更批判和自省地看待「新英文」的取徑，更深入地思考殖民、帝國與民族主義的「分界」效應，以及臺灣在世界知識版圖上所處的位置與扮演的角色。比方說，我們應該以自己的眼光望向第三世界，不只是承認知識上的稀缺，更要深入觀察與反省我們與第三世界的交往模式，例如刻正進行中的新南向政策、在非洲及拉丁美洲的外交經營和民間交往以及對境內非公民和少數族群的對待。在課程上，這意味外文系的教學方向或許可以從西方經典的建構和傳遞，轉向重視西方與第三世界之間的不對襯互滲與連繫，從族裔文本與認同走向地緣政治和跨境歷史，以多元的外語增補英文的不足，同時鼓勵外文研究從西方轉進更廣大而複雜的世界裡。文學在此仍扮演著關鍵，而非絕對的角色；它是一個進入他者的起點、方法或啟示，但不必然是外文研究的一切；相反地，我們應該看重的是文學，一如其他媒介，如何發揮溝通、批判與建構的作用，分析與拆解文學之於政治、思想與社會的關係。

　　以族裔研究的關懷為基點，外文研究或許可以從文學、歷史、社會而政治和思想，去盤點、思考與研究臺灣與第三世界遭逢的積累何在？對第三世界的歷史與精神遺產又有什麼看法？對形成中的新冷戰局勢能提出什麼批判性的觀點，對那些仍在抗爭與受苦的非裔、拉丁裔、中東裔、東南亞裔移民以及跨境

非公民社群又能提供什麼樣的支持？這些問題或許逸離了外文研究的傳統想像，但它們正是族裔研究落地轉譯過程中的必要動力，也是外文之「外」得以生長茁壯，深化多重相關性思考的線索與現場。如此，外文學者或許可以從轉譯西方的宿命中，展開反思西方、再造世界的宏圖。

結語

讀外文系的人

　　一個成功的講師應該是一個巫師，唸唸有詞，在神人之間溝通兩個世界，春秋佳日，寂寂無風的上午，面對臺下那些年輕的臉龐，娓娓施術，召來濟慈羞怯低迴的靈魂，附在自己的也是他們的身上。吟誦之際，鑑然揚起所謂金石之聲，那真是一種最過癮的經驗。一堂課後，如果毫無參加了召魂會（séance）的感覺，該是一種失敗，詩，是經驗的分享，只宜傳染，不宜傳授。

——余光中（2000: 45）

　　第一次接觸西洋文學，應該是1992年的夏天。那年，還在五專就讀三年級的我，意外獲得到東海大學參加暑期英文研習的機會，那也是我第一次體會到讀大學是什麼意思。對當時的五專生來說，大學可望而不可及，因為雖然專科畢業參加插班轉學考的風氣頗盛，但社會上普遍存在技職生等於放牛班的想像，也因此去東海上課，對當時的我來說，不僅是參加研習而已，更是暫離專科習氣，一窺大學堂奧的難得機會。

　　還記得報到時，每個人都領到一本沉甸甸的大書，那是第五版的《英國文學諾頓文選》下冊，米黃色的書封，內頁聖經紙上印滿了密密麻麻的英文字，厚達六、七百頁，簡直就是本只宜遠觀，不容褻玩的天書，但它的沉靜厚實也為英國文學增添了無比的光輝，彷彿人生的智慧、西方的菁華，盡在此中，擲地有聲，持之震動。主講文學課的，是時任東海外文系主任的德代傑（David Decker）和他的夫人楊音美教授，第一堂課就從法國大革命和工業革命講起，解釋浪漫文學興起的歷史背景。在六個星期的時間裡，我們閱讀《諾頓文選》

上華茲華斯、布雷克、彭斯、雪萊、拜倫、濟慈等人的詩作，隨之搖頭晃腦，聽得一愣一愣。當時，我還無法理解布雷克的神秘詩意，不知道為何華茲華斯的〈我們七人〉算是一首浪漫詩，也讀不懂他的〈廷騰寺〉，但對他〈露西〉詩中的濃烈情意倒是頗有共鳴，畢竟像是彭斯的〈紅玫瑰〉那般熱烈直率的情感，對自由與愛情的強烈渴求恰是青春年少對生命的期待。浪漫詩果然不是浪得虛名，而真是「即時的真情流露」（spontaneous overflow of powerful feelings）啊！西洋文學，果真是情感的文學，想像的創造。

　　不過，當時略感狐疑，卻不甚在意的是，為什麼從浪漫主義講起？浪漫主義之前有過什麼樣的文學？以浪漫主義為起點的文學觀又意味著什麼？畢竟不是所有的浪漫詩都是「浪漫的」，那麼文學獨尊「浪漫」是為了什麼？難不成詩歌都是荷爾蒙作祟的結果？這個「浪漫」文學的歷史真的只有法國大革命和工業革命而已嗎？若是如此，我們怎麼理解徐志摩的〈再別康橋〉和〈偶然〉，怎麼看待郁達夫的《沉淪》和郭沫若的《女神》呢？當時的我，當然還想不到這許多，也還不明白歷史與文學的關聯何在（瓦特的蒸汽機怎麼會跟浪漫詩發生關係呢？），但是文學是情感的，情感源於歷史的想法，倒是在腦海裡留下了深深的印象。

　　東海活動結束，我暗自下了決心，要插班考大學，因為離家獨自生活的大學時光實在太愉快了，一想到「由你玩四年」就不禁怦然心動。恰巧開學後學姐將準備插大考試的補習課轉給我上，我便一腳踏上了準備投考外文系的不歸路，從希臘羅馬神話與聖經文學讀起，再而《十日談》與《神曲》，恰巧補習班老師也是用《諾頓文選》為教材，從導論而文本逐一履勘，說明文學運動的發展、相應的歷史以及代表性的文本段落，以應付選擇、名詞解釋、作品辨識與申論等不同題型。這當然不是巧合，而是升學考試之必然，補習教育尤其尊重課綱與傳統，只要它落在考試的範圍內。也因為如此，我對西洋文學概論這門外文系新生多感畏懼的功課反倒覺得親切。不過，真進了大學才發現，外文系不只是文學而已，尤其當年的清華外語系，在學生間素有「新馬大本營」之稱。這裡的「新馬」指的是「新馬克思主義」，只是當時自己對此也是不甚了了，雖然上了于治中老師的「意識形態」和「符號學」，也修了陳傳興老師的「類型電影」和「精神分析」，但前者讀得迷迷糊糊，後者睡得東倒西歪，又因緣際會地錯過了廖炳惠和陳光興兩位老師，因此，所謂「新馬」，我也只是

看了個影，摸不著邊。直到上了梁耀南老師的小說選讀和客座教授威雷伯（Rob Wilson）的後殖民理論，才慢慢體會到文學研究是怎麼一回事，也才開始理解理論、文學與文化研究的關係，找到一條或許可以摸索前進的羊腸小徑。

　　以上的記述只是極為個人的經歷，不足為外人道，但大致可以側面反映一些時代的印記與外文系的變化，以及形成這部書稿最初的素樸思考：亦即外文系的歷史從何而來，教研傳統如何形成、經歷了什麼轉變，又為了什麼變化？具體而言，由史入文、貫通古今的教學方法怎麼開始的？外文學者如何溝通中外，為何進行比較？文學理論、文化研究和族裔文學如何影響了外文研究的發展？在後殖民理論影響下的外文研究又該怎麼進行？外文研究如何與臺灣社會互動，發揮影響？當前的學術發展又該如何總結、回應與承繼百年的歷史軌跡，面對時代的變化？作為外文系的學徒，我們身上究竟銘刻了什麼樣的歷史，得要承擔什麼樣的責任和業力？難道讀外文系的人，只是能說英語、捧讀過《諾頓文選》、偶爾耍弄幾句莎士比亞和雪萊，寫寫情詩的文青而已嗎？真把文學和批評當成事業，而不只是一份職業，又意味著什麼、要有什麼擔當？我們的前輩到底做了些什麼？作為後輩，我們又該走上什麼樣的道路？

1.

　　這本書稿便是在這樣的心情與困惑中誕生。它嘗試在故紙殘卷中追索外文研究在殖民與現代交界處的多重源起，思考這門學科的作用和意義，並藉著翻讀前輩學者的著作，揣想他們著書立論時的企圖和心境，思考時代予以他們的考驗以及他們的回應。同時，它也試著在學科的發展和變化中，掂量思想與社會的關係，特別是文學與政治的應對、理論對主體的模塑、情感如何引導知識和批判，以及種族身分如何改變我們對「人」及人文的理解。尤其在當前全球化與新冷戰的雙元結構中，具有百年歷史的外文研究應該如何反思自身的建制軌跡與學術責任，既為腳下的土地盡心盡力，也為遠處的文學和人群聊表心意？

　　透過「落地轉譯」這個標題，本書企圖指出：作為一門現代學科，百年來

外文研究所做的不外是在中外文學的邊境上進行思想的搬運、辯詰、調和、轉化與吸收，既要以他山之石，予己攻錯，又要改造自己，不落人後，以求躋身現代國家之林。因此，野望與焦慮並存，自傲與恐懼同在。也因此，我們常在攻錯與改造之間進退維谷，在落後與前進之際焦躁不安，從而忘記了西方雖是我們借鑑的資源，卻未必代表我們的去路，我們的來路儘管坎坷，前途卻未必只能曲折。問題在於，我們的參照是否適切，目標能否明確？畢竟外文研究的關鍵，從來就是關於外文「之外」的思辨，也就是，我們對立身的空間（相對於中文系、臺文系和英美的英文系）是否有足夠的認識，對學術的要求（研究的範圍與方法）是否有正確的期待？長久以來，我們的目光一直關注在外，向著「外國」的風景、追逐「西方」的諸神，而忽略了「外國」和「西方」從來都只是相對的概念、關係的指涉，而非固著不變，永誌不改的地理、種族和文化實體。相反地，外文「之外」總已包括了我們，以及那些不同於我們，且尚不被「英文」所包含的種族、語言和文化他者。易言之，藉著「外文」兩字，我們不僅將自身「包括在外」，也將非西方世界「排除在內」，進而藉「比較」和「理論」將自己和西方置放在一種單偶關係之中，彷彿這是愛情的世界，容不下一粒沙子，遑論那些散落在兩造之內與之間的「第三世界」。

　　是故如何在外文研究中重新展開第三世界的視野，藉著質問外文「之外」，予以深化，當是反思外文研究歷史軌跡的題中深意。也就是說，從研究西方轉向研究第三世界，乃至構成當前世界的語文階序、種族邏輯、體制結構、地緣政治、全球運籌、經貿動勢等，才是外文研究應該開展與深入的方向，也唯有透過這條追問這個世界如何構成的批判思路，我們才能真實有效地理解和分析西方，面對和處理我們自己的問題。在知識解殖的道路上，我們不能只依賴西方的資源和自身的意志，也必須借鏡和觀照同樣身受其苦的其他夥伴，在多重關係的結構中，重新思考自身的歷史、位置與承擔。這同時也意味著，我們必須撥開外文等於英文、外國等同歐美的想像迷障，深入探索「外」的多樣與異變，剴切反思英文與歐美對外文想像的籠罩。我們應該捫心自問，除卻歐美，我們對世界的認識有多少？少了第三世界的介面，我們又能對歐美與自己有什麼樣的的理解？回首外文研究的百年前塵，我們不難發現，外文學者的使命感，如果有的話，始終來自一種「入世」與「淑世」的世界觀，亦即「我們」總是與世界相連，想要進入自由普世的國際人文想像，我們就需要多

方面去理解構成世界的力量，同時批判地認識到，普世的自由人文主義也是一種殖民現代性的壓力與不義。歐美固然重要，但絕非唯一；以歐美為師，不表示就得毫無保留、全盤接受。在這一點上，吳宓、梁實秋、夏濟安、顏元叔等前輩學人展現了相當骨氣；他們或許有時代與個性的局限，但他們的視野是開闊的，學術實踐的意義是深遠的，也深深地扎根在腳下的土地裡。因此，「落地轉譯」不只是對西方思潮跨地行旅的在地表述，亦是對外文研究任重道遠的誠實理解。

2.

在這本上下百年的書稿裡，當然有許多的遺漏和暫時無法彌補的缺憾。最明顯的，莫過於對傳統英美文學研究——如喬叟、亞瑟王傳奇、米爾頓、莎士比亞、文藝復興、浪漫主義、維多利亞文學、早期美國文學和現代主義文學等——毫無著墨，這或許會讓讀者有入寶山卻空手而歸之憾。的確，百年以來，我們對英美文學正典的認識與日俱增，作品翻譯不少，相關著述也頗豐碩，更有學者出版英文著作，在歐美學界獲得注目與認可，如趙順良的《詭態詩學》（Chao, 2010）、高維泓的《當代愛爾蘭劇場》（Kao, 2015）、賴怡芃的《環境尤里西斯》（Lai, 2018）、賴淑芳與杜尼根合編的《童話書的國度》（Dunnigan and Lai, 2019）與陳重仁的《維多利亞時代的感染》（Chen, 2019）等等，確實代表了臺灣新一代外文學者的研究能量與企圖心。但放在外文學門中整體來看，這些成果終究是鳳毛麟角。絕大多數的研究成果，仍是以中文出版的專著、期刊文章、書評介紹與作品翻譯。這當然不是說中文的學術出版與譯介不具價值、不值一哂。恰恰相反，這些才是外文研究學術生產的實際貢獻與真實狀況，只是在現有的學術評價機制中不被認可，尤其翻譯這項於社會與知識頂有實益的工作，卻是當前體制中最吃力不討好的學術實踐。在此意義上，傳統（或曰正典）英美文學研究雖然也在外文學門中拓境，但始終與在地的學術傳統與社會情境有些許隔膜，在落地轉譯的成效上，不若文學理論、文化研究與族裔文學突出，能夠形成風潮和運動。這自然不是研究傳統英美文學的學者們的誤失，而是文化與社會結構使然。事實上，近年來不論在文

藝復興研究、中世紀研究，甚或是愛爾蘭文學研究都可以看到想要在地接軌的企圖，不論是強調莎士比亞的中文改編和在地演出，古典與中世紀研究的東亞群聚和理論轉向，還是愛爾蘭文學與臺灣的對照思考，都顯示了學者希望相關研究可以更接地氣的想法，一方面培養在地的研究社群，另一方面也尋找本土學者的利基與立基。因此，雖然本書未能碰觸戰後臺灣的西洋古典、中世紀與文藝復興研究，現當代歐洲文學，以及非族裔相關的英美文學研究，但落地轉譯的分析在這些領域多少可以推而及之，也可以藉之看到外文研究內部的次領域差異，以及文學理論、文化研究與族裔文學對外文學門的總體影響。

雖然本書無法面面俱到，深入外文學門裡的各個次領域，也未能涵蓋台大之外的外文和比較文學系所，但它確實想要提出一個跨時的歷史視野和敘事，來說明外文研究的興起、成長、變化與展望，藉此對外文研究的學術政治進行釐清、商榷與判斷。諾斯的著作《文學批評：一部簡明的政治史》（Literary Criticism: A Concise Political History）在此提供了有用的參照。諾斯認為，英美學院裡文學批評的發展，大體可以看作是一部左右政治消長的歷史，或是說，文學批評的發展為理解英美社會的政治變化提供了一個有意思的切面，而關鍵的起點就是瑞恰慈所發展出來的「實用批評」（practical criticism）。對諾斯來說，瑞恰慈之所以重要不僅是因為他的「實用批評」被視為主導文學研究近半世紀的「新批評」之濫殤，並被貼上了去歷史化、去政治化的標籤（見第五章的討論），亦是因為「實用批評」的興起同時內在於英美學院專業化的歷史脈絡中，即在學者與批評家的鬥爭中，為文學批評在學院內協調與開創出一個專業化的空間，使得「批評」（criticism）成為在理論時代之前，文學研究的中流砥柱。這也是夏濟安、侯健、顏元叔等戰後一代的外文學者孜孜耕耘的空間。

然而，以瑞恰慈為源點，對諾斯來說，還有另外兩層意義。首先是新批評家對瑞恰慈批評方案的扭曲：原來瑞恰慈的「實用批評」所主張的「細讀」（close reading）並無意將文本孤立於社會脈絡之上，而是將文學文本視為溝通的媒介，強調文本對讀者的作用，因此「閱讀」，或是說文學如何培養、傳遞和改變美學經驗，才是文學批評得以展開與反思的場域，這也正是文學的政

治。[1]但後繼的新批評家，特別是美國的「南方農業批評家」們（Southern Agrarians），卻將文本與讀者切離，透過文本的語言結構和內在組織去強調一套可以重複操作，推而廣之的閱讀方法，從而懸置了讀者的主體性，也切斷了閱讀與文本之間的文化政治；英國批評家李維斯（F. R. Leavis）更將瑞恰慈具有政治性與民主意涵的美學判斷，通過阿諾德，將文學轉換為一種菁英主義式的美學價值，使文學批評成為決定作品好壞優劣的品鑑分析（evaluation）。其次，瑞恰慈之後，新批評的保守化更為1970年代以降的理論思潮提供了誘因：後繼學者看到文學被新批評家當成一種品味的造形，失去了與現實的連繫，因此在將文學的形貌和功能放回歷史現場中思考後，他們更強調文學內蘊的意識形態效果，所以想要藉分析文學作品對文化現況進行觀察和批判，也就是以知識生產，而非文化介入的方式，改造文學與批評的意義。但是，學院專業化的要求卻再一次取消了批評和理論的批判性，尤其專家模式的知識生產恰好符合資本主義的分工要求，由此不僅知識生產被專業化、學院化了，文化生產也朝向產業化發展，而使得專業化和學院化的文化分析與社會再次產生了斷裂。高蹈的後結構主義思潮，也許眾聲喧譁，卻失去了指導和改造現實的力道。這就使得1970年代以降的英美學院，表面上看來是左派獲得了勝利，文學理論、文化研究與族裔文學比翼齊飛，但整體社會的政治與文化狀態卻向右傾斜，最終促成了新自由主義全球化的到來以及當前右翼民粹主義的反撲。

　　對照諾斯以1920年代與1970年代為關鍵切分點的歷史敘述來看，我們可以發現，外文研究也有類似的發展，但意義卻大不相同。雖然民國初期的外文系和日據時期的西洋文學講座也是在1920年代陸續設立，但彼時的動力與其說是專業化，不如說是現代化，加上八年抗戰帶來的破壞，戰後外文系的狀況實是百廢待舉，直到1970年代，透過美援的挹注與留學的影響，外文研究（其實也是戰後臺灣整體的人文研究）才步入專業化與學院化的階段。易言之，在專業化批評的時代來臨之前，文學創作才是瑞恰慈意義上的「實用批評」，這也是夏濟安當時創辦《文學雜誌》的用意所在。即令是在顏元叔的「新批評」時

1　在《文學批評的原則》中，瑞恰慈強調，任何關於批評的理論都必須回應兩個關鍵問題：價值與溝通，因為藝術是「溝通行為的極致形式」，而且藝術承擔了溝通價值的任務，幫助我們「決定什麼樣的經驗比其他的更有價值」（Richards, 2002: 21, 28）。

代，批評也不只是學院內的工作，而是學院與社會的有機接合，儘管政治的凶險使得文學與批評的鋒芒必須有所收斂，但文學與政治的應對沒有成為不可碰觸的禁忌，它們反而是夏濟安、侯健、顏元叔等人心頭縈繞不去的課題：即文學與批評如何改善社會、提振國力與民族自尊，甚而為解決兩岸的政治鬥爭貢獻心力。因此，即令1970年代的「新批評」暗含專業化與學院化的傾向，它仍然保有「實用批評」的取向和價值；顏元叔、侯健、余光中、王文興等外文學者對現代詩論戰和鄉土文學論戰的參與，不論評價如何，可為例證。

　　至於1970年代之後的「理論」風潮，諾斯認為，並沒有改變專業化的體制驅力，反而將進步的論述轉化為鞏固建制的力量，讓英美的學院菁英更為脫離社會大眾，使左翼的話語更與現實無涉，或是說，在新自由主義的現實面前，顯得更為無力而蒼白。但是對同樣在1980年代初接受理論洗禮的臺灣來說，理論的意義卻大不相同：它不只在精神上是高度解放的，在現實上，它也形成一股去中心化的解構趨向，配合上社會力的釋放與反對運動的成形，最終促成了今日臺灣的變化。這個過程中，臺灣與美國最大的差異，或許就在於社會運動在1990年代臺灣的蓬勃發展，以及在兩岸關係與國際局勢的變動中逐漸茁壯的本土認同。也是在這個過程中，隨著兩岸和解與全球化而來的跨境經濟與移民，突出了本土化運動的右翼保守傾向，而左翼理想則在中國崛起的現實中虛幻化，失去了現實的指引，乃至理想的方向。理論帶來的左派思想，要不被本土派的民族主義所裹挾，喪失了戰鬥力，要不就成為學院裡的左派憂鬱，而文學批評也就在分眾社會中逐漸失去了應對社會與政治的條件和能力。換言之，1970年代以降英美學院與社會的斷裂，在2000年之後的臺灣也逐漸變得明顯，尤其是在網紅崛起、網軍橫行的時代，所謂專家已失去了原先的光環，而學者除了緊守人煙日稀的校園外，社會影響力亦大不如前。所謂的批判話語若不是被當成學術象牙塔裡的「行話」，就是被政黨側翼利用作為黨同伐異的工具，一如原該改變政治文化的社會運動，最終變成了被政黨派閥收編的社會活動，或是晉升官場的方便巧門。這樣的說法或許失之苛刻，但我們確實也不難在社會的分化中看到知識、理論與批評的淺薄化和派閥化，乃至失去了學術的價值和操守。當然，關於學術思想的歷史敘述，本身亦是一種政治的敘事與判斷。至於這樣的敘述是否屬實、貼切，就交由讀者自行判斷了。

3.

　　不過，比上述敘述更為重要的是，諾斯的「政治史」視角帶回了美學判斷的討論，也就是文學批評的目的與作用的問題。諾斯認為，1970年代文學批評變化的關鍵不在於理論取代一切，而在於瑞恰慈關於美學介入的討論——即文學是溝通的媒介，能對讀者造成影響這一思考——被置換為如何透過文學分析，進行知識生產的問題。也就是說，瑞恰慈對文化生產的關懷，不只被新批評的品鑑分析給替代，更被理論的政治企圖所遮蔽。全球六八學運的理論遺產或許透過了思考知識與權力、政治與資本、認同與國家、性別和語言等問題，提供了不同主體發聲的論述空間，但是這樣的討論主要是透過文化，對社會的總體狀況進行分析，相信知識的生產本身將有助於社會改造，好為失去了政黨政治戰場的歐美新左派重新找到介入社會的可能。但諾斯認為，恰恰是這樣的想法忽略了改造社會更直接的力量是文化，即民眾的教育與文化生活。高度專業化與規訓化的知識生產，離開了群眾，反而更閉鎖在象牙塔內，無法發揮美學介入的功能，自然也就對群眾該讀什麼、看什麼、思考什麼、感受什麼，失去了發言權。需要文學發揮的感性教育也就失去了著力點，這也是文化研究與族裔文學試圖介入與突圍的方向，不只要進行文化分析，更要嘗試文化改造。無怪乎史碧娃克在多年的解構與後殖民理論後，最終回到「美學教育」的問題上。她借道席勒（Friedrich von Schiller）的《美育書簡》（當然還有康德、保羅‧德曼和德希達）寫道：

　　　　可以教導主體去遊戲（play）——此即美學教育——的想像力訓練，也可以（在理論與實務上）教導它去發現那些迫使我們將宗教與國家先驗化的習慣性預設。然而，如果這只是一種「欲望的重新安排」，或是透過教學的戲法，使某習慣取代另一習慣的嘗試，那麼〔我們〕就沒有辦法為了改變認識論的努力，去恢復這樣的發現。我們必須學會對認識論的認知差異[2]施加暴力，並且記得這正是教育的「實況」，然後做好將信仰流放到

2　史碧娃克的原文是epistemo-epistemological difference。她將espistemic與epistemological分開理解，前者關乎知識的對象，後者則關乎主體的欲望（Spivak, 2012: 41）。換言之，「認識論的認知差異」強調的不僅僅是知識對象與主體之間的距離，亦是主體認知對象的認識論框

想像領域的工作，試著進入認識論。將信仰流放到想像的場域可以是對閱讀，就其最健全的意義的一種描述。這也是美學教育中不可或缺的要素。（2012: 10）

在這裡、史碧娃克嘗試將後殖民，或是說底層（subaltern）的問題放回歐洲啟蒙思想中的美學與認識論，一方面突出啟蒙思想有其限度，甚或是隱藏了殖民暴力的普世性，以打開認知他者的空間，另一方面也認可啟蒙的美學和認識論仍是塑造主體與能動性的關鍵場域，不容棄守，更不能放任其歐洲中心主義不受挑戰和改造。這就是她所指稱的當代人文主義的「兩難」（double bind）——既要追尋能救濟自身的解藥（cure），也需要認識到擁有解藥者（healer）本身的局限，甚或是其黑歷史（Spivak, 2012: 4）。換句話說，儘管我們接受了西方啟蒙的召喚以及自由人文主義傳統的養分，但這不意味著我們只能接受，而不能修正或反抗。同時，修正或反抗也不意味著用我們的這一套（不論是經典、宗教或國家）取代他們的那一套，而是要重新回到建構這些先驗主體的場域，即先驗主體所仰賴的知識論內容與結構：哲學、文學、歷史。因此，美學教育——在這個意義上亦是文學教育——就不僅僅是關於傳統的恪守與繼承，而是在接受的同時指出其缺漏、遺忘、刪改，乃至暴力，以形成一種置疑與批判的習慣，不隨便接受，也不輕易揚棄，而是在「兩難」之境奮力前進——如同希臘神話中要求船員塞住耳朵，並把自己綁在桅杆上，以抵抗女妖歌聲，不致船毀人亡的奧德修斯——保持感性的敏感與知性的鮮活，並在行動上審慎以對。席勒也是這麼看待美學教育的：「知性的啟蒙在某種程度上也是從性格出發，因為必須藉由心靈才能打通走向腦的那條道路。因此，培養感覺能力是時代迫切的需求，不僅因為它是能使已獲改善的理解對生活發揮作用的方法，而且它本身就能促進理解的改善」（2018: 84）。的確，想像力的關鍵就是感知力、理解力、判斷力和行動力，也就是《中庸》裡說的：「博學之，審問之，慎思之，明辨之，篤行之」。

回到美學教育的問題，因而也是回到文學與社會、知識與政治、權力與秩序的問題。當代法國哲學家洪席耶指出，美學或藝術的作用就在於創造「異

架。因此，需要改變的不只是知識的對象，更是如何認知的框架。

議」（dissensus），製造「感受與意義之間的矛盾」：

> 異議是感受與理解之間，或是在幾個不同感受機制與「身體」之間的矛
> 盾。這是何以異議被認為處於政治的核心，因為後者的根本就是由重新框
> 架的活動所構成，透過這樣的活動來決定什麼是一般的〔共同的〕的物
> 件。（2010: 139）

洪席耶的「異議」觀點把我們帶回瑞恰慈視文學為溝通媒介的認識，再而強調
了文學（及廣義的藝術）是一種感知能力的鍛鍊，既要透過創作將感受的細微
與生活的粗礪作對比，又要藉之形成對生活的指引和糾正，同時也要求讀者和
觀眾不只是被動地接受，更要主動、批判地參與和迎抗。如洪席耶理解的，美
學或藝術的政治其實就是感性「配置」（dispositif）的問題，是關於什麼可說
與不可說，可見與不可見的默識，[3]而藝術所召喚的想像勞動也就成為理解、
解放與重構政治的關鍵。洪席耶認為，「虛構」（fiction）不僅僅是一種勞
動，它更是「改變既有感受模式與表達方式的一種形式；它改變框架、規格和
韻律；建立現實與表象、個人與集體的新關係」（2010: 141）；尤其它以置
疑（polemical）的方式對共識和常識的形式與組成提出挑戰，以「撤消，並且
重新表述，那些框定某一特定現實感、某種『常識』的符號與意象、意象與時
間、符號與空間之間的對應關係」（2010: 149）。簡單說，「虛構」不只提
供了一個暫時逃離現實的出口，更創造了一個重新介入現實的機會。這正是美
學教育的關鍵（即席勒的「遊戲」），亦是文學研究在中外人文傳統中共享的
命定。

　　由此觀之，外文研究不論未來如何發展，都無法逸離、也不該迴避美學教
育的政治命題：如何面對與回應文學在生產與接受之間的辯證？如何讓創作與
批評的知識生產發揮社會介入的效用，讓抗爭與改變，而不是學科的需要，成
為組織知識的原則？如何在接受啟蒙召喚的同時審問、慎思啟蒙的意義，在進

3　回顧現代「文學」——即相對於古典的「美文」（belles lettres）——的誕生，洪席耶指出，
　文學是「一種新的書寫體制（regime of writing），以及另一種連繫政治的方法」；它展示與
　揭露了隱匿的溝通技巧，「藉著在地底穿行，拼湊潛藏在底下的無意識社會文本，以在表面
　上來訴說真理」（Rancière, 2010: 161, 164）。

入現實的同時明辨、篤行異議的作用？在臺灣的後殖民與新冷戰脈絡裡，尤其重要的或許是如何看待自身歷史中的多元傳統與異態身體，在經典與霸權的間隙中重新肯定在此間生活與掙扎的各式各樣的人的樣貌和價值。

4.

> 歷史賦予我們責任感，讓我們知道自己即使無法決定整體大局的走向，依然會左右每個瞬間的發展。波蘭詩人米沃什認為，這種歷史的責任感正是對抗孤獨與冷漠的武器。過去的先人曾經付出更大的努力，遭遇更艱困的處境。有了他們的陪伴，我們便不再孤單。
>
> ——提摩希·史奈德（2019: 205）

當然，歷史敘事總是帶來凸顯與遮蔽。在本書上下百年的歷史敘述中，首先確認的是三源匯流的歷史觀點，從西方知識跨國行旅的角度出發，回到民國與日本殖民的歷史中理解戰後臺灣人文學術的發展，從而為解嚴後的學術發展與社會變化提供一個思想的切面。這樣的歷史觀點也就為建制史的材料劃定了範疇。比方說，為了彰顯建制的作用，本書的第一部分主要集中在學制、科目與課程的建立，而比較無法旁及當時影響更為廣大的外國文學翻譯，對相關著作進行較為細緻的解讀。同樣地，第二部分的敘述除了高度仰賴臺大外文系的材料外，也受制於三源匯流與冷戰分斷的史觀，選擇性地突出了夏濟安、侯健和顏元叔的個案，而未能更深入討論在這個建制過程中同樣貢獻良多的諸多學人，例如留在大陸的朱光潛和錢鍾書，或是人在臺灣的齊邦媛、殷張蘭熙、葉維廉、張漢良、吳潛誠、袁鶴翔、蘇其康以及李達三、談德義、康士林等中外籍教師，以及其他的外文建制與努力，如輔大的比較文學研究所和臺師大的翻譯研究所。外籍教師們對臺灣的比較文學和文學翻譯尤其貢獻良多，值得記錄，也體現了外文研究集體中的異質性。[4]

而社會史的觀照則使得第三部分忽略了臺灣的莎士比亞研究、小劇場運

4　但外籍教師不也是「我們」的一分子嗎？他們與我們之間的界線如何劃定、是否必要？筆者無法在此回答這個問題，但如何界定「我們」已成為全球化時代的高教難題。

動，以及晚近蓬勃發展的生態論述、動物研究、科幻書寫與後人類想像、醫療人文研究、新物質與新媒介理論等前沿發展。這些當然也是在外文之外拓境的具體成果，是戰後臺灣外文研究落地轉譯的重要實踐，但是這些新興領域的發展，若是沒有之前理論、文化研究與族裔文學的鋪墊，也是無法想像的。關鍵的是，它們提出的問題如何應對與回應外文研究的百年發展，用了什麼新的方法來省思「人」與人文的意義，又為外文研究的未來發展提出了什麼願景？以「人」及人文為前提的外文研究如何能在後人文主義（post-humanism）以及數位人文主義（digital humanism）的時代裡自證自成，源遠流長？如果說人不過是生物特徵的集合，而數位虛擬身分又超脫了肉身的限制，成為數位時代更為真實的存在，那麼傳統人文研究還有什麼意義，又能發揮什麼作用？難道說數位化、虛擬化、後人化才是進入未來的鑰匙？難道說當「人」成為智慧裝置的多元拼裝之後，其肉身、歷史、情感、欲望與多重關係將不再重要？[5]

當然，後人文時代的種種變化必然是對人文傳統的鬆動、挑戰與改造（見廖朝陽，2020）。這些追問可能只是庸人自擾，但它們或許可以提醒我們，學術前沿的種種發展最終還得回歸自身——學科的、知識的、社會的、個人的——歷史，並且要基於歷史發展的軌跡，對現實提出觀察、判斷與針砭。回到外文研究與文學批評發展的歷史現場，核心的問題最終還在於「外文系這一行」要學什麼、教什麼、做什麼的問題。

余光中老師在1972年的一篇短文中提到，外文系培養的不外是三種人：作家、學者和譯者。他認為，作家誠屬可遇難求，我們無法要求外文系供應作家，但至少可以要求外文系多培養一些學者和譯者，因為「我國批評文體的生硬，和翻譯文體的彆扭，可以說大半起因於外文這一行的食洋不化和中文不濟」（2000: 47）。余老師50年前的批評或嫌辛辣，但他反對中文西化，希望白話典雅，期待外文學人貢獻於本國人文學術的發展等主張，實是用心良苦，

5　比方說，周蕾指出，在數位螢幕環境下，所謂自我越來越仰賴「計算擴張與優化」的技術，並陷入「無窮的置換與序列化」中，在多重螢幕的回饋中組構著；因此，「如果說數位螢幕可以是一面鏡子的話，那是因為來自於螢幕的回饋效果，將自我轉化為一個拼裝的力場」，而我們也就在追逐著所有——那本來是用來「協助」我們的——智慧型數位裝置中，「變得越來越像是這些裝置」，而成為一種「拼裝人」（homo prostheticus）了（Chow, 2021: 163-164）。

放諸今日，更是暮鼓晨鐘。這個素樸的觀點亦與史碧娃克期待後殖民時代的英文研究者要扮演「文學中繼」（inter-literary）的角色，不謀而合。她認為，西方文學落地轉譯之間，母語的作用不容小覷，因為它亦是文學與文化生產的場域。當然，這樣的觀點絕非余老師或史碧娃克獨有的洞見，而是內在於外文研究的百年發展之中：它反映在吳宓一代學人對中國傳統的念念不忘，在夏濟安、侯健、余光中等前輩對創作和翻譯的細緻要求，也在顏元叔和朱立民老師們的現代化改革中以及《中外文學》、《英美文學評論》和《文化研究》仍以中文出版而不墜的學術堅持裡。這些實踐、想法與努力並非無中生有，而有史跡斑斑可考，因此也值得我們認真回應、總結、調整與繼承。

　　在這個高度實用主義的時代裡，的確，人文的價值已不再鮮明了，但文學、藝術或廣義的創作，仍是人類生活的核心組成。或許一個國家或社會並不會因為少了人文而無法運作，但即令可以運作，意義也大不相同了。何況創造性的活動乃是人性的本能，從遊戲到耕作，生產到消費，乃至祭祀與記憶，都是文化的運行，因為文化的根本就在於生活、勞動、記憶與歷史。因此，這部書稿或許沒有提出太多新鮮的理論或深刻的分析，也可能無法說服時下青年文學何以獨特、研究為何有用，但是透過這些梳理、記錄和討論，它試圖說明外文研究從何而來，所為何事，解釋讀外文系的人想了些什麼，又做了哪些努力。由此，自己至少可以自信地說，我們不是一群沒有歷史的人。

誌謝

　　總算來到這個時候了。從2010年參與「中華民國百年人文大展」至今，倏乎經過了10個年頭，我也從青年步入了中年，從單身而人父了。10年種種，各方起伏，自是點滴心頭。在新冠疫情肆虐的當下，還能有一方安靜的書桌，完成這部書稿，我心中充滿感謝，深覺幸運，也為那些在前線抗疫的醫護人員以及疫情中仍須不顧風險，勞苦奔波的許多朋友，感到擔憂與不捨。但願疫情及早過去，大家都能平安。

　　一本書的完成其實是集體勞動的成果，所謂的作者更多時候其實是捃摭前人血汗、備受滋養的幸運兒。在此我要特別感謝那些啟發過我、引我入門、無私予我協助的師長們——大學時期的梁耀南、陳傳興、于治中、廖炳惠、柯安娜（Joanna Katchen）、卓江（John Truscott）、曹逢甫、王旭、王雪美、蕭嫣嫣；碩士班時期的張小虹、李有成、單德興、廖咸浩、廖朝陽、張漢良、朱偉誠、劉亮雅、奇邁可（Michael Keevak）、梁欣榮；當然還有陳光興、楊儒賓、劉人鵬、何春蕤、丁乃非、白瑞梅、劉紀蕙、馮品佳、張錦忠、張淑麗、黃心雅等——謝謝你們多年來亦師亦友的對待與包容。畢業多年，加上自己疏懶，與不少老師失去聯繫，但我並沒有忘記你們當年的教導。當然，尤其感謝儒賓、小虹與德興三位老師推動「百年人文大展」，特別德興老師多年關懷建制史研究，十分感謝他拉著我去做口述訪談，才見到了齊邦媛、李達三、古添洪等前輩，讓我對外文學門增加了感性的認識。自碩士班以來，有成和錦忠兩位老師及時的關懷和建議，十分溫暖，也讓我體會到馬來西亞與臺灣的諸多連繫，不只是「新南向」而已。光興多年來推動亞際文化研究與第三世界關懷，更是重要的啟發，也深刻形塑了本書的論述取向。

　　本書初稿完成後，依科技部要求舉行了一天三場的學術座談，除了小虹、錦忠和偉誠老師外，還有李育霖、蔡祝青、王梅香和李秀娟等朋友仔細閱讀書

稿，提供意見；祝青還寄來了自己的論著，錦忠分享了他的圖表，供我參考；鄧育仁所長也撥空前來致詞，至為感激。之後，科技部的外審委員亦提供了寶貴的批評意見。在此要特別感謝科技部人文行遠專書寫作計畫（2017-2021）的支持，提供經費與人力，讓我可專心寫作。撰寫與修改初稿期間，曾受邀至臺師大英語系、清華人社院文論研究中心、臺大文學院「迎向臺大百年學術傳承講座」、淡江中文系、科技部外文學門研習營、中央研究院民族學研究所「世界化中國」研究群，針對書稿或其中一章發表演講，在此也要感謝邀請的師友們，包括路愷宜（Ioana Luca）、陳國球、王鈺婷、蔡祝青、黃文倩、張淑麗、李紀舍和劉紹華，以及與會朋友們——張瓊惠、梁一萍、蘇子中、梁孫傑、陳偉智、李卓穎、陳瑞樺等——的討論和分享。淡江的同學們熱切提供封面許多精采的建議，尤其令人開心。

此外，感謝陳萬益、陳光興、楊儒賓老師接受採訪，以及廖炳惠老師的電郵說明，豐富我對清大文學所的認識。書寫過程中，中央研究院臺灣史研究所的張隆志、陳偉智協助取得資料；陳培豐老師提供早期臺灣歌謠的解釋；人在印度的張馨文、清華歷史所李卓穎和社會所陳瑞樺的批評意見，都是及時雨般的友情支援。尤其北京中國社科院文學所的李哲兄代為聯繫西南大學圖書館參訪吳宓藏書，為本書的研究打開了一個重要的面向；賀照田老師仔細校閱書稿，更是意外的驚喜和感動。西南大學圖書館的黃菊老師不但慷慨協助筆者進行吳宓藏書的研究，安排在北培的住處，還幫忙掃描了好幾幅的藏書圖片，令人備感溫暖，除了完稿，無以回報。雖然這些圖片最終因為無法取得授權，未能使用，但王德威老師居中聯繫，仍讓筆者銘感五內。王浩威醫師授權使用《島嶼邊緣》圖片、康敏平老師授權使用顏元叔老師照片、歐美研究所授權使用所務會議紀錄和照片，以及比較文學學會梁孫傑理事長同意使用學會文件影像，讓本書的內容更為豐富，特此感謝！另值得一提的是，封面圖片是我堂弟智勇的作品；雖然他創作的原意與本書無關，但畫中紙飛機沿著軌跡前進、卻四處散落的意象傳神地表達了落地轉譯的意念。兄弟合作本是難得的機緣，特別謝謝聯經出版公司玉成。此外，亦要感謝陽明交通大學國際文化研究中心提供部分經費以及聯經出版公司支持本書出版，尤其是居中聯繫的編輯部同仁。謝謝！

書中部分章節曾在中英文刊物上發表，例如緒論的部分內容原以〈文化邊

界上的知識生產：「外文學門」歷史化初探〉為題，發表在《中外文學》
（41.4 [2012]: 177-215）；第一章的部分內容則以"Geopolitics of Literature:
Foreign Literature Studies in Early Twentieth-Century China"為題，發表在
Cultural Studies (26.5 [2012]: 740-764)；第二章的部分內容收入在蔡祝青主編的
《迎上臺大百年學術傳承講座I：臺北帝大文政學部論文集》（台北：臺大校
友雙月刊，2020，頁183-217）；第四、五兩章分別發表在《台灣社會研究季
刊》（105 [2016]: 61-101）和《中外文學》（43.1 [2014]: 121-168）；第七章
原以"Affective Rearticulations: Cultural Studies in/from Taiwan"為題發表在
Cultural Studies (31.6 [2017]: 740-763)，改寫為中文時又做了增補，並納入原來
發表在《文化研究》29期〈編輯室報告〉和31期〈冷戰／劃界的思想考掘〉裡
的部分文字。原來文章中的疏漏、訛誤與不足，我在書裡盡可能地改正了。經
過修改，本書的內容也與單篇的文章有相當的不同，儘管主要的想法差別不
大。在此，感謝邀稿與編輯的朋友們促成這些文章的出版。

　　當然，不能忘記這些年我身邊勞苦功高的歷任助理們：吳姿萱、劉羿宏、
賴怡欣擔任了最初資料採集的工作，尤其姿萱聯繫臺大取得的課程資料，為本
書提供了關鍵的原始檔案，謝謝！陳柏旭、蔡旻螢協助過翻譯，特別旻螢負責
製作書中的諸多圖表，勞心勞力，受苦最多；曾嘉琦則承擔了最後校對與把關
的工作，非常感謝。陳柏旭、蔡孟哲、艾可、陳珮君、許霖、廖子萱等協助
《文化研究》的編輯與行政事項，讓我能心無旁騖，完成此書。謝謝助理們提
供的專業協助，減少了我查找資料時的無助，也減緩了我書寫時的孤單。最
後，還是要感謝家人，尤其總是無怨無悔相信我的父母以及祖父，希望我終於
寫了一本你們也會想看的書。感謝光育和巧容的陪伴和容忍，特別是那些挑燈
寫作的夜晚與加班的周末。你們的支持與寬容是我最大的力量。

　　謹將此書獻給所有指導過我、啟發過我的老師們。謝謝你們帶我進入外文
研究這門行當。也獻給所有投身外文研究的年輕朋友和學生，希望這本書能讓
你們對外文學門的歷史有所認識，對未來的研究工作有所啟發。薪火傳燈是責
任，也是道義；畢竟我們都是站在前人的肩膀上，才看清了前方的道路。

附錄

外文系所「族裔研究」
碩博士論文清單（2000-2020）[1]

編號	學校	論文名稱	姓名	指導老師	畢業年分
亞裔美國與加拿大文學					
1	臺大	伍慧明《骨》之中譯與評介：一觸即發的親子關係	周延靜	張小虹	2001
2		航越天使島：任璧蓮小說的文化政治學閱讀	王智明	張小虹	2001
3		莊華《渡》之中譯與評介：身分越界與移民經驗	林銘鴻	梁欣榮	2005
4		陰魂不散：譚恩美《接骨師的女兒》中的創傷、記憶與認同	蔡雅婷	李欣穎	2007
5		黃禍與模範弱裔：《骨頭》與《夢娜在應許之地》中族裔與階級的交錯	施詠臻	傅友祥	2008
6		記憶拘禁營：日裔加拿大人之歷史、文學、空間再現	王芮思	柏逸嘉	2012
7		重述歷史與書寫故事：再現舊金山國際旅店（亞美運動）	蔡承芳	柏逸嘉	2014
8		重新銘刻帝國主義：閱讀潔西卡·海格苳《夢叢林》	吳凡謙	柏逸嘉	2014

1　名字後標有*者，為博士學位論文。

編號	學校	論文名稱	姓名	指導老師	畢業年分
9		現代詩中的食物詩學：史蒂文斯、威廉斯、李立揚	陳建龍*	廖咸浩	2014
10		形式與歷史：吳茗秀《三郎》及林柏薇《財富絲帶》中的台美身分發聲	陳詩婷	劉亮雅	2017
11		跨閱記憶，重劃連結：在 3‧11 災難後閱讀露絲‧尾關《時光的彼岸》	鍾定瑤	柏逸嘉	2017
12		亞美批判界限：閱讀顧玉玲《我們》及《回家》	張雅筑	柏逸嘉	2017
13		變態太平洋：在美國帝國的時代串聯夏威夷與菲律賓的性相文化	陳定良	朱偉誠	2018
14		跨世代的主體性追求：楊小娜《綠島》之中的抗拒與共謀	陳怡蓁	劉亮雅	2019
15		當生命的脈絡由海洋編織：與尾關‧露絲《時光的彼岸》共寫人類敘事	陳佳好	李紀舍	2019
16	政大	黃哲倫三劇中文化認同的轉變	盛業瑋	姜翠芬	2001
17		自我探尋的歷程：劉柏川《偶然成為亞裔人》中的多元文化觀	劉盈谷	田維新	2002
18		漫步於空間稜鏡：論任碧蓮《典型美國人》與《希望樂土之夢娜》的空間辯證	馬立群	劉建基	2002
19		譚恩美小說《百種神秘感》中的倫理關係	陳厚仁	劉建基	2003
20		讓沉默者發聲：譚恩美小說《接骨師的女兒》中不可說性與女性意識之相互關係	吳佳蓉	陳音頤	2009
21		翻「異」：鍾芭‧拉希莉《同名之人》中的離散經驗與身分認同	李憲榮	邱彥彬	2015
22	臺師大	重建隸屬階級之身分認同：湯婷婷之《女戰士》及佟妮‧莫里森之《摯愛》	汪郁芳	莊坤良	2000
23		含蘊、悲苦與滿盈：論譚恩美的《喜福會》與《灶君娘娘》中華裔女子的蛻變	朱雯娟*	田維新	2001

編號	學校	論文名稱	姓名	指導老師	畢業年分
24		聶華苓之《桑青與桃紅》中的空間與認同	馮睿玲	莊坤良	2002
25		翻譯中的女性：穆可杰《茉莉》中之移民身分認同	詹嘉怡	莊坤良	2003
26		書寫在地／離地：席爾維亞・渡邊的夏威夷想像	黃雯琪	李秀娟	2004
27		另類製圖學：《橘子回歸線》中的第三空間與變形	潘旻俐	梁一萍	2004
28		黃哲倫劇作之發展與轉變	張金櫻*	黃美序	2005
29		身體與身分的競逐：全球化時代跨國女性菁英與勞工的再現	廖彥喬	黃宗儀	2008
30		書寫空間，書寫差異：麥可・翁達傑的小說	邱正祥*	李有成	2010
31		檔案書寫：麥可・翁達傑《分離》的倫理研究	陳煒婷	梁一萍	2011
32		種風信子的人不回家：莫妮卡・張《鹽之書》中的「回（迴）家」政治	陳子薇	李秀娟	2011
33		「這女人沒瘋」：亞美文學中的女性與瘋狂	甘濟維	李秀娟	2012
34		1.5代越裔美籍人的歷史重建	林玉涵	路愷宜	2012
35		再訪「中國媽媽」：文學與歷史中的早期中國移民女性	陳莉萍	李秀娟	2012
36		酷異亞美：王穎的華裔美國電影	游羽萱	李秀娟	2014
37		再現日本：日本照片新娘敘事	林恩仔	李秀娟	2015
38		空間、國族身分認同、性別：閱讀Elsie Sze《回歸》	白曦源	張瓊惠	2016
39		哈金作品中的裸命：以《南京安魂曲》和《戰廢品》為例	林揚傑	張瓊惠	2017
40		頻頻回首：黎喜年《鹹魚女孩》中的跨世代創傷與賽伯格社群想像	謝東翰	黃涵榆	2017

編號	學校	論文名稱	姓名	指導老師	畢業年分
41		酷異離散：李翊雲短篇小說中的親屬關係	蘇揚傑	李秀娟	2019
42		衣櫃裡的服裝：白先勇〈Tea for Two〉與梁志英〈鳳眼〉中男同志服裝實踐與文學再現	楊家緯	張瓊惠	2019
43		對抗歷史失憶：楊小娜的《綠島》	丁威中	蘇榕	2020
44		以星球性之觀點閱讀鍾芭‧拉希莉	曾琬茹	蘇榕	2009
45		第三空間的交涉：鍾芭‧拉希莉《醫生的口譯員》中的悅納異己	范玲瓏	黃涵榆	2018
46	清大	《女戰士》一書中社會意識話語爭鳴：多元意識交互對話關係中孕育之顛覆性聲音	周兆蘭	倪碧華王雪美	2001
47		論邱琪爾《九重天》與黃哲倫《蝴蝶君》之表演策略所呈現的性別與種族議題	焦季蘊	楊莉莉	2002
48		論車學敬《聽寫》一書中離散敘述的多元文化及跨符徵系統性格	周佩蓉	廖炳惠	2003
49		離散空間現代性以麥可翁達傑「獅身人面」為例	陳秀媛	蕭嫣嫣	2003
50		家園與放逐：林玉玲離散書寫中的身分認同政治	黃燕祺	梁耀南	2005
51		麥可‧翁達傑《安尼爾的鬼魂》中之對照幽靈	王素卿	廖炳惠	2005
52		鄭明河在《姓越名南》與《愛的故事》中的文化認同	簡婷婷	廖炳惠	2007
53		慰安婦：再現，平反／求償，與介入的政治	吳姿萱	王智明柏逸嘉	2008
54		「回到」亞洲：亞美敘事裡的歷史、戰爭、與記憶	謝亨真	王智明	2012
55		趙承熙：羞恥與亞美情感主體的形成	陳乃華	王智明	2012

編號	學校	論文名稱	姓名	指導老師	畢業年分
56		利基想像的政治：殖民性的問題與台灣的亞美文學研究（1981-2010）	吳貞儀	王智明	2013
57		論黑格荎《夢叢林》中菲律賓後殖民情境與女性經驗的再現	于禎文	傅士珍	2015
58		潔西卡‧黑格荎《夢叢林》中的世界性旅遊	王潔	傅士珍	2015
59		論《夢叢林》中殘存的後殖民與帝國主義	郭芷伶	吳建亨	2019
60	交大	論伍慧明《骨》與譚恩美《喜福會》中亞裔美國之再現	陳惠美	馮品佳	2009
61		韓美作家李昌來《母語人士》與《漂泊歲月》中的雙文化成長敘事	王曄勝	馮品佳	2010
62		《血之語言》與《永遠的異鄉人》中跨國收養之再現	謝玉柔	馮品佳	2010
63		《桑青與桃紅》與《海神家族》中的創傷與生命書寫	劉雅郡	馮品佳	2013
64		亞裔美國圖像敘事中的刻板印象與身分認同	鍾政益	馮品佳	2014
65		伍綺詩《無聲告白》中的羞愧與忌妒	楊智惟	周英雄 馮品佳	2017
66		重新擘畫酷兒離散中的親緣關係：以梁志英《鳳眼》為例	楊瑞濱	馮品佳	2017
67		《初來乍到》與《回顧所來徑》中的食物記憶與自我找尋	鄭雅心	馮品佳	2018
68		哈金《戰廢品》中的展演性、脆危性及哀悼性	江允瑄	李家沂	2020
69	成大	葛瑞漢‧史威夫特之《水之鄉》與麥可‧翁達傑之《英倫情人》：「滴」與「答」之間——跨越故事與現實間的鴻溝	李宛倫	柯克	2000
70		自我認同的流動性：《茉莉》一書中的慾望與中介經驗	洪倩文	柯克	2003

編號	學校	論文名稱	姓名	指導老師	畢業年分
71		漂泊與重置：湯亭亭《金山勇士》中文化認同之追尋	蘇惠玉	柯克	2004
72		隱／現的藝術：探討翁達傑作品裏的逾越	許綏南*	柯克	2005
73		譚艾美《百種神秘感覺》中東方化中國的展覽櫥窗	翁奎益	柯克	2007
74		「無家可歸的孤兒」：論林玉玲《馨香與金箔》中的自我追尋	覃子君	柯克	2007
75		小川樂《歐巴桑》《有朝一日》中的認同困境	羅雅文	任世雍	2007
76		邁向全球化作家：譚恩美在《防魚溺水》中談全球媒體與跨國旅遊	江欣珍	游素玲	2008
77		重寫失落母親的神話：論小川樂《歐巴桑》中娜歐蜜的自我型塑	張亞尹	游素玲	2008
78		再現中國性為他者：譚艾美小說之後殖民論述	劉清華	楊哲銘	2010
79		李君容之《殘月樓》中女性賦權及中國移民社群的再生	陳亞杰	柯克	2010
80		亞美家庭的新面貌：論任璧蓮在《愛妻》中的種族關係	杜婉寧	游素玲	2010
81		林玉玲在《月白的臉：一位亞裔美國人的家園回憶錄》中跨國別身分的形成	莊祐綸	劉開鈴	2010
82		共體食間：莎拉・蘇勒律《無肉日》	岳宜欣	張淑麗	2011
83		穿越無限：從J.M.柯慈《麥可・K的生命與時代》與麥可・翁達傑《菩薩凝視的島嶼》的定義超越	程曉杰	林明澤	2011
84		論余凱恩與簡言詩在《中國娃娃》中呈現的都會文學與亞美女性新面貌	陳筑筠	游素玲	2012
85		與魔鬼交易：為反抗印度文化的性別歧視主義而妥協於美國東方主義在巴哈若蒂・穆可姬的《茉莉》	許敏虹	楊哲銘	2012

編號	學校	論文名稱	姓名	指導老師	畢業年分
86		論黃錦蓮《點心的一切》之東方主義	林鈺涓	游素玲	2013
87		內田淑子之《照片新娘》與身分政治	陳瑩臻	張淑麗	2013
88		協商加拿大華裔身分認同：黎喜年《鹹魚妹》中的記憶與他者	黃孟純	張淑麗	2014
89		萊拉・哈勒比《昔日的應許之地》中晦暗不明的美國夢	魏云萱	廖培真	2015
90		家的政治：莫欣・哈密《拉合爾茶館的陌生人》	江力行	金傑夫	2016
91	中央	華裔鏡頭下的自我表述：王穎的《尋人》及《喫一碗茶》	蔡中蓓	馮品佳	2001
92		三位亞美女作家的雙重書寫	吳慧娟	丁乃非	2005
93		以貌取書：論譚恩美《接骨師的女兒》中東方的再製與再現	黃柏源	易鵬	2005
94		湯亭亭《女戰士》中憂鬱的母女關係	謝宜玲	謝莉莉	2010
95		小野洋子《葡萄柚》中的「世界內部空間」與幻奇毀滅性	崔香蘭	謝莉莉	2011
96		一具痛苦的無器官身體：車學敬《聽寫》書寫裡的流變——受虐皮囊與能動力	黃郁文	白大維	2012
97		Intersections of Gender, Power and Culture in Relationships of Mother-Daughter and Husband-Wife in Amy Tan's *The Joy Luck Club*	鄞士傑	蔡芬芳 白大維	2016
98		身分、種族、與帝國主義整編敘事	李佳穎	吳慧娟	2019
99	中山	另類詩學：莎拉蘇樂律無肉的日子	陳靜芳	張淑麗	2000
100		約翰・岡田《頑劣小子》和喬依・小川《歐巴桑》：論日裔美加移民拘留於集中營之創傷	蔡淑閔	陳福仁	2004
101		述說離散身分：林玉玲《季風史》中的語言、遷徙與族裔性	李宜峰	張錦忠	2004

編號	學校	論文名稱	姓名	指導老師	畢業年分
102		西方意識型態的瓦解：黃哲倫《蝴蝶君》中多重聲音的出現	蘇文祥	陳福仁	2004
103		煉心術：譚恩美《喜福會》和克莉絲蒂娜賈西亞《古巴夢》中的故事敘說	孫佳均	孫小玉	2005
104		言語之外：莎拉‧蘇瑞利《無肉的日子》中寓言化的歷史和記憶	林盈均	張錦忠	2005
105		編織抗拒力：麥克‧翁達杰《英倫情人》中之歷史、空間、與身分	潘芸芝	張錦忠	2006
106		柯溫愛《名為空缺之地》中女同志情慾與性別身分認同	張凱瑩	張錦忠	2006
107		鍾芭‧拉希莉《同名之人》中之移民經歷	湯玲瑤	張錦忠	2007
108		屬性轉換：任碧蓮《夢土的莫娜》	張逸凡	陳福仁	2010
109		尋找自己的聲音：林玉玲詩中的語言、身分與性別	劉錦珠	張錦忠	2012
110		拉維‧哈吉《蟑螂》中的暴力、認同和裸命	簡小喬	張錦忠	2013
111		書寫身體：後藤弘美作品中的展演性及可能性	陳美蓁	洪敏秀	2013
112		唐人街作為符號域：崔維新、關富烈與柯溫愛作品中的空間與記憶	劉芳礽*	張錦忠	2014
113		柯溫愛《名為空缺之地》與《脈動》中的創傷記憶	郭宇萱	張錦忠	2015
114		關富烈《鑽石燒烤店》中的時空體、記憶與身分	葉倩廷	張錦忠	2016
115		約翰‧岡田的《頑劣小子》：移民、集中營與日裔美國人	蔣惠瀅	陳福仁	2019
116	中正	哈金《等待》中孔林的性格與社會心理分析	陳明璟	游文嘉	2006
117		女桃太郎的歸鄉之途：小川樂之《歐巴桑》中Naomi Nakane的受害與救贖	江鴻任	薄理察	2007

編號	學校	論文名稱	姓名	指導老師	畢業年分
118		探討林露德的《千金》中的文化同化及融合	林玉蕊	陳樹信	2007
119		打破藩籬：中國鬼魂在譚艾美《百種神秘感覺》中的反擊	蔡依娥	陳淑芬	2010
120		鐘芭‧拉希莉作品之新世界公民研究	吳佳芬	龔紹明	2015
121	中興	從拉岡讀小川樂《歐巴桑》中的歷史及創傷經驗	劉靜茹	陳淑卿	2006
122		賤斥的曖昧性：論《肉年》中肉食與女性身體的關聯與顛覆	蘇欣臨	朱崇儀	2007
123		詭奇現象：從心理分析觀點論聶華苓《桑青與桃紅》中的女性與國家	陳涵婷	陳淑卿	2009
124		山下凱倫《橘子回歸線》中的邊界跨越	王莉萍	陳淑卿	2009
125		重寫新自由主義霸權：山下‧凱倫的《橘子回歸線》	陳宇璠	陳淑卿	2011
126		不願殘喘：麥可‧翁達傑《菩薩凝視的島嶼》中的暴力與人性	陳品蓉	陳淑卿	2012
127		論潔西卡‧海格苳《夢叢林》中的帝國主義與性別	張婉雅	陳淑卿	2012
128		論露絲‧尾關《食肉之年》中的食物與賤斥身體	楊孟潔	陳淑卿	2012
129		後殖民親密關係：莫妮卡‧張《鹽之書》中日常生活的飲食實踐	江雯珊	吳佩如	2013
130		論潔西卡‧海格苳《夢叢林》中的帝國主義、全球化及他者	蔡宛茵	陳淑卿	2013
131		歷史創傷論述文化中的賤斥身體：探討《頑劣小子》身分認同議題	黃瑋婷	陳淑卿	2015
132		《蝴蝶君》的族裔和性別之權力鬥爭	賀家年	貝格泰	2019
133	輔仁	越過破碎與創傷：《英倫情人》與《阿尼爾的鬼魂》中身分認同之重建	楊意安	劉紀雯	2002
134		邊緣論述‧身體書寫：第三世界／亞裔女性文學與藝術再現	陳淑娟*	簡瑛瑛	2006

編號	學校	論文名稱	姓名	指導老師	畢業年分
135		疾病敘事：三個亞美文學文本中的身體、歷史與認同	李小清*	梁一萍	2008
136		差異的美學——女遊書寫、女書與女性譜系書寫策略研究	吳婉筠*	簡瑛瑛	2010
137		性別、族裔、母性再現：第三世界母親藝術家的跨藝術／跨文化研究	賴孟君*	簡瑛瑛	2011
138		《菩薩凝視的島嶼》中的創傷見證	李侑靜	蘇文伶	2019
139	淡江	書寫即戰鬥：趙健秀小說中的反抗政治	胡迪*	李有成	2004
140		自然、性別、風險：瑪格麗特・愛特伍，琳達・霍根，山下・凱倫	張雅蘭*	蔡振興	2009
141		《食肉之年》小說中的食物，全球化和環境正義	唐玲容	黃逸民	2011
142		變形書寫：環地球論述與敘事	吳唯邦*	蔡振興	2012
143		生態女性主義與肉食世界中的文學抵制	黃素馨*	黃逸民	2016
144		《橘子回歸線》中身分建構、環境正義和全球化問題的重新審視	彭韋欣	蔡振興	2017
145		三個美國生態作家之在地意識與自我認同	黃永裕*	楊銘塗	2012
146	東吳	"There is a Will Resisting Resistance": A Comparative Study of Transnational Bildungsroman in Shirley Geok-lin Lim's Works	鍾貝金	張瓊惠	2004
147		從心理分析的角度閱讀《慰安婦》及《姿態人生》中的姓名機制	蔡建梅	張瓊惠	2007
148		當超現實主義遇上雷祖威的《愛之慟》	黃川燕	張瓊惠	2007
149		親密與疏離：食物的化學危機在尾關《食肉之年》之探討	劉曉青	邱彥彬	2010
150		論勞倫斯《虹》與譚恩美《喜福會》中的衝突與妥協	蕭旭君	紀秋郎	2011
151		《菩薩凝望的島嶼》小說探討	薛思齊	戴雅雯	2012

編號	學校	論文名稱	姓名	指導老師	畢業年分
152		文化翻譯：哈金作品《等待》與《自由生活》之翻譯策略研究	林書瑜	謝瑤玲	2013
153		探討翁達傑《菩薩凝視的島嶼》中的敵意／友善接待他者	林秀怡	葉卓爾	2013
154		多元文化之旅：探討阮碧銘之《偷菩薩的晚餐》中透過食物與記憶的身分認同	黃靖雅	謝瑤玲	2016
非裔美國與加拿大文學					
1	臺大	東妮・摩理森小說中的女性自我與文化	張永裕	梁欣榮	2000
2		重新書寫女性慾望：論愛麗絲・渥克《紫色姊妹花》和莉塔・梅・布朗《紅寶果叢林》中的情慾政治	鄭玉惠	劉亮雅	2000
3		從斷裂到再連結：佟妮・莫莉森《爵士》中的遷徙、記憶與文化	廖莉雅	劉亮雅	2003
4		種族歧視、創傷與哀悼：以克萊茵精神分析理論閱讀佟妮・莫莉森的《摯愛》	陳宥廷	劉亮雅	2005
5		母女關係中的愛與暴力：童妮・摩里森的《寵兒》與《蘇拉》	周盈秀	劉亮雅	2005
6		歷史創傷與美國夢：論福克納與摩里森作品中身分追尋的困境及其倫理視野	邵毓娟*	王安琪	2006
7		從賤斥到異質倫理天堂：以克莉絲蒂娃精神分析理論閱讀東妮・莫莉森的《樂園》	蔡儀婷	劉亮雅	2009
8		超越貧民窟中心論：《嘻哈故事》中的黑色資本主義與非裔美國人雄風	蘇祐誼	李有成	2010
9		童妮・摩里森早期小說中的黑人男性與男性氣質	李冠勳	劉亮雅	2010
10		末日反烏托邦初探：《才幹的比喻》、《末世男女》和《長路》	江哲蔚	張惠娟	2011
11		以記憶重溯塑過往：《聲音與憤怒》及《樂園》中的性別、種族、與美國南方歷史	游雁茹	劉亮雅	2012

編號	學校	論文名稱	姓名	指導老師	畢業年分
12		《大亨小傳》、《旭日東昇》與《爵士樂》中的爵士樂、爵士年代與種族政治	江沛彤	劉亮雅	2013
13		維吉尼亞·吳爾芙《戴洛維夫人》與童妮·摩里森《爵士樂》中的空間、性別與創傷	鍾照妍	劉亮雅	2013
14		烏托邦與記憶：奧塔維亞·巴特勒《撒種的比喻》與《才幹的比喻》	吳太一	張惠娟	2019
15		童妮·摩里森的《寵兒》與《恩惠》中的奴隸、創傷與女性社群的可能／不可能性	劉靜	劉亮雅	2019
16	政大	以拉岡及文化的閱讀觀點解析詹姆士·麥可白瑞德《水的顏色》中的認同追尋	江曉音	謝瑤玲	2002
17		奧古斯特·威爾森《鋼琴課》劇中的重建黑人認同	陳孟飛	姜翠芬	2002
18		一個新的視野：蘿琳·漢司白瑞《陽光下的葡萄乾》劇中非裔美人的自我認同	金家如	姜翠芬	2007
19		一個不可說的故事：摩里森《寵兒》中的創傷敘述	許智偉	胡錦媛	2008
20		改變之起始：巴特勒《比喻》系列之希望、烏托邦主義和生存	禹金韻	何艾克	2012
21		論童妮·莫里森小說《蘇拉》中的縫合與社會幻象	方思涵	蔡佳瑾 姜翠芬	2019
22	臺師大	重建隸屬階級之身分認同：湯婷婷之《女戰士》及佟尼·莫里森之《摯愛》	汪郁芳	莊坤良	2000
23		變態與創傷後的主體性：東妮莫理森七本小說的主題研究	李延熹*	丁善雄	2002
24		童妮·摩里森小說《樂園》中拉剛式他者的倫理	楊志偉	李秀娟	2007
25		童妮·摩里森《爵士樂》與《愛》中黑人音樂的中介與意義	陳玟勳	何文敬	2008
26		爵士化黑人身分認同：童妮·摩里森《爵士樂》中的重複與差異	簡鈺娟	李秀娟	2009

編號	學校	論文名稱	姓名	指導老師	畢業年分
27		『我名曰完整』：以寬恕理論閱讀童妮·摩里森之《一種慈愛》	吳羚君	莊坤良	2011
28		再現美國黑奴歷史：福克納《下去吧，摩西》和摩里森《寵兒》中的記憶與種族主義	涂奕岑	何文敬	2013
29		生態烏托邦的崩解：由生態女性批評的角度檢視童妮·摩里森的《樂園》	陳韋伶	何文敬	2015
30		童妮·莫里森的《爵士樂》與《家》中黑人男性特質的重構	賴怡頻	蔡佳瑾 李秀娟	2017
31	清大	愛麗絲·華克之《紫色姊妹花》與芬妮·富蕾格之《油炸綠蕃茄》中的同性戀	鄭宜芳	梁耀南	2000
32		含納政治：繪製東妮·莫莉森的《樂園》	吳沛珍	廖炳惠 馮品佳	2001
33		創傷和自我建構：黑暗中的航行和紫色姐妹花中的種族、性別、和性議題	陳亭云	王雪美	2002
34		重思多元文化：布蘭德的《我們的渴望》	黃麗娟	柏逸嘉	2007
35		黑色大西洋之聲：凱瑞·菲利普思之《大西洋響音》	楊一逵	廖炳惠	2007
36		繪製離散：布蘭德的《返鄉之圖》	彭惠怡	梁耀南 王智明	2007
37		憶大西洋幽靈：閱讀勞倫斯·希爾的《黑奴之書》	陳香琪	柏逸嘉 王智明	2011
38	交大	從美學、政治到非裔美國表現文化：雷夫·艾利森《隱形人》批評之批判	王遠洋	林建國 李有成	2009
39		《家族》中的無家與異質空間：黛娜的時空之旅和自我與家的重建	李俞青	張靄珠	2015
40	成大	自我之追尋：談湯妮·摩里森小說摯愛中之賽絲	陳慧玲	柯克	2000
41		閱讀摩莉生的《蘇拉》：一個率性自宜的「藝術家」	詹怡真	邱源貴	2000

編號	學校	論文名稱	姓名	指導老師	畢業年分
42		尋家之旅：奧黛・羅德的《查米：我的名字之新拼寫》	林柳村	劉開鈴	2006
43		菲利斯・惠特利，哈麗雅特・雅各斯，佐拉・尼爾・赫兒士頓和瑪雅・安琪羅之想像神話文本	陳瑞卿*	劉開鈴	2007
44		童妮・摩里森《愛》中之禮物經濟	劉秋眉	賴俊雄	2007
45		黑人女孩與白人女孩：由《最湛藍的眼睛》及《卡羅萊納的私生女》中交織探索性暴力	林玉立	游素玲	2009
46		生存美學：童妮・摩里森《愛》中邊緣他者的自我技術	劉玉雯	賴俊雄	2009
47		「我不是黑女人嗎?」：若拉・妮爾・賀斯頓的自傳	蔡佳雯	劉開鈴	2009
48		理查・萊特《黑男孩》中的女人、男人、和男性認同的取得	陳禎芳	劉開鈴	2010
49		奧古斯都・威爾遜早期劇作中的搗詭神話及其再現	呂惠雁*	邱源貴	2013
50		由丹佐・席納之《白種人》論混血兒的種族身分定位	林瑾鈺	游素玲	2013
51		尚未結束：奧克塔維婭・E・巴特勒《家族》裡未完的故事	張玲綾	王穎	2017
52		重返南方莊園：奧克塔維婭・E・巴特勒《家族》中難以忘懷的家族史	殷進栩	王穎	2017
53	中央	重寫女性歌德：童妮・摩里森《摯愛》中母性與女性的「厚愛」	張函婷	白瑞梅	2010
54		Ambivalence and Dilemma, Queer Spaces Made: Queer Reading of the Spaces in *Giovanni's Room*	鍾震亞	白瑞梅	2011
55	中山	童妮・摩里森之《所羅門之歌》的家族史、敘事、及命名策略	周薇	張淑麗	2003
56		〈言若無物〉：東妮茉莉森《樂園》中的〈干預〉策略	詹鄥如	林玉珍	2003

編號	學校	論文名稱	姓名	指導老師	畢業年分
57		東妮・茉莉森《最湛藍的眼睛》中非裔美國人的主體形塑	鄭凱中	張淑麗	2004
58		測繪童妮・摩里森小說中黑人女性主體：空間、身體與抗拒	姚秀瑜*	王儀君	2005
59		「不准叫我男孩！」：詹姆士・鮑德溫《另一個國度》中之黑人國族主義、黑人男性情慾、與黑人男子氣概	許世展	張淑麗	2007
60		Mapping the Mixed Race Identity in Black White and Jewish	廖冠惠	陳福仁	2007
61		「詹妮的旅程」：佐拉・尼爾・賀絲登《他們的眼睛正望著上帝》中之語言、身體和慾望	李又芬	張錦忠 張淑麗	2008
62		童妮・摩里森小說中的創傷、種族歧視和跨世代歷史記憶	郭斐絢	張錦忠 張淑麗	2007
63		鮑爾溫小說《山巔宏音》中的黑人教會與黑人社群	李春滿	張錦忠	2009
64		透過《最藍的眼睛》觀看自愛的症狀式表現	林立婷	陳福仁	2015
65		再訪創傷，修復愛：看童妮・莫里森之《最藍的眼睛》和《神佑孩子》	吳梅玲	陳福仁	2019
66	中正	理查萊特《本土之子》與洛恩韓斯貝瑞《陽光下的葡萄乾》中的男女關係：衝突與妥協	林淑如	羅林	2001
67		藍斯頓修斯對白人優勢的抗拒精神	張娉莉	羅林	2001
68		與外在暴力相抗衡的內在暴力：想像的力量——以菲俐絲・慧特俐為例	翁秀瑟	薄理查	2004
69		童妮摩里森《寵兒》中移置的形式	蔡書璿	羅林	2005
70		巴特勒《異種生殖三部曲》中的異類與他者	蔡嘉芳	陳樹信	2005
71		異種三部曲中不穩定的身體和流動的性別	樂竑甫	陳樹信	2007

編號	學校	論文名稱	姓名	指導老師	畢業年分
72		艾立思・渥克《紫色姊妹花》中的女性創造力	翁藝芳	陳淑芬	2007
73		童妮摩里森《寵兒》與《爵士》中的種族遺忘與創傷復原	林明慶	蔡美玉	2009
74		禁錮的靈魂：《本土之子》中男性黑人暴力	許雲慈	吳萼洲	2010
75		論童妮・摩里森《樂園》之創傷復原	黃美粧	蔡美玉	2010
76		卡爾・菲利普斯《渡河》裡的非洲迫害	林俞方	林欣瑩	2013
77		超越黑白：三位非裔女性作家小說中黑白混種女性角色之混種身分再現	李政慧*	羅林	2014
78	中興	《最藍的眼睛》中的創傷與敘述：湯妮・莫莉森小說的政治意涵	翁菁徽	朱崇儀	2007
79		如夢是喚：童妮・摩里森《寵兒》與《慈愛》中的倫理與美學	王衍雲	陳淑卿	2011
80	輔仁	奧古斯特・威爾森三劇中以藍調詮釋族裔認同之省思	張嘉怡	劉雪珍	2000
81		蘭斯登・休斯「疲倦藍調」與「好衣服賣猶太人」中種族定位與藍調之關係	陳怡寧	蕭笛雷	2001
82		性別，族裔與民間信仰：第三世界女作家作品中民間傳說的策略運用	林慧雅*	簡瑛瑛	2002
83		呼喊與迴響，流動與整合：吉恩・圖瑪的《甘蔗》之音樂性結構	吳塵軒	墨樵	2006
84		從囿限、混雜到整合：論童妮・摩里森《寵兒》中位於互文中界的身體	陳佳慧	墨樵	2007
85		並置對體間融合與破碎之弔詭：論童妮・摩里森《愛》中性別認同的重建	劉純吟	墨樵	2008
86		性別、族裔、母性再現：第三世界母親藝術家的跨藝術／跨文化研究	賴孟君*	簡瑛瑛	2011
87	淡江	超越象徵之牆：冬妮・摩理森《最湛藍的眼睛》及左拉・尼爾・赫斯頓《她們的眼睛正望著上帝》中的凝視與女性主體性	劉心怡	黃涵榆	2005

編號	學校	論文名稱	姓名	指導老師	畢業年分
88		追尋自我認同：凱特・蕭邦的《覺醒》與愛麗絲・沃克的《紫色姐妹花》之比較研究	侯淑惠	宋美璍	2005
89		自我認同的心理發展：論愛麗斯・渥克的《紫色姊妹花》	楊采晴	宋美璍	2007
90		身分的建構：《他們的眼睛望著上帝》與《本土之子》之比較研究	梁汶玲	游錫熙	2007
91		論童妮・摩里森《蘇》及《愛》中黑人女性：母親，及姊妹情誼	王楷杰	鄧秋蓉	2018
92	東吳	自我追尋與掙扎：種族主義、女性意識、雙向思考、和自我認同議題的轉變於Toni Morrison之兩本小說Sula和Love	蕭雅文	袁鶴翔	2005
93		克服困境的女人：身分認同與姐妹情誼於愛麗絲・沃克的《紫色姐妹花》和莫妮卡・阿里的《磚巷》	陳怡靜	謝瑤玲	2011
94		葛蘿莉雅・奈勒《布魯斯特大廈的女子》中女性的自我追尋	葉曳芳	謝瑤玲	2014
北美原住民文學					
1	政大	非典型原住民活力：傑諾維森諾《熱線療者》中的後印地安，喜劇與移動力	尤吟文	梁一萍	2002
2	臺師大	另類救世主：席爾柯《沙丘花園》中的原住民靈性	王靖賢	梁一萍	2005
3		大地之聲：戴安葛蘭西《石心》中的再現	吳燕芬	梁一萍	2006
4		尋找家園：論湯馬斯金恩之《草長青，水長流》中的返鄉政治	羅凱菱	梁一萍	2006
5		印地安抗爭：席爾柯《亡者曆書》中的女性主義地理	謝宜玲	梁一萍	2007
6		混血／寫邊疆：歐溫斯小說《暗河》的後現代閱讀	林詩螢	梁一萍	2009
7		神話的改寫：恩・史考特・莫馬載《遠古之子》中的想像與認同	耿尚瑜	梁一萍	2009

編號	學校	論文名稱	姓名	指導老師	畢業年分
8	清大	湯森海威劇本中空間的議題	湯家珍	柏逸嘉	2005
9		喬依哈喬作品中的新美國原住民意識	黃芸茵	傅思迪	2006
10	成大	天人之際：席爾柯《儀式》中的整體觀與疏離觀	邱明珊	柯克	2005
11		露薏絲‧鄂萃曲小說中糾葛的象徵意涵	朱國豪	邱源貴	2006
12		路薏絲‧鄂萃曲《愛情靈藥》中的宗教衝突與融合	張以昕	金傑夫	2014
13	中山	席爾柯及荷根生命敘事中的自我述說	曾靖雯	黃心雅	2010
14		重新定義自傳：論安綴姿的生命書寫《擲火向陽、擲水朝月》	朱柏任	黃心雅	2010
15		琳達‧荷根小說《鯨族人》中的歷史、創傷與療癒	姜林倩怡	黃心雅	2010
16		琳達荷根小說《太陽風暴》中故事對美洲原住民之抗存	許桑桑	黃心雅	2011
17		生命書寫與光影書寫：維茲諾的《內心風景》	鄭筱薇	黃心雅	2011
18		自「家」書寫：當代美國原住民女性的生命敘事	張淑君*	黃心雅	2013
19		琳達‧霍根《鯨族人》中的海洋與原住民文化	林家華	黃心雅	2015
20	輔大	性別、族裔、母性再現：第三世界母親藝術家的跨藝術／跨文化研究	賴孟君*	簡瑛瑛	2011
21	中興	研討拉克《最後一位屹立的女人》	劉佳嫻	董崇選	2010
22		自我覺醒的旅程：莫馬戴的《雨山之路》與《黎明之屋》中原住民身分認同之復建	王芸閣	阮秀莉	2010
23		創傷與文化記憶在路易絲‧厄德里奇的《圓屋》	廖翊君	周廷戎	2018
24	淡江	萊絲莉‧瑪門‧席爾柯《儀式》中的末世預言與拯救：美國原住民的智慧	楊琇羽	黃逸民	2006
25		席爾珂《儀式》中的地方感與集體記憶：以泰由的旅程為例	吳唯邦	蔡振興	2007

編號	學校	論文名稱	姓名	指導老師	畢業年分
26		邊境中的搗蛋鬼：露薏絲・鄂萃曲《愛情靈藥》中的離散、疾病和雙重視境	唐雅慧	陳吉斯	2008
27		眾聲喧嘩的花園：席爾柯《沙丘花園》中的揉雜思維	張彙麟	陳吉斯	2008
28		琳達荷根《力量》中女性靈性與土地關係的重新連結	吳淑婷	陳吉斯	2008
29		露易絲・艾芮綺《蹤跡》中的「狡點詮釋學」	陳蕾伊	蔡振興	2008
30		解構「天命樣態」：雅列西《獨行俠與堂拓在天堂打架》與《濃煙訊號》中的正／附文關係	林雯華	陳吉斯	2008
31		覺醒之環：露薏絲・鄂翠曲《四魂》中的復仇、身分認同、和治療	劉懿嫻	陳吉斯	2008
32		自然、性別、風險：瑪格麗特・愛特伍，琳達・霍根，山下・凱倫	張雅蘭*	蔡振興	2009
33		殖民主義與生態：史考特・莫馬迪、詹姆士・威爾曲與露薏思・鄂翠曲	陳鳳儀*	蔡振興	2010
34		變形書寫：環地球論述與敘事	吳唯邦*	蔡振興	2012
35		三個美國生態作家之在地意識與自我認同	黃永裕*	楊銘塗	2012
36		薛曼・亞歷斯《一個兼職印第安少年的絕對真實日記》中之跨界旅程：居住、旅行及自我的形成	許之齡	陳吉斯	2012
37		萬物有靈的生命（物）地區主義的生命與文學：生命文學之實踐	葛瑞格*	蔡振興	2013
38		五本生態小說中的生態人、生態破壞者與環境保護	黃淑瓊*	楊銘塗	2013
39		從離散到流動性：論黛安・格蘭西小說《推熊》之身分、地方與空間	劉佳澐	陳吉斯	2016
40		當代英文小說的啟蒙思想及環境反撲	包俊傑*	羅艾琳	2018

編號	學校	論文名稱	姓名	指導老師	畢業年分
41	東吳	擬像、說故事、扮演印地安人：以薛爾曼·雅列西《印地安殺手》的印地安形象為例	呂虹瑾	梁一萍	2008
新英文文學					
1	臺大	古雷希小說《郊野佛陀》之評論與中譯	劉雅詩	王文興 李有成	2001
2		文本重述之美學與政治：珍瑞斯與蜜雪克莉芙之克里歐小說	李翠玉*	李有成	2002
3		慘暗白人：柯慈小說《屈辱》中白人主體的衰落與中心置換	陳佳伶	廖咸浩	2003
4		回返的政治：奈波爾作品中的陌生人	傅雋	李有成	2003
5		薩爾曼·魯西迪三部小說中的文化雜揉與遷徙美學	龔紹明	廖咸浩	2006
6		凱特·蕭邦的《覺醒》與朵蕊絲·蕾辛的《十九號房間》中的空間、性別與權力	楊乃女	劉亮雅	2000
7		石黑一雄《別讓我走》中的死亡、記憶與哀悼	蔡青松	蔡秀枝	2008
8		論暴力與身分認同：「後」九一一南亞裔英國小說研究	廖培真	李有成	2009
9		安南德《賤民：禁忌的碰觸》評介暨翻譯	施佳雯	劉亮雅	2009
10		論奈波爾《米格爾大街》中的嘲仿與諧擬	林佩蓉	廖咸浩	2010
11		石黑一雄《別讓我走》中的商品與剝削	江馥如	李有成	2011
12		想像重構加勒比海女性主體：論牙買加·金凱德的母女三部曲	楊璐綺	李紀舍	2013
13		將就於「彩虹國家」？從三部南非小說探討跨種族關係	史亞庭	齊東耿	2015
14		柯慈小說中不可呈現的倫理抗力	甄瑩	齊東耿	2015

編號	學校	論文名稱	姓名	指導老師	畢業年分
15	政大	統合的追尋：朵莉絲・萊辛《四門之城》中的空間與心靈	陳建州	田維新	2000
16		漂泊離散的身分認同：蜜雪兒・克莉芙《天堂無路可通》的後殖民研究	洪敦信	田維新	2001
17		追憶似水年華；論阿蘭達蒂之《微物之神》中之再現與踰越	吳素菁	田維新	2001
18		跨越邊界：葛蒂瑪《吾兒故事》中的再現，顛覆及認同問題	陳麗如	劉建基	2002
19		想我非洲的兄弟（們）：亞索傅格德《血結》劇中的認同與踰越	張源勤	姜翠芬	2002
20		以史碧娃克之解構、女性主義及後殖民論述看珍瑞絲之《寬闊馬藻海》	林迦瑩	田維新	2002
21		閾限空間：薩爾曼・魯希迪《摩爾人的最後嘆息》之後殖民閱讀	黃信凱	田維新	2003
22		In Quest of Home: Three Female Writers' Negotiation with Displacement in the Age of Globalization	李怡瑩	黃宗儀	2004
23		城市經驗：賴芙莉《心城》的現代性、空間和心靈	黃褕慧	何艾克	2004
24		重訪偉大故事：《微物之神》中的純潔神話	梁曉菁	謝瑤玲 陳音頤	2004
25		跨越疆界：論薩曼・魯西迪小說「東，西」中的第三空間	施恩惠	劉建基	2004
26		離散經驗：論析奈波爾《大河灣》的「家」與身分認同	張惠菁	劉建基	2005
27		從傑克・戴維斯的《頭生兒三部曲》中看澳洲原住民生存的毅力	邵姵蓉	姜翠芬	2008
28		傳統、改變、與僵局：渥雷・索因卡《死亡與國王的侍衛長》劇中社會變革的勢在必行	吳嘉玲	姜翠芬	2009
29		再探漂泊離散：魯西迪《魔鬼詩篇》中的崩解、揉雜以及異質空間	詹淳惠	劉建基	2009

編號	學校	論文名稱	姓名	指導老師	畢業年分
30		跨越疆界：論魯西迪《摩爾人的最後嘆息》中翻譯的借喻	黃紹維	邱漢平	2010
31		為奈波爾辯護：《抵達之謎》的後殖民與離散閱讀	顏子超	劉建基	2011
32		書寫失語主體：柯慈《敵人》中的賤斥與他者	彭俊維	胡錦媛	2013
33		閣樓中的殭屍：探討《夢迴藻海》的克里奧爾化和帝國主義現象	陳念芸	邱彥彬	2014
34		語言與後殖民主體：J.M. 柯慈《屈辱》中的權力倒轉	林俞君	陳音頤	2019
35		《離開麥肯齊先生之後》和《巴黎之屋》中的母職矛盾情感與多態樣貌	侯淑惠	姜翠芬	2019
36	臺師大	從《簡愛》到《寬闊的薩加索海》：抵抗與身分認同之追尋	陳淑娟	莊坤良	2000
37		後殖民倫敦的生存政治與詩學：論古雷希的《郊野佛陀》與《黑色唱片》	陳耀宗	莊坤良	2000
38		漂泊中的清明：奈波爾小說中對後殖民身分認同的再定位	孫英哲	莊坤良	2002
39		鬼書：牙買加・琴凱德之《我母親的自傳》之研究	梁鳳文	梁一萍	2003
40		遷移隱喻：V. S.奈波爾的小說與離散詩學	劉于雁*	田維新	2003
41		在浮世中尋覓詭異之家：石黑一雄小說中的陌生人	王景智*	李有成	2006
42		牙齒之為根源：柴娣・史密斯《白牙》中的歷史延續性問題	曾詠善	蘇榕	2008
43		石黑一雄小說中全球化時代下的後帝國身分	黃思萍	陳春燕	2009
44		戰後離散英國小說的英國性研究	洪娛娛*	李有成	2009
45		接合差異：庫雷西後殖民故事中的晚期資本主義文化邏輯	廖高成*	李有成	2009

編號	學校	論文名稱	姓名	指導老師	畢業年分
46		超越異己：潛在性關係與魯西迪《佛羅倫斯女巫》	郭虹伶	陳春燕	2011
47		時間、空間和記憶：《心城》和〈古都〉中的節奏漫遊者	吳芳誼	蘇榕	2011
48		無限趨近：論柯慈《麥可‧K的生命與時代》中的遁逃路線	成悅滋	梁孫傑	2012
49		論柯慈《麥可‧K 的生命與時代》中的悅納異己	傅莉芳	梁孫傑	2012
50		柯慈小說《屈辱》中的人類學機器、裸命與例外狀態	楊皓瑋	梁孫傑	2012
51		柯慈的陰性書寫與女性敘事者：《仇敵》與《鐵器時代》的比較	陳詩涵	梁孫傑	2012
52		來自死亡：柯慈小說《鐵器時代》中的禮物、責任、與悅納異己	張宇欣	梁孫傑	2012
53		倫理與恐怖：寰宇小說與九一一	張懿仁*	黃宗儀 李有成	2013
54		多麗絲‧萊辛《希卡斯塔》中的潛態宇宙觀	鄭如玉*	邱漢平	2013
55		失去的樂園：魯西迪《小丑薩利瑪》的空間再現	林憶珊	蘇榕	2015
56		返離之間：石黑一雄《群山淡景》的創傷閱讀	何惠琳	蘇榕	2015
57		柯慈小說中的書寫倫理：文學潛能與書寫責任	楊承豪*	莊坤良	2016
58		越過藩籬：古雷希的《黑色專輯》、《郊野佛陀》和《我的美麗洗衣店》中的移動性	陳詩旻	蘇榕	2016
59		認同被摒棄者：透過斯拉沃熱‧紀傑克與哈瑞伊‧坤祖魯閱讀全球資本主義	黃耀弘*	黃涵榆	2016
60		戲仿歷史中的對話論：薩爾曼‧魯西迪的《佛羅倫斯的女巫》	林佩汶	蘇榕	2017

編號	學校	論文名稱	姓名	指導老師	畢業年分
61		論柯慈《麥可·K的生命與時代》中的生存美學	劉佳馨	梁孫傑	2017
62		由戀人敘事、紀念物收集及博物館設計初探奧罕·帕慕克《純真博物館》計劃之純真性	彭卉薇	諾斯邦 邵毓娟	2020
63	清大	南非女性革命份子素繪：娜汀高蒂瑪小說《我兒子的故事》的一種讀法	林雅瓊	廖炳惠	2001
64		中間地帶：《野草在歌唱》一書中所呈現在性別、種族、階級間的游移現象	雷若琬	王雪美	2002
65		論庫吉爾《屈辱》中的和解與道德模糊	林煜幃	廖炳惠	2005
66		重鑄印度：阿蘭達蒂·洛依《微物之神》中的種姓階級制度、創傷及踰越政治	朱玉如	廖炳惠 馮品佳	2006
67		再現印度分裂：底層研究，芭希席娃的《撕裂印度》，蒂帕梅塔的《塵土》	李盈潔	柏逸嘉	2006
68		石黑一雄《未安撫者》中的世界普同倫理	林經桓	廖炳惠	2007
69		故事的迷宮：奧罕·帕慕克之《黑色之書》	易文馨	廖炳惠	2008
70		書寫母親／她者的語言：牙買加·金潔德《我母親的自傳中》中的詭魅和歇斯底里	周佩蓉	林宜莊	2012
71		探討《一九八四》與《分崩離析》中之權力運作及反抗	吳沛彊	吳建亨 林宜莊	2016
72		藝術進行式：論石黑一雄《別讓我走》中的人文主義	莊一修	林宜莊	2017
73		非洲逆寫：當代非洲作家如何重塑歐洲中心主義	許雙于	陳皇華	2017
74	交大	世事在心：柯吉爾的《雙面少年》與《少年時》	王姿文	馮品佳	2006
75		再現曖昧性：塞爾曼·魯西迪《魔鬼詩篇》中的遷徙與混雜	謝承廷	余君偉 蕭立君	2008

編號	學校	論文名稱	姓名	指導老師	畢業年分
76		追尋自我：石黑一雄《我輩孤雛》中的反偵探敘事	廖育琳	周英雄 余君偉	2008
77		珍・瑞斯《夢迴藻海》中歇斯底里欲望的辯證	劉軒妤	林建國	2010
78		嘻嘻哈哈之外：蜜拉・希耶爾小說《安妮塔與我》中的南亞／英國認同	施茗粲	許維德 馮品佳	2010
79		移民狂想曲：鐘芭・拉希莉作品中的多樣化身分屬性	陳怡如	馮品佳	2011
80		書寫南亞英國女性：以蜜拉・賽耶爾的《安妮塔與我》及《生活不全是嘻嘻哈哈》為例	林美序	馮品佳	2012
81		莫妮卡・阿里《磚巷》中的身分認同軌跡	楊士霈	馮品佳	2015
82		魯西迪《午夜之子》中的敘事焦慮	王詠馥	李家沂	2015
83	成大	「惑中惑」：辜奇《儺》中之作者辨	劉沛柔	邱源貴	2001
84		盧西迪之《羞恥》：主動性閱讀	李曉青	李慶雄	2002
85		跨越歷史的界線：論柯慈《麥克・K的生命與時代》中沉默與園藝之對抗藝術	歐陽嘉惠	柯克	2003
86		超越不同：探尋《銀姐》中的灰色地帶及混雜性	黃淑姿	劉開鈴	2004
87		再探《銀姐》中之女性自我價值的建立與女性典範的塑造	郭碩齡	劉開鈴	2006
88		黑色的騷動：分析萊莘《野草在唱歌》被壓抑性的重返	李佳穗	游素玲	2006
89		無法保持的中心：齊努亞・阿奇貝小說《分崩離析》中的眾聲喧嘩現象	林耀榮	柯克	2006
90		顛覆的慾望鴻流：論後殖民愛慾與死慾的奔流	汪素芳	賴俊雄	2006
91		尋找想像中的母國：雅買加・琴凱德《我母親的自傳》	黃逸芸	劉開鈴	2008

編號	學校	論文名稱	姓名	指導老師	畢業年分
92		與過去相遇：朵麗絲・萊辛的自傳性小說《倖存者回憶錄》	洪雅涵	游素玲	2008
93		愛其所不能愛：柯慈對於人我關係的倫理觀	賴惠雲*	柯克	2009
94		萊莘《野草在唱歌》中殖民者與自然的疏離	簡欣平	柯克	2009
95		歷史改寫：盧西迪《午夜之子》中印度的後現代殘片	楊宏群	楊哲銘	2010
96		離散脈絡下抵抗的身體：米娜・亞歷山大、鍾芭・拉希莉、芭拉蒂・穆可吉及莫妮卡・阿里作品中移民女性能動性的協商	郭欣茹*	柯克	2010
97		種姓、創傷與愛的政治：阿蘭達蒂・洛伊的《微物之神》	莊淵智	張淑麗	2010
98		安妮塔・迪賽的《白日攸光》中在地他者的再現	何瑞雲	張淑麗	2010
99		穿越無限：從J・M・柯慈《麥可・K的生命與時代》與麥可・翁達傑《菩薩凝視的島嶼》的定義超越	程曉杰	林明澤	2011
100		後殖民至全球化：德賽《繼承失落的人》中列維納斯的倫理主體性	盧天惠	賴俊雄	2011
101		探討柯慈於《屈辱》以及《等待野蠻人》兩書中殖民者的轉變：種族和解之路仍遠嗎？	王英智	楊哲銘	2011
102		桑蒂・史密司《白牙》中多元文化與身分認同危機	許義德	張淑麗	2012
103		奈波爾《浮生》中殖民主體的矛盾情結及模擬行為	陳冠霓	楊哲銘	2012
104		《野草在唱歌》裡的「家」與「愛」	郭惠玉	林明澤	2012
105		寓言式閱讀：阿蘭達蒂・洛伊的《微物之神》	黃品菁	張淑麗	2012

編號	學校	論文名稱	姓名	指導老師	畢業年分
106		協商無法協商性：姬蘭・德賽《繼承失落》中生存意義的困境	潘席琳	賴俊雄	2012
107		莫尼卡・阿里《磚巷》裡南亞移民主體的困境：矛盾情結、身分認同危機與愛	林佳欣	張淑麗	2012
108		世界公民主義與莎娣・史密斯的《白牙》	鄭富尤	張淑麗	2013
109		查蒂・史密斯《白牙》中基本教義論述的批判	孫玉玲	張淑麗	2013
110		莫妮卡・阿里《廚房》中的隱蔽空間	周宛嬋	廖培真	2014
111		奈波爾小說《畢斯華斯先生的房子》中認同危機的後殖民研究	鄭宇倫	楊哲銘	2015
112		社會的變色龍：論《白牙》新移民的困境	吳婉榕	張淑麗	2016
113		重返過去與現在：《微物之神》中的創傷	鄧思潔	張淑麗	2016
114		太陽是否依舊升起？：齊瑪曼達・阿蒂雀《半輪黃日》中的創傷、輪迴與無望中之希望	林廷龍	張淑麗	2018
115	中央	一個再現的問題：閱讀天堂電話不通中的知識份子和賤民	佘佳玲	丁乃非	2001
116		被遺忘的一群：蜜雪兒克里夫小說中的賤民角色	劉純瑀	白瑞梅	2006
117		A History Refusing to be Enclosed: Mau Mau Historiography, Ngugi wa Thiong'o's *A Grain of Wheat* and M.G. Vassanji's *The In-Between World of Vikram Lall*	吳純嫻	白瑞梅 柏逸嘉	2007
118		想像邊界：村上春樹與石黑一雄小說中的日本性	蕭煜倫	謝莉莉	2010
119		Not a Simple Life： Representations of Female Domestic Servant in *Silver Sister* and *A Simple Life*	陳俐瑋	丁乃非	2015

編號	學校	論文名稱	姓名	指導老師	畢業年分
120	中山	自我與敘事：安娜在《金色筆記》中的自我認同危機	吳幼萍	陳艷姜	2001
121		書寫自我，敘事歷史：雅買加金潔德小說中的文本政治	陳信智	張淑麗	2002
122		《金色筆記》中精神分裂之研究：精神分裂為從施虐被虐關係中突破的過程	黃慧寬	陳豔姜	2002
123		阿蘭達蒂‧洛伊《微物之神》中愛的律法、身體及生態學間的恆久衝突	張雪珍	張淑麗	2005
124		愛與創傷：阿蘭達蒂‧洛伊的《微物之神》	陳柏慧	張淑麗	2007
125		圖繪女性主體：多麗絲‧萊辛小說中的性別與空間	林芳俐*	陳艷姜	2007
126		德瑞克‧渥克特之《海地三部曲》中之擬仿，多重聲音，與文化認同的建構	張舒婷	王儀君	2008
127		石黑一雄《長日將盡》中的歷史重塑、英國特質以及專業精神	施帝仰	張錦忠	2009
128		阿妮妲‧德賽《白日悠光》中的空間論述	林雅晨	張錦忠	2009
129		重組微物：阿蘭達蒂‧洛伊《微物之神》中的地方和生活空間	孫筱菁	洪敏秀	2009
130		德瑞克‧沃克特《奧邁羅》中的女英雄	葉怡君	邱源貴 黃心雅	2010
131		柯慈小說《伊莉莎白‧卡斯特洛》和《緩慢的人》中的擬聲	黃舒屏	羅庭瑤	2011
132		奈波爾小說《畢斯華茲先生的房子》《米格爾大街》《神秘的推拿師》中的現代性與認同	李依珊	張錦忠	2011
133		石黑一雄《浮世畫家》中的權力與衝突	董文琳	林玉珍	2012
134		遇見全球化之下的印度文化生產：電影、電視、與阿蘭達蒂‧洛伊	陳立強	洪敏秀	2012

編號	學校	論文名稱	姓名	指導老師	畢業年分
135		從多麗絲・萊辛的《金色筆記》看女性在日常生活中的身分追尋	張心予	陳艷姜	2013
136		石黑一雄小說《別讓我走》中的身分建構	廖又瑩	張錦忠	2014
137		書寫倖存：奈波爾、沃爾柯特與柯慈作品中的死亡、債務與自我	吳凱書*	羅庭瑤 黃心雅	2015
138		歐大旭、羅惠賢與陳團英小說中的戰爭記憶	熊婷惠*	李有成 張錦忠	2015
139		歐大旭小說《沒有地圖的世界》與《和諧絲莊》中的後殖民主義與想像共同體	張育嘉	張錦忠	2016
140		歐大旭《沒有地圖的世界》中的空間與身分認同	陳虹米	陳福仁	2016
141		與過去和解：陳團英小說中之身分、創傷及見證	施乃安	張錦忠	2016
142		陳團英小說《夕霧花園》中的廢墟（化）政治	游明哲	張錦忠	2017
143		同理心問題化：石黑一雄《別讓我走》中的騙局與羞恥	林梓暘	張錦忠	2016
144		由愛生懼：《微物之神》中的恐懼政治	許文豪	林玉珍	2017
145		石黑一雄小說《別讓我走》選譯及其評析	謝佳蓉	孫小玉	2017
146	中正	逆寫《二次降臨》：以齊奴・阿契比的《分崩離析》闡釋混雜書寫、模仿擬諧、諷世英雄之變體	許展彰	陳淑芬	2006
147		新離散社群之再定位：薩爾曼・魯西迪《魔鬼詩篇》中之後殖民遷徙、文化翻譯與混雜	王佩雯	蔡美玉	2009
148		翻玩歷史：薩爾曼・魯西迪《午夜之子》中之歷史書寫及怪誕寫實	陳昭良	蔡美玉	2009
149		尋找失落的母系傳統：論《響螺》與《天堂無路可通》中的克萊兒・薩維巨	楊雅惠	貝路思	2009

編號	學校	論文名稱	姓名	指導老師	畢業年分
150		多麗絲‧萊辛《野草在歌唱》與《馬莎奎斯特》中的女性個體與空間政治	楊慧鈴	林欣瑩	2010
151		論奈波爾《大河灣》由殖民共謀到印裔流散者的困境	陳亭宇	李根芳	2010
152		「新興族裔」：《郊區佛陀》之痞子混血兒	張心瑀	蔡美玉	2011
153		奈波爾《模擬人》中的模仿與創傷	吳思怡	蔡美玉	2011
154		論莫欣‧哈密《拉合爾茶館的陌生人》中的身分認同危機與對恐怖主義的批判	陳咨蓉	龔紹明	2013
155		女兒的故事：琴‧瑞絲與牙買加‧金凱德小說中的母女關係及協商過去	張淑媛*	陳國榮	2014
156	中興	奇幻元素的解析：論魯西迪小說《羞恥》中的魔幻寫實	陳怡帆	阮秀莉	2007
157		遭逢不可能的歷史：石黑一雄之《長日將盡》與《我輩孤雛》的創傷論述	李恬毓	王俊三	2007
158		論《我輩孤雛》中不合邏輯之部分：顛覆、震驚與不可置信、以及諷刺福爾摩斯偵探小說	黃莉婷	鄭朱雀	2008
159		重塑澳洲歷史：論彼得凱瑞《奧斯卡與露辛達》中的移民者身分認同和時空性	羅文君	鄭冠榮	2009
160		在離與返家之間：論奈波爾《抵達之謎》中一個流亡者的旅行	李敏芳	鄭朱雀	2009
161		賴得的「無意識流」：石黑一雄《無慰藉者》的精神分析	蔡幸靜	董崇選	2009
162		邦克斯回到寇拉的岸上：石黑一雄《當我們是孤兒時》的精神分析研究	黃俐禎	董崇選	2009
163		論石黑一雄《未得安撫者》中之記憶問題	林晶晶	鄭朱雀	2009
164		穿越幻見：柯慈小說《緩慢的人》的主體困惑	劉建吾	蔡淑惠	2011

編號	學校	論文名稱	姓名	指導老師	畢業年分
165		論石黑一雄《當我們是孤兒時》之文類、互文性及場景	周玫秀	鄭朱雀	2011
166		石黑一雄《別讓我走》中教育與空間之探究	蘇玫蓉	鄭朱雀	2011
167		論薩爾曼·魯西迪在《憤怒》中的擬真與作者概念	王乙琇	鄭冠榮	2012
168		論石黑一雄《別讓我走》中克隆人的認同危機與倫理議題	蔡郁宏	林建光	2012
169		鄧肯·瓊斯《月球》與石黑一雄《別讓我走》中的人性問題	許凱傑	貝格泰	2014
170		論石黑一雄筆下之藝術功能：《浮世畫家》、《別讓我走》、《夜曲》	呂昂衛	鄭朱雀	2015
171		論柯慈《麥可·K的生命與時代》當中的無處遁跡	鄧婉婷	鄭朱雀	2016
172		論牙買加·金凱德虛構式自傳體中之主體建構：《安妮·強的烈焰青春》、《露西》、《我的母親的自傳》	陳婷婷	吳佩如	2016
173		內化次等：論牙買加·金凱德《我母親的自傳》	關伊琇	高嘉勵 吳佩如	2016
174		重新檢視彼得·凱利小說《奧斯卡與露辛達》中之十九世紀澳洲歷史	林宜群	鄭朱雀	2016
175		論阿蘭達蒂·羅伊的《微物之神》中的顛覆性女性書寫與踰越	謝佳峰	朱崇儀	2016
176		奇努瓦·阿契貝《分崩離析》之後殖民研究：優劣情節、在地伊博文化及非洲式英語書寫	李佳珮	陳淑卿	2017
177		論柯慈《屈辱》中後殖民情境的倫理關係與女性	賴褕芯	朱崇儀	2017
178		論石黑一雄《我輩孤雛》之國與家	陳怡欣	鄭朱雀	2017
179		三本小說中物種的糾葛：《屈辱》（柯慈），《少年Pi的奇幻漂流》（馬泰爾），《獵人們》（朱天心）	薛芳明	貝格泰	2018

編號	學校	論文名稱	姓名	指導老師	畢業年分
180		論亞拉文・雅迪嘉《白老虎》中的種姓與暴力	王政玠	陳淑卿	2019
181		歷史記憶和神話記憶之間：論石黑一雄《被埋葬的巨人》之虛構	余妗婕	吳佩如	2019
182		基蘭・德賽《繼承失落的人》中的權力與主體性	莊宗霖	陳淑卿	2020
183	輔仁	權力的角力：論後殖民非洲現代化過程中知識份子之角色——以其努・阿契比之《荒原上的蟻丘》為例	陳姿伶	余盛延	2005
184		魯西迪《在她腳下地面》中自我認同之分裂與混雜	蘇子惠	劉紀雯	2005
185		邊緣論述・身體書寫：第三世界／亞裔女性文學與藝術再現	陳淑娟*	簡瑛瑛	2006
186		黑暗中尋找母親：談珍・瑞絲的《黑暗中航行》及《夢迴藻海》之母女情節	李桂芬	劉紀雯	2006
187		柯慈《仇敵》與《等待野蠻人》：種族附屬者是否能在殖民社會發言？	何宜芳	劉紀雯	2010
188		後殖民抵抗之再脈絡化：阿蘭達蒂・洛伊《微物之神》中的踰越政治	羅珊珊	劉紀雯	2012
189		阿蘭達蒂・柔伊《微物之神》中的生成	傅思華	劉紀雯	2015
190	淡江	鄉關何處：奈波爾及其文學世界	張麗萍*	林耀福蔡振興	2004
191		珍・瑞絲《夢迴藻海》中的女人與自然	柯盈帆	蔡振興	2007
192		女性的中界位置：阿蘭達蒂・洛伊的小說《微物之神》中的愛慾、身分認同與主體形塑	倪志昇	宋美璍	2009
193		奇努・阿奇比《分崩離析》與達西・馬可尼克《來自敵方天空的風》文化翻譯中的不適切應	邱文欣	蔡振興	2010

編號	學校	論文名稱	姓名	指導老師	畢業年分
194		多元文化的想像：理查‧傅納崗在《一個河流嚮導之死》，《隻手迴聲》，《古爾德魚書》及《慾》書中對塔斯馬尼亞身分認同的對話式重讀	黃惠君*	宋美璍	2012
195		於柯慈《屈辱》小說中後種族隔離時期下南非的暴力、恥辱與責任	蔡淑惠	蔡振興	2012
196		論亞拉文‧雅迪嘉《白老虎》中印度全球化與階級衝突	蘇維翎	包德樂	2012
197		帕慕克《我的名字是紅》的認同政治	楊采樺*	宋美璍	2012
198		在《褪色天堂》（1991）、《毒木聖經》（1998）、《紅色之心》（2000）中針對不良發展的另一種生態女性主義選擇	吳孟樺*	黃逸民	2013
199		石黑一雄《別讓我走》中的性與靈魂探討	陸聯沛	陳佩筠	2015
200		論救贖的可能：《別讓我走》後人類語境中的存在困境與追尋	蕭安哲	黃涵榆	2015
201		論果許《惡潮水》中的歷史與救贖	郭怡廷	蔡振興	2016
202		無處為家：論姬蘭‧德賽《繼承失落的人》中之空間與身分認同	陳巧珊	鄧秋蓉	2017
203		姬蘭‧德賽《繼承失落的人》中的認同政治	張錫恩	蔡振興	2017
204		論姬蘭‧德賽《繼承失落的人》中殖民與全球化下的的身分認同	黃凱蒂	鄧秋蓉	2019
205		當代英文小說的啟蒙思想及環境反撲	包俊傑*	羅艾琳	2018
206	東吳	《微物之神》中的返鄉母題	邱月雲	謝瑤玲	2006
207		奈波爾《模擬人》小說中轉喻存有的虛幻性	彭婉婷	葉卓爾	2008
208		坐在樹上的隱士：談《芭樂園的喧鬧》中的敘事策略	陳嘉澤	謝瑤玲	2010

編號	學校	論文名稱	姓名	指導老師	畢業年分
209		克服困境的女人：身分認同與姐妹情誼於愛麗絲・沃克的《紫色姐妹花》和莫妮卡・阿里的《磚巷》	陳怡靜	謝瑤玲	2011
210		漂泊的靈魂：姬蘭・德賽《繼承失落的人》中後殖民主體身分認同之困境	徐菱蓮	謝瑤玲	2013
211		論雅買加・金潔德《我母親的自傳》與蕭麗紅《桂花巷》中的女性身分表述	蔡承芳	謝瑤玲	2013
212		柯慈《屈辱》中的替罪羊形象	黃怡蒨	葉卓爾	2013
213		柯慈《屈辱》中的欲望及其不滿足之探討	葉彥呈	葉卓爾	2014
214		柯慈「緩慢的人」中的監禁與他者	張啟珊	葉卓爾	2018
215		克服困境的女人：身分認同與姐妹情誼於愛麗絲・沃克的《紫色姐妹花》和莫妮卡・阿里的《磚巷》	陳怡靜	謝瑤玲	2011
猶太裔美國文學					
1	臺大	消隱的臉譜：唐・迪力羅與保羅・奧斯特小說中的後現代顛峰經驗	蔡淑惠*	廖朝陽	2003
2		回憶主體：重讀保羅・奧斯特三本小說中的敘事主體	施恩惠*	廖朝陽	2013
3		菲利浦・羅斯與大衛・福斯特・華萊士中的德勒茲式內在性創造	李書雨*	廖咸浩	2017
4	政大	後現代科幻小說中的女性主義烏托邦：論瑪芝・皮爾西之《時空邊緣的女人》	王佑文	田維新	2000
5		《紐約三部曲》中走入迷宮的偵探	黃筱茵	陳超明	2001
6		天使學家的反抗：東尼・庫許納《美國天使》劇中的進步、救贖與重建	李一帆	姜翠芬	2003
7		漫遊於紐約三部曲底下的人們	張瀞云	陳音頤	2012
8	臺師大	女性的神話世界：瑞琪對男性神話之改寫	劉映秀	史文生	2003

編號	學校	論文名稱	姓名	指導老師	畢業年分
9		從隔都到天堂：談辛西亞·歐芝克之《披巾》、《普特梅賽兒故事集》與《微光世界繼承者》的家屋詩學	陳思穎	梁一萍	2009
10		個人、社會及烏托邦模型的辯證探究：以撒·艾西莫夫於《基地》系列中之歷史觀	黃允蔚	黃涵榆	2019
11		「再現的蜃影」與「敘事的深淵」：論菲力普·羅斯《夏洛克行動》與《安息日劇場》中之敘事美學	張天德	路慇宜	2019
12	交大	亞瑟米勒《鎔爐》的變異女性情慾之能動性與羨嫉	吳佳甄	張靄珠	2008
13	成大	亞瑟·米勒《推銷員之死》一劇中的人物建構之研究	曾雅惠	閻振瀛	2004
14		現代猶太美國文學中的記憶文化政治	孫又菁	張淑麗	2010
15		論菲利浦·羅斯在《反美陰謀》的後九一一美國寓言	吳孟澤	張淑麗	2013
16		菲利普·羅斯《人性汙點》中的理性之人及其苦難	王新元	張淑麗	2016
17	中山	自傳書寫或小說？保羅·奧斯特《孤獨及其所創造的》中的照片與新書寫	湯韻筑	張錦忠	2012
18	中興	保羅·奧斯特作品中的後現代飾演個體與創傷	李宜珍	周廷戎	2012
19		論保羅奧斯特作品：創傷及其自我轉變的過程	黃于倫	周廷戎	2016
20		走出創傷之幻相之旅：保羅奧斯特《月宮》&《幻影書》	葉淑庸	周廷戎	2017
21		環遊歷史：保羅·提爾奧什《到英國的理由》	何茜婷	吳佩如	2019
22	輔仁	伯納·瑪拉末早期短篇故事中的自然主義觀點	鄭祐竹	康士林	2007
23		《美國天使》中的身分認同及性別展演	曾志豪	劉雪珍	2009

編號	學校	論文名稱	姓名	指導老師	畢業年分
24		種族認同中的文化建構：以亞瑟·米勒的《焦點》和《克拉瑞》為例	潘科丞	劉紀雯	2010
25	淡江	軟城市：都市生活的幻想與漫遊	賴美君	黃宗儀	2004
26		重新審視瑪姬·皮爾西《時間邊緣的女人》中之烏托邦：生態女性主義閱讀	張捷威	黃逸民	2004
27		知識份子的調適：論索爾貝婁四部後期小說	陳嘉茵*	林耀福	2007
28		保羅·奧斯特《紐約三部曲》中的自我轉變	蔡秀君	陳佩筠	2009
29		保羅·奧斯特的手札記事：《禁鎖的房間》與《神諭之夜》中的寫作研究	陳柚均	陳佩筠	2011
30		偶遇孤獨：保羅·奧斯特作品中的記憶與書寫	吳順裕*	陳佩筠	2017
31	東吳	主體與他者：亞瑟米勒《熔爐》之閱讀	林虹廷	祁夫潤	2005
俄裔美國文學					
1	臺大	「胯下慾火」如何是好？論那博科夫《蘿莉塔》中精神分析式倫理之乍現	陳長倫	劉毓秀	2017
2	政大	納博可夫《羅麗泰》中的不確定性美學	吳易芹	何艾克	2010
3	臺師大	重探弗拉基米爾·納博科夫生命敘事中的記憶與光學科技	李玫青	路愷宜	2018
4	成大	以愛為名：論納博科夫之洛莉塔中的激情與性變態	陳憶綺	麥迪摩	2000
5		安東·契可夫的《櫻桃園》：舊時代的沒落——並與曹雪芹之「大觀園」略作比較	莊朝鈞	閻振瀛	2003
6	中央	弱勢酷兒的文本政治：閱讀《羅莉塔》、《繁花聖母》、《天河撩亂》	徐國文	白瑞梅 丁乃非	2007
7		Nabokov's Uncanny:The Transformation of Psychoanalysis in Pale Fire	鄒文亭	易鵬	2017

編號	學校	論文名稱	姓名	指導老師	畢業年分
8	中興	論納博可夫的對位它界：以「羅麗塔」、「說吧，記憶」與「幽冥的火」為例	陳品含	周廷戎	2014
9		後現代去中心化與移民身份認同：論蓋瑞史坦迦特作品	唐敬鈞	周廷戎	2015
10	淡江	納博可夫小說中之諧擬修辭	呂美貴*	宋美璍	2006
11	東吳	杜斯妥也夫斯基《附魔者》中的魔鬼主義與救贖	林靜怡	葉卓爾	2007
12		沃伊諾維奇《伊凡大兵的冒險生活》中的諷刺筆法	蘇鈺恩	葉卓爾	2013
13		回憶與光陰：以短篇故事揭開安東・契訶夫人生縮影	呂珮慈	葉卓爾	2014
14		尤里・奧略沙《忌妒》中藝術家於社會主義社會中之困境	鍾子好	葉卓爾	2007
愛爾蘭文學					
1	臺大	王爾德社會劇中的顛覆	鄭富櫻	王寶祥	2005
2		葉慈《靈視》：「對立性」之雙聲建構	張家麟	馬耀民	2002
3		初始的氣味／氣味的初始：喬依斯作品《尤利西斯》中的嗅覺要素	胡培菱	廖咸浩	2003
4		藝術家的自我建立：論史蒂芬・迪達勒斯的自戀與昇華	黃秀玉	黃宗慧	2003
5		歷史／敘述：《尤利西斯》中另類歷史的建構	簡秀婷	曾麗玲	2004
6		尤利西斯與體感空間政治	廖勇超*	張小虹	2006
7		語言／歷史：《尤利西斯》中的國族建構	黃山耘	曾麗玲	2006
8		茵尼斯菲至拜占庭：葉慈之尋魂之旅	莊孟樵	吳雅鳳	2008
9		葉慈的晚期特色：《靈視》(1937) 與最後詩作	張家麟*	曾麗玲	2012

編號	學校	論文名稱	姓名	指導老師	畢業年分
10		葉慈《塔》中書寫之場所及想像旅程	廖妠甄	曾麗玲	2012
11		家的空間政治：論愛爾蘭劇作家布萊恩‧傅利爾《在羅納莎起舞》與《凱絲‧麥克吉爾的愛情故事》中的性別、國族建構和女性跨國離散	韓震緯	高維泓	2012
12		論布萊恩‧費爾在《榮譽市民》與《撰著歷史》中的解構史觀	黃汝娸	高維泓	2014
13		克莉絲娜‧瑞德與瑪莉‧瓊斯劇作中之北愛女性與族群議題	王羿婷	高維泓	2014
14		喬伊斯的《一個年輕藝術家的畫像》及《尤利西斯》之自我、他者與宮籍	翁偉銘	曾麗玲	2014
15		現代主義文學中的否定性：以阿多諾的美學論述閱讀喬伊斯之《尤利西斯》	章厚明	齊東耿	2014
16		葉慈《紅髮翰拉漢故事集》、《神秘玫瑰》與《玫瑰煉金術》之中的「靈性與自然法則之戰」	陳珮瑄	高維泓	2016
17		悲劇女英雄：探討瑪麗娜‧卡爾的三部曲中的女性與死亡	任友嵐	高維泓	2017
18		喬伊斯《尤里西斯》的檔案文本：談〈單眼巨人〉中之檔案欲力，政治與鬼魅	廖柏州	曾麗玲	2017
19	政大	論述的眾生相：《尤利西斯》中女性角色主體光譜之研究	黃郁珺	曾麗玲	2005
20		洩密的故事：馬汀‧麥當納《枕頭人》中的「說故事」與「自我欺騙」	何曉芙	姜翠芬	2011
21		從布希亞解讀詹姆斯‧喬伊斯的《都柏林人》	李欣娟	楊麗敏	2012
22		諷刺文理解的認知過程：以史威夫特的《一個謙遜提議》為例	林正福	藍亭	2004
23		《格理弗遊記》中主體／客體／卑賤體的再現	吳保漢	單德興	2009

編號	學校	論文名稱	姓名	指導老師	畢業年分
24	臺師大	愛爾蘭民族主義者眼中的樣木：喬伊斯和弗萊爾對愛爾蘭民族主義的批判檢視	劉虹伶	莊坤良	2001
25		言外之「音」：解讀弗萊爾戲劇中的政治與音樂	葉懿萱	莊坤良	2001
26		漫遊都柏林：《尤里西斯》中布魯姆的殖民地之旅	楊意鈴	莊坤良	2003
27		時尚與喬伊斯之《都柏林人》	林佳慧	梁孫傑	2006
28		再現愛爾蘭性：弗萊爾的《翻譯》、《溝通線》、《志願兵》	莊曄年	莊坤良	2005
29		愛爾蘭身份的政治性：傅利爾劇本中的現代性	楊承豪	莊坤良	2007
30		母性愛爾蘭：二十世紀愛爾蘭文學女性認同與差異	張崇旂	史文生	2008
31		法蘭克・麥基尼斯劇作中的國家主義與性慾	陳亮宇	莊坤良	2009
32		神話漸成真：對C.S.路易斯《裸顏》之研究	林咨辰	梁孫傑	2017
33		王爾德與比亞茲來的莎樂美與「致命女性形象」	林峰聖	曾靜芳	2007
34		王爾德式丹蒂主義之研究	江欣蓉	蘇子中	2012
35		王爾德的《溫德米爾夫人的扇子》與《無足輕重的女人》中維多利亞時期之新母親形象	鄭憫	蘇子中	2017
36	清大	《都柏林人》中的喬伊斯與愛爾蘭的良知	周宜美	蕭嫣嫣	2004
37		再述王爾德美學：論《多利安・葛雷的畫像》呈現的顛覆現象	簡文珍	蕭嫣嫣	2004
38		以拉岡理論看《都柏林人》之性別再現	葉欣玫	蕭嫣嫣	2008
39		一位現代藝術家的追尋：《一位年輕藝術家的畫像》中的現代性、空間及漫遊者	林穎苑	蕭嫣嫣	2008

編號	學校	論文名稱	姓名	指導老師	畢業年分
40		Post-Colonial Studies, Genderand Language: the Representation of Irishness in *Dubliners*	丁安怡	蕭嫣嫣	2008
41		Through the Cracked Looking Glass: Colonialism, Nationalism and Intellectual Complicity in James Joyce	宋慧儀	蕭嫣嫣	2011
42	成大	突破殖民主義的界定：喬埃斯《年輕藝術家的畫像》中史蒂芬重建自我形象的藝術	林宜莊	柯克	2004
43		顛覆傳統的王爾德	劉名原	麥迪摩	2002
44		從逾越到超越：王爾德美學發展歷程之研究	黃鈺婷	麥迪摩	2003
45		論王爾德作品中理想化的愛	林子偉	麥迪摩 林明澤	2005
46		「為藝術而藝術」？：王爾德作品中「犧牲」與「美學化」主題的探討	黃靖舒	林明澤	2011
47		像一副悲哀的繪畫：有面而無心：論述奧斯卡・王爾德如何於《道林・格雷的畫像》小說中呼應其作品《意向集》	郎依依	陳昭芳	2012
48		「恰好相反，兄弟」：奧斯卡・王爾德作品中抄襲和創新的悖論	尚馬修	林明澤	2016
49	中央	奧斯卡・王爾德作品中的自由美學	唐麟	郭章瑞	2011
50	中山	敘事的遁逸：詹姆斯・喬伊斯〈瑟喜〉中潛藏之愛爾蘭夢魘墟境	吳佩如	林玉珍	2001
51		遠離家園：《格列佛遊記》與《魯賓遜漂流記》中旅行、國家意識與身份認同危機的交互糾葛	闕帝丰	田偉文	2005
52		重觀愛爾蘭：派屈克・馬克白的志異小說《屠夫男孩》	吳彥祺	林玉珍	2012
53		焦慮與安頓：四本現代前期不列顛烏托邦文本中的旅行與科學	薛建福*	田偉文	2013

編號	學校	論文名稱	姓名	指導老師	畢業年分
54	中正	曹雪芹之《石頭記》與詹姆士・喬依斯之《一位年輕藝術家的畫像》中藝術職志之比較	張月琪	傅述先	2001
55		從民間傳說到象徵詩學：論葉慈詩集《葦叢中的風》之精靈象徵與模糊慾望	鄭玉琪	羅林	2009
56		喬依斯《都柏林人》與白先勇《臺北人》中的國族認同	蘇晏琪	楊意鈴	2010
57		以後殖民觀點閱讀葉慈的《凱瑟琳女伯爵》、《胡拉洪之女凱瑟琳》與〈復活節1916〉：性別、國家、以及犧牲典範	李佩靜	李宜臻	2010
58		葉慈晚期戲劇中的原型轉變	謝宛芝	羅林	2011
59		論喬伊斯《都柏林人》與《年輕藝術家畫像》中的家庭	蔡佳蓉	楊意鈴	2012
60		論布萊恩・傅萊爾在《翻譯》與《盧納沙之舞》中游移的身份認同	蘇于珊	楊意鈴	2014
61		喬伊斯《尤利西斯》裏的低度現代主義之特性	葉原銘	楊意鈴	2015
62		《尤利西斯》中的歷史詮釋	黃品芬	楊意鈴	2017
63		王爾德與《葛雷的肖像》之美學研究	宋美慧	陳國榮	2004
64	中興	安・嚴萊特《聚會》中的創傷回憶及憂鬱敘述	陳雅婷	朱崇儀	2011
65		安・恩瑞特《聚》敘述與空間之研究	陳怡君	鄭朱雀	2012
66		性愛的身體書寫：論安・恩瑞特《聚》與《被遺忘的華爾滋》中的愛爾蘭母性	吳湘云	吳佩如	2019
67	輔仁	謝默斯・黑倪詩中自我定位、否定和藝術之衝突	朱鳳蓮	蕭笛雷	2000
68		湯瑪斯・金瑟勒詩作中的歷史、政治與詩學	李協芳	蕭笛雷	2003
69		愛爾蘭地圖的解構與重組：伊凡・鮑倫的〈殖民地〉中後殖民主義、修辭、性別與身份認同之探討	廖芳瑩	蕭笛雷	2004

編號	學校	論文名稱	姓名	指導老師	畢業年分
70		記憶，惡夢之始：斯提芬・戴達羅斯主體化的過程	謝志賢	曾麗玲	2005
71		亨利爵士的悲劇：論《格雷的畫像》中的縱慾與墮落	凌千喆	裴卓仕	2010
72	淡江	翻譯和神話詩學：黑倪的愛爾蘭朝聖之旅	高家萱*	海柏	2005
73		閱讀王爾德的美學：論《格雷的畫像》中道德的弔詭	陳沛樺	麥迪摩	2008
74		延遲的烏托邦：王爾德童話的精神分析倫理閱讀	黃谷光	黃涵榆	2009
75		探討王爾德之《美少年格雷的畫像》中的矛盾元素與後現代主義的關係	陳佳妤	黃逸民	2010
76		《道林格雷的畫像》：王爾德浮士德神話現代主義書寫	吳柏翰	陳鏡羽	2017
77	東吳	《肖像》物神化：論奧斯卡・王爾德《葛雷的肖像》中主體化的客體與精神化的物質性	葉雅茹	邱彥彬	2004
78		論《尤里西斯》中瑟西章節的性和宗教	黃承龍	張繼莊	2008
79		以榮格心理學閱讀約翰・康納利的失物之書	蘇郁玟	李達三	2009
80		嚴羽的妙悟跟喬伊斯的神現說之比較研究	黃獻忠	紀秋郎	2009
81		喬伊斯《都柏林人》與白先勇《臺北人》中的對立與衝突	吳政鴻	李達三	2011
82		《盧納沙節豐年舞》中譯與譯評	陳品璇	林茂松	2013

徵引書目

東方語文

二劃

丁乃非（平非）。1993。〈出櫃（軌）之必要〉。《島嶼邊緣》9: 4-6。

——。2007。〈看不見疊影：家務與性工作中的婢妾身形〉，金宜蓁譯。收錄在劉人鵬、白瑞梅、丁乃非編，《罔兩問景：酷兒閱讀攻略》。桃園：中央大學性／別研究室。247-280。

丁乃非、劉人鵬。2011。〈導論：親密色差——置疑‧婚姻‧家庭‧連續體〉。《置疑婚姻家庭連續體》。台北：蜃樓。1-30。

丁易。1945。〈論大學國文系〉。《國文月刊》39: 2。

丁韙良（W. P. Martin）。1981。《丁韙良遺著選粹》，劉伯驥譯。台北：中華書局。

三劃

小西甚一。2015。《日本文學史》，鄭清茂譯。新北：聯經。

工藤好美。2006。〈臺灣文化賞與台灣文學—以濱田、西川、張文環三人為中心〉（1943），邱香凝譯。收錄在黃英哲編，《日治時期台灣文藝評論集‧第四冊》。台南：國家臺灣文學館籌備處。104-116。

四劃

中興大學外文系編。2005。《國科會外文學門86-90年度研究成果論文集》。

台中：中興大學外文系。

方昱智。2019。《〈當代〉雜誌反權威論述之研究》。碩士論文。台北：臺灣師範大學歷史學系。

王洞、季進編。2015。《夏志清夏濟安書信集，卷一1947-1950》。新北：聯經。

——。2016。《夏志清夏濟安書信集，卷二1959-1962》。新北：聯經。

——。2018。《夏志清夏濟安書信集，卷三1955-1959》。新北：聯經。

——。2019a。《夏志清夏濟安書信集，卷四1959-1962》。新北：聯經。

——。2019b。《夏志清夏濟安書信集，卷五1962-1965》。新北：聯經。

王了一。1946。〈大學中文系與新文藝的創造〉。《國文月刊》43/44: 6-9。

王汎森。2019。《思想是生活的一種方式：中國近代思想史的再思考》。二版。新北：聯經。

王宏志。2010。《翻譯與文學之間》。南京：南京大學出版社。

——。2016。〈筆權和政權：寫在夏濟安先生《黑暗的閘門：中國左翼文學運動研究》中文版出版之際〉。收錄在夏濟安，《黑暗的閘門：中國左翼文學運動研究》。香港：香港中文大學出版社。vii-xxiv。

王明玲、杜立中、曾彩娥。2009。〈臺灣出版五四運動文獻之計量研究〉。《國家圖書館館刊》1: 93-119。

王邦雄。1974。〈中華文化復興運動的意義及其觀念的澄清〉。《文藝復興》50: 9-17。

王邦維、譚中編。2011。《泰戈爾與中國》。北京：中央編譯出版社。

王菲林。1986。〈為什麼要談第三電影？〉。《南方》1: 14-19。

王信允。2014。《書寫發聲與運動實踐：解嚴前後《南方》的邊緣戰鬥與文化批判》。碩士論文。台中：中興大學臺灣文學與跨國文化研究所。

王信凱。2004。〈《學衡》中的「柳詒徵」〉。《中國歷史學會史學集刊》35: 251-294。

王梅香。2015a。〈文學、權力與冷戰時期美國在臺港的文學宣傳（1950-1962）〉。《臺灣社會學刊》57: 1-51。

王梅香。2015b。《隱蔽權力：美援文藝體制下的台港文學（1950-1962）》。博士論文。新竹：清華大學社會學研究所。

王智明。2009。〈「有膚色的六八」：第三世界抗爭與知識生產〉。《思想》12: 59-76。

——。2014。〈弁言〉（「我們的歐美」專輯）。《中外文學》43.1: 11-14。

王銘銘。2007。《西方作為他者：論中國「西方學」的系譜與意義》。北京：世界圖書出版公司。

王晴佳。2002。〈白璧德與「學衡派」：一個學術文化史的比較研究〉。《中央研究院近代史研究所集刊》37: 41-91。

王建元。1983。〈淺介馬盧龐蒂的現象學語言理論〉。《中外文學》11.8: 124-132。

王德威。2015。〈重讀夏志清教授《中國現代小說史》〉。收錄在夏志清，《中國現代小說史》。香港：香港中文大學出版社。xxxvii-liii。

——。1983。〈淺論福寇：語言、陳述、歷史〉。《中外文學》11.8: 134-150。

——。1985a。〈信束、鈿盒、金剛經〉。收錄在廖炳惠，《解構批評論集》。台北：東大。220-228。

——。1985b。〈考蒂莉亞公主傳奇：評《龍應台評小說》〉。《中外文學》14.6: 40-56。

天野郁夫。2009。《大學の誕生：帝國大學の時代（上）》。東京：中央公論社。

巴特‧羅蘭（Roland Barthes）。1985。〈什麼是批評〉，于治中譯。《中外文學》14.2: 5-10。

五劃

白立平。2009。〈翻譯「可以省許多話」：梁實秋與魯迅論戰期間有關譯作的分析〉。《清華學報》39.3: 325-354。

白先勇。1978。《驀然回首》。台北：爾雅。

——。1981。〈現代文學的回顧與前瞻〉。收錄在劉心皇編，《當代中國新文學大系：史料與索引篇》。台北：天視。685-697。

白樂晴。2010。《白樂晴：分斷體制‧民族文學》。新北：聯經。

白睿文、蔡建鑫編。2016。《重返現代：白先勇、《現代文學》與現代主

義》。台北：麥田。

白璧德（Irving Babbitt）。1974。〈中國與西方的人文教育〉（1921）。收錄
　　在侯健，《從文學革命到革命文學》。台北：中外文學月刊社。257-
　　268。

左玉河。2004。《從四部之學到七科之學：學術分科與近代中國知識系統之創
　　建》。上海：上海書店。

任卓宣。1978。〈文藝復興念前賢〉。《文藝復興》91: 1-12。

石之瑜。2013。〈文化研究作為政治學的次領域——能不能？該不該？〉。
　　《政治科學論叢》18: 1-22。

石婉舜。2015。〈尋歡作樂者的淚滴：戲院、歌仔戲與殖民地的觀眾〉。收錄
　　在李承機、李育霖編，《「帝國」在臺灣》。台北：臺大出版中心。237-
　　275。

古添洪、陳慧樺。1976。《比較文學的墾拓在臺灣》台北：東大。

古繼堂。2009。《台灣新文學理論批評史》。台北：秀威資訊。

史奈德‧提摩希（Timothy Snyder）。2019。《暴政》，劉維人譯。新北：聯
　　經。

史書美。2015。〈關係的比較學〉，楊露譯。《中山人文學報》39: 1-19。

──。2016。〈理論臺灣初論〉。收錄在史書美、梅家玲、廖朝陽、陳東升
　　編，《知識臺灣：臺灣理論的可能性》。台北：麥田。55-94。

──。2019。〈摹仿〉。收錄在史書美、梅家玲、廖朝陽、陳東升編，《臺灣
　　理論關鍵詞》。新北：聯經。327-336。

史書美、梅家玲、廖朝陽、陳東升編。2016。《知識臺灣：臺灣理論的可能
　　性》。台北：麥田。

──。2019。《臺灣理論關鍵詞》。新北：聯經。

江勇振。2011。《捨我其誰：胡適（第一部）璞玉成璧，1891-1917》。新
　　北：聯經。

本間久雄。1941。《日本英文学史》。東京：研究社。

矢野峰人。2006。〈《媽祖祭》禮讚〉（1935），葉笛譯。收錄在黃英哲編，
　　《日治時期台灣文藝評論集‧第一冊》。台南：國家臺灣文學館籌備處。
　　277-278。

──。1958。〈邦文英文學史の回顧〉。《比較文学》1: 17-28。

加藤周一。2011。《日本文學史序說（下）》，葉渭渠、唐月梅譯。北京：外語教學與研究出版社。

正宗白鳥。2019。《日本自然主義文學興衰史》，王憶雲譯注。新北：聯經。

台北帝國大學文政學部編。1939。《台北帝國大學文政學部卒業生名簿》。台北：台北帝國大學文政學部。

六劃

台灣社會研究季刊編輯室。2001。〈大和解？〉專號。《台灣社會研究季刊》43。

朱炎。1976。《美國文學評論集》。新北：聯經。

朱元鴻。2005。〈編輯室報告〉。《文化研究》1: http://routerjcs.nctu.edu.tw/router/foreword2.asp?P_NO=52，2020/6/19瀏覽。

──。2011。〈編輯室報告〉。《文化研究》12: http://routerjcs.nctu.edu.tw/router/foreword2.asp?P_NO=27，2020/6/19瀏覽。

朱立民。1981。〈文學作品讀法〉。收錄在朱立民、顏元叔編，《西洋文學導讀上》。台北：巨流。29-49。

朱光潛。1937。〈我對於本刊的希望〉。《文學雜誌》1.1: 1-10。

朱真一。2004。《臺灣早期留學歐美的醫界人士》。台北：望春風文化。

朱偉誠。2010。〈全球化之外的全地球取徑與台灣外文學門的真實狀況〉。收錄在白永瑞、陳光興編，《白樂晴：分斷體制、民族文學》。新北：聯經。259-265。

──。2012。〈四十周年專輯結語──定位與連接：作為思想資源的臺灣比較文學〉。《中外文學》41.4: 217-219。

朱雙一。2000。〈《自由中國》與台灣自由人文主義文學脈流〉。收錄在何寄澎編，《文化、認同、社會變遷：戰後五十年台灣文學國際研討會論文集》。台北：行政院文建會。75-106。

伍軒宏。2013。〈魔鬼代言人：紀念顏元叔老師〉。《中外文學》42.1: 193-197。

七劃

杜英（廖述英）。2018。〈台北帝大總共收過多少個女學生？〉。《台北帝大專欄Taihoku Imperial University》部落格，2月15日：http://taihokuimpe rialuniversity.blogspot.com/2018/02/blog-post.html，2020/11/18瀏覽。

宋以朗。2014。《宋淇傳奇：從宋春舫到張愛玲》。香港：牛津大學出版社。

宋美璍。2013。〈逝水年華：憶顏元叔老師〉。《中外文學》42.1: 189-192。

余玉照。1991。〈美國文學在台灣：一項書目研究〉。收錄在中央研究院美國文化研究所編，《第二屆美國文學與思想研討會論文集》。台北：中央研究院美國文化研究所。173-212。

余光中。2000。〈外文系這一行〉（1972）。《余光中談翻譯》。北京：中國對外翻譯出版公司。44-48。

余英時。2004。《重尋胡適歷程：胡適生平與思想再認識》。新北：聯經。

何文敬。2006。〈探道索藝，「情繫文心」：朱炎教授的美國文學研究〉。收錄在李有成、王安琪編，《在文學研究與文化研究之間：朱炎教授七秩壽慶論文集》。台北：書林。347-378。

——。2010。《我是誰？美國小說中的文化屬性》。台北：書林。

何春蕤。1994。《豪爽女人：女性主義與性解放》。台北：皇冠。

——。1998。〈外文學門的現狀與未來〉。《何春蕤論述資料庫》。10月18日國科會『全國人文社會科學會議』人文學北區會前會中的發言稿：http://sex.ncu.edu.tw/jo_article/1998/10/%e5%a4%96%e6%96%87%e5%ad%b8%e9%96%80%e7%9a%84%e7%8f%be%e7%8b%80%e8%88%87%e6%9c%aa%e4%be%86/，2018/9/19瀏覽。

何春蕤、丁乃非、甯應斌。2005。《性政治入門：台灣性運演講集》。桃園：中央大學性／別研究室。

何雅雯。2003。〈學院之樹：《文學雜誌》、《現代文學》與《中外文學》雜談〉。《文訊》224: 47-52。

沈松僑。1983。《學衡派與五四時期的反新文化運動》。碩士論文。台北：臺灣大學歷史研究所。

沈衛威。2000。《吳宓傳：泣淚青史與絕望情慾的癲狂》。台北：立緒。

——。2007。《學衡派譜系：歷史與敘事》。南昌：江西教育出版社。

汪暉。2014。《文化與政治的變奏：一戰和中國的「思想戰」》。上海：人民出版社。

汪立峽。2011。〈討論與對話〉。收錄在陳光興、蘇淑芬編，《陳映真思想與文學》下冊。台北：臺灣社會研究雜誌社。633-639。

汪俊彥。2013。〈另一種群眾想像：現代性與殖民時期的劇場〉。《台灣文學學報》22: 111-151。

阮斐娜。2010。《帝國的太陽下：日本的台灣及南方殖民地文學》，吳佩珍譯。台北：麥田。

呂正惠。1998。〈戰後台灣小說批評的起點：新批評與文化批評〉。《台灣現代文學小說史綜論》。新北：聯經。102-18。

——。2013。〈這是一個真性情的漢子：顏元叔的現實關懷與民族情感〉。《中外文學》42.1: 199-206。

呂焜霖。2012。〈島田謹二文學史書寫的暗面〉。《台灣文學學報》20: 127-162。

八劃

吳宓。1993。《文學與人生》，王岷源譯。北京：清華大學出版社。

——。2006。《吳宓日記續編》第一冊，吳學昭整理注釋。北京：三聯。

吳文薰。2008。《羅莉塔的後設閱讀：少女的身體、慾望與消費文化》。博士論文。臺東：臺東大學兒童文學研究所。

吳永毅。1993。〈假台灣人：臺灣的第五大族群〉。《島嶼邊緣》8: 35-46。

吳弗林。1986。〈在台灣談第三電影？〉。《南方》1: 20-23。

吳秀瑾、陸品妃。2018。〈台北帝大唯一臺籍哲學學士林素琴〉。收錄在洪子偉、鄧敦民編，《啟蒙與反叛：臺灣哲學的百年浪潮》。台北：臺大出版中心。435-476。

吳湘文。1976。〈評白先勇的「冬夜」〉。《中外文學》4.11: 180-188。

吳學昭。2014。《吳宓與陳寅恪》。北京：三聯。

吳爾芙（Virginia Woolf）。1986。〈莎士比亞的妹妹〉，范國生譯。《中外文學》14.10: 66-76。

吳叡人。2009。〈重層土著化下的歷史意識：日治後期黃得時與島田謹二的文學史論述之初步比較分析〉。《臺灣史研究》16.3: 133-163。

卓玉芳。2014。〈當我／們同在一起：亞美邊緣的聯結想像〉。《中外文學》43.1: 93-120。

延光錫。2019。《思想的分斷：陳映真與朴玄埰》。台北：臺灣社會研究雜誌社。

李元貞。2014。《眾女成城：台灣婦運回憶錄》。台北：女書店。

李玉剛。2002。《狂士怪傑：辜鴻銘別傳》。北京：人民文學出版社。

李志銘。2010。〈讀書人不可承受之重：翻開臺灣那一頁書籍盜版史〉。《全國新書資訊月刊》134: 8-15。

李永熾、李衣雲。2019。《邊緣的自由人》。台北：游擊文化。

李有成。1984。〈讀鮑爾溫的自傳作品〉。收錄在中央研究院美國文化研究所編，《美國文學與思想研討會論文集》。台北：中央研究院美國文化研究所。185-194。

——。1988。〈典律之爭與文學教育〉。《當代》32: 10-17。

——。2006a。《在理論的年代》。台北：允晨。

——。2006b。〈地理、踰越政治與蓋慈的《有色人種》〉。收錄在李有成、王安琪編，《在文學研究與文化研究之間：朱炎教授七秩壽慶論文集》。台北：書林。167-188。

——。2007。《逾越：非裔美國文學與文化批評》。台北：允晨。

李有成、張錦忠編。2010。《離散與家國想像：文學與文化研究集稿》。台北：允晨。

李秀娟。2014。〈「歐美」與「我們」之間：從亞美研究看美—亞的距離與傳會〉。《中外文學》43.1: 59-92。

李洪華。2008。《上海文化與現代派文學》。台北：秀威資訊。

李東華。2013。《光復初期臺大校史研究，1945-1950》。台北：臺大出版中心。

李家欣。2007。《夏濟安與〈文學雜誌〉研究》。碩士論文。桃園：中央大學中國文學研究所。

李育霖。2015。〈帝國與殖民地的間隙：黃得時與島田謹二文學理論的對位閱

讀〉。收錄在李承機、李育霖編，《「帝國」在臺灣》。台北：臺大出版
中心。277-300。

李佩玲。1974。〈余光中到底說了些什麼〉。《中外文學》2.8: 56-59。

李達三。1986。《比較文學研究之新方向》（1978）。新北：聯經。

李廣田。1946。〈文學與文化──論新文學和大學中文系〉。《國文月刊》
43/44: 1-6。

李奭學。1991。《中西文學因緣》。新北：聯經。

李鴻瓊。2015。〈臨界臺灣：阿甘本、佛教與《海角七號》的範例〉。《中外
文學》44.3: 61-104。

李鴻瓊、邱彥彬。2015。〈弁言〉。《中外文學：阿甘本的當代性與東亞性》
44.3: 13-17。

邵玉銘。2013。《保釣風雲錄：1970 年代保衛釣魚台運動知識分子之激情、
分裂、抉擇》。新北：聯經。

邱士杰。2009。〈從中國革命風暴而來：陳映真的「社會性質論」與他的馬克
思主義觀〉。收錄在文訊雜誌社編，《陳映真創作五十週年國際研討會論
文集》。台北：文訊雜誌社。241-299。

邱莉婷。2000。《西斯內羅〈芒果街屋〉裡的認同與空間》。碩士論文。台
北：臺灣師範大學英語系。

邱雅芳。2017。《帝國浮夢：日治時期日人作家的南方想像》。新北：聯經。

邱貴芬。1992a。〈「發現臺灣」：建構臺灣後殖民論述〉。《中外文學》
21.2: 151-167。

──。1992b。〈「咱攏是臺灣人」──答廖朝陽有關臺灣後殖民論述的問
題〉。《中外文學》21.3: 29-46。

──。2000。〈「後殖民」的台灣演繹〉。收錄在陳光興編，《文化研究在台
灣》。台北：巨流。285-318。

──。2006。〈「在地性」的生產：從臺灣現代派小說談「根」與「路徑」的
辯證〉。收錄在張錦忠、黃錦樹編，《重寫台灣文學史》。台北：麥田。
325-366。

──。2007。〈在地性論述的發展與全球空間：鄉土文學論戰三十年〉。《思
想》6: 87-103。

邱澎生。2010。〈消費使人愉悅〉。《思想》15: 129-148。

周作人。1918。〈人的文學〉。《新青年》5.6: 578-579。

——。2018。〈我的雜學〉。收錄在黃德海編，《知堂兩夢抄》。北京：作家出版社。99-134。

周英雄。1979。〈結構主義是否適合中國文學研究？〉。《中外文學》7.7: 30-45。

——。1992。〈必讀經典、主體性、比較文學〉。《中外文學》21.2: 4-18。

——。1999a。〈漫談外文學門的生態〉。《人文與社會科學簡訊》2.3: 7-8。

——。1999b。〈新英文文學：整合型計畫介紹〉。收錄在馮品佳編，《重劃疆界：外國文學研究在臺灣》。新竹：交通大學外文系。443-448。

周淑媚。2009。《學衡派文化與文學思想研究》。博士論文。台中：東海大學中國文學系。

周策縱。1971。〈五四運動告訴我們什麼？〉。《大學雜誌》48: 67-70。

——。1980。《五四運動史》，楊默夫編譯。台北：龍田。

周婉窈。2018a。〈張美惠：從台北帝大過渡到臺大的傳奇及其變調〉。《臺大歷史系學術通訊》25: https://homepage.ntu.edu.tw/~history/public_html/09newsletter/25/25-07.html，2020/11/23瀏覽。

——。2018b。〈台北帝國大學南洋史學講座・專攻及其戰後遺緒（1928-1960）〉。《臺大歷史學報》61: 17-95。

周應龍。1974。〈道德的理性與新人文主義〉。《文藝復興》57: 23-28。

林巾力。2007。〈自我、他者、共同體——論洪耀勳《風土文化觀》〉。《臺灣文學研究》創刊號：74-107。

——。2011。〈帝國底下的兩個「南方」：從西川滿和龍瑛宗的詩作看起〉。《臺灣文學研究集刊》9: 21-52。

——。2015。〈建構「台灣」文學——日治時期文學批評對泰納理論的挪用、改寫及其意義〉。《臺大文史哲學報》83: 1-35。

林玉珍。2000。〈本土二十世紀愛爾蘭文學研究之回顧與前瞻〉。第八屆英美文學研究討會議論文，2000年12月30-31日。台北：中央研究院歐美研究所。

林秀美。1998。〈台北帝大文政學部簡介〉。《臺大校友雙月刊》：http://

www.alum.ntu.edu.tw/wordpress/?p=2815，2019/6/25瀏覽。

林芳玫。2019。〈鬧鬼〉。收錄在史書美、梅家玲、廖朝陽、陳東升編，《臺灣理論關鍵詞》。新北：聯經。337-344。

林怡俐。1973。〈潛意識的昇華：佛洛伊德、容格與文學批評〉。《中外文學》2.3: 66-79。

林建臺。2017。《從文化層面探討墨裔美人國族認同》。碩士論文。台北：淡江大學美洲研究所。

林毓生。1975。〈五四新文化運動中的反傳統思想〉。《中外文學》3.12: 6-48。

林毓凱。2018。〈「白話」作為一種性質：重探胡適的白話文學理論〉。《思想史》8: 289-338。

林載爵。1973。〈臺灣文學的兩種精神－楊逵與鍾理和之比較〉。《中外文學》2.7: 4-20。

林麗雲。2020。〈台灣留美左翼社群與綠色小組〉。《人間思想》23: 89-113。

松本巍。1960。《台北帝國大學沿革史》（手稿本），蒯通林譯。台北：臺灣大學圖書館特藏臺灣舊籍影本。

河原功編。2012a。〈台北高等學校學友會解題／總目次〉。《翔風：第1-26號（1926-1945）》。台北：南天書局。

河原功編。2012b。〈台北高等學校新聞部解題／總目次〉。《臺高：創刊號－第18號（19327-1940）》。台北：南天書局。

坪內逍遙。1991。《小說神髓》（1887），劉振瀛譯。北京：人民文學出版社。

九劃

洛夫。1972。〈與顏元叔談詩的結構與批評—— 並自釋「手術台上的男子」〉。《中外文學》1.4: 40-52。

哈金。2010。《在他鄉寫作》，明迪譯。新北：聯經。

侯健。1974。《從文學革命到革命文學》。台北：中外文學月刊社。

——。1976。《二十世紀文學》。台北：眾成。

——。1980。《文學與人生》。台北：九歌。

——。1983。《中國小說比較研究》。台北：東大。

——。2014。〈譯者序〉。《柏拉圖理想國》修訂版。新北：聯經。7-18。

洪凌。2019。〈「旁若文學專輯」弁言：比喻、人外、去臉、語奏〉。《中外文學》48.4: 7-17

洪子偉編。2016。《存在交涉：日治時期臺灣哲學》。新北：聯經。

洪世謙、黃涵榆。2016。〈弁言：德希達與我們的時代〉。《中外文學》45.4: 13-16。

紀元文。2006。〈臺灣的非裔美國文學研究〉。收錄在李有成、王安琪編，《在文學研究與文化研究之間：朱炎教授七秩壽慶論文集》。台北：書林。271-330。

范燕秋。2009。〈臺灣的美援醫療、防癩政策變動與患者人權問題，1945至1960年代〉。《臺灣史研究》16.4: 115-160。

胡適。2000。《胡適留學日記》（1948）。湖南：岳麓書社。

——。2001。〈《西方文學》導言〉（1922）。收錄在周質平編，《胡適未刊英文遺稿》。新北：聯經。46-54。

——。2015。《四十自述》。台北：中央研究院近代史研究所。

胡耀恆。1972。〈發刊辭〉。《中外文學》1.1: 4-5。

——。1973。〈開放三十年代文學〉。《中外文學》1.11: 4-7。

柳田泉。1974。《西洋文學の移入》。東京：春秋社。

柳無忌。1978。《西洋文學研究》。台北：洪範書店。

柳書琴。2008。〈誰的文學？誰的歷史？——日據末期台灣文壇主體與歷史詮譯之爭〉。《新地文學》4: 38-78。

——。2009。《荊棘之道：旅日青年的文學活動與文化抗爭》。新北：聯經。

——。2010。〈「總力戰」與地方文化：地域文化論述、臺灣文化甦生及台北帝大文政學部教授們〉。《台灣社會研究季刊》79: 91-158。

紀蔚然。1992。〈現代戲劇典律的省思〉。《中外文學》21.2: 132-149。

邰立楷（Nicolas Testerman）。2019。〈政治玄學〉。收錄在史書美、梅家玲、廖朝陽、陳東升編，《臺灣理論關鍵詞》。新北：聯經。181-193。

修華特・伊蘭（Elaine Showalter）。1986。〈荒野中的女性主義批評〉，張小

虹譯。《中外文學》14.10: 77-114。

柄谷行人。2003。《日本現代文學的起源》，趙京華譯。北京：三聯。

——。2010。《跨越性批判：康德與馬克思》，趙京華譯。北京：中央編輯出版社。

——。2016。《民族與美學》，薛羽譯。西安：西北大學出版社。

津田勤子。2020。〈日治時期台籍高校生作品研究——以台北高等學校《臺高》、《翔風》為例〉。《台灣文學研究學報》31: 73-115。

十劃

袁進。2010。《中國近代文學史》。台北：人間。

袁明清、張麗芳。2020。〈冷戰時期的亞非文學運動，與非洲文學的中譯史〉。《澎湃思想市場》，8月19日：https://mp.weixin.qq.com/s/mrrchE-FvN3diugQ3cj9Tg?fbclid=IwAR2i85wn6szZOKHeeCaqpdpk0WTaYwOOmX2I6sBoIHiigufKXjg0rKDBTjQ，2020/8/22瀏覽。

倪偉。2019。《主體的倒影：歷史巨變的精神圖景》。北京：北京大學出版社。

段懷清編。2009。《新人文主義思潮：白璧德在中國》。南昌：江西高校出版社。

孫子和。1977。《清代同文館之研究》。台北：嘉新水泥公司文化基金會。

孫立春。2010a。〈日本近現代小說在中國的翻譯研究初探〉。《衡陽師範學院學報》31.4: 121-125。

——。2010b。〈日本近現代小說翻譯史的特徵及其對中國文學的影響〉。《重慶工商大學學報（社會科學版）》27.3: 131-134。

孫宏雲。2005。《中國現代政治學的展開：清華政治學系的早期發展，1926-1937》。北京：三聯。

孫宜學編。2009。《詩人的精神：泰戈爾在中國》。南昌：江西高校出版社。

孫連五。2017。〈一篇被忽視的現代小說——評夏濟安的〈傳宗接代〉〉。《華文文學》142: 110-115。

孫萬國。2013。〈追念「一個不平衡的人」：顏元叔〉。《印刻文學生活誌》115: 92-113。

高旭東。2004。《在古典與浪漫之間》。北京：文津出版社。

馬忠良。發表年不詳。〈往事並不如煙：我與成大外文系〉：http://chem.ncku.
　　net/ezfiles/14/1014/attach/29/pta_381_5018531_40354.pdf，2020/9/15瀏覽。

馬逢華。1982。〈夏濟安回憶（中）〉。《傳記文學》40.4: 41-48。

馬穆德・曼達尼（Mahmood Mamdani）。2016。〈在公共知識分子與學者之
　　間〉，王智明譯。收錄在陳光興編，《瓦解殖民世界：非洲思想家馬穆
　　德・曼達尼讀本》。台北：行人。155-178。

徐筱薇。2004。《戰後台灣現代主義思潮之出發：以《自由中國》、《文學雜
　　誌》為分析場域》。碩士論文。台南：成功大學臺灣文學研究所。

徐聖凱。2012。《日治時期台北高等學校與菁英養成》。台北：臺師大出版中
　　心。

徐復觀。1979。〈從顏元叔教授評鑑杜甫的一首詩說起（上）〉。《中國時
　　報》3月12日：12版。

姚純安。2006。《社會學在近代中國的進程，1895-1919》。北京：三聯。

姚嘉為。2014。《亦狂亦俠一書生：夏志清紀念集》。台北：商務。

夏志清。1971。〈文學革命〉，劉紹銘譯。《幼獅文藝》34.6: 4-26。

——。2007。《談文藝・憶師友：夏志清自選集》。台北：印刻。

——。2015。《中國現代小說史》，劉紹銘等譯。香港：香港中文大學出版
　　社。

——。2016。〈導論〉。收錄在夏濟安，《黑暗的閘門：中國左翼文學運動研
　　究》。香港：香港中文大學出版社。xxv-xxxix。

夏濟安。1956。〈致讀者〉。《文學雜誌》1.1: 70。台北：文學雜誌社。

——。1965。《夏濟安日記》。台北：言心。

——。1971。〈舊文化與新小說〉（1957）。《夏濟安選集》。台北：志文。

——。1971。〈火〉（1952）。《夏濟安選集》。台北：志文。

——。1971。〈傳宗接代〉（1965）。《夏濟安選集》。台北：志文。

——。1971。〈蘇麻子的藥膏〉（1950）。《夏濟安選集》。台北：志文。

——。1971。〈耶穌會教士的故事〉（1955）。《夏濟安選集》。台北：志
　　文。

——。2016。《黑暗的閘門：中國左翼文學運動研究》（1968）。香港：香港

中文大學出版社。

夏曉鵑、廖雲章編。2012。《發現成露茜》。台北：臺灣社會研究雜誌社。

夏目漱石。2012。《文學論》（1931），張我軍譯。北京：知識產權出版社。

桑山敬己。2019。《學術世界體系與本土人類學》，姜娜、麻國慶譯。北京：
　　商務印書館。

恩古吉・提安哥（Ngugi wa Thiong'o）。2019。〈相關性的追索〉（1981），
　　沈思譯。《人間思想》簡體版10: 229-249。

弗里德里希・席勒（Friedrich Shiller）。2018。《美育書簡》，謝宛真譯。台
　　北：商周。

十一劃

從宜生（吳守禮）。2001。〈「台北帝國大學」與「東洋文學講座」〉。《臺
　　大校友雙月刊》18：http://www.alum.ntu.edu.tw/wordpress/?p=2053，
　　2020/11/3瀏覽。

教育部。2011。〈人文學及社會科學學門及次領域一覽表〉：https://www.
　　google.com/url?sa=t&rct=j&q=&esrc=s&source=web&cd=3&ved=2ahUKEwj
　　G7qaP-rTpAhUQE6YKHQE6D5UQFjACegQIAxAB&url=http%3A%2F%2F
　　www.hss.ntu.edu.tw%2Fdownload.aspx%3Fpath%3Dpublic%2F20131219%2F
　　729a1628-e1cb-4261-ada5-6a394c9d9977.pdf%26fn%3D%25E6%2594%25B6
　　%25E9%258C%2584%25E5%25AD%25B8%25E9%2596%2580%25E9%25
　　A1%259E%25E8%25A1%25A8.PDF&usg=AOvVaw0x4of4BShOgXhiYD15
　　GuDG，2020/5/15瀏覽。

教育部高等教育司。1961。《大學科目表彙編》。台北：正中書局。

陳正芳。2012。〈陳黎詩作的「拉美」：翻譯的跨文化與互文研究〉。《文化
　　研究》13: 81-128。

陳平原。2009。《歷史、傳說與精神：中國大學百年》。香港：三聯。

——。2000。《中國現代學術之建立：以章太炎、胡適為中心》。台北：麥
　　田。

——。2016。《作為學科的文學史：文學教育的方法、途徑及境界》（增訂
　　本）。北京：北京大學出版社。

陳玉箴。2017。〈依附與競爭：戰後初期美援下的臺灣乳業（1945-1965）〉。《中國飲食文化》13.1: 35-73。

陳巨擘。1991。〈葛蘭西論「南方的問題」與知識分子〉。《島嶼邊緣》1: 5-18。

陳光興。2001a。〈文化研究在台灣究竟意義是什麼？〉。收錄在陳光興編，《文化研究在台灣》。台北：巨流。7-25。

——。2001b。〈為什麼大和解不／可能？——「多桑」與「香蕉天堂」殖民／冷戰效應下省籍問題的情緒結構〉。《台灣社會研究季刊》43: 41-110。

——。2006a。《去帝國：亞洲做為方法》。台北：行人。

——。2006b。〈在台灣教文化研究的問題與問題意識〉。《台灣社會研究季刊》62: 247-268。

——。2011a。〈1960年代的陳映真：訪談淺井基文教授〉。《台灣社會研究季刊》84: 289-307。

——。2011b。〈陳映真的第三世界：50年代左翼分子的昨日今生〉。《台灣社會研究季刊》84: 137-241。

——。2016。〈回到萬隆／第三世界國際主義的路上〉。《開放時代》268: 208-223。

陳光興、錢永祥。2004。〈新自由主義全球化之下的學術生產〉。《台灣社會研究季刊》56: 179-206。

陳光興、趙剛、鄭鴻生。2012。〈發刊辭〉。《人間思想》1: 4-7。

陳向陽。2004。《晚清京師同文館組織研究》。廣州：廣東高等教育出版社。

陳芳明。2011。《台灣新文學史》。新北：聯經。

陳宛茜。2011。〈八十歲寫《巨流河》 齊邦媛：我只寫好人〉。《聯合新聞網·閱讀藝文》12月26日：https://vneverz.pixnet.net/blog/post/36510956，2019/8/24瀏覽。

陳長房。1999。〈外國文學學門未來整合與發展〉。收錄在馮品佳編，《重劃疆界：外國文學研究在臺灣》。新竹：交通大學外文系。385-434。

陳佩甄。2019。〈以誰作為方法？：從文化研究、亞洲研究到臺灣研究〉。《文化研究》29: 196-205。

陳美美。2004。《台灣現代主義文學的萌芽與再起》。碩士論文。宜蘭：佛光
　　大學文學研究所。

陳秋華。2016。《毒身、家、自然：以生態女性主義解讀薇拉蒙特司的三本作
　　品》。博士論文。台北：淡江大學英文系。

陳昭瑛。1985a。〈藝術與革命──馬庫色美學初步研究（上篇）〉。《中外
　　文學》13.10: 132-148。

──。1985b。〈藝術與革命──馬庫色美學初步研究（下篇）──後設藝術
　　的探討〉。《中外文學》13.11: 132-167。

──。1992。〈霸權與典律：葛蘭西的文化理論〉。《中外文學》21.2: 54-
　　92。

陳若曦。2008。《堅持‧無悔》。台北：九歌。

陳建忠。2012。〈「美新處」與台灣文學史重寫：以美援文藝體制下的台、港
　　雜誌出版為考察中心〉。《國文學報》52: 211-242。

──。2014。〈冷戰與戒嚴體制下的美學品味：論吳魯芹散文及其典律化問
　　題〉。《台灣文學研究集刊》16: 83-104。

陳政彥。2006a。《戰後臺灣現代詩論戰史研究》。博士論文。桃園：中央大
　　學中國文學研究所。

──。2006b。〈顏元叔新批評研究於七〇年代發生之詮釋衝突：以「颱風季
　　論戰」為觀察核心〉。《臺灣詩學》8: 175-187。

陳品含。2014。《論納博可夫的對位它界：以〈羅麗塔〉、〈說吧，記憶〉與
　　〈幽冥的火〉為例》。碩士論文。台中：中興大學外國文學研究所。

陳奕麟。2019。〈後殖民主義之「後」：超越後殖民想像及底層研究作為批判
　　「理論」〉。《文化研究》29: 101-122。

陳玲玉、洪三雄。2015。《也追憶似水年華》。台北：圓神。

陳映真。2005。〈對我而言的第三世界〉。《批判連帶》。台北：台灣社會研
　　究季刊。3-10。

陳曼華。2017。〈新潮之湧：美新處（USIS）美國藝術展覽與臺灣現代藝術
　　（1950-1960年代）〉。《台灣美術》109: 27-48。

陳培豐。2013。《想像和界限：臺灣語言文體的混生》。台北：群學。

陳筱茵。2006。《〈島嶼邊緣〉：一九八、九〇年代之交台灣左翼的新實踐論

述》。碩士論文。新竹：交通大學社會與文化研究所。

陳眾議編。2011。《當代中國外國文學研究，1949-2009》。北京：中國社會
　　科學出版社。

陳瑞麟。2016。〈可以有臺灣理論嗎？如何可能？〉。收錄在史書美、梅家
　　玲、廖朝陽、陳東升編，《知識臺灣：臺灣理論的可能性》。台北：麥
　　田。15-54。

陳瑋芬。2001。〈自我的客體化與普遍化－近代日本的「東洋」論及隱匿其中
　　的「西洋」與「支那」〉。《中國文哲研究集刊》18: 367-419。

陳數紅。2014。《後現代小說的再現手法：悖論遊戲》。博士論文。嘉義：中
　　正大學外國語文研究所。

陳學然。2014。《五四在香港》。香港：中華書局。

梁一萍。2003。〈邊界敘事——奇哥娜作家邊界書寫〉。收錄在王瑞香、簡瑛
　　瑛編，《女性心／靈之旅：女族傷痕與邊界書寫》。台北：女書文化。
　　205-232。

——編。2013。《亞／美之間：亞美文學在臺灣》。台北：書林。

梁啟超。1936。〈變法通譯・論譯書〉。《飲冰室文集》。上海：中華書局。
　　68-71。

梁實秋。1996。《梁實秋自傳》。南京：江蘇文藝出版社。167-170。

——。2009。〈現代中國文學之浪漫的趨勢〉（1926）。收錄在段懷清編，
　　《新人文主義思潮：白璧德在中國》。南昌：江西高校出版社。133-144。

——。2009。〈現代文學的任務〉（1934）。收錄在段懷清編，《新人文主義
　　思潮：白璧德在中國》。南昌：江西高校出版社。145-148。

許俊雅。2002。〈回首話當年——論夏濟安與《文學雜誌》（上）〉。《華文
　　文學》53: 13-20。

——。2003。〈回首話當年——論夏濟安與《文學雜誌》（下）〉。《華文文
　　學》54: 55-64。

——。2005。《見樹又見林：文學看臺灣》。台北：渤海堂。

——。2018。《臺灣現當代作家研究資料彙編104：王詩琅》。台南：臺灣文
　　學館。

——。2019。〈日治臺灣〈小人國記〉、〈大人國記〉譯本來源辨析：兼論其

文學史意義〉。收錄在賴慈芸編,《臺灣翻譯史:殖民、國族與認同》。
新北:聯經。141-204。

許經田。1992。〈典律、共同論述與多元社會〉。《中外文學》21.2: 19-34。

許淵沖。1996。《追憶逝水年華:從西南聯大到巴黎大學》。北京:三聯。

許寶強。2018。《情感政治》。香港:天窗。

郭文華。2010。〈如何看待美援下的衛生?一個歷史書寫的反省與展望〉。
《臺灣史研究》17.1: 175-210。

郭佳。2019。〈「臺灣-文化研究」作為第三雙眼:從我的精神與知識構造入
手〉。《文化研究》29: 178-195。

郭廷以。1979。《近史中國史綱》。香港:香港中文大學出版社。

郭松棻(羅龍邁)。2008。〈談談台灣的文學〉(1974)。《左翼傳統的復
歸》。台北:人間。9-25。

莊坤良編。2008。《喬伊斯的都柏林:喬學研究在台灣》。台北:書林。

梅家玲。2006。〈夏濟安、〈文學雜誌〉與臺灣大學——兼論臺灣「學院派」
文學雜誌及其與「文化場域」和「教育空間」的互涉〉。《臺灣文學研究
集刊》1: 61-103。

——。2012。〈《中外文學》與中國/臺灣文學研究:以「學院派文學雜誌」
為視角的考察〉。《中外文學》41.4: 143-176。

莊紫蓉。2007。《面對作家:臺灣文學家訪談錄III》。台北:吳三連史料基金
會。

島田謹二、神田喜一郎。2006。〈關於在臺灣的文學〉(1941),張文薰譯。
收錄在黃英哲編,《日治時期台灣文藝評論集·第三冊》。台南:國家臺
灣文學館籌備處。

島田謹二。1975。《日本における外国文学:比較文学研究》。東京:朝日新
聞出版社。

——。2006a。〈明治時代內地文學中的臺灣〉(1939),吳豪人譯。收錄在
黃英哲編,《日治時期台灣文藝評論集·第二冊》。台南:國家臺灣文學
館籌備處。345-370。

——。2006b。〈外地文學研究的現狀〉(1940),葉蓁蓁譯。收錄在黃英哲
編,《日治時期台灣文藝評論集·第二冊》。台南:國家臺灣文學館籌備

處。447-450。

——。2006c。〈臺灣的文學的過去、現在和未來〉（1941），葉笛譯。收錄在黃英哲編，《日治時期台灣文藝評論集·第三冊》。台南：國家臺灣文學館籌備處。97-116。

——。2006d。〈文學的社會表現力〉（1942），邱香凝譯。收錄在黃英哲編，《日治時期台灣文藝評論集·第三冊》。台南：國家臺灣文學館籌備處。431-441。

——。2006e。〈西川滿的詩業－《華麗島文學志》〉（1939），涂翠花譯。收錄在黃英哲編，《日治時期台灣文藝評論集·第二冊》。台南：國家臺灣文學館籌備處。426-443。

康拉德·塞巴斯蒂安（Sebastian Conrad）。2016。《全球史的再思考》（*What Is Global History?*），馮奕達譯。新北：八旗。

康利·克里斯托弗（Christopher Connery）。2014。〈在危機年代思索知識生產的政治與位置〉，陳春燕譯。《中外文學》43.1: 160-190。

十二劃

程凱。2014。《革命的張力：「大革命」前後新文學知識分子的歷史處境與思想探求，1924-1930》。北京：北京大學出版社。

湯晏。2015。《葉公超的兩個世界：從艾略特到杜勒斯》。台北：衛城。

——。2020。《被壓抑的天才：錢鍾書與現代中國》。台北：春山。

湯志傑編。2019。《交互比較視野下的現代性：從臺灣出發的反省》。台北：臺大出版中心。

馮兆音。2020。〈美國華人激辯「黑人的命也是命」背後的代際衝突〉，《BBC中文網》，6月18日：https://www.bbc.com/zhongwen/trad/world-53259676，2020/8/15瀏覽。

馮品佳編。1999。《重劃疆界：外國文學研究在臺灣》。新竹：交通大學外文系。

——。2006。〈世界英文文學的在地化新興英文文學與美國弱勢族裔文學研究在台灣〉。《英美文學評論》9: 33–58。

——。2010a。〈西方經典在台灣〉。《白樂晴：分斷體制、民族文學》。收

錄在白永瑞、陳光興編，《白樂晴：分斷體制、民族文學》。新北：聯經。237-252。

──。2010b。《東西印度之間：非裔加勒比海與南亞裔女性文學與文化研究》。台北：允晨。

──編。2018。《再現黑色風華：臺灣的非裔美國文學研究》。台北：書林。

張楊。2019。《冷戰與學術：美國的中國學，1949-1972》。北京：中國社會科學出版社。

張小虹。2006。〈反文化研究〉。《台灣社會研究季刊》62: 235-246。

──。2007。《假全球化》。台北：聯合文學。

──。2010。〈第三世界民族文學VS. 西方經典文學〉。收錄在白永瑞、陳光興編，《白樂晴：分斷體制、民族文學》。新北：聯經。253-257。

──。2016。《時尚現代性》。新北：聯經。

──。2020。《張愛玲的假髮》。台北：時報文化。

張文薰。2017。〈帝國邊界的民俗書寫：戰爭期在台日人的主體性危機〉。《臺灣文學研究集刊》20: 107-132。

──。2011。〈一九四〇年代臺灣日語小說之成立與台北帝國大學〉。《臺灣文學學報》19: 99-132。

張玉法。1978。〈五四運動的時代背景〉。《書評書目》61: 4-8。

張君玫。2009。〈「空缺主體」與「陰性情境」：重探台灣後殖民論述的幾個面向〉。《文化研究》9: 5-44。

──。2019。〈分子化翻譯〉。收錄在史書美、梅家玲、廖朝陽、陳東升編，《臺灣理論關鍵詞》。新北：聯經。21-34。

張良澤。1974。〈鍾理和作品中的日本經驗與祖國經驗〉。《中外文學》2.11: 32-57。

──。1975。〈吳濁流的社會意識〉。《中外文學》3.10: 136-147。

張其昀。1970。〈發刊詞〉。《文藝復興》1: 2。

張修慎。2007。〈戰爭時期台灣知識分子心中關於「民俗」的思考〉。《台灣人文生態研究》9.2: 1-20。

張淑卿。2010。〈美式護理在臺灣：國際援助與大學護理教育的開端〉。《近代中國婦女史研究》18: 125-173。

張頌聖。2007。〈文學史對話：從「場域論」和「文學體制觀」談起〉。收錄在張錦忠、黃錦樹編，《重寫臺灣文學史》。台北：麥田。161-192。

———。2011。〈臺灣冷戰年代的「非常態」文學生產〉。收錄在陳建忠編，《跨國的殖民記憶與冷戰經驗：臺灣文學的比較文學研究》。新竹：清華大學臺灣文學研究所。17-38。

———。2015。《現代主義‧當代台灣：文學典範的軌跡》。新北：聯經。

張錦忠。1992。〈他者的典律：典律性與非裔美國女性論述〉。《中外文學》21.2: 93-111。

———。1995。〈海外存異己：英美文學、英文文學與第三世界文學〉。《英美文學評論》2: 73-85。

———。2001。〈檢視華裔美國文學在台灣的建制化，1981-2001〉。《中外文學》29.11: 29-43。

———。2003。《南洋論述：馬華文學與文化屬性》。台北：麥田。

張錦忠、黃錦樹。2006。《重寫台灣文學史》。台北：麥田。

張漢良。1985。〈匿名的自傳作者羅朗巴特／沈復〉。《中外文學》14.4: 4-17。

張靜二編。2004。《西洋文學在臺灣研究書目，1946-2000》。台北：行政院國家科學委員會。

———編。2007。《西洋文學在臺灣研究資料叢編索引》。台北：臺灣大學。

張馨文。2018。〈何謂台灣的「主體性／subjectivity」？：一個在亞洲「之間」的方法論的實踐〉。《台灣社會研究季刊》111: 7-57。

———。2019。〈安身於主體性的想像之外〉。《文化研究》29: 232-241。

張麒麟。2016。〈吳宓捐贈西南師範學院藏書始末〉。《書屋》5: 18-20。

黃璇。2016。《情感與現代政治：盧梭政治哲學研究》。北京：商務印書館。

黃心雅。2003。〈同志論述的奇哥娜想像：安莎杜娃的「新美斯媞莎酷兒」〉。《中外文學》32.3: 35-62。

黃心雅、阮秀莉編。2009。《匯勘北美原住民文學：多元文化的省思》。高雄：中山大學出版社。

黃克武、潘彥蓉。2015。《李亦園先生訪問紀錄》。台北：中央研究院近代史研究所。

黃美娥。2019。〈「文體」與「國體」：日本文學在日治時期臺灣漢語文言小說中的跨界行旅、文化翻譯與書寫錯置〉。收錄在賴慈芸編，《臺灣翻譯史：殖民、國族與認同》。新北：聯經。31-84。

黃英哲。2021。〈東華書局的故事：關於戰後初期「中國文藝叢書」〉。《文訊》425: 116-119。

黃俊傑。1977。〈思想史方法論的兩個側面〉。《台大歷史學報》4: 357-383。

黃得時。1943。〈臺灣文學序說〉，葉石濤譯。2006。《日治時期台灣文藝評論集・第四冊》。台南：國家臺灣文學館籌備處。229-230。

黃達玉。2008。《多元文化主義的論辯與實踐：1970年後墨西哥裔移民的國家認同》。碩士論文。台北：淡江大學美國研究所。

黃興濤。1995。《文化怪傑辜鴻銘》。北京：中華書局。

黃蘭翔。2013。〈戰前日本帝國大學之籌組與校園空間的「巴洛克」化：從東京帝國大學到台北帝國大學〉。《民俗曲藝》182: 221-301。

游勝冠。2010。〈文化研究與臺灣文學〉。《思想》15: 159-166。

單德興。2000a。〈《中外》之中／外〉。《中外文學》28.8: 7-12。

——。2000b。《銘刻與再現：華裔美國文學與文化論集》。台北：麥田。

——。2001。〈冒現的文學／研究：臺灣的亞美文學研究——兼論美國原住民文學研究〉。《中外文學》29.11: 11-28。

——。2002。〈建制化：初論英美文學研究在臺灣〉。收錄在張漢良編，《方法：文學的路》。台北：臺大出版中心。203-231。

——。2009。《翻譯與脈絡》。台北：書林。

——。2012。〈齊邦媛教授訪談：翻譯面面觀〉。《編譯論叢》5.1: 247-272。

——。2013。〈序一：流汗播種，歡喜收割〉。收錄在單德興、唐・中西、梁志英編，《全球屬性・在地聲音：〈亞美學刊〉四十年精選集（下）》。台北：允晨。5-13。

——。2014。〈理論的旅行：建制史的任務與期待〉。《中外文學》43.1: 205-212。

——編。2015。《他者與亞美文學》。台北：中央研究院歐美研究所。

——。2016。〈在冷戰的年代：英華煥發的譯者余光中〉。《中山人文學報》41: 1-34。

——編。2018。《華美的饗宴：臺灣的華美文學研究》。台北：書林。

——。2019。《跨界思維與在地實踐》。台北：書林。

單德興、李有成、張力。1996。《朱立民先生訪問紀錄》。台北：中央研究院近代史研究所。

傅大為。2019。〈基進2.0〉。收錄在史書美、梅家玲、廖朝陽、陳東升編，《臺灣理論關鍵詞》。新北：聯經。205-217。

傅宏星。2008。《吳宓評傳》。武漢：華中師範大學出版社。

傅斯年。2006。《台灣大學辦學理念與策略》。台北：臺大出版中心。

傅德元。2013。《丁韙良與近代中西文化交流》。台北：臺大出版中心。

傅麗玉。2006。〈美援時期台灣中等科學教育計畫之形成與實施年表（1951-1965）〉。《科學教育學刊》14.4: 447-465。

彭明偉。2007。《五四時期周氏兄弟的翻譯文學之研究》。博士論文。新竹：清華大學中國文學系。

彭瑞金。1974。〈文學的社會參與——讀顏元叔「唐文標事件」後〉。《中外文學》2.8: 139-141。

辜炳達。2019。〈壞建築〉。收錄在史書美、梅家玲、廖朝陽、陳東升編，《臺灣理論關鍵詞》。新北：聯經。354-364。

斯日古楞。2016。《中國近代國立大學學科建制與發展研究》上下冊。桃園：昌明文化。

十三劃

聞一多。1948。〈調整大學文學院中國文學外國語文學二系機構芻議〉。《國文月刊》63: 33-35。

楊牧。1977。〈人文教育即大學教育〉（1976）。《柏克萊精神》。台北：洪範。161-167。

——。1977。〈外文系是幹甚麼的？〉（1976）。《柏克萊精神》。台北：洪範。157-160。

楊照。2010。《霧與畫：戰後台灣文學史散論》。台北：麥田。

楊婕。2018。〈血與字——美援至解嚴期間臺灣小說中的「漢學家之戀」〉。
　　《臺灣文學研究集刊》21: 131-160。

楊濤。2010。〈民國時期的「五四」紀念活動〉。《二十一世紀雙月刊》119:
　　49-56。

楊紅英。2011。《張我軍譯文集》。台北：海峽學術出版社。

楊昌溪。2014。〈黑人文學中民族意識之表現〉。收錄在楊筱堃、韓晗編，
　　《黑人文學研究先驅：楊昌溪文存》下冊。台北：秀威資訊。81-88。

楊翠華。1999。〈王世杰與中美科學學術交流，1963-1978：援助或合
　　作？〉。《歐美研究》29.2: 41-103。

——。2008。〈美援對台灣的衛生計畫與醫療體制之形塑〉。《近代史研究所
　　集刊》62: 91-139。

楊儒賓。2011。〈那段燃燒的歲月〉。《通識在線》37: 55-57。

——。2015。《一九四九禮讚》。新北：聯經。

董崇選。2002。〈梁公中譯莎劇的貢獻〉。收錄在李瑞騰、蔡宗陽編，《雅舍
　　的春華秋實：梁實秋百年誕辰學術研討會論文集》。台北：九歌。97-
　　116。

鈴木貞美。2011。《文學的概念》，王成譯。北京：中央編譯出版社。

葛兆光。2016。《餘音：學術史隨筆選》。桂林：廣西師範大學出版社。

詹明信（Fredric Jameson）。1994。《馬克思主義：後冷戰時代的思索》，張
　　京媛譯。香港：牛津大學出版社。

詹曜齊。2007。〈七十年代的「現代」來路：幾張素描〉。《思想》4: 115-
　　140。

賈植芳、陳思和編。2004。《中外文學關係史資料匯編》。桂林。廣西師範大
　　學出版社。

甯應斌。2005。〈現代死亡的政治〉。《文化研究》1: 1-45。

新垣宏一。2002。《華麗島歲月》，張良澤譯。台北：前衛。

葉碧苓。2009。〈台北帝國大學與京城帝國大學史學科之比較（1926~1945）〉。
　　《臺灣史研究》16.3: 87-132。

葉嘉瑩。1973。〈漫談中國舊詩的傳統：兼論現代批評風氣下舊詩傳統所面臨
　　之危機進一言〉。《中外文學》2.4: 4-24。

葉慶炳。2007。〈四重奏：我和台大外文系〉。《我是一枝粉筆》。台北：九歌。102-110。

葉山嘉樹、高山望洋、森千。2006。〈臺灣作家的任務〉（1937），吳豪人譯。收錄在黃英哲編，《日治時期台灣文藝評論集‧第二冊》。台南：國家臺灣文學館籌備處。265-266。

嶋田聰。2017。〈日治時期蘇維熊文藝思想的歷史考察——以〈自然文學〉為中心〉。收錄在陳惠齡編，《自然、人文與科技的共構交響：第二屆竹塹國際學術研討會論文集》。台北：萬卷樓。323-341。

十四劃

榮筱箐。2020。〈你和非裔站在一起？兩代華人的種族歧視大辯論〉。《紐約時報中文網》，6月18日：https://cn.nytimes.com/opinion/20200618/chinese-black-racism-us/zh-hant/，2020/8/15瀏覽。

齊邦媛。2004。〈初見台大〉。《一生中的一天》。台北：爾雅。16-33。

——。2009。《巨流河》。台北：天下文化。

——。2017。《霧起霧散之際》。台北：天下文化。

齊家瑩。1998。《清華人文學科年譜》。北京：清華大學出版社。

廖欽彬。2010。〈和辻哲郎的風土論——兼論洪耀勳與貝瑞克的風土觀〉。《華梵人文學報》14: 63-94。

廖新田。2015。〈美好的自然與悲慘的自然：殖民臺灣風景的人文閱讀——美術與文學的比較〉。收錄在李承機、李育霖編，《「帝國」在臺灣》。台北：臺大出版中心。201-236。

廖咸浩。1992a。〈前衛運動的焦慮：詩與小說的典律空間之爭〉。《中外文學》21.2: 169-181。

——。1992b。〈在解構與解體之間徘徊：臺灣現代小說中「中國身分」的轉變〉。《中外文學》21.7: 193-206。

——。1995a。〈超越國族：為什麼要談認同？〉。《中外文學》24.4: 61-76。

——。1995b。〈那麼，請愛你的敵人：與廖朝陽談「情」說「愛」〉。《中外文學》24.7: 89-108。

——。1996a。〈本來無民族，何處找敵人？：勉廖朝陽「不懼和解、無需民族」〉。《中外文學》24.12: 143-155。

——。1996b。〈狐狸與白狼：空白與血緣的迷思〉。《中外文學》25.5: 154-157。

廖炳惠。1982a。〈嚮往、放逐、匱缺——「桃花源詩并記」的美感結構〉。《中外文學》10.10: 134-146。

——。1982b。〈解構批評與詮釋成規〉。《中外文學》11.6: 32-42。

——。1983a。〈洞見與不見——晚近文評對莊子的新讀法〉。《中外文學》11.11: 98-145。

——。1983b。〈解構所有權：坡、拉崗、德希達、姜森、凌濛初……〉。《中外文學》13.3: 46-70。

——。1985。《解構批評論集》。台北：東大。

——。1991。〈閱讀倫理：追憶侯老師〉。《中外文學》20.3: 11-12。

——。1994a。《回顧現代：後現代與後殖民論文集》。台北：麥田。

——。1994b。〈島邊，倒鞭：評《女人國・假認同》〉。《島嶼邊緣》10: 86-87。

——。2000。〈文學研究在千禧：解讀十年來的《中外文學》〉。《中外文學》28.8: 13-16。

——。2004。〈打開帝國藏書：文化記憶、殖民現代、感性知識〉。《中外文學》33.7: 57-75。

廖朝陽。1985。〈欲解還結：評「洞見與不見——晚近文評對莊子的新讀法」〉。收錄在廖炳惠，《解構批評論集》。台北：東大。119-135。

——。1992a。〈評邱貴芬〈發現臺灣：建構臺灣後殖民論述〉〉。《中外文學》21.3: 43-46。

——。1992b。〈是四不像，還是虎豹獅象？——再與邱貴芬談臺灣文化〉。《中外文學》21.3: 48-58。

——。1994a。〈《無言的山丘》：土地經驗與民族空間〉。《中外文學》22.8: 45-58。

——。1994b。〈典律與自主性：從公共空間的觀點看〈文學公器與文學詮釋〉〉。《中外文學》23.2: 79-87。

——。1995a。〈中國人的悲情：回應陳昭瑛並論文化建構與民族認同〉。《中外文學》23.10: 102-126。

——。1995b。〈關於台灣的族群問題：回應廖咸浩〉。《中外文學》24.5: 117-124。

——。1996a。〈面對民族，安頓感情：尋找廖咸浩的敵人〉。《中外文學》24.9: 96-106。

——。1996b。〈閱讀對方〉。《中外文學》25.1: 136-139。

——。1996c。〈批判與分離：當代主體完全存活手冊〉。《中外文學》25.5: 119-153。

——。2006。〈文學二（外文）學門調查計畫成果報告〉。《人文與社會科學簡訊》8.2: 17-26。

——。2015。〈緣定與善：阿甘本的潛勢倫理〉。《中外文學》44.3: 19-60。

——。2016。〈理論與虛空〉。收錄在史書美、梅家玲、廖朝陽、陳東升編，《知識臺灣：臺灣理論的可能性》。台北：麥田。141-176。

——。2019。〈接面〉。收錄在史書美、梅家玲、廖朝陽和陳東升編，《臺灣理論關鍵詞》。新北：聯經。219-228。

——。2020。〈內造思維與後人類倫理：物種特性的觀點〉。收錄在林明澤、邱彥彬和陳春燕編，《理論的世代：廖朝陽教授榮退紀念論文集》。台北：秀威。12-31。

廖曄嵐。1979。《雷夫·艾里森「隱形人」中的「自我追尋」》。碩士論文。台北：臺灣師範大學英語研究所。

趙剛。2012。〈兩岸與第三世界：陳映真的歷史視野〉。《人間思想》1: 210-230。

趙毅衡。2009。《重訪新批評》。天津：百花文藝出版社。

鄒振環。2003。〈19世紀下半期上海的「英語熱」與早期英語讀本及其影響〉。收錄在馬長林編，《租界裡的上海》。上海：上海社會科學院出版社。93-106。

——。2009。〈同文館外語教科書的編纂與外語教育的成效〉。收錄在王宏志、梁元生、羅炳良編，《中國文化的傳承與開拓》。香港：香港中文大學出版社。251-281。

赫布蘭G. 凱若琳（C. G. Heilbrun）。1986。〈雙性人格的體認〉，李欣穎譯。《中外文學》14.10: 115-123。

十五劃

〈編輯報告〉。1993。《島嶼邊緣》9: 2。

滕威。2019。〈「過氣」大師伊巴涅斯〉。《讀書》479: 168-176。

潘乃欣。2019。〈念外文系的人逐年遞減：英語系學生衰1.4萬人〉。《聯合報》，5月3日：https://udn.com/news/story/6928/3791001，2019/11/20瀏覽。

鄧慧恩。2006。《日據時期外來思潮的譯介研究：以賴和、楊逵、張我軍為中心》。碩士論文。新竹：清華大學臺灣文學研究所。

熊月之、周武編。2006。《聖約翰大學史》。上海：人民出版社。

熊積慶。2014。《掩飾不名譽的事實：現代主義回顧性小說中第一人稱敘事者的心理變動過程》。博士論文。嘉義：中正大學外國文學研究所。

歐茵西。1976。〈俄國的批評文學〉。《中外文學》4.8: 36-43。

歐陽子。1976。〈「冬夜」之對比反諷運用與小說氣氛釀造──白先勇「台北人」之研析〉。《中外文學》4.9: 20-39。

鄭亙良。2019。〈再思文化研究教育的政治空間〉。《文化研究》29: 206-231。

鄭師渠。2001。《在歐化與國粹之間：學衡派文化思想研究》。北京：北京師範大學出版社。

鄭樹森。1982。〈結構主義與中國文學研究〉。《中外文學》10.10: 4-41。

鄭聖勳。2010。〈哀悼有時〉。收錄在劉人鵬、宋玉雯編，《憂鬱的文化政治》。台北：蜃樓。ix-xxviii。

──。2016a。〈世紀‧彼岸回顧：在貴州遇見香港〉。《人間思想》13: 70-72。

──。2016b。〈髒掉的藍色〉。《人間思想》13: 59-69。

鄭麗玲。2016。《阮ê青春夢：日治時期的摩登新女性》。台北：玉山社。

鄭鴻生。2007。〈台灣的文藝復興年代：七十年代初期的思想狀況〉。《思想》4: 81-102。

──。2011。〈紀念保釣運動40 周年：70年代保釣運動的珍貴資產〉。《立報》4 月7 日：http://www.lihpao.com/?action-viewnews-itemid-106002，2015/7/7瀏覽。

臧汝興。1993。〈「自由時代」篡改歷史！：《韓國學生運動史》的「自由時代」譯本和原著之比較〉。《島嶼邊緣》8: 4-13。

德里克（Arif Dirlik）。2018。《殖民之後？臺灣困境、「中國」霸權與全球化》，馮奕達譯。台北：衛城。

實藤惠秀著。2012。《中國人留學日本史》，譚汝謙、林啟彥譯。北京：北京大學出版社。

〈臺大文學院：侯健院長（66 年8 月-72年7 月）〉。2013。「英千里教授紀念網站」：http://ying.forex.ntu.edu.tw/app/news.php?Sn=29，2015/2/15瀏覽。

臺灣守護民主平台。2013。〈自由人宣言〉：http://www.twdem.org/p/blog-page_4.html，2016/11/21瀏覽。

十六劃

劉人鵬。2007。〈在「經典」與「人類」的旁邊：1994幼獅科幻文學獎酷兒科幻小說美麗新世界〉。收錄在劉人鵬、白瑞梅、丁乃非編，《罔兩問景：酷兒閱讀攻略》。桃園：中央大學性／別研究室。161-208。

──。2010a。〈中文系、中文研究與文化研究？〉。《思想》15: 149-158。

──。2010b。〈憂鬱，投資與罔兩翻譯〉。收錄在劉人鵬、宋玉雯編，《憂鬱的文化政治》。台北：蜃樓。i-viii。

──。2014。〈沒有眼睛可以跳舞嗎？──汙名、差異與健全主義〉。收錄在劉人鵬、宋玉雯、蔡孟哲、鄭聖勳編，《抱殘守缺：21世紀殘障研究讀本》。台北：蜃樓。9-35。

劉人鵬、丁乃非。2007。〈含蓄美學與酷兒政略〉。收錄在劉人鵬、白瑞梅、丁乃非編，《罔兩問景：酷兒閱讀攻略》。桃園：中央大學性／別研究室。3-44。

劉人鵬、白瑞梅。2007。〈「別人的失敗就是我的快樂」：暴力、洪凌科幻小說與酷兒文化批判〉。收錄在劉人鵬、白瑞梅、丁乃非編，《罔兩問景：

酷兒閱讀攻略》。桃園：中央大學性／別研究室。209-246。

劉人鵬、白瑞梅、丁乃非。2007。《罔兩問景：酷兒閱讀攻略》。桃園：中央大學性／別研究室。

劉人鵬、宋玉雯編。2010。《憂鬱的文化政治》。台北：蜃樓。

劉人鵬、宋玉雯、蔡孟哲、鄭聖勳編。2014。《抱殘守缺：21世紀殘障研究讀本》。台北：蜃樓。

劉小新。2010。〈20世紀80年代台灣的民間社會理論與文化論述〉。《東南學術》6: 153-162。

劉文。2015。〈酷兒左翼「超英趕美」？「同性戀正典化」的偏執及臺灣同志運動的修復詮釋〉。《應用倫理評論》58: 101-128。

劉禾。1999。《跨語際書寫》。上海：三聯。

劉菲。1972。〈讀「對於中國現代詩的幾點淺見」後的淺見〉。《中外文學》1.2: 124-140。

——。1973。〈有感於中國現代詩的批評〉。《中外文學》1.11: 96-99。

劉志偉。2012。《美援時代的鳥事並不如煙》。台北：啟動文化。

劉依潔。1999。《〈人間〉雜誌研究》。碩士論文。台北：東吳大學中國文學系。

劉亮雅。2006。《後現代與後殖民：解嚴以來臺灣小說專論》。台北：麥田。

劉青峰、金觀濤。2011。〈從詞語演變看中國現代人文學科的建立〉。收錄在楊儒賓等編，《人文百年・化成天下》。新竹：國立清華大學出版社。3-14。

劉紀蕙。2000a。〈英美文學研究的再省思〉。「臺灣的英美文學研究：回顧與展望學術研討會」引言稿。台北：中央研究院歐美研究所。12月30-31日。

——。2000b。〈《中外文學》之本土轉向〉。《中外文學》28.8: 17-21。

——。2006。〈文化研究的政治性空間〉。《台灣社會研究季刊》62: 209-222。

——。2009。〈倫理翻譯與主體化問題：王國維問題重探〉。《文化研究》8: 9-60。

——。2010。〈根源與路徑：文化研究十週年〉。《思想》15: 51-61。

──。2018。〈為什麼在台灣討論巴迪烏？〉。《中外文學》47.3: 13-19。

──。2020。《一分為二：現代中國政治思想的哲學考掘學》。新北：聯經。

劉育忠、王慧蘭。2010。〈當文化研究進入教育學門〉。《思想》15: 91-102。

劉雅芳。2019。〈「文化研究」從哪裡來：一段思想移動／運動的筆記〉。《文化研究》29: 257-264。

劉瑞寬。2008。《中國美術的現代化：美術期刊與美展活動的分析，1911-1937》。北京：三聯。

劉龍心。2002。《學術與制度：學科體制與現代中國史學的建立》。台北：遠流。

蔡世仁。2017。〈1960年代美援文藝體制與台灣文壇關係研究〉。碩士論文。台北：台北教育大學臺灣文化研究所。

蔡如音。2006。〈文化研究教學營之驅魔取暖筆記〉。《台灣社會研究季刊》62: 269-277。

蔡祝青。2012。〈文學觀念流通的現代化進程：以近代英華／華英辭典編纂"literature"詞條為中心〉。《東亞觀念史集刊》3: 273-333。

──。2014。〈創辦新教育：試論震旦學院創立的歷史意義〉。《清華中文學報》12: 373-424。

──。2016。〈接受與轉化：試論偵探小說在清末民初（1896-1916）中國的譯介與創作〉。收錄在彭小妍編，《跨文化流動的弔詭：晚清到民國》。台北：中央研究院中國文哲研究所。111-146。

蔡英俊編。1982。《抒情的境界》。新北：聯經。

蔡明純。2006。〈1917-1937年間北大與清華外文系所的成立與發展〉。《中國歷史學會史學集刊》38: 225-262。

──。2011。〈「外國文學門」課程在近代中國大學的建講與標準化──以北大、清華為討論中心〉。《史原》23: 1-47。

蔡明諺。2012。《燃燒的年代：七〇年代台灣文學論爭史略》。台南：國立臺灣文學館。

蔡佩樺。2009。《美國多元文化下墨裔美人之研究：以奇卡諾運動為例》。碩士論文。台北：淡江大學拉丁美洲研究所。

蔡振興。1992。〈典律／權力／知識〉。《中外文學》21.2: 35-52。

———。2016。〈2016年熱門及前瞻學術議題報告（文學二）〉。《人文社會科學簡訊》18.1: 4-15。

賴金男。1975。〈俄國反共文學概述〉。《中外文學》3.8: 118-134。

———。1975。〈羅蘭‧巴爾特與結構主義的文學批評〉。《中外文學》3.11: 92-104。

賴香吟。2019。《天亮之前的戀愛：日治台灣小說風景》。台北：印刻。

賴慈雲。2017。《翻譯偵探事物所》。台北：蔚藍文化。

錢永祥。2001。《縱欲與虛無之上》。新北：聯經。

———編。2021。「解讀川普現象」。《思想》42期。

閻淑俠。2001。〈吳宓在目錄學領域的實踐與貢獻〉。收錄在王泉根編，《多維視野中的吳宓》。重慶：重慶出版社。422-429。

盧瑋雯。2008。《顏元叔與其狂飆的文學批評年代》。碩士論文。台中：中興大學中國文學研究所。

駱穎佳。2020。《情感資本主義：從情感獨裁到情感救贖》。香港：Dirty Press。

橋木恭子。2014。《島田謹二：華麗島文學的體驗與解讀》，涂翠花、李文卿譯。台北：臺大出版中心。

橫啟路子。2019。〈大東亞共榮圈下臺灣知識分子之翻譯行為：以楊逵《二國志物語》為主〉。收錄在賴慈芸編，《臺灣翻譯史：殖民、國族與認同》。新北：聯經。247-278。

霍布斯邦‧艾瑞克（Eric Hobsbawn）。1993。〈霍布斯邦《一七八〇年以來的民族與民族主義》導言節譯〉，曾雁鳴譯。《島嶼邊緣》8: 19-23。

穆芙（Chantal Mouffe）。2019。《寫給左翼民粹主義》，楊天帥譯。香港：手民。

十七劃

戴景賢。2013。〈談「學術史」、「思想史」與「社會史」研究的關連問題〉。《人文與社會科學簡訊》14.3: 100-103。

簡明海。2009。《五四意識在臺灣》。博士論文。台北：政治大學歷史學系。

簡義明。2012。〈郭松棻訪談錄〉。收錄在郭松棻,《驚婚》。台北:印刻。
175-243。

璩鑫圭、唐良炎編。2007。《中國近代教育史資料滙編:學制演變》。上海:
上海教育出版社。

謝天振、查明建編。2003。《中國現代翻譯文學史》。上海:上海外語教育出
版社。

魏良才。2012。《孜孜走過四十年:歐美研究所的歷史與展望,1972-
2012》。台北:中央研究院歐美研究所。

魏郁青。2012。〈臺灣大學外國語文學系的建置及其文化實踐〉。碩士論文。
台北:臺灣大學臺灣文學研究所。

十八劃

韓南(Patrick Hanan)。2010。《中國近代小說的興起》,徐俠譯。上海:上
海教育出版社。

顏元叔。1970a。《文學的玄思》。台北:驚聲文庫。

——。1970b。《文學批評散論》。台北:驚聲文庫。

——。1973。〈唐文標事件〉。《中外文學》2.5: 4-8。

——。1974。〈文學結構與政治結構——索忍尼辛與蘇俄〉。《中外文學》
2.10: 4-7。

——。1975。《談民族文學》。台北:學生書局。

——。1976a。《何謂文學》。台北:學生書局。

——。1976b。〈印象主義的復辟?(下)〉。《中國時報》3月11日:12版。

——。1978a。〈社會寫實文學的省思〉。《社會寫實文學及其他》。台北:
巨流。23-64。

——。1978b。〈我國當前的社會寫實主義小說〉。《社會寫實文學及其
他》。台北:巨流。73-78。

——。1978c。〈文學在現代社會能做些什麼?〉。《社會寫實文學及其
他》。台北:巨流。105-122。

——。1980a。〈也是「鄉土」,更是「鄉土」〉。《中國時報》10月24日:8
版。

——。1980b。〈敬覆徐復觀老先生〉。《時神漠漠》。台北：皇冠。181-202。

——。1980c。《夏樹是鳥的莊園》。台北：九歌。

——。1981a。〈談報導文學〉。《飄失的翠羽》。台北：皇冠。114-121。

——。1981b。〈我的朋友朱立民〉。《飄失的翠羽》。台北：皇冠。81-88。

——。1981c。〈大一時的教授們〉。《飄失的翠羽》。台北：皇冠。104-113。

——。1983。《英國文學：中古時期》。台北：書林。

——。1985。《五十回首》。台北：九歌。

——。1986a。〈文學的政治觀〉。《台北狂想曲》。台北：九歌。165-169。

——。1986b。〈美國併發症〉。《台北狂想曲》。台北：九歌。215-218。

——。1991。〈盤古龍之再臨：答蘇曉康先生〉。《海峽評論》6: 42-47。

——。1992。〈一切從反西方開始〉。《中外文學》21.1: 7-11。

——。1999。〈朱先生和我〉。收錄在《消失在長廊盡處：追憶朱立民教授》。台北：九歌。19-31。

顏健復。2002。〈發現孩童與失去孩童——論魯迅對孩童屬性的建構〉。《漢學研究》20.2: 301-325。

羅選民。2003。《外國文學翻譯在中國》。合肥：安徽文藝出版社。

——。2017。《翻譯與中國現代性》。北京：清華大學出版社。

十九劃

蕭阿勤。1999。〈民族主義與臺灣一九七〇年代的「鄉土文學」：一個文化（集體）記憶變遷的探討〉。《臺灣史研究》6.2: 77-139。

蕭立君。2015。〈流變與空白：與廖朝陽談理論〉。《中外文學》44.3: 223-246。

——。2016a。〈理論的生續／生續的理論：與廖咸浩談理論〉。《中外文學》45.2: 197-226。

——。2016b。〈小故事、大理論：訪廖炳惠談理論〉。《中外文學》45.4: 251-274。

——。2016c。〈批評的常識／常識的批評：理論、常識與改革〉。收錄在史

書美、梅家玲、廖朝陽、陳東升編，《知識臺灣：臺灣理論的可能性》。台北：麥田。177-232。

——。2017a。〈研磨自己的鏡片看世界：與賴俊雄談理論〉。《中外文學》46.2: 197-220。

——。2017b。〈理論的基因：訪李有成談理論、年代與創作〉，《中外文學》46.4: 199-217。

——。2019。〈內建斷層〉。收錄在史書美、梅家玲、廖朝陽、陳東升編，《臺灣理論關鍵詞》。新北：聯經。13-20。

蕭旭均。2008。《學衡派的歷史觀》。碩士論文。台北：中國文化大學史學系。

蕭嫣嫣。1992。〈典律或大炮？女性主義之評析〉。《中外文學》21.2: 112-130。

顧翊群。1970。〈從對世局的觀察來檢討中華文化精神〉。《文藝復興》10: 6-10。

豐田實。1939。《日本英學史の研究》。東京：岩波書店。

豐田曉。2012。〈基進社會學：（重）讀成露茜教授（1939-2010）著作中的政治〉，許恬寧譯。收錄在夏曉娟、廖雲章編，《發現成露茜》。台北：臺灣社會研究雜誌。19-30。

二十劃

蘇益芳。2004。《夏志清與戰後台灣的現代文學批評》。碩士論文。台北：政治大學中國文學系。

蘇維熊。1981a。〈春夜恨（讀做臺灣白話）〉（1933）。收錄在《台灣新文學雜誌叢刊》第二卷。台北：東方書局。28-30。

——。1981b。〈啞口詩人〉（1933）。收錄在《台灣新文學雜誌叢刊》第二卷。台北：東方書局。30-31。

——。2010。《蘇維熊文集》，蘇明陽，李文卿編。台北：臺大出版中心。

蘇雲峰。1996。《從清華學堂到清華大學1911~1929》。台北：中央研究院近代史研究所。

蘇精。1985。《清季同文館及其師生》。台北：蘇精自印。

蘇曉康。1991。〈對苦難漠視的殘忍：讀顏元叔大作有感〉。《海峽評論》6: 40-41。

西方語文

Alatas, Syed Hussein. 2000. "Intellectual Imperialism: Definition, Traits, and Problems." *Southeast Asian Journal of Social Science* 28.1: 23-45.

Ahmed, Sara. 2010. *The Promise of Happiness*. Durham: Duke University Press.

Ali, Tariq. 1993. "Literature and Market Realism." *New Left Review* 199: 140-145.

Anderson, Benedict. 1998. *The Spectre of Comparisons: Nationalism, Southeast Asia and the World*. London: Verso.

Apter, Emily. 2006. *The Translation Zone: A New Comparative Literature*. Princeton: Princeton University Press.

Arac, Jonathan. 1987. *Critical Genealogies: Historical Situations for Postmodern Literary Studies*. New York: Columbia University Press.

Ashika, Meltem. 2003. "Occidentalism: The Historical Fantasy of the Modern." *South Atlantic Quarterly* 102.2/3: 351-379.

Aydin, Cemil. 2007. *The Politics of Anti-Westernism in Asia*. New York: Columbia University Press.

Azim, Firdous. 1993. *The Colonial Rise of the Novel*. New York: Routledge.

Bartholomew, James R. 1978. "Japanese Modernization and the Imperial Universities, 1876-1920." *Journal of Asian Studies* 37.2: 251-271.

Bassnett, Susan. 1993. *Comparative Literature: A Critical Introduction*. Oxford: Blackwell.

Bays, Daniel, and Ellen Widmer. 2009. *China's Christian Colleges: Cross-Cultural Connections, 1900-1950*. Stanford: Stanford University Press.

Beauregard, Guy, Pin-chia Feng, Hsiu-chuan Lee, Shyh-jen Fuh, and Chih-ming Wang. 2016. "Summer Institute in Asian American Studies Forum." *Amerasia Journal* 43.3: 43-68.

Benjamin, Walter. 1968. "Unpacking My Library: A Talk about Book Collecting." In Hannah Arendt, ed., *Illuminations: Essays and Reflections*. New York: Shocken. 59-67.

Bennett, Eric. 2015. *Workshops of Empire: Stegner, Engle, and American Creative Writing during the Cold War*. Iowa City: University of Iowa Press.

Bhabha, Homi. 1995. "Unpacking My Library Again." *The Journal of the Midwest Modern Language Association* 28.1: 5-18.

Binnie, Jon. 2014. "Relational Comparison, Queer Urbanism and Worlding Cities." *Geography Compass* 8.8: 590-599.

Blake, William. 1974. "London": https://www.poetryfoundation.org/poems/43673/london-56d222777e969, accessed on January 18, 2021.

Bowring, Richard. 1979. *Mori Ogai and the Modernization of Japanese Culture*. Cambridge: Cambridge University Press.

Brennan, Teresa. 2004. *The Transmission of Affect*. Ithaca: Cornell University Press.

Browne, Simone. 2015. *Dark Matters: On the Surveillance of Blackness*. Durham: Duke University Press.

Buruma, Ian, and Avishai Margalit. 2005. *Occidentalism: The West in the Eyes of Its Enemies*. New York: Penguin.

Butler, Judith. 2015. *Senses of the Subject*. New York: Fordham University Press.

Cain, William. 1984. *The Crisis in Criticism: Theory, Literature, and Reform in English Studies*. Baltimore: Johns Hopkins University Press.

Carrier, James G. 1995. *Occidentalism: Images of the West*. Oxford: Clarendon Press.

Casanova, Pascale. 2004. *The World Republic of Letters*. Cambridge, MA: Harvard University Press.

Chandra, Shefali. 2012. *The Sexual Life of English: Languages of Caste and Desire in Colonial India*. Durham: Duke University Press.

Chang, Sung-Sheng. 1993. *Modernism and the Nativist Resistance: Contemporary Chinese Fiction from Taiwan*. Durham: Duke University Press.

Chao, Shun-Liang. 2010. *Rethinking the Concept of the Grotesque: Crashaw,*

Baudelaire, Magritte. New York: Legenda.

Chapman, John Jay. 1909. "The Harvard Classics and Harvard." *Science* 30.770: 440-443.

Charkrabarty, Dipesh. 2000. *Provincializing Europe: Postcolonial Thought and Historical Difference*. Princeton: Princeton University Press.

Chatterjee, Partha. 2011a. "Tagore, China, and the Critique of Nationalism." *Inter-Asia Cultural Studies* 12.2: 271-283.

——. 2011b. *Lineages of Political Society: Studies in Postcolonial Democracy*. New York: Columbia University Press.

Cheah, Pheng. 2009. "The Material World of Comparison." *New Literary History* 40.3: 523-545.

Chen, Chung-Jen. 2019. *Victorian Contagion Risk and Social Control in the Victorian Literary Imagination*. New York: Routledge.

Chen, Jian. 2013. "China, the Third World and the Cold World." In Robert J. McMahon, ed., *The Cold War and the Third World*. New York: Oxford University Press. 85-100.

Chen, Jian Neo. 2017. "#Blacklivesmatter and the State of Asian/America." *Journal of Asian American Studies* 20.2: 265-271.

Chen, Kuan-Hsing. 1994. "Positioning *positions* A New Internationalist Localism of Cultural Studies." *positions* 2.3: 680-710.

——. 1998. "The Decolonization Question." In Kuan-Hsing Chen, ed., *Trajectories: Inter-Asia Cultural Studies*. London: Routledge. 1-53.

——. 2010. *Asia as Method: Toward Deimperialization*. Durham: Duke University Press.

——. 2016. "Inter-Asia Journal Work." *Small Axe* 20.2: 106-114.

Chen, Kuan-Hsing, and Beng-Huat Chua. 2007. "Introduction: *The Inter-Asia Cultural Studies: Movements* Project." In Kuan-Hsing Chen and Beng-Huat Chua, eds., *The Inter-Asia Cultural Studies Reader*. London: Routledge. 1-5.

Chen, Kuan-Hsing, and Yiung-Shiang Chien. 2009. "Knowledge Production in the Era of Neo-Liberal Globalization: Reflections on the Changing Academic

Conditions in Taiwan." *Inter-Asia Cultural Studies* 10.2: 206-228.

Chen, Xiaomei. 1995. *Occidentalism: A Theory of Counter-Discourse in Post-Mao China*. Oxford: Oxford University Press.

Chen, Yuan-yin. 1975. "Ralph Ellison's *Invisible Man* as a Social Action in Quest of Identity." *Tamkang Journal* (unnumbered): 193-212.

Chin, Kim Son （陳欽錩）. 1931. "Comparison between English Ballad and Formosan Folk-Song." Taihoku Imperial University, BA thesis.

Chiang, Mark. 2009. *The Cultural Capital of Asian American Studies: Autonomy and Representation in the University*. New York: New York University Press.

Cho, Younghan. 2016. "The Yellow Pacific: East Asian Pop Culture and East Asian Modernities." In Daniel Black, Olivia Khoo, and Koichi Iwabuchi, eds., *Contemporary Culture and Media in Asia*. Lanham, MD: Rowman & Littlefield. 49-66.

Chou, Tse-tsung. 1960. *The May Fourth Movement: Intellectual Revolution in Modern China*. Cambridge, MA: Harvard University Press.

Chow, Rey. 2021. *A Face Drawn in Sand: Humanistic Inquriy and Foucault in the Present*. New York: Columbia University Press.

Chuh, Kandice. 2019. *The Difference Aesthetic Makes*. Durham: Duke University Press.

Churchill, Owen. 2019. "'We're literally falling apart': Asian-American Conservatives Feeling the Sting of Cindy Yang Affair." *South China Morning Post*, April 24: https://www.scmp.com/news/china/politics/article/3007397/asian-american-conservatives-feeling-sting-cindy-yang-affair, accessed on August 17, 2020.

Cleary, Joe. 2021. "The English Department as Imperial Commonwealth, or the Global Past and Global Future of English Studies." *boundary 2* 48.1: 139-176.

Clough, Patricia Ticineto, and Jean Halley, eds. 2007. *The Affective Turn: Theorizing the Social*. Durham: Duke University Press.

Coates, Wilson H., and Hayden V. White. 1970. *The Ordeal of Liberal Humanism: An Intellectual History of Western Europe*. Vol. 2. New York: McGraw-Hill.

Coates, Wilson H., Hayden V. White, and J. Salwyn Schapiro. 1966. *The Emergence of Liberal Humanism: An Intellectual History of Western Europe*. Vol. 1. New York: McGraw-Hill.

Cohen, Jerome A. 2017. "Preparing for China at Berkeley." Center for Chinese Studies, University of California, Berkeley: https://ieas.berkeley.edu/sites/default/files/ccs_history_cohen.pdf, accessed on August 24, 2019.

Connery, Christopher. 2001. "On the Continuing Necessity of Anti-Americanism." *Inter-Asia Cultural Studies* 2.3: 399-405.

Constantino, Renato. 1970. "The Mis-Education of Filipino." *Journal of Contemporary Asia* 1.1: 20-36.

Coronil, Fernando. 1996. "Beyond Occidentalism: Toward Nonimperial Geohistorical Categories." *Cultural Anthropology* 11.1: 51-87.

Court, Franklin E. 1992. *Institutionalizing English Literature: The Culture and Politics of Literary Studies, 1750-1900*. Stanford: Stanford University Press.

Crabtree, Loren W. 1969. "Christian Colleges and the Chinese Revolution, 1840-1940." University of Minnesota, PhD dissertation.

Crenshaw, Kimberlé Williams. 1989. "Demarginalizing the Intersection of Race and Sex: A Black Feminist Critique of Antidiscrimination Doctrine, Feminist Theory and Antiracist Politics." *University of Chicago Legal Forum* 1: 139-167.

Cull, Nicholas J. 2008. *The Cold War and the United States Information Agency: American Propaganda and Public Diplomacy, 1945-1989*. Cambridge: Cambridge University Press.

Cumings, Bruce. 2002. *Parallax Visions: Making Sense of American-East Asian Relations*. Durham: Duke University Press.

Damrosch, David. 2003. *What Is World Literature?*. Princeton: Princeton University Press.

Dash, Santosh. 2009. *English Education and the Question of Indian Nationalism: A Perspective on the Vernacular*. Delhi: AAKAR Books.

Day, Tony, and Maya H. T. Liem, eds. 2010. *Culture at War: The Cold War and*

Cultural Expression in Southeast Asia. Ithaca: Southeast Asian Program, Cornell University.

De Man, Paul. 1982. "The Resistance to Theory." *Yale French Studies* 63: 3-20.

Deleuze, Gilles, and Félix Guattari. 1987. *A Thousand Plateaus: Capitalism and Schizophrenia*, trans. Brian Massumi. Minneapolis: University of Minnesota Press.

Denning, Michael. 2004. *Culture in the Age of Three Worlds*. London: Verso.

Deshmukh, Ajay P. 2011. "Matthew Arnold and 'Liberal Humanism.'" *International Referred Research Journal* 3.2: 32-34.

Ding, Naifei. 2015. "In the Eye of International Feminism: Cold Sex Wars in Taiwan." *Economic and Political Weekly* 50.17: 56-62.

Dirlik, Arif. 1994. "The Postcolonial Aura: Third World Criticism in the Age of Global Capitalism." *Critical Inquiry* 20.2: 328-356.

——. 2000. "'Trapped in History' on the Way to Utopia: East Asia's 'Great War' Fifty Years Later." In T. Fujitani, Geoffrey M. White, and Lisa Yoneyama, eds., *Perilous Memories: The Asia-Pacific War(s)*. Durham: Duke University Press. 299-322.

——. 2003. "Global Modernity?: Modernity in an Age of Global Capitalism." *European Journal of Social Theory* 6.3: 275-292.

——. 2007. *Global Modernity: Modernity in the Age of Global Capitalism*. Boulder: Paradigm.

Donadio, Rachel. 2007. "Revisiting the Canon Wars." *The New York Times*, September 16: http://www.dbhs-sensei.com/webonmediacontents/Revisiting%20the%20Canon%20Wars%20-%20NYT.pdf, accessed on March 27, 2020.

Duggan, Lisa. 1994. "Queering the State." *Social Text* 39: 1-14.

Dunnigan, Sarah, and Shu-Fang Lai, eds. 2019. *Scottish Children's Literature in the Long Nineteenth Century*. Glasgow: Scottish Literature International.

Eagleton, Terry. 1985. "The Subject of Literature." *Cultural Critique* 2: 95-104.

——. 1996. *Literary Theory: An Introduction*. 2nd Ed. Minneapolis: University of

Minnesota Press.

——. 2003. *After Theory*. New York: Basic Books.

——. 2012. *The Event of Literature*. New Haven: Yale University Press.

Eastman, Richard M. 1971. "Murder and Imagination: A Defense of Liberal Humanism." *College English* 32.5: 573-583.

Elliot, Brian. 2010. *Constructing Community: Configurations of the Social in Contemporary Philosophy and Urbanism*. Lanham, MD: Lexington.

Espiritu, Yến Lê. 2014. *Body Counts: The Vietnam War and Militarized Refugees*. Berkeley: University of California Press.

——. 2017. "Critical Refugee Studies and Native Pacific Studies: A Transpacific Critique." *American Quarterly* 69.3: 483-490.

Evans, Dylan. 1996. *An Introductory Dictionary of Lacanian Psychoanalysis*. New York: Routledge.

Fanon, Frantz. 1967. *Black Skin, White Masks*. New York: Grove.

Ferguson, Roderick A. 2012. *The Reorder of Things: The University and Its Pedagogies of Minority Difference*. Minneapolis: University of Minnesota Press.

Foerster, Norman, ed. 1930. *Humanism and America*. New York: Farrar and Rinehart.

Fox, Claire F. 2013. *Making Art Panamerican: Cultural Policy and the Cold War*. Minneapolis: University of Minnesota Press.

Foucault, Michel. 1977a. "Nietzsche, Genealogy, History." In D. F. Bouchard, ed., *Language, Counter-Memory, Practice: Selected Essays and Interviews*. Ithaca: Cornell University Press. 139-164.

——. 1977b. *Discipline and Punish: The Brith of the Prison*. New York: Vintage.

——. 1980. *Power/Knowledge: Selected Interviews and Other Writings, 1972-1977*. New York: Pantheon.

——. 2003. *"Society Must Be Defended": Lectures at the Collège de France, 1975-1976*. New York: Picador.

Fried, Daniel. 2006. "Beijing's Crypto-Victorian: Traditionalist Influences on Hu

Shi's Poetic Practice." *Comparative Critical Studies* 3.3: 371-389.

Fujino, Diane. 2005. *Heartbeat of Struggle: The Revolutionary Practice of Yuri Kochiyama*. Minneapolis: University of Minnesota Press.

——. 2012. *Samurai among Panthers: Richard Aoki on Race, Resistance, and a Paradoxical Life*. Minneapolis: University of Minnesota Press.

Gaddis, John Lewis. 2006. *The Cold War: A New History*. New York: Penguin.

Gilroy, Paul. 1993. *The Black Atlantic*. Cambridge, MA: Harvard University Press.

——. 2005. *Postcolonial Melancholia*. New York: Columbia University Press.

Goellnicht, Don. 2013. "Outside the U.S. Frame: Asian Canadian Perspectives." *Concentric: Literary and Cultural Studies* 39.2: 83-100.

Goldstein, Philip. 1990. *The Politics of Literary Theory*. Tallahassee: Florida State University Press.

Graff, Gerald. 1979. *Literature against Itself: Literary Ideas in Modern Society*. Chicago: The University of Chicago Press.

——. 1987. *Professing Literature: An Institutional History*. Chicago: The University of Chicago Press.

Graff, Gerald, and Michael Warner. 1989. "Introduction." In Gerald Graff and Michael Warner, eds., *The Origins of Literary Studies in America: A Documentary Anthology*. New York: Routledge. 1-14.

Grandgent, Charles H. 1930. "The Modern Languages, 1968-1929." In Samuel Eliot Morison, ed., *The Development of Harvard University: Since the Inauguration of President Eliot, 1869-1929*. Cambridge, MA: Harvard University Press. 65-105.

Gregg, Melissa. 2006. *Cultural Studies' Affective Voices*. New York: Palgrave Macmillan.

Grossberg, Lawrence. 2010. *Cultural Studies in the Future Tense*. Durham: Duke University Press.

Gupta, Suman. 2015. *Philology and Global English Studies*. New York: Palgrave Macmillan.

Hall, Stuart. 2016. *Cultural Studies 1983: A Theoretical History*. Durham: Duke

University Press.

Hammond, Andrew, ed. 2006. *Cold War Literature: Writing the Global Conflict.* New York: Routledge.

Hammond, Mary. 2006. *Reading Publishing and the Formation of Literary Taste in England, 1880-1914.* Burlington, VT: Ashgate.

Hardt, Michael. 1999. "Affective Labor." *boundary 2* 26.2: 89-100.

Harpham, Geoffrey Galt. 2011. *The Humanities and the Dream of America.* Chicago: The University of Chicago Press.

Hartono, M. Paulina. 2012. "East Asian Studies at Berkeley." Institute of East Asian Studies, University of California, Berkeley: https://ieas.berkeley.edu/ieas-home/about-ieas/history-ieas, accessed on August 24, 2019.

Hayot, Eric. 2012. *On Literary Worlds.* Oxford: Oxford University Press.

Hickman, Miranda B., and John D. McIntyre, eds. 2012. *Rereading the New Criticism.* Columbus: Ohio State University Press.

Hong, Grace Kyungwon. 2017. "Comparison and Coalition in the Age of Black Lives Matter." *Journal of Asian American Studies* 20.2: 273-278.

Hou, Chien. 1976. "The Declaration of Independence and Chinese Thought." *American Studies* 6.1: 33-50.

——. 1980. "Irving Babbitt in China." State University of New York, Stony Brook, PhD dissertation.

Hsia, C. T. 1975. "The Continuing Obsession with China: Three Contemporary Writers." *Review of National Literatures* 6.1: 76-99.

Hsia, T. A. 1961. "Metaphor, Myth, Ritual and the People's Commune." *Studies in Chinese Communist Terminology* No. 7. Berkeley: Center for Chinese Studies, Institute of International Studies, University of California.

——. 1963. "A Terminological Study of the *Hsia-Fang* Movement." *Studies in Chinese Communist Terminology* No. 10. Berkeley: Center for Chinese Studies, Institute of International Studies, University of California.

Huang, Alexander C. Y. 2009. *Chinese Shakespeare: Two Centuries of Cultural Exchange.* New York: Columbia University Press.

Huang, Hans Tao-Ming. 2004. "State Power, Prostitution, and Sexual Order in Taiwan: Towards a Genealogical Critique of 'Virtuous Custom'." *Inter-Asia Cultural Studies* 5.2: 237-262.

Hunter, Ian. 2006. "The History of Theory." *Critical Inquiry* 33.1: 78-112.

Huters, Theodore. 1987. "From Writing to Literature: The Development of Late Qing Theories of Prose." *Harvard Journal of Asiatic Studies* 47.1: 51-96.

Israel, John. 1999. *Lianda: A Chinese University in War and Revolution.* Stanford: Stanford University Press.

Iwabuchi, Koichi. 2002. *Recentering Globalization: Popular Culture and Japanese Transnationalism.* Durham: Duke University Press.

Jameson, Fredric. 1981. *The Political Unconscious: Narrative as a Socially Symbolic Act.* Ithaca: Cornell University Press.

——. 1984. "Periodizing the 60s." *Social Text* 9/10: 178-209.

——. 1993. "On 'Cultural Studies.'" *Social Text* 34: 17-52.

Jancovich, Mark. 1993. *The Cultural Politics of the New Criticism.* Cambridge: Cambridge University Press.

Jin, Lu. 2019. "On William Empson's Romantic Legacy." In Alex Watson and Laurence Williams, eds., *British Romanticism in Asia.* Singapore: Palgrave Macmillan. 119-141.

Joshi, Svati, ed. 1994. *Rethinking English: Essays in Literature, Language, History.* Delhi: Oxford University Press.

Kang, Jay Caspian. 2016. "How Should Asian-Americans Feel About the Peter Liang Protests?." *The New York Times Magazine*, February 23: https://www.nytimes.com/2016/02/23/magazine/how-should-asian-americans-feel-about-the-peter-liang-protests.html, accessed on August 20, 2020.

Kao, Wei H. 2015. *Contemporary Irish Theater: Transnational Practices.* New York: Peter Lang.

——. "W.B. Yeats's Intended Trip to Taiwan." *Studies: An Irish Quarterly Review* 105.420: 492-496.

Kinkley, Jeffrey C. 2014. "Review of *Modernity with a Cold War Face: Reimaging the Nation in Chinese Literature across the 1949 Divide*, by Xiaojue Wang." MCLC Resource Center: https://u.osu.edu/mclc/book-reviews/modernity-cold-war/, accessed on January 28, 2016.

Klein, Christina. 2003. *Cold War Orientalism: Asia in the Middlebrow Imagination, 1945-1961*. Berkeley: University of California Press.

Kwon, Heonik. 2010. *The Other Cold War.* New York: Columbia University Press.

Lacan, Jacques. 2001. *The Ethics of Psychoanalysis*. New York: Routledge.

Lai, Yi-Peng. 2018. *EcoUlysess: Nature, Nation, Consumption*. New York: Peter Lang.

Laclau, Ernest. 1989. "Preface." *The Sublime Object of Ideology*, by Slavoj Žižek. London: Verso. ix-xv.

Lambert, Mary. 1955. *St. John's University Shanghai 1879-1951*. New York: United Board for Christian Colleges in China.

Lanza, Fabio. 2017. *The End of Concern: Maoist China, Activism, and Asian Studies*. Durham: Duke University Press.

Lee, Christopher, and Christine Kim. 2015. "Asian Canadian Critique: Beyond the Nation." *Canadian Literature* 227: 6-14.

Lee, Christopher J. 2010. *Making a World after Empire: The Bandung Moment and Its Political Afterlives*. Athens: Ohio University Press.

Lee, Kun Jong. 2005. "Asian American Literary Studies in Korea." *AALA Journal* 11: 57-72.

Lee, Yu-cheng. 1980. "Myth and Ritual in Saul Bellow's *The Adventures of Augie March*." *American Studies* 10.3: 81-111.

——. 1981. "Death and Rebirth: Saul Bellow's *Dangling Man*." *American Studies* 11.1: 75-91.

——. 1982. "A Seat in Humanity: Saul Bellow's *The Victim*." *American Studies* 12.1: 98-116.

Lee, Yu-lin. 2010. "The Nation and the Colony: On the Japanese Rhetoric of Gaichi Bungaku." *Tamkang Review* 41.1: 97-110.

Leroy, Justin. 2017. "Insurgency and Asian American Studies in the Time of Black

Lives Matter." *Journal of Asian American Studies* 20.2: 279-281.

Li, Hsin-ying. 2007. "Forty Years of American Literary Studies in Taiwan." In Araki Masazumi, Chee-Seng Lim, Minami Ryuta, and Yoshihara Yukari, eds., *English Studies in Asia*. Kuala Lumpur: Silverfish Books. 119-134.

Li, Ou. 2019. "Romantic, Rebel, and Reactionary: The Metamorphosis of Byron in Twentieth-Century China." In Alex Watson and Laurence Williams, eds., *British Romanticism in Asia*. Singapore: Palgrave Macmillan. 191-217.

Lin, Chien-ting. 2014. "Fugitive Subjects of the 'Mi-Yi': Politics of Life and Labor in Taiwan's Medical Modernity." University of California, San Diego, PhD dissertation.

Link, Perry. 1993. "Ideology and Theory in the Study of Modern Chinese Literature: An Introduction." *Modern China* 19.1: 4-12.

Lionnet, Françoise, and Shu-mei Shih, eds. 2011. *The Creolization of Theory*. Durham: Duke University Press.

Liu, Kang. 1993. "Politics, Critical Paradigms: Reflections on Modern Chinese Literature Studies." *Modern China* 19.1: 13-40.

Liu, Lydia. 1995. *Translingual Practice: Literature, National Culture and Translated Modernity, China 1900-1937*. Stanford: Stanford University Press.

——. 1999. "The Desire for the Sovereign and the Logic of Reciprocity in the Family of Nations." *Diacritics* 29.4: 150-177.

——. 2004. *The Clash of Empire: The Invention of China in Modern World Making*. Cambridge, MA: Harvard University Press.

Liu, Petrus. 2015. *Queer Marxism in Two Chinas*. Durham: Duke University Press.

Liu, Wen. 2018. "Complicity and Resistance: Asian American Body Politics in Black Lives Matter." *Journal of Asian American Studies* 21.3: 421-451.

Liu, Yi-hung. 2012. "*Waiwenxi* Reconsidered: Configuring *Waiwenxi* in the 1960s and 1970s Taiwan." National Central University, MA thesis.

——. 2019. "Cold War in the Heartland: Transpacific Exchange and the Iowa Literary Programs." University of Hawai'i, Manoa, PhD dissertation.

Maeda, Daryl. 2009. *Chains of Babylon: The Rise of Asian America*. Minneapolis:

University of Minnesota Press.

Marshall, Byron K. 1992. *Academic Freedom and the Japanese Imperial University, 1868-1939*. Berkeley: University of California Press.

Massumi, Brian. 2002. *Parables for the Virtual: Movement, Affect, Sensation*. Durham: Duke University Press.

Matsunaga, Fujio. 1933. "Introductory Study of Modern English Literature." Taihoku Imperial University, BA thesis.

Mbembe, Achille. 2017. *Critique of Black Reason*, trans. Laurent Dubois. Durham: Duke University Press.

McMahon, Robert J. 2013. "Introduction." In Robert J. McMahon, ed., *The Cold War in the Third World*. New York: Oxford University Press. 1-10.

Mignolo, Walter. 1999. "Coloniality at Large: Knowledge at the Late Stage of Modern/Colonial System." *Journal of Iberian and Latin American Research* 5.2: 1-10.

——. 2001. "Coloniality of Power and Subalternity." In Iliana Yamileth Rodriguez, ed., *The Latin American Subaltern Studies Reader*. Durham: Duke University Press. 424-444.

——. 2011. *The Darker Side of Modernity*. Durham: Duke University Press.

Mill, John Stuart. 1989. *On Liberty: With the Subjection of Women and Chapters on Socialism* (1869). Cambridge: Cambridge University Press.

Mishra, Pankaj. 2012. *From the Ruins of Empire*. New York: Farrar, Straus and Giroux.

Miyoshi, Masao. 1974. *Accomplices of Silence: The Modern Japanese Novel*. Ann Arbor: University of Michigan Center for Japanese Studies.

——. 1991. *Off Center: Power and Culture Relations between Japan and the United States*. Cambridge, MA: Harvard University Press.

Mizumura, Minae. 2015. *The Fall of Language in the Age of English*, trans. Mari Yoshihara. New York: Columbia University Press.

Mouffe, Chantal. 2013. *Agonistics: Thinking the World Politically*. London: Verso.

Mukherjee, Ankhi. 2009. "'Yes, sir, I was the one who got away': Postcolonial

Emergence and the Question of Global English." *Études Anglaises* 62: 280-291.

Mullen, Bill. 2004. *Afro Orientalism*. Minneapolis: University of Minnesota Press.

Ngugi wa, Thiong'o. 1981. *Decolonising the Mind: The Politics of Language in African Literature*. London: James Currey.

North, Joseph. 2017. *Literary Criticism: A Concise Political History*. Cambridge, MA: Harvard University Press.

Ogawa, Yoshio. 1934. "A Short Study of the Chronicle Novel." Taihoku Imperial University, BA thesis.

Omori, Masatoshi. 1934. "A Brief Study of *A Vindication of the Rights of Woman* by Mary Wollstonecraft." Taihoku Imperial University, BA thesis.

Onishi, Yuchiro. 2014. *Transpacific Antiracism: Afro-Asian Solidarity in Twentieth Century Black America, Japan, and Okinawa*. New York: New York University Press.

Paasi, Annsi. 2005. "Globalisation, Academic Capitalism, and the Uneven Geographies of International Journal Publishing Spaces." *Environment and Planning* 37: 769-789.

Paik, Nak-chung. 2005. *The Shaking Division System*, trans. Sol Chun-gyu, Song Seungcheol, and Kim Myung-hwan. Seoul: Changbi.

Palmer, D. J. 1965. *The Rise of English Studies*. London: Oxford University Press.

Parry, Amie. 2007. *Interventions into Modernist Cultures*. Durham: Duke University Press.

——. 2012. "Inter-Asian Migratory Roads: The Gamble of Time in *Our Stories*." *Inter-Asia Cultural Studies* 13.2: 176-188.

Patai, Daphne, and Will H. Corral, eds. 2005. *Theory's Empire: An Anthology of Dissent*. New York: Columbia University Press.

Pennycook, Alastair. 2017. *The Cultural Politics of English as an International Language*. London: Routledge.

Ponce, Martin Joseph. 2017. "Toward a Queer Afro-Asian Anti-Imperialism: Black Amerasians and the U.S. Empire in Asian American Literature." *Journal of Asian American Studies* 20.2: 283-287.

Pope, Rob. 2009. *The English Studies Book*. London: Routledge.

Prashad, Vijay. 2002. *Everybody Was Kung Fu Fighting: Afro-Asian Connections and the Myth of Cultural Purity*. Boston: Beacon.

Protevi, John. 2009. *Political Affect: Connecting the Social and the Somatic*. Minneapolis: University of Minnesota Press.

Qi, Shouhua. 2012. *Western Literature in China and the Translation of a Nation*. New York: Palgrave Macmillan.

Qian, Suoqiao. 2011. *Liberal Cosmopolitan: Lin Yutang and Middling Chinese Modernity*. Leiden: Brill.

Radhakrishnan, R. 2009. "Why Compare?". *New Literary History* 40.3: 453-471.

Rancière, Jacques. 2010. *Dissensus: On Politics and Aesthetics*. London: Continuum.

Reddy, Vanita. 2017. "Affect, Aesthetics, and Afro-Asian Studies." *Journal of Asian American Studies* 20.2: 289-294.

Richards, I. A. 2002. *Principles of Literary Criticism* (1924). New York: Routledge.

Reid, Ian. 2004. *Wordsworth and the Formation of English Studies*. Burlington, VT: Ashgate.

Rong, Xiaoqing. 2019. "The Rise of the Chinese-American Right." *National Review*, July 17: https://www.nationalreview.com/2019/07/chinese-american-right-new-generations-immigrants/, accessed on August 17, 2020.

Roose, Kevin. 2020. "How *The Epoch Times* Created a Giant Influence Machine." *The New York Times*, October 24: https://www.nytimes.com/2020/10/24/technology/epoch-times-influence-falun-gong.html?fbclid=IwAR3ygsHn57NSYZNSLNPuQXJLRLaJFj6NY5z8fOxRU6SCi9zPan__bfMVyxA, accessed on November 9, 2020.

Rubin, Andrew N. 2012. *Archives of Authority: Empire, Culture, and the Cold War*. Princeton: Princeton University Press.

Sakai, Naoki. 1997. *Translation and Subjectivity*. Minneapolis: University of Minnesota Press.

——. 2000. "'You Asians': On the Historical Role of West and Asia Binary." *South Atlantic Quarterly* 99.4: 789-817.

Said, Edward W. 1975. *Beginnings: Intention and Method*. New York: Basic Book.

——. 1983. *The World, the Text, and the Critic*. Cambridge, MA: Harvard University Press.

——. 1993. *Culture and Imperialism*. New York: Vintage.

Sangari, Kumkum. 1994. "Relating Histories: Definitions of Literacy, Literature, Gender in Early Nineteenth Century Calcutta and England." In Svati Joshi, ed., *Rethinking English: Essays in Literature, Language, History*. Delhi: Oxford University Press. 32-123.

Saunders, Frances Stonor. 2013. *The Cultural Cold War: The CIA and the World of Arts and Letters*. New York: The New Press.

Schaeffer, Robert K. 1999. *Severed States: Dilemma of Democracy*. Lanham, MD: Rowman and Littlefield.

Schlund-Vials, Cathy, Guy Beauregard, and Hsiu-Chuan Lee, eds. 2020. *The Subject(s) of Human Rights: Crises, Violations, and Asian/American Critique*. Philadelphia: Temple University Press.

Schwartz, Benjamin I. 1996. *China and Other Matters*. Cambridge, MA: Harvard University Press.

Seigworth, Gregory J., and Melissa Gregg. 2010. "An Inventory of Shimmers." In Gregory J. Seigworth and Melissa Gregg, eds., *The Affect Theory Reader*. Durham: Duke University Press. 1-25.

Seo, Jae Chul. 2014. "Yellow Pacific on White Ice: Transnational, Postcolonial, and Genealogical Reading of Asian American and Asian Female Figure Skaters in the US Media." University of Iowa, PhD dissertation.

Seymour, Terry I. 2011. "Great Books by the Millions: J. M. Dent's Everyman's Library." In John Spiers, ed., *The Culture of the Publisher's Series, Volume Two: Nationalisms and the National Canon*. New York: Palgrave Macmillan. 166-172.

Shen, Shuang. 2009. *Cosmopolitan Publics: Anglophone Print Culture in Semi-Colonial Shanghai*. New Brunswick, NJ: Rutgers University Press.

Shih, Shu-Mei. 2003. "Globalisation and the (In)significance of Taiwan."

Postcolonial Studies 6.2: 143-153.

——. 2015. "World Studies and Relational Comparison." *PMLA* 130.2: 430-438.

——. 2019. "Racializing Area Studies, Defetishizing China." *positions* 27.1: 33-65.

Shih, Shu-mei, and Françoise Lionnet, eds. 2005. *Minor Transnationalism*. Durham: Duke University Press.

Shih, Terence H. W. 2019. "The Romantic Skylark in Taiwanese Literature: Shelleyan Religious Scepticism in Xu Zhimo and Yang Mu." In Alex Watson and Laurence Williams, eds., *British Romanticism in Asia*. Singapore: Palgrave Macmillan. 341-360.

Shin, Kyung-Sook. 2019. "Romanticism in Colonial Korea: Coterie Literary Journals and the Emergence of Modern Poetry in the Early 1920." In Alex Watson and Laurence Williams, eds., *British Romanticism in Asia*. Singapore: Palgrave Macmillan. 145-167.

Shumway, David R. 1994. *Creating American Civilization: A Genealogy of American Literature as an Academic Discipline*. Minneapolis: University of Minnesota Press.

Simbao, Ruth. 2017. "Situating Africa: An Alter-Geopolitics of Knowledge, or *Chapungu Rises*." *African Arts* 50.2: 1-9.

Slack, Jennifer Daryl. 1996. "The Theory and Method of Articulation in Cultural Studies." In David Morley and Kuan-Hsing Chen, eds., *Stuart Hall: Critical Dialogues in Cultural Studies*. London: Routledge. 112-127.

Slaughter, Sheila, and Gary Rhoades. 2009. *Academic Capitalism and the New Economy: Markets, State, and Higher Education*. Baltimore: Johns Hopkins University Press.

Slaughter, Sheila, and Larry L. Leslie. 1997. *Academic Capitalism: Politics, Policies, and the Entrepreneurial University*. Baltimore: Johns Hopkins University Press.

Spanos, William. 1995. *The Errant Art of Moby Dick: The Canon, the Cold War and the Struggle for American Studies*. Durham: Duke University Press.

Spiegel, Gabrielle M. 2001. "Foucault and the Problem of Genealogy." *The Medieval History Journal* 4.1: 1-14.

Stoler, Ann, ed. 2006. *Haunted by Empire: Geographies of Intimacy in North American History*. Durham: Duke University Press.

Stratton, Jon, and Ien Ang. 1996. "On the Impossibility of a Global Cultural Studies: 'British' Cultural Studies in an 'International' Frame." In David Morley and Kuan-Hsing Chen, eds., *Stuart Hall: Critical Dialogues in Cultural Studies*. London: Routledge. 361-391.

Spivak, Gayatri Chakravorty. 2009. "Rethinking Comparativism." *New Literary History* 40.3: 609-626.

——. 2012. *An Aesthetic Education in the Era of Globalization*. Cambridge, MA: Harvard University Press.

Tee, Kim Tong. 2012. "The Institutionalization of Asian American Literary Studies in Taiwan: A Diasporic Sinophone Malaysian Perspective." *Inter-Asia Cultural Studies* 13.2: 286-293.

Treat, John Whittier. 2018. *The Rise and Fall of Modern Japanese Literature*. Chicago: The University of Chicago Press.

Turner, John R. 1992. "The Camelot Series, Everyman's Library, and Earnest Rhys." *Publishing History* 31: 27-46.

Ueda, Atsuko. 2007. *Concealment of Politics, Politics of Concealment: The Production of "Literature" in Meiji Japan*. Stanford: Stanford University Press.

Ueki, Teruyo. 2000. "Past, Present, and Future of Asian American Studies." *AALA Journal* 6: 53-64.

Underwood, Ted. 2013. *Why Literary Periods Mattered: Historical Contrast and the Prestige of English Studies*. Stanford: Stanford University Press.

Vargo, Edward. 2018. "Nancy Chang Ing and the Establishment of the Fu Jen University Graduate Institute of Translation and Interpretation Studies." *The Taipei Chinese PEN* 184: 92-97.

Venn, Couze. 2000. *Occidentalism: Modernity and Subjectivity*. London: Sage.

Viswanathan, Gauri. 1989. *Masks of Conquest: Literary Study and British Rule in India*. New York: Columbia University Press.

Walhout, Mark. 1987. "The New Criticism and the Crisis of American Liberalism:

The Poetics of the Cold War." *College English* 49.8: 861-871.

Walker, Gavin, and Naoki Sakai. 2019. "The End of Area." *positions* 27.1: 1-31.

Wallerstein, Immanuel. 2010. "What Cold War in Asia? An Interpretive Essay." In Yangwen Zheng, Liu Hong, and Michael Szonyi, eds., *The Cold War in Asia: The Battle for Hearts and Minds*. Leiden: Brill. 15-24.

Wang, Hui. 1995. "Humanism as the Theme of Chinese Modernity." *Surfaces* 5: https://doi.org/10.7202/1064992ar, accessed on May 28, 2013.

Wang, Qin. 2013. "Fredric Jameson's 'Third-World Literature' and 'National Allegory': A Defense." *Frontiers of Literary Studies in China* 7.4: 654-671.

Wang, Xiaojue. 2013. *Modernity with a Cold War Face: Reimagining the Nation in Chinese Literature across the 1949 Divide*. Cambridge, MA: Harvard University Asia Center.

Ward, Kevin. 2010. "Towards a Relational Approach to the Study of Cities." *Progress in Human Geography* 34.4: 471-487.

Watt, Ian. 1987. *The Rise of the Novel*. London: Hogarth.

Westad, Odd Arne. 2013. "Epilogue: The Cold War and the Third World." In Robert J. McMahon, ed., *The Cold War in the Third World*. New York: Oxford University Press. 208-219.

Wu, Cynthia. 2017. "State Violence Is Chronic." *Journal of Asian American Studies* 20.2: 295-297.

Wu, Grace Hui-Chuan. 2020. " (De)humanizing Labor: Southeast Asian Migrant Narratives in Taiwan." In Cathy Schlund-Vials, Guy Beauregard, and Hsiu-chuan Lee, eds., *The Subject(s) of Human Rights: Crises, Violations, and Asian/ American Critique*. Philadelphia: Temple University Press. 127-143.

Xu, Edward Yihua. 2009. "Liberal Arts Education in English and Campus Culture in St. John's." In Daniel Bays and Ellen Widmer, eds., *China's Christian Colleges: Cross-Cultural Connections, 1900-1950*. Stanford: Stanford University Press. 107-124.

Yano, Christine. 2020. "On the Inevitable Politics of Our Lives and Institutions." Association for Asian Studies Website, July 20: https://www.asianstudies.org/

on-the-inevitable-politics-of-our-lives-and-institutions/?fbclid=IwAR3GWAze
V8P3y9XKwuc6EcwqljN9qjvJQ3rzckAHtUBpOGkTcJQ09bt7zQY, accessed
on August 1, 2020.

Yi, Kwangsu. 2011. "What Is Literature?" (Munhak iran hao), trans. Jooyeon Rhee. *Azalea: Journal of Korean Literature and Culture* 4: 293-313.

Yoneyama, Lisa. 2016. *Cold War Ruins: Transpacific Critique of American Justice and Japanese War Crimes*. Durham: Duke University Press.

Zola, Emile. 1989. *Du Roman*. Bruxelles: Editions Complexes.

索引

重要刊物與文獻

機構

概念

一劃

1868年的一代　134
一九四九　40, 163, 181
一分為二　384-386
一帶一路　440

二劃

二戰遷徙營　422
人文國際主義　86-87, 96-97
人本主義　270-272
人民民主　237, 364-365, 367
　　自由民主　209, 235
　　基進民主　364
人道主義　201, 222, 225, 236, 270, 272, 371

三劃

三源匯流（亦見：雙源匯流）　39, 458
土著化　143, 514
大和解　293, 326-327
女性主義　23, 264, 289, 302-304, 311, 313,
　　348, 353, 359, 381, 387, 390, 427, 474,
　　481, 485, 497-498, 500
女權運動　156, 311

四劃

人的文學　25, 54, 79, 94, 130, 233, 261, 270
三十年代文學　267
工農兵文學　237, 271
不自由的人文主義　396, 398
中西比較文學　175, 178, 204, 253, 301, 315
　　比較文學中國學派　178, 206-208,
　　　　215-216, 226, 229, 244-245

中國研究　158, 160-162, 181, 184-185,
　　194-196, 200, 202-204, 215, 235, 383
中國崛起　246-247, 377, 403, 440-441, 454
中華文化復興運動　11, 223-225, 229, 233,
　　238, 240-241
互文　363, 480, 495
五四運動　60, 75, 79, 104, 157, 183-184, 191,
　　231-232, 236, 239
內面　13, 24, 27-29, 54, 131, 140-141, 146
公共空間　320, 323-324
六八學運　23, 247, 361, 455
分界　175, 443-445
分斷體制　216-218, 221, 242-243, 443
反共（亦見：冷戰）　155, 160, 162, 166-
　　168, 184-185, 188-191, 194-196, 201-
　　202, 204, 208, 211, 217, 223-224, 229,
　　241-242, 249, 266-268, 272-275, 278,
　　334, 385
反西方　178, 190, 247-248, 278-279, 282-284,
　　347
反美主義　282
反送中運動　242
反學科　347, 377-379
太陽花運動　242, 377
文化大革命　224, 236, 240
文化冷戰　164-167, 185, 205, 207, 212-213,
　　217, 219, 226, 230, 246
文化批判論壇　375
文化政治　78, 212, 218, 245, 248, 257, 270,
　　290, 295, 304, 380, 387, 392, 453, 465,
　　499
文化研究教學營　346
文明主義　353, 444
文學中繼　459
文學作品讀法　172-173, 175, 252-253

聯經評論

落地轉譯：臺灣外文研究的百年軌跡

2021年11月初版　　　　　　　　　　　　　　　　定價：新臺幣580元
有著作權‧翻印必究
Printed in Taiwan.

著　　者	王	智		明
叢書主編	沙	淑		芬
校　　對	陳	佩		伶
內文排版	菩	薩		蠻
封面設計	廖	婉		茹

出　版　者	聯經出版事業股份有限公司	副總編輯	陳	逸　華
地　　　址	新北市汐止區大同路一段369號1樓	總編輯	涂	豐　恩
叢書主編電話	(02)86925588轉5310	總經理	陳	芝　宇
台北聯經書房	台北市新生南路三段94號	社　長	羅	國　俊
電　　　話	(02)23620308	發行人	林	載　爵
台中分公司	台中市北區崇德路一段198號			
暨門市電話	(04)22312023			
台中電子信箱	e-mail：linking2@ms42.hinet.net			
郵政劃撥帳戶第0100559-3號				
郵撥電話	(02)23620308			
印　刷　者	世和印製企業有限公司			
總　經　銷	聯合發行股份有限公司			
發　行　所	新北市新店區寶橋路235巷6弄6號2樓			
電　　　話	(02)29178022			

行政院新聞局出版事業登記證局版臺業字第0130號

本書如有缺頁，破損，倒裝請寄回台北聯經書房更換。　ISBN 978-957-08-6105-1 (平裝)
聯經網址：www.linkingbooks.com.tw
電子信箱：linking@udngroup.com

國家圖書館出版品預行編目資料

落地轉譯：臺灣外文研究的百年軌跡/王智明著.初版.
　新北市.聯經.2021年11月.588面.17×23公分（聯經評論）
　ISBN 978-957-08-6105-1（平裝）

　1.西洋文學　2.翻譯學

870　　　　　　　　　　　　　　　　　　　110017981